# 珞珈剧作选

| 专硕卷 |

彭万荣　主编

WUHAN UNIVERSITY PRESS

武汉大学出版社

**图书在版编目(CIP)数据**

珞珈剧作选．专硕卷／彭万荣主编．-- 武汉：武汉大学出版社，
2024.12. -- ISBN 978-7-307-24505-1

Ⅰ．I230

中国国家版本馆 CIP 数据核字第 20248C182P 号

责任编辑:龙子珮　　　　责任校对:鄢春梅　　　　版式设计:马　佳

出版发行:**武汉大学出版社**　（430072　武昌　珞珈山）

（电子邮箱:cbs22@whu.edu.cn 网址:www.wdp.com.cn）

印刷:武汉邮科印务有限公司

开本:787×1092　　1/16　　印张:24.75　　字数:536 千字　　插页:2

版次:2024 年 12 月第 1 版　　2024 年 12 月第 1 次印刷

ISBN 978-7-307-24505-1　　定价:99.00 元

# 序

彭万荣

从 2016 年起至 2023 年，我在武汉大学讲授戏剧编剧课，先给本科生讲，后给专硕生讲。起初这门课只面向戏剧影视文学专业学生，后来武汉大学要求开设专业大类平台课，遂扩大至表演专业学生，课名为"编剧基础"。再后来，艺术学院要求我给 MFA 讲戏剧编剧课，课名为"编剧理论与技巧"。每年本科生约 60 人，专硕生约 30 人，为了上好这门课，学院为我配备了 2 名助教（一般为研究生）辅导本科生，1 名助教（一般为博士生）辅导专硕生。8 年来，先后有近 800 名学生听过这门课，包括外院的学生和访问学者。本课程的结课方式是：在导师的指导下，每个学生独立完成一部戏剧或电影剧本的创作。我将其中的优秀剧作遴选出来，集结为《珞珈剧作选》。

多年前，我曾编过一本《武汉大学戏剧影视文学专业优秀剧作选》，由武汉大学出版社出版。这次出版《珞珈剧作选》，当然有弦歌不辍的意思，也还有如下几种考虑。第一，通过出版剧作选，建立教学档案，将我们的部分教学成果社会化。尝试新的档案方式，这本身是教学深化的需要，同时也为了破除学校与社会的隔膜，以便在更大范围内去接受检验。第二，激励学生，一方面鼓励学生以更高的标准来要求自己，另一方面也为学生留下他们青春的记忆。大学生活是美好的，也是堪当纪念的，包括创作一部好的剧本。至于学生将来是否继续写作，已不那么重要，重要的是，他的创意已通过剧本形式被记载下来，那才是他将来挥洒人生的底蕴或根基。第三，我祈望为编剧留下一点燃火，以成未来可能的蔚然之势。戏剧也好，电影也好，在我看来，编剧仍然是重中之重。这个"重"集中体现在创意上，那是他对人类历史和社会的敏锐的感性烛照，是他对人类戏剧和电影文化的透彻观察与体悟，是他对人本身的全新理解与发现，并以戏剧或电影的媒介形式将其表现出来。

老实说，古今剧作理论已林林总总，但还不能说就穷尽了剧作理论与技巧的全部内涵。生活始终是常新的，剧作理论应该也是常新的，我们不能墨守前人的剧作经验画地自狱。新的人和新的事总是层出不穷的，相应地，剧作的新理论、新技巧和新表现也会是随之而"日新"的。人是什么？人不是类型，不是性格，不是典型，不是面具，不是符号，这些只是人在特定时刻或场合的偶然外显，甚至只是人为了互相认识方便的权宜之计。人是他在特定情境下的自在与自为，是他应特定处境的主动或被动的作为，在绝对意义上，人都不是他自己，是他与他人合起伙来成为自己，这就是我说的"盟人"。"盟"就是结盟、联盟、结伴，盟人就是人必须通过他人这个对象性来成就自身。人来到世间，或来到舞台上，就注定会带着自身的特点与他人打交道，在与他人的交流、对峙或对比中，他会把自身的印迹烙在他人身上，反过来，他人也会把自己的印迹烙在他身上，由此出现此前他们都并没有显现的状态。这就是人在世间最真实的存在状态，不管在生活中，还是在戏剧里都是如此。我们不能为了某种剧作理论而无视事实真相，否则，不是自欺便是欺人。

作为剧作理论，我们必须深究"盟人"得以形成的基础，这个基础就是相遇。相遇不是理论假设，而是事实，朴素的、原初的事实，即人与人的面对面。在戏剧中，就是人与自我、人与搭档、人与角色、人与观众彼此的碰面。当一个人把他人看在眼里，也就是看进意识里，当这个他人进入他的意识之后，他会迅速对这个人进行判断，并会采取与之相宜的行动，在态度、说话、语气、语调、体势方面与之相匹配，但他不会对所有人都采取同样的姿态，反过来也一样。基于此我们就会发现，人与他人相遇，不是肉身的碰面，而是意识的相交，是人把他人纳入自己的意识，他对这个外在于他的肉身做了一个媒介的转换，即由实在态转换为意识态，他在意识态里对他人打量、揣测和判断。可见，人物在对话和行动之前，意识就已经起到了奠基的作用。这就是发生在剧场中的事态，事态意味着意识对事实的介入，由此形成舞台上因为意识在场才会出现的场域。在这个场域里，演员向着观众在表演，观众看着演员在表演。

同样地，编剧在构思剧本时，他的意识里也会形成一个场域，他会把它直接替换为戏剧场面，在这个场面里，人物上场，当遇到其他的人物，他会带着他的幽忆对他人做出判断，进而与他人对话，或者对他人给出的信息做出反应。也就是说，他不会脑袋空空的似无头苍蝇——即便如此，那也因为他的幽忆所导致，也就是说，他的意识一定发生了一个意向性的活动，这既是他的存在证明，也是他存在的展开方式。此刻，我们看到，在编剧的意识里，在他的意识场域，他的意识构建了一个正在形成的意识圈（不是已然成型，而是正在建构），在这个圈中，有场景、有人物、有事件，这些都构成了编剧的意识对象，他在他的意识里编织起人物与人物、人物与场景、人物与事件的关系，再根据人物、场景和事件的特质、氛围与目的来想象它们的运动轨迹并敷衍为细节，一个剧本就这样形成了。由此可见，编剧自始至终都在运用他的意识，去驱动和展开他的剧本创作。而舞台上所呈现的一切，都是编剧意识笼罩下的活跃着的幽灵，是编剧意识与舞台幽灵相遇的结果。舞台上的每一个人物，最初与最终都是肉身包裹的意识体，他们在舞台上的欢笑与哭泣、沉默与呼喊，都只不过是他的意识的外溢形式。

而这一切才刚刚开始。因为这种理论只是在最近几年才出现，它本身也在不断丰富、完善和系统化，而且它还将去经受艺术实践的检验，特别是需要变更观众的欣赏模式和习惯。但时代在发展，剧作理论也必然要随之发展。在量子时代，人们需要一种新的认知以契合自己的现实体验与艺术观照。本书所选录的剧作，只是我们的蹒跚学步，可能稚嫩、可能青涩，但却是勇毅和坚定的。我们不惮谫陋，愿为所有冀望尝试、实验和创新的拓荒者提供一种可能性，在意识交织的复杂网络系统里，我们每个人都能清晰看到自己的意识轨迹，正与无数意识轨迹一起愉悦地舞蹈。

最后，感谢武汉大学艺术学院党委书记文云冬、艺术学院院长孟君教授在本书出版上给予的大力支持。感谢从 2016 年至今上过我课的本科生和专硕生，是你们的参与和配合让我的剧作理论得以展开、深化和系统化。我还要感谢给我当助教的同学们，他们是硕士生：王卧龙、韩淑婷、武则宇、朱洁、嘉烁阳、刘桂芹、严杰宇、谢文婷，博士生：王鹤翔、徐璐、王信怡、黄研、蒋兰心、刘宇婕、聂俊、付可歆，是你们的辛勤付出和精彩点评，让编剧成为令人怀想和快乐的事情。石宇宸同学在汇总、遴选和编辑上亦多有劬劳，附识于此，一并鸣谢。

2023 年 12 月 3 日于上海

# 目　　录

# 山野间少年

杨　敏

（20级编导）

## 序　幕

蜿蜒的山路上，三个人背着书包，往前赶路。强烈的日光倾泻在地面，拉出山梅、小雨和阿成三人倾斜的身影。三个人的手中都拿着一包五毛钱的方便面，边吃边吮着手指。小雨吃得最快，看见阿成手里还有，夺过阿成手里的方便面就跑，阿成叫喊着在后面追赶小雨，几个少年一前一后，在山路上奔跑跳走，山谷中回荡着山梅、阿成、小雨的嬉闹声……出字幕："山间野少年"。

## 一、跞　弛

### 1. 白天 山路 外景

阿成夺回小雨抢走的面袋，往里一看，只剩一些粉末。但剩下的"余料"阿成也舍不得扔，路过一处水沟时，将方便面袋子装了水，做成"调料包汤"，咕咚咕咚喝了起来。

小雨：小梅姐，你看他那个饿死鬼的样子！

山梅：你抢了别人吃的，还好意思笑别人。

小雨：哎呀，对不起嘛，大不了我等下偷根黄瓜给他啰。

山梅：我想吃西红柿，不知道有没有，我来的那天看到有几个青的，也不知道现在熟了没有？

阿成将喝完的袋子扔到路边，擦了擦嘴。

阿成：小雨！你等下不给我偷黄瓜，我就给你妈说你在学校和男生打架！你还进男厕所偷看男生上厕所！

山梅：小雨，你……你真的进男厕所了？

小雨跑过去想打阿成，阿成逃避躲闪。

**小雨：**我没有！你听他瞎说，他天天就知道扯谎，上次还给他奶奶说学校要买资料，其实根本没有，就是骗他奶奶的钱。

**阿成：**我才没有扯谎！我们班男生和我说的。

**小雨：**哪个和你说的，报上名来，看老子下个星期不打死他！

**山梅：**哟！雨姐！你蛮厉害嘛，龙潭小学这一片是不是都是你罩着的？

**小雨：**小梅姐，不敢不敢，你成绩好，老师都喜欢你，哪个敢惹你。

**阿成：**我要那个大黄瓜，就我上次和你说的那个！

**小雨：**（拿起石子掷向阿成）那个怕是早就被摘了吃了，还！还轮得到你？

**山梅：**啥子？

**小雨：**上回上学来，我和阿成看到一根超级大的黄瓜，还没熟好，不知道今天回去它还在不？

**阿成：**肯定还在，平时又不会有多少人从那里过路。

**小雨：**万一被人家自己摘着吃了呢？

**阿成：**打赌？

**小雨：**哪个输了哪个背书包！

阿成和小雨打闹个没完，山梅跟在二人身后。日影西斜，落日的余晖将高高的山岗镶上了一层金边。斑驳的树影在微风拂动下轻摆摇曳。

## 2. 白天 菜地 外景

几人来到路边的一块菜地，菜地里蔬菜瓜果长势正好。藤架上吊着的黄瓜青翠欲滴，看得几人直咽口水。三人摘下沉重的书包放到路边，就着路边的小坡刺溜几下，梭到了菜地里，沿着田坎走到结满黄瓜的园子里。

**阿成：**小雨，等下你帮我背书包，你看这个不就是上次那个大黄瓜！（指着藤蔓上吊着的一个大黄瓜冲小雨吆喝道）

**小雨：**你说是就是？这里的黄瓜都长得差不多。

**阿成：**我就知道你又要耍赖皮！

**小雨：**哪个耍赖皮了？本来就是嘛，不信你问小梅姐嘛。

山梅从黄瓜园里一头穿过来，一只手拿着一根鲜嫩的黄瓜，一只手用黄瓜叶子包着一个不知是什么的东西。小雨向来是最喜欢欺负阿成的，山梅有时候看不下去，也会帮阿成一把。山梅将用叶子包着的东西悄悄放到阿成手上，给阿成使了个眼色。阿成打开一看，是一只肥硕的猪儿虫，当下明白了山梅的意思，于是悄悄摸到小雨的身后，将猪儿虫放到了小雨的肩膀上。

**山梅：**小雨，你身上有一只猪儿虫！（故作惊讶）

**小雨：**（惊跳起）啊！哪里?！哪里?！

**山梅：**肩膀上！

阿成看到小雨惊吓得手舞足蹈的模样，笑得直不起腰。玩闹中，山梅一瞥眼，远处一人扛着锄头，气势汹汹地正往园子赶来。山梅暗道不好，八成是这菜园子的主人听到了有人偷东西的动静。朋友本是同林鸟，大难临头各自飞。趁阿成和小雨还没反应过来，山梅叼起黄瓜，三两步跑到坡下，悄摸地爬上大路，捡起书包就开跑。

**阿成：**小梅姐怎么了?

话音刚落，二人身后一村妇扬着一把锄头"杀来"。

**村妇：**背时兔子花花儿，狗崽子又来偷老娘的东西!

阿成和小雨见势不妙，拔腿就跑。

**阿成、小雨：**跑!

**阿成：**小梅姐太不够意思了!

**小雨：**大妈！你的黄瓜都是被山梅偷的！你要找就找她!

山梅在路上狂奔，听到小雨"嫁祸"，回过头将啃剩的黄瓜屁股朝小雨扔去，结果没有扔到小雨，反而砸到了村妇的头上。

**村妇：**哎哟！哎哟!

村妇被砸，停了下来，阿成和小雨得以逃脱，三个人在大路上狂奔，身后传来村妇大声的咒骂。

## 3. 白天 柿子树下 外景

阿成爬到了柿子树上，小雨在树下给阿成递杆。三个人准备在到家前，再"搜刮"一波柿子。

**山梅：**这柿子是谁家的?

**小雨：**管他的呢，反正在路边的，就是大家的。

**山梅：**你说的真有道理。

**小雨：**阿成，打那边那枝!

**山梅：**小心点，熟透了的不要打，掉下来全砸烂了!

**阿成：**知道了！站远点，掉下来砸脑壳了可别怪我!

阿成骑在树权上来回抢杆，打下不少柿子来，山梅和小雨在树下一个一个捡着。不多时，便塞了满满三大书包。

**山梅：**差不多了。

**小雨：**等会儿！（抬头对阿成）我想吃个熟透的，帮我叉一个!

**阿成：**哪个?

**小雨：**那个！（指着树尖上一颗熟透的柿子）

阿成将杆对准那颗柿子，三两下叉住了柿子的根柄。

**阿成：**接好了！

小雨摊开自己的衣服，想要接住柿子。也不知道是阿成故意的，还是活该小雨倒霉，一颗熟透的柿子，正正好砸在了小雨的脑袋上，果肉果汁糊了小雨一脸。

**山梅：**噗！哈哈哈哈哈！

**小雨：**阿——成！（努力克制自己的怒气）没等阿成解释，小雨气急败坏地朝树上拱去。

**阿成：**（看见小雨的模样忍不住发笑）我真不是故意的！哎！你别扒拉我裤子！

**小雨：**给我下来，看我不打死你！

日暮黄昏，太阳沉到了山的另一头，树上的光影渐渐消散。姚家村几处零散的房屋，升起了袅袅炊烟。

**山梅：**你们慢慢打，我回去吃饭了！

阿成和小雨见山梅拎起书包走了，也麻溜地从树上爬了下来。

**小雨：**小梅姐，等等我！

三个人啃着柿子，往回家的路走去。

## 4. 白天 歪脖树 外景

山上的茶扇熟了，山梅背起一把砍柴刀，拉上阿成一起叫小雨出来找茶扇。二人坐在小雨家后山上的一棵歪脖树上向下吆喝，树坡下正是小雨的家。

**山梅：**小雨！出来玩！找茶扇去！

**阿成：**快来！

山梅和阿成叫了半天，小雨没有回应。过了不一会儿，小雨从一条小路走了上来。

**山梅：**快点！

山梅和阿成下了树，往大路上奔去。小雨追赶上两人，却默默地不说话。

**山梅：**你咋了？你哭啦？（看见小雨红着眼睛）

**阿成：**估计是她妈又打她了。

山梅掀起小雨的袖子，一道道青紫的鞭痕映入眼帘。

**小雨：**（抽泣）就是，就是打死我我也考不到六十分嘛！

**阿成：**小梅姐，我们去哪里摘茶扇？

**小雨：**打打打，天天就知道打我！

**阿成：**不如我们去梁村长屋后面那片茶林？

**小雨：**他们要是再打我，我就自杀，我割腕自杀！

**阿成：**但是梁村长屋后面的林子里拴了一条狗，见人就叫。

小雨和阿成一左一右在山梅旁边自说自话，山梅无奈。阿成受小雨欺负多了，见小雨挨打他自然是无所谓的。小雨虽然大吐苦水，但山梅已经不知道是第几次听见小雨说要自杀这样的字眼了，每次也就只是说说而已。

**山梅**：有什么办法？

**阿成、小雨**：啊？

**山梅**：有什么办法可以让那条狗不叫？

小雨见没人理会她，抹了眼泪鼻涕，装作无事发生，凑上前。

**小雨**：我有办法。

## 5. 白天 茶林 外景

三人来到了梁村长屋后的茶树林，果然如阿成所说，一只大黑狗被拴在了茶林边。三人蹲在路边的一处树桩后，静静观望着。

**山梅**：小雨，你有什么办法？

**小雨**：小梅姐，把你的刀给我。

**山梅**：你不会是要杀狗吧？！

**小雨**：怎么可能！

小雨拿过刀，砍下路边的一扇棕树叶，撕成一条一条，接成长绳状。小雨拿着做好的绳，顺着坡悄悄地靠近大黑狗。

**山梅**：你小心别被狗咬啦！

小雨趁黑狗不注意，一把从后面钳制住黑狗的狗头，狗子大声狂吠，在小雨怀里奋力挣扎，场面那叫一个激烈，吓得山梅和阿成躲在桩后不敢抬眼看。不多一会儿，声音平息，山梅和阿成从树桩后露出头来，只见黑狗被五花大绑地绑在了树上，狗嘴还被小雨用棕树叶子给缠了起来。

小雨冲山梅和阿成招招手，示意他们下来。

**山梅**：没被梁村长发现吧？

**小雨**：没听到屋里有动静，赶紧的，摘完茶扇就溜！

山梅看着黑狗有些无助的眼神，不禁替它感到可怜。阿成才不管那么多，拎着个塑料袋子在茶林里上蹿下跳，不一会儿就摘了满满一大袋子的茶扇。三人摘累了，就坐在茶树上吹风歇凉，一晃便到了黄昏时刻。

**山梅**：走吧，该回去吃饭了。

几人正欲离去时，山梅看见树林下的小路上，梁村长正端着一瓢汤食走上来，看样子是来喂狗的。

**山梅**：不好！梁村长来了！快跑！

阿成和小雨闻声，刺溜从树上梭了下来，阿成梭得太急，裤裆被树皮划破一条口子，露出半边裤衩。慌乱中，手中的袋子又被树枝划破，一满袋子的茶扇全掉到了地上。阿成还想去捡，被身旁的小雨和山梅一把抓起就跑。

**小雨**：还捡什么？快跑！

三人拎着个塑料袋子往树林外逃窜，跑到大路上，躲在了来时的树桩后面。往下望去，梁村长正气得原地打转。

**梁村长**：这是哪个小崽子给我的狗子绑成这个样子了！

回去的路上，因为裤裆开了口，阿成只能用手半兜着屁股，身后的山梅和小雨笑得眼泪直流。

## 二、倘　恍

## 6. 白天 河边 外景

天气热得厉害，山梅站在山头上大声吆喝着阿成和小雨一起下河洗澡。不一会儿，几人在河边碰头。山梅和小雨穿着一个小吊带加短裙，阿成则只穿了一个短裤。几人在河里扑通玩着水，阿成则盯着山梅和小雨微微鼓起的胸犯了迷糊。

**阿成**：为啥子你们上面都是鼓鼓的？

山梅被阿成的发问臊得愣在原地，小雨是个爱瞎胡闹的，逮着机会就开始戏弄起阿成。

**小雨**：傻子，你连女生的胸都不知道！

**阿成**：我又不是女生，我怎么知道。

**小雨**：谁说你不是女生了，你小时候你奶奶都是让你上的女厕所！

**阿成**：放屁，那我现在为什么上的是男厕所？！

**小雨**：你现在上男厕所是因为你还没发育，等你上面也和我和小梅姐一样鼓鼓的时候，到时候你就要上女厕所了，你还要穿小裙裙儿。

山梅躲在一边，看着阿成被小雨说得一愣一愣的模样笑出了声。

**山梅**：是的，是的，到时候你就和我们一样了。我们以前也是上男厕所的，现在都上女厕所了。

**小雨**：你看，小梅姐都这样说了，你还不信，小梅姐可是全年级第一。

**阿成**：屁，我不信！我们男生都有那个，你们没有！

**小雨**：我们没有，你也没有！男的下面都是鼓鼓的，你看你下面一点也不鼓，还说不是和女生一样的？

**阿成**：我！我什么没有！我有！

**小雨**：没有没有，就是没有！

**阿成**：我有！

小雨：没有！你不是说我看见过男生上厕所嘛，那我说我没有就是没有！

阿成见分辩不清，一气之下，从水里站起身，扒了自己的裤子。

阿成：你看我有没有！

山梅：我的天！（山梅见状，扭头扎进了水里）

小雨大笑起来。笑声在空旷的山谷中回荡，撞击着少年幼小的心灵。波光粼粼的水面，晃动着少年焦躁不安的内心。

## 7. 白天 小雨家 内景

趁父母不在家，小雨说要给山梅和阿成看个好东西。山梅不知小雨葫芦里卖的什么药，只见她神秘兮兮地锁上了房门，拉上了窗帘，在柜子里扒拉着什么东西。山梅凑上前一看，是一张碟片，碟片上的男女都光着身子。

小雨：小梅姐你看。

山梅：你敢看这个！

小雨：嘘！小点声！

阿成：小雨，你胆子真大！被你妈知道非打死你不可。

小雨：他们才不会知道呢。看不看？

山梅和阿成第一次看见这样的东西，都忍不住有些好奇，犹豫之下还是默认般点点头。

山梅：你放，我蒙着眼睛看。

小雨看见两人想看又不敢看的模样，切了一声，打开影碟机，放上碟片。山梅和阿成的心提到了嗓子眼，嘴上说着不看，蒙着眼睛的手还是打开了一条细缝，从里窥视。

山梅：别开声音！

小雨拿过遥控器，将音量调到最低。正当三人怀揣着激动又忐忑的心情，等待着影片开始时，门外突然传来小雨父母从坡上回来的声音。三人闻声惊起，小雨赶紧拔出碟片，将它放回原处。

山梅打开信号接收器，用遥控器将电视调到了少儿频道。阿成拉开窗帘，将门的反锁打回来。三人分工明确，可谓配合得十分默契。小雨父母到家时打开门一看，三人正佯装无事地看着动画片。"葫芦娃，葫芦娃，一根藤上七朵花，风吹雨打都不怕，啦啦啦啦……"

## 8. 黄昏 歪脖树上 外景

小雨家后的歪脖树是三人常年的根据地，不仅是因为骑在这棵歪脖树上可以居高临下地看风景，更主要的还是因为这棵歪脖树是这个落后的乡村里为数不多的有移动信号的地方。因为山梅的学习好，大人放心，所以山梅是三人里唯一一个有手机的人。三人众多的娱乐活动里，来这棵歪脖树上玩手机是不可或缺的。

**小雨：** 石头剪刀布，我们赢了我们先玩，你赢了你先玩。

**阿成：** 好，不许玩赖。

**小雨、阿成：** 石头、剪刀、布！

小雨和阿成抱着树枝坐在树杈上石头剪刀布，山梅坐在树的另一边，拿着手机晃悠着找信号。

**小雨：** 哈哈！我赢了！我们先！

**小雨：** 小梅姐，有信号了吗？有网不？

**山梅：** 等会儿，马上。等……哎，有了！有了！快过来！

**小雨：** 来了！

**阿成：** 十分钟啊！我会计时的！

**小雨：** （凑到山梅身边）小梅姐，我同学说新出的一部小说叫《穿越之我在王府当奶妈》很好看，不如我们看那个吧？

**山梅：** 啊？但是我们上次看的那个《霸道总裁与他的傻白甜秘书》还没看完耶。

**小雨：** 那个先存着，我们先看这个嘛。

**阿成：** （嘀咕）搞不懂你们女生怎么喜欢看这些。快点啊，已经过去一分钟了！

**小雨：** 再多说一句，我一脚把你踢下去。

山梅和小雨围在一边看着手机里的小说，阿成在树杈上晃荡，时不时看一下自己手上的电子表……

**阿成：** 时间到了！换我！换我！

阿成将小雨拽到一边，迫不及待地上去抢过山梅的手机。

歪脖树上，小雨和阿梅坐在一侧讨论着小说，阿成则仰着头在一侧玩游戏。为了维持手机信号，阿成只能一边举着手一边玩。瞧见阿成怪异的姿势模样，山梅和小雨忍不住笑出声来。远处的山涧里，一轮弯弯的明月悄然升起……

## 三、怅　惘

### 9. 白天　山梅家　内景

山梅的老爸是 DVD 器材的狂热爱好者，因此，山梅的家里也少不了音响、话筒、影碟机、歌碟等。这天，趁着父母进城赶集，山梅将阿成和小雨叫到家里来 K 歌。天花板上映着旋转的彩色灯影，插在音响上的有线话筒不时发出嘶嘶声。几人脱了鞋在沙发上，坐着、躺着、站着……手舞足蹈，陶醉在梦幻般的幻影中。

**阿成：**那一夜！你没有拒绝我！那一夜！我伤害了你……

**山梅：**真的好想你，我在夜里呼唤黎明……

**小雨：**你是电，你是光，你是唯一的神话，我只爱你，You are my superstar！你主宰，我崇拜，没有更好的办法！我只爱你，You are my superstar！

几人正唱得高兴，突然传来一阵敲门声，山梅打开门，山梅的奶奶拄着个拐杖，呆呆地站在门口。

**山梅：**奶奶，干什么？

**山梅奶奶：**（语气恳求）小梅啊，能不能把你的声音调低一点啊，你这个音响震得我心慌啊。

奶奶的提醒让山梅顿觉扫兴，心中责怪奶奶破坏了自己和阿成小雨刚刚建立起来的快乐气氛。

**山梅：**哦，知道了。（不耐烦地）

山梅搪塞了一句，扭头关上门继续和小雨、阿成疯耍起来。过不一会儿，又传来"咚咚"的敲门声。打开门，山梅的奶奶又站在了门外。

**山梅：**奶奶，你又咋了嘛？（十分不耐烦地）

**山梅奶奶：**小梅啊，你把声音关小点啊，不然你爸你妈回来又要骂你啊。

山梅正唱得起劲，听见奶奶抱怨自己便一股气涌上心头。喧闹的音乐声中山梅冲着奶奶大吼一声。

**山梅：**我就不把声音调低！

山梅的奶奶见说不动山梅，转身，颤颤巍巍地走了。看着奶奶离去的背影，山梅像赢得了一次重大的胜利，重重地摔上门，转头又沉浸在自己的快乐中。

山梅奶奶寻了一个小板凳，挨着墙角，坐在了屋外的街沿上。面前，几只老母鸡为了吃食扑来飞去，叼啄争斗。身后，嘈杂的流行音乐像刺骨的狂风灌入老人的耳中。老人痴痴地望着对门的山路，一动也不动地坐着，像一尊凝固的蜡像，融化在这山村光景的图画中。

## 10. 傍晚 小雨家 内景

昏暗的夜色下，一扇窗户闪着明黄色的灯光。山梅和阿成背靠着墙，蹲在窗下。屋内的小雨撕心裂肺地哭喊着，竹条抽在皮肉上，发出清脆响亮的声音。山梅和阿成本打算叫上小雨一起趁着夜色去山沟里捉田蛙，却没想到到小雨家门外时，听见小雨又在挨打。

**小雨妈：**你个不成器的，整天就知道气我！你真要气死我你才甘心是不是！

**小雨爸：**你是该打！回回考试考不及格！不给你点教训，你不知道长记性！

**小雨妈：**你看看山梅就从来不让她爸妈操心，回回考一二名，你再看看你！打你你还哭！你还有脸哭？！

　　**小雨**：你们有本事就把我打死！又不是我喊你们把我生到这世上来的！

　　小雨被打得蜷缩在角落里，摩挲着自己发烫的伤处。尽管鼻涕眼泪糊了一脸，脸上仍是倔强地不肯服软。小雨妈见小雨还在狡辩，心火更旺，几下将角落里的小雨拽了出来，扬起竹条子打在小雨身上，疼得小雨吱哇乱叫。窗外的山梅和阿成看不下去，凑到一起商量解救小雨的对策。

　　**山梅**：阿成，你身上带了打火机没有？

　　**阿成**：没有，你要打火机干什么？

　　**山梅**：你赶紧的，悄悄去小雨家的灶屋里把打火机拿过来。

　　**阿成**：你要打火机干什么？

　　**山梅**：你话真的多，先去给我拿过来再说。

　　阿成不明白山梅葫芦里卖的什么药，但还是照着山梅的话做了。农村里房子，灶屋和主屋是隔开的，灶屋是给猪煮猪食的地方，一般都不会上锁。阿成过去，轻而易举地拿来了打火机。

　　**山梅**：过来，看到那边的猪圈了吗？（指着小雨家的猪圈）

　　**阿成**：看到了，咋了？

　　**山梅**：看到猪圈旁边那一堆秸秆了吗？

　　**阿成**：嗯嗯？

　　**山梅**：等会儿我过去把那堆秸秆点了，等小雨她爸妈出去扑火的时候，你拉着小雨往山上跑，咱们在歪脖树那里会合。

　　阿成一听放火，有些迟疑害怕。

　　**阿成**：要是被发现了……

　　**山梅**：你怕什么？！那火只会烧到猪圈那里，又不会烧到这边的砖房，你没看过《水浒传》吗？调虎离山都不懂？再说了，火是我点的，被抓住了也怪不到你，放心！

　　山梅抓过阿成手里的打火机，悄悄地往猪圈那边摸了过去。秋秸秆干燥易燃，山梅只点燃了那么几片叶子，风一吹，火势便越来越大。见火烧旺，山梅赶紧顺着路往山上跑去。屋内的小雨父母见窗户上映出熊熊火光，开门一看，大叫不好，奔出门来往猪圈跑去。阿成见小雨父母离开，冲进屋内，拽起小雨就开始往山上跑。

## 11. 夜晚 歪脖树 外景

　　小雨还没反应过来，便被阿成拽着跑到了歪脖树下。山梅已经早早地坐在歪脖树上等着他们。阿成和小雨也爬上树，三个人坐在树杈上，呆呆地望着树下地漫天火光……少年们的心，也如此刻的火焰，在诡秘的黑夜里，飘忽荡漾……

## 12. 夜晚 马路 外景

本打算是邀着小雨一起去沟里捉田蛙，但小雨遭了打，此刻心情正低落，山梅和阿成也就放弃了原计划，打着手电筒，陪着小雨在马路上晃荡。

**山梅**：要不今晚你先去我家住吧，等你爸妈明天气消了，你再回去？

**小雨**：我明天回去了，他们还是会打我的，而且会打得更狠。

**山梅**：那怎么办？你总不能一直就待在外面不回去吧？你爸你妈肯定会到处找你。

**小雨**：小梅姐，我好想快点长大啊，这样他们就管不了我了……

**山梅**：其实，有人管也不错啊，你看阿成他爸他妈把他生下来就甩给他奶奶了，几年都不回来一次。

**阿成**：他们不管我，我以后也不会管他们。（低着头，拿脚扒拉着路上的石子，装作无所谓的样子）

走着走着，小雨突然停了下来。

**山梅**：咋了？

**小雨**：我想去找我外婆。

**山梅**：现在?!

**小雨**：嗯。

**山梅**：你外婆家离这里有十多里路哎，你确定你要现在去？

**阿成**：从这里到你外婆家不是还要路过碑湾？那里可是以前扔死孩子的地方，大晚上的，你不怕啊？

**小雨**：怕总比被打死好……小梅姐，你和阿成能不能送我到碑湾上面一点，看着我走，不然我一个人真的不敢从碑湾过。

看着小雨泪眼汪汪的可怜样子，山梅和阿成不忍心拒绝。三个人打着电筒，壮着胆子，顺着路往下走。临近碑湾，山梅脑海中想起碑湾闹鬼的传说，顿觉背后阴风阵阵。

**山梅**：小雨，要，要不我们还是回去吧，你明天早上再去找你外婆也不迟啊。

**小雨**：不行，我回去了，我爸我妈肯定会继续打我。

**山梅**：但是你一个人走夜路，你不怕吗？

**小雨**：过了碑湾我就不怕了。

山风穿谷而过，发出一阵阵"哀嚎"，山梅和阿成停下脚步。

**山梅**：小雨，前面就是碑湾了，我和阿成就送到这里吧，我可不敢再往前走了。

**小雨**：好，阿成，把你手电筒给我。

小雨从阿成手中接过手电筒，看了两眼山梅和阿成，下定决心，毅然决然地往碑湾走去。

山梅和阿成爬到一个石坡上，用手电筒给小雨打着光，目送小雨远去。小雨越走越远，昏暗的身影慢慢变成一个光点，最后消失在无尽的黑夜中。山梅望着眼前的黑暗，心中突然涌上一股难受的感觉，暗夜的冷风吹呀吹，吹得山梅的心里也拔凉拔凉的。

## 13. 白天 山梅家 内景

山梅一家端着碗坐在街沿边吃饭，小雨妈背着一背篓的柴火从山梅家旁边的小路上走下来。山梅妈见到小雨妈，叫住了她。

**山梅妈**：小雨妈，听说昨天晚上你屋猪圈走火了？

山梅心里咯噔一下，低下头，竖起耳朵。小雨妈听见山梅妈喊话，将背篓靠在路边，停下脚步。

**小雨妈**：是的啊，不知道是走啥子鬼火了，猪圈那半边，全烧没了。

**山梅妈**：猪没事吧？

**小雨妈**：猪倒是没得事，就是可惜我那一堆苞谷秆了。

**山梅妈**：难怪你背那么一背好柴火，怎么没见小雨和你一起去捡柴？

**小雨妈**：那个背时的，我说出去都没人信，她昨天一个人，半夜三更跑到她外婆屋里去了！

**山梅妈**：你不会是又打她了哦？

**小雨妈**：不打不成器，她要是像你屋山梅那么懂事听话也就好了。

**山梅妈**：你屋小雨活泼，人欢脱，嘴巴又会说话，哪像我屋这个，见到人也不喊一声，像个——

**山梅**：小雨什么时候回来？

山梅抬起头，突然打断母亲的话。

## 14. 夜晚 山梅家 内景

山梅隔着房门听到奶奶和母亲说自己今晚要走，山梅不知道奶奶这一把年纪还能走去哪里。凌晨一两点，睡梦中的山梅被母亲摇醒。

**山梅妈**：去看下你奶奶，你奶奶要不行了。

山梅从睡梦中清醒过来，愣在床上不敢动，她害怕死人，哪怕是她最亲的奶奶。就在山梅还在迟疑的时候，父亲走进房来，脸色悲哀。

**山梅爸**：走了……孩儿妈，你和她伯娘给妈梳洗一下，把孝衣换上，我和大哥去请先生。

听到奶奶已经去世的消息，山梅不知道是该恐惧还是该悲伤。山梅清晰地感觉到，和她隔着一个堂屋的房间里，躺着一个死人。

## 15. 白天 山梅家 内景

山梅家的院子里用油布搭起了一个大帐篷，帐篷连着堂屋，方便做法事的先生诵经超度。堂屋里摆放着山梅奶奶的棺材，棺材前，一张方桌上点满了香火蜡烛，烟熏火燎之间，正正地摆着山梅奶奶的遗像。帐篷外，搭着一个小戏台。山梅父亲请来的老年乐团，正在上面表演脚踩钉板、手扔飞刀的节目。戏台下，宾客们围坐在长条板凳上，拍手叫好。堂屋里的棺材边，山梅母亲和几个叔伯婶娘号啕大哭着。山梅、小雨和阿成，坐在堂屋的角落里，看着眼前几人痛哭流涕的样子，有些不知所措。

**小雨：**小梅姐，你怎么不哭？

**山梅：**我不知道为什么，我就是哭不出来。

**小雨：**你看你妈和你伯娘，都哭成那个样子了，我好怕她们哭昏过去。

**山梅：**奶奶在的时候，她们张口闭口就是"老不死的""老不死的"，现在奶奶真的不在了，不知道为什么她们又开始哭起来了。

**小雨：**她们大人嘛，就是喜欢装装样子。我奶奶死的时候，我妈哭得那叫一个惨，结果我奶奶入土的当天晚上，我妈半夜听到屋里有动静，就以为是我奶奶回来找她了，吓得要死。

**阿成：**肯定是你奶奶回来找你妈算账了。

**小雨：**放屁，其实就是老鼠在房梁上爬来爬去的。

**山梅：**你们说人死了会去哪里呢？

**阿成：**死了就是死了，死了就啥也没有了。

**山梅：**要是真的什么都没了，那你还怕鬼干什么，鬼是从哪里来的？

**小雨：**我看电视上说，好人死了上天做神仙，坏人死了就下十八层地狱，当鬼。

此刻屋外的老年乐团突然唱起了一首《好日子》，声音震耳欲聋，三人停止讨论。

## 16. 清晨 马路 外景

今天是山梅奶奶出殡的日子。天还没大亮，远处的山谷雾蒙蒙的一片。清晨放光前的蓝天将周围的景色裹上了一层蓝色薄纱，让这座还没苏醒的山村显得十分清冷孤寂。蜿蜒的山路上，几名粗壮的汉子抬着棺材，艰难地向前走着。山梅手捧着奶奶的遗像走在队伍的最前面。

**山梅妈：**小梅，快喊几声"奶奶"，把你奶奶的魂叫住，这样你奶奶逢年过节才知道回家的路。

山梅刚想张口，却发现自己的喉咙里像被什么东西塞住了一样，发不出声音。

**山梅妈：**快叫啊。你奶奶平时最疼的就是你，现在不叫，以后再没机会叫你奶奶了。

然而不管母亲怎么说，山梅就是叫不出来。山梅妈见山梅怎么说都不听的样子，责备起山梅来。

**山梅妈**：山梅是个没孝心的，让她给她奶奶叫个魂都不叫。

山梅的姐姐看见山梅为难的样子，站出来替山梅解了围。

**山梅姐姐**：妈，我来叫吧。

山梅的姐姐转过身去，对着空旷的山谷，高声叫了出来。

**山梅姐姐**：奶奶！奶奶！奶奶！

山梅姐姐的声音在山谷中回响，惊飞几只林中鸟。山梅捧着遗像，一步一步地向前走去，众人并不知道，山梅此刻的心中，同样也在无声地呐喊。

## 17. 夜晚 山梅房间 内景

山梅侧躺在床上，月光透过窗户斜照在山梅的脸上，映出明暗的光影。寂静的深夜里，山梅心中思绪翻涌，直到这一刻，山梅才突然意识到，奶奶是真的不在了，奶奶死了，死了就是没了。更让山梅觉得难过的是，她想努力回想起和奶奶过往的点滴，却只能记得那一天，在门口，在喧闹的流行音乐中，她对着奶奶大吼了一句——"我就是不把声音调低！"

一股无形的愧疚感将山梅包围，压得她喘不过气来。豆大的眼泪，不自觉地开始往下掉。

**山梅**：奶奶，我好想你……

## 四、将 行

## 18. 白天 山梅家后山的樱桃树上 外景

山梅的奶奶去世还不到一个月，山梅家便办起了喜事——山梅的姐姐出嫁。用山梅妈的话说，死人不能挡了活人的事，山梅姐姐的事情是提早就定好了的，山梅奶奶的死是意料之外的。大红的喜字贴着，大红的灯笼挂着，张灯结彩，好不热闹。

屋后山坡的樱桃树上，山梅、小雨和阿成正坐在上面。山梅和小雨嗑着瓜子，吃着喜糖，看着山下院子里的人迎来送往，脸上并无太多喜悦的表情。阿成揣了一兜捡来的没点燃的炮仗，拿着打火机，一个个点着了往下扔，响起噼啪噼啪的声音。

**小雨**：小梅姐，开学你是不是就读初中了？

**山梅**：是啊。

**小雨**：我听你妈说，你们要搬到镇上去住？

**山梅**：我爸说姚家村太偏僻了，交通不方便，种地也没有收成，不如去镇上找活路。

小雨：那你搬走了，我们三个不是就不能在一起玩了？

山梅：等你们上初中了，我们不是又可以在一起玩了？

小雨：我不想上初中，小学的题我都不会做，更别说初中了，到时候我又是全班倒数第一。

阿成：我也不想上初中，我想和我叔叔出去打工。

山梅：你才十岁，出去打工哪个敢要你呀？

阿成：我叔叔还不是读到初二就出去打工了。

小雨：以你的智商，出去打工不被人骗才怪。

阿成：就你聪明，聪明还考倒数第一？

小雨：嘿，我看你皮又痒了！

小雨将瓜子壳往阿成脸上扔去。

山梅：我还记得去年我们还在这棵樱桃树上摘过樱桃。

小雨：不只这棵，还有河坝里的那棵，还有阿成屋后山上的那棵。整个姚家村的樱桃树，没有没被我们摘过的。

阿成：还有枇杷树、柿子树、梨子树、桃子树、茶树、核桃树……

山梅：怪不得梁村长说我们三个是姚家村的"土匪"。

小雨：哈哈哈！小梅姐你不知道，到现在，梁村长家的狗见到我就跑！

阿成：再不跑，它的狗命就没了。

小雨：切，也不知道是哪个跑得连裤子都撕破了，回去还遭了一场打。

阿成被小雨噎得说不出话来。

微风习习，吹动树梢沙沙作响。山下的院子里响起了一连串的鞭炮声，冲天的礼炮声在山谷中轰隆回旋。望着延绵不绝的远山，山梅的心情突然低落下来。

山梅：长亭外，古道边，芳草碧——

没等山梅唱完一整句，山下院子里便传来山梅妈呼喊的声音。

山梅妈：山梅，你又跑哪儿去了！还不快回来给你姐姐送亲！


## 19. 白天 马路 外景


接亲送亲的车子在马路上排成了一长溜，山梅陪着姐姐坐在排头第二辆小轿车内。小雨和阿成隔着山梅两米多的距离，站在车窗外的路边上。后面的货车正在装着山梅姐姐出嫁的嫁妆。

山梅：（山梅从车窗探出头去）阿成，你炮火还有没有？给我玩一个！

阿成从兜里掏出一把零散的鞭炮，连同打火机递到山梅的手里。山梅接过鞭炮，正准备点着的时候，后面的货车刚好装点完毕，司机嚷叫着发车。山梅赶紧将打火机扔给阿成。

山梅：打火机还你！

车子发动，山梅坐在副驾驶上，看着后视镜里小雨和阿成的身影越来越远……

# 终　幕

婚礼的队伍在蜿蜒的山路上井然有序地行驶着，山梅趴在车窗上，望着窗外的风景，低声地哼着歌。

山梅：长亭外，古道边，芳草碧连天，晚风拂柳笛声残，夕阳山外山……

车子在环形的山路上穿行，从山梅的车窗里，时不时被扔出一颗点燃的鞭炮，在路边、在菜地、在河沟、在别人家的屋顶……发出一声声清脆响亮的回音。

致每一个人那无关痛痒却又躁动不安的少年时光。


完。


◎ **指导教师蒋兰心评语：**

这部剧本不以情节的跌宕起伏取胜，而是沉浸于平凡的日常生活之中。作者将视线聚焦于农村青少年的成长，以四个章节描绘其重要的四阶段："跻弛"是天真的、未被规训的童年时光；"倘恍"讨论了青春期的性启蒙与性困惑；"怅惘"是少年对家庭与死亡的反思；"将行"则指向了少年们并不"光明"的未来。整部剧本自然流畅，宛如是从生活流之中随意截取的片段；这些片段在作者笔下变成了画面感极强、令读者感同身受的童年记忆，其中充盈的情感展现了作者描绘现实的笔力。

除了对生活流的描述外，该剧本另一可取之处在于，它并未营造一个封闭的戏剧世界，而是以一种自我敞开的状态展现了暧昧性与复杂性，从而打破了传统叙事中的二元对立。例如，就人物设置而言，山梅对奶奶的叛逆与对奶奶的思念是人物性格的一体两面，小雨妈对女儿粗暴的教育方式也同样有其无可奈何，剧本中没有"好人"与"坏人"，而是一个个立体的普通人。作者也不是用一种"自上而下"的、同情的眼光描绘了普通人的亲人离别、友人分别、辍学打工的未来生活，而是沉浸在其中，生发出一种"自下而上"的美感。就故事结构而言，作者以"将行"作为结尾，把少年的离别刻画得云淡风轻，点到为止，毫无刻意煽情，似乎故事永远不会结束。著名导演费里尼曾说："我认为讲一个有结局的故事是不道德的。因为你在银幕上一表明结局，你就抛弃了观众。"在费里尼看来，有结局的故事会剥夺观众自由思考的权力，观众只有浸润在"只可意会"的画面之中才能充分调动知觉与感性。该剧本亦如是，没有结局的故事与读者/观众之间形成了一种双向互动，是一次自我敞开的有益尝试，因而值得肯定。

# 永　珍

何舒琳

（21级编导）

## 1. 白天 心理咨询室的窗外 外景

下午，天气并不晴朗，远处的乌云隐隐可见。

平日里热闹的草坪上空无一人，仿佛生气和阳光一起散去了，呈现出一种灰绿色。风不大，但是透着一股凉意，直往人的脖子里钻。枯黄的树叶沙沙作响，落叶随着风一起飘落在地上，一场秋雨正在酝酿。医院楼下，一个一身黑衣的女人裹紧了衣服，一言不发地往前走。

## 2. 白天 心理咨询室内 内景

一身白大褂的女士正在整理公文，办公桌上放着她的身份牌，上面写着"唐诗元"，旁边摆放着一张一家四口的照片。

她看起来四五十岁的样子，有一头棕色的短发，微微带着卷，有几缕头发掉下来，被她严谨地用黑卡子别回了耳后。

她喝了一口手边的茶水，顾不上品鉴味道，便拿起来桌子上的公文，这是今日她需要面对的"客人"。

她皱着眉头看着今日的病人信息。

手指从病人的名字上划过，停到了"性别：女"的位置。

她想了想，把耳边的黑卡子换成了珍珠卡子，这个小装饰让她的气质显得更加柔和。没等一会，门外便传来了敲门声，敲门声并不连续，很轻，带着一种犹豫感。

医生起身，这种情况她遇见很多次了，她主动走到门口，拉开了那扇门。

门外是一个穿着一身黑色衣服的女人，她的脸色苍白，眼眶发青，神情憔悴，发丝贴着她的前额，整个人透露出一种无法掩饰的脆弱。

女医生没有意外，她没有触碰这位女士，但身体微微侧开，留出了进门的空间。

**女医生**：请问是钟楚女士吗？我看到了你的预约。

钟楚抬起头来，和医生对视，眼神紧张。

**钟楚**：我能进来吗？

女医生点点头，彻底让开了身体。

钟楚默默地走进来，坐在了门口旁的沙发上。

医生没有回到办公桌前，而是坐到了她面前的椅子上，她的表情十分和蔼。钟楚从包中拿出自己的预约确认单，递给医生。

**钟楚**：是唐医生吗？

唐诗元点点头，她接过了那张报告，看着眼前这个不寻常的女孩。她看起来岁数并不大，身上却有着化不开的忧愁。

**唐诗元**：你想和我聊聊吗？

**钟楚**：（声音中带着颤抖）我……我最近在经历一段困难时光，我不知道怎么处理这种情绪，我很害怕，我感觉我自己也在溶解……

唐诗元没有打断她，她给了对方一个安抚性的眼神，适宜她接着往下说下去。

**钟楚**：我总是做一个相同的梦，白天头疼，晚上做梦。

**唐诗元**：梦境是很神奇的东西，它总是传达我们内心深处的想法。

钟楚闻言，浑身颤抖得更厉害了。

**钟楚**：我不知道该不该说下去了，也许这件事应该被永远忘记。

**唐诗元**：沟通是缓解痛苦最好的方式，不是吗？

钟楚没有说话，她只是直勾勾地盯着女医生。

唐诗元起身，走到饮水机前，她先往水杯中放了一包蜂蜜柚子的料包，接着去接热水。浓郁的香气在办公室蔓延开，冲淡了天气带来的潮湿感。

**唐诗元**：你来到了这里，选择了我，就是一种信任，你放心，你的档案除了我谁也不会看到。

钟楚把手放在大腿上，她握紧了黑裙子，手上的青筋透露出了她的不安。

唐诗元把茶放在两人中间的茶几上，平推给她。

两人再次对视，几秒钟后，钟楚开口了。

**钟楚**：我……我发现了一个秘密。

**唐诗元**：是关于你自己的还是关于别人的呢？

**钟楚**：关于别人的。

**唐诗元**：是你的亲人吗？还是朋友。

**钟楚**：关于……我的女朋友。

唐诗元微微抬起头，不过又很快地低下，接着看向这个女孩子。

**唐诗元**：她出什么事情了吗？

**钟楚**：她没什么事，是，是她的母亲。

**唐诗元**：她阻止你们了吗？

**钟楚**：没有……她生了很严重的病，去世了。

**唐诗元**：（皱眉）为什么她的去世让你这么痛苦？

**钟楚**：因为，她不仅仅是病死的。

钟楚的神情激动起来，她盯着眼前的医生，眼神中带着回忆的苦痛，整个人颤抖起来。

**钟楚**：我怀疑是他们害死她的，但是我没有证据。

**钟楚**：你明白吗医生，他们杀人了，我没有证据。

她的表情透露出一种绝望，唐诗元冷静地把热水拿起来，递到她手上。

**唐诗元**：你女朋友知道吗？

**钟楚**：她不知道……不，我不知道她知不知道。

**唐诗元**：这是什么时候发生的事呢？

**钟楚**：三天前，我刚去参加完她的葬礼。

钟楚低下头，看着地面，神色哀伤，她陷入沉思。

## 3. 白天 心理咨询室窗外 外景

镜头视角缓缓从窗外移到天边，一只小鸟缓缓飞过，身后传来凄楚的鸟鸣。

## 4. 夜晚 医院 内景

夜已经深了，医院走廊上，钟楚穿着职业装，背靠着墙站着，眼神中带着难以掩饰的疲惫，左手里拿着化验单，右手提着装着笔记本的托特包，妆发有些凌乱。

她有些困意，低下头，眼睛微闭，由于太久没有喝到水了，嘴唇有些起皮。从门口往走廊看，在医院的灯光下，她构成了一个单薄的剪影。

**护士**：（从不远处的护士站中走出，大厅里零零散散的急诊病人家属们看向她）吴永珍家属在吗？

大厅里的人没有人应答，左看右看，护士看了一圈，转身看向了女人，又说了一遍：吴永珍家属在吗？

**钟楚**：（惊醒，急忙看向手中的化验单，快速地默念确认了一遍吴永珍，急忙回答道）在！在这！

**护士**：（有些不耐烦地）你是吴永珍的家属吗？怎么连病人的名字也不知道。

**钟楚**：（舔了一下嘴唇，有些尴尬地笑笑）是我朋友的妈妈，她被隔离了，我帮忙照顾一下。

**护士**：（接过化验单，再次核对了一遍信息，没有抬头便说）病人已经办好转院手续了，需要你去把这些费用交一下，病人之前的病历你明天转交给她的主治医生。

  **钟楚：**（一边接过开好的单子一边问）阿姨的病怎么样？严重吗？

  **护士：**（神情古怪地看了钟楚一眼）这个需要你自己明天和医生交流哈，我们只负责办手续。

  **钟楚：**（点头）我能去看一眼阿姨吗？

  **护士：**可以，但只能隔着门，你看不到什么的。

  **钟楚：**好，那我今天就先回去了。

## 5. 夜晚 街景 外景

  夜晚总是格外安静的，只剩医院门口冰凉的灯光和不太明亮的月亮，急诊部门有人进出，街上时不时通过几台车辆。

  钟楚一个人站在医院门外，等待着滴滴出租车，夜色深了，她穿着裙子，有一些害怕。没过一会儿，车来了，她穿过公交站台，上了车。

  还没等司机开口，她就先报了自己的手机号后四位，随后便有些紧张地戴起了耳机。

  **钟楚：**3276。

  各种各样的夜间乘车的事件在她脑海中闪过，她警惕地把包放在了自己的怀里。幸好司机也没有和她多说话，车里放着流行乐。

  她看着窗外，小城市的夜景并不繁华，路上就基本没有人，商铺也都早早关闭。

  她默默地确认着回家的路程是否正确，一边给女朋友发微信消息，并把自己坐车的车牌号发给对方。

  等到了小区门口，钟楚喊了停，推开车门快速下车，却被司机喊住。

  **司机：**欸，小姐你的东西掉了。

  钟楚一听，是个女司机的声音，那人体形微胖，又是短发，自己才没发现。她松了一口气，回头拿上自己忘记的化验单。

  **钟楚：**我忘记了，不好意思哈。

  **司机：**没事小姑娘，快回去吧，不早了。

  钟楚感激地点了点头。

## 6. 夜晚 卧室 内景

  钟楚带着满身的疲惫回了家，她自己一个人住一居室，不算大但也足够。书桌上摆放着她上课需要的教材，以及各种各样的工作报告。墙面上挂着一个小黑板，上面贴了各种各样的贺卡，上面写着她和她女朋友度过的纪念日和节日，左上角还贴着两人的拍立得。卧室一天没有关窗，贯穿着一股冷风。

她飞速地洗了个澡，换下了沾满医院酒精味的衣服，穿着睡衣躺在床上，开始给女朋友打电话。

**钟楚**：喂，姐姐，睡了吗？

对方传来清醒的声音。

**刘静阳**：还没睡，你回来了？

钟楚听到对方的声音，她忍不住露出笑容，仿佛今日的疲惫已经消除殆尽了。

**钟楚**：已经在床上躺着了，刚把阿姨安排到人民医院去。

**刘静阳**：（语气急切）我妈怎么样，她还好吗？

**钟楚**：阿姨明天才能做全面检查，姐姐你别急。

**刘静阳**：其实我也知道妈年龄大了，她已经受过很多苦了。这次多亏有你，她才能来市里治疗，哎。

**钟楚**：姐姐你别说这种话，帮阿姨的忙是我应该做的。再说了，你被隔离了也没办法。

**刘静阳**：唉。

**钟楚**：姐姐你别叹气了，会好的。

**刘静阳**：你不用安慰我，我妈妈的情况我还是了解的。

**钟楚**：姐姐……

**刘静阳**：她还没出嫁的时候就疯了，我父亲没有介意，还是把她娶回来了。他很爱她。她发起疯来就伤人，不仅打别人，还自残。我爸就让她住在小仓库里，把所有能伤害到她的东西都收拾出去了。我小的时候，奶奶怕她的"疯"会传染，不让她给我喂奶，我也不想被同村的小孩说我有个疯妈妈，很少去看她……

她的声音中逐渐带了哭腔。

**钟楚**：（心疼）姐姐，你别说了，我会照顾好阿姨的。

**刘静阳**：（情绪平稳下来）小钟，你会介意我有个疯妈妈吗？

**钟楚**：你在说什么？我怎么会介意，我会像你一样好好照顾她。

**刘静阳**：是啊，我要是早点遇到你就好了。

**钟楚**：现在遇到也不晚。

**刘静阳**：好，都听你的。

钟楚有些犹豫，但是还是说出了口。

**钟楚**：姐姐，我跟你说的事情你考虑得怎么样了？

**刘静阳**：你是说考证书的事吗？

**钟楚**：对啊，你多考几门证书，就能在教辅机构多带几门课，这样就不用在小县城里待着，可以来市里和我一起住。

**刘静阳**：我过两天看看。

**钟楚**：你总说过两天，姐姐，我不是催你，是大专学历真的行不通的，你总是出差进货，干这么累的活……

刘静阳：好了，我知道你是为我好。等我隔离完回来，我一定考虑，好吗？

钟楚：好。

刘静阳：你上班那么忙，照顾我妈很辛苦吧。

钟楚：没事，我已经跟学校申请了调休，这几天好好照顾阿姨。

刘静阳：辛苦你了。

钟楚：没事，你怎么还说这种话。

刘静阳：不说了不说了，早点休息吧宝宝。

钟楚：好，晚安姐姐。

刘静阳：晚安。

钟楚关了手机，她侧躺在床上，眼睛看向窗外。她关了灯，静静等待着睡意来袭。

## 7. 白天 医院花园 外景

钟楚走过医院，要穿过一片病人休息走动的花园才能到达女朋友母亲的病房，她边走边看。今天天气还不错，她看到许多护士将病人推出来晒太阳，莫名地有些开心。

她手中提着给女友母亲买的水果和鸡汤，有个她并不认识的病人主动对她笑了笑，她也忍不住向那人点了点头。

钟楚感觉，在这一片太阳下，病人和普通人也没什么区别。

## 8. 白天 病房 内景

钟楚走进门。

她把买来的汤放在桌子上，女友的妈妈还没有醒，倒是隔壁床铺的阿姨是清醒的，她看到钟楚来了，便主动搭话。

隔壁阿姨：丫头，来照顾你妈呀？

钟楚：不是的，这是我朋友的妈妈。

隔壁阿姨闻言一听，兴致来了，她坐起身来，看向钟楚。

隔壁阿姨：这么操心，是你男朋友的妈妈吗？

钟楚有些害羞，连忙摆手。

钟楚：不是不是，是好朋友，女孩子。

隔壁阿姨：（拍了一下手，一副感兴趣的样子，接着问）我跟你说啊，那你照顾她可要小心一点咯，昨天晚上她可不安生。

钟楚：啊？阿姨昨天怎么了？

隔壁阿姨：你这个阿姨脑子有点问题！

**钟楚：**（尴尬）啊，她是有精神类疾病。

**隔壁阿姨：**诶我就是说，我跟你讲啊，昨天晚上超级恐怖的。

**钟楚：**阿姨怎么了？

**隔壁阿姨：**昨天有个男医生来查房，本来正正常常的，一叫她，她就和疯了一样，一直往后躲，还吓得往我怀里钻嘞，像个小孩一样。

**钟楚：**（皱眉）然后呢？

**隔壁阿姨：**（变了神情，眼神中带了些说不明的意味）她还一直说什么跑、锄头之类的话。不过都是些絮絮叨叨口齿不清的话，谁知道她表达了个啥意思呢，说不明白也听不清。

**隔壁阿姨：**（拿了一根钟楚放在桌子上的香蕉，边剥边说话）本来医生说要把她关到精神病人那边的病房去，我想着，来了我们这个科，有没有精神病又能怎么样呢？都一把岁数了，还关到那种地方也太可怜了。就和他们说，就让她在这里睡吧，她这么瘦，就算发疯我也不怕。

钟楚感激地看了隔壁阿姨一眼，她把买的水果都拿了过去。

**钟楚：**阿姨，真的谢谢你理解，主要是病历不在我手上，昨天办理转院又太匆忙。真的麻烦你了。

**隔壁阿姨：**行了，你这丫头还挺懂事的。不过我也没帮上什么忙，他们还是给她换了个床，你看看，手脚都固定着呢。

她边说，边拿着水果往外走，病房里只剩下钟楚和女朋友母亲二人。

钟楚走近一看，女朋友妈妈的身份牌挂在床尾。

她轻轻念出她的名字：吴永珍。

走近一看，女友母亲正在输液，整个人看起来十分消瘦，病号服下是干瘪的躯体，她看起来比实际年龄苍老许多，连睡着的时候都皱着眉。

钟楚没在她的脸上看到女友的影子，只有眼角的痣有一丝相似。

钟楚小心翼翼地走上前，她看她表情十分痛苦，便帮她把手上的束缚带解开了，在她准备去解左手那一边的时候，女友母亲睁开了眼睛了。

钟楚有些害怕，她不知道这个女人发起疯来是什么样子。

可奇怪的是，那女人只是呆呆地看着她，像个不谙世事的孩童，一动不动。

钟楚这才敢继续动手，把女友母亲另一边的束缚带也打开。

**钟楚：**（小心翼翼地）这样会好一点吗？

女人没有理她。

钟楚把凳子搬过来，坐到她旁边。

**钟楚：**阿姨你好，我是小阳的朋友，把你转到这个医院的也是我，我叫钟楚。

女人依然平躺着，睁着眼睛，一动不动，就像没听见一样。

**钟楚：**（看着她，无奈）您要喝汤吗？我带了鸡汤来。

女人没有说话，场面一时凝固了。

这时护士走了进来，她看了病房一周，视线停在了坐着的钟楚身上。

**护士：**你来啦？是吴永珍家属吗？

床上的女友妈妈突然有了反应，她挣扎着想坐起来，可脚上还被束缚带固定着。

她只能一边发出嗯嗯啊啊的声音，一边用手抓住了钟楚的胳膊。

她的力气并不大，但是还是吓了钟楚一跳。

**钟楚：**是我，我是她的看护人，您喊我小钟就好。

**护士：**（看了看一直嗯嗯啊啊的吴永珍，有些无奈地）你怎么把她解开了？

**钟楚：**（有些不好意思，像做错了事的小孩子）我看她躺着不舒服……

**护士：**她是有一定精神疾病在身上的，你这样的行为很不好。

**钟楚：**她这么虚弱，能伤害谁呢？

女友妈妈也逐渐安静下来，她好像只对自己的名字有反应，坐了起来，静静地听着两人说话。

**护士：**（皱眉）她伤害不了别人，但是她可以伤害到自己。

护士走上前，将安静了的女友妈妈的袖子拉起来，胳膊上出现了各种各样的伤痕，有些像被玻璃划破的，有些像是瘀青，有些更直接的，看起来是齿痕。

钟楚大吃一惊，她有些不知所措。

**钟楚：**这是她自己干的？她为什么要这么做？

**护士：**我没办法告诉你精神病人的想法。

**钟楚：**我会看着她的，等我走的时候再给她绑上，这样可以吗？

钟楚看向护士，护士和她对视几秒，无奈地点了点头。

**护士：**你带来她的病历了吗？

**钟楚：**这个还在她的家人那边。

**护士：**你需要快点要过来，不然这些检查需要全部重做。

**钟楚：**我这边带来了她一直在吃的那些药物。

**护士：**这个我不清楚，一会儿你去给主治医生看看吧。

**钟楚：**好的好的。

护士说完便要走，钟楚目送她离开。

钟楚叹了一口气，回头看向女友妈妈，她已经有些疲惫了，足够糟糕的身体让她已经有些坐不住了，但是她还是没有松开钟楚的手。

钟楚扶着她躺下，犹豫了片刻，还是给她系上了束缚带，她没有反抗，只是静静地看着钟楚。

钟楚弯下腰去拿抽屉中带来的药瓶，并不多，只有两三个盒子，和一些护士们写的用药单。

她安抚性地拍了拍女友母亲的手，走出门去。

## 9. 白天 医院走廊 内景

钟楚来到医生的办公室，轻轻地敲了敲门。

**医生：**你好，请进。

钟楚走进门去，又转身轻轻关上了门，然后才走上前。

**钟楚：**医生你好，这是我朋友妈妈平时吃的药，给您看看。

**医生：**（看了一眼，皱眉）您是吴永珍的家属，是吧？

钟楚没有反驳，点了点头。

**医生：**一般这个程度的老人家我们都不让住院了，这次是看在张主任的面子上才让你转院的。虽然我们肯定会全心全意地治，但是还是希望家属做好心理准备。结合今天上午的化验单，老人家状态好的话可能还有一个月的时间，状态不好的话就难说了。

钟楚没有想到这个结局，她咬紧了下唇，想说些什么，又不知道说什么。

**医生：**（看她的样子，叹了一口气）没办法，送过来太晚了，胃癌晚期得不到好的照顾的话，总是说没就没的。

**钟楚：**做手术呢？做化疗呢？

**医生：**手术和化疗对她的身体负担太大了，她这个程度的病情已经没有治疗的空间了，而且病人还患有后天的精神疾病，配不配合治疗还另说。

**钟楚：**后天的？

**医生：**对，她的身体报告显示大脑曾经受过重大创伤，而后又没有接受好的治疗，应该就是这个导致了她的精神疾病。

钟楚无言，她有些接受不了这个事实。

**医生：**（看了看她递过来的药，皱眉）你确定这就是她吃的全部的药吗？

**钟楚：**对，我已经全部拿过来了。

**医生：**这个药没有任何的治疗作用，无论是精神上还是身体上，只有止痛的作用。

医生把药打开，拿出来两粒大白片，倒在手上。

**医生：**这种药很常见的，只是止痛药。

**钟楚：**……

**钟楚：**可能是县里的医院治不了，只能开这种药给她。

医生又拿起患者的资料，神情有些严肃，但看着眼前这个女孩，他没有明说，这是让她尽快把病人的病历拿过来。

钟楚魂不守舍地离开了医生办公室。

## 10. 白天 医院花园 内景

钟楚不想回到病房，巨大的信息量让她无法回到病房去面对那双眼睛。

她拿出手机，找到了女朋友之前留下来的电话，给女友父亲开始打电话，但是等了很久依然没有人接。她没有死心，很快便又打了一个，可依然没有人接。

钟楚没有放弃，可等待她的只是一次又一次地未拨通。

她不知道自己打电话是为了要病历，还是为了证明什么。她感觉有些意料之外的事情发生过，可她不敢深想。

花园里依然有着阳光，可钟楚却再也感觉不到来时的温暖。在一再的忙音中，她放弃了。

坐在花园的长椅上，钟楚忍不住把头埋了起来。

## 11. 白天 心理室诊所 内景

女人的眼光从窗外聚焦回对面的医生。

她的嘴唇很干，说了很久的话，她不知道自己有没有说清楚这个故事。

**唐诗元：**（安静地看着她）喝口水吧。

**钟楚：**（点了点头，完成指令般地喝了口水）谢谢你医生。

**唐诗元：**最后你打通了那个男人的电话吗？

**钟楚：**（摇了摇头）没有，从阿姨生病到离开，我只在葬礼上见过他。

**唐诗元：**你女朋友不是说她父亲很爱她母亲吗？

**钟楚：**可能她觉得娶一个疯女人，就是她父亲的爱了。

**唐诗元：**那你觉得呢？

**钟楚：**我觉得这不算爱。

**唐诗元：**那你觉得你和你女朋友之间算爱吗？

**钟楚：**我曾经觉得是，但是现在我不确定了。

**钟楚：**（抬起头，像回忆往事一般，缓慢地说）我们相遇的时候，我正在犹豫要不要留在这个城市，好不容易考上编制，却是一个离家这么远的地方。亲戚朋友也不在身边，她是出现在我身边的第一个人，她陪我一起去吃想吃的店，逛想逛的街，我做什么事她也不觉得奇怪。她对我真的很好，除了她我没有喜欢过别人……

**唐诗元：**那是什么让你觉得不确定了，是她母亲的病吗？

**钟楚：**她的病，她为什么疯，那些痕迹，我不信她没有发现。

**唐诗元：**你觉得她知道吗？

**钟楚：**我不知道，我真的不知道。

她神色哀伤，声音带着哭腔，深呼吸了两下，她又抬起头。

**钟楚：**请让我继续说下去。

## 12. 白天 医院 内景

钟楚拿着检查报告走回了病房。

刚刚出去的阿姨回到了座位上，看她垂头丧气的样子估计是猜到了什么，递给了她一瓣切好的橙子。

钟楚露出勉强的笑，摇了摇头。

阿姨也没有勉强，她自顾自地拿回来，自己吃了。

**隔壁阿姨：**怎么了？情况不好？治不好了？

钟楚被她的用词冒犯到，她忍不住将所有的压抑化为锋利，狠狠地看向了对方。

**隔壁阿姨：**你联系到她的家属了吗？拿到病历了吗？

钟楚所有的锋利都泄了气，她摇了摇头。

**隔壁阿姨：**生了大病的人身边有你这样的小丫头陪着，是幸运的。

她好像在说对方，又好像在说自己。

钟楚叹了口气。

**隔壁阿姨：**叹什么气呢小丫头？不是说了吗？有你在身边陪着是幸运的了。明天你别带水果了，医院这附近到处都是水果店，你带点蛋糕来吧。

**钟楚：**您的身体状态，还能吃那些糖分高的吗？

**隔壁阿姨：**我这身体状态，能吃一天好东西就得吃，你说是不是，吴永珍。

隔壁阿姨看向女友妈妈。

钟楚这才发现女友妈妈已经醒了，隔壁阿姨好像已经知道了名字就是这个"木偶"的密码。

女友妈妈又开始嗯嗯啊啊起来，不过她的情绪并不激动，钟楚也不再觉得害怕。

她走过去，给女友妈妈解开手部的束缚带，碰到她手臂上的那些伤口又开始有些难过。隔壁阿姨走过来像摸狗狗一般摸了摸女友妈妈的头。

女友妈妈好奇地抬头看着她，并没有反抗。

钟楚也坐下，拿起桌上的鸡汤，却发现里面已经空空如也了。

隔壁阿姨作为当事人毫不愧疚，她背过身去回到自己床上。

**隔壁阿姨：**听到没有小丫头，明天带点蛋糕过来，奶油多的那种。吴永珍也喜欢。

女友妈妈又跟着嗯嗯啊啊起来，钟楚无奈地点了点头。

## 13. 夜晚 卧室 内景

钟楚坐在书桌前，她拿着一支笔，但迟迟没有下手。

她回想起来这段时间发生的事情，她忍不住有些怀疑女友母亲的病因。她拿起笔，在纸上默默写下"疯病"两个字，又在后面画了一个箭头。可箭头后打的是一个问号。

她又在问号后面画了两个箭头，一个指的是迟迟不接电话，送不来病历的父亲，一个指的是后天的脑部损伤。

最后，她又画了一个加粗的大箭头，指向了一个大白片。

一个模糊的情景出现在她眼前，她仿佛看到了吴永珍是怎么一步步变成现在这样的。再结合她身上那些伤痕，她忍不住打了一个冷战。

钟楚站起来，离开书桌，躺在了床上。

她拿起手机，看着微信中女朋友发过来的晚安，回过去了一个晚安。随后躺平，叹了口气。

## 14. 夜晚 城市街景 外景

夜晚的小城，绽放的霓虹灯一盏盏地关闭，一切都回归于平静与黑暗。

## 15. 白天 医院走廊 内景

钟楚穿着一身简单的运动服，手提着一个蛋糕走在医院走廊上，路过了护士站，被护士长拦住。

**护士长**：你怎么拿着个蛋糕啊。

**钟楚**：隔壁阿姨说她想吃……

**护士长**：你说是 207 的一号床吗？她那个身体状况不允许吃那种东西。

**钟楚**：啊？我不知道啊……

**护士长**：你不能给她吃啊，不然是要担责任的。

**钟楚**：好好，那我不带进去了。

钟楚把蛋糕放在了护士站，往病房走去。

## 16. 白天 病房 内景

钟楚走进病房，隔壁阿姨面色苍白，正在打针。

看见钟楚进来，她把氧气面罩摘了下来。露出一个浅浅的微笑，开始和她搭话。

**隔壁阿姨**：小姑娘，来啦。

**钟楚**：嗯嗯，您今天怎么了？

**隔壁阿姨**：刚做完化疗，你来得巧，我才睡醒呢。

钟楚看她女友母亲还没醒，隔壁阿姨又一个人孤零零地躺在那里，主动上前给她倒了壶热水，又帮她把被子盖好，两人的手碰到一起，她感觉对方的手冰冰凉凉的，有些心疼地看了对方一眼。

**钟楚：**好凉啊阿姨，不然我喊护士把输液速度调慢点吧。

**隔壁阿姨：**没事，不用麻烦她们，我早就没感觉了，又不是第一次了。

**钟楚：**（眼神更加心疼了，忍不住问）您的家人呢？

**隔壁阿姨：**（眼睛望向前方，语气有些哀伤）我儿子去国外了。

**钟楚：**那你爱人呢？

**隔壁阿姨：**我爱人？你是问和我结婚的那个人吗……咳咳。

**钟楚：**（帮她拍了拍胸前）对。

**隔壁阿姨：**他有他的报应，早就死了。

**钟楚：**阿姨……

**隔壁阿姨：**不说这些了，我的蛋糕呢！

**钟楚：**阿姨，医生说你不能吃。

**隔壁阿姨：**我这把岁数了，还不能想吃什么吃什么？

**钟楚：**可是，护士们不让。

**隔壁阿姨：**你偷偷拿过来，你放心，我只吃一点点，再说了，吴永珍也想吃呢。

钟楚这才发现女友妈妈也醒了，她忙看过去，对方正兴致勃勃地看着她，虽然仍是一副病容，但钟楚却能从那张脸上看到高兴。

**钟楚：**好！我去拿过来。

## 17. 白天 医院走廊 内景

钟楚在走廊上徘徊，还是有些心虚。

这导致她往前走三步就忍不住往后退两步。

她偷偷往护士站的方向看，发现蛋糕被放在护士们休息的小房间里。

她要偷偷拿到蛋糕，就必须穿过一群正在开会的护士们，这让她犹豫再三，握紧了拳头。她觉得自己就像是班上带的小朋友一样，做了错事又害怕被发现。

终于，护士们散会了，她们开始纷纷往自己的岗位走。钟楚连忙低头，不想被护士们看见自己。

等她再抬头时，护士站已经没有人了。

钟楚在心底偷偷地说了句"太棒了"，左右看了看，发现没有人注意到自己，便往护士站走。

## 18. 白天 护士站 内景

钟楚刚小心翼翼地拿起蛋糕，身后却传来护士长的声音。

**护士长**：你在干什么？护士站不允许家属入内哈。

钟楚尴尬地转身，指了指蛋糕，她有些不好意思地笑了笑。护士对着她叹了口气，她坐过来，示意钟楚坐下。

**护士长**：就知道你搞不定老太太。

**钟楚**：她就尝一小块？而且她一个人太可怜了。

**护士长**：（露出回忆过去的目光）一个人确实可怜，但这已经是她一生最自在的时光啦。

**钟楚**：什么？

**护士长**：老太太和我是同乡，她本来不想治了，是我强行把她拉过来治的。

钟楚点了点头，不过仍有些疑惑。

**护士长**：她年轻的时候家里穷，和人私奔被抓回来了，嫁给她现在的丈夫，她并不爱他，甚至恨他。她跟我说，她每次在床上的时候就用毛巾把脸蒙住。她总是挨打，没有一天安生日子，哪怕是她怀孩子的时候。终于那个人瘫痪了，死了。她不愿意出席那人的葬礼，可是她的孩子却不信这一切，认为自己有一个冷血无情的母亲，将她扔在国内，一年联系不了几回，连她生病都不知道。

**钟楚**：（震惊）我没想到……

**护士长**：没想到这么乐观的老太太有这么悲惨的过去？

**钟楚**：嗯。

**护士长**：（叹了口气）我不是不让你将就她，只是这蛋糕她真的不能吃。

**钟楚**：我，我知道了。

## 19. 白天 病房 内景

钟楚推开房门。

**隔壁阿姨**：小丫头，我的蛋糕呢。

钟楚小心翼翼地从身后拿出三小坨蛋糕胚，奶油被刮得一干二净。

**钟楚**：这已经是我尽力争取来的了。

**隔壁阿姨**：这么小一点。

**钟楚**：护士长不让吃。

**阿姨**：（沉默了一下）属她管得多，快拿过来，吴永珍都等不及了。

**钟楚**：来了来了。

她走过，把蛋糕放在桌子上，接着又给含含糊糊重复说着蛋糕两个字的吴永珍松了绑。两人的床都被摇高可以让她们靠着坐。

钟楚将蛋糕递给她们，吴永珍并没有用叉子，她直接张开嘴，对着盘子就是一口，像个小孩。

钟楚和隔壁阿姨都笑得不行。

阿姨笑了一会儿停了下来。

**隔壁阿姨：**今天是我儿子的生日。

钟楚放下手中的盘子，抬头看向她。

**隔壁阿姨：**国外肯定有蛋糕，就是不知道有没有长寿面。

**钟楚：**一定会有的，你就放心吧。

**隔壁阿姨：**我才不担心这个不孝子。

她也学吴永珍一样，将蛋糕一口吃掉，却因为动作太大咳了起来。钟楚连忙过去将她的床摇下来。

隔壁阿姨躺在床上，舒了一口气。

**钟楚：**您没事吧？

隔壁阿姨摇了摇头。

**隔壁阿姨：**你说，吴永珍每次喊她名字才有反应，是为什么？

**钟楚：**可能阿姨只记得她自己的名字了。

**隔壁阿姨：**都忘记了也挺好的。

**隔壁阿姨：**小姑娘，你叫什么名字来着？

**钟楚：**（耐心地）我叫钟楚，钟表的钟，楚国的楚。

**隔壁阿姨：**（笑了笑，她望向钟楚，认真地）我叫罗九芸。

吴永珍也看了过来。

此时已是黄昏，窗外的夕阳打进病房，阳光的余晖带着温暖的感觉。钟楚对着对方的眼睛，郑重地点了点头。

**钟楚：**我会记住的，九芸阿姨。

对方闭上了眼睛，微笑地点了点头。

## 20. 白天 心理咨询室 内景

心理咨询室内，桌上的热水已经换了两杯了。

**唐诗元：**她是一个很温暖的人，九芸阿姨。

钟楚点了点头，她露出了进来咨询室的第一个微笑，又很快变得哀伤。

**钟楚：**（低下头，绝望地）如果故事停在这里该多好，如果每个人都能长命百岁该多好。

**唐诗元：**有的时候，我们只能陪伴他人一程。

**钟楚：**如果，如果我不联系他就好了……

**唐诗元：**联系谁？

**钟楚：**她舅舅，吴义。

## 21. 白天 病房 内景

钟楚正帮吴永珍盖好被子，她检查了一下吴永珍的手，发现没有被束缚带扯出伤痕才放心。

这时她的手机响了。

钟楚回头，接起手机，发现是一串不认识的电话号码。她怕吵到两位熟睡的老人，走出病房外接电话。

## 22. 白天 医院走廊 内景

钟楚接起了电话。

**钟楚：**喂？

**吴义：**（操着一口浓厚的乡音）喂？钟楚是吗？

**钟楚：**是我，你是？

**吴义：**我是刘静阳的舅舅，她喊我来送病历，她爸爸没空。

**钟楚：**（想到自己昨晚给刘静阳发的消息）哦哦！你好！您现在在哪啊？

**吴义：**我在医院楼下呢，他让我扫这个码，我不会这个，他让我给认识的人打电话。

**钟楚：**好的好的，我下来接您过来。

吴义挂了电话，钟楚急忙下楼。

## 23. 白天 医院门口 外景

钟楚走到门口。

她一并没有认出来吴义，还是吴义喊她。

**吴义：**丫头！这！

钟楚望着眼前这个男人，他是吴永珍的哥哥，却显得比吴永珍年轻了许多，虽然也是农民打扮，但显然日子过得不错。

**钟楚：**吴先生，你好。

**吴义：**（一摆手）嗨，还没几个人喊过我先生呢，你是小阳的朋友，就跟着她喊我舅舅吧。

**钟楚：**……

她有些尴尬，只是一笑。

**吴义**：你是要病历吗？我给带过来了。

钟楚感激地点了点头，她接过来，带着舅舅往病房走。

她拿出来一看，基本上是吴永珍这次生病的病历，并没有之前的病历，更没有她导致她发疯的外伤的病历。

**钟楚**：只有这些吗？

**吴义**：不只这些还有啥，其他的年数久了，早就扔了。

钟楚有些可惜地点了点头。

## 24. 白天 医院花园 外景

两人边走边聊，很快便走到了住院区的楼下。

一路上基本都是吴义在问，钟楚在答。很快，他便将她的基本情况了解得一清二楚。

**吴义**：你和我们小阳，是个什么关系？

钟楚有些紧张，怀疑自己说漏嘴了。

**钟楚**：（支支吾吾）我们是好朋友啊。

**吴义**：那你为她耽误这么多事，不嫌麻烦啊。

**钟楚**：（这次说得真心实意）我不觉得麻烦啊，再说阿姨也很好照顾。

**吴义**：一个疯子，能好照顾？

钟楚有些不适舅舅的说话方式，她皱起了眉。

**吴义**：我不是说你的意思啊。

**钟楚**：没事。

**吴义**：你们这儿没有电梯吗？

**钟楚**：有的，但是在里面，我们只去二楼。

**吴义**：二楼是不是阳光不好啊？

**钟楚**：（以为他真的关心吴永珍，忙说）不是的，二楼是双人间，条件更好一点。

**吴义**：哦，我还以为你定的最便宜的。

钟楚这次再也说不出来附和的话，吴义也开始对这市里面的医院左看右看，两人就这么走到病房前。

## 25. 白天 病房 内景

钟楚推开了门，和吴义一起进了病房。

隔壁阿姨又去做化疗了，所以她的病床空着。

吴义进了房间，看到干净整洁的病房，和正躺在床上熟睡的吴永珍。他怪笑一声。

**吴义**：老了老了你还挺享受。

钟楚没听到，她回头小声询问。

**钟楚：** 怎么了？

**吴义：** 没什么，我看她睡得挺好的，是不是康复了。

**钟楚：**（叹了一口气）阿姨的病很重，现在只是暂时稳定，不知道什么时候会爆发。

吴义点了一下头，他两手空空地来看望病人，也没有觉得羞耻，甚至拿起了桌子上的水果。

**钟楚：** 您想吃吗？我去帮您洗洗。

**吴义：** 行！你去吧！我坐着就行。

说罢，便毫不客气地坐在了罗九芸的床上。钟楚拿了苹果，边往外走，又被喊住。

**吴义：** 来，丫头，把这提子也洗一洗。

钟楚有些无奈，礼貌地把东西拿来，并带上了病历，想先给医生看看。

## 26. 白天 医生办公室 内景

钟楚拿着病历和水果走出病房，来到医务室。

**钟楚：** 医生，病历送过来了，麻烦您看一下。

医生接过来，仔细查看。

**医生：** 怎么只有这点，这些检查我们这两天已经做过了，这份病历没什么用啊。

**钟楚：** 医生，我还是想问问，她的精神病一定是后天的吗？

**医生：** 我只能回答你，可能性很大，具体的情况还是要问她的亲人。

**钟楚：** 好，她哥哥在，我可以问一下。

**医生：** 好，你去吧，病历就放我这里。

**钟楚：** 好。

她拿着水果往外走，去洗手间仔细地清洗完，边洗边想怎么开口问舅舅。洗完了，她便往病房走去。

## 27. 白天 护士站 内景

护士站，有个护士跑过来对护士长说：不好了！207病人好像发病！路过的钟楚一听，吓了一跳。

她飞快地往病房跑，中间和别的病人家属撞在了一起也不在意，顾不上回头。怀里的水果撒落一地，在地上留下水痕和残迹。

## 28. 白天 病房 内景

钟楚跑回病房，一向安静的吴永珍情绪颇为激动，她对着吴义发出刺耳的尖叫，手上暴起青筋，使出异乎寻常的力量，仿佛要挣脱束缚带和他决一死战，而吴义则一脸受惊的表情，站在旁边。他看到钟楚回来了，急忙诉苦。

**吴义**：丫头，你可回来了，你再不回来这疯女人就要把我吃了。

没等钟楚开口，旁边的小护士看不下去了。

**小护士**：要不是我查房来得及时，您怕是已经要一巴掌打在病人脸上了。

吴义狠狠瞪了一眼小护士，小护士也狠狠瞪回去。

床上的吴永珍看到钟楚回来了，更激动了。

**吴永珍**：（含含糊糊）跑……快跑，有锄头……快跑……

钟楚皱着眉，她听不清女人在说什么，想凑近些，却被吴义推开。

**吴义**：好啊，我好心好意来看这个疯子，你们都是这种态度！

他一副要走的样子，钟楚连忙拉住他。

看到钟楚拉住吴义，吴永珍叫得更大声了，她似乎在竭尽全力提醒钟楚，可她的这份提醒没人听得明白。

**护士长**：病人的情绪已经十分不稳定了，我希望你们二人暂时离开病房！

**吴义**：看到没，人家赶我走呢。

**钟楚**：舅舅，我送您出去。

她回头心疼地看了一眼吴永珍，却被打镇静剂的医生挡住了视野。

## 29. 白天 医院大门 外景

钟楚拉住怒气冲冲的吴义。

**钟楚**：舅舅，您先别走了，您好不容易来一趟，我请您吃顿饭吧。

**吴义**：行了行了，我不和一个疯子计较。

他接着往前走，又回头对着钟楚。

**吴义**：你把车费给我报一下，小阳跟我说她出我的车费，现在她不在，你把车费出一下。

**钟楚**：（掏出手机）行，我没现金，我给您转账，不过我还有最后一件事要问您。

**吴义**：（不耐烦地）你说，什么事。

钟楚把钱转给他，并在他再三确认钱到账了后，认真地询问。

**钟楚**：吴阿姨当年，到底是怎么疯的？

吴义没想到她问这个问题，诧异地抬头，眼神又闪烁了一下，随后又满不在乎。

**吴义**：她是怎么疯的？你怎么想知道这个。

**钟楚**：（咽了一口口水）只是好奇。

**吴义**：（怪笑一声）她当年听到我和我爹因为分房子吵架，就来劝，我俩这脾气谁听她的啊。结果她就想不开，自己跑出去了，回来就疯了。

**吴义**：都是自己作孽。

钟楚皱眉听完，她直觉没有那么简单。

**钟楚**：她为什么想不开，你们吵架的时候都说了什么？

**吴义**：这么多年了我哪能记得，你不是好奇吗？我跟你说完了，我走了。

钟楚还想拉住对方说些什么，可这时手机突然响了起来，她一分神，吴义便径直走过马路，进入人流中，再也不见踪影。

## 30. 白天 医院 内景

医院里，护士长正焦急地等待着。

钟楚急匆匆地跑回来，她看向护士长。

**钟楚**：怎么了？

**护士长**：吴永珍的情况很糟糕，刚刚的刺激她的身体承受不住，现在急需手术！

钟楚惊呆了，她一把抓住护士长。

**钟楚**：那就手术啊！救救她！

**护士长**：你先别激动，她哥哥呢？

**钟楚**：他已经走了。

**护士长**：那怎么办，手术需要家属签字的。

**钟楚**：能不能我来签？

**护士长**：我们医院是需要患者本人或者是患者家属签字的！

**钟楚**：那怎么办？

**护士长**：你能不能联系到她别的亲人？

**钟楚**：她女儿！我能联系到她女儿！

**护士长**：好！你让她给你写个委托书。

**钟楚**：可她被隔离到外地了。

**护士长**：那你就让她传真过来，这已经是没有办法的办法了！

**钟楚**：好，好！能救她就行。

钟楚无助地看着忙碌的人群，跟到了手术室门前，只看到了吴永珍苍白的侧脸。

## 31. 白天 医院 内景

钟楚靠在墙边，双手颤抖着给刘静阳打电话。

**钟楚**：小阳，阿姨她要做手术了。

**刘静阳**：怎么突然做手术，昨天不是好好的吗？

**钟楚**：是急救，阿姨今天见到舅舅，情绪太激动了，受惊了。

刘静阳：你怎么不看好她！

钟楚：我只出去了一会儿……

刘静阳：现在在手术了吗？

钟楚：嗯，需要你的委托。

刘静阳：你让医生快点手术！

钟楚：好。

电话那边传来压抑的哭声，渐渐变大，最后只听见手机摔到地上的声音。钟楚无奈地挂了电话，她靠在墙上，看着手术室门口亮起的灯，在心中默默地等待与祈祷。

## 32. 白天 医院 内景

吴永珍最终还是出了手术室，可惜却不是钟楚期待的康复。

她的身体状态很差，带着氧气机，喊名字也没反应，整个人呆呆的。钟楚不敢让她一个人待着，给她升了病房，自己留下来照顾她。

医生来查房的时候看着她也没办法。

钟楚：医生，阿姨她还有希望吗？

医生：我之前就和你说过她的病处于一个很危险的状态，这次手术能不能康复也说不准。

钟楚：就没有别的什么办法吗？

医生：病人现在的精神状态很差，最重要的就是没有求生欲，没有活力。

钟楚：（哽咽）那我还能做些什么呢？

医生叹了一口气，怜惜地看了她一眼。

医生：好好照顾她吧。

钟楚只能更加全心全意地照顾这位老人。

查药、做化验、取病单，她忙前忙后，只是想得到一个好消息。可吴永珍却一天比一天虚弱。

## 33. 白天 医院花园 外景

天气转凉了，花园里没什么人，冷风吹过，树叶幽幽地落了下来。

## 34. 白天 病房 内景

钟楚从开水房回来，长时间的忙碌使她有些疲惫，没有注意，被热水烫到了手，手上留了个红痕。

她没有在意急忙往病房走，进入病房后发现吴永珍已经醒了。

自从她手术后，清醒的时间就越来越少，已经不用戴着束缚带了，可她也不动了。钟楚轻轻地走上前去。

**钟楚：**（对吴永珍）你醒啦，身体有没有不舒服的地方？

吴永珍没有理她。

钟楚便给她将了将有些凌乱的头发，见她看自己了，便对她一笑。她想帮吴永珍盖好被子，便伸手去扯，却被对方轻轻地拉住了手。

钟楚吃了一惊，这是她手术后第一次被对方回应，她有些惊喜地看向对方。却看到吴永珍眼神中带着担忧和悲伤。

她盯着钟楚的伤口。

**钟楚：**没事的，这个不疼的。边说边用另外一只手遮住伤口。

此时吴永珍已经不太能说出话来了，却看着伤口默默流眼泪。

钟楚慌了，她急忙去擦对方的泪水。

**钟楚：**你别哭啊，我没事的。

吴永珍的脖子一动一动的，看起来在努力想说话，钟楚看着她的嘴形，努力地辨认着。

**钟楚：**痛？你在说你很痛是吗？

吴永珍还是默默地流眼泪，钟楚突然懂了她的意思，安慰轻拍着她，给她擦眼泪。

**钟楚：**我不痛，我不痛的，真的。

吴永珍的情绪渐渐平静，在她的安抚下默默睡了过去。钟楚看着她，一脸不舍。

## 35. 夜晚 医院 内景

钟楚正在床边的椅子上小歇，她刚刚进入梦乡，就被一阵刺耳的机器声喊醒。吴永珍的血压开始升高，惊醒的钟楚急忙去喊医生。

医生很快过来，再次把吴永珍推进了手术室。

钟楚给女友和女友父亲都打了电话，不过都没有打通，她便给那两人都发了短信。她靠在墙上，不知道为什么，突然感觉很茫然。

## 36. 白天 心理咨询室 内景

**钟楚：**说实话：我不太记得那天是什么样的场景了。

**唐诗元：**是不记得了吗？

**钟楚：**那天的我就像不在自己的肉体里，你懂吗？

**唐诗元：**我明白你的感受。

**钟楚**：我体内的这一部分记忆是黑白的，就像默片一样，我只记得，医生没让我见她最后一面。

**唐诗元**：有的时候，人会下意识选择遗忘一些东西，这是你的身体对你的保护。

**钟楚**：（苦笑）可能是吧。

**唐诗元**：后来呢？

**钟楚**：后来，我去参加她的葬礼。

## 37. 白天 葬礼 内景

这是一个陌生的小乡村，钟楚坐了两个小时车才到这里，葬礼已经开始，她错过了她的下葬，只能先随着人群入席。红红的棚子下，是一桌又一桌的村民。钟楚坐在一桌陌生人中间，热闹的人群中她的格格不入有些显眼。

和她一样显眼的是一个打扮奇怪的神婆，她穿着由碎布组成的裙子，看起来只是朴素的农村妇女，却带着一丝精明，像钟楚一样显得不自在。

没一会儿，吴义走过来敬酒。

**吴义**：谢谢大家赏脸过来，招待不周哈！

所有人都纷纷举杯，钟楚也站了起来。

吴义看到了她，热情地和她打招呼，他的表情不像是家里死了人，倒像是抱了个大胖孙子。

钟楚勉强地点了点头。

**吴义**：小丫头，你是不知道我这个妹子多惨啊，不知道怎么就疯了，大家都说她撞鬼了，你看你身边这位老姐姐，就是我们请过来驱鬼的，可惜啊！没有什么用啊！

神婆一秒都没有犹豫地回嘴。

**神婆**：吴老板这话说的，中邪了三年再喊我过来的，这十里八乡也就只有你们这一家啊。

桌子上的人被她说的话逗笑了，吴义下不来台，有些红脸，被旁边的人拉走了。

钟楚坐在桌子上，她有点想找借口走掉，与其在这里吃席，不如过一会去墓前和她说说话。

可刚坐下，她就听到身边的神婆小声地在骂些什么。

**神婆**：什么见鬼，明明是人祸！

钟楚一惊，放弃寻找真相的心又躁动起来。

她忍不住开始观察神婆，对方也看到了她，没什么好脸色。

**神婆**：看什么！

**钟楚**：（看着她的眼睛，真诚地）您是神婆吗？

**神婆**：我确有几分灵力和仙气。

**钟楚**：我想算一卦，您会这个吗？

**神婆**：不会。

**钟楚**：那我想算命，你会吗？

**神婆**：不会。

**钟楚**：（有些无奈）那您会什么？

**神婆**：请鬼上身，驱鬼保宅，求子祈福，我会的可多了。

钟楚听着这些毫无根据的瞎话，还是一副恳切的表情。

**钟楚**：好，我有一事相求，还请神婆和我换个安静的地方。

**神婆**：你还没问价呢？

**钟楚**：您平时怎么收费就怎么收。

神婆这才和她一起离开桌子。

## 38. 白天 田地 内景

钟楚和神婆一起走了很远，来到离田地不远的一片空旷的小山。

**神婆**：你说吧，你要求我干吗。

**钟楚**：我想问问吴永珍的事。

**神婆**：吴永珍？你说那个疯子？

**钟楚**：是的。

**神婆**：我不知道她的事。

**钟楚**：（拉住她）求求你，我真的只想知道真相。

**神婆**：不知道不知道，你别给我惹麻烦。

**钟楚**：（拿出送礼剩下的现金，一把塞到她的手上）我不会告诉任何人的。

神婆捏了捏厚度，表情和缓下来，不急着走了。

**神婆**：你想问什么啊？

**钟楚**：我想知道关于吴永珍的事情。

**神婆**：她啊，她可是个苦命人，看到前面那片田地没有，阳光正好的那一片。

钟楚点点头。

**神婆**：那就是吴义的，背面那一片没什么光，种不出来东西的就是她的。她那个疯病，也是从分地开始的。

钟楚愕然，她已经联想到了些什么。

**神婆**：她二十岁就结婚了，她那个男人都三十九了！她已经疯了，又能懂什么呢？再说了，你知道他们请我去驱魔吧，那是因为那女人怀孕了。

钟楚点了点头。

**神婆**：他们怕影响到孩子，才喊来的我。当时那女人被关在仓库里，你是没看见，那铁门栏杆上都是指甲印，看得可瘆人了！

钟楚握紧了拳头，她低下头，脑中飞速地将各种片段联系起来。

## 39. 夜晚 田地 外景

（闪回）

一个女人在夜里和自己的兄弟争吵，被他用锄头砸了头顶，从山坡上滚下去。

## 40. 白天 婚礼 外景

（闪回）

一个呆呆的女人和她身边大了十几岁的老男人结了亲，周围都是带着笑意的人群。

## 41. 白天 库房 内景

（闪回）

一个清醒过来的女人想往外跑，却被锁在库房遭到毒打。

## 42. 白天 库房 内景

她趴在库房门上，看着外面可爱的孩子在玩耍，就在孩子即将走过来的时候，被老人家抱走了。

## 43. 白天 库房 内景

一个女人眼神浑浊地坐在角落，她已经神志不清了，身边是洒落的药片盒。

## 44. 白天 田地 外景

钟楚陷入回忆中，怔在原地，她有些崩溃，恨意达到顶峰，双眼通红。神婆看她这样，也不往下说了，过了一会儿，又忍不住再次开口说话。

**神婆**：你这么关心吴永珍，不如你再花点钱，我让她和你再见一面。

**钟楚**：我没有现金了。

**神婆**：支付宝和微信我都能收。

**钟楚**：……我转支付宝吧。

神婆收到转账后，放下手机。

她坐到山边最空旷的位置，深深吸了一口气，用钟楚听不懂的乡音唱起了歌谣，那歌声并不悦耳，却带着一种珍惜的意味在其中。随后她从怀里拿出一张黄纸，放在地上完整地烧完，做完这一切，她才转过身来。

**钟楚：**结束了？

神婆不理她，走过来，双手握住钟楚的手，她的表情开始变得茫然，随后又变得安静。等她再抬起头来和钟楚对视时，钟楚居然感到了熟悉。

**钟楚：**吴永珍？

神婆没有理她，拿起来她的手，仔细地检查起来，手上白白净净的，什么都没有。

神婆开始磕磕绊绊地说话，就像很久没有好好说话的人一样。

**神婆：**不……不痛就好。

钟楚有些震惊，她忍不住握紧了对方的手。

**钟楚：**你说什么？

神婆的眼中带笑，她又说了一遍。

**神婆：**不痛就好，乖乖，不痛。

钟楚忍不住红了眼眶，她忍住想哭的冲动，抱住了对方。

**钟楚：**吴永珍，她们不让我见你最后一面，她们不让我跟你说再见。

**神婆：**（回抱她，不熟练地）没事、没事。

她们紧紧地抱在一起，就像一对母女。过了一会儿，神婆开口了。

**神婆：**抱够了没，她走了。

**钟楚：**（松开手，泪眼蒙眬地看着她，郑重地）谢谢您！

**神婆：**你可不要暴露我啊。

**钟楚：**好。

她看着神婆一步步走远，魂不守舍地回到了葬礼上，她要去看那个仓库，如果有证据，那一定是那个仓库门。

## 45. 白天 心理咨询室 内景

**钟楚：**仓库已经重新装修了，我早该想到的。

**唐诗元：**这不是你的错。

**钟楚：**从那天起，我便一直做一个梦，我听到她哭，听到她跑，却永远救不了她。

**唐诗元：**你还没有接受她离开的事实。

**钟楚：**她不该离开，该离开的是那些欺负她的人。

钟楚抬起头来，她的眼神里多了愤怒。

**唐诗元：**如果你被仇恨蒙蔽了眼睛，这种结局也不会是她想要的。

**钟楚**：那我能怎么办？

**唐诗元**：你女朋友呢？

**钟楚**：她回县城了，我们没有在这件事后见过面，她也不回我的消息了。

**唐诗元**：你可以和她聊聊。

**钟楚**：如果她不相信呢？我没有证据。

**唐诗元**：你可以把你知道的写下来，有的时候输出能让你不再压抑自己的痛苦。

**钟楚**：我会尝试，但是我不想忘记她。

**唐诗元**：放下而不是遗忘。

**钟楚**：我想换个城市生活。

**唐诗元**：你可以选择一个晴天多的城市散散心。

**钟楚**：谢谢你，医生。

**唐诗元**：不客气，谢谢你愿意给我分享你的故事。

## 46. 白天 公园 外景

钟楚便走边打电话。

**钟楚**：好久不见。

刘静阳并没有说话。

**钟楚**：我有一些关于吴永珍的事情想和你聊一聊。

**刘静阳**：我们分手吧。

**钟楚**：你在说什么？

**刘静阳**：妈妈这次去世让我明白很多，她已经看不到我的婚礼了，我不能让我的爸爸再失望了。

**钟楚**：你疯了吗？你母亲的事情没有你想的那么简单。

**刘静阳**：我的家庭我清楚，我知道，你是听到村里的风言风语了，可事实真相不是那样的。

**钟楚**：你是在自己骗自己，你不想让自己活在愧疚中。

**刘静阳**：随你怎么说吧，我要挂了，以后尽量别联系了，这段过去你就忘了吧。

**钟楚**：我不会忘记的。

她挂了电话，又对自己说了一句，我不会忘记的。

## 47. 夜晚 卧室 内景

钟楚躺在床上，这段时间都没有休息好的她正在沉沉入睡。

## 48. 白天 梦境 外景

钟楚和年轻时的吴永珍一起奔跑在沙滩上，罗九芸在岸边的躺椅上看着他们嬉笑打骂。

## 49. 白天 梦境 外景

远处，一片大海正波光粼粼。

完。

◎ **指导教师蒋兰心评语：**

　　该剧本体现出鲜明的女性主义色彩，是青年女作者对女性命运自发的求索，因而倍显珍贵、动人。具体来说，第一，作者描写了女性对"父权"的"恨"，不仅是通过主人公钟楚探寻永珍疯癫的谜团发现了农村分地、盲婚哑嫁对底层女性的剥削与戕害，还将永珍的女儿、钟楚的女友刘静阳描绘成了助纣为虐的施害者、亲密关系中自私自利的索取者。换言之，作者已然明确，"父权压迫"无关性别，而是一种结构性的剥削，这加深了该剧本的批判力度。第二，若仅仅描绘女性之"恨"往往容易陷入自怨自艾、故步自封的窠臼，作者还通过展现女性之"爱"构造起了一个女性乌托邦。钟楚之于永珍，护士同乡之于罗九芸，唐诗元之于钟楚，女性之间的互相理解、互相帮扶并不是基于血缘、利益，而是源自共同的性别身份以及共通的性别遭遇，这种关于"大爱"的描述令该剧本的内涵更加广阔，并体现出一种浪漫主义情怀。第三，作者通过叙事技法强化了剧本带来的身体感知，从而建构了一种区别于"男性中心主义"的电影体验。以经典好莱坞电影为代表的电影，往往通过消费女性、压迫女性创造出观影快感，而该剧本则以心理咨询的叙述、现实生活的遭遇、对过往的回忆、神婆的仪式、主人公的梦境共同建构了一种"非男性中心主义"的感知体验，进而消解了男性凝视，具有一定的美学价值。

# 仲　秋

倪　淦

（21级编导）

（影片根据真实故事改编）

## 1. 白天　天井　内景

仲秋从楼梯拐角缓慢地走下来，脑袋朝着右边偏着。姐姐也从后面往下走。石晓元从客厅走出来。老三石磊在天井左边楼梯下的鞋架旁弯腰穿鞋子准备去上班。

**石晓元：**咦，秋瓜儿①，你纳闷②偏起过脑阔③啊？

**仲秋：**我不晓得啊。

石磊抬起头看到了仲秋，一脸疑惑地走到天井中间。

**石磊：**（手语）怎么了，为什么偏着头？

**石磊：**（手语）弟弟怎么了？

**石姚：**我纳闷晓得啊，莫问我。

石姚一脸不耐烦不愿搭理三叔的询问，径直走向客厅拿洗漱用品。石磊歪着嘴发出阿巴阿巴的声音，气愤地转身离开天井朝外面走去。石晓元歪着头去左右看仲秋，仲秋站在那儿笑。

**石姚：**过来洗脸哦，还站那儿搞莫子④啊？

## 2. 白天　小卖部门口　外景

石登文和仲秋从商店上方走下来，商店门口坐着一群人在打牌聊天，老二石登风坐在

---

① 秋瓜儿：当地方言，秋天的果实（仲秋出生于中秋节，家里人起的小名）。
② 纳闷：当地方言，怎么。
③ 脑阔：当地方言，脑袋。
④ 搞莫子：当地方言，干什么。

旁边抽着烟看别人打牌。门口的人看见仲秋笑嘻嘻地歪着头跟在石老大后面觉得好笑。

石老大朋友马国胜：耶哎，石仲秋，你跟你老汉儿当保镖迈①？歪起过②脑阔。

小卖部老板娘：看那样儿哦，高兴遭哒③。

邻居1：石老大，细娃儿囊过④脑阔偏偏起哎。

邻居1：偏起过脑阔，莫二天说不到西非儿⑤哦。

老大耸了耸鼻子，笑着坐在了老板娘刚递给他的一把有靠背的木头椅子上。

石登文：秋瓜儿，莫听你北北⑥滴，切搞他一脚，二天找不到西非儿都怪他。

众人大笑，仲秋偏着头笑着红了脸，靠在石登文的身边。

邻居1：看喽，粘他爸爸过粘遭哒。

石登风：你迈一天多关心哈细娃儿喽，看起都捉急。

石登文翘起了二郎腿，双手挽在胸前。

石登文：内有啥子事哦。看我们小时候老汉儿⑦也没纳闷管过，还不是一样滴长怎么⑧大同⑨哒⑩呀。

邻居1：勒我都要说你哒，你弟娃说的在理啊，我们那儿时候，一过屋滴⑪兄弟姊妹七八过，哪滴⑫顾得过来嘛，现在一个屋滴都一两过细娃⑬，情况不一样哒嘛。

石登文：那要怎么摆滴话，那小滴时候儿五妹掉火堆里头切，差点儿就遭烧死哒，他嗲嗲还不都是抹哒点儿哟⑭，不还是过来哒啊，给我扯勒⑮些。

石登风：一天牛二蛮经⑯滴，说再多都没得用。

石登风无奈地摇了摇头，石登文脸上没有了表情，从口袋里掏出烟盒，抽出根烟点燃。

---

① 迈：当地方言，句末语气词"吗"。

② 过：当地方言，个。

③ 遭哒：当地方言，成这个样子。

④ 囊过：当地方言，为什么。

⑤ 西非儿：当地方言，原意为媳妇儿。

⑥ 北北：当地方言，伯伯。

⑦ 老汉儿：当地方言，爸爸的意思。

⑧ 怎么：当地方言，这么。

⑨ 大同：当地方言，长这么大了。

⑩ 哒：当地方言，语气助词，无实义。

⑪ 滴：当地方言，的。

⑫ 哪滴：当地方言，哪里。

⑬ 细娃：当地方言，孩子。

⑭ 哟：当地方言，药。

⑮ 勒：当地方言，这。

⑯ 牛二蛮经：当地方言，不讲道理一根筋。

### 3. 白天 计生办 外景

仲秋偏着头拿着刚从小卖部买的辣条从公路边往家里走，看见石晓岚和石晓元在计生办门前的空地上玩儿，朝空地跑去。

**仲秋**：你们看，勒是我爸爸给我买滴！

仲秋拿着手里没拆封的辣条在空中摇晃。

**石晓岚**：那摁是①不得了哒嘛，"爸爸给我买滴"！

石晓岚学着仲秋偏着头，眼睛一眨一眨地说话。

**石晓元**：过不得了遭哒，又不是没七②过，侧③遭哒。

**仲秋**：都是我爸爸给我买滴哎！

**石晓元**：你不要脸滴哦还。

仲秋拿着手里的辣条，在空中做了一个投掷的动作。

**仲秋**：我打你！

石晓岚做着鬼脸，转过身对着仲秋拍拍屁股。

**石晓岚**：诶诶，打不到，打不到！

**石晓元**：偏脑阔，没妈滴细娃儿偏脑阔！

仲秋偏着头开始急躁，蹲下身子捡起空地里的小石头追着两个堂哥跑。跑到了计生办左侧，计生办背后和山之间留有一条空隙。三个人跑了进去，仲秋手里的小石头扔到了石晓岚的身上。石晓岚愤怒地捡起地上的一根干枯的竹枝。

**石晓岚**：狗抳儿滴④，还敢打我，莫仅⑤他跑哒。

**石晓元**：要得。

石晓元跑到了仲秋的背后，两人把仲秋包围住。石晓岚拿着手里的竹枝，一边奸笑着，一边走近仲秋。举起手里的竹枝，仲秋害怕地举起手臂挡住。两堂哥疯狂大笑。

**石晓元**：秋瓜儿，怕莫子怕哦，又没真滴打你，过怕遭哒。

仲秋缓缓放下手，紧张地望着石晓岚。石晓岚开始在仲秋面前加快挥舞竹枝，仲秋开始哭喊。

**石晓岚**：喊撒，你喊石姚姐姐撒。

石晓元学着仲秋的哭腔喊着。

---

①　摁是：当地方言，语气词表强调。
②　七：当地方言，吃。
③　侧：当地方言，炫耀嘚瑟。
④　狗抳儿滴：当地方言，语气词表示很诧异。
⑤　仅：当地方言，让。

**仲秋**：我要切①跟小幺幺讲你们打我。

**石晓元**："我要切跟小幺幺讲"，你切撒，怕你嗖！

仲秋手里举着的辣条突然掉到了地上，竹枝打在了他腿上和手上，仲秋眼泪唰地掉下来，开始嚎啕大哭。

石晓元和石晓岚朝着仲秋大喊着，笑嘻嘻地跑掉。留仲秋一个人站在房子背面的过道里大哭。仲秋捡起地上的辣条，一路上嘴里喊着爸爸和石姚姐姐，往家里走。

仲秋一边哭一边走到石家门前空地，朝石科家里走去。刘红正在做饭。

**刘红**：石仲秋，你又是色②莫子色啊，一天到晚不歇哈子啊！

**仲秋**：小……小幺幺，锅锅③……锅锅他们打我！

**刘红**：打滴你哪里啊。石晓岚石晓元，你们打哒弟弟啊？

俩堂哥从里面的客厅走了出来。

**石晓岚**：哪过打他哦，没有哎！

**石晓元**：都晓得哭，烂色④吧。

石姚在天井听到仲秋在哭，穿过石科家客厅走了过来。

**石姚**：又是哭个莫子哭哦，看你勒一身哦，奔得色赖⑤死哒。

**刘红**：锅锅们打都没打你哎，还是莫冤枉好人哈。你们两过也是，作业做完哒？

俩堂哥对着仲秋做了鬼脸，灰溜溜地走回了客厅。

**石姚**：一天爱贱⑥撒，莫哭哒。

石姚生气地拉着仲秋往天井里面走，仲秋哭得更大声。路过客厅两堂哥的面前，看了他们一眼。

**石姚**：喊你一天跟到⑦起玩滴啊，赶快滚进切。

## 4. 白天 石登文卧室 内景

石姚推开卧室门，走到里面。石登文穿着衣服裹着被子在床上睡觉。

**石姚**：爸爸，爸爸莫睡哒，弟弟勒几天一直喊耳朵痛，脑阔痛，路都走不稳哒，你带他切医院看哈子嘛。

石登文迷迷糊糊地睁了下眼睛，微微地应了一声。

---

① 切：当地方言，去。

② 色：当地方言，哭。

③ 锅锅：当地方言，哥哥。

④ 烂色：当地方言，爱哭鬼。

⑤ 色赖：当地方言，脏兮兮。

⑥ 爱贱：当地方言，多指小孩子玩过头。

⑦ 跟到：当地方言，跟着。

**石登文：**嗯，晓得哒，下午带他切。

**石姚：**嗲嗲①喊带到大医院切，人民医院切，莫搞忘哒！

**石登文：**嗯。

石登文翻了个身，石姚转过身离开卧室。

## 5. 夜晚 人民医院 内景

医生在给仲秋做检查，石登文手机响，掏出手机走到走廊接电话。

**石蕙：**喂，大北②啊，我妈给我说秋瓜儿生病路都走不得哒啊，检查出来哒不？

**石登文：**是石蕙啊，还没有，医生还在做检查，明天才出得到结果，你吴华胜嗲嗲代③勒届，没得莫子事。

**石蕙：**哦好吧，那到时候儿明天出结果了给我说哈子嘛，跟秋瓜儿说我放寒假就回来陪他玩儿。

**石登文：**弟弟都是欠④到起你哎，天天问我滴蕙姐姐啥子时候回来带我玩儿。

**石蕙：**嗯呐，要得⑤！大北，先不说哒哈，拜拜！

**石登文：**要得。

挂完电话，石登文把烟灭了，走进诊室。

## 6. 白天 石蕙和同学合伙开的饮品店 内景

石蕙正在做饮品，桌子上的手机突然响了，是石登文打来的，放下了手里的事情，示意旁边的朋友。拿起手机走到了店里的工具间。

**石蕙：**喂，大北啊，检查结果出来哒啊，弟弟没得莫子事吧？

**石登文：**……

石登文满脸通红，血管突起，两只眼睛哭得血红，右手拿着手机贴在耳边，左手捂着嘴，面部不断地抽搐。

**石蕙：**喂，听得到不？大北？

**石登文：**蕙，医生……医生说……说弟弟还有一过月滴时间哒。

石蕙面色变得紧张不安，略带惊讶。

**石蕙：**啊？一过月滴时间？莫子意思啊？

---

① 嗲嗲：当地方言，爷爷。

② 大北：当地方言，大伯。

③ 代：当地方言，在。

④ 欠：当地方言，挂念。

⑤ 要得：当地方言，好的。

石登文带着哭腔。

**石登文：** 弟弟滴脑阔头长了个肿瘤，在神经上头，X 光片高头看滴。

**石蕙：** 大北，你莫急，要不要再复查一哈子啊，吴华胜哆哆看哒没啊，他囊过说啊？

**石登文：** 他也说滴只得一过月时间哒，说我们不放心滴话，切省会城市滴大医院看哈，勒滴①治不了。

**石蕙：** 那你们带弟弟赶快切嘛，莫耽误时间哒，大医院可能说法不一样。

**石登文：** ……

眼泪从石蕙脸颊流了下来，电话那头不断传出石登文的哭泣声。

（渐黑）

## 一、捉 迷 藏

**仲秋：** 爸爸，锅锅们抢我的车车儿，不给我要……

（淡入）

### 7. 白天 石家门口空地 外景

石晓岚坐在一辆粉红色的儿童溜溜车上，手握着方向盘，石晓元背靠着哥哥，坐在后座上，用脚蹬地助推，石仲秋在一旁追着他们俩，哭喊着。石登文坐在右边空地的樱桃树下抽着烟，望着过往的行人，听到仲秋喊他，转过头望着他们。

**石登文：** 石晓岚，你们是锅锅哒嘛，让到哈弟弟嚛②！

石晓岚使劲转了几下方向盘，石晓元蹬了一下地，然后从车上站了起来。石晓岚也从车上站了起来，一脸不满地顺势踢了一脚车。仲秋追到车旁边，坐了上去，顾不上脸上的眼泪和鼻涕，开心地用脚蹬着地，转过头望着两个堂哥。

**石晓元：** 色把③得，你以后也莫想要我滴东西！

石晓元两只眼直盯着仲秋，仲秋收起了笑容，望着两个堂哥。石晓岚拍了一下石晓元的背。

**石晓岚：** 走，莫跟内种④人要。

**仲秋：** 来嘛，给你们要嘛！

仲秋从溜溜车上站了起来，示意让两个堂哥玩儿他的车。刘红这时候从空地中间的门口走了出来，右手拿着一双筷子。

---

① 勒滴：当地方言，这里。

② 嚛：句末语气词，嘛。

③ 色把：当地方言，小气鬼。

④ 内：当地方言，这。

**刘红**：石晓岚，拿我手机给你老汉儿打过电话，喊他回来七饭哒。

**石晓岚**：哦。

石晓元对着仲秋做了个鬼脸，跟着哥哥和刘红走了进去。

**刘红**：你们两过，跟石仲秋争莫子争哦，快点儿七洗手哒七饭。

石晓岚去沙发上拿刘红的手机，石晓元穿过厨房和客厅来到天井，打开水龙头玩儿水。石姚从右边的厨房走出来。

**石姚**：石晓元，看到你大北还有秋瓜儿没得。

**石晓元**：代坝坝①头。

**石姚**：哦，莫背水②哒，一赫尔③哆哆看到要吼你滴。

石姚经过天井右边的楼梯，穿过老大家的一个摆着一个破旧沙发的简陋客厅，再经过摆放着很多当地农村摆酒席会用到的一些对联、椅子和器具的门房，老大背靠着一把椅子和路边的路人在聊天。

**石姚**：老汉儿，七饭哒！

**石登文**：好，要得！

**石姚**：你看你哦，一身搞得色赖死哒，洗都难得洗。

仲秋一身脏兮兮地坐在溜溜车上，脸上也是脏兮兮的，睁着眼睛开心地在车上，瞪着地朝姐姐身边滑过去。

## 8. 白天 老大的客厅 内景

石姚端着一盘土豆片，放到了饭桌上，老大坐在沙发上翻看着一本红色的人情簿④。仲秋看见桌上的菜，开心得手舞足蹈。

**仲秋**：爸爸，有洋芋欸！

**石姚**：洋你个脑壳洋芋，快点儿七把你那爪爪儿洗哈子⑤。

仲秋开心地从蓝色四脚塑胶凳子上爬下来，朝天井跑去。

**石登文**：哈哈哈，你弟弟跟你小滴时候一过样子，看到好七滴就才侧遭哒。

石姚从电饭煲里舀米饭，往碗里加。

**石姚**：那摁是哎。哦爸爸，一赫尔给我给下过星期滴生活费，莫忘哒。

石登文皱了皱眉头，又翻了翻手里的人情簿。

**石登文**：内过月人情又要遭好几百，底下你马叔叔细娃结婚，上头你姚大舅滴老丈人

① 坝坝：当地方言，空地的意思，在这里指石家门口的空地。

② 背水：当地方言，玩水。

③ 一赫尔：当地方言，等一下。

④ 当地人们办酒席，人们送的礼金会记在人情簿上，下次别人办酒席，按照人情簿还人情。

⑤ 把你那爪爪儿洗哈子：当地方言，意为"把你的手洗一下"。

又死哒，前天给砍料滴工人滴工钱都还没给，都还是赊起滴。你先找你嗲嗲借嘛，下次我再给他，今天身上没得钱哒。

**石姚**：每次都是嫩个，找嗲嗲借，你晚上少出去打哈儿牌不就行哒。

**石登文**：我莫子时候晚上出七打牌啊，说哒没得就是没得嘛，莫在那哈尔①给我扯。

**石姚**：……

石登文把手里的人情簿放到了沙发上面，坐到了桌子旁，石姚把饭碗放到了仲秋面前，三个人开始吃饭。

仲秋吃完饭，走到天井四叔家窗户旁，踮脚看到房间里两个堂哥在边吃饭边看动画片。刘红打开门走了出来，朝洗手间走去。

**刘红**：你们两过，快点儿七完哒，我好洗碗

**仲秋**：小幺幺。

**刘红**：嗯，七饭没得啊？

**仲秋**：七哒。

仲秋走到四叔家的门口，靠在门边的沙发上，看着动画片。石姚端着饭碗和盘子从客厅走出来，走到天井把食物残渣倒入了厨房门口的一个下水道口，看见爷爷正从对面的楼梯上走下来。

**石姚**：嗲嗲，你身上有没得 50 块钱啊，爸爸喊我找你先拿，下次他还给你。

石克华走到了老二家的厨房面前，拉开衣服拉链，翻开左边衣服，从衣服的内衬口袋里掏出一叠零钱。

**石克华**：哈哈儿②都来找我借，几时还过哦，拿起切。

石克华从那一叠钱里拿出了两张 20 元和一张 10 元，石姚放好碗筷，朝石克华走去。老二石登风这个时候从客厅拿着吃完饭的大碗走到天井下水道边上吐痰。

**石登风**：石姚，你以后莫把内些东西倒内届③嘛，冲又冲不走，一天到晚天井里摁是滂臭④滴。

石登风一副鄙夷的神情站在水龙头旁，望着石姚。石姚接过了石克华手里的钱，朝厨房里走去。

**石登风**：你那老汉儿也是滴，一天到晚就在外头耍，点儿都不顾家，不晓得一天在搞莫子。

石登风摇了摇头，一脸无奈地朝厨房走去，石姚背对着二叔，在厨房里洗碗。石克华走向水池旁边刷牙漱口。漱完口，石克华走到天井左边楼梯底下卫生间旁边的地方放好牙刷牙杯，取下老花镜，用铝合金制的架子上挂着的毛巾擦了擦脸。戴好眼镜，经过老二的

---

① 那哈尔：当地方言，那里。

② 哈哈儿：当地方言，个个都。

③ 内届：当地方言，意为"这里"，此处指刘家的天井下水道边。

④ 滂臭：当地方言，形容气味十分难闻。

客厅，老二坐在沙发上，抽着烟，看着电视机里的体育球赛。电视机背后绿色的玻璃里突然射来一道黄色的灯光，伴随着摩托车熄火的声音。石克华朝门外走去，老三石磊才从城里下班回来。

**石克华**：（手语）饭和菜都还是热的，你要吃就自己热一下。

**石磊**：（手语）吃过了，不用。

**石克华**：（手语）你的鸽子又在到处乱飞，我种的东西被踩得一塌糊涂，你看下笼子是不是又破了。

**石磊**：（手语）知道了知道了。

石磊一脸不耐烦地朝着屋内走去，经过老二客厅和老二互相点了点头打了个招呼，拿起窗户旁边的电筒，走上了天井左边的楼梯。

## 9. 白天 顶楼鸽子棚 外景

石磊拿起顶楼楼梯旁的一个瓢，从放在顶楼楼梯拐角的一个编织袋里舀起一瓢晒干的玉米，朝鸽子棚里走去。他把玉米撒在地上，一群鸽子飞到地上啄食。他拿着电筒在棚子里检查，发现右边顶上的塑料破了个洞，走出棚子，从顶楼一堆破烂里，找了一块蓝色的布，和几根生锈的铁丝，把鸽子棚的布给补上。

## 10. 白天 石科家客厅 内景

仲秋安静地坐在四叔家客厅靠天井边的窗户前的沙发上看动画片，看到搞笑的桥段笑出了声，电视机前面的石晓岚突然转过头。

**石晓岚**：诶，你莫子时候进来滴啊，小九门儿①。

石晓元转过头也看见了仲秋坐在那儿，站起身来走到电视机前，面对着仲秋，遮挡住他的视线。

**石晓元**：国人屋滴没得电视啊，要跑到我们内赫尔②来看。

仲秋左右晃动身子，想看到电视画面，石晓元也跟随着仲秋的视线，来回移动试图遮挡。仲秋尝试无果后，从沙发上跳了下来，不好意思地慢慢打开门，转过身，面对着他们，踮起脚拉着门把手往后退，关上了门。

**仲秋**：石姚姐姐！石姚姐姐！你代哪滴？

仲秋站在天井抬起头朝右边楼上喊，见没人回应，走到楼梯上，往上面慢慢走去，边走边呼喊着姐姐。走到二楼，推开姐姐卧室的门，发现姐姐不在里面，又转身朝斜对面爸

---

① 小九门儿：当地方言，小气鬼的意思，多是长辈对晚辈的开玩笑说法。
② 内赫尔：当地方言，这里。

爸的卧室走去，又从卧室里出来。

**仲秋**：爸爸！姐姐！爸爸！姐姐！

仲秋走下楼，穿过客厅和门房，走到门前空地，天色已黑，路边偶尔驶过车辆。

仲秋沿着门口的空地，朝上面小卖部的方向走去。

## 11. 白天 小卖部门前空地 外景

门前有一堆人，有一桌人在打扑克，有几个女人坐着在聊天，周围围着零零散散的一些人。

**石家马路斜对门邻居龚家奶奶**：秋瓜儿，你找哪过？

仲秋穿过马路，走到了小卖部门口。

**仲秋**：我爸爸哎？

**石家马路斜对门邻居龚家奶奶**：没看到人欸。

**商铺老板娘**：刚刚看到和底下马国胜骑车到高头①七哒嘛。

仲秋站在那儿观望了一会儿，转过身向家里走去。

**石家马路斜对门邻居龚家奶奶**：内不争气滴老大也是，生怎么乖过儿子，一天到晚都代外头跑，本来就没得妈……

**商铺老板娘**：他妈是哪里滴人哎，咋过没得莫子印象？

**旁观者**：花溪往上头走，汉庙那边儿牟家滴。

**石家马路斜对门邻居龚家奶奶**：真滴石仲秋生下来就是造孽啊，妈也不要他，老汉儿一天也不看到起，就剩怎么过姐姐。

**商铺老板娘**：确实造孽啊，上次老二代内核儿摆滴嘛，他妈生完他，内也不七，那也不起七，都为哒保持身材。

**石家马路斜对门邻居龚家奶奶**：可惜哒怎么乖过娃娃，要说妈老汉儿都不爱，生下来做莫子撒，哎。

人们望着仲秋离去的背影在昏黄的灯光下议论着。

## 12. 白天 石科家客厅 内景

老四石科一家人在一个大盆里洗脚，天井里突然传来一阵哭喊声。

**刘红**：姓石滴，莫子情况哦？

**石科**：撒子哎。

**刘红**：天井头有人在哭哒嘛，好像是石仲秋哦。

---

① 高头：当地方言，指的是沿着公路往上去的方向。

**石科**：肯定又是在找他老汉儿和姐姐撒。

**石晓元**：一天到晚都晓得哭，跟个烂色吧一样。

**石晓岚**：咦，那你小时候还不是一样啊。

**刘红**：你大哥莫说二哥，麻子点点一样多。

石科擦完脚，打开门端着洗脚水，朝天井走去倒掉盆里的水，抬头望着楼上。

**石科**：又色莫子色啊，你老汉儿和姐姐哎？

**仲秋**：找不到。

仲秋趴在二楼的遮挡墙上，眼泪汪汪地望着下面。

**石科**：莫哭哒，我给你老汉儿打电话，喊他回来。

仲秋用袖子揩了揩鼻涕。石科从裤兜里掏出手机拨号。

**石科**：老大，你跑哪滴切哒，石仲秋代屋滴一过人希哭①。

**石登文**：安，我才将②代外头，石姚哎，不是代屋滴迈？

**石科**：晓得哪滴要七哒哦，没看到人，你们两个搞过人回来，细娃也不管都跑哒。

**石登文**：要得要得，我给石姚打电话喊她回七。

**石科**：嗯，都嫩门③。

石科皱着眉头，一脸不耐烦地挂断了电话。

**石科**：给你老汉儿打哒电话哒，你姐姐一赫尔就回来哒，莫哭哒。

仲秋点了点头。石科走到楼梯底下把盆放好，转身走进了客厅。

## 13. 白天　石科家客厅　内景

**石科**：内俩人真滴是，到处跑，过人细娃都不管，还能指望哪过。

**刘红**：他老大本来就不是莫子好人，当初和姚薇还没离滴时候，都晓得天天出七打牌，石姚一过人代屋头，屋滴米都没得哒都不过问一哈滴人。你指望他？指望过喘喘④。

石科对着两个儿子语重心长地说。

**石科**：你们二天莫变成你大北内样滴人，我不求你们读书有多大出息，做人还是有责任心。

刘红在一旁听到石科的话笑出了声。

**刘红**：那照你怎么说，你老汉儿都有责任心了迈，过人生的儿子还不是没管过。

**石科**：你晓得过莫子哦，他们俩小嘎嘎⑤，就是我妈还在滴时候，没少爱挨她滴

---

① 希哭：当地方言，大哭。

② 才将：当地方言，刚才。

③ 都嫩门：当地方言，就这样的意思。

④ 指望过喘喘：当地方言，竹篮打水一场空的意思。

⑤ 小嘎嘎：当地方言，爷爷的配偶，奶奶的意思。

打哦。

**石晓元**：小嘎嘎怎么凶迈?！

石晓元一副不可思议的表情对着旁边的石晓岚。石科很肯定地对着他俩点了点头。

**石科**：那都是哦，你嗲嗲都没少挨她滴吼哦。

**刘红**：少听你老汉儿吹牛，吹牛不打草稿。

**石科**：当真是哎。

## 14. 白天 棋牌室 内景

石登文叼着烟和朋友马国胜坐在麻将桌上打麻将。面前的电话响起。

**石登文**：五筒！

**石姚**：喂爸爸，莫子事？

**石登文**：哦，刚刚你幺幺打电话说秋瓜儿在找你，你先回去看到哈弟弟嘛，我一赫尔就回来。

**石姚**：那你哎？

**石登文**：我代忙哒嘛，你搞快快点儿回切，逗嘞们。

## 15. 白天 石姚朋友家门口 外景

石姚挂完电话，气愤地将手机放回口袋里。

**石姚**：我老汉儿喊我回切带弟弟，下次再来找你要。

**朋友**：要得，那你先回切嘛！

**石姚**：烦死哒一天，走哒！

石姚转身沿着公路边朝家的方向走去。

## 16. 白天 天井右边二楼 内景

石姚从楼梯下往上走。仲秋眼泪汪汪地望着姐姐。

**仲秋**：姐姐，爸爸安①？

**石姚**：我晓得啊，莫问我，烦死哒，一天色莫子色哦?！

**仲秋**：……

**石姚**：不是代幺幺屋滴看电视哒嘛？

---

① 安：当地方言，句末语气词，在哪里的意思。

仲秋：锅锅不让我看哒嘛！

仲秋委屈得眼泪直流，石姚一脸烦躁地推开卧室的门，从床头拿出一个衣架。

石姚：你再哭，有莫子好哭滴啊，找你妈哭撒，我又不是你妈，一天跟到起我搞莫子哦！

仲秋：妈妈，妈妈不在哒嘛！

仲秋望着眼前气愤的姐姐，赶紧用手擦了擦眼泪，停止了啜泣。

石姚：快点儿滚进来！

## 17. 夜晚 石家门口空地 外景

（空镜头+全景）

马路上时而驶过一辆汽车，灯光飘过石家门前，门口的樱桃树在微风中颤抖着枝丫，枝丫的影子在老大家门口的木门上攀爬。顶楼垂下来的连翘藤蔓在老四和老二家二楼窗户上摇摆。

（渐黑）

## 18. 傍晚 石克华卧室 内景

刚放学的石晓元，把书包扔到沙发上，直奔左边楼梯，走到石克华的卧室。

石晓元：嗲嗲，给块钱。

石克华正坐在书桌前看书，放下手中的书，拉开衣服拉链，从内衬里掏出钱，抽了两张 1 元纸钞。

石克华：跟你锅锅一人一块。

石晓元：要得！

拿完钱，石晓元开心地下楼去了。仲秋刚好走到二楼，看到堂哥找石克华要完钱。

仲秋沿着姐姐卧室，走过天井正上方的废地，在那儿顿了一会儿。

仲秋：嗲嗲！

仲秋站在废地喊了石克华几声，没有回应，走到石蕙卧室门前的走廊，朝石克华的卧室张望。走到石克华跟前。

仲秋：嗲嗲，你在搞莫子啊，嗲嗲！

石克华侧过头望了一眼仲秋，拉开衣服拉链，拿了一张 1 元纸钞，递到仲秋面前。

石克华：拿起切！

仲秋：谢谢嗲嗲！

仲秋拿着钱，慢慢退出了石克华卧室，开心地跑过废地，下了楼梯。

## 19. 傍晚 小卖部门口 外景

仲秋拿着钱，一路上走走停停来到了小卖部。石晓元拿着零食刚好从小卖部出来。

**石晓元：**秋瓜儿，哪过给你给滴钱啊？

**仲秋：**嗲嗲，给我给滴。

**石晓元：**切，跟到别个学，没脑阔，略略略！

石晓元做着鬼脸，从仲秋身旁走过，仲秋进了小卖部买了一盒水果糖。

## 20. 傍晚 天井 内景

仲秋从小卖部回来，从客厅走到天井。石晓元和石晓岚两人在天井吃零食，看到仲秋拿着糖朝他们走来。

**石晓元：**好七盆儿①来哒！

仲秋举起手里的水果糖，晃动小手。

**仲秋：**你们看！

**石晓岚：**侧莫子侧哦，又不是没七过。

石晓岚慢慢走向仲秋，仲秋还在炫耀手里的水果糖，趁他不注意，伸出手拍了一下糖盒子。糖盒子一下从仲秋手中滑落，掉落在地上，撒出了一些糖。石晓岚和石晓元见状笑嘻嘻地跑回了屋里。仲秋还没反应过来，他蹲下捡起糖盒子，望着地上的糖，又望了望四周，开始捡地上的糖，捡到最后几颗，往嘴里塞。

**石登风：**地上滴东西几干净哦，往嘴巴头塞。

石登风从客厅往外走撞见了仲秋在捡拾地上的糖果，看到他往嘴里塞，一脸嫌弃地站那儿指责仲秋。仲秋赶忙从嘴里把刚塞进去的糖果吐了出来，扔到了旁边的垃圾桶里，然后转身走回了客厅。石登风摇了摇头走开了。

仲秋坐在客厅的沙发上，望着天井，又低下头看着自己手里的糖盒子，用手擦了擦盒子上面的灰尘。

## 21. 白天 计生办空地 外景

周遭的小孩子在空地上玩捉迷藏。

**石晓元：**石仲秋来当鬼，刚刚都是他第一个被逮到滴。

**仲秋：**不是我，是他，是陈中将。

---

① 好七盆儿：当地方言，好吃鬼。

石晓岚：那是哎，别过都没过来。

仲秋气愤地和其他小伙伴对峙，石晓元走过来，把红领巾蒙在了仲秋的眼睛上。然后开始在仲秋眼前比划数字。

石晓岚：绑紧点儿，莫仅他赖皮！

石晓元：勒是几？

仲秋：5。

石晓元：那勒是几？

仲秋：3。

石晓岚：好哒，阔以，你数到 10，快跑啊哈哈哈哈！

众人开始四处逃窜，空地右边有一辆卡车，俩堂哥都往那边跑去。

仲秋：1、2、3、4、5……我来哒哦！

大家都蹲着捂着嘴笑，不出声，仲秋一个人在空地上左右乱摸。走着走着，走到了卡车后面。俩堂哥躲在计生办房子的后面，从墙边看到仲秋慢慢走了过来。两个人互相望着彼此偷笑。

石晓元：秋——瓜——儿——（故作阴森）

仲秋：元儿锅锅，你莫黑①我嘛，我怕得很！

石晓元：秋——瓜——儿——

仲秋：莫黑我哒，我不来哒哈！

（全景+固定镜头）

俩堂哥，蹑手蹑脚地走到了仲秋面前，突然伸出双手发出一阵声音吓唬仲秋。仲秋被吓得大喊一声，倒退了几步，转过身朝身后跑去，直接撞到了卡车右侧的护栏上，站在原地突然不动了。

（特写仲秋面部）

仲秋左眼眼前的红领巾上漫出一股液体，慢慢向四周浸染，液体顺着红领巾的一个角滴下，落在了仲秋黄色的外套上。

石晓元：石仲秋，你没得事吧？

周围所有小朋友都朝这边走过来，石晓岚把仲秋转了个身，看到衣服上的血，赶紧把红领巾揭开，仲秋的右眼皮上撞开了一道约半厘米的口子，血往外不停的流。

陈中将：流血哒，流血哒，搞拐哒②！

陈中将一边惊慌地叫喊着一边朝着石家跑去。一些小朋友看到血，直接往家里跑。仲秋一句话也不说，用手摸了摸脸上流下来的血，望着面前的两堂哥。

石晓岚：不是我们推的你哈，是你过人撞上切滴，秋瓜儿，你莫跟大北讲哦！

_____

① 黑：当地方言，吓唬。

② 搞拐：当地方言，坏了。

石晓元：都是都是，刚刚晓得哪过在哪里喊你哦。

石科：囊个回事？

陈中将带着大人往计生办走了过来，看到仲秋脸上的血，吓了一跳，抱起仲秋就往家里跑。

刘红：老大，你在哪滴啊，秋瓜儿眼睛上撞出血了，你快点儿带他起医院看哈！

仲秋坐在四叔家的沙发上，刘红挂完电话皱着眉头，用毛巾沾水擦拭着仲秋身上血渍。

石晓元：秋瓜儿，痛不痛啊？

石晓岚：你说痛不痛啊？

石晓元听到哥哥这么说，一脸愤怒地望向他。

石晓元：又没问你，要你说啊！

石科：一天憨贱哈贱①撒，内哈子②好了嘛，贱出事来哒嘛。

石晓元：是我锅锅要黑他滴，又不是我！

石晓元说完，哇地一声就哭了。天井边的门开了，石克华进来了，老二石登风跟在后面。石克华取下老花镜，摸住仲秋的脸，左右端详了会儿。

石克华：没伤到眼睛，切医院缝几针就是。要是搞到眼睛就哦豁了③。

石登风：你迈一天净说些哈话，老三小时候要不是你喂错了哟④……

石登文：仲秋，纳闷搞滴啊？

石登文心急如焚地冲下摩托车，到了屋子里，看到仲秋眼睛上的伤口，和盆里的血渍。

石克华：带切医院缝几针就行哒。

石登文把仲秋抱着走到摩托车旁，把仲秋放在摩托车上后，跨上摩托车发动，朝着上面医院的方向驶去。

## 22. 白天 手术室 内景

（俯拍镜头）

仲秋躺在手术台上，手术室的无影灯照射在仲秋的脸上，两只眼睛黑色的眸子里闪着亮光，右眼上眼皮上的伤口已经停止往外面冒血。

医生：秋瓜儿，痛不痛啊？

仲秋微微摇了摇头。

---

① 憨贱哈贱：当地方言，玩得没分寸。
② 内哈子：当地方言，这下子。
③ 哦豁了：当地方言，完了。
④ 哟：当地方言，药。

**医生**：石老大，伤口不是很大，仲秋还小，缝两三针就可以，就不用打麻药，到时候愈合得快。

**石登文**：要得。

石登文站起来，走到仲秋身旁，低下头望着他。

**石登文**：秋秋，不怕哈，爸爸在勒里，医生伯伯给你弄哈就好喽。

医生拿着缝合线和缝合针开始缝合伤口，针刺进仲秋皮肤的那一刻仲秋抖动了一下，伸出手握住了石登文的手。

**医生**：不怕不怕哈，马上就好喽！

## 23. 白天 石科家客厅 内景

石晓岚和石晓元跪在沙发对面的墙边，两个人脸上泪水纵横。石科手里拿着一根樱桃树的树枝，站在他们面前。

**石科**：一天天地，憨贱撒，一定要惹出事来才晓得条子①打在身上痛。

刘红坐在沙发上，手里拿着针线在纳鞋底。把手里的针线放下。

**刘红**：你两个也是，一天到晚整石仲秋搞莫子撒，一天摁是整得希哭，你大伯到时候安逸你们啊。石仲秋没得妈妈，本来就造孽兮兮滴一天，他那过姐姐也是一天到晚净晓得玩儿，你们还切欺负别过。小心儿哈别过长大了，你们都老了来欺负你们。

## 24. 白天 医院 内景

仲秋缝完了针，坐在医院的长椅上。石登文在一旁拿着药品，听医生的医嘱。

**医生**：秋瓜儿好勇敢哦，哼都没哼一声，来伯伯奖励你一根棒棒糖，记得按时来换哟哈。

**石登文**：快说谢谢伯伯撒！

**仲秋**：谢谢伯伯！

仲秋抬起裹着纱布的头，笑着用没被遮挡的眼睛望向医生的方向。

**医生**：不客气哈。要的，没得啥子事我先走哒，有事给我打电话就是。

**石登文**：要得要得，谢了哈。

## 25. 白天 石科家客厅 内景

仲秋脑袋上缠着一圈绷带，左眼和伤口都被遮挡了起来，只是露出了右边的眼睛。石

---

① 条子：当地方言，树枝的意思，多用在长辈教训晚辈的场景中。

登文坐在仲秋右边的木椅子上。石科和刘红坐在老大正对面，石科望着电视里的节目，中间隔着一个炉子，老二坐在老大的旁边没说话，两个人抽着烟。两堂兄弟在仲秋的左边坐着。

**石晓元**：秋瓜儿，还痛不痛啊？

**仲秋**：不痛哒。

老大抽了口烟转过头望着仲秋，笑了一下。

**石登文**：我们石仲秋那摁个是一点儿都没喊痛诶，真滴哎。医生说不打麻哟，直接缝，摁是眼睛都不眨一哈，医生都夸他几多勇敢！

**刘红**：嗯那是，老大你就会吹牛。

**石登文**：当真哎，不信你切问医生嘛。

两堂哥望着仲秋头上的绷带。

**石晓岚**：你勒个绷带缠的还有点儿个性哎，跟木乃伊一样。

**刘红**：嘿，一天说些哈巴儿①话哈。

**石晓元**：屁啊，明明就是海盗好不好，你看跟电视里头那个样子一模一样哎！

石晓元指着电视里正在播放的《加勒比海盗》里的海盗扮相。

（特写）仲秋望着电视里的海盗也和自己一样，左眼被一个眼罩遮住，只有右眼露出来，开心地笑了。

（渐黑）

## 二、爬 山 虎

## 26. 白天 天井 内景

老二老婆李玉兰端着一杯热水，从客厅走到天井里站着喝水。刘红睡眼惺忪地抱着一堆衣服，从卧室走出来，看到了底下玉兰在喝水，朝楼下走去。

**刘红**：欸，玉兰嫂，今天没上班儿啊？

**李玉兰**：是的，今天请假了，石蕙今天放暑假回来哒嘛，回来收拾哈。

**刘红**：哦哦，是滴吼，她们放暑假哒，昨天高卓他们也回来哒。

**李玉兰**：今天没到你妈高头切呀？

**刘红**：她们今天切走亲戚切哒，就没上切。

刘红把衣服放进了天井的洗衣机里，调好设置以后，开始去拿梳子梳头发，然后开始打扫家里的卫生。李玉兰转过身进客厅放好水杯，也开始打扫家里的卫生。

石姚的卧室门打开，仲秋从走廊探出脑袋，看到李玉兰在天井，转过身对姐姐说。

---

① 哈巴儿：当地方言，傻子。

**仲秋：**姐姐，小二叔回来哒！

**石姚：**晓得哒。

仲秋又探出了脑袋。

**仲秋：**小二叔，你回来哒啊！

李玉兰停下了手里的活，抬头看见仲秋在走廊上探出脑袋在那儿笑。

**李玉兰：**是滴，秋瓜儿，你七早饭没得啊？

**仲秋：**还没有，爸爸切高头给我买包子哒。

**李玉兰：**哦这样子嗦。

## 27. 白天 老大家客厅 内景

仲秋坐在凳子上津津有味地吃石登文买回来的小笼包。

石姚去找幺爸的儿子赵高卓，叫他去对门河坝的小溪里抓鱼虾玩儿。赵高卓去喊了石晓岚和石晓元一起。一行人吃过早餐，换好了凉鞋，一起出发。

## 28. 白天 路上 外景

仲秋跟在石姚右边，在队伍靠后，高卓和两个表弟略微走在前面。一行人走到小卖部，从小卖部旁的小路径直走下，是一个小斜坡，小斜坡之后可以看到一个小型的砖块加工厂，沿着加工厂左边的小路，小路右侧是一条小河，这条小河与石家门口的那条马路一直平行延伸，向上至中医院，向下一直到另一个乡镇。一行人顺着小路走了约100米，小河上有一架简陋的混凝土桥，连接河岸的两端。桥上两边的栏杆十分简陋，两条空心的生锈铁管，下面一些排列不规则的钢筋支撑，就这样形成了两边的栏杆。高卓捡起地上的一块石头，敲击着栏杆上的铁管，发出清脆的碰撞声，催促着后面的姐弟俩。

## 29. 白天 小溪 外景

（全景）

在一条清澈见底的小溪里，溪水只有薄薄的一层，能听见哗啦啦的水花的声音。小溪从山谷里流出来，一直到小河桥的那个地方汇入小河。石晓岚和石晓元耐心地翻开每一块石头，高卓在最前面踩着水，同时左顾右盼看着河两岸的草丛，仲秋在岸边，姐姐禁止他下水，只能眼巴巴地望着姐姐他们。

**高卓：**快来看，勒是撒子①？

---

①　勒是撒子：当地方言，这是什么。

高卓弓着腰，一只手撑着腿，另一只手朝身后的人招手示意。

**石晓岚**：莫子莫子？

**石晓元**：你莫推我哦。

石姚走到高卓旁低头一看，一条蚯蚓般大小的蠕虫在水底蠕动。

**石姚**：色赖死哒……

**高卓**：哈哈哈哈哈！

**石晓元**：勒滴，勒滴，好大同①盘海②哦！

大家又朝着石晓元蹲着的那个地方跑去。石晓元搬开的一块大石头下，一只手表大小黑色的螃蟹举起钳子对着众人。

**高卓**：我来！我来！

高卓熟练地把手绕到了螃蟹的背面，慢慢地探入水里，抓住螃蟹的背部，将螃蟹抓住。

石晓岚接过螃蟹，高卓让他放到仲秋旁边的小盒子里。

**石晓岚**：秋瓜儿，你看！

石晓岚拿着螃蟹朝仲秋靠近，仲秋往后退，用手抬起来挡。

**仲秋**：石姚姐姐，晓岚锅锅拿盘海黑我！

**石姚**：石晓岚！莫黑弟弟，快过来！

石晓岚把螃蟹放在了盒子里，朝着小溪里的他们走去。

## 30. 白天 天井 内景

一行人把抓到的螃蟹和小鱼小虾带回家，倒进了一个水池子里面。然后到一旁的水龙头前洗手冲脚。

**石蕙**：你们代搞莫子啊？

众人抬头看见石蕙微笑着站在天井左边二楼上面望着弟弟妹妹们。

**仲秋**：蕙姐姐，你看我们抓滴大盘海！

仲秋指着水池里的鱼虾示意石蕙姐姐看。

**石蕙**：哦，大盘海啊。

**高卓**：姐，你纳闷回来了啊？

**石蕙**：放假了呀，不回来搞莫子哦，屋滴凉快些。

**石姚**：姐姐，你回来要好久啊？

**石蕙**：暑假快过完滴时候回南昌吧，哦那个底下桌子高头③，给你们带得有七滴，你

---

① 同：当地方言，量词，个、只。

② 盘海：当地方言，螃蟹。

③ 高头：当地方言，上面。

们拿起切分嘛。

　　**石姚**：要得。

## 31. 夜晚 老二家客厅 内景

　　仲秋和姐姐到二叔家吃晚饭，老二和玉兰坐在靠天井这边的沙发上，石克华和石蕙坐在仲秋和石姚的正对面。

　　**李玉兰**：石姚，你给你老汉儿打电话没得啊，要等他哈不？

　　**石姚**：哦我爸爸说他在外头有事，喊我们七，不等他。

　　石登风拿起碗，摇了摇头。

　　**石登风**：你那个爸爸迈，我是真滴没得莫子好话说哒，你嗲嗲从他和你妈离婚那个时候开始说起走，说到现在，还是改不了勒个臭毛病，哪里是有事哦，是牌馆子里头滴麻将沾手得很。

　　**石克华**：讲不听有莫子办法哦，人有人的活路，管不到那么宽喽现在。

　　**石姚**：晓得他滴哦，他是那么个样儿，嗲嗲你莫管他。

　　石姚低下了头，吃着白米饭。

　　**石蕙**：爸爸你好意思说别过，你自己不是差不多迈。

　　**石登风**：我哪门嘛，我又不打牌……

　　**李玉兰**：快点儿七你滴哦，摁是话多。

## 32. 白天 石蕙卧室 内景

　　卧室的窗台前摆了一架电钢琴，石蕙在练琴，对面仲秋从天井上边的废地走了过来。

　　**仲秋**：蕙姐姐，勒是莫子啊？

　　**石蕙**：勒个啊，勒个叫电子琴，你想听莫子？

　　仲秋害羞得红了脸，望着石蕙。

　　**石蕙**：来，你坐到我旁边来我教你。

　　石蕙握住仲秋的手，在键盘上弹出了一段音阶，然后又教他弹了几遍小星星。

　　**石蕙**：真聪明！

　　仲秋的用右手在键盘上笨拙地弹出了小星星。

　　**石蕙**：仲秋，你姐姐哎？

　　**仲秋**：姐姐代屋滴。

　　石蕙推开窗户，朝着对面卧室喊石姚。

　　**石姚**：莫子事，姐姐？

　　石蕙在房间里的衣柜里，拿出了几条裙子和裤子，两人在房间里比划。仲秋在一旁的键盘前玩耍。

　　**石蕙：**我都没穿过，你看有喜欢的就拿起切穿嘛。

　　**石姚：**要得，谢谢姐姐！

　　**石蕙：**哦对了，我老汉儿都是那么个牛二蛮经滴人，你莫张①他说的。

　　**石姚：**不得，我老汉儿是那么过，就喜欢切打牌。

　　**石蕙：**那你多跟大伯说哈子撒，喊他一天少打点儿牌，屋滴就你一过人，还要照顾弟弟，屋里条件本来就不好，有好多钱切输啊。

　　**石姚：**纳闷没跟他说哦，说了几多次哒，根本不听哒嘛，说他还要吼我。

　　**石蕙：**也是，打哒一辈子牌，撇不下哒。

　　石姚无奈地坐在石蕙的床上，望着面前坐在键盘前的仲秋。

## 33. 白天 滨江路 外景

　　石克华带着两个孙女，三个孙子，一个外孙坐公车到了城里的滨江路游乐场游玩，仲秋和两个堂哥去坐了游乐场里的碰碰车，还玩了很久的蹦床，石蕙带大家去吃了冰糕和凉粉，一路上大家说说笑笑，气氛十分的融洽。在路上，高卓跟石蕙聊天，说家里的天井很好看，但是上面那块废地太丑了，而且一下雨，雨水顺着天井那面墙会往下渗。于是提出想在天井上面废地前、石克华种很多中草药的地方，种一排的爬山虎，到时候爬山虎可以顺着天井那面墙，一直往下爬，爬满整面墙，到时候会非常好看。石蕙鼓励高卓，她早觉得家里的天井那一块儿太丑了，严重影响家里的风景，便将这个重任就交给他了。

## 34. 白天 滨江路 外景

（全景+升格）

　　石蕙挽着石克华走在后面，弟弟妹妹在路上欢声笑语，打打闹闹。

## 35. 夜晚 石姚卧室 内景

　　凌晨三点左右，石姚因为肚子疼蜷缩在被子里，仲秋被姐姐的声音吵醒，开始使劲哭，吵醒了家里人。旁边老四打开门从卧室里出来，打开了天井灯的开关。

　　对面的石蕙房间也亮了灯，打开门。

　　**石科：**勒大半夜滴，色莫子色啊？

　　**石蕙：**纳闷滴啊，么幺？

──────────

　　①　张：当地方言，理会。

石科：晓得滴哦，石仲秋代哭。

石登风：莫子事啊？

石登风也被仲秋的哭声吵醒，从楼梯旁的卧室走出来，睡眼惺忪不耐烦的模样，望着对面石姚的卧室。石蕙穿过天井旁的废地，走到石姚的卧室门前，敲了敲门，仲秋还是在哭，石姚也没有回应，于是推开门。

石蕙：石仲秋，纳闷滴啊？

外面天井灯的光线透过门缝，看到石姚蜷缩在床上，仲秋坐在姐姐旁边两只眼睛哭红了。

石蕙：莫哭哒撒，石姚你纳闷滴啊？

仲秋：姐姐肚儿痛，不舒服。

石科：以为莫子事哦，哭得听起焦人①。

石蕙：石姚，喊哆哆起来给你看哈嘛！

石姚在床上微微摇了摇头。

石蕙：那你怎么痛起也不是办法呀，有没得哟啊？

仲秋：哟哟代底下沙发高头。

仲秋用手臂擦了擦泪水。石蕙从旁边楼梯下楼去客厅找药。

石登风：老大哎？

石科：晓得滴哦，几晚上都没归屋②。

石登风：他那爸爸迈真滴是稀哒奇哒！

一脸戏谑的石登风撇了撇嘴，转身回了卧室关上了门。石科也回了卧室关了门。

## 36. 夜晚 石科卧室 内景

石科回到卧室，刘红侧卧在床上，看到石科回来，打了个哈欠。

刘红：纳闷滴啊？

石科取下披在身上的外套，走到床边。

石科：莫子事哦，石姚肚儿痛，一天到晚真的扯乱谈③。

刘红：我说迈，勒老大一家人过过儿都是奇葩。

石科：懒求管得④，过人细娃儿都不管，还指望别过给他管嗖！

石科躺上床盖好被子，关掉了床头灯。

---

① 焦人：当地方言，让人不安。

② 归屋：当地方言，回家。

③ 扯乱谈：当地方言，粗话，语气词，无事生非的意思。

④ 懒求管得：当地方言，懒得管。

## 37. 夜晚 石姚卧室 内景

石姚把手里的药放到嘴里，从石蕙手中接过水杯，喝了几口水吞咽药物。

**石蕙：**感觉好些哒没得？

石姚微微点了点头，仲秋坐在一旁望着姐姐，用手轻轻抚摸姐姐的肚子。

**石蕙：**要得，没啥子事就早点儿睡嘛，有事喊我哈。秋瓜儿，莫哭哒哈。

石蕙关掉了石姚卧室的灯，拉拢了卧室门。

（渐黑）

# 三、仲 秋

## 38. 白天 高铁车厢 内景

石登文面容憔悴地靠在高铁座位上，双眼布满了红血丝，双手拿着印有省会医院标识的袋子放在胸前，望着前方一言不发。老二石登风坐在对面的座位上，望着老大旁边歪着头贴着手机讲话的仲秋，抬手抹脸上的泪水。

**仲秋：**蕙姐姐，我们代回切滴火车高头，给你带哒八宝粥、方便面还有火腿肠……

## 39. 白天 一楼靠近天井家客厅 内景

（特写）

石仲秋的粉红色遛遛车布满了灰尘和各种划痕靠着墙壁，斜着放置在水泥地面上。

## 40. 白天 一楼靠近天井的客厅 内景

仲秋歪着头眼睛望向前方，靠在棕黑色的沙发上。石克华坐在仲秋右手边，一手拿着老花镜，一手翻阅着膝盖上放置的发黄的医书。石登文坐左手边，双眼无神地望着前方。石登风抽着烟和李玉兰坐在石克华右手边的沙发上。石姚和石蕙坐在仲秋正对面的燃气炉前。老四石科和刘红坐在老二两夫妻的对面。老三石科站在一旁望着众人。

**石登风：**只有最后不到一过月时间，那边医生滴意见是不会超过两过月。

**石蕙：**真滴没得办法了嘛？

**石登风：**那边说勒个叫脑部胶质瘤，代细娃儿身上发生的概率小得不得了，他勒过蔓延得太快了，根本没得办法治哒。说喊我们把仲秋捐给他们做医学实验，搞医学研究，手术费30万，一成左右滴把握。你哆哆和你大北都说不搞。

石克华：肿瘤长在神经高头哒，你切哈试哈子嘛。

刘红：我妈她们高头也是有过细娃做手术，结果现在瘫哒。

石蕙：手术都是有风险滴，不去治纳闷得晓得结果啊。

石姚：主要是弟弟还太小哒。

刘红：纳闷会突然得勒们过怪病勒，是不是跟小时候经常半夜发高烧有关系哦？

石登风：那哪过晓得啊，你看他老汉儿都不代屋里滴管，未灭①我们还能晓得啊。

石登文：我纳闷没代屋滴啊？！

石蕙：哎呀，现在说勒些搞莫子哦，大北，要不还是切大医院试哈子嘛。

石登风：不阔能，医生直接说滴都是，全中国没得哪家医院有把握能治。

石克华：先不说有没得哪家医院敢治，4岁怎么小过细娃儿，上哒手术台，万一倒在手术台哒，那又纳闷搞。我当哒一辈子医生，救不救得活，我过清得到灭②。

刘红：你嗲嗲说滴也没错，能救肯定救哒，毕竟一家人嘛。手术成功滴概率先不谈，30万也不是笔小钱，你说哎，姓石滴，坐勒滴半天吱个声儿嚯！

石科：老大，都听爸爸滴都是，最后一过月时间，你都多陪陪他，少出切打牌，在他身边他也觉得好过些。

石磊站着，看着众人在眼前议论，望着歪着脖子的仲秋，红了眼。

## 41. 白天 石磊家客厅 内景

天气越来越冷，仲秋开始主要在三叔的楼下客厅里活动，但病情越来越严重，仲秋开始时不时抓耳挠腮，脸上通红，流鼻血，整个人特别急躁，坐在沙发上没人在旁边也会倒。石克华开了一剂中药，给仲秋服下后，仲秋不再乱动，只是双眼睁开，整个人已经坐不起来，瘫痪在沙发上，饮食起居需要别人帮忙。

石姚：爸爸，你晚上莫出切哒嘛，弟弟都恁个样子哒，屋滴就我和姐姐还有小二叔几过，忙都忙不过来。

石姚抱着仲秋坐在沙发上对着旁边的石登文抱怨。

石登文：我不出切，代屋滴天天看到弟弟难受啊！

石姚：那是啊，我还不晓得你。

石登文一本正经地对着石姚说。

石登文：弟弟那天晚上跟我说滴哎，问我一晚上他滴妈妈代哪滴，他生病哒为莫子不来看他。

① 未灭：当地方言，难不成。
② 过清得到灭：当地方言，摸得到脉搏，指了解情况的意思。

石姚低头望着怀里的仲秋，仲秋睁着双眼，一言不语。

## 42. 白天 石家门前马路 外景

马国胜坐在一辆银色长安车的驾驶位，石登文推开车门，石蕙坐上了车，石姚抱着仲秋，把仲秋递给了石蕙，然后坐在了她旁边，石登文关上车门，打开副驾驶的门，坐上了车，车辆发动，朝着乡镇上开去。

## 43. 白天 车内 内景

仲秋在石蕙的怀里，望着车挡风玻璃外的景物变化。石登文抽着烟和旁边的马国胜两人聊着天。

**石姚**：姐姐，你确定地址是对滴撒？

**石蕙**：嗯，我一个伴儿认识仲秋妈妈滴爸爸妈妈给我讲滴，她一会儿在高头等我们。

**石姚**：秋瓜儿，秋瓜儿，我们带你切看你妈妈哒！

仲秋的眼睛转向姐姐，望着姐姐，眼泪流了出来。石姚提了一下衣袖，给仲秋擦掉了眼泪。

## 44. 白天 牟家老宅前 外景

石蕙把仲秋给了石登文抱着，和石姚还有自己的朋友，三个人下了车，朝房子走去。敲了房门，过了一会儿，一个男人开了门。

**男人**：找哪过啊？

男人打开木门，望着站在门口的三个人。石蕙朋友探头往屋里面看。

**石蕙朋友**：牟叔叔，牟蕙代屋滴没得啊？

**男人**：你是？

**石蕙朋友**：我代底下五组住，我也姓牟，牟连顺滴女儿，我叫牟曦。

男人打量了石蕙朋友一番，然后看着石蕙和石姚。

**男人**：认不到，你们找她搞莫子啊？

**石蕙朋友**：哦，我们跟牟蕙是伴儿①，放假哒，来找她耍。

男人摇了摇头，准备转身关门。

**男人**：没代屋滴。

---

① 伴儿：当地方言，朋友。

**女人**：哪过啊？

男人身后，走出来一个女人，往外面看。

**石蕙**：嬢嬢①，是我，石蕙，上次我们见过滴。

看到石蕙，女人脸上显现出几分怒火，赶紧催促身旁的男人。

**女人**：关门关门关门！

石姚看到女人这副神态，赶紧使劲一推门，三个人进了门，站在屋子空旷的大厅里。

**石姚**：她是不是代屋滴，牟蕙！牟蕙！

**男人**：喊莫子喊，说哒不在，你们再乱搞我打电话喊警察哒哈！

男人见状赶忙指着他们，开始从身上的口袋里翻来覆去地找东西。女人越来越生气，一把把男人往后拉，站到了石蕙面前。

**女人**：上次都跟你说过哒，我细娃儿已经跟别过结婚哒，喊你莫来烦她，莫来找她，囊们讲不听诶，她不在！

女人朝男人使眼色，准备将三个人推出去。

**石蕙朋友**：您二位囊们怎们恁么绝情诶，好歹也是她身上掉下来滴一块肉嘛，也是你们的外孙。细娃儿都病成勒个样子哒，就想见过人妈妈一面，又不要求莫子别滴，莫怎么狠心撒！

石姚转身朝车子跑去，把仲秋从爸爸怀里接过来，朝屋子走去。女人看见石姚抱着仲秋走过来，从衣服口袋里掏出两张 100 纸币，给到石蕙面前。

**女人**：莫给我搞勒一套，来，不都是要钱嘛，娃儿生病哒，拿起给他买点儿东西，莫来烦我们哒，赶快走赶快走！

女人侧过身，男人走到前面来，手里举着按好了 110 的手机。

**男人**：出不出切，不出切我报警哒哈！

**石蕙**：我们不是为哒钱来滴，仲秋好歹也是你们的女儿滴细娃，现在逗②剩下不到半过月滴时间哒，就想让他在走之前见哈子自己滴妈妈，也算是了结了他滴一过心愿嘛。你们今天不让他见到牟蕙，我们今天就代勒里等到，等到她回来。

女人气急败坏地指着石姚抱着的仲秋。

**女人**：我再说一遍，我们牟家不得认勒过细娃，没结婚没扯结婚证逗生下来的细娃，管他是死是活跟我们没得半毛钱关系，你们要等逗等到起嘛！

女人拉着男人穿过大厅，进了一间屋子，使劲摔上了门。三个姐姐和仲秋就在屋子里的大厅里站着。仲秋望着眼前的屋子，转动眼睛，看着四周的一切。

**仲秋**：姐姐，勒是哪过屋滴啊？

---

① 嬢嬢：当地方言，阿姨。

② 逗：当地方言，就。

石姚：……

## 45. 白天 车内 内景

仲秋歪着头躺在坐在副驾驶的石登文的怀里，石蕙和石姚等人在后面的座位上靠在一起，哭红了双眼，望着前面的仲秋。

**仲秋：**爸爸，我觉得我好倒霉哦！

**石登文：**为莫子欸？

石登文听到仲秋这么说，红着的双眼低下头望着仲秋，仲秋没有再说话，眼睛转向右边的车窗，望着车窗外向后快速倒退的山、树和房子。

## 46. 夜晚 石磊家客厅 内景

石登文抱着仲秋坐在沙发上，仲秋闭着双眼，偶尔眼皮会跳一下，石姚侧卧在旁边的沙发上。石登文看仲秋没动静慢慢起身，准备把仲秋放在沙发上，仲秋突然张开双眼，两只手死死抓住爸爸的衣服。

**石登文：**我不走我不走，秋秋，爸爸切上个厕所，你睡嘛，爸爸不走！

仲秋望着爸爸，手依然紧紧抓着，不肯放手。

**石登文：**你放心嘛，爸爸真滴是切上厕所，马上逗回来，乖撒！

石登文把仲秋的手慢慢扯开，然后把仲秋放在沙发上，让石姚起来扶着，走了出去。

（全景+固定镜头）

仲秋睁着眼睛，望着门的方向。

石登文回来，仲秋立马要他抱，在爸爸怀里，又闭上了眼睛。

## 47. 白天 石家门口空地 外景

李玉兰抱着刚洗完澡的仲秋，坐在有靠背的木椅子上晒着太阳。仲秋望着马路的对面，对面一个和仲秋差不多大的小女孩儿在家门口空地上玩耍。

**仲秋：**燕玲玲儿，你过来陪我耍哈嘛，你再不来，我逗要死哒。

李玉兰顿了一下，望着仲秋，又看了看对面正在空地上玩耍的燕玲。

**李玉兰：**玲玲儿，仲秋喊你过来陪他耍，你过来哈儿嘛。

听到马路对面有人喊，燕玲抬起了头，然后拿着地上的玩具，穿过马路，站在仲秋面前。

**燕玲：**石仲秋，你看勒是老师在幼儿园发给我滴，好看不？

仲秋歪着头望着燕玲玩她的玩具。

## 48. 白天 石磊家客厅 内景

快过年了，石家的亲戚还有周围关系比较要好的邻居都到家里来看望仲秋，坐了满满的一屋子人，仲秋主动要求别人抱他，一个抱完，又伸出手要旁边的人抱。

**仲秋**：爸爸，我想七西瓜。

吃完早饭，躺在爸爸怀里，对着石登文说。

**石登文**：要得，你大二叔跟姐姐一赫尔切给你买哈。

石蕙坐在石登风的摩托车上，开到了城区，找遍了还开着门的水果店，最后买回来了一个西瓜。

李玉兰在燃气炉和沙发旁边的木桌子上，把西瓜切成了两半，然后把其中一半递给了石姚，石姚用勺子舀起西瓜的瓜瓤喂给仲秋吃，仲秋慢慢地咀嚼着，西瓜汁顺着仲秋的嘴角流下来，染红了胸前提前铺好的纸巾。

## 49. 白天 石磊家客厅 内景

（移动镜头+长镜头）

桌子放置着那半切开的西瓜，镜头停留一段时间，慢慢地摇起，桌子上摆放着一堆牛奶和饼干的礼盒，镜头往右边移动，棕黑色的沙发，沙发拉扯得很整齐。黑色的燃气炉，燃气炉上没有摆放物品。靠近天井的淡绿玻璃透过天井上方的光线，照射在沙发的上端，镜头继续移动，移出客厅的门，移动到天井的中央，天井的那面由不规则色彩不一石块砌好的墙进入画面中，墙体顶部的一点点绿色的植物微微摇曳，墙体上渐渐出现电影片名——《仲秋》。

（渐黑）

（蒙太奇镜头）

三年后，石姚在高一时就辍学去了沿海城市打工。石克华因为支气管炎引发各种并发症逝世。石老大家里就他自己一个人过着孤零清冷的生活，依旧几乎不回家，家里的厨房遍布了各种霉菌和蜘蛛网。老四的两个儿子还在乡镇的学校念书，每天放学回家后就是玩手机或者抢电视看。老四石科每天天还没亮就要载着货物出门去集市上做生意，刘红在家打理家里的一切，周末经常约周围的人一起进城购物。老二石登风年轻时候落下的痛风病根导致他只能在家里养病，偶尔天气好会到商店门口的空地上和人们聊天。石蕙大学毕业后去了省会城市打拼。

## 50. 白天 小河沟旁的田埂 外景

（远景）

石姚一个人站在田埂上，望着远方山坡上一个突起的小土包，那儿埋葬着弟弟石仲秋。镜头慢慢从远处推，石姚呆滞地望着远方山坡，眼睛渐渐泛红。

（渐黑）


完。


◎ **指导教师蒋兰心评语：**

这是一个成熟、完成度很高的剧本，故事中既有生活之苦与生命之悲，又依稀透露出善与坚韧的底色，可见作者对世界的洞察是敏锐而深刻的。整个剧本给人留下深刻印象之处有二，一是作者以一种温暖的笔触体恤了普通人的无可奈何。仲秋乖巧懂事但备受病痛折磨，面对他的离世，读者不禁追问，仲秋的悲剧究竟是谁造成的？父亲滥赌但不可否认的是他与儿子感情颇深，仲秋一直缺席的亲生母亲在诞下他时自己不过也才十六岁，本就还是少女的姐姐为了仲秋已然放弃了和同龄人玩耍的时间，自顾不暇的大伯一家也已在力所能及的范围内给予仲秋最多的关心了。正是因为观众明白小人物在面对贫穷与死亡时有多么无能力为，悲剧发生时便也不忍苛责不完美的主人公们；而正是这种不忍苛责，又反过来化成一声叹息，为这部剧本增加了一种厚重，这也造就了其主题上的深邃。二是作者有意识地为这部剧本增添了独特的地域色彩。剧本中大量出现的方言俚语既契合了作者对市井生活的描写，又加深了读者心理层面的亲近之感，更涉及了一种文化地缘视野，进而提升了剧本的艺术格调，这种创作方法值得学习借鉴。

# 特殊的礼物

李依晨

（21 级编）

旁白（画外音）：话说这西天取经归来之后，师徒四人各自有了自己的归宿，唐僧继续传授佛法普度众生，孙悟空被封为"斗战胜佛"，更加威风凛凛了，沙僧也回到了流沙河潜心修炼，这猪八戒自然也不会差，被封了个"净坛使者"的称号，在人间建成寺院，享受着来自人间的供奉。

## 1. 白天 小镇村庄 外景

一个脚踩草鞋手持草扇的道士摇摇晃晃地向着村庄走去。

## 2. 白天 寺院 内景

小镇的百姓虔诚地朝着净坛使者的神像行叩拜礼。

**中年妇女**：净坛使者大人，自从去年天降大旱之后，庄稼颗粒无收，现在没有收成，百姓的日子真的是没法过了啊，愿您大发慈悲天降甘霖，一定要庇佑小镇顺利地渡过难关啊！

**老妇人**：尊敬的使者大人，虔诚地向您祈祷，愿得到您的庇佑！

此时人群中一位身着略显精致的夫人在身边侍女的搀扶下，将一炷香恭恭敬敬地插入灶台后，行了一个礼后，随即离开。

## 3. 白天 寺院 外景

侍女搀扶着夫人一步步地走下台阶。

**侍女**：夫人，您当心！

夫人轻轻拍了拍侍女的手。

**夫人**：放心吧，我没事的。

**侍女：**夫人的诚心，相信使者大人一定能够感受到的，夫人的愿望也一定能够尽快实现的。

夫人摸了摸自己的肚子。

**夫人：**但愿吧，我们出来太久了，现在该回去了。

**侍女：**好。

## 4. 白天 甲府 内景

官员甲和管家坐在大堂议事。

**管家：**老爷，今天集市很热闹，您不出去看看？

**官员甲：**很热闹？是发生了什么事儿？

**管家：**老爷，您真是贵人多忘事儿！您忘记今天是朝廷新任命的那位乙大人新官上任的日子了？

**官员甲：**哦？就是今日吗？

**管家：**是啊老爷！听说这个乙大人，这次可是特意带着赈灾粮前来的。所以今儿一大早儿这百姓就从村头排到村尾呢！

官员甲轻蔑地笑着。

**官员甲：**搞这么大阵仗！我倒要看看去！

**管家：**好嘞！老爷，我这就去备车！

## 5. 白天 集市 外景

村民们七嘴八舌地议论着这位未曾谋面的乙大人。

**村民甲：**都快到晌午了，这乙大人怎么还没露面呢？

**村民乙：**这大太阳可真是毒辣！我家那半亩地刚种下的庄稼，还没等发芽，就这么活活地被渴死了……

**村民丙：**这样下去怎么办才好啊！这庄稼长不好，往后咱们可怎么活啊！

村民们擦擦汗。

**村民丁：**哎，你们听说了吗！据说这个乙大人这回可是带着赈灾粮来的呢！

**村民乙：**赈灾粮？

**村民丁：**是啊！这消息都传开了，每家每户至少可以分到一整袋大米呢！

**村民乙：**啊！还有一整袋？

**村民丁：**是啊！这不大家伙儿都过来凑凑热闹呢！

**村民丙：**太好了！

正当村民讨论得热火朝天的时候，人群的前方出现了一位头顶乌纱帽的中年男人。

村民甲：大家快看！出来了！出来了！

村民们簇拥上前，纷纷伸长脖子张望着。

随从：大家少安毋躁，少安毋躁！下面就请我家老爷为大家说几句。

村民们纷纷鼓掌。

官员乙：安宁镇的父老乡亲们好，鄙人姓乙，大家可以叫我乙大人或者乙老爷，从今往后也是本镇的副镇长了。当今圣上久闻此次大旱，百姓民不聊生，因此下官奉命前来，专为解决旱灾一事。在我的身后，就是这次带来的粮食。

随从用力掀开帷布，高高堆积的麻袋进入百姓的视线中。村民们见状大为惊奇。

官员乙：这只是一部分，还有部分赈灾粮还在送往小镇的路上，估计过些时日便会悉数到达。

村民乙：大恩人啊！青天大老爷啊！

村民们感激涕零，纷纷向官员乙行跪拜礼。人群的背后，官员甲坐在马车里掀开帘子，默默地看着这一幕，内心五味杂陈。

官员甲：瞧瞧！这位乙大人的面子可真大！

管家：老爷，这外面的面子再怎么大，这一镇之主的位置不也还是您的？

官员甲：尽快查清楚此人的底细，就怕这回来了个不速之客啊！

管家：是！

官员甲：下去安排一下，我要先会会这位乙大人。

管家：是！老爷！

官员甲：好了，今天这热闹也看得差不多了，走吧。

热闹的呼喊声中，官员甲独自乘坐马车离开。


## 6. 夜晚 甲府卧室 内景

官员甲躺在床榻上，夫人坐在梳妆台前叹着气。

夫人：哎……

官员甲未察觉到，夫人放下手中的梳子，继续叹着气。

夫人：哎……

官员甲：今儿是怎么了，怎么唉声叹气的？

夫人：老爷啊，您天天日理万机，家里的事情可真是一点都不操心！

官员甲：家里的事？家里什么事儿？再说了家里一直以来不是都由你来打理？

夫人：你是不明白还是装糊涂呢？不是家务事儿！

官员甲：那是什么？

夫人摸了摸自己的肚子。

夫人：都这么长时间了，这儿……可是一点儿动静都没有！

官员甲：我还以为是啥事呢？

夫人：这个事情难道不重要是吗？

官员甲：不是不重要，只是这事也不能强求嘛！这得顺其自然！

夫人闻言将头扭过去，暗自生着气。

夫人：我看你啊！对这事儿压根没上心！

官员甲：瞧这话说得！现在这样的生活不是挺好的？这一把年纪了，想要孩子哪有那么容易啊，更何况，再想生育你这身体也不是特别允许啊！

夫人：这样的生活？你天天在外面喝酒应酬，可以今天在丙大人那儿，明天再到丁大人那儿！而独留我一个人在这家中，闲来无事时，只能摘花种草逗鱼儿！

官员甲：那……那应酬也是为了公务上的事儿！

夫人：总之，每次讨论这个的时候，你总是有各种理由推脱……

官员甲：我……那你要我怎么做？

夫人：除非……你改天陪我一起去向净坛使者祈福，求他庇佑！

官员甲：妇道人家就爱信这些。

夫人连忙起身，走到床前，捂住官员甲的嘴巴。

夫人：可不能对使者大人如此不尊重！他可是咱们小镇的人人爱戴的守护神呢！前些日子，我去寺院祭拜，还听到有人求使者大人保佑小镇度过危机，这不，没出几天，这朝廷就派这个乙大人带着赈灾粮来了！

官员甲：瞧你说得神乎其神的！这只是个巧合！

夫人：宁可信其有，不可信其无！说到底你就是不相信，不愿意陪我去罢了！

官员甲：行了行了！天色这么晚了，今儿也在外劳累一天了，改天好好准备准备，一定陪你去。

夫人听罢吹灭了蜡烛，慢慢地拉上了床帘。

## 7. 白天 街上 外景

小镇的公告栏上正张贴着一则告示。引来众人围观。

村民甲：（告示内容）现通知三日后午时三刻发放赈灾粮，地点镇中服务中心。

听到消息的众人高兴得手舞足蹈。官员乙和随从站在人群后侧。此时甲府派来侍从前来送信。

侍从甲：小的拜见乙大人，我家老爷让我把这封信务必亲自交到您的手中。

官员乙：哦？你家老爷？

官员乙接过信封。

侍从甲：既然信已带到，那小的先行告退。

侍从甲跑开了，官员甲拆开信封读起信来。

官员乙：甲大人今晚邀约，看样子盛情难却啊！

随从：甲大人？镇长大人？官员乙点点头。

官员乙：走吧，去备点薄礼，我们去拜访拜访这位甲大人。

随从：是。

## 8. 夜晚 甲府大堂 内景

厨娘们将一盘盘菜肴摆上饭桌。

管家：老爷，您说这乙大人今晚会来吗？

官员甲：这不过只是一顿简单的家常便饭，为何不来呢？

管家：按理说，应该是他主动来拜访老爷的，怎么现在反倒成老爷来邀请他了？

官员甲的脸色有些难堪。

管家：是阿福多嘴了。

## 9. 夜晚 甲府门口 外景

一辆马车在甲府门前停下，随从拿着礼物搀扶着官员乙下轿。

随从：到了，老爷您当心。

两人走向大门。

## 10. 夜晚 甲府大堂 内景

管家听到动静朝着门口方向张望着。

管家：老爷，到了到了！

官员甲起身。官员乙示意随从将礼物奉上。

官员乙：此次来得匆忙，下官特命人备了份薄礼，还望甲大人收下。

官员甲：乙大人能来本官已经是很高兴了，你看这！实在是太见外了！

管家接过薄礼。

管家：乙大人，请上座！

官员甲：乙大人请？

官员乙：不，还是甲大人先请！

官员甲：哈哈哈哈。

两位官员相互奉承着坐上饭桌。

官员乙：此次下官确实考虑欠佳，来了几日一直也未特意上门拜访，今日还是承蒙甲大人盛情邀约，实在是抱歉！改日，改日下官一定设宴回请，到时候还希望甲大人能够赏脸光临寒舍啊！

**官员甲：**乙大人还是这么见外，乙大人第一次来到本镇，本官作为东道主，这顿家常便饭理应还是由我来安排的，就当是为乙大人接风洗尘了。

厨娘们继续上着菜。

**官员甲：**来来来，先别愣着了，快尝尝这些菜合不合口味？

官员乙拿起筷子夹了一口菜尝了尝。

**官员乙：**嗯嗯……好吃好吃！

**官员甲：**乙大人奉命前来赈灾，这小镇可不比盛京，不知乙大人在这儿可还适应？

**官员乙：**感谢甲大人的关心，下官在这儿还挺适应的。

**官员甲：**那就好！之前还生怕乙大人不适应这儿，那可就是本官照顾不周了。

官员乙端起酒杯向官员甲敬酒。

**官员乙：**来，下官先敬甲大人一杯！

**官员甲：**爽快！

二人把酒言欢、其乐融融。

**官员甲：**不知乙大人赈灾过后，有何打算啊？

**官员乙：**赈灾过后啊，就留在这儿，做我的副镇长，这后半辈子就打算拿些饷银过活了。这看惯了盛京的繁华浮躁啊，觉得这小镇的朴实无华也别有一番风味！

官员甲听后坐直了身子。

**官员甲：**哦，难道就只想做个小小的副镇长？除此之外就没有别的打算了？

**官员乙：**瞧甲大人说的，这镇长之位不是还有您吗！

官员乙举起酒杯再次敬官员甲。

**官员乙：**以后还要全倚仗甲大人，要甲大人多多提点才行啊！

**官员甲：**哈哈哈哈，一定一定。

两人再次碰杯。

## 11. 夜晚 甲府院落 外景

月明星稀。

## 12. 夜晚 甲府大堂 内景

酒过三巡，二人都有了些许醉意。

**官员甲：**小镇今年突遇旱灾，不知乙大人对此事有何感想？

**官员乙：**这是天灾难以避免。只不过就是苦了这群百姓们了。

**官员甲：**不过听闻乙大人这次从盛京倒是带来不少的粮草？

**官员乙**：下官也是奉圣上之命前来，这粮草也是托圣上洪福，解百姓这燃眉之急的！

**官员甲**：那不知乙大人是要怎么处理这些粮草呢？

**官员乙**：这粮草是救灾物资，当然要悉数用于缓解灾情了！

**官员甲**：这天灾啊总会过去，再加上小镇前几年发展迅速，也积累了一定的物质基础，所以啊，这乙大人还是不要太过于忧心了！这粮草一部分用于救灾，这另外一部分么……

官员甲继续举杯准备敬官员乙。官员乙挥挥手。

**官员乙**：不了不了，下官抱歉，今儿这酒可是真的喝多了！看这天色已晚，下官就不再多加打扰了，下次下官亲自设宴，我们再不醉不归！

官员乙起身，随从上前搀扶着。

**官员乙**：甲大人，感谢您的盛情招待，下官就先行告退了……

**官员甲**：管家，送乙大人一程。

**管家**：是，老爷。乙大人，您这边请。

管家在前带路，官员乙在随从的搀扶下颤颤巍巍地在后面跟着。

## 13. 夜晚 甲府门前 外景

大门开。

**管家**：乙大人，小的就先送到这了，您路上当心。

**官员乙**：劳烦管家了。

官员乙的马车早早在门口等候，送别了二人后，管家返回大堂。

## 14. 夜晚 大堂 内景

此时官员甲将刚刚的酒一口喝下。

**管家**：老爷，这……料想这乙大人应该也是识时务之人，没想到……

官员甲冷笑了一声。

**官员甲**：哼，不识抬举。

## 15. 夜晚 甲府门口 外景

随从小心搀扶着颤颤巍巍的官员乙。

**随从**：老爷，您当心台阶！

官员乙挣脱开随从的胳膊，腰板也挺直了起来，稳步地朝马车走去。随从站在原地蒙了片刻。

随从：老爷，您这是？

官员乙：愣在那儿干吗！还不快点跟上来。

## 16. 夜晚 马车内 外景

随从：老爷，您没醉？那您刚刚怎么……

官员乙掀开车帘朝着甲府大门望去，冷笑了一声。

随后放下车帘，二人离开。

## 17. 白天 街上 外景

三日后。

官员乙赈灾放粮的日子，村民在街上横冲直撞地跑着。

**村民甲：**哟，王大婶，您这河东的，怎么今儿也过来凑热闹啦？

**王大婶：**快别贫了！去晚了就啥也捞不着咯！

此时一位推着车的老大爷和一位从巷口跑出的年轻小伙意外相撞。老大爷车子被撞翻。

**老大爷：**哎哟，我这把老骨头哦！

男子一边道歉一边将老大爷的车扶起来，并将散落的菜叶捡起。

**小伙子：**实在抱歉，实在抱歉！

**老大爷：**年轻人怎么这么猴急！

**小伙子：**大爷，您有所不知，今天啊，是那位乙大人放粮的日子，还不是怕去晚了就没有咯！

**老大爷：**哦？放粮的日子？

**小伙子：**是啊！您还不知道吧！据说今日每人至少可以分到一整袋大米呢！

**老大爷：**有这么好的事儿！

**小伙子：**是啊！您快坐上车，我推您过去，一起去看看！

**老大爷：**小伙子，那可真是麻烦你了！我老咯，这好多消息都还不知道呢！

老大爷颤颤巍巍地爬上车子，小伙子推着车，两人一起向前走去。

## 18. 白天 集市中心 外景

集市中心的门口早早排起了长队。此时陆陆续续闻讯赶来的村民蜂拥而至。官员乙的随从拿着大喇叭站在队伍的最前方。

**随从：**各位父老乡亲，我家老爷按照规定的时间今日开仓放粮，所以大家不用急，排好队，今日人人都有份！

村民欢呼雀跃着，放粮活动也井然有序地进行着。

**村民甲：**谢谢青天大老爷啊！

**村民乙：**可真的是活菩萨！

侍女分发完粮食示意着村民也可在一旁领取一碗白粥。随从心满意足地笑着。

## 19. 白天 甲府院子 外景

官员甲在院子里逗着笼子里的鸟，管家从门外着急地走进来。

**管家：**老爷，不好了，不好了！

**官员甲：**这么火急火燎的！发生了什么事？

**管家：**老爷啊，您可真是贵人多忘事！您忘了今天是乙大人开仓放粮的日子嘛！

**官员甲：**哦？今天啊？

**管家：**老爷您这心里就一点儿都不在意？

官员甲故作镇静，依旧逗着笼子里的鸟。

**官员甲：**他放他的粮，我逗我的鸟，

**管家：**哎哟老爷！现在这外头可都在说什么乙大人是大善人，是活菩萨！

此时鸟猛烈地扑打着翅膀，并伴随着一阵尖锐的叫声。官员甲将手中的逗鸟的东西随手一扔。

**官员甲：**备车！

**管家：**好的老爷。

## 20. 白天 集市中心 外景

此时小伙子推着老大爷赶了过来，望着前方早已排起长龙的队伍，二人有些心灰意冷。

小伙子看来还是来晚咯！

突然，队伍中间出现了骚乱，大家伙纷纷朝人群后方看去。

**随从：**后面什么动静？

官员甲和管家赶到。人群中出现了哄抢行为。官员甲听到动静掀开车帘。

**官员甲：**外面怎么吵吵闹闹的？

**管家：**前面好像有人闹起来了？

**官员甲：**哦？

**管家：**老爷，下面人多混乱，您就待在车上，我先过去打探打探。

管家挤过人群，来到了队伍中间。两位男子同抢一袋粮食，混乱之中，袋子被撕破，

大米散落到地上，看到此幕，哄抢的男子停住了手，众人大惊。

村民丙：天呐！这好好的一袋大米怎么变成了半袋！

村民丁：这到底是怎么一回事儿！

随从、管家被眼前的一幕震惊，管家匆忙地赶到官员甲的马车前。

管家：老爷！不好啦！

官员甲：怎么又慌慌张张的？

管家：老爷，您有所不知啊，刚刚人群中间哄抢大米，结果那袋子撕开，您猜怎么着？只有半袋！

官员甲：哦。那可真是有意思！

官员甲和管家来到人群前方。管家从随从手里接过喇叭。

管家：大家静一静，静一静！

躁动的人群看到官员甲后逐渐安静下来。

村民丁：甲大人，您身为镇长可要为我们做主啊，这说好的一袋大米怎么现在无缘无故就变成半袋了？

村民丙：是啊！这难道不是存心欺骗？

官员甲接过喇叭。

官员甲：大家少安毋躁，少安毋躁！今日这情况啊，前几日乙大人就已经向本官请示过了，说这开仓放粮啊，得一步步来，跟大家承诺的一袋大米肯定是不会省的，只是这发放形式啊，分两次，慢慢都会给到大家的。

村民丁：分两次？

村民丙：可是告示上面可没说要分两次啊？白纸黑字，难道还有这层意思？

官员甲：本官在此跟大家保证，向大家承诺的，该是多少就是多少，一粒米都不会少！

村民们犹豫地你看看我，我看看你。

管家：既然我家老爷都放话了，那大家今儿领完就等消息吧，散了吧，散了吧！

人群慢慢散去，大家继续排着队领着粮食。

随从站在一旁默不作声。官员甲走向随从。

随从：甲……甲大人……

官员甲朝他冷笑了一声后和管家离开了。


## 21. 夜晚 乙府 内景

杯子破碎的声音。

官员乙：废物！通通都是废物！

随从吓得跪倒在地。

**随从：** 老爷饶命！本来都还好好的，哪知道怎么突然就发生了那事儿！不过好在有甲大人出面解围。

**官员乙：** 哼，现在好了，被人家抓住把柄了，我这脸都要给你丢尽了！

**随从：** 老爷，那……那现在该怎么办？

官员乙挥挥手，随从起身欲走。

**官员乙：** 回来回来……再帮我去办个事儿！

## 22. 夜晚 甲府大堂 内景

**官员甲：** 没想到啊，没想到……

**管家：** 老爷！今儿这一趟值啊，开仓放粮的是他，收获美名的是您。

"砰砰砰……"

**官员甲：** 门外什么动静？

官员甲示意管家前去查看。管家拿着盒子回到大堂。

**管家：** 回禀老爷，乙大人送来的。

**官员甲：** 打开看看。

管家将盒子拆开。盒子里装满了银子。

**管家：** 老爷，这……

两人相视一笑，意味深长。

## 23. 白天 甲府大院 外景

夫人和侍女站在院子内。

**夫人：** 快去催催老爷准备好了吗？这眼看着马上就要赶不上吉时了。

**官员甲：** 不用催了，准备出发吧。阿福，东西都准备好了吗？

**管家：** 准备好了。

官员甲和夫人一起坐上马车前往寺庙。

## 24. 白天 寺院 外景

官员甲和夫人一起走进寺院。

**妇女甲：** 快看呐，甲大人跟他的夫人真恩爱。

**妇女乙：** 是啊，这还陪夫人来寺院祭拜呢！

## 25. 白天 寺院 内景

夫人和官员甲向神像行礼。

**夫人：**尊敬的使者大人，民妇向您祈祷，希望您能够满足民妇小小的愿望啊！

官员甲察觉到门口有村民偷偷观望。

**官员甲：**净坛使者大人，下官很早之前就敬仰过您的大名了，只是近来公务缠身，一直没来拜访您。您是小镇上人人敬仰的守护神，所以有些事儿也想当面请教请教您！小镇今年突遇天灾，农作物是颗粒无收啊，再这样下去，可怎么办才好啊！

官员甲再次行礼。

**官员甲：**使者大人，愿得您庇佑，愿小镇天降甘霖，渡过难关啊！

村民们纷纷行礼。

**村民们：**天降甘霖！渡过难关！天降甘霖！渡过难关！

官员甲趁机从口袋中掏出一个盒子，并将其放在了供台上。

众人皆散。

官员甲看着供台上的盒子，又看了一眼神像后，也离开了。

此时佛像内闪着金光，忽明忽暗。大风四起，供台上的盒子消失不见。

## 26. 夜晚 甲府卧室 内景

一阵阵鼾声。官员甲的梦中。

**旁白**（画外音）：一周后，天降大雨。一周后，天降大雨。

官员甲从梦中惊醒。

**官员甲：**谁？谁在说话？

夫人听到动静后翻翻身。官员甲擦擦头顶的汗，又再次睡去。

## 27. 白天 寺院 外景

前来上香火的阿婆站在神像前久久地看着神像。

**阿婆：**可真是奇怪啊！这神像怎么眼瞅着比上次大了些呢？

阿婆自言自语着，周围的人疑惑地看着她，又看看神像，毫不相信地走了。

## 28. 白天 甲府大院 外景

官员甲无精打采地从房间里走出来。

管家：老爷昨晚没睡好？

官员甲：（伸伸懒腰）别提了，做了一晚上的梦。梦里有一个声音一直在说"一周后，一周后，必有大雨"。

管家：一定是老爷最近因为小镇旱灾扰得心神不宁，所以才失眠多梦，阿福今晚让人熬点安神的汤，老爷今晚喝下，一定能睡个好觉。

## 29. 白天 甲府大堂 内景

官员甲及夫人一同用餐。夫人出现干呕现象。

官员甲：这是怎么了？

夫人继续干呕着。侍女上前。

侍女：夫人您该不会是？

夫人：（捂住肚子）不会吧？

夫人看向官员甲。

官员甲：阿福，速速请大夫来府上一趟。

管家：是。

## 30. 夜晚 甲府卧室 内景

大夫替夫人号脉。

大夫恭喜大人，恭喜夫人，凭脉象看，夫人这是喜脉啊！

众人大惊。

官员甲：什么？可当真？

大夫：鄙人行医这么多年了，这是不是喜脉，还是很清楚的。

大夫起身，拿起药箱。

大夫：稍后我开几服安胎的药，按照药方熬制后就给夫人服下吧。

官员甲：阿福，送送大夫。

## 31. 夜晚 院子 外景

官员甲：这难道是巧合？昨天陪夫人去寺院祈福，今儿夫人就怀上了，世上竟有这么巧的事？

管家：难道是因为我们准备的礼物，使者大人很喜欢，所以显灵了？

官员甲抠抠头。

旁白（画外音）：一周后，天降大雨。

官员甲：那一周后下雨，难道也是真的？

## 32. 白天 街上 外景

官员甲与官员乙相遇。

**官员乙：** 下官拜见甲大人。

**官员甲：** 乙大人多礼了。

**官员乙：** 上次一事，下官实在是……不过多亏了甲大人出面解围。

官员甲笑着拍了拍官员乙的肩膀。

**村民甲：** 那不是甲大人和乙大人吗？

村民热情上前，跟二人打着招呼。

**村民乙：** 前几日我家媳妇去寺院，就看到甲大人和他的夫人了，甲大人为民求雨的事迹真的是让我们感激不尽啊！

**村民丁：** 是啊，甲大人求雨一事大家伙都传开啦！

村民们纷纷向官员甲行礼。

**官员甲：** 这是本官应该做的，大家不必多礼。

**官员乙：** 哦？甲大人为民求雨可真是百姓的福分啊，但不知这雨……

官员甲站在一旁尴尬地笑笑。

**官员甲：** 这雨啊，一周之内，必下。

官员乙震惊不已，村民们听到后也议论纷纷。

**官员乙：** 哦！甲大人所言可当真？

**官员甲：** 一言既出，驷马难追。

## 33. 白天 甲府院子 外景

官员甲焦头烂额地回府，管家紧随其后。

**官员甲：** 现在可怎么办才好啊！这雨要是下不来，这可怎么跟百姓们交代啊！

**管家：** 今日老爷为何要当着大家的面那样说？

**官员甲：** 事发突然，再加上当时也一时嘴快……

官员甲在院子里焦急地走来走去。

**管家：** 难道就因为做了那个梦？

**官员甲：** 梦？对了！梦！快！马上备车！

## 34. 夜晚 寺院 内景

官员甲和管家身穿便服前往寺院，官员甲上下打量着神像，出了神。

**管家**：老爷，您在看什么呢？

**官员甲**：嘘……别说话！你说这神像会显灵吗？

**管家**：这个……

**官员甲**：这世上难不成真有这么巧合的事？但现在话已经说出去了，你得想想办法，这雨啊，下也得下，不下也得下！

**管家**：这……

## 35. 白天 乙府 内景（三日后）

**随从**：老爷，今日也是甲大人说好的降雨的日子。

**官员乙**：哦，我倒要看看这回还能整出什么花样？走，是时候去甲府看看好戏了。

## 36. 白天 甲府门口 外景

听闻今日下雨，村民们早早堵在了甲府门口。甲府大门紧闭。

**村民甲**：这今日这么大太阳，这雨还会下吗？

**村民乙**：我看这雨应该是不会下了吧。

烈日当空，村民们狂擦着脸上的汗珠。随从用眼神示意了一下不远处的男子，男子接收讯息后，大喊起来。

**男子**：怎么等了这么久还是没雨啊！这堂堂的镇长大人该不会是随口说出来糊弄人的吧！

村民们等得逐渐失去耐心，变得焦躁不安。官员甲和管家站在门后不敢回应。

**官员甲**：阿福，准备得怎么样了？

**管家**：回禀老爷，准备得差不多了，因为考虑的是人工降雨，只能降局部，所以今早我就派人先去散布消息，先把大家伙召集到这里来。只要这雨降下来了，那老爷的承诺也算是实现了。

**官员甲**：事到如今，也只能这样了。你快去准备吧！

**管家**：好。

官员甲紧张地一直在门后擦着汗。门外的抱怨声越来越大。管家准备就绪，正准备实施降雨计划，这时天空开始飘雨。

**村民甲**：刚刚滴落的是什么？

众人纷纷手捧着接雨。管家呆呆地站在原地。

**村民乙**：太好了，下雨了下雨了！

**管家**：这是……

众人纷纷跪倒在地，捧着雨激动得说不出话来。官员乙见此状，生气地走了。

89

官员乙：哼。

管家气端吁吁地跑回府。

**管家**：老爷。

**官员甲**：这事做得不错啊！

**管家**：其实老爷，这雨是真的。我刚准备降雨，这好端端地就真的开始下雨了。

**官员甲**：还有这事？

**管家**：是啊老爷，这事说来也玄乎。

官员甲惊讶地推开大门，和众人一起沐浴在雨中。众人见到官员甲后纷纷行礼以表感谢。

## 37. 夜晚 甲府大堂 内景

**官员甲**：太奇怪了，太奇怪了！

**管家**：一次是巧合，这两次，难道也是？

**官员甲**：一定是我们给的礼物让使者大人显灵了！使者大人才在梦中透露给我下雨的消息。一定是这样。

**管家**：是的，老爷！宁可信其有不可信其无！

**官员甲**：净坛使者显灵一事，不可透露半点风声！以后我们也要暗中进行了，切不可露出任何蛛丝马迹。

**管家**：若这使者大人以后能为老爷所用，那这以后，岂不……

**官员甲**：哈哈哈哈！

官员甲和管家得意地笑着。大雨连下三天三夜。

## 38. 白天 甲府卧室 内景

三天大雨，官员甲感染风寒，引发恶疾，当地官员纷纷前来探望。大夫给官员甲号脉，直摇头。众人大惊。

**大夫**：（摇摇头）哎……

**管家**：大夫，我家老爷？

**大夫**：还是尽早多做准备吧……

夫人听闻险些晕厥，被身旁的侍女扶起。大夫拿起药箱离开，夫人在侍女的搀扶下来到床榻。

**夫人**：老爷啊，你怎么能这么狠心啊！好端端地怎么就这样了呢，你可不能就这么丢下我们就走了啊！

官员甲发出几声猛烈的咳嗽声。

**官员甲：**咳咳咳。

**夫人：**老爷啊！我们去求使者大人，使者大人一定会有办法的！

官员甲咳嗽得更加厉害了，管家见状马上上前扶起夫人。

**管家：**夫人，老爷吉人自有天相，一定没事的。

众人为夫人的失态感到疑惑。

**管家：**感谢今日各位大人前来看望老爷，老爷卧病在床需要休息，就让阿福送各位大人离开吧。

众人告退。

## 39. 白天 甲府大门 外景

众人在前面走着议论纷纷，官员乙站在原地回想起夫人的失态，面露难色。

**随从：**老爷。

**官员乙：**不对，这里面一定有问题！

**随从：**老爷为何如此说？

官员乙疑惑地直摇头，想不出所以然来。

**官员乙：**最近你给我盯紧这个甲府，有什么风吹草动，不要打草惊蛇，要第一时间向我汇报。

**随从：**是，老爷。

## 40. 夜晚 寺院 外景

道士拿着扫把清扫寺院前的落叶，忽然听见门外似乎有动静，朝门口望去。门开，官员甲的管家从门口进入。道士放下扫把退到隐蔽处。

**道士：**阿弥陀佛！

佛像后的净坛使者打了一个饱嗝儿。

**净坛使者：**整天被这些好吃好喝的供着，简直快要把我撑死了！唉，每天都是这些玩意儿，一点新鲜样儿都没有！

**侍卫甲：**（轻轻地推开了寺院大门，用眼神扫射一下四周，并做了一个招手的动作）

**侍卫甲：**（轻语）嘿！后面赶紧的！

众侍卫摇摇晃晃地抬着一个个大箱子，进入寺院。他们将一个个大箱子整齐有序地放在了净坛使者的神像前，然后退站到神像两侧。官员甲在管家的搀扶下吃力地迈进寺院大门。

## 41. 夜晚 寺院 内景

**官员甲：**（颤颤巍巍地）使者大人，这次如此仓促地贸然前来，实在是有要紧事儿要向您禀告啊！下官多年行走在官场之间，各种酒席、饭局不断，不曾想到如今也落得了一身的病痛缠身。前几日，天气转凉，不慎感染风寒，以为是小病小痛，结果请大夫来府上诊断，竟……被告知……时日不多啊！

官员甲情绪激动，接连咳嗽，管家连忙上去搀扶。

**管家：**老爷，您当心……

**官员甲：**使者大人，若您这次，能实现下官的这点薄愿，下官承诺往后一定会好好侍奉您！

话音刚落，侍卫们将众箱子一一打开，顿时一阵金光闪现，寺院变得金光闪闪，见此状，侍卫们纷纷揉着眼睛仔细查看，个个面露诧异的神情。

官员甲在管家的搀扶下，再次向神像行了一个大礼。

**官员甲：**使者大人，这次……您可一定要救救我啊！

净坛使者在神像背后默默地看着这一切，他的眼睛直勾勾地盯着那些敞开的、满是金银珠宝的大箱子，不由自主地咽了一口唾液。

**管家：**大慈大悲的使者大人，我家老爷是为民分忧解难的好老爷，您可一定要救救他啊，小的在这儿再给您多磕几个头！

**官员甲：**下官这次也是满载一片诚心而来，这都是下官带来孝敬孝敬您的，只希望您能满足下官一个小小的心愿啊！使者大人！靠下官多年的积攒，论财宝自然是不缺的，不过您看下官这身体……

官员甲掩面抽泣着，突然小心谨慎地环顾四周。

**官员甲：**若您这次能一直庇佑我，保我平安，那么我愿意将我的财富分于您，和您一起共享。

净坛使者将眼神从箱子处移开，注视着官员甲。管家再次上前搀扶。

**管家：**老爷，您还是先快快起身吧。

**官员甲：**大人，这薄礼，下官就放在这儿了，下官的话……也恳请您一定要往心里去啊！

官员甲、管家及众侍卫退下。神像闪出金光。

**净坛使者：**生老病死，人世间既定法则，若逆天改命，难也！难也！

四周众人皆散，寺院大门敞开了一扇，管家及两位侍卫穿着便装，三人在不远处默默注视着寺院的一切。

**侍从甲：**老爷这次出手可真的是阔绰啊！那一箱一箱的，眼睛都没眨一下的，不过话说回来，使者大人真的会答应吗？这都等了老半天了，怎么一点儿动静都没有啊！

**侍从乙：**少安毋躁！少安毋躁！谁会跟银子过不去呢！我看呐！这世上就没有不能用银子解决的事儿！

**管家：**你们两个别出声！坏了老爷的大事儿，咱们都得吃不了兜着走！

净坛使者看着身前的大箱子，若有所思。此时他挥挥衣袖，寺院大风四起，落叶纷飞。箱子消失。

**侍从甲：**（揉揉眼睛，再次试探）没啦！没啦！

**侍从乙：**嗨！真没啦！我就说嘛！谁会跟银子过不去呢，看来使者大人是收下这份礼物啦！咱们快点回去向老爷禀告这个好消息！

**管家：**（用手示意）走。

## 42. 夜晚 甲府卧室 内景

府中，官员甲躺在摇椅里，长吁一口气。管家和侍从进屋。

**侍从甲：**老爷，您怎么还在这里愁眉苦脸的呢！那个礼物，使者收下啦！那个袖子呀，就这么一挥，礼物就不见啦！

**侍从乙：**就是就是！老爷这次一定长命百岁！

官员甲气得发出几声猛烈的咳嗽。侍从甲的目光停留到了一侧的大箱子上。

**侍从甲：**看！这满满一箱，多么的金光闪闪啊，换谁，谁能拒绝的了？

**侍从乙：**只是这箱子，怎么有点似曾相识？

两侍从对视着。

**侍从甲：**那个……老爷，厨房那边还跟您熬着药呢，我这就催催去！

**侍从乙：**是！都这么久了，怎么还没好！

两侍从匆匆离开。两人在一旁窃窃私语。

**侍从甲：**你看到了没？刚刚那个不就是咱们搬过去的箱子吗？你我二人亲眼所见，使者大人袖子一挥那东西就没了，怎么现在又回来了呢？

**侍从乙：**莫非是退回来了？

**管家：**咳咳……

两侍从急忙下场，管家朝着老爷走去。

**管家：**老爷，您可千万别往心里去，这些下人嘴碎，改天一定替老爷好好管教管教。

官员甲挥挥手。随后开始猛烈地咳嗽，管家连忙倒水，将水杯递给他。

**管家：**老爷，天无绝人之路，不到最后一步，可一定不要放弃！明儿一早我亲自去求求。一次不行！两次！两次不行就三次！使者大人要是看到我们的诚意，一定会答应的！

**官员甲：**怕我这身体挨不过这几天咯……（叹气）

**管家：**不会的！您快别说这些丧气话！

管家看向被退送回来的大箱子，一时间出了神。

**管家**：难道是因为这次礼物，使者大人不满意？

官员甲艰难地挪动着身体。

**管家**：老爷，您再仔细琢磨琢磨啊，这延年益寿，该是多大的一件事啊，难道光靠这点银子就能打发吗？依我看啊，这使者大人肯定早就不在意这些身外之物了。

**官员甲**：难道还有什么东西比这银子更值钱？

**管家**：比银子更值钱？

管家和官员甲陷入了沉思。

**管家**：这么一想，我倒是知道有一个东西，或许比这银子的诱惑力更大。只是……

**官员甲**：只是什么？

**管家**：只是……怕老爷会舍不得……那老爷可还记得金佛珠？

**官员甲**：金佛珠？

**管家**：是的，老爷，金佛珠，那个象征着您身份的珠子！

**官员甲**：那可不是普通的珠子！

**管家**：那当然不是普通的珠子！但正因为它绝非普通之物，所以如果我们把它孝敬给使者大人，既可以充分彰显出我们的诚意，又可以趁机讨好使者大人，到时候使者大人一高兴，再延长点寿命，那也不是轻而易举的事儿吗！

**官员甲**：这金佛珠可是当今皇帝赏赐每一镇镇长的吉祥之物、荣誉之物。更是身份、地位和权力的象征，只有每一任镇长才有资格拥有，如今若将这个公家之物当成私人物品进贡给使者大人，万一事情败露，这后果……

官员甲发出几声猛烈的咳嗽。

**管家**：老爷啊！现在是担心会有什么后果的时候吗？您看看您这身体，大夫也说了，哎……还是要请老爷尽快拿定主意啊！

官员甲慢慢地握住管家的手，有些犹豫。

**管家**：老爷啊，这个您放心，此事天知地知，你知我知，绝对不会再有第三人知道。万一……万一到时候真的走漏风声，我们再来个偷梁换柱，找个类似的珠子换上去！反正大家都没有见过金佛珠，这是真是假，又有谁能分辨得清呢！再说，您借此机会再活个几十载的，这镇长之位是您的，这金佛珠不自然而然地还是您的么！

管家紧紧握住官员甲的手，眼神中满是坚定。

**官员甲**：好，就按照你说的去办！

**管家**：好。


## 43. 夜晚 甲府后院 外景

天蒙蒙亮，管家独自一人来到寺院。

## 44. 夜晚 寺庙 内景

**管家**：尊敬的使者大人，小的奉我家老爷之命再次前来，特意给您带来圣上钦赐的宝贝，相信这次一定不会让您失望的！

管家从胸间的口袋里掏出一个小盒子。

**管家**：您别看这个小小的、简简单单的盒子，但这里面的东西，可是价值连城！绝不是随随便便的银两就能替代的！

此时，净坛使者的神像中一阵金光闪烁。管家有些惊吓，回过神后继续说着。

**管家**：使者大人显灵！这里面乃金佛珠，是当今圣上赐给我家老爷的，历代相传，只传给每届镇长，因此只有全镇权力最高的人才配拥有它！它是至高无上的地位和身份的象征啊！

说完，管家将盒子缓缓地打开，盒子被打开的瞬间，从中闪出耀眼的光芒。管家揉了揉眼睛，诧异得快要惊叫出声。

"咯吱——"管家被这突如其来发出的声响所惊吓到。他望了望四周，无人。

**管家**：呃……那个……那个使者大人，我家老爷拜托的事儿，也请您一定一定要再考虑考虑啊。

管家绕到佛像后侧，取出金佛珠，小心翼翼地将它放置在佛像的隐蔽位置。

管家向佛像行完礼后离开。官员乙的随从蹑手蹑脚地进来。

**随从**：刚刚那个不是甲大人府上的老管家吗，天都还没亮难道就来寺院祈福了？嗯，不对，刚刚隐约听到有什么佛珠，什么权力、什么地位，还让使者大人再考虑什么……

随从也绕到佛像的后侧，走到刚刚管家所停留的位置，这时原本放置金佛珠的盒子已经消失得无影无踪。随从站在原地疑惑地挠挠头。

**随从**：真奇怪啊！算了，还是先回去速速将此事禀告给老爷才是！

随从离开后，神像中再次金光闪烁，这时净坛使者从佛像后方慢慢走出来。

**净坛使者**：这人间的宝贝还真是变化多样，就这么一个小珠子就说是至高无上的地位和身份的象征了？我倒要看看这玩意儿是有多稀奇！

净坛使者先是将盒子拿在手中仔细地把玩着，然后将盒子打开，一道金光直射入他的双眼。净坛使者下意识地用手去挡。

**净坛使者**：这是个什么东西？竟会发出这么强烈的光？

净坛使者再次仔细地查看着手上的这颗小小的珠子。

**净坛使者**：这个珠子，怎么如此似曾相识！会是在哪里见过呢？（想出了神儿，突然灵机一动）哦！这不就是上次玉帝老儿作为寿礼进贡给佛祖的那个金珠子吗？嗯……不对，这是人间的玩意儿，但这珠子确实是太像了。

净坛使者拿着珠子来回地走动着。

旁白（画外音）：两个极为相似的佛珠，彻底让净坛使者为了难——延年益寿的请求和难以割舍的佛珠；"反腐令"的忌惮和权力、身份、地位的欲望，使得他进退两难。

净坛使者：一次，就这最后一次！

## 45. 夜晚 乙府 内景

官员乙坐在桌子前，随从站在其身旁。

官员乙：好啊！我就知道此事一定有蹊跷，现在好了吧，老狐狸的尾巴终于要露出来了！哼！

官员乙朝着随从冷笑了一声。

官员乙：自从上次在甲大人府上，看到甲夫人如此失态的神情，回来后我这心里就一直觉得有点啥事儿！还好派你跟了几天，可总算逮着了他们一回！

随从：还是老爷聪明，上次他们人多，我不好近身，只得在远处观望着，啥也没看着，啥也没听着，这次在甲府周围蹲了一天一夜，好不容易蹲到这老管家，看他一个人鬼鬼祟祟地从后门出来，就觉得一定有问题！果然啊！

官员乙：你继续把这个甲府给我盯住咯！我倒要看看他们还想玩出什么花样来！

## 46. 白天 甲府 外景

几天后。

官员甲大病初愈，甲府佣人们和小镇百姓都议论纷纷。

佣人甲：大家伙儿瞅见了嘛！上次我路过老爷的院子时看见老爷那容光焕发的样子，说是年轻了十岁也不为过呢！

佣人乙：哎，咱们家老爷这回真的是福大命大！那大夫都说了那种话了，结果还不是好好的，啥事儿也没有！

佣人丙：这只能说明老爷的运气好，多么紧要的关头刚好觅得了良药，根治了老爷的顽疾。

佣人丁：是啊是啊！现在这外头百姓可都在说这是咱家老爷上半辈子做的善事，积的福报呢，还说咱家老爷一定会长命百岁呢！

侍从甲：咳咳……

七嘴八舌议论着的佣人们，见到两位侍从后，迅速分散开来，随即离开了。

侍从甲：你看看大家都觉得很奇怪呢！

侍从乙：那银子不是被退回了吗，怎么老爷？

侍从甲：对啊，说来也是奇怪，那晚你我二人在老爷房间里亲眼所见，箱子原封不动地被退回来了，怎么这回礼物没收，老爷也奇迹般地好了？天底下竟然有这等好事儿？

侍从甲疑惑地挠挠脑袋。两人站在原地，默默看着对方，内心满是疑问。一时间想得出了神。一阵推门声将两人的思绪瞬间又拉了回来。

**侍从乙：**（四处张望）嗯，是什么动静？

**侍从甲：**估计是风吹到了什么东西发出的声响吧。

**侍从乙：**不过这光天化日之下，咱俩可别议论这个！要是被老管家逮着了，又要骂我们嘴碎了！再加上老爷之前不是还放话了？说这净坛使者的事情可不能走漏半点风声，咱俩在这儿讨论，万一隔墙有耳，可是要吃不了兜着走！

**侍从甲：**是是是！你看咱俩都糊涂了！

**侍从乙：**管家不是说了是寻得良医，觅得良药了吗！没准就是的呢！

**侍从甲：**嗯嗯嗯，觅得良药，觅得良药……

两侍从嘀嘀咕咕地离开。而管家搀扶着老爷走进院子。

**管家：**老爷您好久没有出来走走了，今儿这仔细一看啊，您这气色可真好！

**官员甲：**哈哈哈哈，别说这气色了，我现在觉得啊，我这老胳膊老腿的都不痛了，反而灵活得很呢！不信，我走给你看看！

官员甲推开管家的手，开心地在他面前活动着。

**管家：**老爷，您当心！

**官员甲：**大惊小怪的！都跟你说了没事儿，你看看，我这不是很好嘛！

**管家：**是是是！老爷现在可不比以往，现在啊，是越活越年轻了呢！

**官员甲：**阿福，这事儿办得不错，你赶紧下去准备准备，这回使者大人可是帮了个大忙，改天咱们可要亲自去还愿！

**管家：**好的老爷，我这就去办。

## 47. 白天 寺院 外景

村民们围在佛像周围。人渐渐多了起来，大家七嘴八舌地议论着。

**村民甲：**你们发现没，这佛像怎么看着比以前大了一圈啊。你们看，我记得之前这个边缘是在这个桌子三分之一的位置，现如今完全超过了。不应该啊！

**村民乙：**会不会是你眼花了，或者记错了，这好端端的神像怎么可能无缘无故地变大呢，这世上哪里有这么玄乎的事儿！

**村民丙：**难不成是使者大人显灵了？

**村民乙：**神像显灵，那都是说书先生说出来哄骗小孩的玩意儿！哪能有这回事儿！

村民们逐渐散去，只留村民甲一个人呆呆地望着神像出神，口中喃喃自语。

**村民甲：**那可真是奇了怪了……

## 48. 夜晚 寺院 内景

官员乙带着一拨人搬着大箱子进入寺院后，寺院一道金光闪过。

官员乙向着神像行了一个礼。

**官员乙**：使者大人，下官乃是小镇副镇长，这些年来为了小镇百姓一直呕心沥血，没有功劳也是有苦劳的啊，但即使做了这么多，也没有任何成效，想来实在是太不公平！太难以理解！不过直到前几日，手下的人偶然撞见镇长前来向您"祈福"，这才惊觉，原来这一切全都是因为未能得到您的庇佑啊！

官员乙用手示意，侍从将大箱子打开。

**官员乙**：（深深地鞠躬）愿使者大人庇佑！镇长如今也是一把年纪了，再经过上次的事情，险些捡回一条命来，但这身体毕竟也是大大不如以往，您说说，这小镇的未来啊，怎么能交到这样一个人手里？而我往后侍奉您的时间可是长着呢！

官员乙指着大箱子。

**官员乙**：今天这点薄礼，请您一定一定要收下。

官员乙再次向佛像行礼，随后带着侍从走出寺院。寺院门关。

**旁白**（画外音）：官员甲和官员乙的两方利益交锋，使得净坛使者再次陷入两难境地，看着箱子里透出的金光，只见风声四起，落叶纷飞，刹那间，箱子消失得无影无踪。

## 49. 夜晚 寺院门口 外景

官员乙和随从走出寺院，路上偶遇官员甲。

**管家**：老爷，您看，前面不是乙大人吗，这么晚了，他来这儿干什么？

**官员甲**：这么晚了，他们怎么也出来了……

**管家**：莫非？

二人互相对视着，像是察觉到了什么，而这时官员乙已经逐渐走近二人并与官员甲打着招呼。

**官员乙**：下官见过甲大人，不知这天色已晚，大人此次出来是所为何事啊？

**官员甲**：乙大人如此多礼！我啊，哪有何事！只不过是饭后无聊出来溜达溜达！这不，逛着逛着不知不觉竟逛到这儿来了。

官员乙笑着点点头。

**官员甲**：嗯？不知乙大人此次出来是所为何事呢？

**官员乙**：我啊，我哪有何事！只是之前就听闻这寺院啊特别灵！一直没有找到合适的机会来看看，所以今天下官专程来求求，望这使者大人啊也能像保佑甲大人那样保下官一个平安！

官员甲尴尬地笑着。

官员甲：哈哈哈哈，瞧这说得神乎其神的，心诚则灵！心诚则灵！

两人笑着，官员乙突然摆出一副关心、担忧的模样。

官员乙：对了，甲大人最近身体可好？上次一见，已过去数日了，下官正打算改天再去登门拜访呢，这不，今儿这么巧在这儿遇见了！那下官就先在这里恭喜甲大人觅得良药治好恶疾呢！

官员甲：哎！别提了！这次啊真的是在鬼门关走了一遭！还好有惊无险！

官员乙：那还不是因为甲大人平时多行善事，才积累的福报咯！

官员甲：但也还是上了年纪，这人一老啊，就什么大病小病的都来了哟！可不像乙大人呢，还年轻力壮的！

官员乙：那您是老当益壮！

管家：咳咳……

管家的示意使得官员乙回过神来。官员乙拍了拍嘴巴。

官员乙：瞧我这张嘴巴！下官唐突，言语间诸多冒犯，还请大人千万不要跟下官一般见识啊！

官员甲挥挥手示意，此时官员乙走上前去握住他的一只手。

官员甲：罢了罢了……年轻人嘛！心直口快！

官员乙：唉！甲大人啊，您作为我们小镇的镇长大人，可一定要好好保重身体啊！有什么活儿，可要交给底下的人去做，别再那么费心劳神了，您这身体养好了，才能带领咱们小镇向着更好的方向发展不是？

官员甲作阿谀奉承状拍拍官员乙的手。

官员甲：乙大人您真的是太言重了，再说小镇现在这样也是多亏了您啊，没有您在，小镇哪里又会有如今这番景色呢！

官员乙：甲大人真的是谬赞了！下官能有今天最主要的还是靠甲大人的带领和提拔！

官员甲：哈哈哈哈！

两人相互附和地笑着。此时官员乙用手指了指天。

官员乙：您看现在这天色已晚，要不下官就先告退了？路上黑，您回去一定要多加小心啊！

管家：老爷……

官员甲：好了好了，今晚就先溜达到这儿吧！明天还有一堆事务要处理呢，哎呀，这当个小小的镇长可真是麻烦咯！

管家跟在官员甲身后，二人离开。只留官员乙一人站在原地。

官员甲：（转过身来对着管家）哼！惺惺作态！

官员乙回头看着已经渐行渐远的二人，冷冷地笑着。

官员乙：哼！走着瞧吧！我看你还能得意多久！

## 50. 夜晚 小镇 外景

**旁白**（画外音）：夜幕降临，万物俱寂。小镇的一切都显得如此的祥和宁静，而就在这样一处不沾染任何尘世喧嚣的神圣之地，进行着一场又一场不为人知的"交易"。

## 51. 夜晚 寺院 内景

官员甲的侍从们领着一拨人搬着大箱子进入寺院。

**侍从甲**：喂！后面的快点儿！别在这儿磨磨唧唧的！

**侍从甲**：哎！轻点儿轻点儿！这里面的东西要是磕破了，我看你们拿什么赔！

**侍从甲**：这个就放在这儿，那个就放在那边吧！

侍从甲指挥着下人们将几个大箱子恭恭敬敬地放在了佛像后侧。侍从甲及众人从一侧下场，官员乙的随从领着一拨人从另一侧上场。

**随从乙**：这些可都是老爷的宝贝儿！快快快！后面的快跟上！

**随从乙**：这个箱子就放在这里吧，后边的都放到那边去！

**随从乙**：动作轻点儿，整这么大动静儿，生怕别人不知道？

一拨人从寺院的右侧进、左侧出，随后一拨人从左侧进、右侧出。

**侍从乙**：嗨！这玩意儿怎么看起来越来越大了！

**侍从甲**：喂！使者大人面前休得无礼！做好自己本职工作就够了，其余的别瞎操心！

两方的私欲彼此交锋，使得净坛使者的贪欲也难以隐藏，而接受多方贡品的他，"神像"也变得越来越胖。印在门上的影子逐渐变大。

瓦片破碎的声音。

## 52. 白天 寺院 内景

清晨的小镇还是如此的祥和宁静，来寺院供奉的百姓们也是一如往常。村民们虔诚地祷告着，突然被一个毛头小儿打破了此刻的宁静。小儿从地上捡起一块破碎的瓦片，并向身后的母亲展示着。

**小儿**：啊，这个是什么？

**母亲**：使者大人面前不得无礼。

母亲起身，朝着小儿走去。

**母亲**：这个是什么东西，在哪里发现的？

**小儿**：诺，就是在这个地方。就在这里捡到的。

母亲接过碎瓦片，仔细地看着，随后将瓦片和身后的佛像进行比对。

**母亲**：奇怪，这个是？

**小儿**：娘，你看，这里好大一个口子！小儿指了指神像后部的缺口处。

**母亲**：还真是！怎么好端端的神像还能无缘无故掉了一块？

正当二人疑惑不解时，前来寺院祈福的人越来越多。众人逐渐围观起来，七嘴八舌地议论着。

**村民甲**：大家都在看什么稀奇玩意儿？

**村民乙**：是一块碎瓦片！

**村民丙**：好像就是从神像上掉落下来的。

**村民丁**：这好好的，怎么就掉了一块儿呢？

村民们议论纷纷，此时净坛使者的神像内也时不时传出一阵阵瓦片裂开的声音。大家都簇拥上前，仔细寻找着声音的来源。

**村民甲**：嘘！仔细听！这是什么声音？

众人屏住呼吸，慢慢地靠近神像。破碎的声音越来越大。

**村民甲**：快！快后退！快后退！

在众人的节节后退中，整个神像也随之倒塌下来。从"高高在上"的供台上彻底跌落在地上。众人神色惊慌失措，伴着阵阵唏嘘声。

**旁白**（画外音）：无节制、无休止的人间私欲，使原本安稳放在供台上的神像日益变大、膨胀，最后却摔落到地上成为一摊毫无价值的碎瓦片。

完。

◎ **指导教师刘宇婕评语**：

电影剧本《特殊的礼物》主要讲的是西天取经归来之后，猪八戒被封为"净坛使者"，在人间建成寺院，享受着人间的侍奉。所在小镇遭逢旱灾，当地官员甲、乙均束手无策，因此解救小镇危机以赢取民心成为二人一致的目标。为达成目的，二人一直暗中向净坛使者"行贿"以谋取"福利"。随着两方的私欲彼此交锋，净坛使者的贪欲难以隐藏，每接受一次礼物，他的神像就会变大。最终，无节制、无休止的贪欲，使原本安放于供台之上的神像日益膨胀，最后破碎一地。

该剧本以净坛使者猪八戒的原型展开故事架构，剧情顺畅简单，台词设计巧妙。人物特征通过角色相遇之后的刺激与反应（对话为主，动作提示为辅）得以展现，并无僵化或类型化任一角色，能够准确地抓住人物与人物、人物与事件相遇之后延伸而出的台词、剧情、人物特色等。即便是剧中的小角色，也能在台词中品读出角色的性格特征。台词部分的设计可圈可点。剧情简洁明了，人物形象感强，台词准确不啰嗦，剧本整体给人一种流畅感，且具有一定的戏剧性与趣味性。

# 无妄之灾

李 杰
（21 级编导）

（幕布开启，略显凌乱的舞台上呈现的是正在排练的《将军之死》的某个场景：舞台背景是一面沉重冰冷的石壁，以示这是在天牢之中。舞台灯光是昏暗冷冽的，烘托出一种压抑悲剧的氛围。舞台左后方摆着一张明代风格的简易书案和一把椅子。桌上摆着笔墨纸砚和一盏油灯。）

（注：毛笔尺寸明显过于细且短，不太符合剧场演出需要。）

（男主角在《将军之死》扮演的是一个在民间颇有争议的历史人物——明代崇祯初年辽东督师袁崇焕。袁崇焕在"己巳之变"中因被奸臣和市井流言诬陷"纵敌拥兵""引敌胁和"，引起崇祯皇帝猜疑，被缚下诏狱。他一副囚犯装扮，穿着白色的囚衣，身披镣铐。面容憔悴，头发、胡须略散乱，愁眉不展，情绪很低沉压抑，但眼神之中仍透露出坚毅。此刻，他正背手面墙站立。男主角身后大约几米远的位置，站着一个年轻演员扮演的狱卒，他看起来没什么精气神，面无表情地看向舞台上场口，也就是天牢的入口，不知道在想些什么。）

（伴随一阵阵急促的脚步声，男演员甲走进天牢。他扮演的是内阁辅臣成基命，年近七旬，须发皆白，头戴乌纱，身着官服，气宇轩昂，不怒自威，一看就是身居高位。以他的资历心性，本该老成持重，喜怒不形于色，此刻却是掩饰不住的焦急。）

**男演员甲**（成基命）：（径直走了进来，急问）可曾动笔？

**年轻演员**（狱卒）：（慌忙行礼）禀大人，不曾动笔。

**男演员甲**（成基命）：（挥挥手）退下。

**年轻演员**（狱卒）：是。（退下）

**男演员甲**（成基命）：（面向男主角背影，向前一两步，拱手施礼）袁督师。（男主角似沉思中，没有回应。男演员甲耐着性子，加重声音）袁督师！

**男主角**（袁崇焕）：（回过神来，转身，施礼）成大人。

**男演员甲**（成基命）：袁督师，老夫前番与你所说书信一事，不知你意下如何？

**男主角**（袁崇焕）：成大人，袁某思量再三，这书信么，非是我不愿写，实在是不敢写，不能写。

**男演员甲**（成基命）：这？因何不敢，又为何不能？

**男主角**（袁崇焕）：兵马调动乃国之大事，袁某如今身陷天牢，戴罪之人，不在其位，不谋其政，怎敢以一纸私信调动一方兵马？此为不敢。况且，朝中奸佞多有谗言诬我"拥兵谋叛"，京城百姓谣传纷起谤我"纵敌胁和"，陛下对我恐怕早有猜疑，今不以圣谕，反令我以书信调兵回京正是试探。我若果真调得兵来，岂不是落人口实，自污清白？此为不能。

**男演员甲**（成基命）：袁督师，老夫知道你被诬下狱，进退维谷，不免心有怨恨。只是这书信不只关系你一人清白，更关系天下安危。你可知，连日来敌军在京城附近烧杀劫掠，占我城池，害我百姓，可恨我朝各路守军损兵折将无数，竟无一胜绩。唉！

**男主角**（袁崇焕）：（震惊）形势竟至如此危急？

**男演员甲**（成基命）：非是形势逼人，老夫又何必腆着脸来恳求将军一封书信？眼下，唯有你麾下关宁军尚有一战之力，但老夫心知，将军亦自知，关宁军对你被诬下狱心怀怨惧，若无你亲笔书信规劝，恐怕就连圣谕也难以调回啊。

**男主角**（袁崇焕）：可是——（沉默，犹豫不决）

**男演员甲**（成基命）：袁督师，不能拖了！迟一日，则天下百姓多一日苦难，江山社稷多一分危机。况且，就算你不写此信，朝中那些奸佞小人依旧会诬陷你挟兵自重，欲逼陛下退步，到那时，你岂不是百口莫辩？倒不如先调得兵马，解了京城之围，陛下必会感念你一片公心，我等亦将从中全力周旋，或可保你周全啊。

**男主角**（袁崇焕）：（直视男演员甲）保我周全？哼，成大人何必诳我，咱们这位圣上的心性，您比我更加清楚。如今兵临城下，他尚且刚愎自用、猜忌多疑，致使上下不能一体，内外不能同心，待他日局势稍解，恐怕更听不进我等只言片语。

**男演员甲**（成基命）：（大吃一惊，环顾左右，小声急劝）袁督师，怎可出此大逆之言？

**男主角**（袁崇焕）：大逆之言？哼，从前，众将畏敌如虎，都以为辽东不可往，我往之；都以为宁远不可守，我守之。那时人人视我为忠臣良将。如今时局骤变，袁某方有过失，竟怨谤四起，人人视我为逆臣贼子，还不许我妄言几句吗？袁某一人死不足惜，只是圣上如此反复无常，刻薄寡恩，天下人如此是非不分，黑白颠倒，就不怕寒了众将士之心，从此之后再无人敢忠心许国吗？

**男演员甲**（成基命）：（急劝）督师，慎言，慎言呐。

**男主角**（袁崇焕）：（发泄之后，落寞无奈）罢了罢了，自古君叫臣死，臣不能不死，事已至此，成大人不必多言，这封信我写便是。

**男演员甲**（成基命）：（又是一惊）此话当真？

**男主角**（袁崇焕）：自然当真。（长叹一口气，似心中释然）实不相瞒，自下狱以来，袁某早已抱必死之心。只是，我一向自问忠心无愧，着实不甘心背负这通敌谋叛骂名，被千夫所指。但今日形势所迫，我纵有千难万难，一人之虚名又怎抵得上社稷安危百姓福祉？左右是死，这信，我写便是。唯望陛下念我一片忠心，勿因朝堂纷争连累我一家老小性命。还请成大人代为周旋，全力照拂。（郑重行礼，以示拜托）

**男演员甲**（成基命）：（郑重回礼）督师大义，老夫代黎民百姓拜谢你了。

（男主角转身走向书案，虽然只有短短几步路，却走得异常缓慢沉重，似乎每一步都要耗费巨大的勇气和体力。他走到书案前，伫立良久，提起笔，又顿了顿，才开始缓缓写信。）

（注：表演时可略夸张地缓慢。）

**导演**：（高声）停！（走到男主角面前，不太满意）我之前已经说了好几遍，这段表演的节奏要快一点，再快一点，怎么今天又这么慢？（伸出手）把笔给我。

导演从男主角手中接过毛笔，举起来。

**导演**：（对着侧台某个方向，大声地）道具谁负责？在不在？

**道具师**：（高声）在！（边说着边小跑上舞台）在！

**导演**：（严厉）这支笔，前两次排练的时候我就说过，太细了太短了，让观众在台下怎么看得清？为什么现在还没有换过来？

**道具师**：已经下单订购了新的，正在快递途中。

**导演**：什么时候送到？

**道具师**：这个说不好，大概两天吧，（不自信地补充）也可能——三天？

**导演**：（质疑）大概？可能？到底是两天还是三天？

**道具师**：这得看快递公司的速度。

**导演**：（显然很不满）这就是你的工作方式吗？简直太令人失望了。你不能总是告诉我一个模棱两可的答案。如果每个环节都这样不讲效率，没有结果，最后是要出大问题的。我希望你马上去联系，等待会儿排练结束的时候，给我一个确切的答案。

**道具师**：好的，我这就去。（退下）

**导演**：（环视四周，提高声音）我再次提醒大家，今天的带妆排练非常重要，不管是演员，还是道具、灯光、服装、化妆，希望你们拿出专业精神，不要一而再、再而三地犯各种低级错误，明白吗？

**所有人**：明白。

**导演**：好，各就各位，继续排练，我们把刚才这段再来一遍。（把笔还给男主角）

**男主角**：导演，要从头开始吗？

**导演**：不用，从走向书案这段开始就可以。

**男主角**：那我就从"此话当真——自然当真"开始吧？以便酝酿情绪。

**导演**：好。

（导演走向侧台，站在台口的位置等待演员的表演。她所站的位置刚刚好能够被台下的观众看到。男主角把毛笔放回书案，和男演员甲在相应位置站定，稍稍酝酿情绪。）

**男演员甲**（成基命）：此话当真？

**男主角**（袁崇焕）：自然当真。实不相瞒，自下狱以来，袁某早已抱必死之心。只是，我为江山社稷劳苦半生，一向自许问心无愧，着实不甘心背负这通敌谋叛骂名，被千夫所指。然而，今日形势所迫，我纵有千难万难，但一人之虚名又怎抵得上社稷安危百姓福祉？罢了罢了，这信，我写便是。唯望陛下念我一片忠心，勿因朝堂纷争连累我一家老小性命。还请成大人代为周旋，全力照拂。（郑重行礼）

**男演员甲**（成基命）：（郑重回礼）督师大义，老夫代黎民百姓拜谢你了。

（男主角转身走向书案，这一次比之前稍快了一些。但总体来说仍然是缓慢的、沉重的。男主角走到书案前，正准备拿起笔。）

**导演**：停。（走上前，对男主角）不对，节奏还是不对！缺少大义凛然、慷慨悲壮的英雄气概。你应该这样——

（导演走到男主角与男演员甲对话起点的位置，酝酿片刻，然后走向书案。她的步伐明显更快，更有力，有一种大义凛然的英雄气概。）

（男主角在导演的注视下，仿照导演的方式走了一遍。但他似乎仍心存困惑。于是，他回过头来，又更夸张地走了一遍。）

**导演**：（不满地）有问题？

**男主角**：（若有所思地）怎么说呢，您这种方式看起来确实更加有气势，但我感觉这样不太符合剧情设定，也不符合角色的内心情绪。

**导演**：不符合剧情设定？

**男主角**：（向侧台）抱歉，哪位帮忙拿一下我的剧本。

（舞台监督迅速送上男主角的剧本。男主角取下身上的镣铐，接过剧本。）

（舞台监督退下。）

**男主角**：可以请灯光把舞台打亮点吗？

**导演**：（有点不耐烦，提高声音）灯光！灯光！让舞台亮一点。

（舞台灯光从昏暗冷冽变得明亮温暖起来。）

**男主角**：（翻到剧本某页）您看这段舞台提示，（大声朗读）"他转身走向书案，虽然只有短短几步路，却走得异常缓慢沉重，似乎每一步都要耗费巨大的勇气和体力。毕竟，他将要写的这封信，几乎可以肯定会让他断送生命。但他又别无选择。他的内心充满痛苦挣扎……"

**导演**：（打断）好了，我注意到了剧本中的这段提示，但剧本毕竟是剧本，只是编剧的个人想法，与实际的舞台呈现是不一样的，而这正是导演的价值所在。你应该多体会表演本身，而不是拘泥于文本提示。

**男主角**：我刚才的感觉正是源于表演本身的体会。采用您的那种方式，让我感觉走路时的"我"和前面说话时的"我"相比，似乎变成了另一个人。

**导演**：另一个人？

**男主角**：是的，看起来演的是同一个角色，可是性格、情绪却不太一样。一个是痛苦无奈，一个是慷慨激昂。

**导演：**这两者并不矛盾，一个英雄，一个真正的人，本来就有不同的性格侧面。有困惑无奈甚至怨恨，但也有勇敢大义和奉献，而你要做的，正是要把这二者结合在一起，表现出英雄内心的升华。

**男主角：**我同意您的观点，可是我需要一个过程，我想观众同样需要一个过程。我不能上一刻还在痛苦纠结，下一刻就立刻慷慨赴死。事实上，在您之前的导演经常让我们这样演，可是效果并不好，不仅没有说服力，反而惹得观众发笑。（真诚地）我认为像您这样专业的大导演完全可以指导我们做得更好。

**导演：**（情绪略缓和，转向男演员甲）你怎么看？

**男演员甲：**（犹豫地，似乎不知道该支持谁）我也感觉刚才那样情绪似乎转变得太快了！（停了一下）当然，太缓慢沉重肯定也不对，他毕竟是个英雄。

**导演：**（对他的左右逢源不满）好吧，你的意见真是——公平公正。

这时，一直在侧台安静观看的年轻的女摄影师忍不住走上舞台，举手示意。她的手里拿着一台相机，让人一看就知道她是一位摄影师。

**女摄影师：**导演，我可以说说自己的感受吗？

**导演：**（意外，但仍保持耐心）哦？当然可以。我虽然对大家很严格，但就创作本身而言，我还是很包容的。

**女摄影师：**谢谢。我想说，观众走进剧场是为了获得"愉悦"，如果我们的表演一直很沉重，甚至显得无奈绝望，会让观众感觉到很压抑很糟糕。任何一个有同情心的观众绝不会把冷眼旁观他人的痛苦当成是一种享受，起码我个人是这样。

**导演：**所以你的观点是？

**女摄影师：**我认为您说得对，男主角刚才的表演太沉重了，太过于表现人物的痛苦无奈，而忽视了内心的坚强力量，观众们看到的不是一个身处逆境的英雄，而是一个可怜无助的受难者。

**男主角：**（反驳摄影师）我并没有忽视内心的坚强力量，只是我认为还没有到爆发出来的时候。如果你再耐心一点，我相信你会看到。

**女摄影师：**我想您没有完全理解我的意思，这种力量不应该是最后才突然爆发出来的，它应该是一直存在的。

**男主角：**所以我才说需要一个过程——过程！

**女摄影师：**但这个过程不取决于时间，而是来自于心理。如果没有心理转变，懦夫虚度一生也不会变成勇士。反过来，一个坏人如果顿悟了，就可以"放下屠刀，立地成佛"。

**男主角：**可我现在是在演戏，不是在参禅悟道！台词需要时间，动作需要时间，每一次呼吸、每一次停顿都需要时间。我只需要一秒钟就能完成心理转变，但我需要一分钟、十分钟甚至更长时间让观众相信它、接受它。

**女摄影师：**更长的时间并不等于更慢的节奏。恕我直言，您刚才的表演不是时间长短问题，而是情绪节奏不对。

**男主角：**（简直要发疯）天啦，你是在指导我该如何表演吗？难道现在戏剧评论的门槛这么低，随便一个什么人都可以走上舞台对演员评头论足吗？

（两人谁也说服不了谁，一时之间僵持不下。）

（伴随着男主角和女摄影师的讨论，刚才出现过的舞台监督，扮演狱卒的年轻演员，道具师以及其他人渐渐走上舞台，或远或近地围观，有的还小声讨论着。大家都很好奇，想看导演如何来解决这个问题。）

**导演：**（抬手示意）安静，安静一下，（等大家都安静下来把目光注意到她身上的时候才开始讲话）非常有趣的讨论，虽然打断了排练，但我认为很有价值。（对女摄影师，温和地）你非常有想法，我很好奇，（指指摄影师手里的相机）你真的只是一名摄影师吗？

**女摄影师：**（忽然收起了之前的锋芒，略腼腆）其实我学的是戏剧编导专业，但是您知道，现在的剧院都不太相信年轻的导演，所以我就来干这个了，（扬一扬手中的相机）最起码可以近距离地观察舞台。

**导演：**（赞赏地）很不错，我相信你以后会有机会的。

**男主角：**（略尴尬地）导演，现在是不是可以接着说戏了？

**导演：**哦，抱歉，我们确实得说戏了。不过在此之前，我还是要指出，你刚才最后的言论是不合适的，每个人——哪怕是最普通的观众，都有权利对演员或者导演、编剧提出批评。即便他们的想法并不完善甚至并不正确——坦白地说我也常常不认可一些专家的意见——但我们必须尊重每个人发表意见的权利，否则舞台上下就会失去交流，变得死气沉沉。

**男主角：**（惭愧地）很抱歉，我刚才有点冲动了。（对女摄影师）对不起，我诚恳地向您道歉。

**女摄影师：**也请您谅解，我并不怀疑您的表演能力，只是每个人感受不同而已。

**导演：**好了，现在回到戏本身。你刚才的表演确实很生动，甚至可能是符合生活原型的，但却过于沉重压抑，甚至令人绝望。观众不了解那段历史，很难感同身受，就会觉得你太夸张太造作，故意煽情。要知道，舞台有自己的法则，有些真实的东西，原样照搬到舞台上就会显得"虚假"。

**男主角：**生活真实和舞台真实的差别我当然明白，可是，我们现在排练的是一部悲剧，角色的真实命运就是那么悲惨，我表现出他的沉重压抑甚至消极绝望，"把人生有价值的东西毁灭给人看"，不正是悲剧的力量吗？

**导演：**悲剧当然是痛苦甚至令人绝望的，但悲剧最震撼人心的不是痛苦和绝望本身，而是人们面对痛苦和绝望时的抗争。而且这种抗争不是最后才突然爆发出来的，它应该作为一种潜在却真实的任务贯穿于表演始终，在所有的痛苦纠结，甚至恐惧、怨恨、绝望中都埋藏着抗争的种子，这才是你应该追求的"过程"。只有这样才能带给观众震撼，满足他们的期待。

**男主角**：（若有所思）我明白了，您希望我不要完全拘泥于现实，要把角色塑造成人们想象中期待的英雄，对吗？

**导演**：是的，在某种程度上，我们怎么表演不重要，甚至现实如何都不重要，重要的是能不能让观众接受、相信和认可。

**男主角**：我想我完全明白您的意思了……但是——（欲言又止）

**导演**：（无奈地）说吧，说吧，有什么问题一次性说出来，别等到观众进场的时候再来向我提问。

**男主角**：那我就直说了，如果是为了塑造一位英雄，您的方式我完全接受。但我总觉得，仅就剧本而言，编剧似乎并没有把角色塑造成一位英雄，至少不是人们通常认为的无可挑剔的英雄——这不只是我一个人的感觉。所以我在表演中才会有所保留，甚至有意避免表现得太像个英雄。

**导演**：不只是你一个人的看法？那为什么没有人向我提起过？

**男主角**：您应该可以理解，这毕竟涉及对一位英雄的评价，私下里有看法是一回事，但公开提出来是另外一回事。

**导演**：这的确是一个很严肃的问题。既然已经说到这里，我们还是有必要把问题说透。（她环视一下四周）还有谁和他的感觉一样？

**年轻演员**：（示意）导演，我说一下？

**导演**：请说。

**年轻演员**：虽然我的戏份很少，但我认真地读了好几遍剧本，也查看了很多资料，我和他（指向男主角）的感受一样。编剧几乎没有描写袁崇焕守护边关、奋勇杀敌的英雄事迹，甚至没有写那段众所周知的非常震撼人心的遭凌迟处死的悲壮经历，而是着重描写了他被皇帝猜疑，被奸臣诬陷，被百姓怨恨，却百口莫辩的情形，甚至很多描写没有明确倾向，显得扑朔迷离，的确让人很困惑。

**男演员甲**：我也很好奇，我看过好几个演袁崇焕的戏，刑场赴死那段都特别感人，特别是他临刑前念的那首诗，我都能背下来——

**男演员甲**：（深情地朗诵）"一生事业总成空，半世功名在梦中。死后不愁无勇将，忠魂依旧守辽东。"但我们这个戏里统统都没有，可能编剧不想和别人重复吧。

**道具师**：也可能是觉得写不过别人。

**女摄影师**：（很不满）你们就不能把人往好处想吗？我倒觉得编剧不写死的结果，而写人物引发的争议是有用意的，比渲染死亡的悲壮要高级。

**男主角**：（向女摄影师点头致意）这一点我非常赞同。我这些年在舞台上演了许多角色，也"死"了无数次，各种死法都有，有英勇的、壮烈的，也有罪有应得、大快人心的，甚至还有莫名其妙就死了的。导演高兴的时候，让我摆个造型，给束追光，再来一段音乐；导演不高兴的时候，随便让场上哪个人念叨一句，我就算是"死"了。但是说真的，现在回想起来，根本没有几次真正让观众印象深刻，反而惹人嘲笑。有时背景音乐一响，观众就说："哎呀，这个人肯定快要死了"。

**某演员：**但我们这个戏叫《将军之死》，结果观众走进剧场一看，既没有带兵打仗，也没有悲壮赴死，还叫什么《将军之死》？

**另一演员：**就是，没啥故事不说，还各种绕来绕去地讨论说教，真让人受不了。现在的观众哪有耐心坐那里听你讲道理？痛痛快快地打一场、杀一场、死一场、哭一场不香吗？

**某演员：**简直就是标新立异，哗众取宠。（小声嘀咕）真不知道院长那么精明一个人，怎么走了眼，看上了这样的剧本。

**另一演员：**（故作神秘地）我还听说，这个编剧名气不大，脾气不小，院长有好几次让他修改剧本，他都不情不愿的。

导演本来在耐心地听取众人讨论，听到这里也听不下去了。

**导演：**（不耐烦）停！停！我是想听你们对剧本和角色的看法，不是来听讲八卦的。（对舞台监督）我看你一直没怎么讲话，你说一下？

**舞台监督：**（为难地）我也拿不定。原本我觉得袁崇焕肯定是一位民族英雄，毕竟在正史和主流媒体都是有定论的。但看了剧本之后，又看了各种资料，特别是网络上的争论，我反而更加迷惑了，不知道该相信哪个。当然就个人情感而言，我还是相信他是个英雄。

**道具师：**我看未必。岳飞、于谦这些英雄也是含冤而死，但都没有像他一样有这么大的争议。网上那么多"黑材料"，总不能说都是空穴来风吧？

**女摄影师：**网上的东西能随便信吗？要是信网络，秦桧都成了忠臣，和珅都成了清官，还有一点是非黑白吗？有些人就是没有原则，没有立场，百分之九十九的正面评价视而不见，偏偏喜欢那百分之一的所谓"爆料"。这才叫标新立异，哗众取宠。

**男主角：**（对导演）导演，讨论到现在，您还没有说您的看法呢。

**舞台监督：**是啊，我感觉这样讨论一天也得不出结果，咱们不能这样浪费时间了，还是您拿个主意吧。

**导演：**那我说一下我的观点。在我看来袁崇焕当然是一位英雄。在当时国家危难的情况下，他挺身而出，仅此一点，就比那些畏敌不前或夸夸其谈的人更值得尊敬。当然他也犯了一些让人难以理解的错误，这是他受争议的主要原因。但我认为，同一个想法可能导致相反的结果，同一个事实可能隐藏着不同的动机，我们不能拿着放大镜去观察一个人，并试图用自以为正确的逻辑揣测他人的动机，那样很容易导致偏见，看不到或不愿意看到完整的真相。编剧说他之所以写这部戏，正是为了提醒人们不要陷入偏见。我理解他的想法，但作为一出戏而言，它太过于强调哲理性，甚至带有某种不可捉摸的不确定性，这就不免让导演和演员头疼，也挑战了观众的耐心——（对舞台监督）对了，我听说编剧今天也要来看排练，是吗？

**舞台监督：**是的。按正常情况现在应该到了，但今天的交通状况实在是太糟糕了。

**导演：**他能来是最好不过，或许他看了排练，能够做出更加符合需要的修改。（提高声音）好了，我们的讨论得停下了。现在各自准备，五分钟后排练下一场。（对舞台监督）你去通知下一场的演员做准备。（对道具师）你抓紧把这些道具撤掉。

（台上众人各自退场，只留下道具师在台上。）

**道具师：**来人，快把这些统统搬下去。

（后台工作人员上来和道具师把台上的桌、椅等道具都搬下去。很快，导演拿着剧本上场，布置下一场的场景。）

**导演：**（对着控制室方向）舞美，舞美，换下一场的布景。

（此前的天牢石壁背景被缓缓撤下。一轮弯月出现在舞台上空，月亮之下是几片若有若无的朦胧的云彩，云彩之下是一棵影影绰绰黑色剪影的树。整个布景显得非常虚幻，寓意这是一个想象中的空间。）

**导演：**（看着剧本，自言自语）让我来看看下一场——《梦会》，时间——1630年，崇祯三年，农历八月，袁崇焕遭难前某一夜。他梦见了远在故乡的妻子黄氏。（在舞台上来回走动着，思考着，过了一会儿，她停下来）灯光，灯光，把舞台打暗一点，色调冷一点，朦胧一点。（指挥灯光调整到想要的样子）好，就是现在这样。

（导演看看手表，感觉时间差不多了。）

**导演：**（向侧台）各部门就位！准备排练了！演员，演员到了没有？——舞台监督？

（舞台监督此时不知身在何处，并没有出现。只有男主角独自上场，因为这一场是梦中，他此时不是囚犯装扮，而是一副典型的明代文人装扮，身穿黑色交领"道袍"，头戴方巾。）

**男主角：**（匆匆上场）来了，来了。

**导演：**就你一个人？女主角呢——对了，好像一早上都没见到她？

**男主角：**应该快来了吧。女人嘛，化起妆来总是麻烦许多。

（这时，女主角姗姗来迟。她原本应该扮演的是袁妻黄氏，但此刻并非如此，而是装扮成了一个十八九岁的法国姑娘，穿着一件朴素而庄重的长裙，披着一件灰色斗篷，腰间系着一柄长剑。原来，她扮演的是萧伯纳戏剧《圣女贞德》中的法国女英雄贞德。）

**女主角：**（匆匆上场，刚好听到男主角的话）是谁又在背后说长道短呀。

（男主角一回头，男女主角看到对方的装扮，同时愣住了。）

**男女主角：**（异口同声）你怎么穿成这个样子？！

**男主角：**（几乎同时问）今天不是排《将军之死》吗？

**女主角：**（几乎同时问）今天不是排《圣女贞德》吗？

**导演：**（对女主角，冷冷地）你能解释一下这是怎么回事吗？

**女主角：**（难以置信，像是在问男主角，又像是自言自语）今天是周几来着？

**男主角：**13号，星期二。

女主角：（失神，机械地）13 号，星期二。13 号，星期二。（双手抱头）哦，我的天呐！

（舞台监督这时匆匆忙忙地跑上台。）

**舞台监督：**（急迫地）不好了，导演，出事了。

**导演：**（冷冷地）是的，的确出事了，我想我已经看到了。

**舞台监督：**（循着导演目光看过去，看到女主角的装扮，吃了一惊）啊？这是怎么回事？

**导演：**你不认为这个问题应该由你回答吗？难道没人通知她排练日程吗？

**舞台监督：**我发誓我提前三天就通知了，本周二排《将军之死》，本周三排《圣女贞德》，本周四——

**导演：**（打断）那现在谁能解释一下这究竟怎么回事？

**女主角：**（沉默一会儿，惭愧地）导演，我可以解释。今天早上的交通真的很糟糕，我一路急急忙忙赶到剧院，看到后台已经没有人。我想着开头一段没有我的戏，正好可以抓紧时间化妆。（停顿一下）可是很不幸，我把日子弄混了，更要命的是，我的化妆台前正好摆着一份《圣女贞德》的海报，所以我就想当然地——（停顿一下，仍不敢相信自己的错误）我知道这听起来简直是天方夜谭，令人难以置信，可就是这样发生了。

**导演：**（难以置信）那化妆师呢？她也没有发现问题吗？你化妆这么久，中间就没有任何一个人去找过你，提醒你？

**女主角：**今天的化妆师是临时更换的，她也不了解排练安排。而化妆期间也确实没有一个人来找过我。听起来很不可思议，可事实就是这样。

**导演：**（无奈地）这真是——我从刚开始排练时就不断告诉你们要专业、专业、专业，可是你们今天却让我见到了比所有戏剧本身还要戏剧的一幕。相比之下，在台上忘记几句台词，落下一两件道具，或者不小心摔一跤这样的错误，简直就是故意逗观众开心的可爱的"彩蛋"。

**舞台监督：**（小声嘀咕）我就知道两个戏穿插在一起排练早晚要出乱子，唉！

**导演：**（忽然想起什么，对舞台监督）不对，我刚才不是让你去通知下一场演员做准备，难道你刚才没有发现她的错误吗？

**舞台监督：**刚才？没错，我刚才是准备去通知演员，可是突然接到一个电话，电话那头告诉我出事了，所以我就被耽误了。（忽然想起）哦，我想起来了，我好像还没有来得及把这个不幸的消息告诉您。

**导演：**（吃惊地）什么消息？

**舞台监督：**我们的男配角——剧中皇帝的扮演者，上班途中不幸遭遇车祸。

**导演、男女主角：**（震惊）啊?!

**导演：**（缓过神来）究竟怎么回事？

**舞台监督：**电话是他的家人打来的，说是他今天早上着急赶路，过马路的时候闯了红灯，被一辆车撞倒，现在已经送进医院，没有生命危险，但是左腿粉碎性骨折。

**女主角：**哦，真是一个不幸的消息。

**导演：**有没有说需要多久恢复？

**舞台监督：**现在说不好，至少得 3 个月吧，搞不好要半年。好了，我得赶紧去把这个消息告诉院长。（边走边嘟囔）真是糟糕的一天。

舞台监督很快走开，舞台上只剩下导演、男主角、女主角三人面面相觑，谁也不知道该说什么。

**道具师：**（在侧台问）导演，现在还排练吗？

**导演：**（无精打采地）先等一等吧。

（就在这时，编剧来到了排练场。他其貌不扬，穿着非常随意，看起来甚至不怎么搭配。可想而知，他属于那种不太在意人情世故，而是沉浸在自己的世界中一心搞创作的人。）

**编剧：**（走上舞台，尚不知道发生了什么，轻松地）很抱歉各位，我来晚了。今天的交通状况真的是太糟糕了。你们现在排练到哪里了？（他走近一看，很容易就发现男主角和女主角的装扮差异，好奇地）你们的装扮怎么这么奇怪？（三人都没有心思回答，编剧打量着他们）怎么表情也这么奇怪？

**导演：**（无力地看向男主角）你来解释一下吧。

（男主角想了想，把编剧请到舞台一旁，两人小声嘀咕着、比划着，似乎在交流刚才发生的事情。导演和女主角则在原地一言不发，各自发呆，不知道内心在想些什么。过了一会儿，男主角和编剧走了回来。）

**编剧：**的确是很不幸的一天。（略停顿）但换个角度，毕竟那位演员没有性命之危，而眼前的事情也没有到不可收拾的地步……

**导演：**（摇摇头，无奈地）并非如此，那位演员在戏中的角色很重要，我们也很难找到人来代替他，而且这个戏三天之后就要汇报演出了。

**女主角：**如果这个戏无法汇报，何不换成我的戏呢？

**男主角：**（诧异地看着她）什么？难道你忘记了，你的戏中皇帝的扮演者也是这位不幸的演员。（略带不满）更何况，这个时候我们应当同心协力，共渡难关，而不是只想着自己的戏。

**女主角：**（无奈地摊开双手）好吧，当我没说。

**导演：**（似自言自语地）同心协力，共渡难关——是的，与其在这里唉声叹气，不如多想想什么办法。（看向编剧）您对这个戏的剧情角色是最清楚的了，有什么建议？

（男女主角这时也期待地看着编剧。）

**编剧：**让我想想，让我想想……（沉思一下，试探地）导演，您也知道，在我最初的剧本当中，本来是没有皇帝这个角色的，甚至（用手指指女主角）本来也没有她的角色。是因为您和制作人的极力要求，才改成了后来的样子。现在既然已经这样，何不考虑恢复之前的版本，这样是最便捷的，而且许多排好的戏还可以保留。

**女主角：**（按捺不住）我反对，先生，您不能因为缺少了那个可怜的演员，就顺带着把我的角色也给拿掉了。这不公平。

**导演：**（不耐烦地，对女主角）安静，请安静一下。我们现在只是在探讨，并没有真的决定拿掉谁的角色。（转向编剧）您说的这个方法虽然简单，但我认为不合适。首先，一部戏里不能没有女主角，否则色彩是不完整的。其次，恕我直言，您最初的剧本人物过于简单，情节过于破碎，台词更是……晦涩难懂，简直难以称之为戏。这对观众来说太过于荒唐了。我无法想象观众和评论家们看了之后会有怎样奇怪的反应。

**编剧：**我认为您太低估了观众的智慧。相比纯粹讲一个英雄悲惨死亡的故事，让观众一会儿悲伤、一会儿感动，我认为带着观众打破幻觉，一起思考讨论英雄的悲剧更有现实意义。

**导演：**听起来确实很有意义，但它不是舞台所擅长的事情。观众走进剧场是为了欣赏戏剧，他们需要看到动人的故事和精彩的表演，而不是旁观一场历史或哲学辩论。有多少人能保持耐心听演员在台上磕磕绊绊地说着那些空洞乏味的哲理？

**编剧：**我承认故事总是要比道理更吸引人，但别忘了我们的最高职责是寓教于乐——寓"教"于乐（特别强调"教"字），而不是一味地迎合、顺从甚至讨好观众。我们有责任让他们清醒，认识更真实的世界和更真实的自己。这样，当他们走出剧场，心里还能留下点什么。

**导演：**我并没有忘记戏剧的更高职责，恰恰相反，我一直努力用戏剧的形式来实现它。要知道，教育他人是一件多么困难的事情，你的同事、你的朋友，甚至你的爱人、你的孩子都不可能一直有耐心听你讲道理，更何况一群陌生的观众。我们应当让他们在故事中自己分辨是非，而不是急于对着他们发表长篇大论。

**编剧：**我并没有急于发表长篇大论，您看过我的剧本，应该能够注意到当中其实是采用了一些形式的。

**导演：**我的确注意到了这些形式，但它太支离破碎，晦涩难懂，甚至漫无边际、捉摸不定。导演没法呈现一个捉摸不定的主题，演员没法表演一个捉摸不定的角色，这会让观众感觉非常（她稍稍停顿，似乎在想一个合适的词语）——非常混沌。

**编剧：**生活本来就是混沌的，所谓的秩序、规范，不过是人们自我需要和自我认同罢了。再说，从来没有一位"神灵"规定过舞台必须是哪种样子而不能是另外一种。如果人人都固守着过去的传统和形式，那现代舞台上种种奇思妙想或者是荒诞不稽的戏剧就不会出现了，皮兰德娄和贝克特们也会失去他们的价值。

**导演：**戏剧当然不是一成不变的，但无论怎么变化，总得遵循一定的基本规范，否则戏就不是戏，而会变成另外一种东西。

**编剧：**但如果这些所谓的规范已经泛滥成僵硬得可笑的套路了呢？看看现在的舞台，一个英雄，一定要为他配上一个多愁善感却又坚强包容的女主角，然后还要为他添加一些精心设计过的各种小错误，故意让他在观众面前激动、愤怒、悲伤、悔恨，以此证明他是一个真实的、不完美的人——但这一切的最终目的，恰恰是用所谓的不完美来表现"完美"。请问，（指着男主角和女主角）这究竟是一个真实的人？还是包装出来取悦观众的一个符号？甚至是被人们随意消费的产品？

**女主角：**（意外地，无辜地，小声对男主角）天哪，我怎么感觉我们俩又躺着中枪了呢？

**男主角：**（不耐烦地，小声地）行啦，行啦，你就不能安静一会儿吗？

**导演：**（停顿一下，缓和地对编剧说）听我说，我很清楚你所指出的这些问题，我也很理解你求新求变的心情，正因如此，我才会非常乐意地接受做这部戏的导演。我并不是没有想过像你这样任性一回，让观众和评论家们爱说什么说什么去，但你得知道，人们判断一个人、做一件事总得有一定的前提，我们不可能完全抛开一个英雄的时代和他身边的人来谈论他，同样，我们也不可能抛开这个时代和身边的观众来创作戏剧。

**编剧：**导演，我——（若有所思，欲言又止）

**导演：**（诚恳地）请相信，其实我非常欣赏你的天马行空。事实上，我也常常迸发出一些莫名其妙的灵感，脑子里突然闪现出一段画面，让人为之着迷为之疯狂，迫不及待地想要呈现在舞台上。但最终结果却是，真正能够从想象变成现实的想法少之又少，大多数奇妙的灵感在你正想进一步求证的时候突然就烟消云散了。这就是我们的工作，不断地自我创造，又不断地自我否定，最后只能留下一个。它可能不是最奇妙的，最独特的，也不是你最最想要的，但一定是最适合的。

**编剧：**（沉默一会儿，诚恳地）我必须得承认，您说服了我。您刚才的话让我忽然感觉看到一扇新大门，请让我再想想，肯定会有更好的主意。

（编剧不再理会导演和男女主角，而是陷入了自己的思考，他甚至在台上走来走去，不时地摇摇头，或是轻轻地手舞足蹈。）

**女主角：**（奇怪地，小声问男主角）他怎么了？

**男主角：**当然是在思考，或许他已经有了新的构思。

**导演：**（似自言自语）希望如此。

（剧院院长兼制作人和舞台监督匆匆赶来。）

**院长：**导演，刚才排练发生的事情我都听说了，真的是非常抱歉。（忽然注意到一旁的编剧）啊，编剧也来了，真是太好了，正好可以一起商量一下现在的状况。咦？他怎么了？

**导演：**他正在思考，先不要打扰他。院长，虽然我也知道很难，但我还是想问问您，能找到演员来替补吗？

**院长：**从知道这个消息我就在考虑替补演员，但想来想去，实在没有合适的人选了。您也明白，一个角色不可能适合每个演员，一个演员也不可能适合每个角色。

**导演：**如果找不到替补演员，那就意味着要么改剧本，要么只能暂停排练了。

**院长**：如果能通过修改剧本解决这个问题当然最好不过了，毕竟我们为这个戏已经花费了很多时间精力，而且马上就要汇报演出，这个时候如果突然暂停，将会造成无法预料的损失。

**编剧**：（突然叫道）请问谁能帮我拿一下纸和笔？

**舞台监督**：稍等。

（舞台监督迅速跑下场，很快拿来一个夹着空白纸张的书写夹板和一支笔，他把东西交给编剧后，回到院长身边，并没有多说话。编剧接过纸笔，边想边在纸上写写画画，时不时地还看一看男女主角。与此同时，导演、院长等人谈话仍在继续。）

**院长**：（看着编剧）今天真是糟糕透了，真希望他能带来一点惊喜。

**导演**：或许会的。祸兮福所倚，福兮祸所伏。

**女主角**：（敏感地，指着编剧，小声问男主角）我感觉他好像总在看我俩。

**男主角**：（没多想）你想多了吧。（忽然似有感应）咦，好像真的在看我们。

**导演**：（故作认真地对女主角）说不定他在想怎么减你的戏份呢。我忽然觉得他之前的想法也不是没道理，如果他仍然坚持减掉你的角色，我觉得也不是不能接受。

**女主角**：（着急）啊？导演，您说的不是真的吧？

**导演**：（故意看着她不说话，过一会儿，突然笑了）当然是假的。我怎么可能轻易容许我的戏中居然没有女主角。

**女主角**：（如释重负）您刚才真是——吓死我了。

**院长**：（哑然失笑，调侃地对导演说）真没有想到，一直强调专业、规范的大导演，居然在这个时候开起了玩笑。看来，您对解决眼前的问题是胸有成竹了？

**导演**：胸有成竹还谈不上，只是我刚才忽然想到编剧说的一句话很有道理，从来没有人规定过舞台必须是哪种样子而不能是另一种样子，有的时候其实是我们自己给自己设定了太多条条框框，如果换个思路，或许会有很多不一样的选择。

**院长**：是啊，舞台上不应该只有一种样子，一个腔调，否则不仅观众会烦，演员也会腻。我们这次同时排练两个戏，讲述不同时代的两个英雄的故事，正是希望能够带来一些不一样的感觉。

**男主角**：院长、导演，抱歉打断你们。但我们现在是不是应该先考虑解决眼下的问题？毕竟时间很紧了，不能一直在这里空等着。

**院长**：当然。我看这样吧，我们再等十分钟，看编剧还能不能提出一个更好的思路。如果那时还不行，不管有多少损失，我们也只能延期了。

**导演**：我同意。无论如何，不能将就，不能把一个我们自己都不满意的作品匆匆忙忙地推给观众。

这时编剧停止了思考和书写，兴冲冲地走了过来。

**编剧**：导演、院长，针对现在的情况，我刚才产生了一个新想法。

**导演**：（期待地）什么想法？尽管说。

编剧：我想，既然两部戏都受影响，何不试试把两部戏合成一部戏，再做适当的修改，这样许多已经排练的剧情都能使用，演员也不会存在问题，而且说不定会产生意想不到的效果。

导演：（惊讶地）两部戏，合成一部戏？

院长：（惊讶地，指着男女主角）他和她？你的意思他俩扮演的角色，两个相隔近两百年，一个中国的和一个法国的英雄放在一个戏里？

（男主角和女主角相互看着对方，也惊讶地说不出话来。）

（原本在侧台的道具师、女摄影师、其他演员听到这个提议，也惊讶好奇地走到旁边或近或远的位置围观，有的还小声在一起交流。）

导演：（若有所思）让我想想，让我想想。（边想边说）舞台上这种看似荒诞的搭配不是没有过，关键是……（问编剧）你有办法结合得很自然吗？

编剧：我想我已经有了。甚至于，（挥挥手中的书写夹板）连男女主角的台词提纲我都有了，当然这些还需要您在舞台表现方式上给予配合。如果您有兴趣，我现在就可以详细讲给您听一下。

院长：（打断）您先等等，并不是我不相信您的能力，主要是这个想法确实，太出乎我的意料了。（问男女主角）你们怎么看这个想法？

男主角：（考虑一下）我认为……的确很大胆，也许能带来很奇妙的结果。

女主角：呃……也可能是很糟糕的结果。毕竟，这两个角色相差太远了点，放在一起不合情理。观众们很可能会抱怨："天啊，这是什么稀奇古怪的戏？我们花钱走进剧场就只能看到这么个东西吗？简直是无妄之灾。"

编剧：不合情理？听起来确实是不合情理。如果一个小时以前有人告诉我，你（指向女主角）和他（指向男主角）今天会以这种奇怪的方式相见，我也觉得不合情理。但事实是——此刻就是发生了。这就生活，这就是戏啊。

导演：（认真地）院长，我认为值得一试。

院长：（意外地）您是认真的？这可一点也不像我所了解的您。

导演：（微笑着）我们都会在不知不觉中改变的不是吗？我确实认为可以试一试。（指指编剧手中的纸）他不是连台词提纲都有了吗，我们何不听他详细讲一讲，甚至试着排练一下看看效果，如果确实不行再放弃也不迟。难道您还有更好的办法吗？

院长：（动摇地）道理倒是这个道理……

导演：您就别再纠结了，当断则断。难道您不想看到自己的剧院排出一个令人大吃一惊的与众不同的戏吗？

院长：（考虑一会儿）好吧，我被您说动心了。让我们去我办公室好好聊聊吧，站在一大群人面前讨论这么奇怪的想法实在是让人太不自在了。（似自言自语）天呐，我居然还有点抑制不住的兴奋和期待，真是疯了……

导演：（对男女主角）走吧，让我们一起去。（转向众演员）大家休息一下吧，但是不要离开，说不定十五分钟或二十分钟后，我们还要继续排练。

院长：（对舞台监督）你负责维持一下秩序。

（导演、编剧、院长和男女主角退场。其他演员留在舞台上各自活动。有的人搬把椅子坐在那里玩手机，有的两三个聚在一起小声聊天，有的人在舞台后方活动腿脚。）

（舞台监督、道具师、扮演内阁大臣的男演员甲、扮演狱卒的年轻演员等几个则陆续聚在一起讨论刚才的事情。其中，男演员甲和年轻演员不必整整齐齐地穿着刚才演出时的戏服，但也不必完全卸妆，可以参考平常排练休息的正常状态。）

道具师：（问舞台监督）哥们儿，你刚才离得最近，听得最清楚，导演是什么意思，真的要把那两个八竿子打不着的人放在一个戏里？

舞台监督：啥叫导演的意思，那明明是编剧的意思。

男演员甲：但导演不是也没反对嘛。

年轻演员：那你们说院长会支持吗？

舞台监督：我看十有八九会支持，你们刚才没听到他说吗——（模仿院长）"天呐，我居然还有点抑制不住的兴奋和期待，真是疯了……"

道具师：我看真是疯了！（来回摆弄着两只手示意）一个中国，一个法国；一个明朝，一个中世纪；一个被凌迟处死，一个被活活烧死……天呐，这都是哪儿跟哪儿呀……

女摄影师：我觉得挺特别呀，两个看似没有关系的人，却有着类似的命运，为什么就不能放一起呢？

男演员甲：关键是这两人放一起说什么呀？简直就是关公战秦琼。还有，我刚才看到编剧那个台词提纲好像也没几行字，待会怎么排练，难道要让人即兴发挥？

年轻演员：如果真是即兴表演，那可太刺激了。

男演员甲：拉倒吧，我可不想要那样的刺激。

女摄影师：我倒是挺期待的，就是不知道观众看了会有什么反应？

道具师：肯定是看热闹不嫌事儿大呗。

舞台监督：我们也等着看热闹吧。

（这时，导演、编剧、院长和男女主角回到舞台上，男主角和女主角手里各拿着一页台词提纲。舞台上的其他人都停止了各自的动作或交谈，不约而同地看着导演，期待着下一步指示。）

导演：好了，大家各就各位，把舞台空出来，我们现在准备临时排练一段戏看看效果。

（众人或意外或期待地，陆续退场，只留导演、编剧、院长和男女主角在舞台上。）

导演：（对着控制室方向）舞美，把现在的布景收起来。即将排练的这一段是发生在一个虚构空间，这个布景不合适。

（舞台上的月夜背景缓缓收起来，此时整个舞台后面是看不透的黑暗。）

导演：灯光，让整个舞台都暗下来，只留一点微弱的背景光，再给一点点逆光，试着制造出一种虚幻、神秘的感觉。好的，现在给两位主角留出两个表演区域，让观众能看到他们。

（男主角和女主角分别进入各自的表演区域，导演指导灯光进行调整，直至达到想要的效果。）

**导演：**好的，就是这样。让我想想，好像还差点什么……

**编剧：**（提示）音乐，得给一点背景音乐。

**导演：**是的。音响师，找几段战斗号角或者鼓声之类的音乐试试，要深邃浑厚一点的。

（音响师播放了一小段。）

**导演：**好的，就是这个。（对男女主角）现在要看你们的了。准备好了吗？

**女主角：**（示意手中的纸张）我们可以拿着这个吗，我一下子记不住这些词。

**导演：**哦，拿着吧，拿着吧。（问男主角）你还有问题吗？

**男主角：**没有了。

**导演：**好的，那我们就准备开始吧。（提高声音）现场的所有人，保持安静，我们马上开始。

（导演、编剧、院长退场。舞台上的灯光暗下来，把男女主角隐起来。随后，战斗的号角或是鼓声响起，似有一种由远及近的感觉。当气氛逐渐提升的时候，灯光变化，渐渐显现出男女主角。）

（注：接下来这段戏中戏的时间为1630年袁崇焕被杀之日。）

**导演：**（从侧台传来声音）说台词，就是现在。

**男主角**（袁崇焕）：（迷茫地）这是在哪儿，我现在已经死了吗？

**女主角**（贞德）：（故作神秘）是的，就在今天，1630年9月22日，你在京城西市被凌迟处死，你的头颅即将传示边关。

**男主角**（袁崇焕）：那这儿是哪儿，你又是谁？

**女主角**（贞德）：这里是历史。至于我，在法国，也就是你们所说的——（女主角看着提纲，结结巴巴地念出来）"佛朗察"①，人们叫我贞德，士兵们叫我"少女"。我的敌人曾经称我为"女巫"，但将来，所有的人都会叫我"圣女"。

**男主角**（袁崇焕）：佛朗察？圣女？简直太奇怪了，我为什么会遇到你？

**女主角**（贞德）：这一点儿也不奇怪。因为我们有着相似的命运，并且死后都成为了历史。虽然我比你早死了那么——（再次看提纲）199年，但我们仍然是在同一个历史之中。

**男主角**（袁崇焕）：我还是不能理解，听说佛朗察离大明远隔万里……

**女主角**（贞德）：但我们现在都在历史中，后世的人们看历史，会自然而然地把有着

---

① 清朝称法国为佛朗察。

相似命运的人物归集到一类，这根本不新鲜。

**男主角**（袁崇焕）：人死了都会进历史吗？

**女主角**（贞德）：当然不是，只有我们这种被人们"记住"的人才会成为历史，其他的人则永远地被历史遗忘。

**男主角**（袁崇焕）：我倒宁愿被人们遗忘。

**女主角**（贞德）：为什么？

**男主角**（袁崇焕）：这不是很明显吗？作为一个将军，不能死在光荣的战场上，却被自己的皇帝处死，死后还要被百姓唾骂，可是我却无法开口申辩。还有比这更令人绝望的侮辱吗？

**女主角**（贞德）：如果你只是为这个发愁，那我现在就可以回答你，因为我已经看见未来了。你在未来会被平反，会重新成为人们心中的英雄。——呃，让我再看看，好像也有很多争议，但总体来说还是不错的。

**男主角**（袁崇焕）：真的吗？我真的会被恢复名声，获得应有的尊重？

**女主角**（贞德）：当然是真的。圣女可是无所不知的。

**男主角**（袁崇焕）：无所不知？那你能不能告诉我，大明后来怎么样了？

**女主角**（贞德）：让我看看。（停顿）1644 年，也就你被杀后第 14 年，北京城被李自成攻破，崇祯皇帝吊死在煤山上。你的大明，亡了！

**男主角**（袁崇焕）：亡了？大明亡了！皇上啊——

**女主角**（贞德）：唉，不知道你的那位皇帝临死的时候，心里会不会后悔。

**男主角**（袁崇焕）：事已至此，后悔还有何用？！（停顿）对了，我的家人后来怎么样了？

**女主角**（贞德）：你死后，你的家人被流放三千里，苦是苦了点，但好歹保住了性命。咦，让我再看看——有趣，有趣，你曾经的敌人，在你死了一百多年后，不仅帮你平反，竟然还给你的后代加封官位。

**男主角**（袁崇焕）：什么？这不是陷我于不义吗？

**女主角**（贞德）：谁说不是呢？可能就是因为这个，你才会在几百年后引起争议吧。

**男主角**（袁崇焕）：那我以后究竟会怎么样？

**女主角**（贞德）：这个我可说不准，因为我也只能看到这么远的未来了。而且你要知道——（再次看提纲，语气略夸张）呃，人们总是善变且自以为是，常常喜欢以推翻他人的观点来显示自己的聪明。

**男主角**（袁崇焕）：这么说来，我还是无法彻底安心了？

**女主角**（贞德）：永远不可能彻底安心。虽然我们存在于固定不变的历史中，但人们却有他们自己的看法，每个人都不一样，甚至自相矛盾。当然——（看提纲，略夸张）呃，我们最应该提防的不是历史学家，而是那些小说家、戏剧家，以及三百多年后出现的一群叫作"网民"的人，他们只会按照自己需要的样子来描绘历史，根本不关心我们这些历史人物的真实想法。

**男主角**（袁崇焕）：那我们留在历史中还有何意义？发不出自己的声音，讲不了自己的想法，只能任凭活着的那些人误解歪曲，以讹传讹，甚至连我们的样子都要随意描画。我们却困在这里，死不了，也活不了，简直就是活受罪。

**女主角**（贞德）：活受罪？对，就是活受罪。最让我生气的是，有一个叫作——叫作——（看提纲）哦，莎士比亚的英国人，竟然在舞台上公然诋毁我是一个攀附权贵、自私冷漠、私生活混乱的巫婆，台下的观众居然还看得津津有味。然而，我能做什么呢？我什么也做不了。

**男主角**（袁崇焕）：太无耻了！这对你来说简直就是无妄之灾。那后来呢？

**女主角**（贞德）：后来？哈哈——就在十几年前，这个可笑的剧作家和我一样成为了历史。一个喜欢随意评价别人的人，从此就要被别人随意评价了，而他再也无法反驳一句。这简直太好笑了。

**男主角**（袁崇焕）：的确是太讽刺了。真希望我不要遇到这样可笑的剧作家。

（就在这时，舞台上的灯光忽然开始闪烁不定，就像是电压不稳定那样的情况。音响里也开始出现"滋滋滋"的电流声。舞台上呈现出一种很奇异的氛围，似乎有什么不寻常的事情要发生。）

**导演**：（急忙走到舞台边缘，观众可以看见的位置）灯光，灯光，怎么回事？

**灯光师**：（在远处回答）不知道，有可能是电压不稳定。

（这时灯光忽然恢复稳定，但多了一团令人捉摸不定的白光笼罩着舞台上男女主角的表演区域，两人一动不动，此时看起来好像很庄重很神秘。音响里突然重新响起了战斗的号角声或鼓声，由远及近，低缓沉重。）

**导演**：（大声地）音响，怎么回事？谁让你现在放音乐的？

**音响师**：（在远处回答）导演，不是我放的，这声音自己突然就出来了。

**导演**：关掉，关掉！

**音响师**：（着急地）关不掉，关不掉，按键好像全都失灵了。

**导演**：（愤怒地）今天这到底是怎么了！（对着男女主角）停，停！

（男女主角似乎完全没有听到导演的指令，他们用好奇而平静的眼光打量了剧场四周，不屑地看看手中的提纲，丢在了地上，最后他们的目光落在对方身上。他们随后的对话应给人一种旁若无人、云淡风轻、超脱世外的感觉。导演一边喊着"停"，一边向前走，可是无论她怎么用力，好像被什么东西挡住，根本走不进白光笼罩的男女主角所在的区域。这时男主角抬起食指对着导演做了一个示意"安静"的动作。导演像是突然受到提示一样，站在原地不动了。）

（注：接下来这段戏中戏的时间为当下。）

**男主角**（袁崇焕）：（看向女主角）你来了？

**女主角**（贞德）：（微笑着）你也来了？

**男主角**（袁崇焕）：（自嘲地）我要是再不来，这个装模作样、自以为是的男演员，说不定会把我演成一个只会不断提问题的白痴。

**女主角**（贞德）：（调侃地）要么这说，我更生气，他们居然找了一个如此自私小气、笨嘴拙舌的女演员来扮演我，要知道我可是圣女——圣女。

**男主角**（袁崇焕）：你根本就不会生气，因为你知道人们本来就是这么可笑，几百年来从来没有改变过。

**女主角**（贞德）：是啊，他们根本就不在乎真实的我们是什么样子，只不过是借用我们的名字，按照自己的需要来随意编造罢了。

**男主角**（袁崇焕）：但他们不明白，无论他们如何编造，甚至争论得面红耳赤，给予我最崇高的赞美或者是最恶毒的诋毁，我其实一点儿都不在乎。我都已经死了好几百年了，他们说的任何一句话都不可能影响到我，只会影响他们自己。

**女主角**（贞德）：是的，一个死去的英雄还能在乎什么呢？不需要金钱，不需要地位，也不需要荣誉。我倒是想要复活，可是他们偏偏给不了这个，也不想给。我曾经借助一个老剧作家的口问人们："我能死而复生吗，我能变成一个活蹦乱跳的女人回到你们中间吗？"你猜结果怎么着——所有人都惊慌失措地跳起来跑了。那场面，简直要多滑稽有多滑稽。（注：这是萧伯纳的剧本《圣女贞德》中的情景。）

**男主角**（袁崇焕）：人啊，就是这样，需要你的时候，就把你视为英雄；一旦时过境迁，他们宁愿宽恕一个坏人来显示自己的仁慈，却拿着世上最苛刻的标准来衡量一个英雄。

**女主角**（贞德）：那又怎么样，反正我才不在乎。一个死去的英雄从来不需要什么信徒，只有活着的人们才会永远需要英雄。

**男主角**（袁崇焕）：愿他们有幸一直拥有英雄。好了，我们该走了。不然，眼前这些人会像你上次遇到的一样，全都惊慌失措地跳起来跑了。

**女主角**（贞德）：走。

（灯光突然闪烁了一下，那团笼罩在男女主角表演区域的捉摸不定的白光消失了，音乐也停止了，整个舞台安静下来。）

**女主角**：（突然神经质地）哎呀，我的提纲怎么掉地上了？（赶紧拾起来）

**男主角**：（疑惑不解地）我的怎么也掉了？（赶紧拾起来）

导演试了试手脚，完全恢复了行动自由，走上前去。编剧和院长也走了上来。男主角和女主角自然地向他们聚过来。

**导演**：你们俩刚才怎么回事，我都喊停了为什么不停？

**女主角**：（无辜地）我们停下来了啊……

**导演**：明明没有，这里所有的人都看到了。

**院长**：（对导演）导演，您就别和他们计较了，虽然他们最后那段表演脱离了我们预先设计的提纲，但不得不说超出了我的预期，值得肯定。

编剧：（赞赏地）他们这段即兴发挥，甚至为我又打开了一个新思路。

女主角：（疑惑地小声问男主角）我们刚才即兴发挥了吗？我怎么完全不记得。

男主角：（小声对女主角说）我也不记得。我总觉得哪里不对劲儿。

女主角：好吧，只希望导演别再折腾我的角色，我可不想变来变去——

（这时，舞台上的灯突然闪烁一下，然后全部熄灭，整个舞台一片漆黑。）

导演：（愤怒地）灯光，灯光，这又是怎么回事？

灯光师：（在远处回答）我们也不知道，马上去检查。

院长：（愤怒地）肯定是那该死的保险丝又出了问题，我早就说过让他们修，可他们总是拖拖拉拉，现在居然弄得连应急灯都不亮了。（大声地）我说，就没有谁能去拿一只手电筒吗？

舞台监督：（大声回应）马上，马上。

导演：（无奈地）行了，行了，今天的排练就到这儿吧，大家都回去吧。（自言自语地）这一天是怎么了，真是倒霉透顶。

（舞台监督拿上来一支不怎么亮的手电筒，但好歹能够勉强照亮。他在前面领路，导演、院长等一行人跟在后面下场。）

舞台监督：大家慢点走，小心点。

女主角：（快走到舞台边缘的时候，忍不住问）导演，您觉得我刚才的表演怎么样？我的角色是不是（可以不用再变了）……

女主角正说着，突然像是不小心绊了一下，身子一歪，幸好被身边的人扶住，一行人不得不停下来。

女主角：哎哟！

导演：（无奈地）天呐，当你走进黑暗的时候，能不能暂时忘掉那些虚构的角色，先踏踏实实看清脚下的路！


全剧终。


◎ **指导教师刘宇婕评语：**

戏剧剧本《无妄之灾》主要讲述的是某剧团排练新戏过程中发生的故事。排练期间男主角的表演始终无法让导演满意，进而引发了大家对剧情、人物甚至是历史角色的讨论。此时，迟到的女主更是错扮成另一部戏中的角色闯了进来。种种意外打乱了原定排练计划，大家商议之后决定两部戏合成一部，进行即兴创作，让中外两位历史人物（袁崇焕、贞德）进行一场跨越时空的对话，借此探讨何为英雄以及如何看待英雄的话题。

该剧本采用"戏中戏"的演绎方式，将剧院排练与《将军之死》《圣女贞德》两部作品糅在一起，先是通过剧组人员的对话展开对角色、表演的一些讨论，进而延伸到对剧作本身、历史角色的讨论，铺设了紧凑的台词并通过台词内容对角色进行了刻画，创作方式中规中矩，"说理"性台词在紧凑的剧情之中显得格外顺畅。另外，袁崇焕和贞德的两段对话，一段是剧作家"刻意安排"，一段是历史人物"灵魂附体"，两种不同情境形成了比较明显的对比，打破了看待问题的视角隔阂，提供了更自由的讨论空间。

# 尉 氏 家 书

梁冰青

（21级编导）

## 第 一 场

（幕启）

（背景音乐《叮咛》渐起。）

（舞台上漆黑一片，呈现于观众面前的是一节火车硬卧车厢。内景，车厢内部有两个隔间。）

**女声**（画外音）：芸儿，近来家里可好？

（一束追光随着声音响起慢慢照在舞台上，两个女人面对着坐在一张床上。）

**尉兆男：**（手里拿着家书）你放心，我在边疆一切安好，在邓总理的带领下，我们援疆工人的生活也越来越好。但我总放心不下挺着肚子的你和孩子们，所以我特地与你商量，可否举家前往新疆与我团聚？另——来疆道路艰险、风尘碌碌、家书珍贵、务必妥善保管。一路珍重！

**尉母：**（叹了口气，看向窗外，喃喃自语）家书珍贵，务必妥善保管……

（背景音乐渐弱，响起了火车的汽笛声，乘务员声音：本次开往新疆库尔勒的列车很快就要开车了，送亲友的同志请您下车，带小孩的旅客，请照看好孩子，注意安全。列车很快就要开车了。）

**尉母：**（四处张望）如意呢？这妮儿，刚不是跟着咱的吗？这会又跑哪去了？

**尉兆男：**妈，您先别急，我去找找她。

（尉兆男将信递给尉母，尉母小心翼翼地将信捏在手心。尉兆男起身，准备去寻找妹妹。这时，尉如意从舞台上场，舞台全亮。）

**尉母：**妮儿，快过来，过来给妈再念念这家书。

（尉母伸手想要将尉如意拉到身边。）

**尉如意：**（皱着眉）这东西都念了多少遍了，你也不嫌烦。

**尉兆男：**（上前拍拍尉如意的胳膊，示意她在尉母身边坐下）

（尉如意转身坐到对面的床上，用手绕着麻花辫，漫不经心地看向窗外。尉母和尉兆男对视一眼，尉母笑着看向尉如意。）

**尉母：** 等咱到了新疆，见着你爸，咱一家就算团聚了，以后啊，咱可再也不分开了。

**尉如意：** （低头继续绕着麻花辫，并不理睬）

**尉兆男：** （转身拍拍尉如意）如意呀，咱妈跟你说话呢，别不吭气呀。

**尉如意：** （沉默了一会）要我说，咱这就不算个家。

**尉母：** （听到如意的话愣了愣，赶忙解释）妮儿啊，你过来听妈跟你说，当初……

**尉如意：** 妈你别说了，早点歇吧。（起身离开）

（尉母的笑容僵在了脸上，将目光投向了一旁的尉兆男。）

**尉兆男：** 妈，说句不中听的，当初你就不该把如意送走。

**尉母：** （叹了口气，缓缓开口道）当初……也是迫不得已，没办法，这如意吧，一出生又是闺女，送到亲戚家养着还能少遭点白眼。唉，要怪就怪你妈我没本事，生不出男孩儿，让你们姐俩也跟着受罪了。

**尉兆男：** （上前安慰）妈你别这样说，咱们家现在不是有老三了吗，肯定是个大胖小子。（轻轻抚摸尉母的肚子）

**尉母：** （笑容逐渐浮现）多亏了老三，咱才能理直气壮地去找你爸。你还别说，这娃儿的名字我都起好了，就叫……叫……（突然有些不对劲，一手撑着腰，一手捂着肚子，表情十分痛苦）

**尉兆男：** （急忙扶住尉母）妈，妈！你咋了？

**尉母：** （冲尉兆男摆了摆手，疼得说不出话来）

**尉兆男：** 是不是肚子疼？别急啊妈，俺给你弄点热水喝……

（此时一直在门口听着的尉如意也想上前帮忙，但想了想还是转身离开想找人帮忙。蒋居安和三儿从台下走来，尉如意慌慌张张地撞到了三儿的身上。）

**蒋居安：** 酒厂的事儿怎么样了？

**三儿：** 老大放心，包在我身上……（与尉如意相撞）

**尉如意：** （连忙蹲下来帮三儿捡地上的东西）不好意思，不好意思。

**蒋居安：** （温和的笑容）姑娘，不要紧的，没碰着就好。

**尉兆男：** （焦急地呼喊）有谁能帮帮忙吗？这边有个孕妇肚子疼得不行了！

（三儿、尉如意边捡东西边抬头看向尉兆男的方向。）

**蒋居安：** 三儿，去看看。

**三儿：** 好嘞哥。（急忙把东西收拾好，赶到了尉兆男身边）姑娘先别着急，我学过医，应该能帮上点忙。

**尉兆男：** （充满了期待）谢谢你同志，快，我妈就在里面……

（蒋居安看着三儿离开后，整了整衣领，也转身走向自己的包厢，路过尉如意时，冲着她礼貌地笑笑。）

尉如意：（发现地上有一枚三儿落下的邮票，捡起来若有所思地看了看，又望了望蒋居安离开的背影，小声嘟囔）是枚邮票？但……这俩人……奇奇怪怪的。

（落幕）

# 第 二 场

（幕启）

（三儿和尉兆男从尉母的车厢中出来，三儿把撸起来的袖子放下来，把袖口的扣子系上。）

三儿：别担心了，你妈暂时没什么事儿，多喝点热水，不要过度操劳就行了。

（尉兆男仰着头一直盯着三儿看，眼神中充满着仰慕的神情，三儿不自然地轻轻咳了一声，尉兆男才赶紧反应过来。）

尉兆男：啊，那个……谢谢你……帮了我这么大的忙，等我妈平安把孩子生下来，我们一家人一定一起去给你道谢。

三儿：哎呀，不用客气，应该的。这样，我那边还有点事儿，你先进去好好照顾你妈妈吧。

（三儿说完转身离去，尉兆男伸出一只手想要叫住三儿，三儿已经走远，尉兆男站在原地望着三儿远去的背影，低下头笑了笑，转身走进尉母的车厢。）

尉兆男：他可真是个好人。

（三儿回到了他和蒋居安的车厢，冲蒋居安使了使眼色。）

三儿：哥，妥了，那边没多大事儿。

蒋居安：你呀，差不多得了，别在外面显山露水的，咱们可是有正事儿要办的。

三儿：我心里有谱。（进到车厢里，拿出公文包里的文件）

蒋居安：（点燃手里的烟）说说吧。

三儿：酒厂那边的临时小工已经处理了，反正如今这世道，没有用钱堵不住的嘴。

蒋居安：（面无表情地）……刘书记那边呢，解释清楚了？

三儿：刘书记气儿已经消了，只不过……

蒋居安：（眉头一皱）怎么？

三儿：来年跟我们的合作，可能……

蒋居安：（把文件摔在地上，气急败坏）他妈的，老尉那混蛋！

（尉如意本来在隔断门口看着手里的邮票边发呆，被突如其来的声音惊吓，于是顺着声音靠近了蒋居安的包厢，站在门外听动静。）

三儿：（蹲下帮蒋居安捡文件）老大，消消气儿，老尉那老家伙，他懂个屁。三儿跟了您这么多年，也看出不少门道。要不这回，我给您出出主意，如何？

蒋居安：（瞥了一眼三儿，示意他说下去）

三儿：其实，这酒里掺点水不算什么大事儿，只要我们动作小点，就不成问题。栽就栽在老尉那个榆木脑袋上，弄错什么不好，非弄错刘书记那一单，居然把刘书记定的货送成了掺水的那批，这不是给我老大添堵吗！（顿了顿，继续说）好在老尉认错态度不错，主动向我提出想要弥补损失，只不过他也是个打工的，没什么钱，给我拿了张传家的邮票，据说，这邮票年数不少了，还挺值钱的！（说完准备掏出尉父的邮票）

（尉如意在门口听见二人的对话，也赶紧低头掏找刚刚捡起来的邮票，不小心制造出一些声响，引起屋里两人的注意。）

三儿：谁在外面？！

尉如意：（有些慌张）大……大哥，你好，我……我这不特意来还东西的。这邮票，（往车厢外瞧了瞧）大……大哥忘拿了。

三儿：（半信半疑地摸了摸口袋，发现邮票果真不见了，伸手去夺她手里的邮票）赶紧给我吧！（从上到下打量了尉如意几眼，颇为不满）你在这门口多久了？

尉如意：（不知所措）我……我……

蒋居安：（一脸虚假的笑容）三儿，怎么跟孩子说话呢，把人家小姑娘都吓坏了。来，丫头，别害怕，进来坐坐呗？

尉如意：还是……还是算了吧……

蒋居安：来，好孩子，叫什么名字呀？（伸手去拉尉如意，同时三儿把车厢的门带上了）

尉如意：（回头看了一眼关上的门）叫我如意就好。

蒋居安：（瞥了一眼三儿）还杵在那干吗，快给我们如意倒杯水啊！（又转过笑脸来面对如意）来，如意，坐吧。（拍拍身旁的空位）

尉如意：（看了看蒋居安，还是坐在了他的对面）谢谢哥。

蒋居安：如意，你知道我为什么邀请你过来坐吗？

尉如意：（先接过三儿给她递过来的水，两人有短暂的眼神交流，但又迅速避开了，把头低下摇了摇）

蒋居安：（把身子向前倾了倾，笑容逐渐灿烂）因为呀，我觉得你跟我小时候可像了。

尉如意：（把头微微抬起，疑惑地看着蒋居安）

蒋居安：我小时候，跟你一样，也是一个人到处走南闯北，人小鬼大的。（陷入回忆中）可惜啊，现在老了……

尉如意：其实也没有，我是和家里人一起去新疆找我爸的。

蒋居安：那你怎么总是一个人呢？

尉如意：（把水杯放回桌子上）我这家里事儿吧比较复杂……哎呀，不说这个了，说说你吧大哥，你们是去新疆干什么呀？

（蒋居安弯腰从桌子下拿出一瓶葡萄酒，倒了一杯示意三儿递给尉如意。）

蒋居安：如意，喝过葡萄酒吗？

尉如意：（接过酒，先闻了闻，喝完咂了咂嘴）嗯，好喝。

蒋居安：（摇了摇葡萄酒瓶）大哥就是做这个的。

尉如意：一看大哥您就是能挣大钱的，按我们那儿的话说，大哥真排场（河南方言）。

蒋居安：（端起酒杯）行，冲你这句话，大哥也得敬你一杯。（仰头喝完）听你这口音，像是河南那边的？

尉如意：（冲蒋居安竖起了大拇指）大哥好耳力啊，俺就是河南了（河南方言）。

蒋居安：（吸了一口气）咱厂子里，河南的还不少呢。

三儿：可不是吗，小张啊，老王啊，还有阿泽他们……啊差点忘了还有老尉……（声音减弱）

蒋居安：（不满地喷了一口，大吼）还提他?! 还想不想干了？不想干滚蛋!

三儿：（作势要抽自己两嘴巴）呦！瞧我这嘴啊！对不住啊大哥，我欠扇！我欠扇！

蒋居安：（把头转向尉如意，恢复了笑容）如意啊，你别见怪啊，我这小弟不懂事儿，你跟他可不一样，你是个聪明孩子。

尉如意：（赶忙起身）谢谢大哥的酒水，我就不打扰大哥您了。（往外走）

蒋居安：三儿，送送她。

（三儿把尉如意送到包厢门口，瞪了她一眼，砰地一声关上了门，尉如意缓缓地从包厢门口退了出来，舞台上仅有一束追光。）

尉如意：（自言自语）这么看来，我爸跟他们的工作关系八九不离十了，想不到我爸竟然给这样的人卖命，平时看上去老实巴交的，实际上干着见不得人的勾当……（想了一会儿）但，这未尝也不是一件好事儿，只要这酒厂一倒，哪还用得着去什么新疆啊？我这就去找尉兆男聊聊。

（落幕）

# 第 三 场

（幕启）

尉如意回到尉母包厢，把尉兆男拉了出来，此时尉母还在车厢内休息。

尉兆男：弄啥了？弄啥了？这么着急？

尉如意：诶呀，我有大事儿跟你说！你先把那家书拿出来。

尉兆男：平白无故地看那弄啥？

尉如意：你先别说恁多了，先拿出来就是了。

（尉兆男悄悄地进车厢，把藏在尉母口袋里的家书拿出来，交给尉如意，尉如意迅速地打开信封，查看家书上贴着的邮票，冲着那张邮票不停地指指点点。）

尉如意：就……就……就是这张邮票！

尉兆男：（满脸疑惑）你这是啥意思？

尉如意：（一脸严肃）尉兆男，我实话告诉你，出大事儿了！（左右看了看，趴在尉兆男耳边说了几句）

尉兆男：（听完后，表情诧异，赶忙捂住尉如意的嘴，拍了拍她，放低了音量）别瞎说！别瞎说！这事儿可不能乱说！

尉如意：（把尉兆男的手扒开）我没事儿骗你干啥？我又不是小孩了，不信你自己去看，这两张邮票保准能拼到一块儿！

尉兆男：两张邮票能说明什么问题？如意啊，你还是太幼稚了，有空还不如多陪妈说说话。

尉如意：（不屑）反正这事儿我该说的都说了，妈现在还病着，尉兆男！你自己看着办吧！（生气地转头离开，尉如意下场）

（尉兆男回到车厢里，坐在尉母身旁，看了看手中的家书，又看了看熟睡的尉母。）

尉兆男：（若有所思地自言自语）妈，你说俺爸会干那样的事儿吗？还有那个好同志，真的是那样的人吗？

尉母：（翻了个身，把手搭在尉兆男手上，梦呓）兆男啊，家书珍贵，务必妥善保管啊……

尉兆男：（若有所思地握住尉母的手）妈，放心。

（尉兆男把家书收好，起身帮尉母盖了盖被子，从箱子里翻出一包大红枣，上面印着四个大字：河南特产。尉兆男转身轻轻走出车厢，三儿在走廊里抽烟，看见尉兆男来了，赶忙把烟掐灭。）

尉兆男：同志啊，刚刚谢谢你了，这是我们家里的特产，你拿着吧。（低着头，不敢与他对视）

三儿：（接过红枣，笑了笑）来喝杯茶吧。（领着尉兆男进了包厢，顺手把大枣放在了桌子上）

（三儿带尉兆男进入车厢，蒋居安注意到红枣袋子上"河南特产"，一直盯着看。）

蒋居安：（一直盯着红枣袋子）三儿，这东西哪儿来的？

三儿：哦，这大姑娘给的。

尉兆男：啊，刚才这位同志帮了我妈妈，我来谢谢他。

蒋居安：（上下打量着尉兆男）你……是不是有个妹妹？

尉兆男：嗯……俺是有个小妹儿。

蒋居安：（若有所思的点了点头）怪不得……行，你们聊吧，我先眯会儿。（假寐）

（三儿转身给尉兆男泡茶，尉兆男微笑着看三儿的背影。）

尉兆男：同志啊……你……你今年多大了？

三儿：（转过头）啊？我啊，我 26 了。

尉兆男：（有些失望）啊，那已经成家了吧。

三儿：（把茶水端来）没，工作太忙，谈朋友都没得时间呢。

（尉兆男有些神情恍惚，接过茶水杯，不小心洒在三儿的衣服上，尉兆男慌忙把水杯放在桌子上。）

**尉兆男：** 不好意思不好意思，我拿回去帮你把衣服弄干净吧，快脱下来，一会儿该着凉了！（说着帮三儿脱下衣服）

**三儿：** （不好意思地笑着）等会儿等会儿，我拿下东西（从口袋里掏出邮票，尉兆男紧紧盯着那张邮票，一时忘记手里的动作。）

（三儿注意到尉兆男有点不自然，咳了两声。）

**尉兆男：** 不好意思啊，我这就拿回去给你弄干净。（眼睛依然瞟着邮票）那……今晚六点，我保准给你干干净净地送过来。（作势就要拿着衣服离开）

**三儿：** 这就走了？

**蒋居安：** （装作刚睡醒的样子）哎对了，姑娘，你贵姓啊？

**尉兆男：** （转头）我姓尉，叫尉兆男。（说完开门离开）

**蒋居安：** （盯住尉兆男远去的背影，低声地自言自语）老尉家的姑娘，（对着三儿说）你知道该怎么办了吧？

**三儿：** （迟疑了一会，延长音）好……好……

（尉兆男拿着衣服失魂落魄地往回走，碰巧与尉如意在过道里相遇。）

**尉如意：** （看看面前失魂落魄的尉兆男）咋样，我没骗你吧。

**尉兆男：** （回了回神）所以，如意，这事儿你想咋办？

**尉如意：** 我想报警。

**尉兆男：** （压低声音说）你疯了？！咱爸可跟这事儿脱不了干系。我不同意。

**尉如意：** 姐，大姐！现在可不是感情用事的时候。我估计咱爸现在也被蒙在鼓里，你这样一味地包庇，只能让他越陷越深！

**尉兆男：** （苦口婆心地）如意，你也不是不知道咱们家的情况，妈本来就怀着孩儿，爸万一要再失了业，咱家这日子可怎么过啊！在这个节骨眼儿上，咱就别添乱了。

**尉如意：** 我添乱？！好！我一出生就给你们添乱！在亲戚家也嫌我添乱！现在我想主持个公道你们还说我添乱！我看，在你们眼里，我才是这个家最大的麻烦！！！

（尉母被尉如意的声音惊醒，从床上支起身子。）

**尉兆男：** 如意，你怎么能这么想呢？你太让我失望了！

**尉如意：** （冷笑一声）呵呵，该失望的是我吧，我早就对你们尉家失望了！凭什么呀，哦，对我呼之即来，挥之即去的！你们倒是舒坦了，我呢？实话告诉你吧，我压根儿就不想去什么新疆！

**尉兆男：** 如意，你先冷静冷静，这事儿我们还是从长计议吧。

**尉如意：** 行，尉兆男，你不帮我是吧？好，我自己想办法！

**尉母：** （费劲地呼喊着）……男男？哎哟，男男？

**尉兆男：** 欸，妈，来了！（瞪了一眼尉如意，转身回了车厢，尉如意不服气地跟着尉

兆男走到车厢门口)

尉母：妮儿，你搁外面说啥呢那么大声？

尉兆男：没事妈，(冲尉如意使了使眼色) 你怎么样，感觉好点没？

尉母：俺好多了，你别说，那个小同志真不赖，这娃儿在肚里也不闹腾了。

尉如意：(小声地) 哼，虚伪。

尉母：(注意到尉兆男身后的尉如意) 呀，如意也在呀，快过来，到妈这儿。

尉如意：(虽然有些不乐意，但还是凑了过去)

尉母：如意，妈这心里老不踏实，俺不识字儿，要不你再帮妈念一遍这家书？(说着把家书掏了出来，递给尉如意)

尉如意：(故意看了尉兆男一眼，但尉兆男不自然地躲开了她的目光，尉如意把家书打开，故意亮了一下信封上的邮票) 芸儿，近来家里可好？你放心，我在边疆一切安好，在邓总理的带领下，我们援疆工人的生活也越来越好。但我总放心不下挺着肚子的你和孩子们，所以我特地与你商量，可否举家前往新疆与我团聚？另：来疆道路艰险、风尘仆仆、家书珍贵、务必妥善保管。一路珍重！

尉兆男：妈，你先跟如意聊着，我还有点事儿。(听不下去如意读家书，抱着三儿的衣服离开了)

(落幕)

# 第 四 场

(幕启)

(尉兆男拿着洗干净的衣服，准备给三儿送过去，走到三儿的包厢门前，她深吸口气，敲了敲门，屋内蒋居安冲着三儿使了个眼色，于是，三儿把门打开，拉着尉兆男走了出去，把她拉到一个拐角处停下，尉兆男一直盯着三儿拉住她的那只手，三儿也觉得自己的行为有些不妥，于是赶紧把手松开。)

尉兆男：啊，这衣服给你弄干净了，快穿上吧。

(三儿穿好衣服后，尉兆男下意识地往后退了几步。三儿借着昏黄的灯光望着尉兆男的脸，尉兆男被看得有些不知所措，害羞地低下了头。)

三儿：兆男，你相信我是个好人吗？

尉兆男：信，我当然信。

三儿：但是……(深吸了一口气) 我做过很多不好的事。我从小就跟在蒋居安的身边，因为蒋家对我父母有恩，所以我只能无条件地为他办事。无论好坏，我别无选择。(十分低落) 这酿酒厂是蒋家最重要的产业，为了牟利，蒋居安指使我在酒里掺水，做见不得人的勾当。别看蒋居安表面上文质彬彬，其实他毁了我，毁了这个厂子，也毁了……你的父亲。

尉兆男：三儿，别说了……

三儿：你爸也是受了牵连，毕竟真假酒混卖的事情是只有我和蒋居安知道的秘密。但是没办法，这次得罪的可是个有头有脸的大人物，我们都没好果子吃。

尉兆男：那我爸……

三儿：别担心，这种生活我早就受够了，我不会让蒋居安怎么样他的。

尉兆男：可是你……你怎么办？

三儿：我办过太多的错事，已经回不了头了。

尉兆男：我不懂你们什么生意上的事，我只知道你就是个好人，俺妈小时候跟我讲，男人最重要的就是要勇于承担责任，要找就找这样的男人做丈夫呢。

三儿：（失落地、颓废地靠在墙上）可我不是一个好男人，也不会是一个好丈夫的……你走吧，你走吧，我这种人……不值得……

（尉兆男上前，反复犹豫了好几次，轻轻地抚了抚三儿的脸庞。三儿抬头深情地望着尉兆男，一把把她搂入了怀中。此时，拿着热水壶的如意路过此地，碰巧看到了二人。）

尉兆男：（悄悄地、有些调皮地伏在他的耳边说）不试试，咋知道你不是个好丈夫。

（看到这一幕的尉如意不可置信地往后退了两步，转身跑回了车厢，砰地把门关上了。）

尉母：妮儿，咋了？你咋发这么大火？

尉如意：（把水壶丢在一旁）妈，你知道吗，隔壁包厢那俩男的压根就不是什么好人，他们就是黄鼠狼给鸡拜年——没安好心！

尉母：呀，妮儿，可不能这么说人家……

尉如意：您还不知道了吧，俺爸就在他们的手下工作，你知道他们是干什么的吗？他们勾兑假酒！坑人的！还有那尉兆男，现在正在外面跟您口中那恩人搞在一起呢！

尉母：这……这是咋回事啊？

尉如意：妈，你咋还不明白？咱们都被人骗了！

尉母：如意呀，我和你爸都是老实人，不可能做什么伤天害理的事情，这点妈能跟你保证，行不？

（尉母伸手想要把尉如意拉到身边，尉如意一下子甩开了尉母的手。正巧，尉兆男推门而入，看到这一幕……）

尉兆男：尉如意，你对妈这什么态度啊？

尉如意：哟，正说你呢，你还知道回来啊！来来来，（尉如意把尉兆男拽到尉母面前）你自己跟妈说，你刚干吗去了！

尉兆男：（一时些语塞）呃，我……

尉如意：呵，知道你说不出口，就你？还配当大姐？吃里扒外，胳膊肘往外拐！

尉母：都少说两句吧，自家姐妹，吵什么吵啊。

尉如意：妈，算我求您了，能不能说句公道话，打我记事起您在这个家里就没做过

主！我可是您亲生的女儿，就这么任他们把我送到别家养大，过着寄人篱下的生活，受过多少委屈你知道吗！（带着哭腔）

**尉母：** 妮儿啊，妈没本事，对不起你。

**尉如意：** 说对不起有用吗？这么多年，你跟俺爸，你俩都没关心过我！别的小孩都有爸爸宠着妈妈疼着，我呢？啥都没！啥都没有……（叹了口气）这次也是，问都没问就把我拉去新疆，还根本就不听我说的话，宁愿相信外人也不愿相信自己的亲女儿。你不是爱看那家书吗，那家书，家书……（边说边在尉母身边寻找家书，还没等尉兆男上前阻拦，尉如意就一把把家书抢了过来……）

**尉如意：** 妈，你不是一直纳闷爸为啥会说这破家书那么珍贵吗，就是因为这邮票，尉家那对传家的邮票！既然你也不信我——（尉如意作势想把家书撕掉，这时，尉母上前抢夺家书，谁知在两人抢夺的过程中，家书被撕得粉碎，散落一地，瞬间众人看着眼前的一幕，都愣住了……）

**尉兆男：** （大声地）尉如意！！！你太过分了！

（尉母什么也没说，只是缓缓蹲下来，努力捡起地上破碎的家书。尉如意大口地喘着粗气，看着被自己撕碎的家书，看了几秒，然后转身迅速向门外走去。）

**尉兆男：** （边大步跟上去，边生气地说）尉如意，你这个不孝女，白眼狼，简直是目无尊长、忘恩负义、忤逆不孝、狼心狗肺！你根本不配做尉家的人！！！

**尉如意：** （听到尉兆男的话，突然停住了脚步，猛地一回头）你们，根本没把我当作亲人。

**尉兆男：** 要我是爸妈，我都后悔有你这么个女儿。

**尉如意：** （压抑住内心的怒火）你再说一遍。

**尉兆男：** 我说！要我是爸妈，我都后悔有你这么个……

（尉如意失去了理智，上前两人扭打在一起。这时，听到扭打声的三儿赶来劝架，尉如意被摔在了地上。）

**尉如意：** （坐在地上，喘着粗气）你……你们！！

**尉兆男：** 三儿，这没你的事，让我俩单独解决。

**尉如意：** 尉兆男，你还护着他！

**三儿：** 如意，你冷静点。她怎么说也是你姐。

**尉如意：** 别在我面前装好人，你干的那点破事别以为我不知。

**尉兆男：** 他心里有自己的苦衷，不是你想的那种人。

**尉如意：** 行！他什么都好，怎么都中，有本事你就跟他过去吧！

**三儿：** 尉如意，有些事儿你现在还搞不明白，你怎么说我都行，但是，不许这样说兆男。

**尉如意：** （发出一阵冷笑）呵呵呵呵……真是，太可笑了！尉家可真是悲哀啊。

**三儿：** 如意，听我一句劝，这事你别再插手了，你还小，这不是你一个人的力量就可以解决的。

**尉如意：**是啊，你不是还有个大哥吗，也不知道你大哥知不知道这弟妹的存在啊。诶，我大哥呢？大哥，大哥！（尉如意故意四处大声嚷嚷）

（蒋居安缓慢地拍着手，一脸轻蔑地上场。）

**蒋居安：**真精彩啊。看不出来，你们一个个的，都挺有本事。

（蒋居安凑到三儿面前，故意扯了他一下。三儿一个趔趄，差点没站稳。）

**三儿：**（声音有些颤抖）大哥，我……

**蒋居安：**三儿，你还记得吗，当年你爸妈可是跪在我家门前，求我收留你的。

**三儿：**（表情凝重）大哥，对不起。

**蒋居安：**我看你是记不清了，没事，我提醒你。当年闹饥荒的时候，是谁给了你饭吃？啊？又是谁，收留了你，留下了你这条贱命，嗯？

**三儿：**（连声附和）大哥……大哥，都是大哥……

**蒋居安：**（大声地怒骂）所以你现在就是这样回报我的？！

**三儿：**大哥，要杀要剐随您处置，我这条贱命不要也罢。

**蒋居安：**（拽着三儿的衣领，凑近三儿的脸，拍了拍三儿的脸）杀了你？我可没这能耐，你现在可比我有本事。不过没关系，你爸妈那，我还能找人关照关照。

（三儿一听，噗通一声跪在了蒋居安的面前，头埋得很低。尉兆男见状想要上前，被尉如意拉了一下。）

**三儿：**（卑微而小声地）大哥，求你……

（尉兆男有些按捺不住，欲言又止。）

**尉兆男：**（怯生生地）大哥，求求你放过他吧。

**蒋居安：**想不到，你们尉家的姑娘，个个都不简单啊。（蒋居安走到尉兆男跟前，打量她）平时看着不显山不露水的，背地里倒勾搭起男人来了。

（尉兆男被蒋居安逼得步步后退，尉如意赔着笑脸上前。）

**尉如意：**大哥，先消消气。他们不识时务，但我懂啊。

**蒋居安：**如意啊，我本以为这里边就你是个明白人，没想到你和你那爹一样，都是糊涂蛋。

**尉如意：**大哥，这话不能这么说啊……

**蒋居安：**（打断尉如意的话）别以为我不知道你那点儿小心思，想让我的厂子倒，可没那么容易。

（蒋居安走到众人面前，轻蔑地指着他们。）

**蒋居安：**都等着瞧吧，看是老子先进去，还是你们先倒霉！

**三儿：**（冲着蒋居安说）大哥你有什么都冲着我来，跟她们都没关系……

**蒋居安：**（扭过头一把抓住三儿的衣领，恶狠狠地说）你还真以为我不敢揍你是不是！（作势刚要挥拳打他）

（尉如意和尉兆男想要上前阻拦，此时响起一阵刺耳的汽笛声，乘务员广播：前方即将通过一段黑暗的隧道，请大家注意安全。台上除尉母外的众人动作都静止在原地，此时舞台变暗，只有一束追光照亮了尉母。）

（尉母颤颤巍巍地站起身来，背景音乐《叮咛》起。拿着好不容易拼好的家书，哼着熟悉的老歌从车厢里走了出来。此时又响起一阵汽笛声，舞台全亮。此时众人都望向尉母的方向，每个人脸上的表情都不尽相同。）

**尉母**：孩子们，咱现在这是到哪儿了？

（蒋居安将挥舞的拳头放下，三儿赶紧站起身来，尉兆男赶忙上前搀扶住尉母。）

**尉兆男**：妈，别急，咱快到站了。

**尉母**：不急不急，平安到站就好。（尉母冲着尉如意招了招手，示意她过来）如意，好闺女，过来妈这儿。

**尉如意**：（低着头小步踱过去）家书那事儿，是我不对，我给妈道歉了。当时我太冲动……

**尉母**：（还没等尉如意说完，尉母就颤颤巍巍地上前，把尉如意搂到自己的怀里）没事儿妮儿，妈不怪你，妈从来没怪过你。

**尉如意**：（自责地）对不起，对不起，都是我的错。

**蒋居安**：（走上前对着尉母说）大姐，你就是老尉的爱人吧？

**尉母**：对，我是。

**蒋居安**：（质问地）你知道，你们家老尉给我们惹了多大的麻烦吗？啊？

（尉母想要上前，尉如意和尉兆男拦住母亲。）

**尉如意**：（皱着眉，用手拽住尉母）妈……

**尉母**：（拍了拍二人的手，坚定地说）放心，我来吧。这位同志，俺代表俺家老头儿给你赔个不是。真是不好意思了。（扶着肚子，微微鞠躬示意，蒋居安一时有些不知所措，于是微微把身子背了过来）

**尉如意**：（皱着眉头）妈……

**尉母**：（并没有理睬尉如意，缓慢而坚定地说）俺也不怕你笑话俺，俺没念过什么书，也不识个字儿。当时上面下了通知，让家里的男人去援疆，唉，一下就跟天塌下来一样，家里没了顶梁柱，这可怎么中了？（蒋居安听到这里，把身子慢慢转了回来）不过多亏了你呀，好同志，这不前一段老尉写信还给我说呢，在那边吃得也饱、穿得也暖，工作起来可有劲了！这不，还让俺带着孩子们去找他享福了嘛！

**蒋居安**：（不自然地咳嗽）咳咳……那个……大姐……

**尉母**：刚刚听见孩子们跟你斗了斗嘴，好同志，你可别往心里去啊。他们，还都是些没见过世面的孩子们呀！你大人不计小人过，别跟他们一般见识，中不？

**蒋居安**：大姐，（低头思考了半晌）我这人从来都是对事不对人的。

**尉母**：不管发生过啥事吧，我还是替孩子们给你道个歉，真是对不住了，同志。（努

力地弯下身，给蒋居安鞠躬道歉）

（蒋居安看见这一幕原本想要上前搀扶尉见，犹豫了几番之后，还是走到一旁，手肘撑膝，坐了下来，长长叹了口气。尉母此时仍在鞠躬，没有起身。）

**尉兆男：**（上前来，扶住颤颤巍巍的尉母）妈，你别这样，其实都怪我，不仅没有照顾好如意，自己还……

**尉母：**（转头慈爱地看着尉兆男，轻轻拍拍她的手）俺的好闺女啊，你从小就这么懂事儿，跟妈一起撑起这个家。妈知道，你受过不少委屈，从来也没跟妈抱怨过，可妈这心里啊，心疼你呀……

**尉兆男：**妈妈，我……

**尉母：**男男，你长大了，成熟了，也有自己的小心事儿了。妈知道，我们男男害羞，有些事儿你说不出口，但是妈心里呀，都明白。（慈爱地摸摸尉兆男）来，小伙子。（向三儿招招手，把他拉到身边）阿姨知道，你在外面打拼也不容易，相信你是个担得起责任的男子汉。但作为男男的妈妈，还是得叮嘱你两句……

**三儿：**（真诚地）阿姨，我明白您什么意思，放心吧，我一定会对男男好的，至于……（扫了一眼蒋居安）我已经想通了，什么该做什么不该做，我心里有数，希望您和叔叔，能给我一次机会。

**尉母：**好，好，好……（欣慰地拉起尉兆男和三儿的手）妈这次就替你爸做主了啊，（把尉兆男的手交到三儿的手里）你们一定要好好地，不要担心家里，你们的幸福，就是妈妈最大的安慰。（对着二人微笑，用力地拍拍二人紧握的手）

**尉兆男：**（害羞地）妈，诶呀，我俩这事儿，八字还没一撇呢……

**三儿：**（一听这话，有些着急）你怎么……抱都抱了……

**尉母：**（欣慰地）你俩呀……这样妈就放心了……

**尉兆男：**（害羞地）妈……可是……

**尉母：**哪有那么多可是了，你就好好对人三儿去，妈这边不还有如意了吗。（冲尉如意伸伸手）

**尉如意：**（牵住尉母的手，嗔怪道）你看他俩，腻歪死了。

**尉母：**（慈爱地笑着）你现在还小呢，等你长大了，妈肯定也给我们小如意找个顶天立地的好男人。（尉母深情地望着尉如意，缓缓地）如意呀，如意，（看着看着，抬手小心地抚上尉如意的脸庞）如意……如意……

（背景音乐《给妈妈》起。）

**尉如意：**妈，你这是干什么呢……

**尉母：**过来让妈好好看看，闺女，你怎么长这么大了……妈还记得，你小时候，小脸肉嘟嘟的，笑起来可好看了……还有这小鼻子，小嘴巴……（尉母的手和声音都有些颤抖）

**尉如意：**（委屈巴巴）那你当初……为什么不要我……

尉母：妮儿，妈也舍不得你呀，你可是我身上掉下来的一块肉呀……（有些哽咽）当年为了留住你，妈还跟你奶奶大吵了一架，眼都哭肿了，还是没能留住我的小如意啊……

尉如意：（有些赌气地转了转身）那你想过没有，我的日子有多难熬……

尉母：（从口袋里掏出几颗糖果，轻轻从背后拽了拽尉如意的衣角）妈还记得，你小时候一见甜的就乐，尤其是这奶糖，每次都吃到牙疼还不撒口。为这事儿，妈还训过你几次……（温柔地陷入回忆中）来，妈今天特地去买了这糖，妈剥给你吃。（说着从口袋里拿出一块奶糖）

（尉如意转过身来看着尉母手里的糖，尉母连忙剥开糖纸，有些着急，动作显得有些颤抖，刚剥开，糖掉在了地上，尉母连忙去捡，如意也跟着尉母一起去捡。）

尉母：（蹲在地上）来，妈剥给你吃，（把糖喂给尉如意嘴边，温柔地念起旧时童谣）红纸包，绿纸包，剥开糖纸瞧一瞧，里面藏着糖宝宝……

尉如意：（红着眼眶吃下了尉母喂给她的糖，嘴里含着糖，含糊不清地说）妈，我又不是小孩子了……

尉母：傻丫头，你今年才十七岁，等到你二十七、三十七、四十七……只要你回到家，你一直都是爸妈的小调皮。（温柔地刮了一下尉如意的鼻子）

（此时一阵BB机的铃声响起，打断了背景音乐，在一旁的蒋居安接了起来。）

蒋居安：喂。

刘书记（录音）：喂，蒋厂长？

蒋居安：刘书记啊，找我什么事？

刘书记（录音）：有个事儿，还是得知会你一声。你那厂子怕是……

蒋居安：嗯，我明白了。

刘书记（录音）：唉，其实这事儿吧，也怨不着别人……我劝你啊，还是赶紧想想办法吧。有时候，还是早点承担后果的好。

蒋居安：（长吐一口气）行了我知道了。（挂断了电话）

（众人听见蒋居安BB机里的对话，不由得都陷入了沉默。）

尉如意：（上前拍拍蒋居安的背）大哥，我相信你。

蒋居安：（并没有回头）你个小丫头，能懂什么啊。

尉如意：你可别小看我，我当然懂了。不就是厂子里出了点问题嘛，大不了就从头再来呗。我大哥可是挣大钱的人，如意还等你罩着我呢。

蒋居安：（转过身子，叹了口气）如意，你也这么大人了，就别老给你妈惹事儿了。回家吧，回家……

尉如意：行，那等把事情处理完，大哥也早点回家啊！

蒋居安：（冲尉如意笑笑）我？我早没家啦……（说着从兜里掏出那张尉氏的传家邮票，交给尉如意）你大哥呢，也不缺这点钱，喏，收好了，咱们有缘再见吧。（说完转身准备向舞台的黑暗处走去）

三儿：（看见蒋居安要走，想叫住他）大哥……

（蒋居安并没有回头，自顾自地向前走，向后方摆了摆手，消失在黑暗中。）

尉如意：（转过身来笑着对尉母说）妈，你看，邮票回来啦！

（尉母连忙掏出珍藏的家书，小心翼翼地把贴在信封上的邮票取下来。）

尉兆男：（拉着三儿高兴地凑过去）妈，太好了，这么值钱的邮票，可得好好收着啊！

尉母：恁爸还在信里说，这东西有多珍贵。一开始俺还闹不明白，后来还以为最值钱的是这邮票。现在俺才明白，原来最珍贵的不是什么家书，也不是什么邮票，而是咱们一家，这来之不易的团圆啊！（尉母拉起如意的手）来，如意。

（两人共同把两张邮票拼成了完整的一张，此时背景音乐播放《给妈妈》高潮部分，看着被拼起来的完整的邮票，一家人都露出了幸福的笑容，三儿也情不自禁地搂住了身边的尉兆男。）

（此时火车汽笛声响起，背景音乐渐弱。乘务员声音：本次开往新疆库尔勒的列车很快就要到站了，请各位乘客带好随身行李物品，准备下车。）

尉兆男：（惊喜地）到站了到站了。妈，您快收拾收拾行李，如意，你也去，去帮着点咱妈。（尉母拽着尉如意进包厢里收拾东西，只留下尉兆男和三儿单独相处。）

尉兆男：（欲言又止）你……

三儿：放心吧，你先跟她们回家，我呢，去去就来。

尉兆男：（担心地）那你一定照顾好自己，我等着你……

（尉母和尉兆男拎着行李从包厢里走出来。）

尉母：男男，差不多了，咱们回家吧？

尉如意：（故意开他俩的玩笑）姐夫，我们先回了啊！

（尉兆男瞥了尉如意一眼，恋恋不舍地拉着三儿，跟着尉母和尉如意往门口走去，直到要下车才把手松开，回头看了三儿一眼后，三人从光亮的舞台边下场。三儿站在光亮的舞台望了一会儿，低头想了想，坚定地转身，走向黑暗的那边，下场。）

（落幕）

# 尾　声

（幕启）

（乘务员声音：本次开往河南尉氏县的列车很快就要开车了，送亲友的同志请您下车，带小孩的旅客，请照看好孩子，注意安全。列车很快就要开车了。）

（背景音乐《叮咛》渐强，但这次的乐声十分空灵，仿佛是在梦境中一般，舞台渐亮，灯光微弱，营造出梦幻感。）

（尉氏一家有说有笑地上场，有援疆归来的尉父，有抱着男婴的尉母，有穿着结婚礼服——分别穿着旗袍、中山装的尉兆男和三儿，还有天真烂漫的尉如意。)

　　**蒋居安**：(举着相机上场) 来来来，赶紧站好，时间长了我可是要收费的。

(众人聚在拿着相机的蒋居安面前，露出幸福的笑容。)

　　**蒋居安**：准备好了没？我拍了啊。3、2、1！

　　**尉如意**：(调皮地) 大哥帅不帅?!

　　**众人**：(大声地) 帅!

(咔嚓一声，相机把画面定格在了这个团圆的时刻。)

(落幕)


全剧终。


◎ **指导教师刘宇婕评语：**

　　戏剧剧本《尉氏家书》讲述了一个发生在一辆通往新疆库尔勒列车上的故事。20 世纪 70 年代，迎着改革开放的春风，怀着身孕的蔚芸带着两个受尽歧视的女儿踏上了前往新疆的列车，与援疆的丈夫尉国勋团聚。在这辆列车上，每个人都怀揣着不同的难言之隐，一对传家邮票的出现，引发了他们之间的爱恨情仇与悲欢离合。四场戏的独幕剧剧本，结构完整，剧情紧凑。在几个人物相互的试探与揣摩之间不断产生新的碰撞，情节层层包裹着一个又一个的矛盾，最终将故事推向高潮。其次，饱含地方特色的台词，恰到好处地展现出人物的鲜活感。每个人物的幽忆都在剧情推展之间悄然显露，使得人物更加饱满、立体。再次，剧本台词清晰地将人物与人物、人物与事件之间刺激与反应的真实链接呈现，情节紧凑不拖沓，但潜台词方面呈现较弱，直来直去的刺激与反应在一定程度上影响了戏剧的整体节奏。最后，人物之间情感连接以及情绪的转折铺垫不足，导致有几处情节转折处理较为突兀。总之，整体呈现方面，该剧本的优点显而易见，剧情、人物、形式的设置可圈可点。

# 远　行

李琬琳

（22 级编导）

## 1. 夜晚 湖边晚上 外景

"好，宋警官，麻烦你了。嗯……再见。"小芫挂断了电话。

她坐在绿岛湖的岸边，一阵风吹过，摇摇晃晃的树影照映在她的脸上。不断有行人在她身后的路边经过，谈话声、笑声、小孩的哭闹声不绝于耳，但她仿佛没有听见，只是眼睛直直地望向前方。手机铃声响起，她拿起手机，来电显示是母亲。她挂了电话，将手机放在地上，继续看着黑夜中的湖，一道又一道的波浪从远处而来，不停歇。铃声又响起了，依然是母亲。她犹豫了五秒钟，还是接了。

**林娟：** 你有空回趟老家，奶奶家还有许多你的东西，你清理一下，该扔的就扔了，需要的就带走。

**小芫：** 嗯。

**林娟：** 这房子可能下个月就卖了，你尽量快点回来。

**小芫：** 不能晚点卖吗？

**林娟：** 早卖晚卖有什么区别？家里为这个房子天天吵，早点卖了好，我还想过几天清静日子呢。

**小芫：** 我前天还梦见奶奶了，她还坐在院子里择菜，但你们都看不见她，只有我能看见。

**林娟：** 你奶奶这么走了也好，久病床前无孝子，活久了也是受气。你也别想太多了。

小芫轻轻应了一声，挂了电话，抬头看了看天。

## 2. 白天 学校办公楼 内景

小芫来到了辅导员张老师的办公室，轻轻地敲门。张老师在屋内说了声请进。小芫拉开门把手，走进了办公室。她努力克制着她紧张不安的情绪。

张老师：怎么了？看你脸色不太好？

小芫：张老师……我……我想请假去外地散散心。您可以给我批个假吗？

张老师：发生什么事情了吗？

小芫：没有，我就是想出去走走。

张老师：那你预备去多久呢？

小芫：一周左右吧，麻烦您了。

张老师拉开办公桌的抽屉，拿出一张假条，开始填写。

办公室外，小芫的朋友静语走上楼梯，这时，小芫正好从办公室出来，她们俩迎面碰上。静语急匆匆把小芫拉到了办公室旁边的露天走廊上。

静语：你怎么在这儿？我跟你打了好多电话！

小芫沉默。

静语：发生什么事了吗？你没事吧？

小芫继续沉默。静语看着她，轻柔地拨开了小芫被风吹到眼睛边的几缕碎发。沉默蔓延在这微风拂过的走廊，小芫看向走廊外的树林，一层薄薄的雾气笼罩着树林。她深吸了一口气，终于愿意开口说话了。

小芫：刘尧……刘尧他……

静语只是看着她，等着她说下去。

小芫：他……他失踪了。

静语：（一时无言，面带慌张）报警了吗？

小芫：（说话断断续续地）警察知道了。我……你先别管了，我……马上要去启和了。他的事……你暂时不要对别人说。

静语：你要去找他吗？

小芫：嗯。

静语：（坚决地）我和你一起去。

小芫：不用了，我不会有事的。

静语：警察会和你一起去吗？

小芫：（神色认真地看向静语，但并没有正面回答她的问题）放心吧，不会有事的。

小芫轻轻捏了捏静语的脸，双臂绕过静语的肩膀，抱住了她。


## 3. 次日 白天 火车上 内景


小芫坐在前往启和市的火车上，她靠在车窗上，看着窗外，外面阳光普照，风和日丽。她的邻座是一位三十岁左右的女人，怀里抱着一个婴儿。婴儿突然开始啼哭，女人只好站起来，晃动起手臂，婴儿才安静了一些。小芫看着女人怀里的婴儿，对婴儿笑了笑。

小芫：小宝宝是男孩还是女孩？

**女人：** （看了看小芫，晃了晃怀里的婴儿，笑着）告诉大姐姐，我们是小男孩，对吧！

这时，女人的手机响起来，她接通了电话。她听着来电，时不时晃晃怀里的婴儿。

**女人：** 我只知道找四哥借了三万，还有二哥的两万？（沉默了一会）我现在也联系不上他……妈，你别着急，我这马上就到了……我哪知道呢，我每天带孩子，哪管得上他的事。妈……你别哭了，那些人打电话来，你就说不知道……孩子这会又要闹了，我先挂了，别哭了啊，等会我到派出所了，看是什么情况，我再打给你……

女人挂断了电话，站起来，又开始哄啼哭的孩子。小芫转头继续望向窗外，窗外依旧阳光普照。

## 4. 白天 火车站 外景

小芫在启和火车站广场上张望，络绎不绝的行人从她身边经过。

## 5. 白天 公交车上 内景

公交车在启和市穿行，小芫坐在靠窗的位置，阳光照在她的脸上，偶尔有风吹进来，她的几缕头发就被吹得扬起来。在经过高低错落的高楼和纵横交错的立交桥时，阳光和阴影不断交错变幻，快节奏地弹跳在小芫的脸上。在这样令人迷乱的阳光中，她有一种深深的茫然感，甚至有一瞬间忘了自己正身处何地。

## 6. 白天 景明社区 外景

小芫来到景明社区，她往小区里走去，路过了门房里昏昏欲睡的保安。这是一个建于20世纪90年代后期的社区，房屋的表面已经破旧，每一栋的一楼几乎都长满杂草，不时有野猫突然蹿出来。她就在小区里四处晃荡着，漫无目的地走。她从口袋里掏出了几张照片，边走边看。

那几张照片是刘尧给她的，她一直小心珍藏着。她小心地用手指抚摸着一张背面写着"1998 景明社区"的照片，刘尧曾说这是他小时候和妈妈的唯一一张合影。照片中的时节，正值秋天，一个年轻女人抱着大约两岁的小孩，站在一棵银杏树前，他们身后还有三两个老人坐着晒太阳。将这张照片正反看了好几遍，小芫才不舍地将它放入口袋。

她四处张望，四处寻找，可是找不到照片中的那棵银杏树。

## 7. 傍晚 景明社区 外景

天色渐晚，小芫坐在景明社区附近的空地上，看着来来往往的人：有人提着菜回家，有人接了孩子回家，有人蹦蹦跳跳地回家，有人愁容满面地回家，还有人边吵架边回家。小芫喜欢看这样回家的场景，这让她想起童年。童年时，奶奶把钥匙用绳子串起来挂在她脖子上，每次只要跑着回家，小小的钥匙就会在胸口晃来晃去。她看着这些人，看看着就笑了起来。

电话响起，是母亲。

**林娟：**芫，在学校吗？

**小芫：**在。

**林娟：**吃饭了吗？什么时候回来？

**小芫：**还没，过几天吧。奶奶那边的事忙得怎么样了？

**林娟：**差不多了吧，我已经回来了，等你有空，我们再一起回去收拾东西。

**小芫：**不舒服吗？怎么感觉声音听起来有点哑。

**林娟：**有点感冒了，刚刚又跟你爸吵了一架。

**小芫：**（沉默了一会儿）为什么？

**林娟：**哪有那么多为什么，你还不懂。你之前不是说谈了个男朋友吗，现在怎么样了？

**小芫：**你还记得我跟你说过这个事。

**林娟：**我当然记得，你还说要带给我看看呢。他现在跟你在一起吗？

**小芫：**不在。

**林娟：**不是你学校的同学啊？

**小芫：**不是。

**林娟：**那你们怎么认识的？

**小芫：**以后有时间再跟你慢慢说吧，我去食堂吃饭了。

**林娟：**好吧。

居民楼里不断传来"吃饭""拿筷子""把电视关了"的喊声，小芫望着一个个亮着灯的窗户，又想起了奶奶。她从口袋摸出了那张照片，看着一个年轻女人和两岁的小孩，在一棵银杏树前。

此刻她坐在刘尧童年生活过的小区外，她感到她正以自己的方式接近他的童年，接近他。

## 8. 傍晚　小旅馆　内景

小芫来到旅馆的房间，把背包放下，将带来的生活用品整理了一下，便躺在了床上。她闭上眼睛，想象自己正躺在绿岛湖的岸边，微风一阵一阵吹来，她感到很心安。

突然，她想到窗外传来一阵阵喧闹声，听起来像是几个孩子在打闹。她走到窗边，看到有几个十来岁的男孩好像围着一个小孩，小孩想冲出去，被其中一个高个子拉回来，高个子还猛敲了一下小孩的头。小芫感觉不太对劲，赶紧下楼了。

她走到那群孩子旁边，刚刚那个被围起来的小孩蹲在地上，头埋在膝盖，不知道是谁踹来一脚，小孩被踹得跌到了地上。小芫朝他们大喊了一声，那几个男孩回头看她了一眼，然后互相看了看，不约而同地跑开了。小芫走到小孩旁边，把他扶起来，拍了拍他沾满灰尘的衣服。

**小芫：**他们欺负你，你怎么不喊呢？

小孩没有说话，只是低着头。

**小芫：**我送你回家吧，你家在哪？

小孩抬头看了看她，点了点头。

## 9. 傍晚 按摩店外 外景

小芫牵着小孩走到一家按摩店门口，小孩停下脚步，指了指按摩店内，示意他到家了。她看向店内，正好店内的女人也在看向外面，只见她放下手里的毛线，走出来了。三个人一时都没有说话，女人看到了小孩脸上的擦伤和身上的污渍，摸了摸小孩的头，蹲下来跟他讲话。

**女人：**怎么了？

小孩没有说话。

**小芫：**他被几个男孩欺负了，现在可能还没缓过来吧。

女人看向小芫，微微点了点头。

## 10. 傍晚 按摩店内 内景

小芫、小孩、女人安静地坐着，店内还有一个店员倚靠在墙上玩手机。

**女人：**君君，告诉妈妈，是不是学校的同学欺负你？

小孩摇摇头。

**小芫：**那几个孩子看起来比他大，十来岁吧，可能是他们学校高年级的。

**女人：**哎，问也不说。今天幸亏有你，哪天你有空再来我这里，我接你吃饭。

**小芫：**不用了，我不是这里的人，过几天就走了。

**女人：**噢，你来旅游的？

**小芫：**嗯……嗯……

**女人：**一个人？

**小芫：**嗯。您怎么称呼？

**女人：**叫我芳姐就行。

**小芫：**我叫小芫。

这时，有两个客人进来了，女人招呼了店员去接待，又喊君君到后面房里写作业。小芜见她要开始忙了，便跟她打了声招呼，离开了。

## 11. 白天 景明社区 外景

小芜拿着许多张打印的寻人启事，寻人启事上是刘尧的照片。她知道她的行为不可理喻，可是她能怎么办呢，她没有办法接受他的离开，准确来说，是永远离开。她知道她在逃避，她躲在刘尧只是失踪的谎言里，她要将这个谎言建立得牢不可破，所以她还要贴很多张寻人启事，仿佛要告诉全世界所有人，所有认识他的、不认识他的人，告诉他们刘尧只是失踪了，他会被找到。

小芜贴了一张在景明社区门口，引起了门口保安的注意。

**保安**：你干吗？

**小芜**：找人。

保安看了一眼寻人启事，又看了看她，满脸疑惑地走开了，走着，还回头看了两眼。小芜喊了他一声，走到他旁边。

**小芜**：请问您知道这个小区哪里有银杏树吗？

**保安**：没听说有这个树，也没见过。

**小芜**：噢，谢谢。

保安疑惑地走进了他的工作间，小芜则走进了小区。一进小区，小芜就看见了空地上晒太阳的老人。这一天的阳光也很好，像照片里一样。小芜想，也许这些老人会知道银杏树的事，于是向他们走去，问起了其中的一个奶奶。

**小芜**：奶奶，您知道小区里哪里有银杏树吗？

**奶奶A**：（语气缓慢）银杏树……没有……

**小芜**：（拿出照片）就是这样的树，没有吗？

**奶奶A**：（看了看照片，若有所思）以前是有，现在没有了。

旁边的爷爷奶奶也凑过来看了看照片。

**小芜**：以前是在哪里呢？

**奶奶A**：（往旁边一指）在那条路最后面，后来车多了，树砍了不少，要停车。

**奶奶B**：（拍了拍旁边爷爷的腿）这个女娃好像芬芬哪，你看是不是。

**爷爷**：哪个芬芬？

**奶奶B**：哎呀，就是那个住我们楼上的芬芬，你以前说她唱歌好听的。

**爷爷**：芬芬……噢……噢……想起来了，不记得模样了。

**小芜**：奶奶，您认识她吗？

**奶奶B**：有点像我认识的芬芬，她也有个孩子，不知道是不是照片上这个。

**小芜**：您还记得她小孩叫什么吗？

**奶奶 B：**小名叫安安吧，大名记不得了。

**小芜：**叫刘尧，是吗？

**爷爷：**芬芬好像是姓刘，小孩不知道。

**小芜：**他是跟着他妈妈姓的。

**奶奶 B：**你认识芬芬他们？

**小芜：**对。

**奶奶 B：**他们现在怎么样？

**小芜：**挺好的。

**奶奶 B：**不容易，一个人带孩子，算是熬出头了。

**小芜：**他们以前住在哪一栋？

**奶奶 B：**就我们楼上，5 栋 5 楼，501。

**小芜：**谢谢。

**爷爷：**让他们没事回来看看啊。

小芜笑了笑，点点头，跟老人们说了再见。她先走到了原本有银杏树的那条路，路的右边停了许多车，想必曾经这里种了很多树。5 栋就在这条路上，小芜爬到 5 楼，抬头就看见了 501 的门牌，门口还有一个奶箱，对联看起来有几年没换过了，耷拉下的一角还结上了蜘蛛网。小芜看到门口的墙上还有一条划了几道的线，旁边写着：2002 身高。小芜摸了摸那条线，她几乎是毫不犹豫地认为那是 8 岁的刘尧划的线。

从小区里出来，小芜就看见了芳姐，芳姐也看见了她。芳姐提着菜，看起来正准备回去做饭。

**芳姐：**诶，好巧，没吃饭吧？上我那去吃。

**小芜：**不了，我一会还有事。

**芳姐：**有事也得吃饭啊，我随便做几个菜，很快，走，走。

芳姐拉了小芜一下，小芜笑着答应了。

## 12. 白天 按摩店 内景

芳姐摆上了三个小菜在一张小桌子上，招呼了小芜坐下，自己则坐在了岔口的位置，正好可以顾着店面。芳姐手艺不错，做了红烧鱼块、青椒肉丝，还有一盘青菜。另外那位店员不在，看来只有芳姐一人在看店。芳姐夹了两块鱼到小芜碗里，两人边吃边聊。

**芳姐：**这几天去哪里玩了？

**小芜：**就随便走走。

**芳姐：**年轻真好，我年轻时也喜欢到处跑，在家待不住的。

**小芜：**你现在也年轻。

**芳姐：**哈哈，嘴真甜。

小芜：君君上学去了吗？

芳姐：对，上二年级了。

小芜：他还是没说是哪些人打他吗？

芳姐：没说，那孩子胆小。我这段时间再观察观察吧。来，你吃菜。

小芜点点头。

芳姐：我和他爸爸很早就离婚了，我一个人把他带大的，也不知道是不是没爸爸的原因，他很胆小，平时话也不多，没有同龄的孩子的那种快乐劲，也没怎么见他跟朋友一起玩。

小芜：我小时候也没朋友，每天都缠着我奶奶玩。

芳姐：爸妈都在外地吧？

小芜：对，他们那时候在外地工作，我是奶奶带大的。

芳姐：奶奶肯定对你很好。

小芜：嗯，奶奶总是会跟我买吃的、玩的，但是自己什么都舍不得买。

芳姐：真好，我奶奶就不行，重男轻女，小时候吃饭，都靠抢，抢不到就挨饿，抢到了有时候还要挨打。女娃娃，最受轻视了。（沉默了三秒钟）像你这个年纪，都是独生子女，重男轻女的观念可能才慢慢淡了。

小芜：嗯……

芳姐：我下面还有一个弟弟一个妹妹，家里又穷，我十六岁就从家里出来了，现在三十五了，快二十年了，北京、上海，都去过，哪里挣得到钱就去哪。你看起来好像才二十出头？

小芜：二十二了。

芳姐：有男朋友了吧？

小芜：（笑）有。

芳姐：（边说边往小芜碗里夹菜）那我可要劝你，多谈几年再结婚，你别嫌我话多。结婚啊，跟谈恋爱还是很不同的。

小芜：我暂时没想过结婚的事，总觉得还早。

芳姐：是早了，你们这代人比我们压力小多了，多玩几年也不碍事。我二十五岁结婚，二十七岁生君君，十年了，像一场梦。

小芜：我妈妈二十一岁就生我，她说我一出生，她的青春就结束了。（小芜已吃完，碗筷规整地放在桌上）

芳姐：（边收拾桌子边聊）女人嘛，青春就那几年，你现在就正是好年纪，我们都老啦。

小芜笑着和芳姐一起收拾餐桌，她想帮忙洗碗，被热心的芳姐阻止了。小芜说她出去走走，芳姐让她有空再来玩。

小芜走出店子，外面阳光明媚，她背着包，双手插在口袋，耸了一下肩，吁了一口气，情绪说不上是难得的轻盈还是一如既往的压抑。

## 13. 白天 海心公园 外景

海心公园很热闹，有很多老人、孩子，老人围着下棋，孩子聚着游戏。小芫走着，张望着这个老公园。有个背着书包、穿着校服的中学生坐在花坛边，眼神茫然，他看起来只有十五六岁。这一刻是周三下午三点，正是上课的时候，想必他是逃课了，小芫暗自想着，坐在了离他不远的公园长椅上，时不时就会看看他。他接了个电话，几乎听不清他说了什么，只见他皱着眉，好像坐立不安的样子。挂了电话，他就站起来了，好像准备走了。小芫马上悄悄跟上去，跟在他后面走。

她看见中学生去了一个小山坡的亭子上，他像是在找什么人。有个女学生出现了，走到他旁边，拍了拍他。小芫在山坡下看了会他们，想到的是自己上中学的时候。

她左右张望了一下，看到了不远处的大象雕像。她摸出口袋里的照片，翻了几下，找到了一张照片，照片里小时候的刘尧坐在一只白色的大象雕塑上，戴着一只红色的毛线帽。她慢慢向大象雕塑走去。走近了后，对照着照片，认真看着那只没有生命的大象，她摸它的鼻子，摸它的眼睛，她靠在它的躯干上，冰凉的水泥温度触碰着她的皮肤。她茫然地看着广场上尽情享受秋日的人们，他们的快乐离她太遥远。那一刻，她非常想念刘尧，手中的照片被她翻来覆去看了好多遍。

她贴了一张寻人启事在大象上，就离开了。

## 14. 白天 面馆 内景

小芫已经走出了公园，在街道上走着，她想找点吃的。她在一家面馆坐了下来，点了一碗重庆小面。这时，电话响了，是个陌生的号码。

**小芫：**喂。

**陌生人：**喂！我看见你那个寻人启事了，我见过那个人！

**小芫：**在哪里？

**陌生人：**就在我这附近！

**小芫：**你那里是哪里？

**陌生人：**你这个酬劳怎么给嘛！

**小芫：**你什么时候见过他？

**陌生人：**今天上午，没多久的！你要抓紧时间！

**小芫：**他看起来还好吗？

**陌生人：**啊？

**小芫：**他穿什么颜色的衣服？

陌生人：……这，黑色吧。

小芫：他是喜欢穿黑色的衣服。

陌生人：你到底还找不找人？

小芫：找。

陌生人：那你付点酬劳我，我告诉你在哪儿。

小芫：我知道他在哪。

陌生人：啊？神经病吧你！

陌生人挂了电话，小芫放下了手机。打电话期间，老板已经将面端到了她面前。热气腾腾的一碗面在她面前，她搅拌着面，眼泪不知不觉淌下来，她不想被人发觉，于是不时用手抹开眼泪。

## 15. 白天 街道 外景

小芫依然漫无目的地在路上走，迎面而来的人行色匆匆，巷口三三两两坐着老人，工人背着器具消失在拐角，年轻妈妈哄着哭闹的孩子，她不停地看，不停地走，声音被剔除，这些画面像默片一样没头没尾地播放在她的眼前，细碎恼人的耳鸣盘旋在大脑中，面前的世界就像信号中断的电视节目。她感到头晕，眼前的人走得仿佛也不是直线了，公交站台在摇摇晃晃。她停下来，靠着路灯，从包里拿了一颗药，和着水吞了下去。

## 16. 白天 旅店 内景

小芫推开旅店房间的门，看起来很疲惫。她随手把包放在了桌上，便躺了下来，睁眼看着天花板。她的心情平复了不少，眼前的画面终于安定了下来，不再摇晃了。慢慢地，她闭上了眼。

## 17. 夜晚 小巷 外景（梦境）

小巷的灯光昏黄，刘尧就站在一盏路灯下面，他穿着校服，背着包，像是刚从学校出来。小芫朝他走过去，他只是看着她，没有说话。等到她走到他身旁，他微微笑了一下，从口袋拿出来了一个热乎乎的红豆饼，递给小芫。她接过来。两人在路灯下站着，继续沉默。

刘尧：还不回家？

小芫：嗯？

刘尧：早点回家。

小芜：你怎么知道我在这儿？

刘尧：有个小孩告诉我的。

小芜：不想去学校了，我肯定考不上。

刘尧：你这次月考考得不是还行么？

小芜：我爸不满意。

刘尧：还好我没爸。

小芜：（被逗笑）瞎说什么呢。

刘尧：把饼趁热吃了吧，我在校门口买的，你喜欢的红豆味。

小芜：（低头打开红豆饼的袋子）你掉进泥坑了呀？裤脚这么多泥。

刘尧：刚刚下雨，我把一个小孩送回了家，一路全是积水。

小芜：什么小孩？

刘尧：他就坐在路边棚子底下哭，我问你爸爸妈妈呢，他不说，我就说送他回家。牵着他走了好久。就是他告诉我你在这儿。

小芜：啊？

刘尧：他叫君君。

小芜：君君啊。

刘尧：你见过我小时候的照片吧？你看他是不是和我那时候挺像的。

小芜：（笑而不语）红豆真好吃。绵密。

刘尧：吃完送你回家。

路灯突然熄灭了，只有月光浅浅地勾勒着两人的影子。

## 18. 白天 旅店 内景

小芜睁开眼，几乎是窗外最后的几缕阳光照在她脸上。黄昏正在这间屋子缓缓降临。她慢慢从床上起身，走到窗户边，盯着前几天看着君君被欺负的那个地方，又看了看周围，天色渐晚。

## 19. 夜晚 按摩店外 外景

天黑了，芳姐的按摩店大门紧闭，小芜坐在门口。她看着巷口的路灯，那昏黄的光就跟她梦中一样。

芳姐牵着君君来了，君君像是受伤了，右手打着石膏，看起来闷闷不乐，一直低着头走，芳姐也是一脸不悦。芳姐见到小芜坐在门口，神色有一丝惊喜。

三人一起进了店，进去时，君君主动牵上了小芜的手。

## 20. 夜晚 按摩店内 内景

　　芳姐一进门就把门又关上了，看来不准备营业。她招呼着小芫坐下，就去后面厨房烧水去了。小芫坐在了按摩床的边沿上，君君坐在她旁边。两人还牵着。

　　**小芫**：你怎么了？

　　小芫看着君君手上的石膏，又看了看君君。君君还是低着头。小芫轻轻摸了摸他的头，他玩着手。

　　**君君**：医生说我的手摔坏了。

　　**小芫**：你自己摔的吗？

　　**君君**：嗯。

　　**芳姐**：（从后面厨房出来）还说是自己摔的，小孩子不可以撒谎。（扭头对着小芫）他们班同学让他捉蝴蝶，他就站到桌子上了，你说蝴蝶飞来飞去的，桌子又不能动，怎么捉，站上去扑腾了两下就掉下去了。（扭头对着君君）王老师都跟我说了，就是你们班最调皮的那几个小鬼捣蛋。他们平时是不是经常欺负你？

　　**君君**：他们没有让我捉蝴蝶。

　　**芳姐**：那你站在桌子上干吗？

　　**君君**：蝴蝶飞到教室了，就在我头上飞，涂志强说要把蝴蝶捉着做标本，他用鞋子打它，我怕蝴蝶被打死了，我想把它从窗户赶出去。

　　**芳姐**：你怎么不喊老师呢？站上去多危险！

　　**君君**：下课的时候，没有老师。

　　**芳姐**：哎！（芳姐坐下）

　　**小芫**：不严重吧？

　　**芳姐**：骨折，给老师请假了，右手摔了，去学校也做不成什么。哎！你坐会儿，我弄点水让他洗洗，让他睡觉。（芳姐走到店子后面）

　　**小芫**：（看着君君）蝴蝶放出去了吗？

　　**君君**：（点头）从窗户飞出去了。

　　**小芫**：你开的窗户吗？（君君点头，小芫笑着看着他）想出去玩吗？明天带你出去玩吧？

　　**君君**：去哪里？

　　**小芫**：你想去哪里？我们去公园好不好？（君君点头）

　　"君君！"芳姐的声音从后方传来，君君走向卫生间。卫生间里有放水声、有脸盆撞击的塑料声、有拖鞋的哒哒哒声。

　　小芫站起来，认真看着店内的摆设。三张按摩床四平八稳地立在地上，床对面是一面贴着价格单和邓丽君海报的墙，绿色的墙裙已经有些斑驳，几张小凳子随意地散落在地上，还有一张旧的红色皮沙发。芳姐和君君就在这店子的后面住，后面有一个小卫生间和一个小卧室，没有单独的房间作为厨房，卫生间和卧室前面的一小块空地就是厨房，摆放着不少锅碗瓢盆、调料瓶。一张木门既隔开又连接芳姐的店子和家。

小芫靠近了木门，看见上面有不少磨损的粘贴画，想必是君君更小的时候粘上去的。芳姐从卫生间出来了，君君跟在后面，她用脸巾在他脸上擦了两下，君君跟小芫做了一个再见的手势就去房间睡觉了。

小芫和芳姐在沙发坐下。

芳姐：一个人带孩子就是这样，顾前顾不上后。欸，你还准备在这玩多久？

小芫：过几天走吧。

芳姐：之前看你旁边小区贴东西，一直想问你，老给忘了。当时我还不知道你贴的什么，有回去买菜，经过那儿，就看了下。你找的是你朋友？

小芫：嗯，我男朋友。

芳姐：所以你不是来旅游的吧。

小芫：嗯。

芳姐：现在怎么样呢？有消息吗？

小芫：（沉默）没消息。

芳姐：哎，但你这么找也不是个事，报警了吗？（小芫没说话）这么说可能冒昧，不过现在好多年轻人被骗去传销，家里人也联系不上……

小芫：其实……他不在了……（芳姐看着她）去世了……（芳姐不再看她，避免对视的尴尬）

芳姐：那你……

小芫：我也不知道我为什么要这样，我总觉得他没离开，我今天还梦见他了。

芳姐：他是这里人？

小芫：嗯，他小时候就住景明社区。他也是他妈妈一个人带大的。我今天梦见他，他还说君君和他小时候长得像。我说呢，第一次看见君君就觉得亲。

芳姐：你还梦见君君了？

小芫：我梦见我男朋友说君君在哭，他送他回家了。但我没看见君君。

芳姐：那君君还跟你男朋友见过面了。

小芫：我醒了就一直想着他说君君在哭，所以我就想来看看，没想到君君受伤了。

芳姐：他走了多久了？

小芫：半个月了。我妈、我朋友都不知道。（芳姐沉默）他是抑郁症走的，自杀。我到医院的时候，他已经走了。警察说只有我联系上了。

芳姐：他家人呢？

小芫：他没有爸爸，他妈妈前些年也去世了。

芳姐：造孽。

小芫：芳姐，君君一直都这么不说话吗？

芳姐：差不多，以前可能好点，我跟他爸爸没离婚的时候。家里少了一个说话的人嘛，话少了也正常。我也不担心他话少、内向什么的，只是这孩子被欺负了，从来不说。我也想过带他去医院看看，想来想去，也不知道怎么看。我之前是担心他有孤独症，但是又不像。

小芫：我刚刚跟他说明天带他出去玩，他答应了。

芳姐：你有时间带他去玩吗？那挺好的，最近看他总是闷闷不乐的样子，问也不说，我也不知道怎么跟他沟通。你别看他才七八岁，他想的可多了，我又怕说错话，让他瞎想。

小芫：这个年龄的小孩实际上很敏感的，也很记事。我男朋友就记得很多他十岁之前的事情，谁喜欢他，谁不喜欢他，他记得一清二楚。

芳姐：是的，所以我才不知道怎么跟他聊，我也不会说话。我跟他爸爸离婚，我跟他解释了好久，他才明白是怎么回事。

小芫：他很喜欢爸爸吗？

芳姐：他爸爸以前打过他几次，他说他不喜欢他，但是我们离婚了，他还是哭得很伤心。他说没有爸爸举着他看戏了，妈妈力气小，举不起来（笑）。以前春节，我们老家街上就有舞狮的节目，他喜欢看。（沉默了一会儿）如果不是实在过不下去了，我也不会想离婚的。

小芫：君君他现在还小，等他长大了，他会慢慢明白的。

芳姐：他爸爸，我前夫，抽烟、喝酒、赌博，喝多了回家就跟疯子一样，说他几句，他就在家砸东西，有时候还打人。我以前是很胆小的，不敢跟他起争执，每次都忍着：他输了钱找我要，我忍着；他喝多了打我，我忍着；他家人在背后说我，我也忍着。没人可以诉苦，我跟自己的妈讲，她说婚姻就是这样，我跟妹妹讲，妹妹说过几年就好了。有一天，我忍不下去了，我知道是时候断了。因为君君5岁的时候，肺炎，烧到40℃，我联系不上他，他在外面打牌，三天没回来。君君烧得不停哭，话也说不清楚，那天晚上，我真的急死了。

小芫：芳姐，可能你觉得我还年轻，没有阅历，说的话没有分量，但我还是想说，离婚是你新生活的开始，你可以带着君君过上更好的生活，眼下再怎么难，也不会比之前更难了。

芳姐：（扶着额头，发出擤鼻的声音）嗯，嗯，我现在也没有别的奢望，就希望君君平平安安地长大。

## 21. 夜晚 旅店 内景

小芫躺在旅店房间的床上，看到手机上有好几个静语的未接来电。她跟静语打了过去。

**小芜：** 静语，怎么了？

**静语：** 小芜，我知道你最近也不好过，实在不想打扰你，但是……

**小芜：** 怎么了，你说。

**静语：** 小芜，我……我……我怀孕了。我想找你借点钱。

**小芜：** 你要打掉吗？

**静语：** 嗯，但是他想生下来。

**小芜：** 你别管他想不想，你要看你想不想，好吗？

**静语：** 我也不知道，我好乱。但是不管生还是不生，我都需要钱。

**小芜：** 你还没有毕业，没有工作，你暂时没能力养孩子。你要好好想想，不要冲动，生孩子是大事。

**静语：** 嗯，我觉得我是想打掉的，你可以借点钱我吗？

**小芜：** 你要多少？

**静语：** 先借我五千吧，行吗，我不想跟家里人说。

**小芜：** 好，等过几天，我陪你去医院，好吗？

**静语：**（带哭腔）好，谢谢。

## 22. 夜晚 按摩店 内景

小芜站在按摩店前，芳姐笑着将君君牵了出来，嘱咐君君要听话，不要到处跑。小芜牵着君君离开，芳姐目送他们远去。

## 23. 白天 海心公园广场 外景

君君在和同龄的孩子一起放风筝，小芜坐在广场上看着他。她第一次见到君君笑得这么开心，他蹦着、跳着，表现出他的年龄应该有的快乐和轻松。

君君朝她走过来，她拿出两张纸巾帮他擦汗。

**小芜：** 累了吧，休息会吧。

君君点头，坐在小芜旁边。有卖棉花糖的小贩经过，小芜到小贩的推车前，买了一根棉花糖，又回到君君旁边，递给了他。君君谢过小芜，接过棉花糖，吃了起来。

**小芜：** 甜吗？

**君君：** 甜。

**小芜：** 待会你还想放风筝吗？

**君君：**（摇头）不玩了，姐姐，我带你去个地方。

**小芜：** 公园里面吗？

**君君：** 嗯。

小芜：好，那等你吃完，你带我去。

## 24. 白天 海心公园亭子 外景

小芜和君君一前一后地走，他们来到一个古朴的亭子旁，亭子周围郁郁葱葱。君君走到一棵小树苗旁边，蹲下来看着它。

君君：姐姐，你看。

小芜：哦？（蹲下来）这是什么？

君君：姐姐，这是红豆。

小芜：你怎么知道？

君君：这是妈妈带我来种的，妈妈说活不了，可是它已经活了五个多月了。你看，还活着。

小芜：你经常来看它吗？

君君：有时会来，上一次来，是上个月。

小芜：你为什么会种在这里呢？

君君：妈妈说公园里环境好，树多，种在家里，红豆苗会寂寞的。

小芜：噢，对，看起来它在这里挺好的。

君君：姐姐，你什么时候回家？

小芜：过几天吧，怎么啦？

君君：（失落）过几天就走……红豆还没有结出来……

小芜：你要送给我吗？

君君点头。

小芜：我在心里收下啦。

两人站起来，坐在亭子里。亭子里光影斑驳，有细碎的阳光照在他们的脸上。

小芜：君君，告诉姐姐，之前他们为什么要在巷子里欺负你呀？

君君：（语气缓慢）他们……他们说我妈妈坏话，我打他们了。

小芜：可是你是打不过他们的呀，他们那么多人。要先保护好自己，知道吗？

君君：他们说妈妈，我不能让他们说。

小芜：他们说什么？

君君：你不要告诉妈妈。

小芜：嗯，我不告诉她。

君君：他们说妈妈不是好人，跟别人搂搂抱抱，还有一些我没听懂的话，反正是坏话，我知道。

小芜：姐姐明白你，但是你要是被他们弄伤了，妈妈会心疼你的。以后不要再跟他们起冲突了好吗？他们如果再乱说话，你就当作……当作是狗叫，汪、汪、汪！

君君：可是我喜欢小狗……我把他们当鸭子好了……嘎、嘎、嘎！

小芜：（笑）反正不理他们！

君君点头。

小芜：以后多跟妈妈讲讲话，她很关心你的。

君君：嗯。

小芜：你在学校有好朋友吗？

君君：以前有一个，但是他转学了，我就没朋友了。

小芜：班上没有你喜欢的小朋友了吗？

君君：没有，我喜欢一个人玩。

小芜：一个人玩什么呢？

君君：画画、看花、看树。姐姐，你喜欢画画吗？

小芜：我不太会画画。

君君：我也不会，但是我喜欢画画，我最喜欢画房子。妈妈说让我画一个大房子，前面有个小院子，等我长大了，我们就搬到这样的房子里住。

小芜：小院子里有什么呢？

君君：我还没有想好，应该有几棵树、有一只小狗，还有月季花，妈妈最喜欢月季花。

小芜认真地听着君君侃侃而谈，看着他沉浸在他想象的世界中，露出童真的笑容。

## 25. 白天 公交车 内景

日落时分，夕阳的残影洒在公交车上。小芜和君君并排坐着，君君坐在里面靠窗的位置，他睡着了，靠在小芜身上。

## 26. 白天 按摩店外 外景

小芜牵着君君快走到了按摩店门口，芳姐和一个陌生男人从店内出来，两人说说笑笑，男人想搂着芳姐，芳姐推开了他的手。

芳姐和男人看见了不远处的小芜和君君，男人识趣地离开了。

## 27. 夜晚 按摩店外 外景

君君坐在小小的餐桌旁，芳姐端上了几碗菜，小芜帮着拿了盛饭的碗。三人吃起饭来。

芳姐：今天去哪里玩啦？

小芫：海心公园。

芳姐：那君君肯定又去看红豆苗了。

君君：（看起来不太高兴）没有。

芳姐：（轻轻推了一下君君的头，笑着）还骗我。

小芫：君君说种了五个月了。

芳姐：还活着呢？

小芫：看起来长得还不错。

芳姐：真坚强，比人坚强。来，来，你夹菜吃……君君，今天姐姐带你玩，开心吧？

君君：（点头）姐姐给我买了棉花糖，我还放了风筝。

芳姐：你手都这样了，怎么放？

君君：我可以跟着风筝跑呀。

芳姐：等你手好了，我带你去放风筝。多吃点，吃好了，才好得快。（看了一眼小芫）我买了点东西，过会你跟我一起出去……（看了一眼君君）买了点纸钱，我们等会去烧……

小芫：（有些恍惚）啊……好……

君君：（似懂非懂）跟谁烧？

芳姐：小孩子别问，吃饭。

君君：跟外公烧吗？

芳姐：不是，是姐姐认识的人，你吃饭吧。

君君：（看了眼小芫）我也要去。

小芫：嗯，一起去。

## 28. 夜晚 巷子 外景

君君在路边踢着石头玩，芳姐和小芫堆着纸钱。

芳姐：都说人死后会回家，我想他这会儿应该也回家了，你多给他烧一点，他刚去那边，手上肯定没钱，哎，可怜……

小芫：我前几天是梦见他了，我说过的，但我分辨不出来，是不是在这附近看见的他……

芳姐：他来这儿之前梦见他了吗？

小芫：没有。

芳姐：那他肯定是回来了，所以你来这儿，就能梦见他……差不多了，可以点火了，我找找火机……

点上火了，一丝丝的火苗蔓延着，很快就覆盖上所有钱纸，越烧越旺。红色的火光照在小芫和芳姐的脸上。起了一点风，吹起了一些纸灰。

小芜：我这两天应该就要走了。

芳姐：嗯。你呀，也要慢慢地少去想他，人死了就解脱了，活着的人要承担的更多。你要对自己好一点，你还年轻。

小芜：我就是觉得我好像从来没有真正了解过他，如果我真的了解他，他不会到这一步的……

芳姐：不是你的问题，他也不会怪你的，不然他怎么会来见你呢……按照迷信的说法，不能够经常挂念着过世的人，会影响他们转世的，好好跟他再见吧，你以后的生活还很长，他一定也是希望你过得好的……

小芜沉默地烧着纸钱，君君突然蹲在了她旁边，往火堆里扔了一张纸，引起了小芜的注意。看起来是一张画。

芳姐：这孩子，瞎扔什么？

小芜：（凑近了看那张纸）君君，这是你的画？（芳姐也凑近了看）

君君：（点头）这是我画的房子。妈妈说我这张画得最好。

芳姐：这孩子，你知道我们在干什么吗？

君君：你们在烧纸钱。但是只有钱，没有房子是不行的。

芳姐：有钱就可以买房子。

君君：那为什么我们之前要给外公烧房子呢？他也可以买。

芳姐：你什么都知道……

君君：我就是知道……

小芜：君君，我替这个哥哥谢谢你的房子。

君君握住了小芜的手。

## 29. 白天 大学校园 外景（梦境）

刘尧穿着一件白色的衬衣，他的肩膀湿了，衬衣贴在他的皮肤上。他朝着小芜走过来。

刘尧：没带伞吧？刚刚下雨了。

小芜摇头。

刘尧：走，送你回寝室。

小芜：你今天下班挺早的。

刘尧：我请假了。

小芜：怎么？

刘尧：来见你啊。

小芜：骗人。

刘尧：真的。

**小芜**：冷吗？你衣服都淋湿了。

**刘尧**：不冷，你呢？

**小芜**：不冷。

**刘尧**：我今天去王医生那儿了。

**小芜**：噢？怎么样？

**刘尧**：等了好久，人挺多的。看到一个人特别像你，差不多高，背着书包，我差点以为是你，正准备喊，她突然回头。后来到我的时候，才发现她是我前面一个号，我进去的时候，她正在里面。医生问会经常做梦吗，醒来之后还记不记得做过的梦，她说她每周六都做梦，医生就问这么固定吗，她说因为她是周六分手的，几乎每个周六都会梦到她男朋友跟她提分手的那个电影院，她就一个人坐在电影院里，旁边一个人也没有。

**小芜**：那她在电影院干什么，就坐着吗？

**刘尧**：医生也问了，她说她在梦里看电影。医生还问那你记不记得看了什么电影，她说她每个星期看的电影都不一样，有时候是讲爱情的，有时候是讲家庭的，还有讲移民外星球的。

**小芜**：你说她看的电影是真实存在的，还是她在梦里想象出来的？

**刘尧**：是她梦里真实存在的。

**小芜**：哇，你这话好有深意。那王医生跟你聊什么了？

**刘尧**：还是一些老问题，最近心情怎么样，有没有反应迟钝，会不会出现一些奇怪的想法。

**小芜**：那你怎么说？

**刘尧**：（开玩笑的语气）我说我心情很好，反应敏捷，每天都有许多积极的想法。

**小芜**：（推了他一下）我认真的，你最近感觉怎么样？上次在湖边，你真的把我吓坏了，我跟你讲话，你好像完全听不见，眼睛就直直地看着前面。

**刘尧**：放心吧，我现在没事了。王医生都说我的药量可以减了。

**小芜**：有什么不舒服的，一定要跟我讲。

**刘尧**：嗯。

**静语**：小芜！

小芜听到有人叫她，转头看见静语，朝着她走了几步。

**静语**：我到处找你！刘尧说联系不上你！

小芜疑惑地回头，指着后方刘尧站立的方向。但她环顾四周，看不到任何人，周围一片寂静。

## 30. 白天 旅店 内景

小芜在旅店的床上醒来，外面是个阴雨天。电话响起，小芜接起。

电话那头：诶，你好，我看到刘尧的寻人启事，想问问发生什么事了吗？

小芜：你认识他吗？

电话那头：认识，我跟他以前住一个小区，你可以叫我阿翔。

小芜拿着电话，出了神。

## 31. 白天 江边 外景

小芜走在江边，看起来很疲惫。

## 32. 白天 江边咖啡店门口 外景

她走到了和阿翔约定的咖啡店，看见有个年轻的身影坐在门口。她走过去。

小芜：你就是阿翔吧？

阿翔：对，你坐，看看要喝什么。（把菜单递给她）

小芜：（瞟了一眼菜单）就橙汁吧。

阿翔：（对一旁的服务员说）一杯橙汁，一杯拿铁。

小芜：你以前住景明社区？

阿翔：对，现在我爸妈还住在那里，我偶尔节假日会回来。是我妈给我打电话，告诉我看见一张寻人启事，她也认识刘尧，就让我问问……她也认识刘尧，我们以前常在一起玩，七八岁的时候吧……你在电话里没说，他怎么了？

小芜：（没有正面回答他的问题）他最近有联系你吗？

阿翔：没有，我只有他以前的手机号，但他几年前换号了，我很久没跟他联系过了。你是他……女朋友？

小芜：是的。

阿翔：还是没有他的消息吗？他是在启和失踪的？

小芜：他……其实他已经不在了。

阿翔沉默。

小芜：他去世了。

阿翔：什么时候的事？

小芜：半个月前……你上一次见他是什么时候？

阿翔：好多年前了，最后一次见面还是在小区里，他妈妈去世了，他来还钱。（看见小芜疑惑的眼神）噢，他家之前经济状况不好，找我家借过钱。

小芜：没听他说过。

阿翔：那都是很久之前的事情了。你们在一起多久？

小芜：三年多了。

阿翔：希望你不介意……他是怎么走的？

小芫：抑郁症。

两人陷入沉默，远处有孩子在江边放风筝。

阿翔：他是他妈妈一个人带大的，你知道吧？

小芫：我知道。

阿翔：我从没有见过他爸爸，他也从来没提过……你见过他爸爸吗？

小芫：没有。

阿翔：这次……刘尧出事……他也没来？

小芫：刘尧没怎么提过他爸爸的事，他说他从没见过他，出生以来的记忆就只有他妈妈……

阿翔：刘阿姨以前跟我妈关系还不错，噢，刘阿姨就是刘尧的妈妈……她以前工作忙，经常很晚才回家，刘尧跟我差不多大，那时候才七岁吧，很小，我跟他一个小学，总是一起放学回家，我妈有时候就会喊他去我家吃饭，我家就在他们楼下……

小芫：他妈妈是不是叫芬芬？

阿翔：对，她叫刘芬。

小芫：前几天在景明社区闲逛，遇到几个老人家，给他们看刘尧和他妈妈的照片，他们说认识……（拿出口袋的照片）说这是芬芬，住他们楼上……

阿翔：（看着照片）对，这是他们……你说的老人家，可能是我爷爷奶奶，他们以前跟我们住一起，在刘尧家楼下。

小芫：真巧啊，我当时就问他们，这棵树还在不在……

阿翔：这棵树很早就不在了，我也在这棵树下照过相，还是和刘尧的合影，大概十岁吧，不过现在找不到了……

小芫：你们后面怎么就没联系了呢？

阿翔：后来他搬走了，自然就联系少了，联系方式倒是有，前几年过年过节的还会问候一下，后来他换号了，就没联系了。你有他的近照吗？很久没见过他了。

小芫：（拿出手机，翻阅相册）你等等……呐，这是之前我们在湖边拍的，为数不多的合影。

阿翔：（放大照片）他的样子没怎么变……很少见他笑，他笑得挺开心的……

小芫：那天是我第一次见他发病。白天他还好好的。就是在这湖边，我跟他讲话，他好像听不见，眼睛就直直地看着前面，手不停地抽搐。我不知道该怎么办，就抱着他，他也没反应。我正准备叫救护车的时候，他突然正常了一点，但还是很恍惚的样子。第二次发病，我不在他旁边，是和他合租的室友送他去医院的，他说他晚上在客厅里不停地用头撞墙，越来越用力，他很难拉住他。我赶到医院的时候，他躺在病床上，还叫了我的名字，像个做错事的孩子一样。后面他就住院了，住了半个月，医生说他恢复得不错……有一次去看他的时候，他跟我隔着一扇铁门，他看着瘦了不少，他当时的眼神我忘不了……

我经常在想，如果他多在医院住一段时间，是不是会不一样……

**阿翔：**我们在江边走会儿吧。

## 33. 白天 江边 外景

小芫和阿翔走在江边，远远望去，广阔的江面上有两三只轮船，汽笛声传来，在黄昏时分显得格外寂寥。

**阿翔：**你相信一切都是有征兆的吗？据说人在成年之后的精神危机，其实在童年时期就已经有伏笔了。刘尧小的时候走路经常不专心，我跟他一起回家，他走着走着就落在后面了，有时候会倒回去走几步再走过来，有时候沿着路上的线走。我问他在干吗，他也不说，搞得很神秘……有一次过马路，一辆大货车马上要经过我们，他突然就跑过去了，司机摇下窗户骂他。我特别不理解他在干吗，他说他就是忍不住要跑过去，好像不跑过去就会发生大事一样，好像不跑过去，他妈妈晚上就不能安全到家一样。

**小芫：**他跟我说过，小时候，他特别怕他妈妈回不了家，妈妈只要晚到家一会，他就会很难受。

**阿翔：**我妈当时也心疼他，经常会喊他来我家里，他说他担心他妈妈，我妈就说帮他打电话，他又不要，就是坐在那儿等。我大学时辅修心理学，我想他以前那种奇怪的行为……可能是强迫症，不是现在年轻人用来自嘲完美主义的意思，他是真正有症状的，强迫症就是会反复出现的刻板行为或者仪式化动作，明知道这些动作没有意义，但就是没法控制。

**小芫：**你觉得他小时候的强迫症和抑郁症有关？

**阿翔：**也许吧，抑郁症肯定不会是无缘无故就得的。你平常没注意到他有一些奇怪的举动吗？

**小芫：**像你刚刚说的那样的行为，我没见过，但是他经常会发呆，有时候会突然心情很差，他说他也说不出来是怎么了……

**阿翔：**十几岁时，读初三，他联系过我一次，他说想从学校的教学楼跳下去。那时候我跟他不在一个地方，他跟刘阿姨已经搬走了。我给他打电话，他没接……（他突然停下来）

**小芫：**然后呢？

**阿翔：**后来他跟我说，他当时真的到顶楼天台了，但是风一吹，他就不想跳了。他说风把他包住了一样，像一个突然涌过来的拥抱，他想到除了他妈妈，他还没有真正跟别人拥抱过……我后来去见过他，很郑重地抱了他……两个男的抱在一起很奇怪吧？（笑）

**小芫：**不会啊。很温暖。

**阿翔：**难道他真的是跳楼走的吗？

**小芫：**不是，他是在湖里被找到的。

阿翔：报警了？认定是自杀？

小芜：警察、法医，都查过了，没有他杀的嫌疑。

两人沿着长江，沉默地走着，天色渐渐暗下来。小芜望着远处的江水，路灯突然亮了，照亮了他们。

小芜：涨潮了。

阿翔：起风了。

江水一排一排地翻涌而来，远处传来汽笛声。天黑了。

## 34. 夜晚 旅店 内景

小芜推开旅馆房间的门，打开灯，她正在和母亲打电话。

小芜：嗯……我知道了，我明天就回来。回来了，我们就一起去奶奶家吧。

林娟：嗯，有个事要跟你讲，等你回来。

小芜：什么事？

林娟：你回来再说吧。

小芜：你说吧，我明天就回去了。

林娟：我……我和你爸准备离婚了。

小芜：（沉默了三秒）你想好就行……

林娟：你爸答应了……

小芜：我也没意见……

林娟：你不要怪你爸爸，只是我单纯不想过了。

小芜：我也有事跟你说。

林娟：嗯？

小芜：我男朋友去世了。

小芜靠着窗户，镜头慢慢推至小芜的眼睛，她眼眶湿润。

## 35. 白天 按摩店 内景

芳姐在店里打扫卫生，小芜出现在门口。她迟疑了一会，走了进去。芳姐见她来了，放下了手里的扫把。

小芜：芳姐，我下午就走了，回家了。

芳姐：这么快啊？

小芜：嗯，家里还有点事。

芳姐：下午我去送你。

小芜：不用了，你忙吧。

芳姐：没什么忙的，下午我和君君一起送你。（看小芜有点为难）没事啦，送你一下。

小芜：昨天，我见了一个人，我男朋友小时候的朋友……我们聊了好多他的事……

芳姐：聊一聊好，不能都压在心里……

小芜：那天烧完纸钱，我梦见他了……但是，我一转身的时间，他就不见了……

芳姐：他是在跟你告别了，知道你要走了。

## 36. 白天 公交车上 内景

小芜、芳姐、君君坐在公交车的最后一排，阳光在他们脸上跳跃。他们没有讲话，时不时看向窗外。

## 37. 白天 火车站 外景

小芜、芳姐、君君走入火车站的人群之中，远处传来播报列车时间的广播声。小芜站在芳姐、君君面前。

小芜：芳姐，再见。

芳姐：到家了跟我发个信息。有空再来启和。

小芜拥抱了芳姐，芳姐轻轻拍了拍她的背。

小芜蹲下来，紧紧抱了一下君君，君君牵住她的手。

小芜：君君，再见。

君君：姐姐，再见。

小芜：有心事要跟妈妈说哦。（君君点头）

小芜慢慢松开了君君的手，朝他们挥了挥手，朝进站口走去，她回头了三次，每次回头，芳姐和君君都朝她挥手。她越走越远，背后的人群渐渐淹没了芳姐和君君。

## 38. 白天 火车上 内景

已是日落时分，小芜坐在靠窗的位置，看着窗外山间的落日。她拿起手机拍了一张落日的照片，在手机通讯录里找到刘尧的名字，将这张照片发给了他，继而又看向窗外。

## 39. 夜晚 校园 外景

小芜站在学校门口，静语从她身后出现，拍了拍她的肩膀，看起来很憔悴。

静语：我跟他分手了。我提的。

小芜拉着静语，走到了一旁的草坪上，坐下来。

**小芫**：明天手术？

**静语**：嗯。

**小芫**：紧张吗？

**静语**：不紧张，有一点伤感吧。我真的不适合经历分别。

小芫沉默。

**静语**：那天，在教学楼，其实我已经知道刘尧的事了……只是我不知道该怎么面对你，我就装作不知道……我想这样，你可能也会轻松一点……你现在好点了吗？

**小芫**：嗯。

**静语**：这段时间，你去哪了？

**小芫**：去了他家乡。

**静语**：梦见他了吗？

**小芫**：梦见过几次。

**静语**：他看起来怎么样？

**小芫**：跟之前一样，穿的衣服也是我见过的。像真的一样。但有时候我在梦里是能意识到我在做梦，我知道这是梦，我会醒……

**静语**：（搂住小芫的肩膀）慢慢走出来吧，我会陪着你。

**小芫**：走出来，是不是就意味着慢慢把他遗忘，如果是这样，我宁可痛苦一点……

**静语**：不是遗忘……只是时间会让这件事慢慢淡化，会减少你的痛苦，但是他还是可以依然在你心里。

小芫沉默。

**静语**：提分手之前，我挣扎了很久，我舍不得这段感情，但我知道时候结束了，因为我想被爱，而不是单方面地爱一个人……

**小芫**：以后你还会遇见其他人，有其他可能。

**静语**：嗯，不停遇见，不停告别……

## 40. 白天 医院 内景（梦中梦）

小芫跌跌撞撞地走在医院，脑海中闪回着警察的话"他是不是有什么精神方面的问题"，路人的话"有人落水了""救命啊"，医生的话"抢救无效，节哀吧"……这些话混杂一起，一遍遍回荡在她的耳边。她继续走着，神情呆滞。

"你好，请问内科诊室是往这边走吗？"身旁陌生人问小芫。小芫看不清陌生人的脸，甚至也听不清他说的话，她摇着头，支支吾吾地说着："不可能……不可能……"静语走过来扶着她，"小芫，小芫！"小芫看不清静语的脸，甚至她的声音也不清晰，像是从很遥远很空旷的地方传过来。

小芫想继续往前走，但是眼前的世界变得更加模糊不清，失去了环境音，整个空间开始变形、开始扭曲。

## 41. 白天 童年时奶奶的家 内景（梦境）

小芜醒来，她躺在地面的凉席上，午后异常安静，只听得见窗外有热烈的蝉鸣声。她揉着眼睛，阳光很刺眼。她恍惚地坐起来，环顾四周，才反应过来自己正在奶奶家的二楼。

"小芜!"楼下院子里隐隐约约传来奶奶的声音。她望向声音传来的方向，没有立刻回应，她以为自己听错了。直到楼下又传来奶奶喊她的声音。她回应了一声，站起来，准备下楼。

阳光迷乱着她的眼睛，眼前的世界越来越模糊，楼道的线条开始扭曲。

## 42. 白天 大巴 内景

小芜和母亲林娟坐在去奶奶家的大巴上，外面是个阴雨天，车厢里光线很暗。小芜睁开眼睛，从梦境中醒来，一时感到茫然无措，不知道自己身处何处，看到母亲坐在旁边，才慢慢缓过神来。她疲惫地靠着窗户，不想说话，回味着刚刚的梦。林娟看着小芜反常的样子，仿佛想开口说点什么但又欲言又止。

**林娟**：刘尧……哎……我都还没见过……（小芜没有说话）你还好吧？

**小芜**：没事。

**林娟**：改天我们一起他家里看看？

**小芜**：他没家。

林娟不知所措，不再说话。外面下起了小雨，雨点缓缓地游移在车窗上，像沉默的眼泪，小芜看着车窗上的雨点。

## 43. 白天 奶奶家 内景

小芜推开奶奶家的门，林娟跟在她的后面。

周围很安静，房间里好像蒙着一层薄灰，电视、沙发都被旧布盖着。小芜站在门口的位置，迟迟没有踏进来。她看见墙上挂着的奶奶的遗像，慢慢走过去。

**林娟**：喊一声奶奶吧，她就知道你回了。

**小芜**：她能看见。（她仰头看着奶奶的照片）

**林娟**：你的东西都在奶奶卧室里，你去看看。（小芜没有作声）

小芜走进奶奶的卧室，卧室里已经被收拾过了，干净地几乎空无一物，只剩下空荡荡的床、敞开的衣柜和几个地上的纸箱。小芜走到衣柜旁，里面已经没有几件衣服了。她打开衣柜下面的抽屉，奶奶的一件薄衣裳静静地躺在里面，上面放着一盒已开封的馅饼。

　　**林娟：**（走进卧室）你的东西我收在箱子里了，你看看差不差什么。（小芜没有作声，母亲看见她在发呆）怎么了？

　　**小芜：**（拿起馅饼盒）这是我上个月带回来的……奶奶没吃完……

　　**林娟：**（面露尴尬的神色）我先出去了。

　　小芜坐在奶奶的床上，小心翼翼地拆开馅饼盒。她手中拿着一块馅饼，出神。眼泪滴在盒子上，她一口一口吃起馅饼。

## 44. 白天 大巴 内景

　　小芜和林娟坐在返程的大巴上，窗外忽明忽暗的灯光照在小芜的脸上。林娟闭着眼睛，仿佛已经睡着了。小芜望着她，继而又看向窗外。

## 45. 白天 医院内 内景

　　小芜和静语坐在医院的等待区，小芜手里拿着医院的病历和收据。

　　**静语：**现在，我们都是一个人了……

　　医院里人声嘈杂，小芜没有说话。

　　护士叫了静语的名字，静语站起来，准备走过去。

　　**小芜：**别紧张，我在外面等你。

　　静语点头，跟着护士走远了。

## 46. 夜晚 小芜家 内景

　　小芜在厨房里切着菜，静语坐在客厅的沙发上，两人都没有说话。房里安静得只有厨房里的切菜声、水声。

　　**小芜：**（端出饭菜，放在茶几上）吃点吧。（静语眼睛红红的，没有想吃饭的意思）吃吧。

　　静语动作迟缓地拿起筷子，端起碗。小芜走进厨房，清洗厨具。

　　**小芜：**该放下的就放下吧。

　　静语一声不吭地吃着饭，眼泪从脸庞滑落。

　　**小芜：**（从厨房走出来）你吃完早点睡，我出去走走。

　　静语放下碗筷，站起来。两人沉默地对视，静语走向小芜，紧紧抱住了她，在她肩头啜泣。小芜轻轻抚摸静语的头。

# 47. 白天 湖边 外景

小芫坐在绿岛湖的岸边，一阵风吹过，摇摇晃晃的树影照映在她的脸上。她躺了下来，闭上眼睛。湖水的声音翻涌而来，她手中拿着那张银杏树下的合影。

完。

◎ **指导教师聂俊评语：**

整体来说，《远行》是一部充满了诗意氛围、情感深邃的剧本。作者以点线式结构组接全剧，以主人公小芫自欺欺人的"寻找"为线索，以人物内心的情感为动力，串联起自杀离世男友生前的生活场景。童年居住的社区、银杏树、社区老人、门牌、奶箱、对联、蜘蛛网、身高线、童年游玩的公园、大象雕像、生前好友、与其相似的孩童，或留存或消失，男友生前的点点滴滴在小芫的寻找中鲜活生动起来，犹如翻看离世男友的生活影集，充盈着浓烈的怀恋伤感之情。

该剧构思的巧妙在于，不仅以"寻找"串联男友生前的生活场景，而且在"寻找"中以现实与梦境的交替建构了人物的意识状态，现实中的芳姐、路灯、相似孩童、红豆苗、母亲、医院、奶奶家，梦境中的小巷、路灯、校服、红豆饼、迷路小孩、白衬衣、医生、母亲、刘尧、医院、童年的奶奶家，交替显现，似真似幻，如梦是真，现实、梦境早已分不清，只是在小芫的意识和情感中始终不敢也不愿相信男友已离自己远去，坚持着自欺欺人的"寻找"，由此渲染出一种浓郁的伤感诗意氛围。

全剧借小芫的"寻找"，以诗意的笔触实写人生的成长与远行。小芫的寻找与告别、芳姐离婚后的独自抚养、静语的堕胎、父母的离婚，都是告别过往，远行未来，成长人生。

# 珠 颈 斑 鸠

严杰宇

（22 级编导）

## 1. 白天 严家 内景

珠颈斑鸠"咕咕咕"的声音。窗外阳光刺入室内，床上的少年严井呻吟了一声，翻身。客厅传来几句模糊的谈话声，严井用被子将头蒙了起来。

响起砸门的声音，严井将被子扯下，从床上坐起。这时房间的门被敲了两下。严井开门，他的母亲李雅芬进入。李雅芬是 50 岁的中年妇女，矮胖身材，此时围着围裙。

**李雅芬**：放假才几天！还赖着？

**严井**：我这不是起来了吗。

**李雅芬**：犟嘴！说了有客人要来，你这是什么穿着。

**严井**：不就是我爹的老乡来了嘛，跟我有啥关系。

严井从李雅芬旁边灵巧地溜了出去。客厅里，严井的哥哥严林正在帮着一个高壮、穿了一身褪色的带有尘土的军绿色衣服的中年男人搬运箱子。哥俩的父亲严伟杭正拖着一个蛇皮袋经过客厅。

**严伟杭**：看看你，才醒！

严井快步上前，接过袋子拖到厨房。

**李雅芬**：哎哟，你把这个拿过来干什么！看看还有地方放么？

**严井**：我爸叫我拿过来的。

**李雅芬**：他放得明白什么东西！小云你来看下锅，我去看看。

严井的二嫂赵雅云坐在餐厅，抱着她和严林的儿子严嘉，听到这话起身，看向严井。

**赵雅云**：（小声）你快去穿条裤子吧，客人等会要进来呢。

**严井**：好——

严井拿起杯子喝了口水，去了趟卫生间。他出来，发现客厅的沙发上坐着一个陌生的女生，扎着马尾。女生听到动静，回过头来。严井突然意识到自己没穿裤子，脸一红，钻回房间。

严井穿上自己的裤子走到客厅，严伟杭和中年男人正在抽烟，严林看到严井靠近，招呼他过来。

**严林：** 来。

**严伟杭：**（抬头，用烟指向严井，对中年男人说）兄弟，这是我的小儿子，叫严井。

**严井：** 叔叔好。

**中年男人：**（看向严井，一脸和蔼）哎，小伙子，你好你好。

**严伟杭：** 这是你朱叔叔，他的哥哥以前是我的战友。

**朱睦：** 咱们以前可见过呢，你小时候我可抱过你。

**严伟杭：** 一两岁的事，他哪还记得！咱们也这么多年没见了。

**朱睦：** 常年在外地跑，一般人放假的时候也不休息！来，你俩也认识认识。这是我女儿。

严井僵硬地转身，看到刚才那位女生正端坐着，看着他。她看起来和自己年龄相仿，穿着一件淡粉色花边短袖，下身是牛仔长裤和凉鞋。

**朱久：** 你好，我叫朱久，长久的久。

**严井：** 你好……我叫严井，江汉油田的……不对，油井的井。

**朱久：** 油——井？

**严林：**（笑）就是两横两竖那井。人家又不是油田的，你这么说谁知道。

**严井：**（尴尬地挠头）啊……哈哈……

**严伟杭：** 行了，小三你去带她出去走走吧，你们要当同学的。

**严井：** 啊？好的。（转向朱久）我先去拿个东西，麻烦你等一下。

**朱久：**（点头）好的。

严井回到卧室，急忙翻出一件比较新的短袖穿上，然后戴上了自己的电子手表。他又想了想，咬牙从书架上抽出一本书，从其中一页拿出一张两元的人民币，小心翼翼叠好装在了兜里。

## 2. 白天 油建学校大门外 外景

烈日，蝉叫。严井和朱久站在校门对面小树林的阴影中。

**严井：** 这就是油建学校。

**朱久：** 我来的时候就注意到了，离你家真近呢。

**严井：** 对对对，我小学初中都在这里读的。

**朱久：** 那咱们以后上学还挺方便的。

**严井：** 对……啊，不对，油建学校这里只有初中，然后对面是小学。

**朱久：** 嗯？那高中在哪里？

**严井：**（用手指东南边方向）你来的时候有经过那边的红绿灯吗？

朱久：没有哦……我是从另一边搭拖拉机过来的。

严井：啊，这样啊。

一段短暂的、尴尬的沉默。

朱久：那个……附近还有什么地方，咱们走走然后回去吃饭呗。

严井：啊，好。（手伸进兜里，捏着钱，下定决心似的）你是要在这附近住吗？

朱久：嗯，来的时候放过行李了，在那个幼儿园附近。

严井：我带你去那边超市看看吧。

### 3. 白天 平价超市 内景

两人在超市内转了一圈，准备出去的时候，严井走到了冰柜旁边，招手示意朱久过来。

严井：来选个冰棍吧，我请客。

朱久：啊，谢谢。但是我们不是马上就要吃饭吗？

严井：没事的，回去路上也热，就算不吃冰棍也没胃口。

朱久：（隔着玻璃看，但是由于表面水雾遮挡，有些看不清）我看看……

严井：（直接拉开柜门）没事，直接拿，只要快点就行了。

朱久：我就要这个吧，我平时就爱吃这个。

严井：那我也拿个小布丁好了。

两人走向柜台，售货员扫条形码。

售货员：一共一块钱。

严井：（掏出折好的钱，装作不经意地展开，再递给售货员）给，两——块钱。

朱久：这个面值的还真少见呢。

严井：那可不，这可是我帮我妈干活，专门要的新钱。

严井收起找的一块钱，将"小布丁"递给朱久，两人一起走出超市。

### 4. 白天 严家 内景

严井敲门，严林开门。严井给朱久找鞋套，示意她先进。

严林：熟了没？看你出门那紧张劲。

严井：哪啊哥，我那会就是没睡醒。

赵雅云在客厅给严嘉喂饭，严嘉安静坐着，等饭一口一口喂到嘴里。

李雅芬：这孩子咋这么乖呢，我家这三个儿子，小时候一个比一个闹腾。

朱久好奇地凑过去看严嘉，严嘉睁着大眼睛盯着她。

赵雅云：你姐姐现在还好吗？

朱久：应该还好吧，她回家的次数也不多。

赵雅云：唉，自从她离婚以后我也没怎么见过她了。先不说这个了，要不要试着喂一下嘉嘉？

朱久：可以吗？

赵雅云：没事，我在这，他不怕生。

赵雅云把勺子递给朱久。朱久慢慢地将勺子伸到严嘉嘴边，严嘉看了眼勺子，仍然盯着她，但是张开了嘴。

朱久：哎呀，这宝贝真可爱，也听话，肯定是姐你带得好。

赵雅云：（笑）你可真会说话。你们快去吃饭吧，菜马上就上完了。

餐厅中摆放着一个圆桌，凳子已经摆好。严伟杭和朱睦正在喝酒，他们面前放着下酒的小菜。李雅芬把最后一盘菜端了上来。

严伟杭：小三，去，盛饭去。

李雅芬：急什么，先吃菜，谁等会要盛饭自己去盛就好了。

严林进，示意严井带着朱久坐一起。他在朱睦旁边落座。

李雅芬：大家先举个杯吧。

严伟杭：欢迎我战友的兄弟来油田发展。

众人放下杯子。

严伟杭：我跟朱浩当年是铁打的关系，他的兄弟也是我的兄弟。（对朱睦）你们以后要有困难，只管找我提。（对家里其他人）你们也要多帮他们家，知道吗？

严家众人点头。

朱睦：我先谢谢严老哥和各位了。（端起酒杯一饮而尽）

严伟杭：大家动筷子吧，先吃。

众人夹菜吃饭，严伟杭、朱睦、严林三人喝酒。朱久吃得很自然，严井有些局促。不久后朱久放下筷子。

李雅芬：阿久啊，怎么不吃了？让小三去给你盛碗饭吧。

朱久：谢谢阿姨。但是我吃了这么多菜，已经饱了。

朱久走进客厅。

朱久：赵姐，我来带一会嘉嘉吧，你去吃个饭，菜都要凉了。

赵雅云：欸？你吃好了吗？

朱久：吃饱啦，回来之前才吃了冰棒，不怎么饿。

赵雅云：那真是多谢你了，我快点吃，马上回来。

朱久：没事的，别急。

赵雅云去餐厅拿碗盛饭，上桌吃。

李雅芬：怎么这么不懂事呢？让人家客人帮你带孩子。

严井放下碗筷，起身到客厅。朱久正抱着严嘉，逗他玩。严井坐在她旁边。

**严井：** 你……之前就认识我二嫂吗？

**朱久：** 赵姐是我姐的高中同学，我小时候她还经常来我家玩呢。

**严井：** 我只知道她是老家那边媒人介绍给我二哥的，没想到还跟你家这么熟。

朱久看了一眼正在吃饭的赵雅云。严井笨拙地逗起了严嘉，用手挡着脸，然后突然"哇"地一下打开。严嘉短暂地笑了，但是很快就扭头东张西望起来。

**严伟杭：** 小三，过来。

**严井：**（走了过去）爸，啥事？

**严伟杭：**（掏出一张二十元纸币）拿去，晚上带阿久出去吃点东西。我和你朱叔叔下午出去办点事。

**朱睦：** 老哥，这，别。（伸右手去挡，左手掏兜）

**严伟杭：** 今天听我的。你们还没安顿，我尽个地主之谊。（对严井）带人家多转转，知道吗？

**朱睦：** 那就恭敬不如从命了。（对朱久，喊）听到了吗，还不赶快谢谢人家。

**朱久：**（抱着严嘉起身过来）谢谢伯伯。（对严井点头示意）

**李雅芬**（对赵雅云）还不赶紧吃，人家还帮忙抱着呢。

**严林：** 我来吧。（抱过严嘉）

**严伟杭：** 去开电视看吧。阿久，你下午就在这玩，累了就去老二和雅云那房间休息。晚上出去玩完了来这找你爸。

**朱久：** 好的，伯伯。

## 5. 傍晚 广场 外景

严井和朱久走近广场，唐俊杰和众人靠着栏杆闲聊。严井看到唐俊杰，拉着朱久准备转头走，被唐俊杰拦住。

**唐俊杰：** 跑什么啊？这放假没几天，上哪认识的美女啊。

**严井：** 和你无关。

**唐俊杰：** 别这么冷淡嘛，我就是想认识认识新朋友。你想认识她们的话，我也可以介绍给你啊？

唐俊杰指向后面几个打扮夸张的女生，众人笑。

**严井：** 麻烦你让开。

**唐俊杰：**（无视严井，朝朱久）可惜差点打扮。要不要来跟我们学下？

**严井：**（站在两人中间）我再说一遍，唐俊杰，放尊重点。她来这里是为了学习。

**唐俊杰：** 哦，学习，那二位现在是要去学习什么啊？

众人哄笑。

**朱久：**（站上前）这位帅哥，我还有事，你今天就先跟这些漂亮姐姐玩吧。

朱久面无表情地盯着唐俊杰。

**唐俊杰：**那你的意思是改天？

**朱久：**你对女生都是这么死缠烂打的吗？下次有机会再说吧。

**女性朋友1：**哎哟，俊杰你这样可掉价了，哈哈。

**唐俊杰：**行行行。

## 6. 白天 花园酒店 内景

**严伟杭：**我家老三不成器啊，看他那成绩我都头疼。

**袁运德：**你还别说，小三分数是不好，但是学得还真挺快。

**严伟杭：**但是这小姑娘就不一样了，人家分数好，专门为了进你学校来的油田。

**袁运德：**就是你之前说的，你战友的……

**严伟杭：**我战友弟弟的女儿。

**袁运德：**对对对。小姑娘不容易啊，大老远跑过来，以后要有什么难处，记得跟叔叔说。

**朱久：**好的，谢谢校长。

**严伟杭：**光谢谢，你俩还不赶快表示一下？

**严井：**哎！

严井拿起空杯子，起身往严伟杭座位走去。严伟杭将桌上的白酒递给了他。

**袁运德：**别，这孩子高中都没上呢，喝什么酒？

**严伟杭：**哎呀，他初中时候就喝过了。倒一点意思一下，您看成不？

**袁运德：**（笑容满面）可以可以。（看着严井倒了小半杯，一饮而尽）后生可畏啊，哈哈。

**严井：**（咳嗽两下）我高中一定好好学习，不辜负您的心意。

**袁运德：**好，好。我也回敬你一杯。（喝了一口，看向朱久）小姑娘就别喝酒了，喝茶就行。（举杯示意）

朱久拿着杯子走上前。

**袁运德：**不用，不用过来，在座位上意思一下就可以了。

**朱久：**谢谢您，我会好好学习的。（将茶水一饮而尽）

**袁运德：**小姑娘更能静下心来学习，不像这帮小子，好好努力！

朱久微笑着点头，回到座位。

**唐北山：**（突然发话）我在队里的时候，听朱浩说他大侄女，也就是你姐，挺喜欢唱歌的。你怎么样？

**朱久：**（含混不清的声音）没我姐姐好。

**唐北山：**那不是也能唱嘛！来给袁校长唱一个。

朱久低下头。

**唐北山**：怎么了，这么多人，小姑娘害羞？我跟你说，你刚到一个陌生的环境，太害羞可是要挨欺负的。前几年不是有个农村的孩子，就在油高吧？她……

朱久准备起身。

**严井**：唐叔，她最近两天嗓子不舒服，我来给大家唱个吧，刚好这是我侄子的生日嘛。

**袁运德**：好啊，我还没听过小三唱歌呢。就在这唱？

**严井**：那多没意思，我去台上唱！

严井起身找司仪要了话筒，站在台上。

**严井**：咳咳。各位好！今天我二侄子满岁啊，再加上几位尊敬的叔叔伯伯，以及各位亲朋好友共聚一堂，我来给大家唱首歌助助兴！

几个和严井同龄的男生起哄叫好，其他人看向舞台。

严井清唱《求佛》。他的嗓音一般，调也不太准，但是由于这首歌的热度，大家都知道他在唱什么。

唱毕，他的几个同学都开始大笑，整个大厅的气氛活跃了起来。

**袁运德**：真有你小子的，你侄子生日，你在这唱求佛，哈哈。

**严井**：嘿嘿，我唱得怎么样，袁校长。

**袁运德**：好！能上我们学校晚会的水平，到时候你可别推辞啊。

**严井**：一定一定。

严井坐下继续吃饭，朱久悄悄看向他。

## 7. 白天 马路边 外景

严井和朱久沿路走。

**朱久**：我也不是不愿意唱，是被开水烫了，唱不了。

**严井**：开水？

**朱久**：我敬袁校长的时候，喝下茶水才发觉是开水。

**严井**：笨啊！直说烫就好了啊。

**朱久**：没事，算我欠你一首。

## 8. 夜晚 严家 内景

**严林**：袁校长人倒不错。

**严伟杭**：什么？

**严林**：他不是在桌上点头同意了吗？

严伟杭：都当爹的人了，咋还这么天真呢？

严林：那爹你上次跟妈争，是因为这……

严伟杭：钱和人脉，成事缺一不可，多学着吧。

## 9. 白天 朱睦家 内景

朱睦在退休办旁的一列平房处租了两间房子。其中一间是朱久的卧室，加上卫生间。另一间是朱睦住，兼当厨房和仓库。此时朱睦出门置办物品，朱久在屋里擦洗厨具。

严井：阿久，我来看看，顺便给你带了几本书。

朱久：哎，谢谢。三哥，来这么早，书先放隔壁屋里吧。

严井：跟你们比应该挺晚了，做早餐生意的，凌晨就得起床吧。

朱久：嗯。你先等下。

朱久洗完最后一个锅，拿了出去，严井跟上。不远处的空地上散落了一些小米。几只麻雀在啄食。突然来了一只珠颈斑鸠，挥着翅膀把麻雀都赶走了。朱久看着鸟之间的争抢，严井也顺着她的目光看去。

严井：这鸟啊，怪得很，我卧室窗户不远的地方有个空调外机，来了只这样的鸟来筑巢呢。

朱久：鸟会在离人这么近的地方筑巢啊？真是稀奇。

严井：给你说个好玩的，说是筑巢，实际上就是几根树枝，是真的蠢，我在电视里看的鸟，起码都能做出个正常窝来。

朱久：谁知道呢，可能是它没有做窝的才能，也可能就是没有材料。

严井：别的鸟都能找到材料，它应该也能找到吧。

朱久：那就不知道了，我之前住的都是平房，只有燕子会来筑巢。

朱久脱下围裙挂在厨房墙上的挂钩上，然后锁门，示意严井去旁边的屋里。这时严井才发现她穿的是黑色背心，下身是一条牛仔短裤。朱久的皮肤算不上白皙，但是看起来是健康且有活力的。她的身材不胖不瘦，很匀称，并且胸前的曲线远比同龄人明显。

朱久：快进来吧。

严井：（连忙收回目光）啊，好。我在想叔叔怎么在这里租房子，会不会不方便。

朱久：这边都是做生意的在住，一方面是便宜，还有一方面是大家早起的多，互相照应，消息也灵通点。

严井：喔，你这还塞了这么大张桌子。

朱久：嗯。我爹说为了我学习方便，专门买的。不然他也可以住这间的。

严井：给，我家里的几本旧课本。我二哥的，说你学得快，可以提前用。

朱久：谢谢。那你大哥呢？我听我爹说你大哥二哥是双胞胎呢。

严井：我大哥成家早一些，在总机场那边，离得比较远，现在就是逢年过节回来一下。

**朱久**：这样啊。那你二哥和赵姐怎么还跟你和你爹妈住一起呢？

**严井**：我二哥和我嫂子本来是在外面租了个房子的，但是我嫂子怀孕那会儿，他刚好工作很忙，说是没人照顾，我妈就让他俩回家里了。

**朱久**：那现在嘉嘉都大了，还一直住着吗？

**严井**：唉，当时说是照顾我嫂子，说实话，我感觉我妈就是看我二嫂人老实，让她在家里干活的。顺便还能节省点租房子的钱。

**朱久**：啊？是这样的吗？

**严井**：我一直在家，还不知道吗？当时她挺着大肚子还在洗衣服做饭。月子没坐多久，也就又干活去了。

**朱久**：那你二哥怎么想的？

**严井**：你别看我二哥老是满嘴俏皮话，实际上遇事，跟我大哥一样，一点主见都没有！还怕我妈怕得要命。

**朱久**：别这么说嘛，说不定也有你不了解的事。

**严井**：哼。不说他们了。那你姐姐呢，你之前说她跟我二嫂是同学，那也成家了吗？

**朱久**：很早就结婚了，现在都离了几年了。当初因为结婚的事跟爸吵了一架，闹得很僵。

**严井**：啊这……

**朱久**：现在她在大城市闯荡，最近几年，就今年我妈的葬礼回来了一次。

**严井**：唉。

短暂的沉默。

**朱久**：我家也没有电视机什么的，你待着无聊吧……

**严井**：啊，没有。这大热天的，你家屋里待着挺凉快。

**朱久**：要不来看看你拿过来的几本书吧，你有预习过吗？

**严井**：一次都没看过。来看看吧，我家也就是天天念叨着学习，学习。

## 10. 白天 严家 内景

严井和朱久坐在严井卧室的床上。

**严井**：你看，鸟就在那里。

**朱久**：我看看。

朱久脱鞋，爬到窗口旁仔细观察。严井看着她身体的曲线，又突然摇摇头，看着地面。

**朱久**：快过来，小鸟露头了。

**严井**：我还真没见过呢，这小鸟也太丑了吧，哈哈。

朱久：要不要拿点东西喂它试试？

严井：它吃什么？

朱久：杂粮吧。

严井拿了一些杂粮回来，打开窗户。

朱久：小心啊。

严井单手上放了些杂粮，递了过去。

斑鸠浑身炸毛，突然用翅膀拍向严井。严井吓了一跳，杂粮撒了一些。

朱久：哎呀，没事吧？

严井：没事，一点都不疼。

严井继续把手伸到斑鸠身旁，斑鸠开始啄他的手。啄了两下，发现食物，开始吃起来。

严井：哈哈，看它这样。

朱久也笑了起来。

## 11. 白天 向阳老区摆摊聚集点 外景

八月上旬，朱睦的生意开张。他的摊子是一个带有铁皮餐车，约两米宽，不到一米高。四周用铁皮围着，正前方偏左的位置有三个大字："早堂面"。右边列着价目表：素汤面3元，热干面3元，炸酱面4元，早堂面5元，猪肝面5元，财鱼面6元，牛肉面7元。餐车短的那一边开了两个口，放了两口圆柱形的大锅。其中一口锅里烧着高汤，另一口烧着开水，用来煮面。餐车上摆着用水泡着的细粉丝、苕粉；还有提前做好的浇头和调料，下方的挡板放着袋装的湿面、碱面和宽米粉，还有堆起来的其他食材。朱睦就站在餐车后作业，旁边的架子上挂着塑料袋和一次性纸碗。他的背后有四张桌子和塑料凳子，桌子上放着一次性筷子和纸巾。朱久负责收钱、找钱，以及收拾桌子。

严井、袁成、刘星羽、郑启瑞走来。

袁成：（打哈欠）切，白激动了，我还以为你请客呢。

严井：谁说我不请了？

袁成：那不是朱久吗，你之前说过她爹要在这卖早点的。那我们这来照顾生意，她爹还能让我们付钱？

严井：人家第一天开张，你好意思，我还不好意思呢！吃就行了，我来出钱。

刘星羽：天天过早都是这几家，来点新口味也不错。

郑启瑞：他家也是我爸给送的面条，前几天我还见过这个叔叔。

严井四人走到了摊前。

严井：叔，我来了。

朱睦：小三啊，欢迎欢迎，这几位都是你同学？

严井：是的，我们几个老在一起玩。

朱睦：好啊，那这顿我请了，你们都吃什么？

严井：别，叔，这要让我爸知道，非揍我一顿不可。（回头）你们都吃什么？

刘星羽：这早堂面是个什么面，我们这好像没有做这个的。

朱睦：嘿嘿，香得很，你们尝尝就知道了。

刘星羽：那我就要这个早堂面好了。

袁成：我在沙市吃过，感觉还可以。我也要早堂面吧。

郑启瑞：我也要这个。

严井：那我们四个都要早堂面。

朱睦：好嘞，你们随便找个桌子坐吧。

朱久把碗收到家门口的水池里，然后走了过来。

严井：朱久！

朱久：啊，严井，你来了。（看向其他几人）你们好。是约着一起来的吗？

袁成：他说他请客。

朱久：这怎么好意思，（朝着朱睦）爸？

严井：我跟叔叔说过了，没事没事。

朱久：好吧，那给你们一人加个卤蛋。

刘星羽：谢谢美女。

严井：我搬个凳子过来，你坐会？

朱久：不用了，随时都有客人来，你们好好吃吧。

朱睦在台面上摆上四个瓷碗，依次放好调料，舀入乳白色的高汤，捞起碱面放入。然后在上面铺上五花肉、鸡脯肉丝、炸鳝鱼，最后加上一个卤鸡蛋。朱睦端着两碗，朱久端着两碗，送上桌。

刘星羽：哎哟，叔，这么大一碗，专门给我们加这么多啊？

朱睦：不是的，这就是正常的量，谁来都这么多。

刘星羽：真的假的啊，还能赚钱吗？

袁成：确实挺扎实的。

众人吃面，脸上赞许的表情。

郑启瑞：别的不说，光就这个汤，配我家面条，都绝了。

刘星羽：得了吧你，你家面条跟别家的有啥区别。

郑启瑞：那是你吃不出来！

刘星羽：反正我只吃得出来这汤，这浇头，嘿！明天我得叫我爸妈一起来试试。

严井：别明天啊，今晚就行，这里早晚都开。

四人吃完，闲聊几句。严井付账，两人推辞拉扯了一会，朱久收下。

严井：叔，啥时候要感觉忙不过来，记得叫我。

朱睦：没事，估计这两天也不会多忙。像今早，到现在都没几个人呢。

严井：刚来大家都还不知道，我们几个也多帮您宣传。

朱睦：那可多谢你们啦！

朱久：（挥手）拜拜。

严井：拜拜。

## 12. 白天 球场 外景

刘星羽：朱久家生意应该会挺好的吧。

郑启瑞：我都有点担心他家能不能赚钱呢。

袁成：我猜会是开始生意好，然后开始偷工减料，最后跟其他店一样。

严井：你说什么呢？

袁成：哼，"赔本赚吆喝"，没听过么？按她家那个料的给法，要么赚不了多少钱，要么就得用假货。

刘星羽：也是，那家肉夹馍，一开始用料多扎实！现在呢？火腿肠都是那种吃起来粉粉的，我妈说那种火腿都是用来喂狗的！

严井：那还不趁着现在多去吃几次？

刘星羽：那当然，我说明天叫上一家一起吃可不是开玩笑的。

严井低头狠拍几下球，望向朱家摊子的方向。

## 13. 白天 高一（三）班教室 内景

高中开学报到。朱久到的最早，坐在靠角落的位置。严井到教室之后，拉着他的三个朋友坐在了朱久附近。

严井：（小声）待会儿自我介绍，别说你是农村来的，不然有些女生会欺负你的。

严井把头转了回去，朱久看着他的后脑勺。

龙礼杰：各位同学你们好，我是龙礼杰，是你们的班主任，同时也是你们的数学老师。你们能坐在这个班级里，代表你们都有一定的水平，希望在座所有同学能够在我们油田高级中学度过一个充实有意义的高中生活。

众人鼓掌。

龙礼杰：那么请同学们先介绍一下自己吧。就从我右手边按顺序来吧。

同学们依次介绍自己。

严井：大家好，我叫严井，小学和初中都在油建学校上的。平时爱做各种手工，请大家多指教。

众人鼓掌。

朱久：大家好，我叫朱久。我是从总口农村转学到这里来的，初来乍到，还请大家多包涵。我父亲在油建老区卖早堂面，大家去吃面的话可以报我的名字，可以给大家多加点料。

杜佳琪：我去过你家的摊子，料给得够足了，能打折吗？

朱久：可以呀。

班里响起一片笑声。班主任继续讲一些事项，讲完后要发课本，叫一些男生去搬书。朱久起身去上厕所，杜佳琪跟上。

杜佳琪：同学，你好。

朱久：你好，有什么事吗？

杜佳琪：没什么……就是想跟你认识一下。

朱久：啊，嗯……我叫朱久。

杜佳琪：我叫杜佳琪。

朱久：你来我家摊子吃过面吗？

杜佳琪：是的，我妈还有几次起老早去排队呢。

朱久：哈哈，那感谢你的支持了。你要是周末来，我来给你做。

杜佳琪：好呀。

## 14. 白天 高一（三）班教室 内景

龙礼杰：刚开学，大家就先按报到时候的座位坐，想调换的今天换完。之后一星期一换。

下课后一阵嘈杂，很多学生在商量着换位置。

## 15. 白天 高一（三）班教室走廊 外景

朱久靠着栏杆，看着树上的鸟。

杜佳琪：朱久，我能不能坐你旁边呀？

朱久：好啊。不过要看这位同学同不同意。

王志丽：没事的。我也不认识什么人。

杜佳琪：那我们可以认识一下嘛。

王志丽：那可太感谢啦。

三人互相介绍，杜佳琪和朱久同桌。王志丽跟另一男生一起同桌。

## 16. 白天 向阳老区摆摊聚集点 外景

清晨，朱睦推着车刚到，便发现已有三个人站在自己摊位的位置。一见朱睦靠近，便一齐帮着他把餐车推到摆摊的位置。他还没来得及说声谢谢，就看到这几个人掏出钱来。

**顾客1**：师傅，我要三碗早堂面，打包。

**顾客2**：师傅，我要一碗早堂面，在这吃。

**顾客3**：我要……

**朱睦**：几位，别急！先让我把摊子支起来。

朱睦急忙把提前准备好的臊子等食材搬出来，打火，然后去给锁在一起的折叠桌椅开锁。

**顾客1**：师傅，我们来帮你摆桌椅，你赶紧去做面条吧。

**顾客2**：是是是，我们一起来帮忙。

**朱睦**：哎，那就多谢几位了。你们是赶什么事吗，怎么这么急。

**顾客2**：能不急吗？来晚了可够排队，再晚些，怕是都吃不上了。

**顾客1**：我昨天就是看人太多，没敢来。但是家里孩子又吵着要吃。

**朱睦**：我一个人做着实在慢，对不住了。

**顾客1**：师傅，你这摊子就你一个人？

**朱睦**：我女儿上高中呢，一星期也就周末能来帮一下。

**顾客1**：你老婆呢？

**朱睦**：不在啦。

**顾客1**：啊，对不起。

**朱睦**：没事的。不过我一个人确实有点忙不过来。

**顾客3**：那就找个帮工吧，这么好吃的面，要让更多人享受。

**顾客1、2**：对的对的。

**朱睦**：那我就考虑考虑吧。你们几位都要什么面？

三顾客把自己要的食物又报了一遍。朱睦在做的时候，又有客人陆续到来。

## 17. 夜晚 菜市场 外景

下午收摊后，朱睦来到菜市场张贴招工的广告。一个中年女人追上朱睦。

**张娟**：大哥，你招工吗？

**朱睦**：啊，是。

**张娟**：大哥，你看我成不？我以前在餐馆打过下手，处理食材都熟着呢。

**朱睦**：（挠头）你不先商量开多少钱？

**张娟**：大哥，你的早堂面最近可出名得很。大家都说你是厚道人，相信你不会亏待人的。

**朱睦**：你是哪里人。

**张娟**：我就是附近农村的。

朱睦：你有没有什么疾病？

张娟：没有，我健康得很！

朱睦：有孩子吗？

张娟：才上幼儿园。这不为了他，到处出来找活做。

朱睦：那你不是要花时间照顾他？我这的工作时间可不像一般的活。

张娟：没事的，家里有婆婆。我几点干活都行。

朱睦：那你明天三点来这里吧（把手上的小广告给张娟），咱们先做一天看看，我再看给你开多少钱。

张娟：好嘞，大哥。

## 18. 清晨 朱睦家厨房 内景

张娟：（敲门）大哥，我来了。

朱睦：啊，好，你先进来。

朱睦熬高汤，张娟进门，东张西望，看着屋内的食材和调料。

朱睦：你先把青菜、鳝鱼，还有那里的鸡子都处理一下，都知道怎么弄吧？

张娟：知道的。

朱睦：垃圾就丢那个桶里，你来这边弄，好了就叫我。

张娟手脚麻利地把食材都处理完毕，朱睦仔细查看了一番，点头。

## 19. 白天 高一（三）班教室 内景

龙礼杰：我现在给你们发贫困生相关的认定，你们一周内提交申请，然后我们根据情况安排名额。

学生们闲聊，严井把随手叠的纸鹤丢到朱久桌子上。

## 20. 白天 高一（三）班教室 内景

朱久的笔掉在地上，外壳碎了。严井捡起，查看。

严井：你的文具都好旧哦，我给你个新的吧。

朱久：谢谢，但是不用了，我直接拿笔芯写也行。

严井：别啊，那我帮你翻新一下，你喜欢什么图案？

朱久：不知道。

严井：嗯，那我想想。

## 21. 夜晚 高一（三）班教室 内景

**严井**：朱久，你把文具都给我一下。

**朱久**：啊？

**严井**：不是，早上说好的，帮你加工加工。你先暂时用我这个笔。

朱久把文具盒递了过去。

## 22. 白天 高一（三）班教室 内景

早读，严井把文具盒递给朱久。朱久发现文具盒整体都焕然一新，凹陷的部分平整了，表面变成了粉色，还有一些卡通图案。打开文具盒，水性笔也做了类似的装饰，笔管用胶水和胶带修好，但是几乎看不出痕迹。

**朱久**：哇，这都是你做的吗？

**严井**：对啊，我很擅长手工的。

**朱久**：谢谢。

## 23. 白天 向阳老区摆摊聚集点 外景

**顾客1**：老板，今天有人帮忙啊？

**朱睦**：这不是怕你们吃不上，专门找了个人过来嘛。

**顾客1**：那感情好，以后就不用赶这么早来了。

**顾客2**：得了吧，人家卖的快，说不定一会就没了。

**朱睦**：哪能，我今天专门多准备了一些的，尽量满足大家！

收摊后。

**张娟**：大哥，怎么样，我手脚还算麻利的吧？

**朱睦**：很好！哎呀，你这一来，我真是轻松了不少啊。

**张娟**：大哥，那你还有别的需要帮忙吗？比如买菜买面？

**朱睦**：暂时先不用，我自己买或者有人帮忙。你出摊和处理食材的时候来就可以了。

**张娟**：好吧。我帮你把车推回去。

**朱睦**：没事，你回去休息一下，还有孩子要照顾呢。

**张娟**：那好，谢谢哥。

## 24. 白天 高一（三）班教室 内景

朱久看着严井做的笔，若有所思。严井偷瞄朱久。

## 25. 白天 朱睦家 内景

（电话）

**李雅芬**：喂？是朱老弟吗？

**朱睦**：哎，是我。严老哥在吗？

**李雅芬**：他出去了。有什么事吗？

**朱睦**：是这样的，托你们的福，我现在不是生意好吗？但是一个人有点忙不过来。

**李雅芬**：哎哟，要不我让小云抽时间再过去？

**朱睦**：别，我怎么好意思。我找了个帮工，今天她来试了一天，我感觉她手脚挺麻利的。

**李雅芬**：这不是挺好，你打算给她开多少钱？

**朱睦**：一千二一个月。

**李雅芬**：有点多了。

**朱睦**：我合计了一下，她家里还有小孩，我这让她早上三点钟就来准备东西，完了以后早上下午还得来忙……

**李雅芬**：干啥活不辛苦？都是挣个辛苦钱。你这个钱还是可以商量商量，等伟杭回来你们再谈谈。

**朱睦**：哎，好的，嫂子。

## 26. 夜晚 高一（三）班教室 内景

**龙礼杰**：根据同学们投票的结果，朱久更多，这次名额就给朱久了。不过曾佳同学有困难还是可以和学校及时沟通，明年根据情况我们会再次评选。

朱久旁的同学恭喜她，曾佳板着脸，看着朱久。

## 27. 夜晚 高一（三）教室班 内景

元旦晚会。严井和朱久的节目准备上台表演节目。

**主持人**：接下来有请严井和朱久两位，为我们带来《只对你有感觉》！

袁成带头鼓掌，刘星羽和郑启瑞跟着喊叫，其他同学也被带动起来。唐俊杰脸色阴沉，但是他身旁的"跟班"没有察觉到。

严井与朱久唱歌。

**严井、朱久**：我只对你有感觉（最后一句歌词）。

同学们鼓掌。

**严井**：感谢各位！希望大家今天玩得开心！（等掌声平息，看向朱久，清了清嗓子）同时，这首歌献给你。

现场突然安静，然后几个女生发出了"哇哦"的声音，刘星羽、郑启瑞小声起哄"在一起，在一起"，然后有其他几个好事的同学也加入了进来。朱久有些不知所措。袁成偷偷拿出一束花，递给严井。

**严井**：（拿着花，作势要给）朱久，你愿意……

**唐俊杰**：你这是要干什么啊？

全班安静，所有人看向唐俊杰。

**唐俊杰**：严井你这算男人吗？摆这么个架势，还叫他们几个起哄，是要逼人同意？

**严井**：（把花往后收了收）关你什么事？

**唐俊杰**：我就是看不惯！人家总也有拒绝的权利吧，你看她，是不是被你吓到了？

朱久的脸涨红了起来，把话筒放在附近的桌子上，转头跑出了教室。严井瞪了一眼唐俊杰，把花扔给了袁成，追了出去。同学们开始小声议论起来，杜佳琪偷偷看着唐俊杰。

## 28. 傍晚 向阳老区摆摊聚集点 外景

朱久慌忙跑到父亲的摊位。

**朱睦**：唉，阿久啊，你不是说今天学校搞活动吗？怎么这么早就过来了。

**朱久**：活动已经结束了。（顺手就开始收碗）

**张娟**：哎，阿久，放着让阿姨来。你怎么喘这么厉害，跑过来的？

**朱久**：我跟同学比赛跑步来着。我帮忙洗个碗吧！

顾客很多，张娟客套两句，继续忙去了。严井跑到，看着朱久洗碗，不敢过去，站了一会，离开。

## 29. 白天 油田高级中学 外景

**门卫**：小姑娘，要干什么？学校今天放假。

**朱久**：您好，我有书忘记拿了，可以进去拿一下吗？

**门卫**：你有钥匙吗？

**朱久**：有的，我就是班里管钥匙的。

**门卫**：几年级几班的？来这登记一下。

朱久在登记表上写下了班级和姓名，往学校里走。严井偷偷跟上，走向校门。

**门卫**：你，干什么。

**严井**：我跟前面那位是同学，我也有东西忘拿，跟她约好一起过来的，刚才买东西晚了几步。

　　**门卫**：她叫什么？

　　**严井**：高一（三）班的朱久。

　　**门卫**：行，拿完赶紧出来。

## 30. 白天 高一（三）班教室 内景

朱久低头翻找抽屉里的书。严井敲了敲门。

　　**朱久**：（抬头，又低头）我不知道怎么回答你。

　　**严井**：对不起……是我太急了。也不该当着这么多人的面。

　　**朱久**：你就没有想过，这事传出去会怎么样吗？

　　**严井**：老师不是都不在吗？

　　**朱久**：（无可奈何地叹了口气）在你们这，当着全班同学的面告白是很常见的事吗？

　　**严井**：倒也不是……

　　**朱久**：这事老师或是你家里，或是我爹那里，知道了，会怎么样？

　　**严井**：对不起。

　　**朱久**：（深吸一口气）总之，现在我是不会答应你的，你最好也先和我保持一下距离。

　　**严井**：现在不会？那是不是以后……

朱久没有回话，收拾好东西准备离开。

　　**朱久**：麻烦你让一下，我要走了。如果你没有东西要拿，我就锁门了。

朱久径直离开，没有看严井。

## 31. 白天 油高操场 外景

体育课，唐俊杰坐在草地上看高二学生踢球。

　　**杜佳琪**：（靠近，蹲下）唐俊杰，你这会有事吗？

　　**唐俊杰**：我看着像是有事的人吗？

　　**杜佳琪**：那个……你能过来一下吗，我有事情找你。

　　**唐俊杰**：啊？什么事啊。

　　**杜佳琪**：哎呀，你来就知道了。

　　**唐俊杰**：（不耐烦地）好，行。

唐俊杰跟着杜佳琪到了学校围栏边的一棵树下。

　　**唐俊杰**：好了，说吧，什么事。

　　**杜佳琪**：那个……你有女朋友吗？

　　**唐俊杰**：没有。你问这个干什么？

杜佳琪：我看在校外经常有几个女生和你一起玩……

唐俊杰：都是朋友，这又跟你有什么关系？你到底有什么事？

杜佳琪：嗯……（小声）你能当我男朋友吗？

唐俊杰：什么？我没听清楚。

杜佳琪：（脸红）我能当你女朋友吗？

唐俊杰：（愣住）你没开玩笑吧？

杜佳琪：没有。

唐俊杰：不是，我们平时也没什么交集吧，你看上我什么了？

杜佳琪：你很勇敢，不像我这样，畏首畏尾，老是在看别人的脸色……

唐俊杰：（沉默了一会儿，语气缓和不少）你应该知道，按他们的话说，我是经常在外面"混"的。

杜佳琪：我可以陪你，这样你就不用老是去找校外的那帮人玩了。

唐俊杰：校外那帮人怎么了？

杜佳琪：呃……

唐俊杰：你人很好，但是你不够了解我。没有别的事的话，我就回去看球了。

杜佳琪：对不起，我不是那个意思。

唐俊杰：你还是去找些"正经"人吧。

唐俊杰朝着操场走去，杜佳琪低头沉默一会儿，擦眼泪回教室。

## 32. 白天 高一（三）班教室 内景

杜佳琪回教室后趴在桌子上小声啜泣。朱久回到座位。

朱久：佳琪？你回来这么早啊。

朱久：（发现杜佳琪正在哭泣）怎么了？谁欺负你了？

杜佳琪摇头。

朱久：我回来的时候看到唐俊杰在那跟你说什么，他怎么你了？

杜佳琪还是摇头。

朱久：你不说，那我直接去找他问好了。

杜佳琪突然伸手抓着朱久的袖子。

朱久：那看来就是有关系喽。

杜佳琪：我，我跟他告白了，但是他没答应。

朱久：啥？你喜欢他？唐俊杰？他有什么好的。

杜佳琪：哎呀……反正不怪他就是了。

朱久：没想到你这么乖的女生，也会看上那种混子。

杜佳琪：你别这么说他。

朱久：好好好，那你跟我说说，到底看上他什么了？

杜佳琪没有说话，把手收了回去，继续趴在桌子上。朱久摇了摇头，拿出书本准备学习。

杜佳琪：（小声）你还记得我为什么要找你做朋友吗？

朱久：啊？

杜佳琪：因为你不避讳你的农村身份，不避讳你家是做生意的……

杜佳琪：很奇怪对吧，明明这些都没有错，但是大家就是会多多少少看不起这种出身的人。

杜佳琪：但是我没有勇气，我知道有些事是错的，不好的，但是我只敢跟着多数人的步调。

杜佳琪：（突然抬起头，眼睛有些红，眼角上还挂着些泪滴）就像严井当众利用那种氛围对你告白，要是我的话多半就会接受了吧？

杜佳琪：我羡慕你能转身就走，我羡慕唐俊杰能直接说出自己想法，我…………

朱久嘴唇动了动，没有说话。

## 33. 白天 高一（三）班教室 内景

数学老师：唐俊杰，你来回答这个问题。

唐俊杰用常规方法之外的解法做了出来。

数学老师：不错，以后上课别老看窗外。

下课后。

杜佳琪：唐俊杰，上节课老师出的那个题，你是怎么想到那种做法的呀？

唐俊杰：就那么想到的。

杜佳琪：我想跟你学习一下嘛，老师都很喜欢你的想法呢。

唐俊杰：好学生还跟我学？不耻下问是吗？

杜佳琪：不是，不是的。

唐俊杰：偷懒的做法罢了，你还是按你好学生的思路来吧。

朱久：人家好态度找你问问题，你不想讲就算了。佳琪，来，我给你讲。

唐俊杰：是是是，我哪有好学生会讲呢？

杜佳琪：那，那能把写的过程给我看看吗？

唐俊杰拿起草稿本，像飞盘一样，向杜佳琪扔了过去。他用的力道过大，本子旋转着砸到了杜佳琪的额头上。杜佳琪一下就抱着额头弯下腰去。

朱久：（拍桌子）唐俊杰你干什么？

班里的同学都看了过来。严井趴在桌上睡觉，突然被吓起来。

严井：你怎么了，没事吧？

王志丽：唐俊杰你别太过分了！

杜佳琪吸了下鼻子，抬起头来。

杜佳琪：没事的，我没事，就是不小心被碰到了。

朱久：手拿开，我看看。

杜佳琪：真的没事，这个本子本身是软的，我就是被吓到了。

朱久看了看杜佳琪的额头，确认没事后，摸了摸她的头。

朱久：唐俊杰，看你这德行！这次是运气好，万一要砸到她眼睛怎么办？

唐俊杰：对不起啊。那本子就送你好了。

唐俊杰转头看着窗外，一副无所谓的样子。

## 34. 白天 高一（三）班教室 内景

龙礼杰：最近教育局有个检查，需要我们每个班出十个同学，五男五女，来跳交际舞。愿意的同学可以主动报名，如果没有的话，我就点人了。现在给你们三分钟，愿意报名的举个手。

袁成举手。

严井：（小声）你怎么这么积极啊？

袁成：我爸专门跟我说了，还叫我在前面去领头跳，逃不了。

严井和附近的同学笑了起来。

袁成：笑什么笑，等会人不够，被抽到的就是你们。

刘星羽：交际舞，交际舞。是不是还得跟女生牵手跳啊？

袁成：你想跟谁牵手？

刘星羽：不是我啊，有人可想呢。

男生们嘻嘻哈哈了起来，龙礼杰拍了下桌子。

龙礼杰：安静！除了袁成，还有其他人自愿吗？没人是吧？那我就点人了。

龙礼杰：女生，朱久、刘诗晴、于雅洁、杜佳琪，还有李凤梅。

龙礼杰：男生，唐俊杰、冷宇、邓文杰、严井，还有自愿报名的袁成。

龙礼杰：你们要是有实在不想去的，可以，但是要找到人替。然后自己分好组，放学前都报给班长。没分好的就由我来了。

龙礼杰：现在开始上课。

## 35. 白天 高一（三）班教室 内景

大课间，所有学生下楼做操。

严井：朱久，那个，跳舞的事，你去吗？

朱久：评奖评优，为什么不去？

严井：那你……有人组队吗？

朱久：组什么队？

严井：就是，跳舞不是两人一组嘛。

朱久：没有。

严井：那要不咱俩一组？

朱久：为什么？

严井：我……我跳舞很厉害的，我肢体协调，你跟着我一起都不用练的，一跳就会。

朱久：真的？

严井：真的。

朱久：我怎么没见过你跳过呢？

严井：那我给你表演一下。

严井说着就站起来开始跳，模仿的是迈克尔杰克逊的舞蹈，但是很笨拙，看起来手忙脚乱。

朱久忍不住笑了出来，往外走。

严井：哎，你别急着走啊，我跳得怎么样？

朱久：斑鸠求偶的舞蹈都跳得比你好。

严井：（追上）那行不行嘛，你给个准信撒。

## 36. 白天 油高操场 外景

音乐响起，严井开始十分卖力地做操，动作十分夸张。

音乐结束。

**巡视的老师**：你们班，今天那边的那位同学做得很努力，这很好！做操就是为了让你们运动运动，活动身体！当然，动作要再标准些就好了。

众人哄笑。

## 37. 白天 高一（三）班教室 内景

教室内正在上课，朱久低头准备记笔记，看到桌上多了一张折好的纸条。她把纸条展开，上面写着"和我跳舞吧"，旁边画着两只斑鸠，一只正常站着，一只点头。

朱久写字，折好，瞄准严井的衣领丢到了他的后背里。

严井感觉到纸条，但是老师这时候又回头讲课，他装作挠痒的样子，揪起后背衣服抖了几下，然后弯腰捡起了纸条。他在抽屉里展开看，在自己写的那行字下面，有一个"好"字。

## 38. 傍晚 高一（三）班教室 内景

下课，严井走到袁成的座位旁，递给他一瓶可乐，然后比了个"OK"的手势。

**袁成**：（低声）行啊，你小子。

**袁成**：（回头喊）老师点到的同学，要换人的，要组队的，记得来我这说一声，我晚自习就去报给龙老师了。

## 39. 傍晚 高一（三）班教室外走廊 内景

杜佳琪一个人在走廊看着天空发呆。这时唐俊杰从教室走了出来。

**唐俊杰**：咳咳。

**杜佳琪**：（看到唐俊杰，下意识地退了一步）啊。

**唐俊杰**：你刚吃完饭？

**杜佳琪**：是，是的。

**唐俊杰**：那个，你，跳舞，还去吗？

**杜佳琪**：嗯，没人替我。

**唐俊杰**：这样啊，可惜我也替不了你。

**杜佳琪**：（笑）你是男生啊，而且你也被选上了。

**唐俊杰**：是的。

短暂的沉默。

**唐俊杰**：你，有人跟你一起跳吗？

**杜佳琪**：没有。

**唐俊杰**：那要不要跟我一起。

**杜佳琪**：（难以置信的表情）啊？

**唐俊杰**：（挠头）上次不是不小心砸到你了吗。

**杜佳琪**：啊，那个没事的。

**唐俊杰**：这不刚好我们都被点到了，我就……

**杜佳琪**：没有啦，那我们组队吧。

**唐俊杰**：总之，我协调性也一般，努力不踩到你的脚吧。

**杜佳琪**：哈哈。那……等会去跟袁成说一声？

**唐俊杰**：嗯，我去跟他说吧。我饭还没吃，先走了。

**杜佳琪**：拜拜。

唐俊杰走远。朱久和王志丽走到杜佳琪跟前。

**朱久**：刚才唐俊杰找你了？

杜佳琪：嗯。

朱久：他跟你说什么了？

杜佳琪：他，他说这次交际舞，要跟我组队一起。

朱久：什么？这是他主动跟你说的？

杜佳琪点头。

王志丽：他怎么会这么主动？

杜佳琪：他说是因为上次砸到我，不好意思。

朱久：他？会不好意思？哼。

王志丽：那你怎么回复的。

杜佳琪：我答应啦。

朱久：我觉得你还是先好好考虑一下。

杜佳琪：考虑什么，我路过袁成座位的时候可看到了，你怎么又跟严井一起了呢？

朱久：我跟他本来关系就还可以，他也跟我解释过了。

杜佳琪：解释？难道就是突然喜欢你，又突然不喜欢了？

朱久沉默。

王志丽：啊？佳琪真喜欢唐俊杰啊？

杜佳琪：怎么，你也要说他坏话。

王志丽：倒不是他，是他爸。他爸几次来我家开的KTV，说是检查，实际上就是来白玩，白吃，白喝。我是怕有其父必有其子。

杜佳琪别过头，噘着嘴。

朱久：行，咱们先不提这个了。

## 40. 傍晚 操场 外景

领头的老师：同学们，注意了，咱们这第一步呢，需要男生先来邀请女生，我先给大家做个示范。

严井环视一圈，发现大部分人都扭扭捏捏地没什么动作。转过头来，发现朱久背着手，面无表情地看着他。

朱久：愣着干什么啊？

严井：啊。

朱久：怎么，动作没记住？

严井：呃，确实……

朱久：来，我给你示范。

朱久按照之前老师示范的动作，左手背在身后，右手伸出，弯腰，做出邀请的动作。她的动作十分大方自然，严井不由得把自己的手放在了朱久的手上。

**朱久：**要不我们换个位置，我来跳男生的部分？

**严井：**确实，我感觉你分个身出来跟自己跳，应该会更好。

**朱久：**要你在这干吗。赶紧的，你来一次。

严井模仿她的动作，作出了邀请。朱久也伸出了手。完成这个动作后，她开始查看周围人的情况。

**朱久：**看他俩，哈哈。

严井顺着她的眼光看去，不远处的唐俊杰和杜佳琪还都各自盯着地面。听到朱久的笑声，杜佳琪和唐俊杰看了她一眼，又很快把头转了回去。唐俊杰僵硬地伸出了右手，但是左手插着兜，身体也站得笔直。杜佳琪把手放了上去。唐俊杰转动手腕，握住了杜佳琪的手，然后上下晃动了两下。

**领头的老师：**下面的同学，唉，说的就是你们两个。邀请，是邀请懂吗，你这就是两个人见面握个手，哪是跳舞呢？

周围人的目光都聚集了过来，唐俊杰还是一副无所谓的样子，杜佳琪脸红，低头。

## 41. 傍晚 操场 外景

严井认真的练习舞蹈。朱久默默配合。

杜佳琪练习的时候总是踩到唐俊杰的脚，然后一直道歉，唐俊杰一直说没事。

**领头的老师：**好了，今天就到此为止。同学们辛苦了，有序回教室吧。

按照离教学楼的远近，老师引导学生们按队回教学楼。

**杜佳琪：**对不起……我帮你洗下鞋子吧。

**唐俊杰：**啊？我鞋子给你，我穿什么回去。

**杜佳琪：**不是那个意思，你明天换双鞋子，脏的给我。

**唐俊杰：**太麻烦了。

**杜佳琪：**那我给你擦擦……

**唐俊杰：**没必要，明天不是还要跳吗？

**杜佳琪：**对不起……

**唐俊杰：**我都说了多少次了，不要道歉了！我说没事就是没事。

**杜佳琪：**好的。

**唐俊杰：**走吧。

## 42. 傍晚 操场 外景

领导视察的当天，所有人配合得很好，得到了学校领导的表扬。

## 43. 白天 高一（三）班教室 内景

**龙礼杰：**下课。严井，你来办公室一趟。

**严井：**哦，好。

严井走后两分钟。

**物理课代表：**朱久，物理老师找你有事。

**朱久：**陈老师找我？不会是我作业有问题吧。

**物理课代表：**不知道，你快去吧。

## 44. 白天 龙礼杰办公室 内景

严井进门，由于浓厚的烟味，咳嗽。

**龙礼杰：**（点烟）关门。

**龙礼杰：**知道今天找你什么事吗？

**严井：**老师，我作业都交了吧？也都是好好写的，但是我水平就是这样，您也知道。

**龙礼杰：**不是学习上的事。

**严井：**龙老师，我可是老实守法的。您看，我这不是才参加那个交际舞，还立功了呢。

**龙礼杰：**嗯，交际舞。你和谁一起跳的？

**严井：**朱久啊。

**龙礼杰：**那么多女生，怎么就专门找的她？

**严井：**我和其他人都不熟啊，想着刚好认识，就问了问她。

**龙礼杰：**嗯，熟得很呐。

**严井：**可不是嘛，我家和她家关系可好。

**龙礼杰：**别绕了！元旦晚会那天，发生什么了？

**严井：**我和她唱了首歌。

**龙礼杰：**然后呢？

**严井：**然后问她……

**龙礼杰：**嗯？

**严井：**跟她说我喜欢她。老师，这事就是我一个人想的，跟她也没关系！她当时可直接走了。不信您可以去问班里任何一个人。这次跳舞也是我想找个机会跟她道个歉！

**龙礼杰：**哼，你倒是挺有担当。她要不是直接走了，你们早就被叫家长了！

上课铃响。

**龙礼杰：**这次就先放过你了，你可想清楚。学校是用来读书的！这事我还要跟你家打个电话，你先走吧。

　　**严井**：老师，我一定会注意的。能不能别找我家里……

　　**龙礼杰**：上课去。

　　**严井**：好的，老师再见。

## 45. 白天 陈艳办公室 内景

朱久敲门，进。

　　**陈艳**：朱久，来啦？来，你先搬个凳子过来坐吧。

　　**陈艳**：最近学习上没有什么麻烦吧？

　　**朱久**：没有，老师，都还挺好。

　　**陈艳**：挺好。那平时和同学们相处呢？怎么样？

　　**朱久**：同学们也挺好的。

　　**陈艳**：没有人欺负你？

　　**朱久**：没有的，老师。

　　**陈艳**：有没有男生……经常来找你聊学习之外的事呢？

　　**朱久**：老师，我就直说了，严井元旦晚会那天跟我告白，我拒绝了。

　　**陈艳**：那之后呢？

　　**朱久**：他后来又找我解释过，说就是一时冲动，想岔了。

　　**陈艳**：你是怎么想的。

　　**朱久**：我家里的情况您应该也知道，我爹把希望都放在我身上了，我肯定是要以学习为重。

　　**陈艳**：嗯，能看得出来，你是很懂事的。那你们前段时间怎么又一起在跳舞呢？

　　**朱久**：因为我后来想了一下，觉得当时直接走掉不太礼貌。我和他本来也是普通朋友，刚好也借这个机会跟他聊清楚了。他也表示理解。

　　**陈艳**：你这样做是对的。以后碰到这样的事，记得及时找老师。

　　**朱久**：好的。对了，您能别告诉我爹吗？我不想让他担心。

　　**陈艳**：我会跟龙老师沟通一下的。

　　**朱久**：谢谢老师。

## 46. 白天 高一（三）班教室 内景

　　**严井**（纸条）：刚才老龙找我问那天的事了。

　　**朱久**（纸条）：陈老师也跟我说了。

　　**严井**（纸条）：没事吧？

朱久（纸条）：她说没什么事了。

严井（纸条）：那就好。

## 47. 傍晚 高一（三）班教室 内景

龙礼杰指挥换座位，朱久和严井分开。

## 48. 白天 严家 内景

朱睦：新年好，严老哥，还有嫂子。

朱久：伯伯、伯母新年好！

严伟杭：哎，新年好！

李雅芬：新年好！你们快进来吧。

吃中饭期间，严伟杭一直在观察严井与朱久，但两人除了见面寒暄以外再无互动。严井在自己房间里看漫画，朱久在客厅陪着父亲与众人聊天。

午饭结束后，严家几人在餐厅换着打麻将，严伟杭与朱睦在客厅聊天。

严伟杭：这几个月干下来到底咋样？

朱睦：还行，客挺多的。

严伟杭：这我也知道，我是问你赚没赚钱。

朱睦摇头。

严伟杭：忙活半年，没挣钱？

朱睦：哎，也没亏。我把过来那会，你给的钱也算上了……这不，我今天来想还这笔钱了。

严伟杭：嗨！大过年你谈什么还钱，我之前不说了吗，不用还！

朱睦：这钱不还，我心里不踏实的。

严伟杭：先不说这个，我给你的也就五千块钱，算上这，你挣的也够少了。你有记账吧？

朱睦：有的，账本在我家放着呢。

严伟杭：这样，下午我去你那一趟，一起合计合计。

朱睦：不用你跑。阿久，过来！

朱久：爹，什么事？赵姐，你先替我一下。

朱睦：这把钥匙给你。厨房不是有个上锁的抽屉吗，你去打开，把里面蓝皮的本子拿过来。顺便家里有箱橘子，我来的时候忘拿了，也拿过来。

严伟杭：水果就不用了，你看我家这，单位分的都吃不完。

朱睦：老家人送来的，甜得很，跟这里的不一样。阿久，快去。

严伟杭：她一个人不好拿吧。

朱睦：没事，她有点力气的。农村的娃，哪还有干不了活的。

严伟杭：小三，过来。

严井：爸，什么事？

严伟杭：帮忙去。

严井：好嘞。

严伟杭：让孩子们去活动活动，过年一天到晚闲的。

## 49. 白天 严家 内景

朱久敲门，朱睦开门。账本被朱久递给朱睦，然后又被给到严伟杭的手上。严井将橘子放在餐厅。

严伟杭查看账本。

严伟杭：我先看看，这大过年的直接打电话问人家生意上的事也不太好。过两天我叫你，咱们来好好合计合计。

朱睦：哎，好。

## 50. 白天 严家 内景

严伟杭：老弟，你这个问题我大概有数了。

朱睦：是我哪里没做好？

严伟杭：不是你哪里没做好，是你做得太好了！

朱睦：什么？

严伟杭：唉，做生意呢，良心，不能没有，也不能太多。

朱睦：这是什么意思？

严伟杭：没有良心呢，容易吃牢饭。良心太多呢，就喝西北风。

朱睦：我还是有点糊涂。

严伟杭：你买菜，怎么没按我说的去做？

朱睦：我怕买的冻货是那种赖货，人吃了能好吗？到我这吃的娃儿还挺多，我不能害人啊。

严伟杭：人家其他搞餐饮都在用，就你用不得？

朱睦低着头，没有说话。

严伟杭：而且这个高汤，人家专门有那种卖的，现成的高汤调料包。用那个，味道差不了多少，你还不用起早贪黑去熬，还便宜。

朱睦：不是那味！

严伟杭：有什么味不味的，有几个能吃出来？往里面丢点骨头装个样子不就行了？

朱睦：这，这哪成……

严伟杭：而且你面里那个鳝鱼，也花不少钱吧？还拿油炸。

朱睦：早堂面里得有啊。

严伟杭：你那也跟正宗早堂面有区别吧？既然能改一点，为什么不能再改。

朱睦：这个我再考虑考虑吧。

严伟杭：而且你用的油，用的调料，全是牌子货？

朱睦：是啊，上超市买的。

严伟杭：这我真得说你了。这做生意用的，哪能跟家里一样？人家都是去批发的散货，知道吗？看看你这，连餐巾纸都用的那种好货，唉。

朱睦：我，这，这不是应该的吗？

严伟杭：所以我刚才就说啦，良心太多，就得喝西北风了。

严伟杭：这又不是要你去违法。大家都这么干，为什么你就不行啊？

严伟杭：这是国家允许的，吃进去也没毛病，怎么了。

严伟杭：不说别的，为了阿久，你这样下去可以吗？小孩子上学，说不准什么时候就需要钱。万一她要补习呢？说不好听的，万一生个什么病，你能有多少准备。

朱睦：我，我考虑一下吧。

严伟杭：别考虑了，你必须得改了。这样，我去联系一下，过两天给你介绍人，你可把你的成本控制住了。这么好的生意，干吗跟钱过不去呢？

朱睦沉默。两人起身出门。

李雅芬：时候不早了，叫阿久也过来吃个饭吧。

朱睦：今天就不麻烦了，我还有事，有事。

严伟杭：让他去吧，他后面有的忙。

李雅芬：唉，生意不好做啊。对了，朱老弟，跟你提个醒。

朱睦：怎么了，嫂子？

李雅芬：你家那个帮工，张娟，你可得小心着。

朱睦：张娟？

李雅芬：人家有认识张娟她家的，说这人心眼可小，老是在换工作。在家里跟婆婆关系也处不好，孩子也丢在家里不管。

朱睦：不会吧？

李雅芬：知人知面不知心呐！你平时可得小心了，保不准丢个什么东西。

朱睦：啊，好，我注意注意。那我走了啊，哥，嫂子。

严伟杭：嗯，我联系好人就给你打电话。

李雅芬：走好啊。

## 51. 白天 向阳老区摆摊聚集点 外景

年后，朱睦出摊。除了素面以外所有面涨了一块钱。

**顾客1**：唉，老板，怎么涨价了啊。

**张娟**：您看，年后菜、肉都涨价了，不涨，得亏钱啦。

**顾客1**：行吧，别的摊子也都在涨。涨，涨，怎么工资就没见涨呢？

**张娟**：您的面。

**顾客1**：不对啊，这面怎么没见鳝鱼呢？

**张娟**：现在鳝鱼不好买，也贵。我们现在多给了些肉，没有鳝鱼了，不好意思。

**顾客1**：哼。

## 52. 白天 朱家 外景

**严井**：朱久，在吗？

**朱久**：（开门）在，什么事？

**严井**：我二嫂刚回家，说后面的油菜花都开了，挺漂亮的，一起看看吗？

**朱久**：（笑）行啊，等我一下。（关门）

**严井**：（双手握拳，小声）耶。

## 53. 白天 油菜田 外景

**朱久**：哇，好壮观。

**严井**：你家那边不种油菜吗？

**朱久**：有种，但是没见过这么大片。

**严井**：我们这油田，不光是石油，还有油菜呢。

**朱久**：嗯，这香味还真清新。

**严井**：你喜欢就好。有的人还不太喜欢这味道呢。

严井和朱久走到一条小溪旁边，小溪的两边都种着水杉树，每边的道路都很窄。严井和朱久一前一后地走着。

**严井**：我窗口那鸟，又下蛋了。

**朱久**：这么冷的天也下？

**严井**：谁知道呢。听你的，我经常往空调上撒点吃的。

短暂的沉默。

**严井**：那个，龙老师找你谈话了吗？

朱久：龙老师？没有。

严井：就像你说的，之前那事还是传到龙老师那里去了。

朱久：哦，那他怎么说的？

严井：他把我骂了一顿，说不要耽误你学习。还说要给我家里打电话。但是我看我爸妈这几天也没有发作。

朱久：是在吓唬你吧？

严井：谁知道呢。不过他没有找你就好。

朱久：嘿嘿，逗你玩的。龙老师是没有找我，但是你被叫走那会，陈老师叫我过去了。

严井：陈老师？为什么是她？

朱久：想同时找我们俩呗，对对口供。

严井：那看来咱俩还挺心有灵犀的。

朱久：说什么呢。我就是实话实说罢了。

严井：那你就实话实说好了，你真对我一点感觉都没有吗？要是有哪点不喜欢，只要可以，我都能去改。要真不行，你在这里说，我也好死了这条心。

朱久：不喜欢什么啊？我不喜欢不成熟、不稳重、做事不考虑后果的。我还不喜欢打呼噜的，尤其是上课时候打呼噜的人。嗯，还有，夏天，盯着女生腿看的人。我再想想……

严井：咳咳，别说了，别说了。

朱久：嗯哼？

严井：对不起！

朱久：我要听的可不是对不起。

严井：那，你要怎么样，我认罪认罚。

朱久：啊，看来我还要加上一条，健忘的人也不行。

严井：（愣住，突然转身，很高兴地）那，我这些都改掉，是不是可以？

朱久：可以什么啊？

严井：我要是保证再不犯这些问题，你可以，做我女朋友吗？

朱久：再说吧！

朱久大方地看着严井，严井瞟了她一眼，又看向地面。他转身往前走，朱久跟着。突然，严井放慢了步子，将右手往后伸了伸。

朱久摇头，笑着用力打了一下严井的手。


## 54. 白天 摆摊点附近的超市 外景

**中年妇女1**：涨价，涨价。过个年一上街，都涨了。

中年妇女 2：哎，没事，等这段时间过了，卖菜的多了，就都好了。

中年妇女 1：嘿，你别说。我早上说就在外面过个早，买个肉夹馍，你猜多少钱？

中年妇女 2：我记得年前是四块五吧，纯肉的。

中年妇女 1：过个年，变成五块喽。还记得他前两年刚开张的时候卖多少钱吗？三块！这一到过年，或者猪肉涨价的时候，他就涨。贵的时候涨就算啦，但是价格跌的时候，他也不降价！

中年妇女 2：可不是嘛。就那，早上卖早堂面的老朱的摊子。今天也涨了。

中年妇女 1：他也涨啊？

中年妇女 2：是啊，除了素面，全都涨了一块钱。

中年妇女 1：物价涨了，也确实没办法。

中年妇女 2：而且面里给的炸鳝鱼也没了。

中年妇女 1：啊？

中年妇女 2：说是贵了，不好买，我看就是成本太高，不想加了。

中年妇女 1：也是。不过他能保持那个量做了半年，也挺不错了。

中年妇女 2：嗯。这里好些摊子，哪个不是刚来的时候物美价廉的，过段时间都差不多了。

中年妇女 1：老朱人还挺实诚，不知道他能撑多久。

中年妇女 2：是啊，就算是现在，他家面条里放的肉还是比别家多些，而且汤味道也好。

中年妇女 1：偶尔还是去照顾下生意吧。

中年妇女 2：什么照顾不照顾，现在还不是那样，去晚了，汤都没得喝的。

中年妇女 1：谁知道涨价以后还会不会像年前呢。

## 55. 白天 向阳老区摆摊聚集点 外景

唐北山查看朱睦旁的摊位，收红包后走到了朱睦的摊位前。

唐北山：老朱。

朱睦：这不是唐兄嘛。

唐北山：嗯，新年好啊。

朱睦：您也新年好。要不来碗面？

唐北山：好。

朱睦：就早堂面？

唐北山：可以，你这的招牌嘛。

张娟把面端给唐北山。唐北山吃了两口。

唐北山：听说你这涨价了，还少了料？

张娟：领导，那是因为……

唐北山：（抬手）我理解你们做生意的难处。下次可以提前知会我嘛，我们也可以及时跟居民沟通。

唐北山慢悠悠吃完面。

唐北山：我先走了。

朱睦：好的，慢走。

唐北山刚走不远。

朱睦：（大声）哎，唐兄，不好意思，您刚才面钱还没给。

唐北山脸色沉了下来，突然露出笑容。

唐北山：哎哟，不好意思，我给忘了。多少钱啊？

朱睦：鸡蛋是送您的，就不收钱了。六块钱。

唐北山转过头来付钱。

唐北山：确实贵了啊。

朱睦：同样的价格，我这给的料，真不贵了。

唐北山：哼哼。

## 56. 白天 向阳老区摆摊聚集点 外景

临近收摊时，一个穿着城管制服的人来到摊位附近。

年轻人：您好，是朱睦先生吗？

朱睦：是我。

年轻人：您的摊位被人投诉，存在不规范行为，请您配合我们的调查。

朱睦：啊，我犯什么事了吗？

年轻人：您不用过于紧张。投诉并不代表您一定有问题。不过您今天无法再出摊了，下午三点，请您在该地址等候，我们会去检查。

朱睦：好，好的。您要相信我。

年轻人：我们会根据事实来判断的。

## 57. 白天 严家 内景

朱睦敲门，李雅芬开门。

李雅芬：这不是朱老弟吗？怎么有时间过来了。

朱睦：有件事来请教你们。

严伟杭：怎么了？

朱睦：唉，老哥，是这样的……

**严伟杭**：来的那个人，就让你停业一晚上？

朱睦点头。

**严伟杭**：哎哟，你脑袋怎么这么死呢？认识的人来吃饭，有的时候你都请客，怎么他吃完走了，你还非要喊住他，要他给钱呢？

**朱睦**：他不是国家的那什么，公职人员吗？我要不让他付钱，不是让他犯纪律问题吗？

**严伟杭**：唉，小地方，你管什么纪律不纪律的。这下好了，人家本来是来收红包的，结果红包没收到，还交给你一碗面钱。

**朱睦**：那晚上的检查是……

**严伟杭**：你就正常让他们查就行了，他没有立马去查，就是给你个警告。你也不用太担心，这误会解除了就没事了。明天你照常出摊就行。

**李雅芬**：哼，朱老弟做的是对的。他一城管，有什么资格在那要人家挣的辛苦钱？老不要脸的东西，搞急了，告他去。

**严伟杭**：能不能先闭嘴？就是因为你之前和他媳妇吵架，他跟我关系又在这里，不方便发作，就找了几次朱老弟麻烦。这你还不清楚？

**李雅芬**：你叫我闭嘴？

**朱睦**：老哥，嫂子，别吵啦。这事还是因我而起。这现在怎么办呢？我等他下次来，再把红包补上？

**严伟杭**：我下次找他喝酒的时候，顺便帮你给他算了。

**朱睦**：好，好。那要多少钱？

**严伟杭**：一般都是一百到三百。按你摊子上的生意，估计得给个两三百的。

**李雅芬**：唉，我们帮你出一部分吧，你拿个一百块，再准备个红包，意思一下就行。

**朱睦**：每次出事都麻烦你们，真不知道怎么感谢……

**严伟杭**：没事，回去先安心做生意吧，别影响到阿久学习。

**朱睦**：好的，好的。

## 58. 傍晚 高一（三）班教室 内景

**严井**：今天没有跟王志丽她们一起吃饭吗？

**朱久**：不了，这部分我还没理清楚，学完再吃。

**严井**：电学？嗨，这简单，我来教你。

**朱久**：你？

**严井**：你这就有点看不起人了啊。你把那个电压，想象成高山上流水下来。电阻就是大坝，过一个就拦点水，流到最下面就没水了。

**朱久**：嗯。（写题）

严井：怎么样，我说吧。

朱久：看不出来啊？

严井：家里电器可都是我在修。以前电工师傅一来，我就缠着他学东西。

朱久：那你的成绩怎么……

严井：操作还行，考试嘛，我实在是应付不来。

朱久：难道你脑袋还挺好使的？

严井：不是吧，你真以为我傻？

朱久：我打你啊！

## 59. 凌晨 朱家 内景

朱睦和张娟在准备食材。

朱睦：张娟啊——

张娟：朱哥，啥事？

朱睦：这段时间我有点事，麻烦你多看着点了。

张娟：没事，哥。

## 60. 白天 向阳老区摆摊聚集点 外景

顾客1：唉，老板，我怎么感觉这汤味道不对啊。

朱睦：啊，是吗？我尝尝。

朱睦：哎哟，我就这几天没尝，怎么就出问题了。

顾客2：不是我们挑，老板。大伙这几天都感觉有些怪。

张娟：说不定是季节变化，菜啊肉啊稍微变了点味。

顾客1：那变得可太多了。

朱睦：对不住，各位。今天就不收你们钱了，我早点收摊吧。

顾客1：没事，面都吃了。回去好好检查检查吧。

朱睦：好的好的。

## 61. 白天 朱家厨房 内景

朱睦：你看看你都买的些什么东西？

张娟：就正常东西啊。

朱睦：这肉，怎么是冷冻的？还有这什么高汤的调料，我以前从来没用过。还有，骨头怎么这么少？

张娟：这不是上次您那位严老哥给介绍的人推荐的吗？我还奇怪您怎么一直不用呢。

朱睦：我两天不管，你就这样？

张娟：照您那么干，倒像是干慈善的。要不就试试人家这原料。看看这两天账，这省了多少钱？

朱睦：你看看别人顾客的反应！换了味道，他们还买账吗？

张娟：刚换味道肯定有人有意见。时间长了哪个还吃得出来？

朱睦：我吃得出来！

张娟：那把这次进的货都卖完，换回去吧。

朱睦：不行，都给我丢了。管他喂猫喂狗的，给我丢。

张娟：行，听您的。

## 62. 凌晨 朱家厨房 内景

张娟：大哥，跟您说件事。

朱睦：什么？

张娟：干完这周，我就走了。

朱睦：走？去哪？

张娟：我家里有事，得回家忙去了。

朱睦：这也太突然了。

张娟：没事的哥，你这生意这么好，不愁找不到帮忙的。

朱睦：那我等会儿把你工钱先结了吧。

朱睦把钱交给张娟。

张娟：哎，哥，咋还多了呢。

朱睦：你在我这干这么段时间也挺辛苦的，拿着吧。到时候家里事解决了还可以再来。

张娟：真谢谢哥了。

朱睦：没事，没事。

## 63. 白天 油田美食街 外景

杜佳琪：哟，朱久，你看，那边新开了家店，跟你家一样，也叫早堂面呢。

朱久：还真是。

王志丽：不会是看你家店生意好，模仿的吧？

杜佳琪：我们过去看看吧。

三人走近，发现正在下面条的人是张娟。里面有一个瘦小的男人正在忙前忙后。张娟看有人来，刚准备招呼，看到朱久，脸一沉，然后又挤出笑容。

张娟：这不是阿久吗，放学啦？

朱久：哟，张阿姨，你不是家里有事吗？

张娟：是，我家亲戚在这开了家店，我来帮忙。

朱久：就刚好也卖早堂面？

张娟：是的，是的。碰巧的。

杜佳琪：她不是你家之前那个帮工吗？

朱久：没事，就在这吃吧。张阿姨，我要一碗早堂面。你们呢？

杜佳琪：我要一样的。

王志丽：加一。

张娟：（堆笑）好嘞，这顿阿姨请你们。

三人坐下。

杜佳琪：（小声）朱久你看，她这的价格比你爸那都要低一块钱。

朱久：先吃完再说吧。

瘦小的男人将面端了上来。碗看起来比朱睦那里的还要大一圈，汤更浓、更白，面上只有鸡丝与一些葱花，但是肉和面的量与朱睦的面差不多。

王志丽：碗倒是挺大，我先尝尝。

王志丽：香，有点像你爸做的那味，但是不太一样。你们也试试。

朱久吃了一口，摇了摇头。

杜佳琪：肉不是很入味。

三人吃面。

张娟：走了？吃好了吗？

朱久：嗯。钱怎么给？

张娟：不是说了请你们吃的吗？

朱久：那不行，我爸知道要说我的。钱我就放这桌子上？

费宁：给我吧。

朱久三人把钱给了这个瘦小的男人。看着他没有戴手套的手把钱收到围裙的兜里，然后找钱，收碗，继续给顾客端面。朱久眉头皱了起来。

杜佳琪：吃着好腻啊。

王志丽：是有点。朱久，你觉得呢？

朱久：这汤有问题。你们都喝了？

王志丽：是啊，我在你爸那吃，每次都是把东西吃干净的。

朱久：多喝水吧，我感觉味精和盐放了不少。

杜佳琪：什么？不过，她那碗看着大，好像装的面还少些？我在你爸那里吃一碗都挺撑的，她这就刚刚好。

## 64. 夜晚 高一（三）班教室 内景

王志丽和杜佳琪上课频繁喝水。

**王志丽**：你说，那个阿姨，是不是专门去你爸那里偷学的，然后自己再做生意啊？

**朱久**：谁知道呢。不过看来她水平不是很行。

**王志丽**：就是怕她抢你爸的生意。

**杜佳琪**：哪有正版打不过盗版的道理。今天咱们刚吃过，这完全比不过的。你也别太担心了。

**朱久**：嗯。不过我回去还是提醒一下我爹吧。

## 65. 夜晚 摆摊点附近的超市 外景

**中年妇女1**：听说了吗，老朱那摊子，之前的帮工张娟跑了，自己去开了家店。

**中年妇女2**：是的，还用的是一样的名字。

**中年妇女1**：唉。你去她那店里吃过吗？

**中年妇女2**：我跟我老公去吃了一次，我是真感觉差了老朱一大截。但是我老公，你也知道，山猪吃不了细糠的，说都差不多，还便宜一些，不用排队。

**中年妇女1**：我跟你感觉也差不多。那张娟也够损的，老朱给她开的钱也不少，她在那学了手艺就跑，还离得不远，弄个一样的店名抢生意。

**中年妇女2**：可不是嘛，听说老朱还上门去问，结果被张娟她妈给一顿骂出来了。母女俩，一个心狠，一个嘴毒。

**中年妇女1**：我看老朱现在也颓啦，没打算再招工。一个人做得慢，大家新鲜劲过去了，也懒得等那么久了。

**中年妇女2**：唉，我听人说，老朱的菜、肉，还都是去菜市场买的新鲜的。他这样赚什么钱，估计也干不了多久了。多去吃几次吧。

**中年妇女1**：做生意的，有时心不狠点真不行。

**中年妇女2**：是啊，所以我老教训我家孩子，别一天到晚惦记在外面吃。

**中年妇女1**：对，对，还有那些个零食。

## 66. 夜晚 严家 内景

**朱睦**：我是不懂，人怎么能这样，这样……

**严伟杭**：你怎么不先找我们商量，就知道跑她店里去了呢？

**朱睦**：我就是气不过。

**严伟杭**：人家犯法了吗？大伙心里是都清楚，但是你能怎么样呢？两句话让她关门？

**严伟杭**：唐北山是有这个权力，你又跟人家闹那么僵。

**朱睦**：当时要是听你的就好了。现在有她开店，我想省成本都省不了。现在味道再一变，跟人家比，那真是一点都没法比。

**严伟杭**：现在说这些也没有用了。你先做着吧，我去问问有没有别的门路，你换些东西卖，或者干脆做些别的事好了。

**朱睦**：还是得麻烦你，唉。

**严伟杭**：没事，你就回去等我消息吧。

## 67. 夜晚 严家 内景

**严井**：爸，那家店我也去看了的，那张娟也太不是东西了。

**严伟杭**：小孩子怎么说话的？

**严井**：怎么了？这不是她的问题吗？

**严伟杭**：刚才我说的话你没听到？她犯什么法了？

**严井**：她做的不对啊！

**严伟杭**：哦，你去给人家帮工，就真的除了干活啥都不做？那才是真奴才！你学着点吧。

**严伟杭**：教会徒弟饿死师傅这话听过没？当老板，当师傅的，自己得控制好。让人能尝点甜头，又拿不到关键东西，这样才能用人！

**严井**：又不是所有人都这样！

**严伟杭**：我也不是怪你朱叔叔，毕竟有的人天生就老实。但是我，几次三番去提醒他、帮他，再出问题，我也没有太多办法了。

**严井**：能不能也帮他家整个店面？

严伟杭一巴掌抽翻严井。

**严伟杭**：你是不是当咱家的钱都是大风刮来的？

**严伟杭**：她家再亲，也是外人！你二哥到现在都差钱买房子，还挤在这家里。你倒好，小小年纪，没挣过钱，指挥人花钱还有一套。

**严井**：（哭腔）行，那我去挣钱去！

**赵雅云**：哎，爸，小三这年龄不懂事，您也别太生气。小三啊，家里都不容易，我也知道你关心阿久，但是各家都有各家的难处，不能说全给人包办了，对吧？

**严伟杭**：你别插嘴。你又不知道，他对人家朱久可关心得很呐。老师都专门打电话给我，怎么，你要跟人家处对象？

**严伟杭**：严井，之前是人家姑娘懂事，我就没追究，这次你给我听好了。你要再敢去耽误人家，看我下次把不把你的腿打断。

严伟杭离开，赵雅云上前安抚严井。

## 68. 白天 朱家 内景

朱家厨房的门半开，住房的门紧锁。朱恒踩着高跟鞋走近，她化着淡妆，穿着皮草大衣和牛仔裤，挎着一个名牌皮包。

朱恒：（敲厨房的门）有人吗？

朱恒推开厨房的门，发现无人在内，燃气灶开着小火，上面的砂锅里炖着鸡汤。

朱久：（开住房门）有什么事吗？

朱久：姐？你怎么来了？

朱恒：这不是马上过年嘛，我回家发现你们都搬走了。找了好久才知道你们来这里了。

朱久：先来这边吧，天冷。

朱恒：哦，你们这厨房和住的地方是两间。他人呢？

朱久：爹他出去办事了，午饭前应该会回来吧。来，你直接坐床上吧。

朱恒：你……这一年过的还好吗？

朱久：还行吧。姐，为什么葬礼之后你就消失了呢？这么久，一点消息也没有。

朱久：（啜泣）我知道你对爹有意见，但是为什么连我都不联系呢？哪怕就报个平安。

朱恒：（抱住朱久）唉，我这不是一有空就来找你了吗。

朱久：你身上这香水味好浓啊，我要喘不过气了。

朱久牵着朱恒的手，上下打量了一番。

朱久：看来你过得挺不错的？

朱恒：还行吧。先跟我说说你的事吧，你们为什么搬过来了？

十一点，朱睦回家，进门闻到香水味，开始皱眉。看到朱恒以后脸垮了下来。

朱睦：你怎么找到这里的？

朱恒：只要想找，没有找不到的人。

朱睦：你来做什么？

朱恒：找阿久啊。

朱睦不语，走向厨房。

朱久：姐，你先等下，我去跟爹说。中午就在这吃个饭。

朱恒：好呀。

## 69. 白天 朱家厨房 内景

朱久把桌椅搬到厨房外面，端菜，朱恒盛饭。

朱久：姐，你晚上住哪啊？

朱恒：没事，我去附近的宾馆就行。

朱睦：家里容不下你这尊大佛！

朱恒：怎么样，阿久，要不要晚上出去跟我一起住？咱们姐妹俩这么久不见，好好聊聊。我再带你出去吃点好的。

朱久看向朱睦。

朱睦：哼，想去就去。

## 70. 白天 朱家门口 外景

朱久午睡。朱睦在门口石凳上坐着，朱恒出来，到他旁边的石凳上，拿出纸巾擦拭，然后把纸巾随手丢在地上，坐下。然后从包中掏出烟和打火机，点上。

朱睦：什么世道！当爹的不抽烟，做女儿的倒抽起来了。

朱恒：那您要来一根吗？

朱睦：你现在成什么混样子，我不管，也管不了了！但是你给我记住，朱久是你的亲妹妹！你别把她往阴沟里带！

朱恒：哪能呢。她成绩这么好，自有出路。我就是想她了。

朱睦：看看你现在这样！到武汉去做什么了？

朱恒：跟您说了您也不懂，在大城市，做些新鲜生意赚钱得很。倒是您，我看那锁着的东西，在卖面条？

朱睦：不做了。

朱恒：不做了？

朱睦：靠良心赚不来钱。还是像你们这样的好发达。

朱恒：想骂我就直说呗，阿久上学差不差钱？

朱睦：不需要你操心。她上学我供得起。

朱恒：好，好。

## 71. 白天 马路边 外景

一辆车驶来，车窗摇下，一个中年男性向朱恒打招呼。

司机：朱姐。

朱恒：嗯，这是我妹妹，我准备带她去武汉玩一圈。

朱久：姐，不是就在这里吗？

朱恒：哎，这小地方有什么玩的，跟我走就行了，上车。

## 72. 夜晚 宾馆 内景

朱恒：感觉武汉怎么样？

朱久：挺大的。

朱恒：哈哈，看你那表情，是不是和你想象中的大城市不太一样？

朱久：有点吧。

朱恒：周边还有不少地方像农村呢。但是吃和玩的地方还是有的。

朱恒：那晚上的肯德基，吃得怎么样？

朱久：挺好的。但我爹总说那是洋垃圾，没什么好吃的。

朱恒：他那种老古董知道什么呢？我这几天休息，就带你好好地玩一玩。先去洗个澡吧。

朱恒和朱久躺在一张床上。

朱久：姐，你现在是做什么的？那个人是你的专属司机吗？

朱恒：搞美容的。都是一些有钱人来。司机是公司的，这是刚好让他帮个忙。

朱久：你是老板吗？

朱恒：不是哦。

朱久：那司机说的张总，跟你是什么关系。

朱恒：（沉默片刻）唉，还是你脑袋转得快。

朱久：姐。

朱恒：现在大家都喜欢用什么词？小三？还是情妇？

朱久：姐，你……

朱恒：要是劝我的话，就别说了。你也知道我离婚前过的是什么生活。

朱久：就没有别的办法了吗？

朱恒：一个年轻但又离过婚，有点姿色但又不够格当明星，有点脑子但是学习不好的女人来说，有什么更好的办法？

朱久：肯定是有的。

朱恒：对啊，是有，但是我找不到。见过外面的世界以后，你要我怎么去当回一个农妇呢？

朱恒摸了摸朱久的脸。

朱恒：阿久，现在你是不是很看不起你姐姐？

朱久：也不是……

朱恒：没事，我做出那个决定的时候就已经不在意了。这社会，总归是笑贫不笑娼，对不对？

朱久：姐，我说的是真心话。我只是在担心你跟那个张总……太委屈了。

朱恒：哦？

朱久：普通人想过得好点，都是在卖身，只不过方式不一样罢了。我的物理老师，我很喜欢她，她有学问，人又好。但是她在学校，还是要对一些莫名其妙的领导，一般都是中年男人点头哈腰。人家去搂她，去摸她的手，她也只能躲躲。

朱久：啊，还有帮了我爹很多的严伯伯。他一到逢年过节，都没多少时间在家，到处喝酒。被人扛回来都是家常便饭。

朱久：人去忍受这些自己不情愿的事，和卖身有什么差别？

朱恒：哈哈哈，哈哈。

朱恒：哎哟，我的妹子啊。还得是读书人，我的亲妹妹。

朱恒：你这话说的，比我买多少衣服、包、鞋子，都更让我舒心。

朱久轻轻抱住朱恒。

朱恒：话，说是那么说，但是你既然成绩这么好，又漂亮，自然有更好的出路。千万不能走我的老路，知道吗？缺钱就跟姐说。

朱久：嗯。

朱恒：另外，上学谈对象可以，可千万不能像我这样傻到把自己赔上，知道吗？

朱久：没有，姐，没有。

朱恒：你骗谁都可以，骗得过你姐啊？严家的老三？

朱久没有说话。

朱恒：这个阶段的男生呢，好起来是真好，但是没见过世面，没遇过大事，哪知道他的真品行呢。听到没？

朱久：嗯。

朱恒：好了，先睡觉吧。明天去逛逛商场，带你买些衣服。

## 73. 白天 宾馆 内景

朱久打开窗帘，看到附近的楼顶有一只红隼。她不知道是什么鸟，好奇地打开了窗户。仔细看去，发现红隼正在啄食一只珠颈斑鸠。她条件反射别过头，又看了过去。

## 74. 白天 商场 内景

朱恒：阿久，去那边内衣店看看吧。

朱久：（脸红）啊？不，不用了吧。

朱恒：妈走了，爹一个男人，又是大老粗，哪管过你这方面的事？

朱恒拽着朱久进店。

朱恒：来，还有些别的衣服，一起买了。刚好反季节的衣服也打折。

朱久：不用那么多吧，我不好拿回去。

朱恒：有司机呢，怕什么！

朱久：姐，这个吊带，我看就不用了吧……

朱恒：怎么了？怕太露了？嗨，这又不是给你穿外面的。内搭，内搭懂吗？走，去试衣间试试。

朱久被朱恒推进了试衣间。

朱久：（小声地）姐，我换好了。

朱恒：我看看。

朱恒直接进了试衣间，反手把帘子合上。这是一件粉白的短吊带，朱久一手抱在胸前，一手试图把衣服的下摆往下拉。

朱恒：嗯，不错，再转过来我看看。很好。

朱恒给朱久披上刚买的一件外套。这件外套前后有图案遮挡，肩颈和胳膊是半透明的。

朱恒：你看，配上这件外套，是不是很可爱。

朱久：我还是感觉太短了。

朱恒：怕什么，衣服是给自己穿的。这外套不脱不就行了？

朱久转来转去，浑身不自在。

朱恒：（扶着朱久的肩膀，在她耳边轻声）美丽，不好好加以利用的话，很可能会变成缺点。

## 75. 白天 朱家门口 外景

朱睦打开锁，看着餐车。他呆站了十分钟，用酒精和钢丝球把餐车上的字都去掉了。

## 76. 白天 朱家 内景

朱久起床，换衣服的时候打开衣柜，找出了朱恒给她买的衣服，一件一件试。换到内衣时，她若有所思，左右转身，对着镜子看着自己的身体，脸红。

## 77. 傍晚 油建学校门口 外景

学生放学。很多学生围在了一个新来的摊子前。摆摊的人是朱睦，他改装了自己的餐车。下面的铁皮上放着两个大纸箱，里面分别是小鸡和小鸭，下面垫着废报纸。餐车的表面放着一个红色的鞋盒，上面贴着一张白纸，写着"蚕宝宝"。

## 78. 傍晚 操场 外景

朱久和严井并排散步。

**朱久**：我看到斑鸠被吃了。

**严井**：什么？

**朱久**：前段时间我跟我姐去了趟武汉。我在宾馆看到一只眼睛很大的鸟，正在吃珠颈斑鸠。

**严井**：城市里也有猛禽吗？

**朱久**：（摇头）我不知道。自然真残酷啊，有动物是能悠闲度日的吗？

**严井**：反正我要当，就当老鹰，当那什么，鲲鹏。扶摇直上九万里！

**朱久**：哦哦。反正我就只能当个斑鸠，给你当粮食咯。

**严井**：我哪敢哦。

## 79. 早晨 油建学校门口 外景

学生上学。朱睦的摊子摇身一变，上面摆着风车、盗版的《游戏王》卡片、辣条、便宜糖果、干脆面、便宜饮料等商品。

## 80. 白天 平价超市门口 外景

卡车开到超市门口，朱睦帮着卸货。

## 81. 夜晚 油建新区门岗 内景

一个人对朱睦交代了一些事，然后前去打麻将。朱睦一直坐到天亮等那人回来。

## 82. 夜晚 高二（三）班教室 内景

**曾佳**：哎，你们听说了吗？朱久她爸没卖面条了。

**女生1**：好像是的呢，这一周都没见出摊了。

**曾佳**：你们猜她爸去干什么了？

**女生2**：别卖关子了，你知道？

**曾佳**：骗小孩去了，哈哈！

**女生1**：什么啊？

**曾佳**：她爸在油建学校门口摆摊呢。都是些卖给小孩的东西，那种五毛钱的玩具啊，抽奖啊什么的。

**女生2**：你怎么知道的？

**曾佳**：我弟昨天就被骗啦！拿着买书的五块钱，去他那玩什么抽奖。五块钱抽完了，就拿了根棒棒糖！

**女生1**：那确实是骗小孩的。

**曾佳**：我妈找上门，他还在那说就像买彩票，愿赌服输，死皮赖脸不退钱。最后实在说不过我妈，退了四块钱。

**女生2**：噫，真是的，怎么成这样了啊。

**女生1**：做生意没做过别人呗，你看小吃街那里后来开的早堂面，现在生意多好。

朱久刚吃完饭和杜佳琪、王志丽回教室，其他人看向朱久。

**王志丽**：奇了怪了，都在看什么？

**曾佳**：嘿嘿，没看什么，我们刚才在聊骗小孩的把戏。

**王志丽**：莫名其妙。

曾佳起身，走到朱久跟前。

**曾佳**：朱久啊，今年的贫困生，我就不跟你竞争啦。

**朱久**：什么？

**曾佳**：唉，你爸生意做不下去，确实挺难过的。但是他也不至于去骗小孩吧？我这怎么还好意思去跟你争名额呢。

曾佳拍了拍朱久的肩膀。

**曾佳**：有困难记得跟大家说啊。

**王志丽**：（拍桌子，站起来）你在阴阳怪气什么呢？

**曾佳**：哎哟，不会朱久还不知道吧？还是她没跟你们说？

**朱久**：你可以把话说明白点。

**曾佳**：那你回去问你爸吧。麻烦让一下，我要去厕所了。

## 83. 夜晚 朱家 内景

**朱久**：爹，我回来了。

**朱睦**：嗯。

**朱久**：你今天还上夜班吗？

**朱睦**：对，这活两天一次。他们这不想上夜班的人，拿出一点加班费给我，我替他们。

**朱久**：爹，你白天摆摊，都在卖什么？

**朱睦**：东西不都在那吗？小卖部卖什么，我卖什么。还能节约个店面费。

朱久：（哽咽）那你有没有去骗人？

朱睦：骗人？

朱久：今天在学校，有同学说你在骗小孩。

朱睦：买卖点小零食，叫什么骗？

朱久：真没有？

朱睦刚想开口，突然想到昨天那个难缠的女人，停顿了一下。

朱久：我知道你不会说谎，到底是什么事？

朱睦：就小卖部那种抽奖嘛，有个小孩没抽到，就带大人来闹！

朱久：这不是骗小孩？

朱睦：这叫骗，那卖彩票的都叫骗了。

朱久：那些小孩懂什么？拿的都是家里的钱。

朱久：爹！

朱久：你这样，我在学校还怎么做人？

朱睦：什么跟什么？我好好做生意，怎么就跟你做人扯上关系了？

朱睦：你知不知道要养你多辛苦？我他妈现在早上下午摆摊，晚上给人上夜班，中间有事还去给人打零工。

朱睦：你那点面子值几个钱？

朱久：那姐姐要给你钱，你怎么不要？

朱睦：哼，婊子的钱，我收了做什么？你想要，你自己找她拿去！

朱久：你怎么能这么说她？

朱睦：一个什么都不会的女人，跑到大城市，再花枝招展地跑回来，我看也就你看不明白！

朱睦：（哭泣）要不是，要不是我没本事，照顾不好你，我怎么能让你去收她买的东西。

朱久语塞，走到桌前坐下，打开台灯，拿出书本。朱睦擦眼泪，出门。

朱久趴在桌上哭泣。

## 84. 白天 油菜花田 外景

严井：哟，这花都谢的差不多了。

朱久：花谢了，才是有用的时候。

严井：行，你生物好。还记得我们去年来这里的时候吗？

朱久：嗯。

严井：其实我当时是想了个开场白的，说你笑起来很好看，像这一片花一样。但当时我们关系挺尴尬，我没好意思说出口。

朱久：我觉得你笑起来，跟这残花败柳挺像的。

严井突然把朱久衣服上的兜帽掀了起来，盖在她的头上。两个人开始追赶打闹。

## 85. 白天 油建学校门口 外景

唐北山：咳咳。

朱睦：唐兄，你好。

唐北山：谁让你在这摆摊的？

朱睦：我这不是卖面条赚不了多少钱嘛……

唐北山：我问的是，谁允许你在这摆摊？

朱睦：唐兄，我……

唐北山：不要套近乎。不要再让我把问题重复一遍。

朱睦：没人。

唐北山：没人，你在这学校门口卖东西？这里都是学生，万一你卖的东西有问题，怎么办？

朱睦：不会有问题的。

唐北山：你怎么保证？

朱睦低头不语。

唐北山：这次就警告你一下，你把摊子收了。下次巡查再抓到你，就直接没收。听到了吗？

朱睦：好，好的。

## 86. 夜晚 严家 内景

严伟杭：我刚给他打电话，他也是说最近上面有人检查，需要清理不合规的摊位。

严伟杭：我刚才想了个办法，不知道行不行。反正你也是找老王进的货，他还给附近的小卖店供货。你去跟店里说下情况，说你是帮忙拿店里的东西在外面卖，这样我也好和唐北山再谈谈，好吧？

严伟杭：唉，你也别太怪他了，他吃公家饭，难免会有应付检查的时候，先忍忍吧。

## 87. 夜晚 朱家 内景

朱睦：唉，好，我去看看他家店还开着没，要是没人我就明天再去。

朱睦出门。朱久翻身，看着门外。

## 88. 白天 朱家 内景

朱久：爹。

朱睦：什么事？

朱久：马上要到暑假了，我也去打个工挣点钱吧。

朱睦：说的什么胡话！马上都要高三了，你还去打工？

朱久：我初中时候不也这样吗？

朱睦：这能一样吗？学这么多年就这点时间了！放假你就老实在家给我学！

朱久：白天干点活，晚上学，不耽误。

朱睦：不行，哪里缺钱你跟我说。你要是这个时候跑去打工，我还不如去卖血，卖器官！

朱久：别，爹，我就是问问。

## 89. 白天 高二（三）班教室 内景

王志丽：阿久，怎么感觉你最近心神不宁的。

朱久：是吗？估计是太热了吧。

王志丽：也是，这教室的风扇，只能管管正下方的人，稍微远点都没用。

杜佳琪：我觉得还好呀。

王志丽：谁像你啊，天天穿那么少。

杜佳琪：你欺负人！你看看阿久这大白腿，你怎么不说她？

朱久：干啥呢？流氓。

三人打闹。

朱久：你们说，学习是为了啥呢。

王志丽：考高分上大学呗。

朱久：那上了好大学呢？

杜佳琪：工作更好找吧。

朱久：找了好工作呢？

王志丽：你没完了是吧。反正就是为了有钱有地位，过得开心呗。

朱久：我妈没生病，我姐还没结婚的时候，一家人没什么钱，没什么地位。但是我感觉那会才是最开心的时候。

王志丽：你怎么跟个老妈子一样了。

杜佳琪：我觉得还是看个人想法吧？咱们这只要勤劳踏实，好好过生活是没问题的。

朱久：唉，学习，考试。

## 90. 白天 油建学校门口 外景

唐北山：老朱啊，我上次跟你说了什么？

朱睦：这学生都开始放假了。

唐北山：不是学生的事！

朱睦：而且你去问，我现在是帮着人家店里出来卖货，就白天这一会儿。你行行好，就当没看到。

唐北山：我就在这里，怎么没看到？说了不行就不行。哦，每家店都能出来再摆个摊，还要那店面干吗？整条街都给你们出来摆算了！

朱睦：好，我这就走。

唐北山：走？我上次怎么说的，东西都给我收了，车拖走。

朱睦：这怎么行！

朱睦和唐北山以及一个城管拉扯的时候，朱久刚好回家路过。

朱久：爹！

朱久：你们在干什么？

唐北山：例行公事。

朱久：唐伯伯，我家就这点东西了，您行行好。

唐北山：按你爸的说法，这货好像也不是你们家的。

朱久：那货没了，我爹还得原价赔！

周边的居民前来围观议论。朱睦在和另一个人僵持，而朱久抱着摊子不动。唐北山看着围过来的人。

唐北山：这是最后一次，听到没有？再让我看到，连人带车一起走，你再怎么叫都没用！

唐北山：走。

## 91. 白天 建筑工地 外景

朱睦在建筑工地搬完砖休息。卡车开来，工人招呼朱睦走开。朱睦起身却感到一阵眩晕，倒了下去，被卡车碾过。

## 92. 白天 医院 内景

医院，医生告知需截双腿。朱久眼眶通红。

唐北山：侄女，这是一点心意，我……

朱久：跟您没有关系。

严伟杭：老唐，你先走吧。阿久，钱你先收着，我也拿一些，咱们先把手术做好了，再想别的。

朱久：（抽泣）谢谢严伯伯。

## 93. 白天 医院 内景

手术成功。

朱睦：阿久啊，爹没事，赶紧回学校吧。

朱恒：听你爸的，啊，姐在这，没事的。

赵雅云：马上就要高考了，你回去，你爹才能安心养伤。

朱久咬紧嘴唇，离开病房。

## 94. 白天 医院 内景

高考结束。

朱睦：劝不住，根本劝不住。

朱久：严伯伯，你们能帮得了一天，一星期，一个月，难道还能帮一年吗？我姐肯定不会长期待在我爹身边的。刚好我也没考好，这样就行了。

众人沉默。

朱恒：（小声，塞给朱久一张纸）要是需要，随时来武汉找姐姐。

## 95. 白天 朱家门口 外景

朱久拉上严井，重新把餐车翻新。

严井：就不能再考虑下吗？

朱久：我答题卡都没涂。

严井：（激动）你怎么能！没开玩笑？

朱久：我在医院里说的，你没听见吗？我要是考好了，大家说什么也会让我去上学的。那我爹到底该怎么办？

严井：肯定是有办法的，你这……

朱久：有什么办法？到时候我爹肯定会说自己能照顾自己，或者一直给你家添麻烦。

严井：给我家添麻烦又怎么了。

朱久：我问你，那谁来？这不是还得麻烦赵姐？

严井：大不了我不去上学了，我来！

朱久：严井，那你是认为这样我就能心安理得去上学了是吗？

朱久：别说了，人这辈子又不是只有上学一条出路。

严井放下工具，跑远。

## 96. 白天 油高校外 外景

朱久在油高门口摆摊，大喊"开业第一天免费吃面"。暑假补课的学生将摊位围得水泄不通。摊位上的碗筷都换成了一次性的，王志丽在帮忙收碗擦桌子。

## 97. 夜晚 严家 内景

严伟杭：那你就滚，滚吧！

李雅芬：多大的人了，还不知轻重？赶紧给你爹道个歉。

严井：滚就滚，真没见过你们这么自私的人。

严伟杭：你敢再说一句？

严林扇了严井一巴掌，赵雅云拉走严林。严井回屋简单收拾了点衣物，背包出门。李雅芬追上。

李雅芬：拿点钱，去外面转几天再回来，听到了吗？

严井离开。

## 98. 白天 油高校外 外景

开学，朱久摊前围的学生更多了。她不再放置桌椅，只有打包带走。品类做了极大的简化，只有早堂/炸酱/热干，可选细面/细粉。

## 99. 白天 街道 外景

张娟的店关门，路过的人对这家指指点点。

## 100. 白天 马路边 内景

严井从巴士上拿下行李，面色凝重。

## 101. 白天 摆摊处 外景

严井站在朱久的摊前，沉默。

**朱久**：严井？你还活着啊？

**严井**：（尴尬地笑）给我来碗面吧。

**朱久**：滚滚滚，我这不接待你。

严井站着不动。

**朱久**：再不滚我拿扫帚了啊？

严井走到角落的桌子坐着，直到收摊。

**朱久**：严井，你不好好上学，这个时候来折腾什么？

**严井**：我没去上学。

**朱久**：那你这两年在干啥？

**严井**：装修、卖碟、酒吧，乱七八糟的工作，养活自己。

**朱久**：你这犯的是什么病？

**严井**：你退学以后，我就是感觉没法待在这里了，就想出去闯闯，挣大钱再回来。

**朱久**：那你就继续挣大钱去吧。

**严井**：我这不就是想回来见见你。

## 102. 白天 街道 外景

**严井**：阿久，久久，你就再给我个机会吧。

**朱久**：我警告你，别跟着我，再跟我报警了啊。

**杜佳琪**：（大喊）唐，俊，杰！

严井被吓了一跳。朱久一副无奈的表情。两人站着，看着远处一栋楼的储藏室。

**朱久**：小两口又开始了。

**严井**：杜佳琪，唐俊杰？他俩还在？

**唐俊杰**：唉，老婆，小点声，小点声。

**杜佳琪**：我问问你，你今天出来是准备干什么的？

**唐俊杰**：报告领导，今天要上班检查，下班带米粉和鸡蛋回家。

**杜佳琪**：检查到麻将馆去了？

**唐俊杰**：我这不是就顺便过来看一下嘛。

**杜佳琪**：（揪唐俊杰的耳朵）家里大小事都要老娘操持，你倒好，成天就惦记玩，有没有个准备当爹的样？

**唐俊杰**：我错了我错了，走，先回家去。

杜佳琪和唐俊杰走远。

**朱久：** 不去打个招呼？

**严井：** 这就不用了。他俩进展真快，嘿嘿。

**朱久：** 嘿你个头！你还跟着我干啥？

**严井：** 这不是回来了，去见下叔叔。

**朱久：** 哼。

## 103. 白天 朱家 内景

**朱久：** 爹，严井回来了。

**朱睦：** 啊，是小三吗？快进来。

**严井：** 叔叔。

严井进，朱睦躺在摇椅上看电视，旁边的桌子放着酒杯和花生米。

**朱久：** 你怎么大白天又喝酒啊？

**朱睦：** （笑）小酌，小酌。小三不是在外面上大学吗？

**严井：** 叔，我没去，还是打算回油田当石油工人。

**朱睦：** 啊？这多可惜啊。

**严井：** 没事，在这离大家都近。

**朱睦：** 好，有空多来玩啊。

**严井：** 肯定的。

严井出门，朱久在储藏室收拾东西。

**朱久：** 怎么，还赖着不走。

**严井：** 这不是想和你多说几句话。

**朱久：** 走之前不知道说？

**严井：** 我，我有留信啊，放在你书包里了。

**朱久：** 书包？

**严井：** 就你高中背的那个啊。

朱久一愣，跑去翻箱倒柜，找出一个落了些灰尘的书包。打开以后，有一封信。朱久拆开，阅读。

**朱久：** （哽咽）我真是服了你了。这么大的事，你就不能跟我当面说？

**严井：** 这不是年纪小，想装酷……

**朱久：** （扑向严井）你怎么这么蠢。

**严井：** （抱住）对不起。

**朱久：** 笨驴。

**严井：** 对不起。

**朱久**：（推开）还是没法完全原谅你。

**严井**：对不起对不起……

**朱久**：你别道歉啊。

**严井**：（狂喜，靠近朱久）你……我……

**朱久**：一边去，我东西还没收拾完呢。

## 104. 傍晚 摆摊聚集点 外景

**严井**：哟，收摊了？再加碗面呗。

**朱久**：不加，自己吃别的去。

**严井**：我就知道，所以已经吃过了。

**朱久**：（踹过去）就知道贫。

**严井**：（灵巧躲开）我来帮你，收完去菜地那边走走吧？

**朱久**：那你干活麻利点。

## 105. 傍晚 菜地 外景

朱久和严井散步。

**朱久**：小点声，看。

**严井**：哟，这不是那什么……

**朱久**：珠颈斑鸠啦。怎么，你当初不是要当老鹰，当那什么鲲鹏吗？

**严井**：得了。我出去这几年，到哪都能见到这傻鸟。老鹰，牛吧？它在那些地方可活不下来。

**朱久**：行啊，现在都学会精神胜利了。

**严井**：精神胜利也是胜利。

**朱久**：你现在感觉怎么样？

**严井**：啥意思。

**朱久**：当时高中紧张兮兮几年，我爸为了这事也累死累活。

**严井**：至少因为这个，你才能来到我身边。

**朱久**：滚蛋，搞这么肉麻。

**严井**：除了叔叔的腿很遗憾，感觉你过得还不错？

**朱久**：不是读书的料，还不能赚读书人的钱？学校那帮弟弟妹妹们每天可都盼着我出摊。

**严井**：我跟着我二哥，进石化了，待着也还行。你知道的，我除了考试，啥都能干，领导还挺喜欢我。

朱久：你说我当初要是不上那学，直接帮我爸搞面条，哪有后面那些个破事。

严井：话不能这么说，你们过来不就是为了上学的事吗。

朱久：那确实是读书改变命运了。

严井：还记得当时在我房间看那斑鸠的窝吗？

朱久：就几根树枝在那摆着？

严井：咱们人呢，别的无所谓，房子可不能学那鸟。

朱久：给，你现在就可以学。

严井：咳咳，别闹。（犹豫）油高那马上要建一批新房子。

朱久：嗯？

严井：你看，咱俩现在也算是，呃，工作稳定。要不一起在那买？

朱久：神经吧，我现在住得好好的，做生意也方便，买什么新房子？

严井：我是说……合买。

朱久：我，跟你？

严井：就是，买个新房子……嗯……我俩一起住。

朱久：（一脚踢倒严井）真有你的啊，你这是啥，一人拿一小破棍，在这表演求婚？

严井：我，我也就是顺口说……

朱久：顺口？

严井：不不不，我是认真的。

朱久：（拍拍身上，走开）哼！

严井：哎，你别生气啊……

完。

◎ **指导教师聂俊评语：**

电影剧本《珠颈斑鸠》以现实主义的手法讲述了朱睦为了小女儿朱久的高中学习与高考携女投奔哥哥战友严伟杭，严伟杭对朱睦父女尽心扶持帮助的故事。故事随着朱睦父女的到来而展开，主要围绕朱久的入学读书，朱睦父女的落脚生存，严伟杭三儿子严井、朱久两人间的懵懂之情，撷取生活片段，组接全片。全剧以关涉亲情、友情、爱情的故事展现人间百态，官场的虚伪逢迎，少年间的争强好胜，生意场上的以次充好，世间生存的弱肉强食，跃然眼前。

全剧以冷静的笔调展开生活中的矛盾，展现人物心灵的微妙变化，重点刻画了朱睦父女的转变。原本善良有爱、坚持原则的朱睦因备受打压而生存艰难，一退再退，一变再变，直至去做骗小孩的彩票生意，到最后退无可退时，被车祸（生存的重担）压断了双腿。此时，原本成绩名列前茅的朱久为了照顾父亲，故意没有填答题卡导致高考落榜，重拾早堂面生意；严井也没有选择上大学，而是早早开始在社会上闯荡。经年后早已褪去青涩和稚嫩的两人重逢，重拾了未经时间磨损的爱意。

剧本讲述的是扶持帮助，但其落脚点在于小人物如何艰难生存的命运上。朱睦父女作为城市中的小人物，面对生存困境，只有转变自身，如同珠颈斑鸠一般，夺食弱鸟，加入弱肉强食的食物链。但同时，这看似柔弱的珠颈斑鸠也有自己的生存智慧，比起老鹰、鲲鹏，反而能在城市中生存得更好。

# 黑 烟 袅 袅

段荣勋

（22 级编导）

## 第一幕　初烟

### 1. 白天　外景稻河村村口 外景

2017 年，农历腊月十六，公历 1 月 13 日，臧悦和彩姐在刨洋芋，不远处传来唢呐声、敲鼓声、哭声，从村里走出来一行抬棺队伍，领头的人撒着黄纸，洪云飞走在队伍前面，他向田地这边看了一眼，往前走去。

**臧悦：**（停下手里活，站起）哪家又死人了？

**彩姐：**你认不得个①？刘萍他老丈人，前几天克②山上捡菌，着那个老牛车压脱气掉。

**臧悦：**着牛车压掉？自家牛还会发疯个？

**彩姐：**说是牛车卡的泥坑头，然后他下车克垫石头，牛认不得咋个一哈子惊着，往前头一拱，人还在车下头，那个轮子卡的脖子，惨得很呐！

**臧悦：**（叹气）最近村子头老人咋个一个跟一个走，你回家多看的点你老爹，上次不是在厕所头差点摔脱气掉。

**彩姐：**都怪他那个烂鞋子，已经扯了丢掉了。（用手扒拉了一下飞来的黄纸）

**臧悦：**（看洪云飞，开玩笑语气）说实话么，洪先生最近生意倒是还可以，要定棺材么赶紧定，不要么到时候定不着。

**彩姐：**麦麦③，你一天这个屁股嘴，毛咒我。你还不如多管管你家那个老公公，一天咳死咳活，听了心都会麻。

**臧悦：**（笑）还死不掉，死不掉，咳了那么多年，也不见得之前一哈子不来气。

---

① 个：在云南话里，是疑问语气助词，在句尾为"吗"的意思，在句中意思为"要不"。

② 克：在云南话里，意思为"去"。

③ 麦麦：语气词，表示震惊。

两人继续刨着洋芋，送葬队伍一路向山上走去。

## 2. 白天 兴业木材厂车间 内景

厂房内响着锯木的轰鸣声，张本良和工友田小八、关子等在处理木材。

**田小八：** 这几天天干得很，木头太脆了，太容易车碎掉，到时候老倌看见又要扯嘴皮。

**关子：** 还是小心点，我悄咪咪听说，老倌最近要减产，怕是以后供货供不上。

**田小八：** 你个认得哪条线要减了，希望不要减春田湾这条。

**关子：** 你就只晓得赚那点钱，靠近点，我挨你说（招招手）

**田小八：** 什么？稻河，最近供货一哈子火爆起来了，咋个要……（被打断）

**关子：**（小声）嘘嘘！闷着你的嘴，个是晓不得稻河线是哪个在管。

田小八不说话了，张本良听到了二人最后的对话，皱了皱眉头，没太在意走出车间准备回宿舍。

## 3. 白天 工厂宿舍 内景

张本良回到工厂宿舍，里面没人，脱下脏的工作外套，躺在床上，拿起电话，找了一会儿，拨通了儿子张跃才的电话，等了许久，电话通了。

**张本良：** 喂？阿才，没在上课嘛。

**张跃才：** 没有，咋个了。

**张本良：** 没咋个嘛，就是问哈你最近个还好。

**张跃才：** 还可以还可以，最近是要考试了，有点忙。

**张本良：** 好嘛，你忙你的，在那边么也只有你自己管的着自己了。么，今年你怕是个要回来过年了？

**张跃才：** 看瞧，晓得不这次寒假我个要去实习，等考完再和你说。

**张本良：** 好嘛，如果不急着实习么还是回来，多见下你公公，怕是过了今年……

**张跃才：** 好好好，晓得啦，我尽量回，可以嘛。我就不说了，宿舍头有人睡觉，吵得人家了。

**张本良：** 好，么就这种了嘎……

电话挂断，张本良无奈放下手机。

**张本良：** 这个小娃娃，一天是，硬是不懂事了。（便转头睡去）

## 4. 傍晚 稻河村大路上（棺材作坊门口）外景

臧悦和彩姐在岔路口分开，背篓里装着满满的洋芋，然后沿着大路往家走，这时候路过洪氏棺材作坊，门口坐着洪云飞的女儿洪淑芬，作坊里面传来锤子敲木板的声音，臧悦在门口停下，准备拿洋芋给洪淑芬。

**臧悦：**芬，今天没上课个，今天我整了点洋芋，你拿了去屋头，老品种烧了好吃，面得很。

**洪淑芬：**（起身）臧孃，你咋个来了……不要这种，我前两天才去赶街买了点洋芋，还够吃。

**臧悦：**老马街？那个老奶卖的洋芋都是些大棚洋芋，又不面，你收的收的，毛客气。

**洪淑芬：**（伸出手）上次送的花椒都还没吃完，一次次整得我们怪不好意思……（回头，被打断）

这时，洪云飞儿子洪冠林从作坊内走出。

**洪冠林：**哎？臧孃孃，才从地头回来个。进来屋头坐，我爹克山上了，等哈回来。（看了眼淑芬手里的洋芋）

**臧悦：**不用了，我要回克整饭，正好刨了些洋芋，就送过来。

**洪冠林：**真呢是，下次毛送啦，孃孃，我爹回来又会攘的送回去。

**臧悦：**（开玩笑）耶？你这个小伙子，不要不懂事，你爹是那种，你也要学个，脑子灵光点。

**洪冠林：**（无奈叹气，抬头）么，下次记得喊得良大爹来我家吃饭嘎，上次就没喊成。芬，你把洋芋送的堂屋头克。

洪淑芬拿着洋芋进屋，臧悦笑。

**洪冠林：**（继续说）臧孃，再过久就年关了，跃才今年个回来？

**臧悦：**晓不得啊，要看城头什么时候放假，今年年关早，应该快了，咋个，又想一堆人霍着去春田湾耍？

**洪冠林：**（不好意思地）这个倒不是，哈哈。下次么等他回来，也喊得来我家吃饭，好久没聚了……

此时洪淑芬在放洋芋，听到有张跃才的消息，她抬头向门口看去，然后又转身看向木柜上的她和哥哥洪冠林、张跃才还有伙伴们的发黄了的照片，门外臧悦挥手走了，洪冠林走进来。

## 5. 傍晚 稻河村后山一坟地 外景

人已经下葬，伙计们清理着坟旁边的残土，刘萍和妻子的一家子站在坟前帮忙收拾，刘萍的妻子在抽泣，洪云飞在树边喝水，头上戴着白头巾，刘萍向洪云飞这边走过来。

**刘萍：**洪先生，今天硬是忙了一天了，我叫小老五送你回克。

**洪云飞：**（摇摇头）我自己走回克，我还有点事没办。你要记得你老丈人这个死的时候气没落干净，排位前面贡品要一直换，你们家那头牛么，还是送出去除除煞。

刘萍：我媳妇家就那头牛了，卖了也不好说，还要留着耕地，怕是……

洪云飞：等得扶灵那天，我再过来帮你们整哈，到时候准备只土公鸡，做事要用。怕是还是要点买路钱，我到时候要开路请仙。

刘萍：这个，这个没得问题。

刘萍连忙从兜里掏出 300 块钱，塞给洪云飞。

洪云飞：你们记得回去的时候还是要撒的点纸钱，这个老人情况有点特殊，喊得老人的名字然后叫得"回克咯，回克咯"，然后喊到家。没得其他事，我就先回了，姑娘儿子还在等着吃饭。

刘萍：谢谢先生嘎，么，我就不送了。

洪云飞：（转身）要得，要得。还有，你叫的点你媳妇，喊她不要天天哭，哭了折福。

刘萍：（转身看妻子）是了是了。

刘萍目送洪云飞离开，洪云飞顺着山下去，来到了一座独坟旁。洪云飞在坟前站着了一会，然后开始清理着坟上的杂草，墓碑上写着"姚氏之墓"。

## 6. 傍晚 张本良家里客厅 内景

臧悦回家弄好了一桌菜，张本煜（张本良弟弟）的妻子刘晓梅抱着 5 个月大的儿子在客厅里面哄着喂奶，电视里播放着《新闻联播》，楼上时不时传来咳嗽声。

臧悦：喊爹下来吃饭了，炒最后一个菜了，等哈菜冷掉了。

刘晓梅：我先喂掉奶嘛，反正他都要等的菜上齐才来吃。

臧悦：一天你是喊不醒么喊不醒，喊醒了又发梦冲。

刘晓梅：（脸上不满，孩子哭，往回转去继续喂奶）唔，宝宝，乖乖乖，不要哭了，唔。

臧悦：（转身向厨房走去，喊）爹！准备下来吃饭喽。

张国宏（张本良父亲）：咳，咳咳……好，等一哈。

臧悦去厨房炒洋芋，刘晓梅还在喂奶，张国宏从楼梯上下来，拖着疲惫的身躯，时不时咳一下。刘晓梅看见张国宏下来，向他这边走来。

张国宏：娃娃个喂饱咯，阿聪前两天看得吃不下去，咳……

刘晓梅：这两天还可以了，之前怕是发寒了。

张国宏：（走向刘晓梅，看向她怀里的孙子张跃聪）咳……阿聪，喊公公，喊哈哈。

刘晓梅：爹，才是个小奶娃娃，口都开不了。

张国宏：逗他玩哈。

此时臧悦抬着炒好的洋芋进来，放在桌子上，脸上有些许不满，张国宏和刘晓梅看见向饭桌走过来，坐下，开吃。

刘晓梅：这个洋芋品种阔以嘛，有老洋芋那种味道了，爹，你多吃点。

臧悦：这次怕收得了一车，等得稻河上村街克卖掉点，不然长芽了猪都不吃。

张国宏：背时，猪都不吃，等没得吃的时候，你还要跑快点。

臧悦：（无语）爹，你个是还差什么菜，我再帮你炒个来。

张国宏：咳咳，不消，这些吃得饱了，扒两嘴我就克躺着去了，反正也没得胃口。

刘晓梅：慢点吃，不要哽得了。（小孩哭）唔，宝宝，毛哭咯毛哭咯。

张国宏：让他哭哈，小娃娃嘛，吵着点好。

臧悦此时继续吃饭没说话，电视里还放着《新闻联播》。

## 7. 天刚黑 洪云飞家里客厅 内景

洪冠林坐在饭桌前，时不时看着墙上的钟，洪淑芬坐在板凳上，似乎已经有些不耐烦，饭桌上的菜已经冷了。

洪淑芬：咋个还不回来啊？往常都没得那么久，要饿死了。

洪冠林：芬，再等哈，说不定爹那边有额外的法事要做，你饿么，先来扒两口。

洪淑芬：麦麦，哥，我倒是不敢咯，先动筷子找讨这种事情又不是没着过，他只认得他那一套礼节，一天活得硬是累得很。

洪冠林：对了，我今天整饭剩的两个洋芋，我来给你放在炕上烧的先吃。

洪淑芬：（犹豫）阔以，反正还要等得一哈。你看嘛，还是人家臧嬢嬢好，一天有点什么就送过来，关键时候还得吃人家的，要不是我们妈……

洪冠林：（打断）芬！不要说了嘎，等下爹爹回来看见你淌眼泪，你又要找讨了。你把那个炭火翻翻，旺点好烧。

洪淑芬拿起火钳翻着炭火，洪冠林进厨房拿出来。

洪冠林：呐，夹着放到火笼头，小心点不要烫着手。

洪淑芬：哥……

洪冠林：（看向洪淑芬）咋个了？

洪淑芬：一烧洋芋，我就想起来妈以前天天给我们拌炸洋芋，加着那个酸萝卜，我们两个人就可以吃一大碗。这几年，家头酸菜也腌不酸了，也没得哪个管……我倒是希望爹爹，可以找一个……至少缓解……

洪冠林：（又打断）嘘！芬，闷的了，咋个话这么多！妈还在堂屋头看着，你在这点说些哪样，着爹听着么是真的要被骂了，要找他早就找了，还等得那个多年。

洪淑芬：我读书不要钱个？日常开销不要钱个？就靠你和爹天天苦死苦活挣那些棺材钱，我心头好过个，我不是也希望你们活得轻松一点（啜泣）。

洪冠林：芬，我晓得。但爹找与不找，不是我们能决定的。我也经常梦见妈，梦见她说不要担心她，她过得好。想想这些么，我觉得打棺材累是累了点，但是扶这个家么倒是不要愁，你放心，芬。

洪淑芬：（沉默了一会）哥……么你之前说打工的事情想得怎么样了，彩姐她们过完年就要去浙江，你决定好么，到时候可以跟她们一起去了。

洪冠林：还没想好。我之前问过爹爹，爹爹的意思是最好把这个棺材生意继续整下去，你看嘛，最近他把收尾刷漆那些活都交给我干了，就是有喊我留下来的意思。

洪淑芬：哥，彩姐她们去外面打大半年工就整得十个棺材钱了，一直整棺材生意这个也不是办法……（外面传来开门声）

洪云飞推门回屋内，看见还没吃饭的兄妹俩，脱下外套挂沙发上，看到桌子上。

洪云飞：今天有点其他事，来得晚了。

洪冠林：爹爹，么来吃饭了，我去添饭。

洪云飞：我看的菜有点冷掉了，儿林你把菜拿去热下。

洪冠林：嗯呢，你们等哈。

洪淑芬看到父亲的言行，内心不是滋味，脸上一直摆臭脸，洪云飞坐了下来。

洪云飞：芬，你帮你哥去打打下手，抬抬菜。

洪淑芬：你自己回来这么晚……（打断）

洪云飞：（使眼色）芬，快点进来了。

洪云飞欲言又止，脸上也有生气情绪，洪淑芬满脸生气进厨房。

洪冠林：（悄悄）算了算了，不要和他吵了，不然么今晚这个饭又要难吃了。

洪淑芬：心头就是咽不下那口气，他凭什么啊。

洪冠林：就凭他是我们爹咯。

炉子里突然升起白烟，洪冠林察觉，被呛到，用火钳去翻了出来，看见了烤焦的三个洋芋，他看了看厨房里面的兄妹两人，看了看地上的洋芋，感到愧疚。

## 8. 次日白天 张本良家院子 外景

午饭过后，张国宏回房休息，刘晓梅去客房照顾孩子，臧悦准备出门挖猪草。

臧悦：（对房子里喊）晓梅，我出去挖猪草了，爹你就看的点。厨房我才刚刚拖掉，你进去小心点。

刘晓梅：嫂子，是了是了，你去嘛。

臧悦：好，我走咯。

## 9. 白天 稻河村大路 外景

臧悦走在路上，遇到正在小卖部买东西的彩姐，两人便寒暄起来。

彩姐：哟，悦妹。你个吃掉了？

臧悦：吃掉咯，准备去山上挖点猪草，家头猪吃那个泔水有点糙。

彩姐：这种个？悦妹，你过来我和你说个事。

臧悦：什么事？要悄咪咪地。不会又是隔壁村那个老寡妇又惹事了吧。

彩姐：不是不是，比她那个值得听。

臧悦：哪样？我倒是想听听。

彩姐：（凑近）我刚刚买东西，听见小卖部老板娘说是那个"老人事"，怕是有点情况，说是会影响着木厂那边，本良个认得了？

臧悦：麦麦，这些消是假的吧，怕是不能信哦，本良倒是没和我说。

彩姐：你个是忘记掉了，老板娘她男人是乡政府里头的人，还是八九不离十了，还是要放的心上。

臧悦：是了是了，彩姐。我先去咯，等哈回去晚了不行。

彩姐：好，你去嘛。


## 10. 白天 张国宏卧室 内景

张国宏躺在床上，咳嗽，肚子咕噜咕噜叫，他起身想吃东西。

张国宏：小臧，小臧！（没人回应）

张国宏：（自言自语）怕是又出去了……

张国宏起身，颤颤巍巍走出房间。


## 11. 白天 张本良家客房 内景

刘晓梅在房间照看孩子，孩子一直在哭哭闹闹，刘晓梅听到开房门的声音，但是迟疑了一会儿，继续带小孩。

刘晓梅：宝宝，不哭不哭，都怪你那个老爹，一天喊我们在这里活受罪。

小孩：哇哇哇……

刘晓梅：不哭咯，等年后，就回春田湾嘎。

小孩：（哭得更大声）哇哇哇……哇！


## 12. 白天 张本良家厨房 内景

张国宏走进厨房，四处翻找着吃的，在桌上找到昨晚剩下的炸洋芋，准备抬起来。
此时……


## 13. 白天 张本良家客房 内景

刘晓梅见孩子哭得厉害，起身去拿桌上的奶瓶，不小心碰倒了旁边的玻璃杯，摔在地上，刘晓梅立马下床去收拾。

## 14. 内景 张本良家厨房 厨房

此时，张国宏听到玻璃碎的声音，猛地一转身，厨房地上的水没干，整一个人重重摔在地上，他疼得快喊不出来，他一直在喊，但是没人回应。

此时，客房内孩子的哭声异常地大，刘晓梅完全没听见张国宏的喊声，在收拾的时候还划破了自己的手指。

张国宏在地上翻滚、呼喊，还是没人回应。

## 15. 白天 张本良家门前的大路 外景

此时，买东西回来的彩姐路过张本良家门口，听见有小孩的哭声，还有人的呼喊声，她凑近大门一听，听到一个男人的呼喊声，她怀疑是张国宏，知道臧悦出去还没回来，她疯狂敲着门。

**彩姐：**（焦急，大声喊）大爹！大爹！！！你咋个了！！！（没人回应）

**彩姐：**（接着喊）个有人啊！！！出事啦出事啦！快来人！！！

## 16. 白天 张本良家客房 内景

此时，刘晓梅还在处理她划伤的手，她听到有敲门声和人在楼下喊"出事啦出事啦！"她打开窗户，看向底下，她发现彩姐在下面疯狂敲门呼喊，紧张起来。

**刘晓梅：**彩姐！！怎么了！！出什么事了！！

**彩姐：**你个是聋掉了！！！快点爬下来！！你老爹出事了！！！在你家院子头喊天喊地！！

**刘晓梅：**啊！惨了！爹！爹！

刘晓梅立刻跑下来。

**刘晓梅：**爹，你不要吓我！

**彩姐：**晓梅快点把门开开！！

刘晓梅把大门打开，彩姐和她冲进厨房，看见了躺在地上已经几乎出不了声的张国宏。刘晓梅赶紧俯下身去，哭了起来，彩姐看见此行，立马把刘晓梅扒拉开，然后跪在地上，连忙按着刘国宏的人中。

**彩姐：**大爹！个听得见？我是阿彩啊。

**张国宏：**（微弱）呜……嗯……

**刘晓梅：**爹，还有我，晓梅！

**彩姐：**（看向刘晓梅）你快点去喊卫生所孙医生来！大爹这个情况太不好了，快点！

## 17. 白天 稻河村大路上 外景

刘晓梅冲出家门，在大路上奔跑，正好被远处回来的臧悦看到。

**臧悦**：（喊）晓梅，你那么急，要去哪点啊，娃娃不管咯？

**刘晓梅**：（回头，哭）嫂子！快点回去！爹出事了！呜!!我去喊孙医生！快点！

**臧悦**：（惊恐，扔下手里的猪草）什么!!

臧悦在马路上冲，臧悦和刘晓梅的喊叫声在村子里回转，有些瘆人。

## 18. 白天 兴业木材厂厂房 内景

锯木机嘈杂，张本良和关子、田小八等人正在工作，满身大汗。此时，张本良的手机响起来。

**张本良**：（对田小八）我出去接个电话，你帮我看着下机器。

**田小八**：是咯。

## 19. 白天 兴业木材厂厂房 外景

张本良从厂房里走出来，把双手在身上拍了拍，把手机从兜里掏出来，看了一眼，接起来。

**张本良**：喂！咋个。

接起电话，张本良听到电话那头，脸上立马浮现了恐惧。

**张本良**：什么！

（闪黑幕）

# 第二幕　灰烟

## 20. 夜晚 卫生所病房 内景

张国宏躺在病床上气息微弱，张本良在床上坐着，臧悦、刘晓梅、彩姐站在旁边，神情低落，此时孙医生进来。

**孙医生**：个想好了要去县医院？老本良。说白了，你老爹这个情况，算是深度昏迷，脑壳头出血严重，也就是拖的一口气了，我们这里医不成，就算去了县里……

**张本良**：我晓得，晓得。

**孙医生**：老本良，老人的事，要快点决定了，他那口气，等不起……

此时，彩姐的丈夫闻讯赶来，推门而入。

**彩姐丈夫：**（闯入）大爹个还好？

**彩姐：**（尴尬转过头，嫌弃）出去！出去！！（随后，便带着丈夫走出了病房）

**张本良：**（眼神从门口转回，对臧悦）打电话给跃才，喊他赶忙回来。县里面，我们不回了，带爹回家。

**臧悦：**跃才他，最近不是学校那边忙吗。老爹他也还没……

**张本良：**没？没哪样？硬是要等得人落气了才喊得回来？老爹他平时天天念的跃才，不要到时候最后一面都见不着。

**孙医生：**不要气了，个是这种办了？是了我去和帮你拿张移动床来。

**张本良：**嗯，孙医生，你去吧。

臧悦不满中带着无奈，出门打电话，孙医生走出去，张本良看着刘晓梅握着手里的手机迟迟不敢拨出，叹气。

**张本良：**我来打吧，看你也是喊不动他。

刘晓梅抱着孩子，站着，孩子时不时哭一会，张本良拨通了弟弟张本煜的电话。

**张本良：**喂！弟，在整哪样，和你说件事。

## 21. 夜晚 杭州某游戏厅 内景

杭州市，游戏厅里面灯闪，张本煜和几个朋友在喝酒，他旁边还坐着一个女人，举止较为亲密，接起电话。

**张本煜：**要是过年喊我回去，不要喊了，今年业务忙得很，你们带的晓梅过了。

**陌生女人：**哪个哦？先把这杯酒喝了。

张本良听到女人的声音，看了眼刘晓梅，没说话，沉默了一会。

**张本良：**爹，要不行了。

**张本煜：**什么？不是去年还好好的嘛！咋个一下子就不行了。什么情况？

**张本良：**一哈子说不清楚，人已经昏掉了，时间不多，就一句话，你个回？

**张本煜：**你喊我坐飞机，坐飞机回来？飞机票抵得我两个月工资。

**张本良：**你个有点良心？你克那个破外地，不是爹给你出钱，你还出得去？这次你不回也得回！他是你亲爹！老婆娃娃不要了，你亲爹也不要了？

## 22. 夜晚 卫生所病房 内景

刘晓梅抱着儿子在原地，哭泣，她不敢出声，电话的那边，张本煜听到这些话，也沉默了，旁边的女人似乎察觉到了什么，给了张本煜一个眼神，张本煜迟疑中说话了。

**张本煜：**好！好好！我回！我回，我先和老板打个假条，明天就飞回来。

**张本良：** 你赶紧点！到时候坐班车到县头，我开车来接你。

张本良结束了电话，臧悦也进来，看了眼流泪的刘晓梅。

**臧悦：** 我喊跃才回了，他说明天机票没得了，只能等后天。

**张本良：** 能回来，就好，之后再喊他多穿点衣服，这边还在冷。（叹气）我们收拾下，带爹回去了。

**臧悦：**（对门外喊）彩姐，你们没得事就回了，我们推老人回去。

**彩姐：** 没得事，先把老人送回去再说。

此时孙医生推着移动床进门，众人把张国宏抬上床，张本良、臧悦、彩姐丈夫在昏暗的走廊内推着病床，彩姐拿着老人的衣物，刘晓梅抱着孩子走在后面，走廊上，回荡着轮子的声音。

## 23. 深夜 张国宏卧室 内景

张国宏躺在床上，张本良在床边看着父亲的呼吸和状况，此时便推门进入。

**臧悦：** 老本良，差不多去休息了，我来换班，我睡够了。

**张本良：** 是了，后半夜有什么事情，就喊我。

**臧悦：** 晓得，我认得咋个整，我老妈妈那个时候也是要每晚上看着。

张本良起身，臧悦走过来坐下，然后张本良若有所思迟迟不走。

**臧悦：** 咋个，怕你老爹突然走掉个？

**张本良：** 不是，我是在愁……办白事，心头慌得很。

**臧悦：** 你慌哪样，老人还没落气，先不要想这些。

**张本良：** 说是这种说，只是我想得我老妈走的那次，实在是太不体面了……老爹这次，我想办的，至少让他走得舒坦点。

**臧悦：** 那个是没得办法，谁叫天灾来的太突然了，什么都没准备。

**张本良：** 所以，我们还是早点打算，早点好。

**臧悦：** 是了，是了。纸钱、纸扎人、松毛还有花圈这些都还好买，寿衣就穿之前备好的那件就行……对了，还有要找先生（迟疑）要不我去春田湾找另外一个先生？

**张本良：** 来不及了……我怕别个村子也有丧要办，你要不和洪云飞去说一声？

**臧悦：**（疑惑）你确定？上次我送苞谷给他家你还给我骂了一大顿。这次你怎么放得下你的身子了，那么多年，真的是眼开了。

**张本良：** 我又不是完全没放下那件事，只是我……这几年又不是没给他家正常供木头！

**臧悦：** 是了是了！让你开口么，比登天还难。不得平时我送他们家那些菜么，你还想我去找？就算我初中和他玩得铁，也没得用。

**张本良：** 你帮我去问问，就说是老人的事，也不要说是我喊得来的。

臧悦：（叹气）所以，人不要做绝了，到时候找阎王帮你都难。好了，你快点睡了，早上晓梅会来换，她说好了。（迟疑）对了，棺材，个要拿出来清清灰了？

**张本良**：我晓得，明天打开老房子看看个有发霉虫蛀。记得明天去找嘎！我睡了。

臧悦：是了，不要啰嗦，话说一遍就行。

## 24. 次日白天 张本良家老房子 内景

张本良拉开老房子的门，房子里放着一口红木棺材，棺材上已经落满了灰尘，但是篆刻的龙纹还是很灵动，张本良拍了拍棺材上的灰尘和蛛网，臧悦前来帮忙收拾，她在棺材里面拿起一块老旧的木牌，上面印着"洪氏棺材作坊，有事必应"，放进口袋里。

臧悦：洪先生的手艺还是不错的，五年了，擦擦还像新的一样。

**张本良**：（略微尴尬）你咋个不说这个木材还是我大老远托人从越南那边拉过来的，你去看看哪家用得起这种木质的棺材。

臧悦：没得人加工的木头么，最终还不是要当柴火烧掉。

**张本良**：不争了，你过来搭把手，把这个抬出去。

二人把棺材擦了一遍，红黑油亮的漆面在阳光下格外刺眼。

**张本良**：就给它在这里晒着，见见阳光，驱下阴气。我去县头接本煜，差不多下午点回来。

臧悦：不吃了午饭再走？

**张本良**：急得很，人接到了才踏实。

臧悦：是了，该办的事我吃完晌午去开车开慢点。

张本良上了卡车。

**张本良**：好！走咯！看好老爹。

臧悦：没得事，晓梅还在照顾。

卡车驶出张本良家，车上还有剩余的木头在滚啊滚。

## 25. 白天 洪氏棺材作坊工房 内景

洪云飞在教洪冠林制作棺盖，二人在组装已经锯成形的长木板，洪淑芬不在家，此时外面臧悦敲响了他家的门，拿着一袋红柿子。

臧悦：冠林！个在呢？

**洪云飞**：（对洪冠林）"老顾客"来咯。

**洪冠林**：来啦！臧嬢你等哈！

洪冠林打开门，看见臧悦拿着柿子站在门口。

**洪冠林**：臧嬢！你……（打断）

臧悦：这次倒不是！我这次找你爹，你把柿子拿了去菜地头，我刚刚看见你妹妹在，你去分了和她吃。

洪冠林：（识相）好！这个柿子真滴是又红又大啊，我走了嘎，臧孃。

臧悦：去吧去吧。

洪冠林提着柿子走了，臧悦走进门。

洪云飞：把冠林支走掉，怕不是什么小事情吧。

臧悦：洪先生，事情小不小，还是你说了算。

洪云飞：悦妹，有事情直接说，我们两个不用绕来绕去。

臧悦：我老公公他爹，老国宏，要不行了，怕是撑不了两天。

洪云飞：人不是还没死，就来找我了，喊我去催魂哦？

臧悦：不管你催不催，魂是回不来了。

洪云飞：这两天还有三口棺材等着我做，你看，最近死那么多人。（指了指其中一口较小的）那一口，上村王小雷家孙子的，那天去水库头游泳，淹掉。所以，人活的就是，为了那口棺材，最后都要躺进来。

臧悦：读书的时候也不见得你语文这么好，还说我绕山绕水，你这是转山转水转佛塔。我就直说了，我老公公的老人事，个妥？

洪云飞：妥不妥，还要看这些棺材的主人妥不妥，不是我说了算。

臧悦：阎王听了你的话都要来收你了，那口棺材你就不记得了？就差老国宏开口会说妥了，你做的棺材，还是要你埋。

臧悦把那块代表着"有事必应"的木牌拿给洪云飞看，洪云飞看了一会，最后收下了木牌，臧悦脸上露出欣喜的表情。

## 26. 白天 张本良卡车 外景

张本良开着车，张本煜坐在副座上，似乎不是很情愿地看着窗外。

张本良：你这么多年没回来，稻河已经大变样了，个还记得之前那个烂泥塘，我们炸鱼的那个，现在改成蓄水池了，吃水是不愁了。

张本煜：变化也不大，地方变了，人不是还没变。

张本良：人变了，就不是你家稻河了。不是，比起你家春田湾还是差点了。

张本煜：这段时间，晓梅没麻烦你们吧？她们年后就回去了。

张本良：没有没有，倒是你，还是多袒护得点她，小娃娃也要大了，不要一天撒手不管了。

张本煜：我会补偿她们，但是不是现在。

张本良：补偿？到时候不要后悔。

## 27. 白天 张本良家院子 外景

说着，车便到了张本良家门前的院子，臧悦和彩姐在门口，整理着已经买来的丧事用品，花圈、纸钱、挑钱、纸人，不见刘晓梅的身影。

**彩姐：**本煜，哟，几年没见，变城头人咯？穿得还是洋气。

**张本煜：**（假装客气）彩姐，你还是这么幽默。

**张本良：**彩姐，麻烦你咯，没有你么，买不着这些。

**彩姐：**不消客气，还是悦妹灵光，什么都考虑周全。

**臧悦：**是了，不要夸了彩姐。（对张本煜）小煜，爹在二楼，你快上去吧。

**张本煜：**好的，大嫂。

**张本良：**今天爹爹恢复了点，早上还认出跃聪了，咕哝着小煜小煜。

张本煜没说话，跟着上去了，刘晓梅抱着孩子在二楼看见张本煜，眼神有点躲闪，但也硬着头皮去迎接。

**彩姐：**（悄悄，对臧悦）要是我是他媳妇，我早就离了，还跟的这种男人，一天活受罪。

**臧悦：**（悄悄）彩姐，算了，舌根子嚼断掉都没得用。就算这种了，跃聪能是她的？只能闷的不说了。

## 28. 白天 张本良家楼上 内景

张本煜和哥哥上楼，张本煜来到二楼看到刘晓梅和儿子，便凑上前来，张本良也过来。

**张本煜：**聪聪！小瘦伙子哦。

**张本良：**你看这个头发，倒是像你，那种卷的。

**刘晓梅：**这两天聪聪没怎么吃得下饭，又瘦掉了。

**张本煜：**我从城里带了点奶粉，你等哈拿着喂。

**刘晓梅：**我奶水还够，不用了。

**张本良：**（看大家尴尬）好了好了，进里屋。

大家进了里屋，张本煜看到昏迷在床的父亲，脸上似乎没有什么波澜。

**张本良：**爹！这个是本煜啊，本煜来了。（示意张本煜上前）

张本煜走到床边，张国宏突然拉住他的手，紧紧地，在场的各位都震惊。

**张本良：**（含泪）爹……他不走了，他一直在这里陪你，不要怕了。

**张本煜：**爸！小煜回来看你了。

**张国宏：**（支吾）唔……额……

张国宏的眼角流下了泪水，张本煜原本没有表情的脸上，似乎也出现了一丝悲伤。

## 29. 次日白天 道河村路口 外景

张跃才靠着背包，戴着耳机听着歌，客运车行驶在大路上，外面的红土地和小山峰向后飞驰着。

洪冠林、洪淑芬、彩姐儿子小光在村口等待。

**小光：**我们等得晌午都消化完了，怎么还不来？

**洪冠林：**快了，再等哈，晚上请你吃好吃的。

**洪淑芬：**（看见班车）跃才到了！在前头。

**洪冠林：**跃才！这里！

三人招着手挥向张跃才的车，张跃才看到路上熟悉的身影，立马摘下耳机，拿起行李就准备下车。

**司机：**小伙子，急哪样？车都没停稳掉！

**张跃才：**谢谢师傅了！（转身对车外三人）你们怎么来了？

**洪冠林：**还不是你爹忙不过来接你，我们来帮你提行李咯。

**张跃才：**累死我了，害我从市头转了好几次车。

张跃才下车，班车开走，洪冠林帮他提行李箱，小光帮他背包。

**洪冠林：**这次是真没想到你会那么早回，臧孃说你那边课多，我想哈，上次见已经是前年过年咯，你在省城个还习惯。

**张跃才：**是了，我要准备考研究生了，还有些课没修完，这个学期我安排的多，省城还是可以的，但是吃的好难吃。

**小光：**回都回来了，你以后一天去一家蹭饭嘛！

**洪淑芬：**是嘛！哥哥整的洋芋粑粑比以前还好吃了，你一定要尝尝。

**张跃才：**保证嘎？不要到时候敲门么又跑的那点去，我一个人呆站在外面。

**洪冠林：**哪个敢啊？哈哈，还能给你饿着，亏待不了你的。

**张跃才：**（捂着咕咕叫的肚子）额，早上吃少了。

众人大笑，洪淑芬从口袋里掏出一包辣条，张跃才看见也笑了，大家开怀地大口吃起来。

## 30. 白天 张本良家 内景

张跃才一行人回到家里，刚到，楼上就传来喊声。

**臧悦：**（哭）阿才！你赶忙点，你公公要不行了……

张跃才丢下行李冲了上去，随后洪冠林一行人也跟了上来，他们站在门口。

**张跃才：**（俯身，流泪）公公，阿才回来了，我来晚了，唔……你不要睡……

**张本良：**爹，跃才来看你最后一眼，你的好孙子，要成器了。

**张国宏：**（虚弱至极）唔……唔……额……

张跃才抓着张国宏的手不放开，紧紧握住，房间里站着臧悦、张本良、刘晓梅、张本煜，大家都低着头，刘晓梅则泣不成声。突然间，张国宏呼吸突然变得急促。

**张本良：**爹爹！你不要睡！坚持住。

**张本煜：**老头子醒醒，头不要昏了。

**张跃才：**公公，呜呜……要是能早点见……

**张晓梅：**唔……唔……

臧悦在旁边擦眼泪，此时张国宏突然猛地一挣扎，呼吸突然放缓，逐渐，逐渐气息没有了。在场的人除了张本煜都哭了，哭声围绕着张家的房屋，这一切都被门外的洪冠林看到。

## 31. 白天 洪氏棺材作坊 内景

洪云飞还在做着棺材，此时门外洪冠林突然冲进门。

**洪冠林：**爹！

**洪云飞：**你不是和跃才在一起吗？怎么那么早回来？

**洪冠林：**爹……老国宏……落气了。

**洪云飞：**什么？过来把东西收拾下，我们过去。快！

洪冠林点点头，过来帮忙收拾。

## 32. 白天 张本良家搭建的灵堂 内景

张本良家老房子前用松树秆和油纸搭建了灵堂，灵堂中间摆着那口油亮的红木棺材，旁边点着蜡烛，张本良一家穿着孝服，跪在地上，女人们都在哭。洪云飞在旁边做法事，嘴里念叨着，用鸡血在符条上写了符文。

**洪云飞：**张氏老亲爹，黄泉路上且慢行，买路财来留下去，保天保地保亲族。你们可以先起来了，也跪了好久了。

众人起身，张本良、臧悦走近洪云飞，随后张跃才便走出了门，张本煜和刘晓梅则是去照看孩子。

**臧悦：**洪先生，葬的日子个瞧好了？

**洪云飞：**这个星期都没得太好的日子，你们老爹属虎，之后几天虎冲年多，走不掉。我看了腊月二十六，那天属虎的，你爹八字富水，巳时，也就是早上9点，下葬吉时。

**张本良：**先生，么白事几时办？

**洪云飞：**后天，时日大凶，办事冲煞气。对了，差点忘记说了，下葬日你家属猪的人不能见下棺，在屋头待着。

**张本良：**（生气）属猪？跃才是属猪的嘛，你这个日子怎么瞧的，大孙子都上不了山，像什么话？

**洪云飞：**（嘲讽）日子是天定的，么你喊你老爹早几天落气嘛，日子就好看了，今天就埋土里面了。

**张本良：**洪云飞，今天在我爹的份上，我不想扯你我之前的破事，你说话积点德。

**洪云飞：**我们这些人的阴德早就积够了，还差……（打断）

**臧悦：**（见事情不妙）歇着！！本良，人才走掉，就在棺材前面发疯了？走！你是被这个烟气熏晕掉了个？

臧悦拉着张本良走出灵堂，洪云飞一个人在灵堂内。

**臧悦：**你是要让我的面子挂不住？人是我跪地爬着求过来的，你倒是，拽得很嘛，处处刁难人家，就算你们合不拢。你老爹才落气，人家不是就直接过来了。换做是别人，鸟都不鸟你。还来给你爹办事？你自己摸的脑子好好想想。

**张本良：**我只是觉得跃才送不了爹上山就是太可惜了，就是他的一大遗憾。

**臧悦：**你咋个就晓得你儿子觉得遗憾了？你一天就只认得你家祖宗上的面子，你就不晓得你娃咋个想的。他爷爷去掉，你看他哪天不在哭了？

张本良叹气，不说话，看向远处的儿子。

## 33. 白天 张本良家搭建的灵堂 内景

此时，张跃才在和洪冠林、洪淑芬在老房子旁边的小山包上聊天。

**张跃才：**哈哈哈！光子要结婚了？真的吗？

**洪冠林：**村子头早结婚很正常，他找了个上村的，刘萍大爹他姑娘，就是上个星期他老丈人才走掉那个。

**洪淑芬：**哥，跃才刚来，还认不得这些吧。

**洪冠林：**也是，我脑壳昏掉了。

**张跃才：**小光都要结了，你怕是也要也要赶着点。

**洪冠林：**我？开玩笑个，哪个要我这种一天没得事干还搞棺材生意的，况且我还没入门。

**张跃才：**洪大爹要你继续干这行？

**洪冠林：**我爹的意思是这种，他说我文凭又不高，出去找不着活干。

**张跃才：**哪个找不着了，我小叔不是在外省混得风生水起的，也不见得他文凭有多高。

**洪淑芬：**我觉得跃才说的有点道理，爹说白了就是不想让这个手艺断了，都是借口。

洪冠林：算了，听天由命吧，哪个让我是个哥哥呢……

## 34. 两天后的下午（白喜事举办的日子）上村村委会 外景

彩姐因为农户耕地合同的事情来村委会办事，只见有村委会的人在张贴告示，她出于好奇，上前看，告示上写着"移风易俗，全面殡葬改革，稻河在行动"，她正要上前询问，就被前来的小卖部老板娘拉住，往回走。

彩姐：阿妹，你这是搞哪样，我想去问他们这个殡葬什么改革是什么意思？

小卖部老板娘：什么意思？这个就是我上次和你说的影响木头生意的！！

彩姐：这个改革和木头生意有什么影响？

小卖部老板娘：我老倌说上面政策是，以后人死掉不可以下土了，今天就要开始执行，要送的克烧掉！以后就捧得骨灰回去。下土要用什么装？你个是晓不得？

彩姐：老祖宗的东西，怎么说改就改了，人变成烟灰飘掉，一吹就飞了。

小卖部老板娘：我也是怕得很呐，家头两家都还有老人，有个老人的棺材都找洪先生订掉了，现在咋个整，我也认不得。

彩姐：天变了，稻河要变天了！老国宏不是今天要办白喜事，我还要去吃酒，他们家这个老人，应该是可以下土的吧？

小卖部老板娘悄悄和彩姐说了一些话，彩姐一脸震惊，突然大声表示惊讶，引得了周围人注意。

彩姐：什么！没埋的就要拉走？人还在棺材里面躺着！！开棺可是大忌！

小卖部老板娘：嘘！！旁边还有人呢，上面的意思是这种，只能说这个老人霉得很了，早死几天下土，别人不可能帮你挖出来吧，晚上会有村头的人来挨家通知。

彩姐：不行，我要去和老本良家说一声，这个事情再像这种下去怕是要闹大。我先走了，等哈席就要开始了，等不急。

还没说完，彩姐便疯了一般地向下村冲去。

## 第三幕　黑烟

## 35. 两天后的傍晚（白喜事举办的日子）张本良家搭建的灵堂 外景

日子到了张国宏白喜事的这一天，挑钱飘飘，哭声阵阵，丧事表演的队伍演得正尽兴，张本良家灵堂外格外热闹，上村的臧家，下村的张国宏的兄弟姐妹家，还有其他村民，都聚在这里，差不多有十桌人，坐得满满当当，张家一家人正在忙活着给宾客准备吃席。

**哭丧者：**（边唱边哭）哎哟我苦命的张氏爸爸，孝子满堂人撒手，一去黄泉不回头啊……唔……我的……什么爹爹（忘词，问旁边的人，正好张本煜站在旁边）

**张本煜：**（不耐烦）我爹的姓什么又忘了？张！张！（旁边众人嗤笑）

**哭丧者：**（继续）哎哟我的张氏爹爹，你是我们孝儿孝女的好老爹，天下忠良皆是你哦……

**张本煜：**（对旁边的刘晓梅）钱不是都还要我摊，请得个这种哭丧的，脸都丢死了，怕是上一个才哭完就来，流水线个？

**刘晓梅：**有的人么，眼泪都没落几滴，人家至少假哭都哭了。

**张本煜：**你……来这边咋个是个变习了。（孩子也哭）

**刘晓梅：**（没回复张本煜，对孩子说）宝宝，你也哭咯，你的眼泪倒是不值钱哦。

## 36. 傍晚 张本良家搭建的灵堂 内景

张本良、臧悦、张跃才正跪在灵堂里面迎接前来的宾客。这时来了两位走路颤颤巍巍的老人，女的是张国宏的大姐，男的是张国宏的三弟。

**张本良：**大姑妈、三叔，老爹在前面。跃才，叫大奶奶和三公公。

**张跃才：**大奶奶、三公公。

**张国宏的大姐：**（哭）阿才，你长得好像你公公小时候，英气得很啊，呜……

**张本良：**跃才，扶你大奶奶进里屋歇哈，老人家站不住。

张跃才起身扶两位老人进里屋，此时臧家的亲戚们在外面忙活着，臧悦弟弟进门来通知。

**臧超：**（臧悦弟弟，厨师）姐，姐夫，差不多可以吃饭了，人都到齐了，跪了一天也饿了。

**臧悦：**是了，我们马上来。

**张本良：**你弟，手艺是不错，只不过咋个到现在还不找个媳妇是。

**臧悦：**你管人家，一天管得才宽，人家不是一天过的照样比你好。

**张本良：**没得老婆儿女，就不叫日子好咯，倒是连办后事的都没得。

**臧悦：**话多……快点去吃，拿那个饭堵着你的嘴。

宾客们全部落座，张本良、臧悦、洪云飞、张本煜、刘晓梅还有其他主要亲戚坐一桌，张跃才、洪冠林、洪淑芬、小光和小光女朋友等年轻人坐了一桌。大家正在观看着哭丧表演队的表演，现在表演的是抬棺舞，一群人吹着欢快唢呐，抬着假棺材，唱唱跳跳。宾客们吃着，喝着，乐着。

**张本良：**各位，我先干了，你们随意！

**张本煜：**敬我们爹！

**老人1：**老国宏，就好他那口酒了，以前年轻的时候喝八两不带醉的。

**老人2**：是咯，但是后面那个咳，真的是喝不动了，看的一天比一天老火①。

**张国宏三弟**：大哥这一辈子么，没走出过稻河。苦了大半辈子，但是本良还有本煜有出息嘛，一个在厂子一个在外面飞黄腾达，争气争气，白事办那么大，人走了也是心安入土了。

**张本良**：三叔，还是爹管得好。

张本煜没有说话，在旁边听大家说，他似乎对这个白喜事意见比较大，另外一桌年轻人聊得正欢。

**小光**：这个就是我媳妇咯，跃才你怕是记不得了，小时候在一起玩过。

**小光女朋友**：还没结婚，咋个就喊媳妇咯……搞得硬是不好意思，跃才我倒是记得，当时去春田湾捡菌。

**张跃才**：说起捡菌，我好像是记得点的，哈哈！

**洪冠林**：是了，等得事情办完我们再约的去春田湾烤烧烤，这次不要着臧嬢认得我们要去飙车了，啊哈哈。

此时，臧悦发现只有彩姐丈夫来了，彩姐没来。

**臧悦**：（问隔壁桌彩姐丈夫）老六，彩姐克哪里了，咋个还没来？

**彩姐丈夫**：耶……她下午点去上村委会办那个土地合同了，我家不是盖那个房子嘛，是牵扯着点耕地，怕是办得慢，不消管，我们先吃了。

**臧悦**：没得事，我打个电话给她问问。

臧悦拨通了电话，但是没人接，正当疑惑时，彩姐气喘吁吁地跑到了丧事现场。

**臧悦**：（笑）彩姐！咋个打电话也不接，还以为你半路着人拐掉了。

**彩姐**：（大声）别办别办了，人不要下土，直接火里面走了，明天就要拉到县头火化！！！

当彩姐说完这些话，顿时，全场宾客鸦雀无声，抬棺表演队伍也停了下来，大家开始互相讨论，张本良和臧悦一脸震惊，洪云飞脸上表情更是突然转变。

**张本良**：这种日子，说些什么话！怎么说不要办了，家家都办，我家张家就不准办了？

**彩姐**：不是，是村委会那边说要殡葬改革，从今天开始不准土葬了，今后都要火葬，我也是才听说，晓不得咋个会这样。

**张本良**：老天要收人了！！人不入土，眼睛永远闭不上。什么鬼改革，我就不信了，还能把我老爹从里面拉出来不可？

彩姐走近，示意张本良去里屋说，臧悦见此情形，便张罗大家继续吃饭，但是大家支支吾吾的讨论声，络绎不绝。

**张跃才**：殡葬改革？要像城里那样，但是哪里来的公墓呢？

---

① 老火：意思为"严重"。

**洪冠林**：我从来没听说过农村要火化的啊，我祖上一直做棺材生意，稻河村的土葬是从老古时候就传下来，怎么说改就改了。

洪云飞在一旁一直沉思，不说话，一直低着头，咬着手指头，抬棺队伍继续表演起来。

## 37. 傍晚 张本良家搭建的灵堂 内景

**张本良**：（对彩姐）具体是怎么回事？

**彩姐**：具体我也不清楚，我听阿妹讲的，他男人在乡政府头，就是说稻河今天开始就要施行火葬改土葬，晚上村头的人就会来了，关于你爹，上面的意思是说，还没下土的，都要送着去化掉。

**张本良**：离谱了！棺材都封掉了，要喊我撬开来把人给他们？他们要是敢来，我今晚就把人当着他们的面埋掉！

**张本煜**：（小声嘀咕）不就是个火葬嘛，有什么大惊小怪，骨灰盒倒是比那个棺材省空间。

**张本良**：你这个忤逆种！爹个是白养你了！个还有点良心，爹爹天天喊着要和妈葬在一起，你那个时候又在哪里，一天不管天不管地，就只认得跟那些外省人鬼混，你就是着洗脑了，他妈的！

**张本煜**：我咋个？我没有每个月寄生活费回来？哥，我就说了一句，你就吼成这种，人家政策在那点，你以为你是哪个，世界上政策就只针对你一个人？不要搞笑了，你怕是只认得你的木头生意做不下去。

张本良盛怒，差点伸手打张本煜，此时洪云飞、洪冠林、张跃才进来拉住。

**臧悦**：够了！到底要我说多少遍才会听！两个大男人，一天遇到屁大点事情就只认得吵，个是吵了人就可以入土了？你们爹还躺着这个里面，他认得么直接要气得爬起来一个人给你们一个巴掌。现在，就是要和村委会去说，老人的事咋个处理，又不是村委会的人家头没得那几个老人。

**彩姐**：是了，不要气了，我也是，我就不应该当着这么多人面说，搞得气氛不好。

**臧悦**：彩姐不怪你，这件事情发得太突然了，幸好及时认得了，不然到时候就不只是吵架这么简单了。

**洪云飞**：村头的意思，是要开棺拉人？这种事情，除非是诈尸，以前可从来没有发生过。

**张本良**：（对棺材）老爹啊，不要怪我，一定要给你个交代的。

**臧悦**：现在这样干等也不是个办法，村委会的人等下才来，你们没吃饭的先去吃吧，彩姐，你带着他们去吃。跃才，走，出了。

**张本良**：我吃不下，你们去。

此时灵堂只剩洪云飞和张本良，二人沉默了许久，终于洪云飞开口了

**洪云飞**：你应该清楚，这个改革会带来什么吧？

**张本良**：人活着，不就是为了那口棺材吗。现在好了，死都投不得个安宁。

**洪云飞**：现在活人都难活咯，我那点还压着一大批订单，今天起，就只是一堆烂木头，拿去当柴烧掉。

**张本良**：洪先生……

**洪云飞**：嗯？

**张本良**：当初那批木头，我还是过意不去。这么多年了，小臧一直说我死要面子，确实我就是这种人，这次其实也是我喊你来帮我家办，毕竟这口棺材你是打的，老母亲那次，如果不是你赶工，人怕是都埋不下去。

**洪云飞**：那批木头，现在是在春田湾，个对？

**张本良**：你？咋个晓得。

**洪云飞**：就算你不来说，也有人告诉了。被你们前老板换货偷着拿去盖新房子了，前个月我还去看了，五年了都没朽掉，果然是和这棺材同一批好货，那栋房子么早就没得人住了，说白了，人做恶多了自有天收。

**张本良**：洪先生，是，对不住你了。这次老爹的事情，成也好，无也好，之前的事，就翻篇了吧……

此时，臧悦进来，看见冷静的二人，还觉得有一丝尴尬。

**臧悦**：村委会刘书记来了，本良你最好耐着点脾气，去新房子里面谈。

**张本良**：洪先生，走了，去新屋。

外面宾客也陆续散了，表演队伍离场，张跃才、洪冠林、洪淑芬等人在招呼大家离开，臧悦带张本良和洪云飞到里屋。

## 38. 夜晚 张本良家客厅 内景

刘书记和另一个村干部已经在屋里坐下，桌上摆着刚倒好的茶，穿着孝服的洪云飞、臧悦进来，头戴白头巾的洪云飞也跟着进来，坐下。

**刘书记**：老本良，洪先生，累了一天了，过来坐着聊。

**张本良**：书记，我就直说了，村里面那个殡葬改革，怎么说改就改，我老爹现在还在棺材里面躺着。

**刘书记**：本良，是这种，县里面最近接市里面通知要全面改革我们这个殡葬制度，主要是为了墓葬生态保护，说白了就是稻河这个墓地挖掘，不符合这个自然林保护政策。县里面把我们稻河村作为重点试点村，上头的红头文件日期执行日期开始就是今天。

**张本良**：但是书记，我老爹死了这么多天，根本没有人通知我，白事都已经办了，下葬日子都选好了，你喊我怎么和我爹去交代？这个是大不敬。

刘书记：这一点，我们还是没做到位，我们也是今早收到通知，从上村宣传下来，你家的情况，没有落实到位。但是老国宏，这种情况，按文件上认定的来说，没下葬就要应该去送去火化。

张本良：现在怎么说嘛！棺材盖子已经钉上了，你们的意思是要撬开来，把老人冷生生地拉到炉子头化掉，老祖宗的东西都不要啦！这口棺材，老子5年前就找洪先生定好了，就是为了我爹走之后有个体面。现在倒好了，开棺这种霉事要遭到我家头上，这些是你们想要的吗？

村干部：老本良，你说话客气点，不要咄咄逼人。

张本良：我咄咄逼人？是哪个先把人逼上绝路的？说白了！稻河村的棺材生意不好做，你们没得什么好处，人家洪先生都还没开口，你们就当什么都没发生了？我最好祝你们家老人都长命百岁。

臧悦在旁边一直拐张本良。

刘书记：小王！（呵斥）老本良，你老爹的事情，我觉得大家可以各退一步，主要是你老爹这口棺材钱，我可以记录和村头商量给你家补贴。县里面已经建好一块公墓，就在稻河出去一公里，而且上头的火化政策，对你家这种特殊情况是有火化费，公墓费减免，人要拉走的话县里面有派车，可以把老人接上去。

洪云飞：书记，稻河这个土葬从来就没改过，我家世代做这个生意，现在还有做完的、没做完的棺材摆在家头，以后怎么办，我们洪家的生意就此结束了？专门靠我那个办白喜事的钱就养不活我儿子姑娘。

刘书记：洪先生，村头今早讨论过这个问题，我们了解着，火葬之后棺材确实是做不了了，已经做好的棺材，我们会查账统计好，每一单给你进行补贴，没完成的订单，就安排你原路退回了，村民那边我们负责协调，你也不用担心。现在火化场不可以烧棺材。但是，我们已经和火化场那边联系好，他们可以提供骨灰盒模具和图纸，等于就是说以后你们家的木材不会断，本良那边的木材厂供货线也是正常，只是木材量会变少点，但是我们帮你算下来，做骨灰盒的总利润比棺材还高一点。

洪云飞：书记，这个说起来容易，做起来难啊！就算我们不做棺材了，稻河人咋个所有人接受火葬？你们也不能保证出现第二个老国宏这种情况。

刘书记：政策今天实施后，我们会每家每户做工作，宣传我们殡葬改革的政策优点和相关补贴政策，大家有了对比，慢慢就会改变观念。

张本良、洪云飞沉默不语，若有所思，此时，臧悦把张本良叫出来。

## 39. 夜晚 张本良家 外景

臧悦：本良，刘书记今天亲自上门，就不是在找事的，人家态度表明了，是要来解决，你不要和他犟了。

张本良：我就是咽不下那口气，我妈那次已经办得一塌糊涂，本来想着大办一场，给老爹送行……

臧悦：还不够大个，你见哪家白喜事办得敲锣打鼓，生怕大半个村子都来吃你老爹席了。刘书记的事他也和我说了，他老家是盘山乡那边的，他妈也是走在这个政策点上，等到要抬上山下葬那天，政策才来了，最后，还不是也把人送着去化掉。所以，在座的，只有他最懂你在想哪样。

张本良没说话，思考了一会，便叫臧悦进了屋。

## 40. 夜晚 张本良家客厅 内景

张本良：刘书记，你先跟我来老房子里一趟。

刘书记：好，小王，跟我走。

一行人走出张本良家客厅，来到老房子。洪云飞中途找到在收拾桌子的洪冠林。

## 41. 夜晚 张本良家客厅 外景

洪云飞：冠林，去家里面拿那个带翘头的锤子，两把，快点。

洪冠林：不会是……要……

洪云飞：不要问那么多，去拿便是。

张跃才：我和你一起去。

二人便离开了张本良家，洪淑芬、小光也跟了上去。

## 42. 夜晚 张本良家灵堂 内景

一行人来到灵堂里，张本良跪在地上拜了一拜，其他人也跟着跪下拜，小王迟疑，刘书记连忙示意跪拜。

张本良：老爹，大儿本良，小儿本煜，不孝之子。带不了你上后山了，带你去县里面，县里面的山上，你说你之前怕冷，之后不会冷了，不冷了，四处都是热乎的。老爹，不要怪本良……（泣不成声）

其他人没有说话，只是默默地跪着。

## 43. 夜晚 洪云飞家晚上 内景

洪冠林在找锤子，张跃才看到了柜子上的洪冠林母亲的相片，又看向他，洪淑芬和小光在别屋找。

张跃才：这次之后，你打算去哪？

洪冠林：去哪？可能去县里吧，

张跃才：想好了就去吧，总不能永远待在稻河。

洪冠林：人总是要走的……哎？找着了，这两把，芬，小光，快走！

## 44. 夜晚 张本良家灵堂 内景

张本良、张本煜还有洪云飞把棺材从台架上小心搬下，此时洪冠林和张跃才也将锤子送到。

洪冠林：爹，你拿着！

洪云飞：女人小孩，全部回避，等人运走掉再出来。（对刘书记）刘书记，你们也要出去一下，不宜见。

刘书记：小王，我们出去等，你打点电话，叫他们开车下来拉人了。

洪冠林、臧悦、张跃才等人回到新房，灵堂内只剩洪云飞、张本良、张本煜，洪冠林拿起几块布。

洪云飞：你们拿这个捂着鼻子。

张本良：大冬天，应该还好吧。

洪云飞：不要怪我没提醒你。

张本煜：我好像闻见味道了。

洪云飞：本良，一起用力翘棺材两边，我铆得太死了。（嘴里念叨）张氏老人，开棺无意，安息安息，张氏老人，开棺无意，安息安息。

在屋外，听见屋内敲开棺材盖的声音，小王离得门近，闻到味道，不禁呕吐了起来。不久，众人把张父的尸体用白布包好，张本良、张本煜含泪把父亲送出了门，村里的车已经到，洪冠林、张本煜、张本良把张父亲送上车，也一起上了车，车行驶在稻河路上，只剩下车灯、车轰鸣的声音，还有从车里面撒出来的片片黄纸。

（黑幕转）

## 45. 次日白天 县殡仪馆火化室 内景

洪云飞：人已经化了，事情也如此，以后还是要面对，你我都是。

张本良什么都没说，臧悦、张本煜、刘晓梅、洪冠林、洪淑芬、张跃才就静静坐在县殡仪馆火化室外，烟囱冒着黑烟，飘向稻河村的方向。

## 46. 白天 张本良家老房子 外景

张本良回到家里，把放回老房子的棺材搬出来，叫上抬棺匠、家人，洪云飞一家。

**张本良：** 送行，上山，我家祖坟。

**洪冠林：**（念）抬棺，起行，开路！！！

臧悦叫儿子跃才跟着，什么都别说，跃才叫上冠林、淑芬和小光一同跟在上山队伍后面，俯着身，黄纸飞飞，唢呐凄凄，一行队伍像往常的抬棺队伍一样盛大，村里人都很诧异地出来看，因为这是稻河村第一次抬空棺，也是最后一次。

## 47. 白天 张家祖坟 外景

一行人到了张家祖坟旁，张本良跪在母亲的坟前，许久，未说话，一行人也跟着跪，洪云飞给了张本良一个眼色，张本良便起身叫抬棺人把棺材抬到旁边的空地上，放上枯树枝，他点燃一根火柴，丢了进去，黑红的棺木慢慢燃起，张本良和臧悦站在火前，凝视着，洪云飞把自己的白头巾也丢到了火里，点起一根烟，神色凝重。

洪冠林、张跃才站在坟旁的白石头上，看着一切，这是生与死的交替，还是新与旧的革新，他们思考着自己和稻河村的未来。烈火熊熊，黑烟升起，烟飘向张家的方向。

完。

◎ **指导教师聂俊评语：**

电影剧本《黑烟袅袅》整体来说是一部较为成熟的剧本。作者以殡葬改革前后的农村为故事背景，开篇以云南曲靖方言描摹出一幅淳朴的农村生活图景，但殡葬改革一事却打破了乡村的宁静，展现了农村在现代文明冲击之下的变化。

剧本开篇以送葬队伍的画面切入故事，随即引出农村老人过世的话题，此为铺垫也为伏笔，随后，以张本良父亲病重为激励事件，围绕"张父白喜事"这一中心，构建人物关系、表现人物的意识状态、展现各类矛盾冲突，呈现农村在现代文明影响下的变化。张本良对父母后事的看重，张本良、洪云飞之间因棺木供应问题产生的矛盾，张跃才复习考研与回家送葬之间的矛盾，洪冠林对是否继承家传棺材生意的思考等，无不隐含着新老观念的冲突、城乡文明的冲突。

白喜事突遇殡葬改革既是转折也是高潮，张父即将下葬，却突遇殡葬改革，既是对白喜事的冲击，也是对农村的冲击，张本良面临开棺的艰难抉择、洪云飞面临着棺材生意的雪上加霜、农村人面临"入土为安"观念的转变，最终在村干部的工作之下，张本良、洪云飞共同开棺火化张父，但也抬空棺送葬完成白喜事，张、洪二人也冰释前嫌。白喜事虽已完结，但殡葬改革给农村带来的冲击、两代人的新旧交替却仍没结束。

# 大　青　山

汪　雪

（22 级编导）

## 序　幕

远处的大青山上。

开幕时，呼啸的风声四起，远处传来戏子咿咿呀呀的练嗓声音。

灰茫茫的天空，云迷雾锁，光秃秃的黄色大山，草木萧疏，陡峭的悬崖，一棵枯株朽木，孤零零地立着，四周空旷寂寥，毫无生机。

李元娘站在悬崖边，身穿柳碧色长裙，外罩白色纱衣，披着水蓝色的斗篷，上面是精致的银丝刺绣，领边还围着一圈绒毛，斗篷底下的裙边上沾了污物，脚上一双精致的藕粉色绣花鞋上也沾满了泥土。她面色苍白，头上梳着的百合髻微微散开，一侧插着的凤羽金簪也松了，耳间缀着一对金丝银杏珐琅耳坠，几缕发丝垂下来。她背对着老树，用手帕擦拭脸上的泪水，一双杏眼红肿得不像样，鼻头微红，满脸泪痕，细声啜泣。

李夫人追上前来，身后跟着三位身材魁梧的家仆。李夫人身穿云雁纹黛青色常服，手中拿着一串精雕细琢的菩提持珠，头发梳成盘桓髻，青丝中夹杂着几根显眼的白发。她眉头紧锁，拿着持珠的手微微颤抖，一双丹凤眼急得通红，嘴角忍不住抿成直线。

**李夫人：**（悲痛地）儿啊，你这是要娘的命！

李元娘平稳呼吸，快速用手帕抹了两下眼泪，慢慢转过头，看向李夫人。李夫人急切地伸出手，前倾着凑上前一步，李元娘心灰意冷地看着李夫人，向后退了一步，脚后跟已经挨到了悬崖边上，李夫人连忙招招手，脚下丝毫不敢再动。

**李元娘：**（带着哭腔心碎地）孩儿不孝！

**李夫人：**（悲泣）我儿，你到底哪里想不开？

**李元娘：**（哀怨地）娘亲，孩儿哪里想得开？往后此般，皆如无根浮萍不由己，孩儿气难顺，心难安，意难平！

**李夫人：**（凄切地）你自幼读书识字，明白事理，怎就想不开？嫁人是女子本分，你难道一辈子不嫁？

李元娘怔了一下，眼神迷惘，停住失神片刻，随后灿烂一笑，两脚同时退到崖边，深吸一口气。

**李元娘：**（悲壮地）早知道，此命运，退无可退，避无可避，孩儿愿做天上燕，水底鱼，林间鹿，来世结草衔环，报您养育之恩！

一声吊嗓子的戏腔高调响起，李元娘急促地转身一跃，跳下悬崖。戏曲伴奏的鼓点声和梆子声紧锣密鼓地响起，李夫人和仆人们赶忙上前，李夫人跪倒在悬崖边，一只手死死地向悬崖下空抓着，仆人们单膝跪地，紧紧扶着李夫人。

**李夫人：**（撕心裂肺）我儿！

（密集的鼓点声，戏曲伴奏声渐隐消失，舞台渐暗。）

# 第一幕（1987 年）

河东区，三月初，寒风依旧瑟瑟，连着几日都是阴天，天空像一锅浓稠的白粥，云层之间完全没有缝隙，漏不出一丁点阳光。远处的背景是光秃秃的大青山（与序幕一致），近处是皮革厂路狭窄的小巷，外面走动着推着小车的商贩，卖豆腐和炸糕的，里面是几处低矮的平房，家家门口的炭堆，用塑料布盖着，上面压着巨大的石头。正数第三家是余家，漆红的大铁门打开着，门上斑驳的锈迹星星点点，通过吊着白炽灯的过道，里面是一个小院。院子很小，总共有三间房，正房门口种着一棵香椿树，树枝上还没有叶子，树干上扒着干裂的小块树皮，树坑里插着木棒，盘着豆角秧子，仍然是枯黄无绿。树干一人高的地方拴着一根铁丝，另一端拴在南房，铁丝上挂着许多女孩儿的衣服。西房窗户上七扭八歪地贴着一些窗花，窗花有些很精致，有些则露着毛边。墙上用滑石画了许多道子，大多有十五米左右高，还有一些不到一米。院里有一辆红色的小孩儿玩儿的三轮车，车把上套着毛线勾的保护套，已经有些旧了。墙根下堆了很多铁丝编制的笊篱，还有一只没编好的，放在一旁挨着的小板凳上。南房门口是一个水泥灶台，上面放着一口黑亮亮的大铁锅。灶台旁边的大木板案台上放了不少土豆，还有一些玻璃输液瓶装的西红柿酱，上面用胶皮塞子封着口，还有一只竹编的篮子，里面放着一堆鸡蛋。南房窗台上摆着几个黑黢黢的芋头疙瘩，门窗都用塑料布遮起来，用几块碎砖压着。

# 第 一 场

灯光渐起，巷子外面卖豆腐、炸糕的相继吆喝着，还有路过蹬三轮车收破烂的，一时间声音四起：叫卖声，吆喝声，收废品的大喇叭声，讨价还价声，附近皮革厂的机器运作声，还有各家各户做饭时菜刀跺案板的声音。

开幕时，曹琳琳站在灶台前面，身上裹着沾满油污的围裙，怀里抱着用来引燃的枯枝和报纸，塞进灶台下面，滚滚黑烟从灶台上的排气口涌出，三岁多的余光在院子里骑三轮车玩儿，曹琳琳起锅做饭，劈里啪啦的油声响起来，余光立马从三轮车上跳下来，边跑边喊。

余光：（搞怪）黑武器来咯！

曹琳琳：（大声喊）阳阳！晖晖！

余阳撩开门帘从西房里出来，余晖跟在后面。二人穿着洗得有些发白的枣红色布棉衣，黑色裤子，厚重的棉鞋。余晖一把拉住余光，往西房里带，正房里传来几声沉闷而急促的咳嗽，余阳连忙走进正房，把窗子全关好，出来后把门也关严实了，又仔细地把厚厚的门帘掩上。

余晖正推开西房的门，又被余阳推了回去。

余阳：（笑）你看住多多，我帮妈。

余阳把西房门也关死，又仔细地掖了一遍门帘。

院子里黑烟四起，余阳一边咳嗽一边凑到灶台旁边，蹲下坐在一旁的绿色小板凳上，往里面添了一把干柴。

曹琳琳：（瞟了一眼余阳）回屋去，这儿不用你。

余阳：（泄气地）妈，我爸他……

曹琳琳：（被呛得咳嗽两声）你爸没事，过几天就好了。

余阳：（低头）你跟陈医生说话，我都听见了。

曹琳琳侧过头看了余阳一眼，没说话，快速地扒拉了两下手中的锅铲，余阳拿起一个盆递过去，曹琳琳把菜盛出来，余阳接过盆，放在灶台上，用另一个盆盖起来。

曹琳琳：（无奈地）阳阳，你是大闺女了，妈没想瞒着你。

余阳：（低落）我爸以后都下不了床了？

曹琳琳无力地点点头。

余阳：（沮丧地）妈，我不上学了。

曹琳琳：（心如刀割地）唉，阳阳，妈没本事，对不住你。

余阳拉起曹琳琳的手，低着头，仔细看着曹琳琳手上冻裂的口子，用指腹轻轻揣摩着。

余阳：（强打着精神）妈，没事儿！

曹琳琳：（小心翼翼地）是不是要托人去找个活儿？

余阳：（抬起头挤出笑脸）朱莉在药厂当收银员呢，缺个倒班。

曹琳琳：我能去吗？你年轻好找营生，咱娘俩一块儿干。

余阳：那机器挺复杂的，我去吧，家里还得有人。

曹琳琳：（苦闷）我是上辈子欠下了，你奶奶走了还没两年，你爸又……

余阳：（心酸）妈，快回屋吃饭吧。

曹琳琳点点头，余阳端起菜盆，走到西房门口。

余阳：（喊）晖晖，多多，出来吃饭！

曹琳琳跟上前，掀起正房门帘，一进门，门口是火炉，左手边是铁架子，上面搭着毛巾，放着洗脸盆，挨着的是沙发，沙发前面摆着一张大方桌子，上面铺着靛蓝色格子的塑料布，右手边是大立柜，立柜旁是大屁股电视机，正对着的是一张大炕，余天章背对着门口躺在炕上，咳嗽得一抽一抽地。曹琳琳进屋，把方桌往炕前面推了推，从床上慢慢将余天章扶起来。余天章穿着深灰色的布衣，脸色灰暗，头发花白，眼睛浑浊，布满血丝。曹琳琳把余天章扶到炕边，跟进来的余晖把菜盆放到桌上，余晖和余光也跟进来，余晖手里拿着五个碗，余光一手拉着余晖的衣角，一手攥着一把筷子。一家人围坐在一起，曹琳琳扶着余天章坐在炕上，余晖坐在沙发上，余阳给余光搬来一个高腿板凳，把余光抱起来放上去坐好，又蹲下拔了地上电饭锅的电源，打开后挨个碗盛好了米饭，随后挨着余光坐在沙发上，众人开始吃饭。

**余天意：**（给余阳夹菜）阳阳，多吃些！

**余阳：**（低着头）哎！

众人沉默着吃饭，余天章突然咳嗽了几声。

**余天意：**（悲伤）我不中用啦！

**余阳：**（排拒）爸，你说什么呢！

**余光：**（天真）爸，你咋啦？

**余天意：**（红着眼）爸没事儿，没事儿。

余晖默默停下筷子，低着头一言不发。

**余阳：**爸，你放心吧，以后有我呢。

**曹琳琳：**（拍拍余天章的背）阳阳懂事儿了，你放宽心，没事儿。

**余阳：**（故作欢喜）我明天就去药厂上班，朱莉说了，一个月150呢！

**余天意：**（心痛）好，好！

余晖的头低得更低了，余阳侧头看了她一眼，夹了一筷子菜放到她碗里。

**余阳：**（轻声安慰）吃饭。

余晖抬头看了余阳一眼，又默默低下头，沉默地吃着饭。

（灯光渐暗。）

# 第 二 场

舞台逐渐亮起微弱的灯光，夜晚，西房里吊着一只钨丝灯泡，红砖炕上，余晖和余阳挨着躺着，盖着两床牡丹花的大棉被，余晖翻来覆去睡不着，余阳干脆坐起来，打开灯，搓了搓手，暖黄色的光照在二人身上，余阳拍了拍余晖，余晖也坐起来，姐妹俩裹着被子靠在墙上说悄悄话。

**余晖：**（无助地）姐，爸真的瘫了？

**余阳：**嗯。

余晖：（急切地）以后都好不了了？

余阳：陈医生说的。

余晖：（万念俱灰）咱家是不是完了？

余阳：（撞了一下余阳）我上班养家，跟爸上班养家，有啥不一样？

余晖：（沮丧）你是小孩，爸是大人。

余阳：（自信）我可不是小孩，我明年就18了。

余晖：（低声）那不还得明年么。

余阳：我现在上班，就能挣150，明年不得200？后年没准就500了！

余晖被逗笑了，惨兮兮地看着余阳。

余晖：姐，你不考大学了？

余阳：（故作轻松）条条大路通罗马，我不考大学照样能挣钱。

余晖：（难过）可是你学习那么好。

余阳：你也不赖，咱俩分工，我去挣钱，你好好念书，我供你上大学。

余晖：（靠在余阳肩上）姐，我害怕。

余阳：怕什么？

余晖：（委屈）我怕穷，怕念不了书，怕家里揭不开锅。

余阳：（摸摸余晖的头）不怕，有我跟妈呢！

余晖：（伤心）妈编笊篱，手都勾烂了，也挣不了几个钱。

余阳：那咱就勒紧裤腰带，穷不了几年，等你上大学了，咱不就发达了？

余晖：（懊恼）那还得三四年呢。

余阳：（笑）三四年咋了，你看多多，刚生下就那么一点儿，现在都满地跑了，三四年多快的？

余晖：（仔细想想）是挺快的。

余阳：其实穷日子才过得快呢。

余晖：为啥？

余阳：（故弄玄虚）你想啊，有钱了，今天想吃烧卖，明天想吃豆包，多少烦恼？没钱啥也不用想，每天过得都一样，当然快了！

余晖：（愁眉苦脸）好像也是。

余阳：所以啊，赶紧睡吧，明天我骑车送你上学去。

余晖：（惊喜）真的？

余阳：（得意）可不？爸那自行车现在归我了。

余晖：（期待）姐，能不能借我骑一骑。

余阳：看你表现吧，现在赶紧睡觉。

余阳起身按灭了灯，小姐俩嬉笑打闹的声音传来，舞台全黑。

十秒钟后，舞台大亮，中午时间，余晖站在巷子口，左右张望着，神色有些紧张，脚下不停地踱步，双手紧紧攥着，双肩内扣，整个人看上去鬼鬼祟祟。不一会，曹婉婉焦急地赶来，余晖看见曹婉婉，神色一喜，立马凑上前去。

余晖：（喜悦）二姨！

曹婉婉：（大喘气）等了多久，咋还出来了，冷不冷？

余晖：二姨，我不冷。

曹婉婉：（心疼）好孩子，二姨都知道了。

曹婉婉拿出一个小手绢包着的布包，递给余晖。

曹婉婉：这里面是500块钱，你交完学费，剩下的给你妈。

余晖：（眼睛红了）二姨，用不了这么多。

曹婉婉：（嗔怒）咋用不了，用钱地方多呢，你听二姨的！

余晖：（担心）二姨，你哪来这么多钱，姨夫知道不？

曹婉婉：这就是你姨夫开挖掘机结回来的钱，我一跟他说，他就让我全拿来了，放心吧！

余晖：（感动）谢谢二姨，谢谢姨夫！

曹婉婉：（难过）好孩子，你妈命苦啊，我们村里都羡慕她，嫁了个城里人，谁知道……

余晖不好意思地低下头。

曹婉婉：不说这些了，你要听话，多帮你妈做点儿事，知道不？

余晖：（点头）我知道了。

曹婉婉：行了，快回去吧，你姨夫还等我呢。

余晖站在巷口目送曹婉婉离开，随后手绢布包小心地揣进上衣里面，蹑手蹑脚地走回家，走进小院，曹琳琳正在院子里，坐在小板凳上编铁笊篱。

余晖：妈，我回来了！

曹琳琳：（头也不抬）嗯，洗手去吧，等你姐回来咱们吃饭。

余晖：多多呢？

曹琳琳：（慈爱的笑）玩累了，跟你爸睡着呢，你去叫一叫。

余晖：哎！

余晖快速溜进西房，把门关上，费劲地从衣服里掏出布包，爬上炕，把布包塞进自己枕头底下，爬下了炕，站在地上想了一下，又爬回去，把布包掏出来，塞进旁边余阳的枕头底下。余阳整理好衣服，走出西房。曹琳琳放下手里刚刚编好的笊篱，站起身，活动了一下。

曹琳琳：晖晖！

余晖：（吓了一跳）妈！

曹琳琳：（有些奇怪）你咋了，一惊一乍的。

余晖：（心虚）没，妈你说。

曹琳琳：（纠结）你学费，最晚啥时候交啊？

余晖：（底气不足）老师说，最晚后天交。

曹琳琳：（思考）后天，你姐估计再有两天发钱了，跟老师说说，再等等。

余晖：（小声嘟囔）我知道了。

曹琳琳：行了，进屋吧，叫他们起来吃饭了。

余晖：哎！

母女俩一起走进正房，舞台灯光渐暗。

# 第 三 场

舞台灯亮起，余阳刚走在家门口，喜滋滋地一蹦一跳，没走几步，朱莉和张万追上来，朱莉一把拉住余阳，余阳不解地回头看二人。

余阳：（疑惑）咋啦？

朱莉看了看张万，又看了看余阳，欲言又止，缓缓松开了手。张万有些不耐烦地看着朱莉，没好气地哼了一声。

余阳：找我有事儿？

朱莉：（试探）阳阳，刚才交班之前你点钱了没？

余阳：（思考了一下）点过了，我都记在账上了呀。

朱莉：（急切）你走了之后我数了，少了500。

余阳：（惊讶）啥？

张万：（烦躁）是不是你拿了，现在还回来，我就当不知道。

余阳不可思议地看着张万，又看了看朱莉，朱莉有些心虚地低下头。

余阳：（愤怒）你跟他说我拿了？

朱莉：（羞愧）不是我不信你，是真的少了500。

余阳：（震怒）少了就来找我？

张万：（怒斥）不找你找谁？我眼看着朱莉点的钱。

余阳：（怒目而视）你讲不讲理？不是我拿的！

张万：（嘲讽）不是你还有谁？

余阳：（挺身向前一步）你想怎么样？

朱莉上前拦住余阳，挤在二人中间。

朱莉：（纠结）阳阳，你先别生气，咱们好好说。

余阳：（不屑）你少装好人，还不是你先冤枉我？

朱莉：（恼怒）我咋冤枉你了，我说的不是实话？

余阳：（怒笑）你自己把钱弄丢了，带着人来找我？

朱莉：（发火）我可是有证人的，你别乱说！

张万：（怒气冲冲）少废话，赶紧把钱拿出来！

余阳：（看着朱莉）来，你搜吧。

朱莉和张万对视一眼，张万点点头，朱莉心一横，上手在余阳身上搜了一通，只在左边裤兜里搜出几块钱零钱。朱莉拿着零钱给张万看了看，张万怒哼了一下，没说话，朱莉把钱递给余阳，余阳一把抓过来，恶狠狠地揣进裤兜里，转身走了。

张万：（一脸怒容）谁知道她有没有回过家。

朱莉：（为难）应该没有，咱们不是立刻就跟过来了……

张万：（狠瞪朱莉一眼）那你说咋办，你赔？

朱莉连忙摇摇头。

张万起步跟上余阳，朱莉纠结了一会儿，拖拖拉拉地跟在张万后面。

余阳满脸通红地走回院子里，曹琳琳看见余阳，立马放下手中的活计，站起身来，张万和朱莉也跟着进来，曹琳琳有些茫然地看着三人。

曹琳琳：（勉强一笑）这是咋啦？阳阳，咋不招呼人？

余阳：（回头看二人）你们还来干吗？

朱莉：（支支吾吾）张经理说……

张万：（没好气）你是不是把钱藏在家里了？

余阳：（大怒）放屁！

曹琳琳：（正色）阳阳，咋跟领导说话呢。

余阳：（委屈）妈，他们说我偷了钱，偷了500。

曹琳琳：（惊吓）这咋会呢！

朱莉：（为难）阿姨，我刚刚跟阳阳交完班，钱柜里是少了500。

余阳：（愤慨）你不是都搜过了么？还要咋样？我说了我没偷！

张万：（不屑）你说了不算，万一你藏起来了，或者给别人了。

余阳扑上去就要跟张万打架，曹琳琳和朱莉赶忙把余阳拦住。

余阳：（直眉瞪眼）王八蛋，你嘴巴放干净点！

张万：（发怒）小丫头片子，别给脸不要脸！

曹琳琳：（回头瞪张万）你说话得讲道理，没凭没据，凭啥冤枉我闺女？

正房屋里传来一阵激烈的咳嗽声，余晖掀开门帘，从屋里跑出来，关上门，站在余阳和曹琳琳身边。

张万：（鄙夷）大姐，你也别说那包庇的话，500不是小数目，让她赶紧拿出来，别害了自己。

余阳：（带着哭腔怒喊）我说了我没偷！

张万：（震怒）没偷就让我们搜一搜，搜过了不就知道了？

余晖：（着急）你凭什么搜？！

张万：（怒视余晖）凭你姐手脚不干净，偷了单位的钱！

余阳再次想要扑上去，抓张万的脸，张万也凑上前，被朱莉拉住。

朱莉：（好声好气）张经理不方便，我去搜。

余晖一把拦在西房前面，愤怒地瞪着朱莉。

余晖：（激怒）你算老几，你凭啥搜我姐的房？

屋外的邻居们三三两两地凑在门口看热闹，细心的人跑出去报警。

余阳：（红着眼）让她搜！我身正不怕影子歪！

余晖：（看着余阳手足无措）姐，不行！

张万：（轻哼）咋啦，当姐姐不心虚，妹妹到虚上啦？

余阳：（大发雷霆）你再放一句屁，我撕烂你的嘴！

朱莉一把推开余晖，风风火火地冲进西房。余晖连忙跟进去，一边哭喊着一边拉着朱莉，朱莉用力甩开手，快速翻动着屋内的东西。随后爬上炕，翻动姐妹二人的被褥枕头，在余阳枕头下找到一个布包，打开一看里面是500块钱，朱莉大喜，不顾余晖的哭喊冲屋外摇了摇手。

朱莉：（喜悦）找到啦！找到啦！

曹琳琳和余阳皆是震惊，余阳不可置信地看着朱莉举着钱走出来，朱莉鄙夷地看了余阳一眼，余晖哭喊着追出来，要抢朱莉手里的钱，张万接过钱，一把将余晖推到地上。

张万：（挖苦）偷不行还改成抢了？

余晖：（崩溃大哭）那是我的钱！我交学费的钱！

张万：（冷笑）你的钱，你的钱怎么正正好好是500？你个小丫头片子哪来这么多钱？

余晖：（哭喊）是二姨给我交学费的钱！

曹琳琳：（惊讶）你咋没跟我说？

余晖：（抽噎）我怕你不让我上学了！我没敢说！

张万：行了，别演了，人赃俱获，还在狡辩呢！

余阳甩开曹琳琳的手，上去抢那500元，和张万打在一起，挣扎成一团。朱莉连忙上前拉架。

朱莉：余阳！你疯了，偷就偷了，还回来就行了，你还想怎么样！

余阳：（怒不可遏）我说了我没偷！那是我妹子上学的钱！

张万揪住余阳的头发，余阳死命掐着张万的脖子，二人谁都不肯放手。

余晖哭着从地上爬起来，抱住张万的腿帮余阳，外面围观的邻居开始指指点点，三三两两地说着闲话。

邻居甲：还给人家算了！别打了！

邻居乙：两个小丫头，也不怕让人笑话！

李元娘此时默默走入人群中，无人注意到她，李元娘看着余阳，眼神里充满了担忧。

余阳：（怒骂）闭嘴！

警察龙文丙匆匆赶来，走进余家小院开始拉架。

**龙文丙：**（严肃）都冷静点！像什么样子！

**张万：**（谄媚）龙大哥，她偷了药厂500块钱。

**余阳：**我没偷！

张万把手里攥着的钱递给龙文丙。

**张万：**（嚣张）这是刚从她屋里搜出来的！

余阳还想扑上来打，张万拉着朱莉躲在龙文丙身后，龙文丙拦着余阳，神色顾虑。

**龙文丙：**（拉着余阳）阳阳，别闹了。

余晖凑到跟前拉龙文丙的胳膊。

**余晖：**（啜泣）龙叔，我姐真没偷，那钱是我借的。

龙文丙皱着眉，没有说话，张万和朱莉仍然不屑地叫嚣。

**张万：**（讽刺）一家子都是贼，嘴里没一句真话，这就是个贼窝！

邻居们指指点点地说着余阳和余晖，李元娘站在其中，不忍地看着余阳。

**余阳：**（崩溃大哭）龙叔，我真没偷！

**龙文丙：**（为难）阳阳，别怕，钱都在这儿，没事儿。

余阳看了看龙文丙，又看了眼外面围观的邻居，心中羞愤交加。

**余阳：**（万念俱灰）好，你们都不信我，欺负我们是吧！

余阳甩开龙文丙拉自己的手。

**余阳：**（决然）我证明给你们看！

余阳回头猛地冲向院子里的香椿树，一头撞了上去，倒在地上。

（屋内余光的哭声大声响起，屋外曹琳琳和余晖也是顿时大惊失色，众人定格，舞台大灯灭，只留下轮廓光，一束白光追着李元娘，她缓缓走到余阳身旁，蹲了下来，舞台全黑。）

# 第　四　场

舞台灯亮，巷口，两位邻居提着菜篮子路过，边走边窃窃私语。

**邻居丙：**（小声）哎，你听说了没？

**邻居丁：**听说啦，是不是真的？

**邻居丙：**咋不是？我亲眼看见的！

**邻居丙：**真的疯啦？

**邻居丙：**疯啦！天天不知道在跟谁说话，可吓人了！

**邻居丙：**也是个可怜人，后来老龙他们不是在药厂抓了个人？

**邻居丙：**就是的，就因为这冤枉的，才受刺激了。

**邻居丙：**（惊恐）不是撞鬼了吧？

**邻居丙：**那可说不好，可邪乎了！

邻居丙：（胆怯）我咋觉得阴森森的，怪瘆人的！

二人往巷子内看了一眼，对视一下，纷纷对着里面摆了摆，嘴里碎碎念着些什么，然后快步离开了。

余家小院内，曹琳琳带着孟仙姑走进来，余晖立马凑过来，挡在西房门口，打量着孟仙姑。孟仙姑大概五十岁上下，身形消瘦，穿着长衫，头发一丝不苟地挽起来，胸前挂着一串佛珠，手里拿了一串持珠，样貌不算出众，但打扮得很是端庄，一双眼睛清亮有神，发丝中夹着几根白发，看上去是个爽利能干的。

曹琳琳：（讨好）晖晖，快叫人，叫孟大姨。

余晖：（好奇）孟大姨好！

孟仙姑：（笑）好孩子！

余晖：（期待）你是来给我姐看病的？

孟仙姑：你姐病了吗？

余晖：（纠结）我觉得没有。

孟仙姑：（安抚）大姨就是来跟你姐聊聊天。

余晖犹豫了一下，让开了门口。

孟仙姑掀开门帘走进西房，余晖和曹琳琳在门口等着。

余阳和李元娘坐在炕边，余阳手里拿着钩针和毛线，熟练地勾着自行车的座套，李元娘在一旁好奇地看着。

李元娘：（惊讶）你就看了一眼，就知道怎么做？

余阳：（得意）那当然，我手巧着呢！

李元娘：这针这么整齐，又密，比外面的漂亮多了。

余阳：（沾沾自喜）希望像你说的，能卖个好价钱。

孟仙姑走进来，盯着余阳看了半天，余阳没发现，继续做着手里的活，李元娘看着孟仙姑，孟仙姑怔了一下，面色发白。

孟仙姑：（害怕）哎呀妈呀！

孟仙姑向后趔趄了一下，差点摔倒，余阳闻声抬起头看了看，和李元娘对视一眼，二人都咯咯地笑起来。

李元娘：（搞怪）你不是仙姑吗？怎么这么胆小？

孟仙姑：（尴尬）晚辈冒犯了，敢问仙家尊号？

李元娘惊喜地站起身，围着孟仙姑转了一圈，看了半天，开心地坐回炕上，拉着余阳的胳膊晃了两下。

李元娘：（惊喜）她真能看见我！

余阳：（惊讶）你能看见她？

孟仙姑惶恐地点了点头。

李元娘：我叫李元娘，是青州阴山人士。

余阳：你说，我们这是怎么回事？

孟仙姑：（苦笑）这位祖宗是来救你的。

李元娘：（疑惑）可是我什么都不记得了。

孟仙姑：（手中转着持珠）因果循环，自有定数，万事皆有轮回。

余阳：（沮丧）我听不懂，人家都说我疯了。

孟仙姑：（感叹）个人执念，旁人如何，不必在乎。

余阳：（迷茫）那我该怎么做？

孟仙姑：这是你的机缘，还完了欠下的，走过了留下的，尝遍了所求的，自然就会解开。

余阳：（转头看李元娘）你能听懂吗？

李元娘：（摇头）管她呢，意思就没事儿呗。

孟仙姑：（无奈笑笑）仙家说得对，就是没事儿的意思。

余阳若有所思地点点头，又拿起毛线钩针继续做着，李元娘乐悠悠地挨着坐下，一脸悠闲地盯着她看。

孟仙姑看着二人，叹了口气。

孟仙姑：（自言自语）唉，不知是福还是祸。

孟仙姑默默地退出来，掀开门帘走出门，曹琳琳和余晖一脸担忧地等在门口。

曹琳琳：（紧张）仙姑，我闺女怎么样了？

孟仙姑：（摇头）她没病。

余晖：（焦急）那她在跟谁说话？

孟仙姑：（虔诚）是仙家，仙家救了她的命啊！

曹琳琳：（惶恐）这到底是怎么回事？

孟仙姑：仙家姓李，名为元娘，乃是青州阴山人士，前世尘缘未尽，余留阳寿三十载，如此便救了你闺女的命。

曹琳琳：（震惊）竟是这样！

孟仙姑：你们去做一个桃木灵牌，刻上仙家名讳和祖籍，在这西房里供奉起来，往后李仙便是你余家家仙，记住，心要诚，人要敬，万不可懈怠。

曹琳琳：（恍然大悟）好，我这就去办。

曹琳琳和余晖送孟仙姑出了院子，孟仙姑走出小巷，回头看了看，心中感慨万千，对着余家的方向，虔诚地拜了三下。

孟仙姑下场，全场灯光渐暗，大幕合上。

# 第二幕（1995 年）

青山区，六月初，红色的高耸建筑，夸张的涂鸦和五颜六色的霓虹灯，红底白字的招牌上写着：青山红房子商厦。商厦外各类小商贩聚集，热闹非凡，地摊儿上摆着琳琅满目的商品，拖鞋、帽子、剪指甲刀、掏耳勺等，目不暇接。进出这里的大多是一些打扮时髦的年轻男女，他们是不屑于光顾那些小摊的，甚至看都不看一眼。女人们清一色的大波浪，戴着夸张的圆形金属耳环，身穿碎花小长裙，男人们则是喇叭裤、花衬衫，衬衫口子解开，隐隐约约露出或长或短的一根金链子。他们戴着墨镜，昂首挺胸，脚步十分自信，举手投足间露出一种上等人的自豪与高傲。商厦内是一排排的店，名字有玉茗轩、珍宝阁之类，还有一家燕燕金店。各家店门口皆摆着奇形怪状的巨石，大玻璃的展柜里，摆的是玉石摆件、古董文玩、木石雕刻，仔细一看全是些"模型"，质量堪忧。里面的小展柜，红色的绒布配合着亮眼的灯光，展示着一些手串戒指之类的小物件。老板们个个穿金戴银，身材雍容富态，手上戴着红色玛瑙手串，脖子上还挂着三层的碧玺小珠，有些甚至还镶了一两颗金牙。柜台里面是进货用的绿色编织麻袋，袋中装着数不清的劣质玉佩，走动时不小心踢到，还会发出叮咚的清脆响声。商厦旁边是一个小区，名为青山区家属院，门头是水泥的，贴了不少小广告，看上去有些破旧。这里大多是老年人，有坐着马扎在小区门口的空地上晒太阳的，有手中提着鸟笼逢人就打招呼展示的，还有一些围成一团，看人下象棋，一边看，一边面红耳赤地指指点点。

# 第 一 场

开幕时，舞台轮廓光亮，众小贩的吆喝声、商场内的吵闹声、老人们评论棋局的争吵声、夏日虫鸣鸟叫声，相继而起。

一束定点光打在红房子商厦内，李元娘和余阳趴在红房子商厦内一块大玻璃展柜前，目不转睛地看着里面的展品，不时点点头。李元娘并无变化，余阳则是成熟了一些，穿了一件黄黑相间的泡泡袖上衣，黑色的百褶长裙，头上戴着贴满黑色水钻的发箍，耳上缀着夸张的几何形黄色亚克力耳饰，十分时髦。

**余阳**：（欣喜）你看！

**李元娘**：（平静）看什么？

**余阳**：（指左边）小叶紫檀手串！

**李元娘**：刷漆的。

**余阳**：（指右边）满绿翡翠佛牌！

**李元娘**：注胶的。

**余阳**：（指中间）南红玛瑙貔貅摆件！

**李元娘**：（无奈）染色的。

**余阳**：（撅嘴不悦）你真没劲！

**李元娘**：（白眼）你真好骗！

**余阳**：（思考）听说都是石家庄进的货，还有些是义乌的。

李元娘：你想干什么？

余阳：（期待）我们也去进货呗，回来开个店。

李元娘：这不是骗人吗？

余阳：（摇摇手指）欸，做买卖的事儿，怎么能说骗呢。

李元娘：（扶额）我劝你还是死了这条心吧。

余阳：（不解）为什么？

李元娘：你就不怕被抓起来？

余阳：我进回来货是假的，就按假的价格卖，凭什么抓我？

李元娘：你明码标价卖假货？能有人来买？

余阳：真的一串2300，假的23，怎会没人买？

李元娘：可假的就是假的，买回去又能做什么？

余阳：（促狭）真的也是戴，假的也是戴，我去进些漂亮的假货回来，价格又实惠，谁能不喜欢？

李元娘：（认真思考）好像是这么回事。

余阳：（喜滋滋）就这么定了！以后这里的穷姑娘，都能穿金带银配翡翠。

李元娘：（忍笑）谁像你似的，忒大胆，人家都怕被人说不稳重。

余阳：（兴冲冲）爱说说去，我才不管，我就要漂亮，到时候给你也选两件。

李元娘：（隐隐心动）我？

余阳：（得意）听我的，准没错，打扮打扮，你就是活脱脱一个时尚摩登俏女郎。

李元娘被逗笑了，余阳拉着李元娘离开，二人下场。

舞台灯全亮，红房子商厦内仍然热闹非凡，来往进出的人络绎不绝。余阳拉着余晖，李元娘跟在余阳身边，三人一起从舞台前侧上场。余阳仍然打扮得很时髦，余晖就是朴素的衬衫牛仔裤，二人各自背着一个布包，余晖手里紧紧攥着两张火车票，并没有发现身旁跟着的李元娘。

余晖：（不安）姐，咱们真去石家庄？

余阳：那当然。

余晖：（举起车票给余阳看）这票上写的可是无座。

李元娘：（逗趣）买晚了呗，有座也变无座了。

余阳：（咳嗽一下）嗯，没事儿，我自有安排。

余晖：怎么安排？

余阳：到时候有人上下车，咱们就挑空位子换着坐。

李元娘：不用想，车票紧张人很多，挤得站都没地方站。

余晖：这样啊。

余阳：火车站门口咱们买两个小马扎，实在不行就往餐车里一坐。

李元娘：（偷笑）想得美，等你们从坐铺挤到餐车，火车估计都到石家庄了。

余晖：这我就放心了。

李元娘：（轻轻拍下余阳）你妹子可是个老实人，你就这样坑她？

余阳：（白了李元娘一眼）放心，车到山前必有路，活人还能让尿给憋死咯？

余晖：（低下头）嗯，希望咱们这次能顺利。

余阳和李元娘对视一眼，余阳有些担忧地看向余晖。

余阳：（小心翼翼）你，真的不念书了？

余晖：（摇摇头）不念了，我跟你一起做生意。

余阳：姐这次回来铁定能发财，你要还想上大学，回来我继续供你。

余晖：不用了。

余阳：（疑惑）为啥啊？

余晖：妈老腿疼，多多也上学了，爸的病一天天不见好，家里需要我。

余阳：半途而废，不后悔？

余晖：（释然）不后悔，这就是我的命，我认了。

余阳：不能认，干吗要认？

李元娘：（无奈感慨）她不认命家里该靠谁，靠你？

余晖：我觉得挺好的。

余阳一脸疑惑地凑近看了看余晖，余晖抬起头，灿烂一笑。

余晖：（拉住余阳的手）姐，你别想那么多，想做什么你就去做，我支持你。

余阳：（思考）嗯，也好，姐带着你下商海，咱不念书照样能当有钱人。

李元娘：（吐槽）真是个痴人！

三人一起走下场，全场灯灭。

# 第　二　场

红房子商厦内，新开张不久的月昇阁声名鹊起，生意兴隆，门头上挂着大红色的绸子，门口摆了两盆郁郁葱葱的富贵竹，店铺里金碧辉煌，货物摆放井井有条，屋内一尘不染，光洁如新。

余阳穿着一身黑底桃红色花样旗袍，头发从后面挽起来，插着一根简约翠竹发簪，手上戴着包金镶嵌的满绿翡翠戒面，胸前还挂着一块檀香木观音佛牌。她单手支撑着玻璃柜台，一副慵懒的模样，身材性感，举止随性，魅力十足。

陈生走进月昇阁，他穿着砖红色衬衫，内搭白色短袖，十分显白，衬衫打结后束在腰间，长长的喇叭形牛仔裤，皮鞋擦得锃亮，左手上戴着一串鸡翅木串珠，还有一块明晃晃的金表。他梳着大背头，一双大眼睛炯炯有神，高耸的鼻梁，微微翘起的嘴角，胡子刮得一根不剩，看上去干净又清爽，很有欺骗性。

陈生：（走到柜台前，单手靠上去）哟，余老板！

余阳：（轻瞥一眼）你又来了。

陈生：（凑上前）老板今天生意怎么样？

余阳：（转身躲开）还没到点儿呢。

陈生：（看表）现在可不早了啊。

余阳：（笑）怪了，我这生意，白天不好，晚上最好。

陈生：这是为啥？

余阳：（坏笑）你为啥每天这会儿才来呢？

陈生：（窘迫）我……

余阳：（瞟了一眼陈生左手）那串珠子，不错吧？

陈生：（赔笑）是很好，人人见了都夸。

余阳：（调侃）我的客人都跟你一样，怕人家知道东西是从我这儿买的。

陈生：我不怕。

余阳：你不怕？

陈生：（认真）我真不怕，我巴不得……

余阳：巴不得什么？

陈生：巴不得别人知道我与你……

余阳：你与我什么？

陈生有些窘迫，支支吾吾地说不出来，向后退了一步，坐在店内的长椅上，叹了一口气，整个人松弛地耷拉下来。

陈生：其实我是个骗子。

李元娘突然从柜台后面冒出来。

李元娘：（气愤）我早说他是个骗子！

余阳：（好奇）骗子？你骗什么？

陈生：（失落）我骗了你，我不是摄影师，我也根本不懂这些珠珠串串、古董文玩，我一窍不通。

李元娘：（指着陈生）看看，我没说错吧！

余阳：那你每天来干什么？

陈生：（抬头，深情看余阳）我是为了见你。

李元娘：（倒吸一口凉气）嘶……

余阳：（惊讶）你继续说。

陈生：（诚恳）从我见到你的第一眼开始，我就忘不了你，我没有工作，没有车子房子，更没有票子，我怕你看不起我，所以才编造了假的身份来骗你，我只是希望你能多看我一眼。

余阳：你是说，你做这些都是为了我？

陈生：（上前拉住余阳的手）当然，我想娶你，我想跟你结婚，我什么都不能给你，但我承诺，我会敬你，爱你，保护你，给你绝对的自由，我愿意为你做任何事，我愿意将我的灵魂都交予你来支配。

**余阳**：（害羞）真的吗？你真是这样想的？

**陈生**：（点点头）千真万确，余阳，你愿不愿意跟我在一起？

**李元娘**：（恼怒）你做梦！

**陈生**：（深情款款）我们坦诚相见，同甘共苦；我们相濡以沫，白头相守；我们海誓山盟，海枯石烂！

陈生亲吻了一下余阳的手背，余阳惊地要抽出手，被陈生死死握住。

**陈生**：余阳！

**李元娘**：余阳！

**余阳**：（感动）我愿意！

陈生握住余阳的手，二人含情脉脉地对视，余阳害羞地笑了一下，低下头，陈生心满意足地用拇指摩挲着余阳的手背，一脸喜滋滋的模样。

**李元娘**：（恨铁不成钢）真真是个痴人！

灯光渐暗。

# 第　三　场

舞台轮廓光亮起，蓝色的光昏暗地笼罩四周，一张圆桌摆在舞台正前方中心。

余天章坐着轮椅，坐在最中间，曹琳琳在他身旁，紧挨着余光，余晖、龙志忠坐在桌子右边，余阳、陈生坐在左边，李元娘和余阳共分一个凳子，背靠余阳坐着，桌上摆着各种家常菜肴，还有一瓶白酒。

舞台光为蓝色，其余部分全部为黑暗。

**余天意**：（阴沉着脸）我不同意。

**余阳**：爸！

**余天意**：（严肃）你闭嘴！

**余阳**：（埋怨）为什么？

**余天意**：小陈，你真的想娶阳阳？

**陈生**：叔叔，我是认真的！

**余天意**：好，我问你，你们结婚了住在哪？

**陈生**：（支支吾吾）住在青山家属院的老房子里。

**余天意**：（质问）和你父亲、姐姐住在一起？

**余阳**：那有什么不可以？

**余天意**：咳……（剧烈咳嗽）

**余晖**：（担忧）爸，你没事儿吧？

余天章冲余晖摆摆手，又看向余阳和陈生。

余天意：小陈！

陈生：（惶恐）哎！

余天意：我再问你。

陈生：（心虚）您说。

余天意：你没有工作，结婚以后靠什么生活？

陈生：我……

余阳：月昇阁开着，他可以和我一起干。

曹琳琳：（皱眉）阳阳，你少说两句。

余阳赌气地别过头去。

余天意：（语重心长）你也看见了，我这大闺女，不是个省心的，不是我们做老人的为难你，实在是你们两个不合适。

陈生：（着急）我，我是真心的！

余天意：反正这事儿我是不同意，你回去再跟自己老人商量一下，好好考虑考虑，到底该怎么做。

余阳噌的一下站起身，闪得李元娘差点摔倒，李元娘不服气地瞪了余阳一眼，余阳无视她，拉起陈生的手。

余阳：（固执）陈生，我们走！

陈生：（眼神摇摆）哎，叔叔阿姨再见！

余阳拉着陈生走下场，李元娘站在众人身后继续看着。

众人沉默了一阵，余天章深深地叹了口气。

余天意：（颓丧）志忠，让你看笑话了。

龙志忠：（真诚）叔叔，是您没把我当外人。

余天意：（难过）我这个大闺女，就是那个性子，平时家里谁也不敢得罪她，全都哄着她、让着她，好不容易见她有了点起色，怎么就……（连连摇头）

曹琳琳：（难堪）别说了。

余光：（一本正经）陈生哥看上去是有点不靠谱。

余晖：（给余光使眼色）多多，别瞎说！

余光：我没瞎说，（指向李元娘）是李仙说的。

李元娘：（指自己）我？

余光看向李元娘，笑了笑，李元娘摆了摆手，发现余光并不能看见自己，于是好奇地凑上前打量。

李元娘：（笑）你倒是说说，我说他什么了？

余光：（故弄玄虚）我做梦听见李仙说，这个陈生，长了一对猫眼！

桌上众人脸色都发白，余光眨了眨眼，一副理直气壮的模样。

余晖：（尴尬）长了猫眼的，咋就不是好人了？

余光：（严肃）爸说过，猫是奸臣狗是忠臣，那长猫眼的，肯定不靠谱呗！

桌上众人松了口气，李元娘哈哈大笑起来。

曹琳琳给余天章夹了一筷子菜，众人默契地不再说话，默默吃饭。


灯光渐暗，几声猫叫声传来，十秒钟后灯光渐亮。

余阳和陈生推着一三轮车的饼干在路边叫卖。余阳热情地吆喝张罗，陈生坐在马路牙子上休息。

余阳：你起来，再卖一会儿咱就回家。

陈生：（心烦）要卖你自己卖，我丢不起这个人。

余阳：（微怒）你说什么呢？

陈生：（小声嘟囔）又晒又累，我还不如要饭去呢！

余阳：（生气）你怎么能这么说？

陈生见余阳真气了，立马站起来，从身后抱住余阳。

陈生：（讨好）宝贝，我错了，我这不是怕你太辛苦了吗？

余阳：（没好气）那咱不卖了，你跟我一起开月昇阁。

陈生：（夸张）我一个大男人，怎么能全靠你养活？

余阳：（恼怒）这也不行，那也不行，你说要怎么办？

陈生：（试探）我有个朋友，是个摄影师，他说，只要我有设备，就可以跟着他干，他愿意带我！

余阳：（半信半疑）真的？

陈生：当然是真的，我哪敢骗你啊！

余阳：那设备是不是很贵？

陈生：（故作悲伤）唉，我没什么本事，你家里人都看不起我，我是真的想做些事情，好向他们证明，我有能力照顾好你

余阳：（心软）你别这样说，我也是……人家都看不起我的，我家穷，从小受人欺负惯了，我知道你是真心待我，我不在乎那些。

陈生从身后抱着余阳。

陈生：在我看来，你就像天上的星星一样耀眼，是人间不可多得的，他们看不起你，那是在嫉妒你。

余阳：（害羞）你惯会这样说嘴。

陈生：你知道就好，我的真心，只有你能懂。

余阳：我懂你，我们一起努力，肯定能把日子越过越好的。

陈生：我相信，只要我们俩在一起，往后一定会成为受人尊敬的人上人！

灯光全灭。

# 第　四　场

一束暖光打向舞台最右侧，邻居甲和邻居乙站在光里。

噼里啪啦的鞭炮声响起，漫天的红色碎纸飞扬。

**邻居甲：**（好奇）这是谁家喜事儿？

**邻居乙：**（悄悄话）老余家，聘闺女呢！

**邻居甲：**谁？二闺女聘啦？

**邻居乙：**哎呀，老大！

**邻居甲：**（讳莫如深）老大不是那样的？

**邻居乙：**（左右看看，点点头）就是那样的，在咱们这儿没找下，从青山区找了一个。

**邻居甲：**（惊讶）真的？那人家不知道她的病？

**邻居乙：**（摆摆手）看不出来！老大现在做买卖，开门市，看着可精明了，一点儿也瞧不出来！

**邻居甲：**（恍然大悟）噢，那倒是好事儿，那女婿你见过没？

**邻居乙：**（笑眯眯）今天还怕见不着？走，咱俩凑热闹去！

**邻居甲：**（欣喜）快走快走！

舞台灯全亮，鸿福大饭店外，红色的充气拱门，上面拉着横幅，写着"陈生余阳新婚庆典"，门前摆了四架大礼炮，地上还用红色鞭炮摆了"新婚快乐"四个字，两侧摆着气球，鞭炮噼里啪啦地响着，周围人来人往，小孩子笑着跑来跑去，大人们互相握手打招呼，黑色的大型音响播放着喜庆的音乐，热闹非凡。

饭店里，大堂后庭，陈生和摄影师向磊勾肩搭背地走过来。

**陈生：**（谄媚）向哥，今天受累了。

**向磊：**欵，咱们兄弟之间，应该的。

陈生掏出一个大厚红包，塞进向磊上衣口袋里。向磊连忙假装推脱，陈生执意要塞，二人拉扯了一会儿，向磊故作为难地收下红包，快速转过头打开红包看了一眼，然后喜滋滋地揣进口袋里。

**向磊：**（乐）你看你，咋这么见外呢！

**陈生：**哪能让你白忙活。

余晖急忙忙地走过来，看向陈生。

**余晖：**姐夫，我姐那边叫你呢，快去吧！

**陈生：**（看了眼向磊）那行，晖晖，这是今天的摄影师，你帮忙照顾着点。

**余晖：**行，你快去吧！

陈生和向磊对视一眼，向磊坏笑着挤了挤眼睛，陈生笑着点点头，转身离开。

向磊往前走了一步，凑到余晖跟前。

向磊：（挑眉）你是余阳的妹妹？

余晖：（退后）哎，是呢，我是老二。

向磊：（上前一步）今年多大了？

余晖：（尴尬笑笑）呵呵，我叫我对象来陪你，你等一会儿啊。

向磊：（抓住余晖的手）别走，我给你拍两张照片。

余晖：（猛甩手）你干吗？

向磊：（手抓得更死了）就拍两张照片么！

余晖：（恼怒）你放开我！

向磊：（坏笑）你姐结婚，你不留两张照片做纪念？

余晖：（羞怒）你再不放手我喊人了！

向磊：（调戏）哎呀呀，吓死人了，我又不是把你咋了。

余晖：（大喊）你赶紧放开我！

龙志忠上场，看见向磊对余晖拉拉扯扯，怒气冲冲地快步走向前，狠推了向磊一把，拉过余晖护在身后。

龙志忠：（气愤）你谁啊？干啥呢？

向磊：（不耐烦）你又是谁？关你啥事儿？

龙志忠：我是她对象！你他妈的干啥呢？

向磊：（轻蔑）我找她拍两张照片，咋啦，不应该？

龙志忠：（恼怒）有你这么拍照的？

向磊：（不屑）土锤，你懂个啥，就在这儿嚷嚷叫的，你还想打人呀？

龙志忠：（挥拳）打你咋啦！

余晖连忙抱住龙志忠的胳膊。

余晖：（胆怯）算了，志忠。

向磊：（挑衅）来来来，你打我，（指着自己的脸）来朝这儿打！

龙志忠：（激怒）王八蛋你过来！

向磊：（讥讽）你有本事就往这儿打！看把你能得！

龙志忠扑上前去跟向磊扭打在一起。

陈生和余阳、李元娘闻讯赶来，上前拉架。

陈生拉开向磊，余阳和余晖拉开龙志忠。

陈生：（扶着向磊）磊哥，消消气，这是咋回事儿么？

龙志忠：（瞪眼）你让他自己说！不要脸了？

向磊：（讽刺地看余阳）哎呀，余老板，你的买卖可不好做，我就想给你妹子拍两张照，这小子，就跟看见仇人似的，上来就要打我！

余晖：（委屈）是他先拉着我的手不放的！

向磊：（调笑）我拉你干啥？我天天拍照，啥样的人没见过，你手上镶金边啦？我拉你？

余晖：（满腔怒火）你！

龙志忠瞪了一眼向磊，伸手搂住余晖，又瞪了一眼陈生。

龙志忠：（鄙夷）陈生，我给你个面子，今天不和他计较，把你的狐朋狗友都看好了！

龙志忠单手搂着余晖走下场。

向磊：（叫嚣）谁让你走啦？还不跟我计较，我还没跟你算账呢！

陈生咳嗽了一声，凑到向磊耳朵边。

陈生：（悄悄话）他老子是派出所所长。

向磊：（面露尴尬）哼，嗯，那行，那我也给你个面子。

向磊从另一边下场。

余阳有些生气地看着陈生，李元娘站在余阳身后，陈生送了向磊几步，又灰溜溜地走回来。

余阳：（愤怒）这就是你的朋友？在我的婚礼上，欺负我妹子？

陈生：（挠头）你听我解释，这都是误会。

余阳：（冷笑）啥误会？你说来给我听听。

陈生：向磊他不是故意的。

余阳看着陈生，没说话，眼神里充满了愤怒。

陈生：（灵机一动）他，他其实是看不起我，专门给我找麻烦，羞辱我，为的就是拿捏我。

余阳：（怀疑）他拿捏你干吗？

陈生：（故作懊恼）因为他嫉妒我的天赋，怕我抢了他的风头。

余阳：（疑惑）那你还跟他相处？

陈生：（故作为难）我这不是得借着人家的关系，才能摸到摄影机吗？

余阳：你是为了学摄影？

陈生：对呀！要不然我天天热脸贴人家冷屁股干吗？

余阳：（内疚）你受委屈了。

陈生：没事，为了你，我什么都愿意做！

余阳：（下定决心）过两天咱就凑钱，给你也买个摄影机！

陈生：（抱住余阳）真的？谢谢老婆！

余阳：咱人穷志不短，凭啥无端受人欺负。

陈生：是，老婆说得对，我保证以后再不跟那无赖接触。

余阳：（故作严肃）你说到做到？

陈生：（假装讨饶）我什么时候骗过你啊？

余阳：（满意）我看你也是不敢的。

陈生：（一脸赤诚）借我两个胆子，今生今世我也不敢骗你分毫。

两人嬉笑间玩闹，灯渐渐暗，留一束光打在李元娘身上。

**李元娘**：（心乱如麻）重帷深下莫愁堂，卧后清宵细细长。神女生涯原是梦，小姑居处本无郎。风波不信菱枝弱，月露谁教桂叶香。直道相思了无益，未妨惆怅是清狂。（《无题重帷深下莫愁堂》李商隐）

全场灯灭，大幕合上。

# 第三幕（2005 年）

青山区，九月初，紧挨红房子商厦的家属院，小区旁边有个大型的停车场，汽车不多，自行车倒是一排排地停了不少。小孩用滑石在地上画了跳方格的格子，旁边就是麻将馆，滚滚的白烟不停往外冒。往里一看，大多是四五十岁的男人，女人很少，零星那么几个，也全是上了岁数的老女人。他们各个抽着烟，坐姿千奇百怪，或龇牙咧嘴，或愁眉苦脸，身形七扭八歪，尽是一副地痞流氓的无赖样。发黄的手掌速摸着麻将牌，哗啦啦的麻将响声不停，时不时传来叫闹对骂、高亢的笑声、粗鄙的话语声。路过的行人频频白眼，忍不住摇摇头，或是唾上一口，赶紧离开。不远处有一家婚庆礼仪公司，门脸不大，招牌有些发黄，看上有些年头。陈生的家就在家属院里，是个两室一厅的小房子，破旧的铁窗早已生锈，屋内的墙壁微微发黄，两间卧室，一间是陈生二姐陈舒的，里面摆着陈老爷子的遗像，衣柜门半开着，各种内外衣物堆得像小山一样，地上全是乱丢的袜子，床上堆放着各种杂物，门上挂了不少品牌包装的塑料袋，唯一的桌子上面摆满了化妆品，还有一面脏得几乎照不见人影的镜子。另一间是陈生一家三口的，女儿陈月在阳台摆了一个单人床，堆满了毛绒玩具，还有一个书桌，中间用两扇屏风隔开，墙上挂着陈生和余阳的结婚照，陈生二人的大床上，床单铺得平整，床头柜上的熏香摆件井井有条，最顺手的高度还贴上一个纸巾盒。屋内温馨明亮，狭小的空间全部被利用起来，用各种挂钩挂着女士背包，还有小女孩用的水壶。

# 第　一　场

开幕时，全场灯亮。婚庆礼仪公司门口，陈生背着一个摄影包，满脸愁容地走来走去。他看上去有些憔悴，人也老了一些，穿着一件皮衣，头发邋遢地耷拉下来，胡子也不刮，面色蜡黄，黑眼圈很重，原本俊俏的脸上写满了疲惫。李元娘却仍是一点未变，站在他旁边，一脸疑惑地看着他。

陈生站定，深吸了一口气，下定决心走进公司。李元娘扒在门口看了一眼，有些吃惊，赶忙溜到公司后面，绕了一圈，推着婚庆礼仪店的魏老板来到门前。李元娘气喘吁吁，魏老板一脸疑惑地看着自家大门。

**魏老板**：（挠头）欸，我怎么走到这儿来了？

李元娘掐着腰活动了活动，冲着魏老板的屁股端了一脚，魏老板一个趔趄冲进了门。

魏老板：（疑惑）欸，我怎么还进来了？

李元娘无语，握拳敲了敲自己的脑袋，又扶着魏老板的肩膀转了个身，让他看到正在里面掉包摄影机的陈生。

魏老板：（定睛一看）嘿！你干什么呢？

陈生吓得一怔，手里的机器吧嗒掉在地上。

陈生：（惊恐）哎呀！

魏老板看看机器，又看看陈生，心中了然。

魏老板：家贼难防啊，跑到太岁头上动土来了？

陈生：（慌张）老板，你听我解释……

魏老板：（拽着陈生）解释个屁，你天天打麻将误了多少班？你给我滚！

陈生被魏老板拽着脖领子扔了出来，手中的机器镜头也摔坏了。李元娘跟了出来，看着陈生一脸倒霉样，得意地笑了笑。

陈生把机器卷巴卷巴塞进包里，掏出手机发了个短信，随后走上了路边的台阶，蹲在台阶上等待。李元娘也蹲在他旁边，狐疑地盯着他。

陈生：（自言自语）我真是倒霉。

李元娘一脸不屑地撇着嘴，给了陈生一记白眼。

陈生：（愤慨）都怪那个贼婆娘，死按着钱一分都不给我！等我上了牌桌，大杀四方，看哪个还敢瞧不起老子！

李元娘气冲冲地撸起袖子，叉着腰，瞪着陈生。

陈生：我杀！（挥舞胳膊）杀杀杀杀！！

李元娘使劲用肩膀撞了一下陈生，陈生莫名其妙地从台阶上摔了下来。远处走来两个人，是陈生的大姐陈秀和大姐夫廖伟。

廖伟：（微怒）你要杀谁啊？

陈生：（吓了一跳）啊！姐夫。

陈生又看到旁边的陈秀，脑袋立刻又低了下来。

陈生：（低声下气）大姐，你们来了。

李元娘退了一步，站在三人中间偷听。

陈秀：（无奈）怎么又是一副死人脸？

陈生：（哀求）大姐，姐夫，这次你们一定要帮帮我！

廖伟：（不耐烦）说吧，又怎么了？

陈生：我被开除了，你们帮我找个工作吧，不然余阳又该跟我闹了！

陈秀：（烦躁）她天天跟你闹什么？

陈生：（丧气）还不是嫌我没本事，没出息，说我奸懒馋馋，懒得动弹。

陈秀：（挑事）她这样说你？你不收拾她？你还是个男人不？

陈生：（心虚）她倒是没敢当着我的面说，但她肯定就是这样想的。

陈秀：月月呢？还天天往她那月昇阁跑？

陈生：是啊，人母女俩一顶一的亲近，家里就我一个外人。

陈秀：月月跟你也不亲？

陈生：（诉苦）她现在大了，也学她妈那一套，天天数落我不该耍钱，我哪有的耍啊？钱都被她妈把着，我都快连饭也吃不起了。

陈秀：小弟啊，不是姐说，你那媳妇儿实在太霸道。

廖伟：（咳嗽了一声）好好的工作，怎么就被开除了？

陈生：（瞟了一眼摄影包）就，我不小心把机器给摔了。

陈秀：机器是你自己的，摔了就修呗？

陈生：（支支吾吾）我，我摔的是公司的，自己的赔给人家了。

陈秀：那也不至于开除啊！

陈生脸一阵红一阵白，廖伟扫了他一眼，冷哼一声。

廖伟：（厌恶）行了，你嘴里没一句实话，就别说了

陈秀有些尴尬地看了一眼廖伟，随后一记冷眼瞪向陈生。

陈生：（讨好）大姐，姐夫，你们就再帮我这一回吧！

陈秀拉着廖伟的胳膊，小心翼翼地看了廖伟一眼，廖伟叹了口气，点点头。

廖伟：（无奈）我朋友承包的停车场，就在你们家楼下，看车棚的人回老家了，你顶上吧。

陈生：（为难）这……还有没有其他……

廖伟：（没好气地打断陈生）那你自己找去吧！

陈生：别，别，我去！

陈秀：（心疼）去了就好好干，虽然辛苦一点，但是结的都是现钱，你自己留着，好好过日子。

陈生：（垂头丧气）知道了。

李元娘听完了全程，一脸思索地点点头。

全场灯灭。

# 第 二 场

停车场收费处，陈生百无聊赖地坐在收费室里，两条腿架在面前的桌子上抖来抖去，桌子上摆着一包瓜子，陈生左手握着一把，右手拿着一颗往嘴里送，地上扔了一地的瓜子皮。旁边麻将馆老板娘大林嫂走出来，看了看陈生的方向，又回屋拽着自己的兄弟二虎出来，大林嫂指了指陈生，二虎有些犹豫。

二虎：姐，这行吗？

**大林嫂**：咋不行，你看他吊儿郎当那个样，肯定同意！

**二虎**：那他又不是傻子，赚钱的机会白白让给俺？

**大林嫂**：（轻蔑）你看看在这儿耍钱的，哪个不是傻子？上了这牌桌，天王老子也难下来。

**二虎**：有这么邪乎？你自己不也天天玩儿？

**大林嫂**：（拧二虎耳朵）我那是陪客人凑桌子的！你个小兔崽子，尽学着编排你姐！

**二虎**：（哭丧着脸）姐，我错了，我去还不行！

**大林嫂**：（松开手）少废话，走！

大林嫂领着二虎走到陈生面前，陈生放下了腿，看着二人。

**陈生**：嫂子，找我有事儿？

**大林嫂**：（笑嘻嘻）兄弟，跟你商量个事儿呗！

**陈生**：啥事，嫂子你说吧。

**大林嫂**：我看你每天坐在这儿也挺无聊，要不上我那儿再玩儿两把？

**陈生**：（倒霉）我拿啥玩儿啊，我那破相机都输给别人了。

**大林嫂**：（谄媚）欸，你这不每天都能收现钱吗？

**陈生**：还得给东家交不少，我剩不下几个。

**大林嫂**：瞧你说的，大有大的玩儿法，小有小的乐趣。（用肩膀撞一下陈生）

**陈生**：（犹豫）我去耍牌了，这摊子咋办？

大林嫂笑得眼睛都看不见了，从身后把二虎拽到身前。

**大林嫂**：你看我这兄弟，咋样？

**陈生**：（仔细凑上前瞧了瞧）不咋样。

**大林嫂**：咋说话呢么！

**陈生**：看着像个傻的。

**二虎**：（耿直）你才傻呢！

**大林嫂**：（按住二虎的肩）哎呀，傻的好，傻的总不能把你给坑了，是不是？

**陈生**：（挑眉）啥意思？

**大林嫂**：他替你看摊子，替你给东家交钱，剩下的钱你俩对半分，啊不用，三七分，他三你七，给孩子赚个辛苦钱，咋样？

**陈生**：（心动）这不好吧……

**大林嫂**：（挤眉弄眼）这有啥不好的，嫂子这是求你办事儿呢，还能亏待你？实在不行，你八他二都成！

**陈生**：（激动）那就这么说定了！

**大林嫂**：（喜悦）哎，这就对了！

大林嫂拉着陈生走，二虎留在原地，走进收费室坐下，愣了一会儿，从桌上的瓜子里掏了一把，左看看，右看看。

**二虎：**（感叹）还真是个傻的！

大林嫂拉着陈生走进麻将馆，正好有一桌三缺一，两个不修边幅的老男人，剩下一个是年轻漂亮的小寡妇红梅。红梅描着柳叶眉，纹着眼线唇线，一头浓密的大波浪，穿了个粉色针织 V 领长衫，紧身牛仔裤，尖头满钻小高跟，半扭着腰，手臂靠在麻将桌上，整个人软塌塌的，柔弱无骨，看见陈生走进来，娇滴滴地笑了一下，故作害羞的模样。

**红梅：**（娇媚）陈哥，怎么才来啊！

陈生有些疑惑地看了一眼红梅，又看了眼大林嫂，大林嫂推着陈生往空着的位子一坐，脸上喜滋滋地。

**大林嫂：**这是我妹子红梅，陪你玩儿两把，瞧把你给吓得！

**陈生：**（咽口水）之前怎么没见过你？

**红梅：**（可怜兮兮）以前男人不让玩儿，现在男人死了，没人管我了。

**陈生：**啊，节哀。

**红梅：**（羞怯）陈哥，你真是个好人！

**陈生：**（乐呵呵）是吗？总有人这么说。

**红梅：**（故意碰了一下陈生的手）陈哥，你教教我呗，我不太会。

**陈生：**（窃喜）好啊，好！

红梅干脆抱住陈生的胳膊，半个胸脯贴在陈生手臂上。

**红梅：**（娇滴滴）陈哥，你真厉害！

**陈生：**（满脸红光）是红梅妹子太客气了。

**红梅：**瞎说，像陈哥这么好的男人，家里嫂子肯定把你当宝的吧？

**陈生：**（不耐烦）提她干吗？那就是个不讲理的母老虎，天天防我跟防贼一样。

**红梅：**（故作惊讶）啊？家里不应该是爷们说了算的？

**陈生：**（恼羞成怒）谁说不是？亏我当初觉得她精明能干漂亮大方，现在看，真是叫猪油蒙了心。

**红梅：**（愤愤不平）女人吗，还是应该都听自己爷们儿的，太有主见也不好。

**陈生：**就是，就是，红梅妹子真是我的红颜知己啊！

**红梅：**你讨厌，说得人家都害羞了。

大林嫂看着两人眉来眼去，捂嘴笑了一下。

**大林嫂：**（坏笑）你们年轻人好好玩儿吧，有事儿叫我啊。

大林嫂冲红梅眨了眨眼，红梅悄悄在背后比了个"OK"的手势。

大林嫂下场，哗啦啦的洗牌声响起，陈生和红梅慢慢贴近，灯光渐暗。

# 第 三 场

**余阳：**（尖叫）啊！

舞台逐渐亮起红光，陈生家中，余阳从厨房跟跟跄跄地跑到卧室，用力关上门，一脸惊恐地用身体挡着门。陈生拿着一把菜刀追出来，双眼通红，用脚用力踹了几下门。

陈生：（凶神恶煞）开门！

余阳：（带着哭腔）你疯了！

陈生：（不耐烦）赶紧开门！给我钱！

余阳：家里早就没钱了！

陈生：少废话，快点拿钱给我！

余阳死死抵住门，浑身颤抖。

李元娘站在大门口，一脸担忧地看着门外疯狂的陈生。

陈生：（强忍着脾气）就这一回，最后一回，你给我拿两万，我把钱还上，我发誓我以后再也不赌了！

余阳：（乞求）我哪有那么多钱？

陈生：（惊恐）他们要剁我的手指头！

余阳：（啜泣）陈生，我真没钱了，家里藏钱的地方你都找了个遍，我哪还有剩下的？

陈生：（拿菜刀砍了一下门）快点！赶紧开门！

余阳捂着嘴忍不住地哭泣，八岁的女儿陈月放学归来，刚刚到门口，就被李元娘一把抱住，陈月看不见李元娘，定定地站在门口。

陈生：（怒吼）余阳，你别逼我！

陈月哇的一声就要哭出来，李元娘赶忙捂住陈月的嘴，陈月改成小声啜泣，陈月茫然地看着前面，李元娘凑到陈月耳边，小声说了一句话，陈月听见了，害怕地向四周看了看，随后转身拔腿就跑。李元娘叹了口气，继续转过身看向陈生。

余阳：（哭喊）你到底想怎么样，你要逼死我啊！

陈生：（低声下气）老婆，好老婆，你救救我好不好，你再救我这一次。

余阳：（抽噎）你真的以后都不赌了？

陈生：我保证！我保证再也不赌了，以后都听你的！

李元娘：（大喊）你别傻了！他不光赌钱，他还混女人，你还相信他？

余阳：（怔怔地）你在外面有女人了？

陈生：（惊慌）没有，没有，怎么会？

李元娘：那女的天天花枝招展扭来扭去，你真的没见过？

余阳：（双眼无神）我，我见过……

陈生：（狡辩）不可能，老婆，是你误会了，我们就是牌友。

李元娘：（质问）咱俩路过麻将馆多少回，你为啥回回都不敢往里看？

余阳：（崩溃）是我，我看见他和那个女人……

陈生愣了一下，面露凶色，疯狂地撞起门来。

陈生：（恼羞成怒）你开门！有话咱俩当面说清楚！

余阳痛苦地抱着自己的头，背后死死抵住门。

**余阳：**（精神恍惚）我早就知道了，我亲眼看见的，我多希望是我看错了。

**陈生：**（憎恶）既然你都知道了，那咱们离婚！

**余阳：**（喃喃）离婚？

**陈生：**把月昇阁卖了吧，钱咱俩一人一半。

**余阳：**（自言自语）不，不能卖。

**陈生：**这房子是我那死鬼爹的，你自己搬出去。

**余阳：**（迷惘）搬，往哪搬？

**陈生：**月月你也带走吧，我不要了。

**余阳：**（焦急）月月，对了，月月呢？月月哪去了？

陈月带着余晖、龙志忠、余家二大爷匆忙赶到家门口。

**陈月：**（担忧）妈妈！

**余阳：**（猛地一怔）是月月！

余阳立刻站起身打开门，陈生还没反应过，一行人就已经走进家门，陈月率先跑过来，害怕地抱住余阳的腿，余晖和龙志忠一左一右地搀扶着余家二大爷，二大爷把手里的拐棍竖起来，狠狠打了陈生一棍，他手里的菜刀吧嗒一下掉在地上，陈生有些怯懦地看着众人。

**二大爷：**（震怒）来，你拿刀砍死我这个老头子！

**陈生：**（手足无措解释）我不敢。

**二大爷：**在孩子面前都能发疯，什么事你不敢？什么事你做不来！

众人怒视着陈生，陈生害怕地低下头，二大爷颤抖着手，又打了陈生一拐杖，打得陈生往前一跪。

余阳抱着陈月，母女二人相拥哭泣。

**二大爷：**（怒斥）孬种玩意儿，真当我老余家没人了？你不怕她死去的爹半夜找你算账？

**陈生：**（恐惧）我错了！

**余晖：**（抓紧二大爷的胳膊）二大爷，您消消气。

**龙志忠：**（瞪着陈生）闹成这样，你说，你想干啥？

**陈生：**（咬咬牙）我要跟余阳离婚。

余阳痴痴地望着陈生，眼眶通红。

**余阳：**（难以置信）你为了那个狐狸精，要跟我离婚？

**陈生：**（嘟囔）狐狸精也比你个疯子强。

**龙志忠：**（厌恶）有话就大大方方地说，没人堵你的嘴。

**陈生：**我是说，她现在这样子，日子根本没法过，离了对我俩都好。

**余阳：**（神神叨叨）你说我是疯子？

李元娘快步凑到跟前，扇了陈生一个耳光。

**陈生：**（无名火）天天在我面前耀武扬威，哪个男人受得了你，开个破店，还真以为自己是千金小姐富太太？

**余阳：**（痛心）你就这样看我？

**陈生：**（越说越气）我咋样看你？端着老板娘的款，赚来的钱我一分也没花着，谁知道你天天出去干什么？

**二大爷：**（痛心）你！怎么能说出这种话！

余阳望着陈生，始终无法相信。龙志忠愤怒冲上前，被余晖一把拉住，众人沉默。

**余晖：**（双眉紧蹙）陈生，你不就想离婚吗？我替我姐做主，离！

**陈生：**好！

余阳指了指陈生，久久说不出话来，她突然冷笑三声，发疯一般地冲进卧室，取下床头墙上挂着的婚纱照相框，用力扔在地上，玻璃摔了个粉碎，余阳跳下来，从玻璃碴里捡出照片，愤恨地从中间一撕两半，随后又哭又笑地喊了几声。

**陈月：**（大哭）妈妈！

余阳猛地栽了过去，李元娘立马凑到跟前，把余阳护在怀里。

余晖和龙志忠立马上前扶人。

舞台灯光渐暗。

# 第 四 场

灯光渐渐亮起，红房子商厦内，原先月昇阁的门店招牌摘了，大门紧锁，里面所有的东西都搬空了。余阳在角落里新开了一家服装店，比原来的小很多，招牌是"月昇服饰"。服装店门可罗雀，街上没有一个人，余阳在店里用长长的竹竿一件件挂着衣服，嘴里念念有词，李元娘坐在一旁的板凳上，忧心忡忡地陪着她。

**余阳：**你看！

**李元娘：**（懒洋洋）看什么？

**余阳：**（左挂一件）这是桑蚕丝直筒吊带裙。

**李元娘：**（闷闷不乐）人造的。

**余阳：**（右挂一件）这是獭兔毛领小斗篷。

**李元娘：**（无奈）纤维的。

**余阳：**（中间挂一件）这是双拉链真皮小外套。

**李元娘：**（不耐烦）PU皮的。

**余阳：**你真无情！

**李元娘：**你真好骗！

李元娘站起来拉住余阳挂衣服的手，认真地看着余阳。

李元娘：我说你怎么这么多年也没长进？

两人一起坐下。

余阳：（失落）我是没变，可是好像一切都变了。

李元娘：（恼怒）你还在想陈生？

余阳：（固执）我不信，我不信他真的背叛我，他是被人骗了，我等他。

李元娘：（无语）等，你随便等，那你现在想干啥？

余阳：（思考）我想要钱，这十几年赚的钱都赔了，我想重头来，可为啥都叫月昇，这店怎么都开不起来！

李元娘：衣服跟那些能一样吗？

余阳：（疑惑）怎么不一样？

李元娘：衣服这东西，真就是真，假就是假，你真假不分，人家穿在身上不舒服，谁会买啊？

余阳：我又没骗人，我卖的就是假的价格啊？

李元娘：你的这些，应该放在地摊儿上，谁会到店里买啊？

余阳：（据理力争）便宜货就不能开店？穷人就不能逛街？

李元娘：不是不能，是不会，穷人家的女孩儿胆子小，哪会来这青山红房子？

余阳：（痴痴地）是，是我看不清。

李元娘：别再自怨自艾，老妈六十多岁还在餐馆里打工，你得赶紧振作起来！

余阳：（颓丧）是我拖累了妈。

李元娘：月月以后上学还用钱，你难道等着陈生给她攒？

余阳：（难过）是我连累了月月。

李元娘：晖晖和志忠忙前忙后帮你，你也想想他们！

余阳：（愧疚）是我这病，我这病害苦了晖晖。

李元娘：（生气）你怎么总往坏处想，谁也没怪你啊！

余阳突然站起来，看向四周。红色的光从四面八方打过来。

余阳：（四处指）火！都是火！

李元娘：（疑惑）哪里有火？

余阳：（崩溃）全都是！到处都是火！火在烧我！

李元娘：（轻声安慰）假的，都是假的。

余阳：（喃喃）假的，假的……

余阳突然冲上去把货架上的衣服都扯下来，丢到一起，所有红光聚在小山一样的衣服上，余阳从柜台上拿了个打火机，点燃以后扔了上去。

余阳：假的，假的，都烧了！

余阳突然一阵狂笑。

余阳：（疯癫）都是火！好热！好烫！都烧了！把假的都烧了，只留下真的；把坏的都烧了，只留下好的；把疯的都烧了，只留下清醒的。

余阳怔怔地向着火堆的方向走过去，李元娘用力在她身后拽着，却依然被她拖着向前走。

路人和其他商户的声音四面八方地响起，男女老少各种声音喊着快救火。

余晖和龙志忠跑过来。余晖一把抱住余阳，龙志忠在商场里四处找灭火器。

**余晖：**（嘶喊）姐！

**余阳：**（双眼无神）我要到火里去，我好烫、好痛，火把大青山上的草都烧完了，我得赶紧过去！

**余晖：**姐！你醒一醒！

**余阳：**（突然清醒）姐对不起你，姐走了，你照顾好妈和多多。

**余晖：**（哭腔）姐你说什么胡话呢，咱赶紧走！

**余阳：**（呢喃）我走不了了，我要留在山上，我死了化成灰，飘在哪里，哪里就能长出草来，我不走了，我已经烧成灰了……

浓烟从门店里滚滚向外涌出，龙志忠拿着灭火器冲进来，对着衣物堆一顿猛喷，白色的雾气粉尘笼罩了整个门店，龙志忠一把拉住余阳，把她背在背上，余晖在他身后小心地扶着。

**龙志忠：**（急切）我们快走！

龙志忠背着余阳，余晖跟着，三人下场，舞台灯光渐暗。

李元娘走出来，落寞地望向店里面，驻足看了十几秒，依依不舍地下场。

灯光全灭。

# 第四幕（2015 年）

十二月初，大雪纷飞，千里冰封。大青山脚下新建了一个青山公墓，大理石的墓碑一排排立在那里，之间的距离挨得很近，墓碑上用胶带纸粘着串着假花的藤蔓，面前摆着苹果、蛋糕之类的贡品，还有几瓶二锅头，最中间的香炉里插着三根香。陈生家里，过道中堆放着各种垃圾和杂物，客厅里三只狗相互吠叫着，餐桌上摆着不知何时的剩饭，用塑料袋随便盖着，房间里灯光昏暗，角落里堆满了板凳椅子，上面或挂或对着色彩鲜艳的衣裙，有的耷拉到地上，家具上全部落着厚厚的一层灰，那间属于陈舒的小卧室，干脆塞成了一个小型仓库，连落脚的地方都没有，床上堆满了卷发棒、吹风机、香水之类的东西，成山的衣服和鞋子，还有大大小小的白色药罐，全都是些不知名的药品或保健品。原先余阳住着的卧室，现在只有陈月一个人住。房门只露着一个缝隙，门上贴着明星海报，里面是暖黄色的灯光，暖气片上晾着洗过的袜子，干净整洁的书桌和床，桌上堆满了高中的课本书籍，桌角放着一只小圆鱼缸，缸里有三条小金鱼。外面宽阔的水泥大马路，雪都被扫到了路两边，新式的太阳能和风力同时供能的路灯立在一旁。路边是新搬来的二附院，白墙白瓷砖的高楼，蓝色的玻璃窗户，急诊室的红灯 24 小时亮着，里面是抢救室，抢救室外摆两张空病床。不远处是新建起来的安置房小区，连着一大片，分别写着北一区、北二区，一直到北六区，橙黄色的楼房一栋挨着一栋，小区里干净整洁，广场上有各式各样的健身器材，围着广场的是一圈光秃秃的小木苗，树上落着雪花，下面的草坪也是白茫茫一片。

# 第　一　场

开幕时，全程灯光亮起。余晖穿着厚厚的灰色长款羽绒服，提着一个黑色的公文包在街道上走着。李元娘跟在她身后。快到陈生家门口时，余晖停下来，又忽地看过去，李元娘默默拉起余晖的手，余晖便不再犹豫，走向陈生家。陈月已经十八岁了，正穿着枣红色的小棉袄，戴着围巾，坐在卧室的桌子前面瑟瑟发抖地写作业，这会儿正打了个喷嚏。余晖站到门口敲了敲门，此起彼伏的狗叫声响起来。余晖有些犹豫，又敲了敲门。

**余晖**：（喊）月月，在家吗？

陈月听到声音，立马站起来，跑到大门口去开门，看见是余晖，陈月眼神中露出一丝惊讶和喜悦。

**陈月**：（惊喜）二姨，你咋来了？

几声激动的狗叫声传来，余晖有些害怕地后退。

**余晖**：哪来这么多狗？

陈月有些尴尬地领着余晖进屋，李元娘站在门口，没有进去，陈月熟练地把狗赶进另一间卧室，关上了门，随后带着余晖走进自己卧室，请余晖坐在床上，自己则坐在书桌前的凳子上。

**陈月**：（无奈）都是我小姑养的。

**余晖**：（惊讶）她人呢？不在家？

**陈月**：每天都不在，就晚上回来睡个觉，不知道她去哪了。

**余晖**：（搓搓手）家里咋这么冷？

**陈月**：（窘迫）小姑说不冷，没钱交暖气费。

**余晖**：（担忧）那你咋不给二姨打电话？

陈月沉默地低下头。

**余晖**：月月，你爸呢？

**陈月**：（小声）我大姑给他买了个小房子。

**余晖**：他还跟那个女人混着呢？

**陈月**：（点点头）嗯。

**余晖**：他有没有回来看看你？

**陈月**：他来了也没用，还是不来的好。

余晖：怎么说他也是你爸。

陈月：（苦笑）二姨，算了吧。

余晖张张嘴，欲言又止，还是没说话，两人沉默地坐了一会儿。

陈月：（小心翼翼）我妈最近好吗？

余晖：（心酸）你妈挺好的，天天在家绣十字绣，前两天绣了一幅大的花开富贵，卖了 2000 块钱呢！

陈月：（抬起头）真的？咋卖这么贵？

余晖：（自豪）人家说她做得细，绣工好，价钱就高。

余晖仔细地看了看陈月，陈月的脸冻得有些发白，脸上皮肤起皮，手上红红紫紫的，像是有冻疮的样子。

余晖：（心疼）月月，你手咋了？

陈月：（把手藏在背后）没事儿。

余晖：（愧疚）不是让你有事儿就给二姨打电话么？

陈月：（怯生生地笑）真没事儿，二姨，我不冷。

余晖：（心痛）你姥姥家要拆迁了，给赔一套楼房，到时候你搬过来，跟你妈一起住。

陈月：（犹豫）不用了，姥姥照顾我妈已经够辛苦了。

余晖：你妈好多了，现在都是她照顾你姥姥。

陈月：（低头）不了，我明年就考大学了，不麻烦了。

余晖：你一个人在这儿，二姨咋能放心呢？

陈月：还有我小姑在呢。

余晖：（着急）她也不顶事儿啊！

陈月：（怯懦）我上学也不方便。

余晖：（无奈）那你这两天先收拾东西，等放寒假了，就先回姥姥家住，开学你再回来，这样行吗？

陈月：嗯。

两人又沉默了一会儿，余晖从包里掏出一个钱包，把里面所有钱都拿出来，要塞给陈月，陈月推了半天，死活不要。

余晖：二姨给你，你就拿着，买点好吃的。

陈月：（坚持）二姨，我不能再拿了，你已经给过我很多次了。

余晖：（泄气）你这孩子，咋就这么倔呢！

陈月：（摇摇头）二姨，我有钱，没钱了我就管我爸要。

余晖：（无力感）好，那你坐着，二姨下去先给你把暖气费交上。

陈月：（慌忙）不用。

余晖：（坚决）咋就不用，再把你冻坏了。

陈月：（沮丧）我穿得多，不冷。

**余晖：**（拍了拍陈月的手）你等着，二姨一会儿就上来了。

**陈月：**嗯。

余晖站起身，快步走下场，灯光渐暗。

陈月坐在原地没有动，沉默了许久，李元娘站在门外，同样沉默地看着陈月，陈月忍不住开始发抖，眼泪吧嗒吧嗒地往下掉，委屈地小声啜泣起来，全场灯光全灭。

# 第 二 场

灯光渐起，马路上的积雪还没有化完，余阳和李元娘带着陈月一起走在街上。余阳穿着墨绿色的毛呢大衣，头发白了一半，仍然挽在后面，插着一根木头簪子。她的背有些微微驼了，步伐却还是很轻盈。脸上多了不少皱纹，眼睛却依然干净清澈，十分明亮。她脸上挂着单纯的笑容，一旁的陈月反而显得成熟得多。

**余阳：**（欣喜）你这次回来，住多久？

**陈月：**开学再回去。

**余阳：**（试探）你爸现在在干啥？

**陈月：**（不悦）你提他干吗？

**余阳：**我这不是就问问吗？

**陈月：**（没好气）反正是他不要咱们了，他是死是活跟咱们也没关系。

**余阳：**（小声嘟囔）不提就不提。

陈月无奈地看了余阳一眼，泄气地哼了一声。

**余阳：**（期待）姥姥家终于要拆了，要搬新房子了！

**陈月：**我知道，二姨跟我说了。

**余阳：**（期待）到时候你自己住一个卧室。

**陈月：**不用。

**余阳：**为啥不用？

**陈月：**（低声细语）二姨给我交暖气费了，我回去住。

**余阳：**（不悦）我现在能挣钱了，可以养活你。

**陈月：**姥姥家拆迁，新房子装修啥的，都还要花钱。

余阳愣了一下，没说话。

**陈月：**我还要上学，搬过去住不方便。

**余阳：**（嗔怒）你就这么不愿意和我住？

**陈月：**（无奈）不是不愿意，是没必要。

**余阳：**你是不是在怨我？

**陈月：**没有。

**余阳：**你怨我不管你？

陈月：（微怒）你连你自己都管不了，怎么管我？

余阳：（解释）我现在已经好了。

陈月：（委屈）你总说你好了，哪次是真的？

余阳：（伤心）这回是真的好了。

陈月：（低头）我已经长大了，不用你管。

余阳：你长到多大我也是你妈，咋能不管你？

陈月：（苦笑）是啊，你都这么大了，姥姥还得管你，要不是二姨，我现在都冻死了。

余阳：（失望）你就一点儿也不信我？

陈月：（赌气）我谁也不信，我只信我自己！

一个卖冰糖葫芦的老头从远处走来，大声的吆喝声响起。

老头：（大喊）冰糖葫芦儿！冰糖葫芦儿！

余阳的目光被吸引过去，开心地拉了一下陈月。

余阳：（喜悦）你看，糖葫芦！

陈月别扭地转过头，不愿意和余阳说话。

余阳：（兴奋）你小时候最爱吃了！我去给你买！

余阳说着就跑过去，陈月仍然没有回头，只听见一声尖锐的刹车声，随后跟着一声巨响，余阳被撞得倒在地上，汩汩鲜血从嘴中流出。

陈月：（猛地回头）妈！

陈月急忙跑过去，把余阳抱在怀里，惊慌失措地看着四周，越来越多的人围过来，将陈月和余阳围在中间，站成了一个半圆，相互间窃窃私语地指向二人小声说话。

陈月：（害怕）妈，你怎么了，我错了，你别吓我！

余阳身体抽搐地吐了几口血，右手颤颤巍巍地抬起来，想要摸陈月的脸。

陈月：（惊恐地看四周）打电话，叫救护车，救救我妈！

陈月的身体止不住地颤抖，李元娘走上前来，从背后抱住陈月的腰，轻轻抚摸她的后背。

陈月：（崩溃大哭）你们救救我妈！求求你们，救救我妈！

李元娘贴在陈月耳边说了句悄悄话，陈月梦中惊醒一般地掏出手机打电话。

陈月：（哭腔）二姨，我妈出车祸了，就在路口这儿。

余阳伸手抚摸着陈月的脸，陈月一把抓住余阳的手，泪如雨下。

余阳：（挤出笑容）月月，别怕……

陈月：（抽噎）妈，你再坚持一会儿，你别吓我……

余阳：（哽咽）别怕，别怕，妈不会走……

陈月：（急促地喘着气）妈，我错了，别吓我！

余阳：（奄奄一息）你没错，妈不会走……

陈月：（泪眼蒙眬）妈你别骗我，你别吓我！

**余阳：**（笑着）妈会变成，天上燕，水底鱼，林间鹿，妈会一直看着你，陪着你长大。

**陈月：**（痛苦）妈别说话了，你再坚持一会儿，肯定会没事儿的！

**余阳：**（眼神涣散）妈不走，妈回去了……

余阳逐渐失去意识，躺倒在陈月怀里，陈月伤心地抱紧余阳，不知所措地大哭着，李元娘始终抱着陈月的腰，轻轻安抚地摸着她的背。

余晖和陈志忠冲上场，救护车的和警车的警笛声响起，四周一片混乱。

舞台灯光渐暗，逐渐熄灭。

# 第 三 场

医院大堂内，长长的走廊摆放着一排银色金属座椅，曹琳琳在余晖和余光左右两边的搀扶之下，颤颤巍巍地走到座椅旁边，无力地坐下。龙志忠站在一旁，沉默地抽着烟。陈月和陈生则坐在另一边。大堂内挤了许多人，都是余家的亲戚，二大爷也在其中，老爷子双眼通红，拄着拐杖，急切地望着余晖等人。

**二大爷：**（沧桑）怎么样了？

余晖摇摇头，没有说话。

**曹琳琳：**（神情恍惚）老大没了。

众亲戚们叽里呱啦地开始说话，脸上皆是难以置信的哀伤表情，曹琳琳痴痴地看着地板，陈生突然走过来，跪在曹琳琳面前。

**陈生：**妈！

**曹琳琳：**（缓缓抬起头）小陈啊，你来了。

**陈生：**（哽咽）妈，我来晚了！

**曹琳琳：**（失魂落魄）阳阳最惦记的就是你，你来了就行，不算晚。

**陈生：**（悲痛）妈，阳阳的后事交给我来办吧，等我死了以后，就跟她葬在一起。

**曹琳琳：**（苦涩）你现在说这话，还有什么用？

曹琳琳悲痛欲绝地落泪，龙志忠看了一眼陈生，又看了看余晖，余晖和他对视，二人皆是警惕怀疑的神情。

**陈生：**（悲伤）妈，你就再给我一次机会，让我弥补一下吧！

余晖站起来，挡在曹琳琳面前，龙志忠则是上前一步，伸手就要把陈生拉起来，陈生跪在地上不愿意起，二人拉扯着。

**陈生：**（愤怒）你干什么！

**龙志忠：**（恼恨）你看看这是哪？别大呼小叫的，站起来说话。

**陈生：**（看向曹琳琳）妈，我是真心的，就再给我这一次机会吧！

余晖为难地看了龙志忠一眼，龙志忠摇了摇头，其他人也跟着指指点点，议论着，嘴里大多都没什么好话。

一旁沉默了许久的陈月突然站起来，紧握着拳头，浑身颤抖。

陈月：（压抑）够了！

所有人都安静下来，看着陈月。

陈月：（冷笑）你真以为别人都不知道，你是为了啥？

陈生：（尴尬）月月，你干啥？

陈月：（质问）司机昨天找我二姨说的话，你听见了吧？能赔多少钱？30 万？还是 50 万？你这就惦记上了？

陈生：（恼羞成怒）你胡说啥呢？

陈月：（心如刀割）你不是为了钱？你为了钱还打我小姑，打过我妈，你还是个人？现在连我妈死了的钱你都想要？你不怕有命拿没命花？

陈生：（震惊）你是不是疯了！

陈月：（快步上前瞪着陈生）咋啦？还打算像以前一样逼我，给你留脸？你从家里偷了多少钱？我二姨给的压岁钱，我自己攒的那些钱，都哪去了？

陈生抬手就要打陈月。

陈月：（绝望）来，你打我，当着所有人的面，让大家看清楚你是什么人！

龙志忠一把拉住陈生，怒视着他。

陈生：（愤恨）我看你真是疯了！不愧是你妈的闺女，大疯子生的小疯子，老子养你还不如养条狗！

陈月：（震怒）你养我？你养你姘头的小杂种去吧！我不用你养，我二姨养我，二姨夫养我，姥姥养我，就算我小姑也给我做顿饭来养我，你干啥了？

陈生怒气上头，就要扑向陈月，被龙志忠拉住胳膊别在背后动弹不得。

龙志忠：（恶狠狠地瞪陈生）你别动了！

陈月：（恶狠狠）我没你这个爹！我们家的事儿你少掺和！

陈生：（暴怒）你！

龙志忠：（厌恶地看陈生）你还想干啥？

陈生满腔怒火，挣扎了几下，奈何龙志忠力气大，于是只能阴险地看了一眼龙志忠，顺从地停下不动。

陈月深呼了一口气，走到余晖面前。

陈月：（坚决）二姨，我妈的事儿，我说了能算不？

余晖：（心疼）你说，二姨都听你的。

陈月：（回头看向众亲戚）我妈的后事儿我来办，拿回来的钱，给我姥姥装修房子，剩下的都我拿着。

众亲戚们你看我我看你，有些莫名其妙。

亲戚甲：月月，你还小，让你二姨给你管着吧！

亲戚乙：就是啊，你别再让人给骗了。

陈月：（冷笑）我二姨说了不算，只有我说了算，这是我妈用命给我挣回来的钱，你们谁有意见？

亲戚甲：你个小丫头，说话咋这么冲！

其他亲戚也纷纷对陈月指指点点，二大爷在其中十分悲哀地低下头，用拐杖用力点了点地，众人才消停下来。

二大爷：（怒气冲冲）就按月月说的办！

众亲戚撇撇嘴，都没敢再说话。

二大爷颤颤巍巍地走上前，拍了拍陈月的肩膀，走到曹琳琳跟前。

二大爷：（惭愧）弟妹，保重啊！

曹琳琳缓缓抬起头，看着二大爷，无力地点了点头。

二大爷背过一只手，叹了一口气，独自拄着拐杖，颤颤巍巍地走下场。

众亲戚见二大爷走了，也没再说什么，纷纷跟着二大爷一起下了场。

陈生见人都走了，看向曹琳琳，正想说话，龙志忠瞪了他一眼，拉着他一起走出医院，从另一边下了场。

曹琳琳止不住地开始啜泣，余光拍着她的背，小心地安抚着。余晖拉着陈月的手，挨着曹琳琳坐下，祖孙三代四人依偎在一起。

陈月：二姨，我刚才说给他们听的，你别往心里去，我信你。

余晖：（担忧）月月，二姨在呢，你不用怕。

陈月：二姨，那钱还得你管着，再有人问你借钱，你就按我刚才的说，不用给他们留面子。

余晖：（心酸）月月，你长大了。

陈月：（点点头）二姨，姥姥，三姨，我妈不在了，以后我给你们撑腰

三人看着陈月，心中五味杂陈，万分酸涩。

曹琳琳：（苦楚）好，好……

全场灯光渐灭。

# 第 四 场

北一区，曹琳琳的新家，宽敞明亮的客厅，乳白色的布艺沙发，配套的茶几电视柜上，摆着曾经摆在月昇阁中的几个花瓶和摆件，牡丹图的背景墙上挂着智能电视。坐西朝东左手边放着一张小桌，上面供奉着李元娘的牌位，刻着李元娘的姓名和籍贯，面前摆放着各类贡品，还有一个小香炉。两个卧室，大卧室里摆着河东老宅搬来的两个大立柜，墙上还挂着一幅山水图的十字绣，小卧室则是全套新打的床和衣柜，屋内陈设看上去青春活力。

全场灯亮，陈月站在李元娘的牌位面前，虔诚地拿着三炷香，拜了三拜，把香插进香

炉里，走到大门口的餐桌旁，曹琳琳、余晖、龙志忠、余光，都坐在餐桌的周围，曹琳琳旁边有一个空位，陈月坐下，桌上摆满了家常菜，大家喜气洋洋地举杯碰撞。

余晖：（乐呵呵）祝我老妈和外甥搬家快乐！

曹琳琳笑眯眯地点点头，陈月和余晖碰了一下杯。

陈月：（腼腆）谢谢二姨。

余晖：（看向曹琳琳）妈，你不说两句？

曹琳琳左右看了看大家，大家全都满脸期待地看着她，于是只好开口。

曹琳琳：我说啥呢？

余光：（逗趣）你就赞美一下好日子来了呗！

曹琳琳：是啊，好日子来了。

曹琳琳看了看陈月，鼻间一酸，眼眶有些微红。

曹琳琳：一辈子了，总算是住上楼房了。

龙志忠：（憨厚）妈，你以后就享福吧！

曹琳琳：（哀伤）是享福了，就是可怜阳阳……

余晖：（担忧）妈，你说这干啥？

曹琳琳：（看着陈月）月月，姥姥跟你说。

陈月认真地看向曹琳琳，点了点头。

曹琳琳：（徐徐道来）人家都说，姥姥多可怜，你多可怜，这些话你都不要听，谁的日子不苦？麻绳总从细处断，平头百姓家，谁一辈子还遇不到些可怜的事儿？

陈月：（动容）姥姥！

曹琳琳：（释然）走了的人才最可怜，你妈，你姥爷，他们吃了一辈子苦，一点福也没享，就这么走了，咱们活得好好的，不用谁可怜咱们，自己过得好就行了。

余晖：（看着陈月）你姥姥说得对，人得坚强，有主见，得给自己做得了主。

陈月：（郑重）我知道。

曹琳琳：（看向余晖）你爸的坟还在大青山上，干脆迁下来，也迁到青山公墓去，他最亲你大姐，让他们父女俩在底下也有个伴儿。

余晖：行，我张罗一下。

曹琳琳：（担忧）月月的学校咋办呀？

余光：我都给办好转学手续了，明年开春就在旁边的二中接着念。

曹琳琳：不影响高考哇？

陈月：姥姥，不影响，课早就讲完了，开学就是复习，在哪都一样。

曹琳琳：那就行，你妈的钱，都让你二姨给你存着，留着你明年上大学用。

陈月：嗯，我都知道呢！

曹琳琳：（看了看众人）吃饭吧！

众人轻松下来，开始夹菜吃饭，一家人其乐融融，灯光渐暗。

# 尾　声

全场灯亮，戏子咿咿呀呀唱着，声音凄凉悠远，漫天的雪花飞舞，白茫茫一片笼罩着大地。大青山上落满了雪，那棵枯枝老树旁边，李元娘独自伫立着，望着山下青山公墓的方向。她身穿朱红色的斗篷，鹅黄色宫装，夸大的裙摆透迤在身后，上面雕龙绣凤，精巧绝伦。云鬓高绾，几枚饱满的珍珠随意散落发间，碧玉簪和金步摇两相对应，凰凤御钗衬托，碎珠流苏点缀，霓裳羽衣，尽显华贵。她的周围萦绕着一圈淡淡的白光，云雾缭绕，宛若梦中人。

青山公墓前，曹琳琳、余晖、余光、陈月四人迎着风雪，走向公墓。余晖和陈月怀中各自抱着一个骨灰盒。四人走在两座挨着的坟墓前，有工作人员上场，打开两个墓碑下的大理石墓台，余晖和陈月分别将两个骨灰盒放进去，工作人员用胶枪封上了墓台的盖子，四人又开始往墓台上摆放各种水果贡品。

工作人员拿来两个金属盆，余晖拿出一大塑料袋纸钱，众人把纸钱放到盆中，点燃火烧了纸钱。一边烧一边喃喃着，戏曲鼓点和梆子伴奏声再次响起，声音越来越大，节奏越来越快。

四人烧完了纸钱，又点了香，冲着两个墓碑跪拜上香后，站起身拍掉了身上的雪，起身离去，下场。

大青山脚下，陈生站在风雪中，远远地望着四人离去的背影，他脚下也有一个火盆，陈生将手中最后一沓纸钱丢入火盆里，搓了搓手，默默离开。

全场灯光渐暗，一束苍白的光打在李元娘身上。李元娘看着所有人下了场，仍然痴痴地盯着余阳的那座墓碑看了好久，回过神后，释然一笑，转身向大青山深处走去。

**李元娘：**（哀叹）缺月挂疏桐，漏断人初静。谁见幽人独往来，缥缈孤鸿影。惊起却回头，有恨无人省。拣尽寒枝不肯栖，寂寞沙洲冷。（《卜算子黄州定慧院寓居作》苏轼）

李元娘下场，无数青绿色的光打在大青山上，青翠透亮的大青山伫立在一片白茫茫的大雪中，傲然独立。

全剧终。

◎ **指导教师聂俊评语：**

话剧《大青山》以五幕剧的形式组织全剧，全剧以早年李元娘抗婚跳崖自尽开场，随后四幕则聚焦于余家，以余家30多年来的变迁塑造人物群像，在"刺激-反应"的对话中构建人物关系、表现人物内心的意识状态，情境、对话、人物内心始终紧密相连，以情境中的人物对话展现人物性格。

曹琳琳的温柔内敛，余阳的好强刚烈、心思纯良，曹婉婉的扶危济困、慷慨解囊，孟仙姑对仙家的虔诚尊敬，陈生的好逸恶劳、奸猾狡诈，余晖的聪明机灵、感恩图报，余光的天真可爱、心思简单，龙志忠的踏实上进、正义冲动，陈月的性格内敛、自尊敏感，亲友的虚伪贪婪等众多人物性格通过具体的人、事、情境和对话向观众一一呈现，展现了余家 30 多年来面临困境艰难求生的人事沧桑变迁，道尽了世间人心。

剧作的亮点在于设置了一个灵魂与余阳对话，这一灵魂来自于早年跳崖自尽的李元娘，自从余阳撞树以死自证被救以后，李元娘的灵魂陪伴帮助了余阳的一生，既为余阳的良师益友，也为余阳自身意识的外化显现，二者的对话构建了余阳意识的自我交流，展现了人物内心与性格。

剧名"大青山"作为亘古不变的时空意象和象征，在全剧首尾呼应，既冷眼静观余家变迁，也反衬着人世的变幻沧桑，引起人们对生命和历史的反思。

# 歧　路

水恒伟

（22 级编导）

## 序　幕

在村西头边的一棵大树旁———一个燥热的下午。

知了在树上不停地叫着，陈杰在树杈上坐着，远处穿着白长裙的陈胜男一路呼唤着陈杰，陈杰也没作任何回应，只是痴痴地看着不远处在树枝上吱呀乱叫的一只知了。陈胜男迎着树看到他，便也不再呼喊，而是背着手走到树下。

**陈胜男：** 弟你爬那么高干啥？快下来。

陈杰将手指竖在嘴前嘘了一声，然后慢慢地向前爬着伸手去够，接着双手一捂。

**陈胜男：** 抓到了？弟这回考得咋样，咱妈让我喊你回去呢。

陈杰并没有回答，反而是揪住了知了透明的翅膀，透着阳光望向天空。

**陈杰：** 姐你说人存在是为啥子嘛？

**陈胜男：** 存在就有存在的合理性撒，我啷个晓得为什么人会存在，你这金啊子（知了）是要给爹下酒嘛？

陈杰张开按住翅膀的双指，看着知了惊魂未定地飞走了。

**陈杰：** 让它去吧，它还能替我飞向天空，炸了它爹也喝不上酒。

**陈胜男：** 啥子？你又没得考上？

陈杰翻身从树上下来，拍了拍手上的污垢转身就走。

**陈杰：** 莫烦我！

**陈胜男：** 三年咯，你，你……

**陈杰：** 我晓得我晓得，不用你管。

**陈胜男：** 走，跟我回去。

**陈杰：**（在树根处坐下）我不回去。

**陈胜男：**（指着陈杰）没考上就没考上，你要躲一辈子吗？爹妈还在屋头里等着哩。

陈杰不再言语，陈胜男转身走，陈杰起身跟上，陈胜男回头见他跟上来，继续向前走去，两人退场。

# 第　一　幕

## 第一场：十有九人堪白眼，百无一用是书生

（景：村口的一大块开阔地，夏天燥热的午后，与序幕一致）

三赖子穿着西装笔挺，正转着圈圈挨个散烟，恰抬头见陈杰姐弟，连忙挥手招呼二人过来。

三：（递烟）来，三考学生搞一根。

陈杰：（摇头欲走）不会。

三：（拦其去路）欸，这可是喜烟。

陈杰：（摇头+摆手）真不会！

三：（发出冷讽，将烟抛进嘴里稳稳叼好）切，这么大人了，除了读书啥也不会，啥也不是。

胜男：（上前搂住陈杰的胳膊）不会抽烟怎么了，抽烟对身体可没好处。

三：（点上烟）是，身体比学习都好，三年连个大专也考不上。

周围人哄笑。陈胜男欲上前辩驳，陈杰恼羞，甩开姐姐的手。

三：（更得意）欸，我俩可是一般大的吖，初中毕业到现在才上班6年，你看我这钱包，再看我这新车（指指自己骑的扫把）。

村民A：哟，这大摩托，可得不少钱吧。

村民B：是啊这锃光瓦亮的，我说陈家小子，读也读不出个名堂，你也打工去得了。

胜男：（向村民逼近一步）我弟肯定能考上的。

村民A：这再读下去啊，恐怕要卖女儿给他读咯。曭这车跑起来能卷出灰吧？

三：（又开始散烟）那当然了，（递给陈杰）我说三考学生，你要不跟我干，早点赚钱早点娶个媳妇暖被窝。

陈杰打量着摩托车，陈胜男连拉带扯地拉走，村民A央求三赖子带其兜风，两人骑着扫帚退场。

## 第二场：弄巧成拙，险出人命

（景：陈家家门前，夏天燥热的午后，与序幕一致）

长舌村妇：（走路不停，一口气说完）哟，你俩还在这等呢！我这出村就看到你家小子在那大树上，回来还看到他蹲那大树上，我起初没发现，以为山里的猴跑下来了呢！

陈父：（瞪）你说话烫嘴啊？

陈母：（拉扯陈父衣袖，和善看村妇）你慢点说慢点说，他考上了没？

长舌村妇：（一口气说完）你俩是他父母，你俩不知道他考没考上反而过来问我？那我哪知道他考没考上呢，我寻思着应该是没考上吧，那考上了不早过来找你们报喜了，一个人蹲树上跟猴似的干什么呢？

陈母：（跺脚）坏了，她讲的八成有道理哎，这要考上了不得立马回来给我们说嘛。

陈父：你个女人家头发长见识短，那他不得在学校拜见拜见老师问声好嘛，回来迟也很正常。

陈母：那真要没考上呢？

陈父：（沉默，坐在门槛上，脱鞋倒石子）那就让老大不要上咧。

陈母：可小男现在不读……来了。

姐弟二人尚未入门，陈母就迎上姐弟二人，陈母使了个眼色，胜男在后面摆摆手，示意其不要多问。

陈母：欸没事，咱们明年继续读继续考。

陈父：胜男，你也这么大了，书也读得差不多了，家里条件你也看得见，九月份你就不去上了，跟我去厂里上工，让你妈去县里陪着照顾小杰。

胜男：（愣神）为啥，我不干，我再有两年都能毕业了，到时候赚了钱再给家里不行吗？

陈父：（瞥一眼陈杰）让你去你就去，哪那么多废话。

胜男：凭啥他没考上，我不去读啊。

陈父：（瞪）闭嘴！晚上我去找组长说说人情，这事就这么定了。

陈胜男：（推搡陈杰）三年了，考不上就算了，屁也不敢放一个。

陈父：（上前对胜男一耳光）你推你弟弟干吗呀！

陈胜男：（怒视陈杰，打了他三巴掌）废物！

陈杰也不言语只是一个劲地落泪，陈父见儿子受到伤害，对女儿踹倒后拳打脚踢。陈胜男爬起来便冲着院墙撞去。

## 第三场：偷携行囊离家去

（景：陈家家门前，夏天燥热的午后，与序幕一致）

陈母：（上前去抱）小男，小男，哎哟这可怎么得了！

陈父：（脚步迈前又停下）怎么，她还有理了？

陈母：你还不过来，呦，流了这些血！

陈父：（上前）我看看，怎么不一头撞死呢！

陈母：你还说！小杰，去把床头柜最下面，有只袜子里裹的钱拿出来。

陈杰跑进屋内寻找，陈父撕下袖子给胜男包扎。陈杰从屋内将钱拿出，三人合力将胜男放至板车上，由陈父拉着车往前。

**陈母：**（将钱塞给陈杰）剩下的钱你再放回去，我们走了，你晚上自己弄点吃哈。

陈母小跑两步跟上陈父与板车，帮忙推着向前走，陈杰拿着钱在后面望着他们，远处三赖子正骑车带着村民兜风，摩托车发出的轰鸣声，让陈杰朝着父母的反方向跑去。光暗，黑幕，其他人下。

## 第四场：出头却遇仙人跳，逞能不成反被揍

（景：熙熙攘攘的火车站外，位于舞台左侧区域）

火车站提示音越来越弱，背着行李包的陈杰左右闪躲行人，一女子包被人抢了。

**抢劫女：**有人抢包啦，快帮帮我啊。

**陈杰：**（放下行李）你帮我看着我去追。

**陈杰：**（指着前面）站住别跑！

**抢劫男A：**（回头）我不跑难道等你追吗？

**陈杰：**我追。

**抢劫男A：**我跑。

**陈杰：**我再追。

**抢劫男A：**我再跑

陈杰与抢劫男小碎步跑着在舞台转圈圈，抢劫女弯腰从脚下的行囊里，扔出一件又一件的衣服，拿出一摞钱在手中抖着。

**抢劫女：**（面向舞台）诸位，人生地不熟的，可千万别像那生瓜蛋子一样，白白浪费了善良。

**陈杰：**（停下，弯腰扶着膝盖）你跑啊，你再跑啊，这死胡同就像你今天的命运一样。

**抢劫男A：**（轻松回头，掏出匕首，步步逼近）你回头看看，是谁在死胡同？

陈杰准备逃跑，身后出现了抢劫男B、C与抢劫女，几人将陈杰暴揍了一顿，又把他身上的钱财洗劫一空，继而相继退场。

## 第五场：初入社会人心险，即刻机遇迷人眼

（景：熙熙攘攘的火车站外，位于舞台左侧区域）

陈杰一瘸一拐地回到火车站，行囊周边全是他的衣物，他捂着肚子蹲下收拾衣物，一件件将其收回行囊，一西装革履的路人（主任）上前帮其象征性地收拾。

**主任：**（拾起一件衣服）给。

**陈杰：**（抬头看）哦，谢谢！

**主任：**（再拾起一件衣服）刚出社会吧小兄弟？

陈杰：（继续收拾不想多说话）嗯。

主任：（尴尬一笑，主动找话题）那帮人不是好人，经常用这种仙人跳坑外地来的，你快看看财物少了多少。

陈杰：（合上拉链）唉，都没了。

主任：（拍了拍手掌的灰尘）那你现在打算住哪啊？

陈杰：（摇了摇头）这……

主任：（起身）刚才这一幕我也看到了，小兄弟帮人出头还是挺义气的，不嫌弃的话，可以来我这里上班。

陈杰：（起身）那您这一个月愿意给我多少钱呢？

主任：（拍其肩膀）只要你努力，恐怕你的成就得按年薪算咯。

陈杰（搓手）可我只是高中毕业欸……

主任：哈哈这怕什么，只要你不怕累肯吃苦……

陈杰：能吃苦能吃苦，可是我要做什么呢？

主任（转身）：走吧，到了你就知道了。

陈杰：（拎着行李迟疑）老板，我这还得先找个地方安顿下来。

主任：（主动拿过行囊）没事，我们那包吃包住，你小子可要好好努力。

陈杰：（连忙抢过行李）哪能让您替我搬啊，我肯定努力。

## 第六场：假加入，真入圈

（景：民院，有一处小牌匾上写着"北海俱乐部"，位于舞台右侧主区域）

主任：到了。

陈杰：北海俱乐部，这是？

主任：以后啊，这就是你的家了。

陈杰：您看我住哪儿，我把包放下。

主任：小王小李，帮新同事拎一下包。

陈杰：不用不用，我自己来就行。

主任：这就是员工宿舍，小王小李帮着你收拾。

陈杰：这地方，怎么连床也没有啊？

主任：怎么，这就开始要享受了？

陈杰：不会不会，能吃苦，我就是好奇。

主任：现在公司初创阶段，确实苦了一点。

陈杰：那咱，就睡地上？

主任：咱们都把公司当作家，将来啊，人人都有机会当老板。

陈杰：原来如此，那我就，入乡随俗。

**主任**：莉莉，莉莉啊，过来照顾新同事。

**莉莉**：（端着脚盆入场）来了来了！

主任将陈杰按着坐下，莉莉上场便给陈杰脱鞋脱袜。

**陈杰**：这这这，这是干吗？

**主任**：别紧张，老同事照顾新同事，应该的。

**陈杰**：不用不用，这也太客气了。

**主任**：什么不用，这是为了让员工，感受到家的温暖。

**陈杰**：欸我自己来。

**主任**：不行，人人都要参与，将来你也要给新同事做的。

**陈杰**：啊？

**主任**：没事，刚开始都不想，后面当我们是一家人了，就会好了，小王小李，有空带小陈熟悉一下公司环境。

**主任**：我很看好你，希望你可以留下来。

**陈杰**：那您放心，我一定努力。

**主任**：这就对了嘛，给自己一个成功的机会。

# 第 二 幕

## 第一场：携带同乡一起跑，出逃不成被胁迫

（景：民院，有一处小牌匾上写着"北海俱乐部"，位于舞台右侧主区域）

陈杰正在民院内四处转悠，他上前摇晃窗户结不结实，莉莉走了出来。

**莉莉**：在干吗呢小弟弟？

**陈杰**：哦莉姐啊，吓我一大跳。

**莉莉**：（摇晃窗户上的防盗网）你该不会，是想跑出去吧？

**陈杰**：（愣神）不会，怎么可能，这包吃包住，还能赚大钱，为什么要跑啊。

**莉莉**：唉，你看到门口的小王小李了嘛，有他们，咱们跑不出去的。

**陈杰**：你也想跑？

**莉莉**：试了无数次了，都被抓回来了，永远离不开这里了。

**陈杰**：不会的，我们总能跑出去的莉莉姐。

**莉莉**：好，那你要是决定跑，一定要告诉我。

**陈杰**：嗯，其实如果你能告诉我他们的换班时间，今晚就可以走。

**莉莉**：换班时间？你打算怎么走呢？

**陈杰**：你先告诉我他们的换班时间。

**莉莉**：告诉你以后，如果你不愿意带我走呢？

陈杰：好，我会趁晚间从客厅翻出去，然后躲在那个鸡窝，等明天或者他们发现我不见了出去找我，再偷摸地从正门走出去，就是想趁他们换班时，偷摸躲进去。

莉莉：还挺聪明啊你，12 点到 1 点换班，而且可能还会抽烟聊几句，时间来得及。

陈杰：那今晚 11 点半，你也找机会从宿舍溜出来。

莉莉：小弟弟你可要等我哦，千万别丢下姐姐一个人走了。

陈杰：我等你，现在分别去收拾东西。

陈杰刚收拾好行李出来，来到窗户边等着，主任却带着小王小李来了。

陈杰：主，主任……

主任：小杰，怎么？刚来就想家了？

陈杰：嗯是啊，想家了。

主任：看来还是没把我们当一家人嘛，小王小李啊，你们是不是欺负人家了？快去把包接过来，好好向人家道个歉。

陈杰：没有没有，主任大家都很好，只是我有点想家。

主任：小陈呐，好男儿志在四方，小王小李，快带他回宿舍休息吧，明儿我带他去熟悉一下工作环境。

陈杰：那我先回宿舍了，您早些歇着哈。

## 第二场：人为何存在，又如何存在

（景：舞台中间主区域，其他区域暗，一束追光跟着人物）

主任：来小陈，我带你熟悉熟悉工作环境。

陈杰：是主任，咱们在哪上班呢？

主任：不急，我先带你好好转转这个城市，将来啊，你还得生活在这哩。

陈杰：好的，那您领着我转转。

主任：看到这个烂尾楼了吗？

陈杰：看到了。

主任：知道为什么做不下去了吗？

陈杰：为什么呢？

主任：因为经济危机。

主任：表面上看现在咱们欣欣向荣，实际上内忧外患，因为次贷危机引发的经济危机，上海广州深圳等沿海地区被严重波及，国家已经意识到必须平衡发展，不能光卡沿海城市导致被掐脖子，现在为了开发中西部，国家已经开始暗中扶持咱们这个城市，未来这个城市将作为中西部发展的第一大城市，甚至未来，迁都也不是没可能。

陈杰：这……

主任：（一笑）我知道你不信，咱们继续看，我一路走一路跟你说。

主任：看那，那山。

陈杰：那座山怎么了？

主任：那山像不像金字塔？

陈杰：像。

主任：其实这本来是一座山脉。

陈杰：那为何现在只剩山峰？

主任：（指了指天）是上面把它炸了，只有少部分的人才能站在山顶，就像国家现在支持咱们这个行业，这是大智慧啊。

陈杰：那炸山干吗？

主任：害怕有的人不信啊，这个行业，国家不想让少部分没文化的人错过，只好用这种暗示的方法。

陈杰：还能错过吗？

主任：哼傻小子，都知道了，还怎么赚钱，得先富带动后富。

陈杰：（小声嘀咕）反正最终都富起来，先富的人还吃亏一些嘞，得多吃一点苦。

主任：（恨铁不成钢）你看你这小子，怪不得没文化，就你这素质，还想活到共产主义社会？

陈杰：（好奇）那您再给详细说说呗。

主任：（左右看看，小声说）先富带动后富，你能活到富得别人带你富的那一天？

主任：（大义凛然）告诉你，财富，要靠自己的双手去创造。所以我之前才问你能不能吃苦，不能吃苦，你就滚回去。

陈杰：（下意识）能吃苦能吃苦。

主任：（满意点头）这才对嘛，这才能赚大钱。

陈杰：那您再给说说。

主任：老百姓太穷了，国家给咱们穷人一个翻身的机会，咱们这个是国家扶持的新兴行业，名字就叫 1040 阳光工程，无论你是什么身份，只要你好好干好好努力，最终都将翻身农奴把歌唱的。

陈杰：1040 阳光工程？为什么之前新闻报道上没有听过？

主任：傻小子，这种赚大钱的活，能让每个人都知道？那全国各地的人不得发疯一样跑来？那其他地区的建设怎么办？你看这城市，能容得下全国的人？那时候赚钱不就成弱肉强食了？国家不会允许的。

陈杰：（将信将疑地点头）怪不得之前没听说过呢。

主任：而且明确告诉你，为了维稳，大多数的人不知情，就算有人出了这座城市，将这个赚钱的行业透露出去了，国家也会通过舆论压制下去的，甚至会说这些是假的，这些是骗子，是传销。

陈杰：传销？我知道，上课老师说过，人进去之后会拳打脚踢，不给饭吃，一直饿着。

主任：是啊，你看你进来这么多天了，我们可曾打过你？家人们还主动给你洗脚，带你一起玩、唱歌、做游戏，这跟新闻里的一样吗？

陈杰：确实不一样。

主任：（放眼看四周）是啊，先富带动后富，国家为我们争取的太多太多了，能不能赚钱就看咱们自己了。

主任：（带着陈杰走两步）你再看这。

陈杰：这里是？

主任：这是万象广场，咱们城市的中心，也是未来迁都后，最可能的领导办公楼，可能好几十年后，咱们就是在这看升旗。

主任：你看这里的台阶，是多少？

陈杰：唔，五级三阶。

主任：（会心一笑）那你再去数数广场有多少柱子呢？

陈杰：1，2，3，4……一共29根。

主任：这就是咱们1040阳光工程的精髓，你只需要招来29个下级、晋升3次，就能从现在的员工变成最高级的老板。

陈杰：那以后呢？

主任：从那以后你也就是千万富翁了，住豪宅开豪车吃大餐，如果快的话，咱们一起在广场边买套房子，以后在高楼上，端着咖啡看着那群领导办公。

主任：走，我再带你回去熟悉一下工作，不过啊，得找老师给你补补课，你这还是太愚钝了呀。

（景：舞台右侧主区域的民院——北海俱乐部，舞台灯光全亮起来）

众人排排坐坐好，陈杰坐在一个空座位上。

主任：家人们，知道为什么你赚不到钱吗？咱们这里，有的人是上过大学来的，有的人是当了老板破产以后来的，有的人是之前打工的、上班的，最终咱们都从五湖四海相聚而来，咱们都有一个共同特点，是什么呀？

众人：还没有钱。

主任：（笑）对，咱们还没有钱，大家思考过你为什么没有钱嘛？

（众人摇头。）

主任：这就跟咱们今天要说的三商法有关。麦当劳大家知道吧？创始人就是用三商法呢，使麦当劳成为全球最大的快餐品牌。这一商呢，就是买卖，有的人自己开过店可能知道哈，这货物死气沉沉地摆放在柜台里，等待着四面八方的顾客前来购买，这卖一份货物，得一份利益。这是什么形式啊？是一种守株待兔的形式，就是靠运气，运气不来，客人从哪里来？你的钱从哪里来呢？

**主任**：5个10相加等于50，由于当今商业的发展，一商法很快跟不上当今商业的发展步伐，于是出现了较为先进的二商法。这二商，就是雇佣，我开一个公司，然后在社会上招收大量的员工，老板与员工之间的雇佣与被雇佣的关系，时常有矛盾产生，工作效率不高，只有5%到30%之间，10乘1加上10乘2一直加到10乘5等于150。而且这个最终钱去哪里啦？那都是被老板赚去了。你自己干了那么久，有钱赚吗？

**众人**：赚不到。

**主任**：对，所以现在就出现了三商法，如何三商呢？我们也大量招员工，但是不再是剥削关系了，而是合作，我们人人当老板，每个人相互合作，你先交69800元，购买21份、每份3800元的份额，入伙次月，咱们会退19000元，实际你的出资额就只有50800元。然后你的任务就是发展3个下线，3个下线再分别发展3个下线，当发展到29人的时候，即可晋升为老总，开始每月拿"工资"，直到拿满1040万元，你就完成了整个"资本运作"，以后就成为老板了。

**陈杰**：（举手）可我没有69800怎么办呢？

**主任**：没有没关系嘛，那就先欠着，找家里补上。

**陈杰**：我家里拿不出这么多钱，而且我偷跑出来家里也不知道。

**主任**：那你这种情况，就只能更卖力气地去做了，先拉人，后面再补，等你拉到下线后，当你到老总级别时，从你工资里扣。这样吧，明天你就跟我去火车站"招人"。

## 第三场：首单即开张大吉

（景：熙熙攘攘的火车站外，位于舞台左侧区域）

**主任**：招人也是有需要看人的。

**陈杰**：什么样的人咱们招呢？

**主任**：首先是招有钱的，这样可以更好地完成咱们的任务。其次是招那些比较苦难的或是有难言之隐的。

**陈杰**：这我也看不出来啊。

**主任**：傻小子，你多试试就知道了。看又出来了一批人，你快去试试。

**陈杰**：你好你找工作吗？

**陈杰**：大姐你找工作吗？

**陈杰**：伯伯你找赚大钱的工作吗？

**陈杰**：大哥，你找要不要看看我们这赚大钱的工作呢？

**路人甲**：什么工作？

**陈杰**：你知道1040阳光工程吗？

**路人甲**：滚滚滚，呸呸呸真晦气！

主任：你小子傻啊，告诉他 1040 阳光工程干吗！

陈杰：他问我什么工作？

主任：那你也不能跟他直接说啊，他们懂什么，还以为我们是骗子呢，你得招到人以后，慢慢跟他说啊。

陈杰：哦，那我怎么跟他说呢？

主任：你就问找工作吗。

杀人犯：（抱着包）你们这是 1040 阳光工程？

陈杰：是。

主任：（警惕）不是

杀人犯：（轻笑）好，那小伙子，我就交钱给你，现在就可以付钱，你带我去你们那。

陈杰：好。

主任：不好，你到底是谁？

陈杰：主任！

杀人犯：都是见不得光的人，你只要不打探那么多，我就加入你们，现在就给钱。

主任：你是犯过事的吧？

杀人犯：你再问东问西，我可就去其他窝点看看了。

主任：行，那你可要把钱给我。

杀人犯：（笑眯眯）那可不行，你不是说自己不是 1040 阳光工程的嘛，这小兄弟应该是新人吧，今天我就帮他一把。

主任：那也行，反正他是我拉来的。

陈杰：那咱们回去吧。


（景：舞台灯亮，右侧区域民院）

众人：（鼓掌）锄禾日当午，汗滴禾下土，来到北部湾，一天一万五，恭喜小杰开单。

陈杰：谢谢大家，我一定继续努力。

主任：帮助别人，成就自己，小杰，是谢谢家人。

陈杰：是，谢谢各位家人。

莉莉：小杰，你第一天就开单了，今晚吃饭，你可得给大伙多唱几首歌。

陈杰：好的莉莉姐。

主任：你现在就去，给大伙唱两首助助兴吧！

陈杰走到舞台中央开始唱歌，舞台全暗，只留下追光打在陈杰身上。

## 第四场：为他人作嫁衣

舞台最中央，暗场只留下一束光，陈杰站在光心。

主任（画外音）：小陈，半年了，一个人都没有拉回来。

莉莉（画外音）：小陈，你昨天带回来的，说跟我了哈。

小王（画外音）：小陈，你自己带回来的人非要跟我哈哈哈，这能怎么办呢？

小李（画外音）：小陈，不要介意嘛，谁让你话都说不利索。

主任（画外音）：小陈……

莉莉（画外音）：小陈……

小王（画外音）：小陈……

小李（画外音）：小陈……

主任（画外音）：废物！

陈杰：（大叫一声）啊，我不是废物！

灯光场景全亮，陈杰走回民院。

## 第五场：真相浮出水面

（景：民院，有一处小牌匾上写着"北海俱乐部"，位于舞台右侧主区域）

莉莉与主任正在幽会。

莉莉：啊！

主任：没事，小陈，你又空着手回来啦。

陈杰：主任你把莉莉怎么了？你信不信我……

主任：信不信你什么？你又能怎样？

陈杰：你居然非礼莉莉，莉莉……姐，你别怕！

主任：非礼？哈哈哈哈，我还用非礼她吗？

陈杰：你有种做没胆子承认？

主任：莉莉你告诉她。

莉莉：我和主任是两情相悦，关你什么事？

陈杰：两情相悦？他都能当你爸爸了。

莉莉：那又怎么样呢？我就是喜欢他比我年龄大，喜欢他能照顾我，如何？

陈杰：你……

莉莉：怎么，不行吗？跟着他，我早晚有一天会上总。

陈杰：你不想逃跑了？

莉莉：逃跑？笑话，也就是你后来没逃跑，你要是后来还想逃跑，腿早就被打断了。

陈杰：所以那天晚上，是你故意的？

莉莉：故意？我可没说。

莉莉：我只是，帮主任测试一下，看看你们是不是真的要跑。

陈杰：你们？

莉莉：你不会到现在还不知道吧？我会测试每一个人的。你，不是第一个，也不会是最后一个。

主任：跟他废那么多话干吗？陈杰，你再不拉到人，呵呵……滚吧！

陈杰从民院退出来，在民院门口呆站着。

## 第六场：逃跑不用逃和跑

新人：哥救救我，我不想在这待了，咱们一起跑吧？

陈杰：跑？

新人：对，我看你也在这天天受欺负，你熟，求求你带着我跑吧。

陈杰：受欺负？

新人：求求你，咱们走吧？

陈杰：好，分头回去收拾东西。

新人：好，我想办法把证件拿回来，什么时候走呢？

陈杰：今晚吧，今晚等大家洗漱的时候，9点半你过来这里等我。

新人：好。

陈杰与新人左右散开分别下场，新人抱着行李再上场，左右踱步焦急等待。

主任：小子，这个月你居然三次想跑，前两次对你够仁慈了吧。

新人：主任，我没有。

主任：没有？那你拿的是什么？

新人：我没有我没有，只是今天月亮圆，我想家了。

陈杰：主任，他有！

陈杰：就是他想逃跑，约的九点半，证件现在肯定在他包里。

新人：你……

主任：小王小李，搜他的包。

陈杰：（抢过包）主任您看！

小王：小杰你可真会拍马屁啊。

小李：是啊，你看你这个新来的，好好把约他一起，人家需要跑吗？

莉莉：对啊，咱们小杰可不需要跑。

小王：那是，毕竟废物一个，也不能给这个家带来贡献。

小李：就是，他想走，我们都不拦着哈哈哈哈！

小王：哈哈哈哈！

莉莉：哈哈哈哈哈！

主任：够了够了，再怎么样，小陈现在也是立了功，小陈我今天可以放你哦，省得你在这没用，还浪费粮食。

小李：哈哈哈哈！

小王：哈哈哈哈！

莉莉：哈哈哈哈哈！

主任：你走吧。

小李：废物！

小王：废物！

莉莉：废物！

陈杰：我不是废物，我不走！

陈杰：（跪下）主任，您再给我一个月的时间好吗？

主任：好，一个月，你再拉不来人，我就把你卖到缅北去。

陈杰：（磕头）谢谢主任谢谢主任。

### 第七场：误入歧途走迷路，道德法律全不顾

舞台最中央，暗场只留下一束光，陈杰站在光心。

陈杰：嘿哥们，找工作吗？包吃住哦！

陈杰：锄禾日当午，汗滴禾下土，来到北部湾，一天一万五，有要找工作的吗？

陈杰：发展才是硬道理！工作急需人，赶快来！

陈杰：利国利民利友利己为人负责，想成为21世纪优秀商人的抓紧来。

陈杰：要是赚不到钱我们还会待在这里吗？我们的亲戚朋友也入股了，要是没有保底工资他们不会说出来吗？难道我们都是傻子就你一个人聪明？

主任（画外音）：来，所有人聚过来，我给大家宣布三件喜事。

# 第 三 幕

### 第一场：辛辛苦苦数百天，一朝回到解放前

（景：民院，有一处小牌匾上写着"北海俱乐部"，位于舞台右侧主区域）

主任：第一件，我，升经理了。

众人：（齐声）赚钱靠大家，幸福你我他！

众人：（欢呼）喔！

主任：这第二件，陈杰，升主任了！

众人：（齐声）赚钱靠大家，幸福你我他

众人：（欢呼）喔！

**主任**：第三件，为改善工作环境，也是半年一度的保密需要，今天，咱们开始搬新家。

**众人**：（齐声）珍惜自己的岗位，珍惜自己的集体，珍惜自己的生命，我爱我家。

**主任**：现在开始，搬！

众人一字排开，从北海俱乐部里由第一人找寻资料，挨个往后递，最后递至陈杰，陈杰交给主任，主任转身丢至舞台黑处，循环往复3-4次。主任将陈杰拉至一旁，而其他人开始布置"北海俱乐部"。

**主任**：还在跟我怄气吗？

**陈杰**：主任，哦不，经理，怎么会呢，一家人哪有隔夜仇啊，我还得感谢您，让我找到了真正的家呢。

**主任**：这就好，我没看错你，好好干知道吗！

**陈杰**：多谢经理栽培。

**主任**：以后这个点就由你负责带了，可不要懈怠哈。

**陈杰**：（身体一震）是，没有完美的个人，只有完美的团队。

**主任**：（满意点头）嗯，你再回去看看东西是不是都处理干净了，提前熟悉一下当主任的感觉。

**陈杰**：好嘞。

陈杰往回走，众人已提前准备好空气彩炮等布置，陈杰推门而入，众人释放空气彩炮并欢呼。

**众人**：（齐声）欢迎陈主任回家。

**陈杰**：（愣神，笑）谢谢大家，今后啊，我就作为大家的家长，会……

**警察A**：（用脚踹开门，双手端枪）双手抱头，全部蹲下，小江你去搜……

**警察A**：（用脚踹开门，双手端枪）你，不要乱动。

**警察B**：（绕了一圈）队长，什么也没有。

**警察A**：（双手端枪）所有人，挨个审问。

**警察B**：（每个人面前弯一下腰）报告队长，什么都没问出来，但他们都没有居住证。

**警察A**：（将枪放回枪套）那就挨个遣返，没有证据也不能让他们留下，这群城市的害群之马。

警察B按住陈杰的胳膊，将其推至下场，其他人依次抱头按序退场。


## 第二场：本就无路可走，何来回头是岸


舞台最中央，暗场只留下一束光，陈杰躺在光心。

**陈母**（画外音）：小杰，你终于舍得回来啦。

陈父（画外音）：小杰，半年了，鬼混还知道回来。

陈母（画外音）：你别说了，吃饭了没。

陈杰：（抬头）吃了吃了。

陈父（画外音）：不想考那便不考了吧。

陈母（画外音）：对对对，咱不考了。

陈父（画外音）：赶明儿，你跟我去厂里打个零工，一小时也能赚 2 块钱，一个月也有个五六百。

陈杰：我不去。

陈父（画外音）：（气急败坏）不去作甚，我能养你个小兔崽子一辈子吗！

陈母（画外音）：你怎么又发脾气，咱不是说好了，好好劝嘛。（小声）

陈母（画外音）：伢嘞，去吧，我们再给你凑凑，把媳妇娶了。（哀求）

陈杰：（将头裹在被子里）不去不去。

陈父（画外音）：你是要把我俩逼死是不是？（发颤）

陈杰：（坐起身）是，都是我逼你们，逼死了你们就不会烦我了！

陈母（画外音）：当家的，当家的，你别吓我。（慌张）

陈杰：（站起来）好，我去，我去。

陈母（画外音）：明天让你姐夫给你寻个姑娘，你不去我俩都死给你看（生气）。


（景：舞台灯光渐渐全亮，右侧摆了一张桌子两把椅子，一个女子坐在那儿）

莉莉：（摇晃着杯子）原来是你。

陈杰：（上前两步）莉莉，我终于找到家人了。

莉莉：（抬头看）家人？

陈杰：（坐下）莉莉，看到你我感觉自己又回到了家。

莉莉：（摇晃着杯子）现在找个有钱的，才是我的家人。

陈杰：怎么，你不想再做了？

莉莉：（继续摇晃着杯子）我都逃出来了，干嘛还要做？

陈杰：（向前倾质疑）为什么？

莉莉：（放下杯子）那玩意又赚不到钱，纯粹是骗子和傻子做的事，我不像你，我不需要找存在感。

陈杰：（不敢相信）你说什么……

莉莉：（身体往后靠）我不像你傻小子，趁年轻，我要赶紧嫁出去。

陈杰：可你，还有主任……

莉莉：忘了吧都忘了吧，虽然这行为，是错的，但那不过是我处于错误的环境做了正确的选择而已。

陈杰：（咆哮）我不管什么正确错误，我只觉得这个家很好。

莉莉（喝完咖啡）所以呢，这半年你赚到钱了吗？

陈杰：（哽咽）我想再把家人们聚到一起。

莉莉：（拿出百元钞票摆在桌上）你有钱买单吗？算了我来吧。

莉莉：（起身走）早知道是你，老娘就不过来浪费时间了。

陈杰呆呆地看着桌上的百元大钞，缓缓地穿上外套走出了咖啡厅。

## 第三场：负数相乘积为正

陈杰裹紧了身上稍显褶皱的西服，双手插兜慢悠悠地向外走着，耳边回响起在传销组织的一幕幕场景。

**路人甲**：要住宿吗老板？

灯光全亮，陈杰恍然惊醒，他摇了摇头，路人甲便赶忙朝着旁边鱼贯而出的出站旅客走去。

路人甲正招揽着生意，身边一愣头青的傻小子背着行囊，缠住路人甲问招不招人。

**陈杰**：喂，小子，要不要找个工作啊？包吃住……

**傻小子**：啥工作啊老板？

陈杰冲他招招手，傻小子三步并作两步，小跑着走到他身边。

**陈杰**：能赚大钱哩。

两人转身朝舞台最黑暗处走去……

全剧终。

◎ **指导教师聂俊评语：**

戏剧《歧路》以四幕三段式的结构组织全剧，并将舞台划分为左、中、右三个区域，具有舞台表演的可行性。剧作主要讲述了高中复读生连续三次高考失利后的故事，将主要场景设置在村口、家庭、火车站、传销窝点，展现了高中复读生多次高考失利后的心路历程和意识状态，令人深思与反省。主人公陈杰第三次高考失败后，村民的冷嘲热讽、讥诮奚落，家中父母的执拗坚持，姐姐恨铁不成钢的怒视斥责，一步步强化了陈杰的自卑志忑、无颜自处。三次高考失败让他自认没有读书的天赋，从而下定决心外出闯荡，寻找机会，成就一番事业。

陈杰初入社会连续受骗，其心理也因此在传销窝点的洗脑中一步步转变，由最初的正义善良、真诚友爱逐渐转变为洗脑后的同流合污，靠出卖新人、蒙骗他人立功，逐渐站稳脚跟，最终升为"主任"，由此给陈杰带来前所未有的自信自尊，拥有了心灵上的慰藉。但就在陈杰升任"主任"成为传销窝点负责人的时刻，警察破门而入端掉了传销窝点，陈杰也被遣返回乡，但回家后的陈杰却了无生气，心灵无地栖息，父母妥协不再逼其参加高考，他也不愿进厂打工，最终在重拾自信的内心驱动之下，又开始了新的传销事业。高考连续失败的自卑之心，却在传销的骗局之中稍得慰藉，获得存在之感，现实的荒诞不仅令人反思，而且令人警醒。

# 红　花　埠

袁海铭

（23 专硕）


## 1. 白天　红花埠"维多利亚足浴"内景

红花埠的一个十字路口旁，车来车往。小巷里的"维多利亚足浴"藏在一个略显隐蔽的地方，招牌中的"利"字因为大风或年久失修的缘故，垂了下来，有一搭没一搭地闪着霓虹灯。玻璃推拉门和旁边的窗户上铺满了雾气，偶尔有打扮惹眼的女人进进出出。洗脚城的大厅有十多平米的样子，灯光昏暗，三四个妓女在大厅角落的沙发上百无聊赖地抽烟、打牌、闲聊着，时不时向窗外瞟一眼。

妓女甲进门，搓了搓手。

**妓女甲**：嘶，这鬼天气……冻死了。

**妓女乙**：可不是吗？出了那档子事，再加上这一变天，司机哪还往咱们这来啊。

**妓女甲**：人不来，咱们这钱就不好赚，今年过年我都没脸回家了。

**妓女丙**：哟，你可拉倒吧。昨天下午来的那个穿貂的大哥一看就是有钱的主儿，说说，昨天一晚上给了你多少钱？

**妓女甲**：没多少没多少。来来来，借个火。

**妓女丙**：说说嘛，一千、两千，还是……更多？

妓女甲抽了一口烟。

**妓女甲**：唉，真没多少。

**妓女丙**：哼，真没劲，拿姐妹们当外人。

房间内部突然传来一声尖叫，安缇顶着湿漉漉的沾满泡沫头发跑了出来。

**安缇**：啊!! 怎么突然停水了，我这……我这头还没洗完。

大厅内突然安静了下来，众人看了安缇一眼，继续做自己手上的事情。

**安缇**：谁能帮我冲一下水啊，哎呦，头上的泡沫还有不少，马上就要着凉了啊。

众人依旧不理睬安缇，安缇有些着急，但是由于打湿头发的缘故，她也只能维持着弓着背、垂着头的窘态，没办法直视大家。

安缇：（跑向妓女甲）姐，帮我冲一下，厕所旁边就有热水。

妓女甲：哎呦呦，小安妹妹，怎么会突然停水了呢，早上我洗的时候还好好的啊，你这运气也太差了吧。那个，等会儿我打个电话问问，看看是不是燃气又欠费了。

安缇：（略带哭腔）不是姐，算我求你了，帮我冲一下吧，冲一瓢就行，很快的。

妓女甲：（抽了一口烟）姐姐是真想帮你，可是现在我抽着烟呢，实在腾不出手啊。

安缇半仰了一下头，瞪了一眼妓女甲，转身默默地走了回去。

妓女甲：哼，没教养的玩意儿，活该你着凉。

妓女乙：现在要帮忙想起来咱们了，之前跟车偷钱的时候可没想起来咱们。那饭，是大家一起吃的。

妓女甲：可让你说中了，要不是她，店里一整天能一个人都不来？我之前真是瞎了眼把她介绍过来，唉！现在后悔都来不及啊。

妓女乙：真不知道她是怎么想的，干这种砸自己招牌的事情。现在好了，咱们"维多利亚"可是在红花埠出了名啊，再加上这南来的北往的人一传，嗝！过不多久，全中国的人估计都知道咱们的臭名声了。要是在以前这个时候，我早就挣够钱回家过年去了，谁想在这破地方耗着啊。

安缇从房间里面出来，头发还没有完全擦干，一缕一缕地贴在脸上和后背上。安缇打了个寒战，然后径直走向大门。

妓女甲：你去哪儿？

安缇：（不屑）关你什么事。

妓女甲：你怎么说话的，谁让你出去了！

安缇头也不回地走出了门。

妓女丙：没必要，大姐，她就那德行，别理她。

## 2. 白天　红花埠加油站　外景

一辆红色中型卡车从匝道驶出（路牌上写着"前方 200 米 红花埠"），缓缓开入红花埠加油站旁边的停车场。车里正在播放着粤语歌曲《沉默是金》。

王红武把车停下，拿出账本记账。账本上密密麻麻地写着每一次运货的收益，以及每月定额支出。王红武掏出藏在车内各处的钞票，都叠在一起放到外套内衬口袋里。

王红武下车，看到停车场另一侧有几个卡车司机聚集在一起打牌。王红武摸了摸自己装钱的口袋，走上前去。

司机甲：对 Q，有没有要的？好，最后两张了啊，没有要得起的是吧。哈哈，对 A，走了！

司机乙：（摔牌）妈的，怎么这么快。

司机甲：嘿嘿，手气好手气好。来吧，拿钱。

其他司机不耐烦地掏出钱，桌面上堆满了从十块到一百的皱巴巴的纸钞。

司机甲：老弟，来两把不？我们玩得很小的。

王红武笑了一下，摇了摇头，没说话。司机甲也没有继续问，转头继续打牌，又连赢了几把。王红武有些心动，向牌桌靠近了一些。

王红武：（递烟）大哥我那批货估计等会才能到，要不让我来两把？

司机甲：老弟，刚才让你来你不来。现在看我手气好，想来沾我的光了？

王红武：嗨，瞧您说的。刚才不是……

王红武说着，便把整盒烟递了过去。司机甲笑了笑，收了下来。

司机甲：正好，我坐的时间也有点久了，活动活动去。我这个风水宝位就留给你了啊。

王红武从口袋里掏出几张钱，加入了赌局，不一会儿就全部输掉了。

王红武：操！今天手气怎么这么差，不玩了不玩了。

司机乙：别介啊哥们儿，我看你兜里还有不少子儿呢。

王红武：（捂口袋）不行不行，这钱还有用。你们慢慢玩，我先走了。

王红武离开牌桌，向加油站旁边的银行走去，小声自言自语。

王红武：真点儿背啊今天。

（出片名——《红花埠》）

## 3. 白天 红花埠 银行 ATM 机 内景

王红武走进 ATM 机厅，在自助存款机输入账号后，从内衬口袋里掏出一大把钞票准备存款。钞票褶皱很多，王红武仔细抚平后才放入存款口，而后掏出一个笔记本，对着笔记本一个键一个键输入卡号，准备向前妻转账。但反复几次操作之后都显示"跨境转账失败，请稍后再试"。

多次操作无果后，王红武叹了口气，记下了银行的客服电话，向外走去。

## 4. 白天 红花埠 商店 内景

王红武走进商店，一拉开门，安缇红着眼从里面出来，两人迎面相撞。

安缇：（带着怒气）怎么走路的啊？这么大一人看不见啊！

没等王红武反应过来，安缇一甩头离开了。

王红武买完烟之后走出商店，发现安缇刚刚落下的耳环。王红武将蝴蝶状的耳环拾起，端详片刻后，走向在一旁蹲着抽烟的安缇。

王红武：这耳环是你的吧？

安缇抬手向耳垂摸去，笑了笑接过耳环。

**安缇**：还真是，大哥，谢谢了啊！

安缇把烟丢掉，将耳环戴上。王红武盯着安缇的耳环没有离开。安缇察觉到王红武痴愣的神色，笑了起来。

**安缇**：大哥是不是往省城跑啊？有没有人跟你一起啊？要不要帮手啊，我做事很麻利的。

王红武只是看着耳环。

**王红武**：（喃喃道）耳环看着不错。

**安缇**：哎呦，大哥好眼力啊！这可是我一个跟车的姐妹从香港带回来的，听说还是什么牌子货，金贵得很呢。

王红武听到安缇的话，似乎想起来什么，掏出钱包准备拿出妻子照片。

**王红武**：香港？那你认不认识……

一辆汽车驶来，汽车的声音盖住了王红武的声音，二人相背转身，卡车从二人之间横插而过，安缇伸手挥了挥脸前的尘土。

**安缇**：大哥你说什么？刚才太吵了没听清。

**王红武**：（迟疑）那你……那你要不然上车吧。

**安缇**：好嘞！

## 5. 白天 红花埠停车场 外景

两人走向王红武的卡车，安缇拦住了准备拉开车门的王红武。安缇比了个"2"的手势，露出灿烂的笑容。

**安缇**：大哥，你可算捡到宝了啊。最近大环境不太好，司机都不往我们红花埠来，连我自己也打折喽。一来一回收你这个数，是真的划算啊！

王红武默默掏出衣袋里的钞票，开始数钱。

**王红武**：咋称呼？

**安缇**：我叫安缇，你呢？

**王红武**：王红武。

**安缇**：先付一半，另一半等回到红花埠再给。

两人上车，远处的男女冲他们吹口哨。王红武开车离开停车场，驶入国道。

## 6. 白天 国道上 外景

安缇上车后，打量着王红武的车厢。调整了好几次座椅后，安缇找到一个舒适的姿势窝在副驾驶，系上安全带。

安缇：你这个座椅好久没人坐了吧，靠枕都卡住调不动了啊！

王红武嚼着口中的槟榔没有回应。安缇便从衣服口袋里掏出一片口香糖，大声咀嚼起来。王红武闻声瞥了一眼，被安缇发现，安缇又掏出一片口香糖，拆开一半包装递到王红武嘴边。

安缇：西瓜味的，你吃不吃？

王红武看着路况，没有转头。

王红武：我嚼着槟榔了，你先放这儿吧。

安缇挑了挑眉，又把打开了一半的口香糖包回去，随手塞在挡风玻璃下的杂物里，却不小心碰掉了靠在一旁的维多利亚港明信片。安缇把明信片复原，注意到前面的紫荆花摆件。安缇看到了摆件，有些褪色的金色塑料花瓣闪烁彩灯，播放着沙哑不明的音乐。

安缇：你去过香港吗？为什么摆这些东西啊？

安缇准备伸手去摸紫荆花摆件，王红武立刻制止。

王红武：别动，朋友送的。

见王红武不愿多说，安缇掏出刚刚王红武给的钞票，拿着一个便携验钞灯逐张检查。

安缇：我听人说，在香港做事都好赚钱，不过工作都要讲英文，好像他们那里冬天都不冷哎，可能南方都这样？

安缇确认每一张钞票都是真币后，心满意足地钱放进挎包。

安缇：我其实就挺讨厌冬天的，又冷又干，棉衣棉袄穿着也不好看，你说那些香港女人是不是就可以一年四季都穿裙子，那该有多好啊……

王红武架不住安缇的絮叨，伸手打开车载收音机。粤语歌曲频道，正在播放《倩女幽魂》。

收音机：人生路美梦似路长

路里风霜风霜扑面干

红尘里美梦有几多方向

找痴痴梦幻中心爱

路随人茫茫……

## 7. 夜晚 A 服务区 外景

在 A 服务区，王红武刚刚卸完一部分货物，站在车外结账。安缇打了一壶热水在车上泡面。等待间隙，安缇看见座位上王红武落下的账本，捡起来翻看后，又放回原处。两人吃完饭，在车里抽烟休息，车窗上凝结起一层薄薄的水雾。

安缇一直在发短信，皱着眉头。王红武若有所思看着远处的车辆，偶尔瞄一眼安缇。王红武把手伸到安缇腰后，安缇望向王红武，把手机放下。

安缇：没电了，充电器呢？

王红武愣了一下，随即给安缇找来充电器。

安缇咳嗽了几声。

**王红武**：咋回事？

**安缇**：没事，早上有点着凉了，不过应该没发烧。

安缇摸了摸自己的额头，而后又去触碰王红武的额头。

**安缇**：感觉差不多啊。

安缇接过充电器，为手机插上充电后，关掉了车里的照明灯，背对着王红武把裤子往下拉了一些，扭头看向王红武。

**安缇**：来嘛，耍一下咯！

昏暗的车厢中，只听见王红武的喘息。一束远处的车灯照入车厢，王红武随着刺耳的喇叭声瘫倒下来。

玻璃上的雾气凝结成水滴，蜿蜒地向下流。安缇把王红武挪开，找纸巾擦拭身体。安缇打开水壶大灌了一口，又往后丢给王红武。

**安缇**：你先睡，我去守一会儿。

安缇拿起手机，小声嘟囔。

**安缇**：怎么才充了这点电。

安缇关门下车。

## 8. 白天 A 服务区 外景

安缇还在睡觉。看着时间还早，王红武独自下车去公厕洗漱。安缇被王红武下车动静吵醒，听着王红武走远后，也起身准备下车。

王红武从厕所出来，在草地旁拿牙杯刷牙，时不时向车的方向看去。而后回到车上，发现安缇不在，连同她的斜挎包也不见了。王红武心生警觉，下车四处找寻，无果。王红武回到车上暗骂倒霉，准备离开服务区。

突然看见安缇拎着一袋包子和两杯豆浆出现在车前。安缇打开车门上车。

**安缇**：笑你要吃肉包还是菜包？

王红武和安缇驾车离开 A 服务区。

## 9. 白天 B 城仓库 停车场 外景

王红武与安缇开车到达位于南方的终点站 B 城，进入位于城郊的 B 城仓库。仓库位于老城区的火车站附近，非常嘈杂。王红武与仓库工人交接货物，安缇下车去找厕所。

**装卸工**：王红武是吧，东西放这边就行了。

王红武把刚收到的现金放在钱包里，又将夹层中他和妻子的照片抽出来，轻轻抚摸，端详片刻。王红武把钱包放回外套口袋，点了一支烟，在手机通讯录中找到前妻的电话，拨打过去。

**电话提示音**：对不起，您拨打的号码是空号……

王红武又找出记下的银行电话拨打。

**电话提示音**：欢迎致电中国银行，业务咨询请按1……

## 10. 白天 C 城仓库 厕所 外景

安缇站在厕所旁的仓库屋檐下抽烟。仓库里走出来一个满脸横肉，膀大腰圆的中年男人。男人看到安缇，笑着走上前打招呼。

**黄老板**：哎呦呦！小安妹妹好久不见了。

安缇看到黄老板，眼中闪过一丝厌恶，但又迅速点了点头，笑脸相迎。

**安缇**：哎，黄老板。

黄老板进一步贴上前来，伸手搂向安缇的腰身，安缇转身开。

**黄老板**：又出来跟车了啊？哈哈，小安妹妹还是那么有个性啊，当年看你跟了刘强好多年，死心塌地，我都羡慕得不得了哦！

安缇听见往事，神色难掩落寞，猛吸了一口烟。黄老板故作慌张，假意打自己耳光。

**黄老板**：你瞧我这嘴，说错了话妹妹可千万别怪我哈。那个姓刘的确实不是东西，丢掉你……

安缇把烟吐在黄老板脸上，打断黄老板的话，轻蔑地笑了。

**安缇**：你到底想说什么？

黄老板笑得愈加猥琐。

**黄老板**：哥想你好久了，陪我耍一下嘛，不会亏你的。

王红武见安缇久不返回，来厕所找人，看见倚靠在墙角耳语的两人，怒从中来，冲上前搡开黄老板，抢起拳头冲着他脸上砸去，却被黄老板躲开。黄老板反而一拳将王红武打得跌倒在地，在地上两人扭打成一团。王红武腹部受了几拳后蜷缩在地。

**黄老板**：真晦气！

黄老板起身，吐了口唾沫，瞪了安缇一眼，转身离开。安缇从墙角走来，将王红武从地上搀扶起来。王红武还没等自己站直，就把安缇一把推开。

## 11. 白天 B 城仓库 厕所外 外景

安缇在厕所外的水池洗王红武沾着尘土的衣服，她搓得很用力，肥皂泡沫飞溅到镜子上。安缇拎起王红武的外套，用抹布擦拭、拍打上面的灰尘，钱包从口袋里掉落。

安缇放下外套，捡起钱包，看到里面的大把现金。安缇观察四周无人，便拿着钱包快步往仓库旁的小路走去。

安缇边走边把钞票都掏出来，塞进自己口袋，安缇也看到夹层的照片。这是一张王红武和妻子的合影，照片的边角因为反复摸索搓捻而泛黄褪色。照片里青年王红武和美丽的妻子相拥在一起。安缇看着照片，停下了脚步。

## 12. 白天 转夜 B 城仓库 停车场 外景

日色渐垂，安缇带着清洗好的衣物悻悻地回停车场，王红武站在车边等她。王红武从怀里掏出一个热水袋递给安缇。

**王红武**：有批货要等，明天早上再走。

安缇把洗好的衣服搭在引擎盖前面。仓库旁边的火车驶入车站，发出响亮的汽笛声，二人走向仓库附近的一家餐馆。

## 13. 夜晚 B 城 餐馆 内景

王红武和安缇在小餐馆角落里坐着，对着桌上的餐食狼吞虎咽。隔壁桌，几个穿着校服的中学生付账后，高声谈笑着，离开了小餐馆。餐馆外有人在卖唱。

王红武望着他们离开的背影，怅然若失。

**王红武**：我儿子应该也有这么高了。

安缇也顺着看向门外，又小心观察着王红武的神情。

**安缇**：谁？

**王红武**：十多年前的时候，我和朋友一起做生意亏了好多钱，就天天喝酒，脾气也差。大概三四年之前吧，我老婆跟我离了婚，带着孩子去了香港。

**安缇**：钱包里照片上的那个？

王红武点了点头，突然看向安缇。

**王红武**：你怎么知道？

**安缇**：（漫不经心地）瞎猜的。

**王红武**：你自己信不信？

**安缇**：你继续讲吧，后来呢？

**王红武**：刚才是不是翻我钱包了？

王红武赶快打开钱包，清点里面的纸钞。

**安缇**：（冷笑）看来你跟红花埠的那些人没什么两样。

王红武愣住，小心翼翼将数好的钱放进钱包。

**安缇**：两个多月之前吧，我跟了一辆车往上海跑的。那个司机特别爱喝酒，一喝完酒就闹事，有一次把运费搞丢了，结果他反咬一口，说是我偷的。呵，开玩笑，我要是有那几万块钱，现在还用跟车？

**王红武：**那……那钱最后找到没？

**安缇：**找到个屁！谁知道他把钱丢哪了？

王红武沉默，安缇点了一根烟。

**安缇：**一回到红花埠，他就到处说是我把他的运费偷走了，害得我一直接不到客。呵，不过倒是便宜你了。

王红武有些着急，向前挺了挺身子。

**王红武：**那你去解释解释啊，总不能被冤枉吧。

**安缇：**找谁解释啊？找你吗？有什么用？

二人沉默，安缇拨弄盘中的菜。

**安缇：**算了，不说这事了，你继续讲吧。

王红武看了看安缇若有所思的神色，不知该说些什么。

**安缇：**继续讲啊，离婚之后你干什么去了？

**王红武：**哦，离婚之后，我听一个朋友说送货是个不错的门路，我就四处打工，攒钱买了辆二手车，开始送货。自己的日子好过了些，就每个月打点钱到她账上，也算是弥补了。

安缇有些不屑。

**安缇：**给钱就弥补了？没想过去找她？

**王红武：**啥都没有，哪有脸去啊？

**安缇：**没有就不找了？你知不知道一个女孩在外面，到底有多辛苦。

王红武没有回答，转头看向窗外。而后点了一支烟，猛吸了一口。

王红武突然又笑了，看向安缇。

**王红武：**电话已经打不通了，昨天在银行给她转账也转不过去了，银行讲她把钱都取走了，销户了。

安缇有些愣住，不知该作何反应。

**王红武：**我看，她应该是不需要了。

两人沉默，餐馆外的流浪歌手在唱粤语歌曲《偏偏喜欢你》。

**流浪歌手：**为何我心分秒想着过去

为何你一点都不记起

情义已失去恩爱都失去

我却为何偏偏喜欢你

## 14. 夜晚 B 城 宾馆 内景

狭小破旧的房间，被暖黄色的灯光点亮。像是溺水的人抱紧浮木一般，王红武和安缇相拥，缠绵，直至精疲力尽。安缇和王红武平躺在床上，王红武闭眼休息，安缇若有所思。

安缇：下午为啥要帮我？明明自己也不能打。

王红武睁开眼睛。

王红武：我也不知道，可能你那个蝴蝶耳环，让我想到我前妻吧。她喜欢蝴蝶，有个一样的耳环。我想她也像个蝴蝶，可是这里冬天太冷了，我也没能照顾好她，她只能飞走了……

安缇笑出了声，爬起身，开始穿衣服。

安缇：大哥你这是写诗呢，还蝴蝶，情歌听太多了吧！

王红武不好意思地笑了，安缇翻找出烟盒，准备点燃。王红武翻身起来，抢走安缇手上的烟。

王红武：少抽点。

安缇又拿出一根点燃，把打火机丢给王红武。王红武也点烟。

王红武：你还年轻，也要为自己考虑，不能一直跟着跑车。

安缇：怎么？现在自己痛快完了，又开始教育我了是吧？

安缇把烟吐在王红武脸上，站起身，在房间里踱步至窗前。

安缇：你们男人都一个样，嘴上永远说得好听。我跟刘强跑了五年，他讲攒够钱就跟我到城里去开个服装店。"刘嫂，刘嫂"，我被叫了五年了，到头来还不是跟别人结婚了……

王红武：该放下的放下，把自己日子过好就行了。

安缇猛地转过头，盯着王红武的眼睛。

安缇：那你呢？离婚那么多年了，你过的又是什么日子？

王红武沉默着。安缇又将脸转开了，沉默片刻。

安缇：刘强又来找我了，就是碰到你的那天。他后天晚上会路过红花埠，说想见我，让我再陪他跑一次车……

王红武：你答应了？

安缇猛吸了一口烟，缓缓将烟雾吐出。眼眶湿润，但笑着看转头看向窗外。

安缇：像我这样的人，上哪辆车，真的重要吗？

## 15. 白天 B 城 宾馆停车场 外景

第二天早晨，安缇取下引擎盖前晾晒的衣服。两人上车准备去取返程的货物，王红武发现油表异常。王红武和安缇下车查看，发现被偷油。王红武用力地踢开地上的石头，两人十分懊恼。

## 16. 白天 A 服务区 外景

王红武和安缇踏上返程的路途，途径 A 服务区。王红武下来卸货，安缇也来帮忙。旁边的装卸工一边抽烟一边打趣地看向二人。

**装卸工**：大哥好福气啊，跑车这么辛苦嫂子还陪着你！

两人强颜欢笑。

王红武在车厢里翻找半天，拿出来了两桶泡面，无奈地递给安缇。

**安缇**：别吃泡面了，我去给你做点饭吧。锅和炉子车上都有吧。

王红武点了点头。

安缇麻利地架好一个简易的灶台，又指挥王红武去旁边的超市买几样简易的食材。王红武饶有趣味地看着安缇变戏法式地切菜、炒菜、蒸米饭。

王红武踱步至停车场某角落处，看见一群人正在围观几个卡车司机打牌，王红武凑上前去，加入围观的人群。不一会，安缇也走了过来。

**安缇**：饭好了，走吧。

王红武下意识地回应了一下。安缇听出了王红武话语中的一丝不舍，突然眼睛一亮。

**安缇**：要不……你去玩两把？

**王红武**：（苦笑）算了，最近手气不好。

**安缇**：试试吗，赢钱了咱们去吃好吃的。

王红武犹豫了一下，便加入赌博。几乎是在王红武落座的同时，围观人群中几名衣着与他人无异的便衣警察交换了一下眼神。

王红武连赢数把，叼着烟得意地看向安缇，把小桌子上的钱往自己身前聚拢，一沓皱巴巴的纸币看上去已经有了一定的厚度。

**王红武**：不容易啊不容易，（猛地一拍桌子）终于手气好了一回啊！

安缇微笑地看着王红武。

正在二人得意之时，三名便衣警察突然从人群中蹿出，围观的众人大惊失色。

**警察甲**：所有人不许动！（指了指牌桌上的三人）你们三个，抱头蹲下！

安缇和众人乱成一团，王红武抬头瞄了一眼警察，随即又老实地双手抱头蹲了下来。

**警察甲**：牌桌上的这三个，带走。然后把围观的所有人登记一下。

警车在公路上渐行渐远，而在卡车旁边，简易灶台上的火还没有完全熄灭，安缇刚蒸好的米饭仍在散发着微微的热气。

## 17. 黄昏 警察局 内景

深灰色的审讯室内，王红武坐在椅子上不知所措地低头搓手。

过了一会儿，审讯室走进了两名警察，一人（警察乙）穿着警服拿着文件夹，而另一名（警察甲）则穿着便服夹克。二人在王红武的对面坐下，警察乙摊开文件夹，找来一支笔，准备开始审讯。警察甲点了一根烟。

**警察乙**：问你什么就答什么，老实点，听见没？

**王红武**：（低着头）知道了。

**警察乙**：姓名。

**王红武**：王红武，红色的红，武术的武。

**警察乙**：年龄。

**王红武**：31。

**警察乙**：职业。

**王红武**：送货的，卡车司机。

**警察乙**：知道犯了什么事吗？

**王红武**：知道，赌博。

**警察乙**：那你应该也知道，赌博是违反《治安管理法》的吧。

**王红武**：警察同志，这是我第一次来钱，我就是等货的时候看到他们在那打牌，就想过去试试手气……

**警察乙**：呵，跟你一块打牌的那两个人刚才也说自己是第一次。你说，怎么就这么巧，第一次参与赌博就被抓了。

**王红武**：不是，警察同志……我不认识他们啊。

**警察乙**：（呵斥）少废话！

一直没有说话的警察甲站了起来，走向窗边，看了看在警察局门口徘徊的安缇，而后又转向王红武，掐灭了手中的烟，面无表情地说道。

**警察甲**：楼下那个女人跟你是什么关系？

王红武愣了一下，想要起身去窗边，却被警察乙制止。

**警察乙**：谁他妈让你站起来了？

王红武只好坐下，连连点头致歉。

**王红武**：不好意思，警察同志。她……她是我老婆。

**警察乙**：你老婆？要是你老婆的话，她会怂恿你去赌博？你最好老实点，我们这儿的系统可是跟民政那边连着的，你们是什么关系我们查一下就知道了。

**王红武**：警察同志，我们真的是夫妻，我们……我们还没有领证，应该算是我的未婚妻，对，未婚妻。

**警察乙**：还敢耍花样，看来你是敬酒不吃吃罚酒啊！

警察乙正欲起身，警察甲却走了过来，对着警察乙耳语了几句。随后，警察乙坐回到位置上，在审讯表格上写一些东西。

警察甲：你们具体是什么关系，我不管。但是今天，你涉嫌参与赌博，根据《中华人民共和国治安管理处罚法》第七十条，我现在要依法对你进行罚款和训诫。

王红武低着头，默不作声。

警察甲：如果没有什么异议的话，在这个地方签字，签完字你就可以走了。

王红武勉强地挤出一丝笑容，恭恭敬敬地在训诫书上签了字，而后将笔和文件递给警察甲，准备离开审讯室。

正当王红武准备出门的时候，警察甲叫住了王红武，看向窗外楼下的安缇。

警察甲：快过年了，最好安分点，别到时候闹得不好看。

王红武在原地愣了几秒钟，而后向两位警察点了点头，离开了审讯室。

## 18. 夜晚 公路上 外景

安缇在警察局门口冻得有些发抖，王红武看到便加快脚步走上前去。

安缇：走吧。

王红武有些发懵，愣在原地。

安缇：走啊，饭还没吃呢。

王红武跟在安缇身后，往 A 服务区的方向走。路灯散发出暖黄色的光束，经由夜晚雾气的折射变得可见又朦胧。二人就这样沿着公路的一侧走着，时不时传来呼啸的风声和路过的卡车的轰鸣，二人一路无话。

远处突然传来烟花和鞭炮的声音，一个巨大且闪亮的烟花在二人身后炸开，二人驻足欣赏。

安缇：许个愿吧。

王红武：都多大的人了……

安缇：小时候我看童话故事，里面的人都是对着流星许愿。我就去问我爸，"爸爸，爸爸，我什么时候才能看到流星啊，我也想许愿。"我爸告诉我，烟花也是流星，对着它许愿是一样的，我当时还真信了，哈哈。后来我才知道，我们老家那边空气污染太严重，就算流星来了也看不到。

王红武：那你有啥愿望？

安缇：换种活法吧，我想。这样的生活……（苦笑）过够了。你呢？

王红武：我想……

一挂响亮的鞭炮在二人旁边炸开，安缇吓得捂紧了耳朵，但是王红武并没有想中断自己的话，他借着鞭炮声的掩盖，宣泄似地朝安缇大声喊。

王红武的声音几乎和鞭炮声同时结束。因为刚才声嘶力竭讲话的缘故，王红武把手搭在膝盖上，弓着背大口大口地喘着粗气。二人相视而笑。

## 19. 白天 公路上 外景

安缇打开车载收音机，是一个粤语频道。

**收音机：** 今天香港天气晴朗有微风，气温在 20℃~25℃……

安缇神色不悦，迅速把收音机关闭。王红武沉默地开着车。

王红武和安缇行车至一处乡道，在十字路口停下等红绿灯。路口右边一对新婚夫妇，他们穿着白色的婚纱在人群的簇拥下走过马路，粉白色的花瓣撒满道路。众人隔着车窗玻璃给王红武和安缇递喜糖。

**伴郎甲：** 大哥大嫂，沾沾喜气，沾沾喜气。

王红武和安缇看着他们从斑马线上走过，而后两人对视。

**王红武：** 要不……你跟我过吧。

安缇转头看向前方，冷笑。

**安缇：** 看来，你也没那么想找你老婆。

王红武一时语塞。绿灯亮起，卡车车轮碾过白色花瓣，直行驶向前方。

## 20. 白天 靠近红花埠的公路上 外景

王红武和安缇正在返回红花埠的乡间公路上，两人沉默着。安缇一直看向窗外，若有所思。闪过的指示牌写着"红花埠 5km"。

**安缇：** 停车。

王红武没反应过来，安缇转过来看着王红武。

**安缇：** 到前面停车！

卡车在靠近一个小镇的路边停下，安缇从挎包里掏出王红武出发时给的钱，放在车窗前。安缇背上包准备下车。王红武拉住安缇的手，安缇停住了，转头看向王红武。

**安缇：** 我不想回红花埠了，也不想再到公路上跑来跑去。

王红武松开了安缇的手。

**王红武：** 那你去哪？

安缇看着紫荆花摆件。

**安缇：** 去不那么冷的地方吧。

王红武把挡风玻璃下的紫荆花摆件掰下来塞给安缇，安缇咧嘴笑。

安缇下车关门，王红武拿起安缇两天前给他的西瓜味口香糖，拆开包装放入口中。安缇的身影在后视镜中逐渐远去，王红武启动车子，继续前往红花埠。

## 21. 白天 红花埠 外景

（黑场，出字幕"半年后"）

王红武依旧驱车前往红花埠。正值酷暑，车厢里弥漫着一股燥热。王红武打开位于挡风玻璃下的风扇，风扇旁边还依稀残留着紫荆花摆件的痕迹。车内干净整洁了不少，玻璃也像是刚擦过一样，依稀可见被太阳熏干的水渍。收音机里不再播放粤语歌曲，而是正在播送午间新闻。

王红武在一个堵车的十字路口停了下来，嘈杂的鸣笛声让王红武感觉更加燥热，他拿起水杯猛灌了几口水，随即又打开窗户透气。

王红武的视线穿过长长的车队，看到了在远处的安缇。安缇跟半年前一样，脸上挂着讨好的笑容，在卡车之间来回穿梭，不停地推销自己。王红武错愕不已，望着安缇的方向出了神。

后车响亮的鸣笛声传来，王红武回过神来。安缇此时似乎已经与一位司机谈好了跟车的价钱，正在攀爬卡车上的台阶，却被尖锐的喇叭声吸引，回过头来看向王红武的方向，二人对视。安缇低下了头，像雕塑一样停留在上了一半的台阶上，不知所措。

王红武看到那个司机似乎在催促安缇赶快上车，安缇犹豫地看了一眼王红武，叹了口气，转身上车，重重地关上了车门。

王红武停留在原地，目送那辆卡车渐行渐远。

完。

◎ **指导教师付可歆点评：**

这是一部基于中国社会背景创作的类现实题材剧本。通过描写破产的卡车司机王红武和临时车嫂安缇一段共同旅程，反映了社会底层人物的生活状态和内心世界。故事中通过细节描写展示角色之间的复杂关系，以及他们各自面临的困境和选择，演绎出一幅人生百态。

故事情节展现了一男一女的困境和挣扎，描述了他们在困境中寻求帮助却遭遇冷漠和利用，在某个时间有了改变现状的想法却在之后不为人知的地方放弃了改变。他们的境遇衍生出了另一层面的故事线——两个不同生活轨迹的人暂时的相互依存和随后的别离。

整个剧情体现了较强的现实主义色彩，人物刻画细腻，情感丰富，展现了人性中的复杂性和生活的不易。故事虽然以微观视角出发，但所透露的社会信息和人物命运具有普遍性，能够引起观众的共鸣。同时，也可能引发对社会底层群体命运的思考，对当下社会中的一些现象进行暗喻或批评。

最后，该剧情展现出的社会阶层之间的差距、人与人之间的冷漠以及人们在逆境中的求生欲和尊严，可能会激发观者对于社会现实问题的关注和深入思考。

# 丽萍

周 雅

（23 级专硕）

## 1. 夜晚 客厅 内景

李丽萍坐在沙发上，身边堆着一大堆充好了气的卡通气球，她还在用气筒给气球充气，边充还边擦着汗。

门忽然响了，李丽萍抬头看，进来的是张国昌，他左手拿着钥匙，右手还拎着一兜菜。

**李丽萍：** 你今天下班倒是挺早。

**张国昌：** 新来的那小子说跟我换班，我就提前回来了。快弄完了不，用不用我帮忙？

**李丽萍：** 没事，快了。

**张国昌：** 还没吃饭吧，那我先做点饭。

张国昌走向灶台，开始准备晚饭。

李丽萍也充完了最后一个气球，站起身来，伸展了一下筋骨，看了一眼窗外。窗外的风景其实大多被对面的楼房给挡住，只有两栋楼之间的夹缝里透出外面显得尤其繁华的灯火。李丽萍扭了两下脖子，坐到了餐桌旁的椅子上。

**李丽萍：** 你今天晚上就在这睡呗？

**张国昌：** 今天晚上我得回去，明天上午萌萌学校放半天假，我中午要给她做饭。我明天晚上再过来。

**李丽萍：** 这学校还有给放半天假的呀。

**张国昌：** 谁知道，好像说是有什么考试占他们考场，说这半天也能回家。

**李丽萍：** 萌萌快放暑假了不？

**张国昌：** 下星期就放了。

**李丽萍：** 高三确实不容易，这么晚才放暑假。

张国昌把煮好的面盛了两碗放到了桌子上，在李丽萍的对面坐下。

**张国昌：** （犹豫一会儿）丽萍，到时候我可能就不能常过来了，萌萌一看我过来她就不高兴，她也高三了，就……

**李丽萍**：（打断张国昌）没事，你有事你就忙你的。

张国昌好像还想说点什么解释两句，但看着埋头吃饭的李丽萍也就没有张开口，两人就在沉默中吃完了饭。

**张国昌**：我明儿没夜班，我早点过来。

**李丽萍**：嗯。

## 2. 夜晚 公路 外景

张国昌骑着电动车，坐在车后座的李丽萍手里拽着一大簇气球。

张国昌似乎有点心不在焉，总是想和李丽萍搭话。

**张国昌**：你今天打算卖到几点呀。

**李丽萍**：十点。

**张国昌**：我看你天天也卖不出去多少，要不就早点回家。

李丽萍没有回答，张国昌见状也没趣地闭了嘴。

正是晚高峰的时候，马路上的汽车尤其多，路上闪烁着红色白色的灯。李丽萍他们走的旁边的小路倒显得安静许多，张国昌骑得很慢，李丽萍手中的气球随着前进轻轻摇摆。

## 3. 夜晚 卧室 内景

李丽萍边擦着头发边走进来，头发还是湿漉漉的，她坐到了梳妆台前，在桌上零星的几个瓶瓶罐罐里挑了一个，轻轻抹上脸。

看着镜子呆坐了一会儿，她从梳妆台的抽屉里拿出了一个小本，拿起笔把一天的开销收入都填了上去，又从衣架上外衣的口袋里掏出几张卖气球的时候赚的零钱放进抽屉角落的一个小盒子里。

合上抽屉之后，她把冲着床的风扇打开，自己拿着账本半靠在了床上，细细地一页一页翻着，嘴里还默默地算着一笔笔数字，等头发差不多干了才躺下。

## 4. 白天 工厂食堂 内景

李丽萍在和几个比较熟悉的女工吃饭，其他人都在边吃饭边说着厂子里八卦，跟他们比起来，李丽萍显得话很少，好像并不适应这个环境，也就时不时地应和两句，显得有点格格不入。

她们正说着话，一个短头发的年轻女孩从她们身边走过去。

**女工1**：刚从旁边过去的，那个车间刚来的那个小姑娘，你们看见了不？

**女工2：** 是那个短头发的不？

**女工3：** 我看见了，多俊呐那小丫头。

**女工1：** 昂，我听说啊，门口新来的那个年轻小保安天天想跟人家一块吃饭。

**女工3：** 哎呦哈哈哈哈哈哈，要不说年轻好呢，没准儿还真能成呢。

**女工1：** 可不是啊，人家那小姑娘可有出息，说是开学上大学去呢，自个儿来这赚学费了。

**女工2：** 哎呀那肯定成不了。

**李丽萍：** 那确实是。

**女工3：** 真羡慕人家呀，咱也想上大学，咱年纪大了也考不了了。

**女工1：** 你瞅瞅你话说的，你就算年轻二十岁你也考不上呀哈哈哈哈，你们说是不？

**女工3：** 你说说你这人，我不就是说羡慕人家嘛。

**李丽萍：** 是呀，真羡慕呀。

众人都在笑，李丽萍也跟着笑了起来，这时李丽萍的手机响了起来，是个陌生号码。

**李丽萍：**（接起电话）喂？

**电话对面：**（沉默一会儿）妈。

李丽萍神色一顿，站起身走到食堂门口。

## 5. 白天 食堂门口 外景

李丽萍走出食堂门口，找了个人少的角落。

**李丽萍：** 想想，你用的这是谁的电话。

**赵想：** 我的，爸给我买的。

李丽萍一时不知道说什么好，想问为什么打过来好像有些太冷漠，想问儿子过得怎么样又觉得自己没有这个资格，也就只能沉默，等着对方开口。

**赵想：** 妈。

**李丽萍：** 哎。

**赵想：** 我考上大学了。

**李丽萍：** 妈知道。

赵想显然没想到妈妈也知道这个消息，顿了顿才接着说。

**赵想：** 下星期我就十八了。

**李丽萍：** 是啊，我们想都十八了。

**赵想：** 爸说，你赚钱了，他让你出我的学费。

**李丽萍：** 嗯，妈给你准备了，过几天给你转到卡上。

**赵想：** 妈。

**李丽萍：** 嗯。

赵想：妈，你回来吧。

李丽萍：想想，你知道妈……

赵想：就这一次你都不愿回来吗，你就当回来给我过个生日，然后把学费给我，就这一次，行不？

## 6. 黄昏 工厂门口 外景

李丽萍推着自行车走到门口，保安亭里的张国昌看见了她，立马乐呵呵地冲她打招呼。

张国昌：下班了啊，慢点啊。

李丽萍的兴致却是不高，轻轻点头回应他，也没跟他多说话，就骑上自行车出门去了。

厂子大门前是个大坡，李丽萍往上骑很是费力，快骑到最上头的时候，李丽萍总算没了力气，只能下了车推着自行车走完了最后几步。

## 7. 夜晚 客厅 内景

外面已经黑得差不多了，但是客厅里的灯却没开，李丽萍就呆坐在椅子上，张国昌进门时顺手开了灯，忽然亮起的灯光把李丽萍吓了一跳，张国昌也显然没想到李丽萍在家，也被她吓了一跳。

张国昌：哎呦，你吓了我一跳，怎么在家不开灯呀？

李丽萍好像觉得有些尴尬，站起身来，往厨房走。

李丽萍：晚上没吃饭呢吧？我现在做点。

张国昌：嗯，没吃呢。你今天怎么没上广场那去呀？

李丽萍：今天累了。

张国昌：我去洗个手，跟你一块做，还快点。

张国昌去卫生间洗了手，出来帮着李丽萍洗菜，一顿饭很快就做好了，但两人之间并没有说多少话，几次张国昌跟李丽萍搭话，李丽萍只是心不在焉地应和着。两人做好了饭，坐在了餐桌的两边。犹豫了许久，张国昌终于又开了口。

张国昌：你是不是还因为昨天的事生气呢？

李丽萍：啊？哦，没有。

张国昌：萌萌现在上高三了，她学习也紧张，我就是怕现在再影响她的情绪。等到她明年高考完，我就跟她好好说说。这段时间……这段时间可能就先委屈你了。

李丽萍：(愣了愣，垂下眼) 嗯，我理解，我没因为这个生气。

张国昌：那就行，对不起啊丽萍，这也是我的问题。

餐桌上又陷入一片沉默。李丽萍埋头吃着饭，忽然停下了筷子，呼出一口气。

**李丽萍：**下星期，我要回家一趟。

**张国昌：**回家？回哪个家？

李丽萍没有说话。

**张国昌：**你要回你老家是吗？你怎么忽然想回去？出什么事了吗？

**李丽萍：**今天我儿子给我打电话了。

**张国昌：**你不是说都跟那边没联系了吗？你儿子找你干嘛？

**李丽萍：**他说想让我回去给他过生日。

**张国昌：**过生日？就因为这点事你就要回去？

**李丽萍：**什么叫就这点事？那是我亲儿子！

**张国昌：**咱不是说咱俩好好过日子吗？你忘了两年前那个男的带着你的亲儿子来厂子闹完之后，你是怎么跟我说的了？！

**李丽萍：**我没忘。

**张国昌：**那你这次为什么回去？不是说以后再也不回去了，就咱俩过吗？

**李丽萍：**我觉得对不起我儿子，我就是想回去看看，就这一回。

**张国昌：**（猛拍一下桌子站起来）你说得好听，就这一回，你跟那边还没办离婚，你不是想回去就回去吗？你能从家里跑出来，你就能再跑回去！你能办出来这种事！

李丽萍听到他这样说感觉到很错愕，又觉得有点讽刺，也站了起来。

**李丽萍：**你什么意思？你就没相信过我想跟你好好过日子是吗？

张国昌愣了一下，稍稍冷静下来，也放缓了语气。

**张国昌：**我不是那个意思。

**李丽萍：**张国昌，我跟你说了，我就只是回去这么一次，我没别的想法。

李丽萍说完就进了房间，把门摔得很响。

## 8. 夜晚 卧室 内景

外面的天已经全黑了，李丽萍平躺在床上，用手臂遮住眼睛，看不见神态。张国昌这时推门进来，还带了一杯热水，他把热水放到梳妆台上，自己坐到了床边。

听到张国昌进门的动静，李丽萍翻了一下身，背对着张国昌。

**张国昌：**我跟你道歉，我没有不相信你的意思。

见赵丽萍没有回应的意思，张国昌就接着说。

**张国昌：**你要是想回去就回去吧，我到时候送你去车站。

**李丽萍：**不用了，你上班就别请假了。（又沉默了一会儿）我跟你说过，我在那个村里过的日子我受不了，我好不容易才下定决心出来的，我也不想回去。

**张国昌：**我知道。（又考虑了一会儿）我就是看你平时也没有什么笑模样，我怕你跟着我也过得不好。说到底还是我做得不够。

张国昌：这样，等明年萌萌高考完，我就跟你搬出来住行不行，咱俩正正经经地过日子。

李丽萍：（坐起来）先别想那么多了，以后的事以后再说吧。

## 9. 白天 学校门口 外景（梦境）

李丽萍穿着工厂的工服往前走，四周都是年轻的大学生，这时有人叫她的名字，李丽萍回头一看，是那个白天提到的要上大学的短头发女孩，也穿着工服，正蹦跶着向前跑。

短发女孩：丽萍！丽萍！你等等我嘛。

女孩加快脚步跑到了李丽萍身边，大喘着粗气。

短发女孩：哎呀累死我了，幸亏我跑得快，要不一会儿的课肯定要迟到了。哎，咱们这个课……

李丽萍看着女孩神采飞扬地说话，但是却听不清内容，耳朵里反而是一个女孩的抽泣声，李丽萍向路边看去，看到一个小女孩穿着校服，坐在树下的石墩子上，哭着，旁边站着一个像是她母亲模样的人。

母亲：别哭了，这也是没有办法的事，家里没那多钱。

小女孩：为什么小江就能去上初中，我就不行。

母亲：你一个女孩子家家的读那么多书没什么用，家里供不起你上学。

小女孩：小江也是女孩呀。

母亲：你别哭了，学校门口这么多人，你不嫌丢人我也丢人，跟我回家。

说着这个母亲就开始拽小女孩的衣服，小女孩却还在用力地反抗，好像怎么样都不愿意离开那个石墩。母亲变得越来越不耐烦，声音也变得越来越大。

母亲：回家！你听到了没有！跟我回家！李丽萍！跟我回家！李丽萍！李丽萍！！！

李丽萍像是受到了惊吓一般回过头来，企图继续听短发女孩说话，但是耳朵里仍然是那个母亲歇斯底里地叫着"李丽萍！李丽萍！！"

那个声音越来越大，越来越刺耳，甚至不像是人的声音，最后慢慢地变低变厚，变成了一个男人的声音，但仍然在音量不减地喊着李丽萍的名字。

李丽萍终于忍不住回头看，正好对上一张没有表情的男人的脸，那是李丽萍的丈夫赵平的脸。

## 10. 白天 银行 内景

李丽萍背着一个大包，手里又拎着一个小包，坐到了人工窗口前。

李丽萍：你好，麻烦帮我把这些钱存到这张新的银行卡上。

说着，李丽萍从小包里拿出了一小沓皱皱巴巴的零钱，交给了银行的工作人员，又从包里掏出了一张卡。

**工作人员：**好的女士。

**李丽萍：**再把这张卡上的钱全都转到这张新卡上。

**工作人员：**女士，操作完之后您这张新的银行卡的余额是 6153 元。您还需要办理其他的业务吗？

**李丽萍：**不用了。

李丽萍接过工作人员手里的银行卡，站在旁边小心翼翼地将银行卡放在小包的内侧，把小包塞进大包的深处，又将大包背到自己的胸前才放心走出门去。

## 11. 白天 火车 内景

李丽萍拿着大包在靠窗的座位坐下，哪怕硬座已经很拥挤了，她也没有把包放在上面的行李架上，而是紧紧地抱在怀里。

李丽萍抱着大包，头靠在窗户上，静静地看着窗外，忽然有两个女人背着大包小包坐到了李丽萍对面的座位上，李丽萍看着她们，恍惚间那两张面孔变成了自己和小江的脸，李丽萍陷入回忆。

（回忆）

**小江：**姐，你把东西往我这边挪挪，你坐中间儿地方太小了。

**李丽萍：**没事，你靠着过道放东西也不方便。

**小江：**姐，你这回跟我去城里边，那过年你还跟我回来不？

**李丽萍：**谁知道呢，我反正是不想回。

**小江：**你跟姐夫真说要离婚啦？

**李丽萍：**你别管他叫姐夫。

**小江：**到底是因为什么呀？他干什么过分的事了？

**李丽萍：**哪说得清是哪件事呀，反正我俩就不该结婚，我过不了那样的日子。

**小江：**那你家小孩怎么办呀？

**李丽萍：**大的上高中了，能自己管自己了。小的也上小学了，他爷爷奶奶都宝贝着他呢，也用不着我管。

小江的本来想再劝两句，但看着李丽萍垂着头，也终究是没说出口。

**李丽萍：**小江，你说，我在城里面能找到活儿干吗？我不跟你似的上过学，我真怕我靠自己活不下去。

**小江：**姐，这你不用担心，我们厂子就招人呢，这城里面那么大，用人的地方肯定多着呢，还能让咱活不下去喽？

**李丽萍：**如果是真的就好了，小江，我是真的不能回去了。

现实中的李丽萍回过神来，把头扭了回去，又重新靠在窗上，火车这个时候已经开了，窗外变换着景色。

## 12. 白天 汽车站 外景

李丽萍从长途客车上下来，刚一下车就看到了在站口等着的小江。小江看到她下车，带着笑走了过来。

**小江**：姐，我在这呢。

**李丽萍**：我不都说不用过来接我了嘛，多麻烦你呀。

**小江**：你看你都快到了才想起来跟我说一声，我这赶紧就过来了。

**李丽萍**：就是不想麻烦你，我才没提前跟你说。

**小江**：哎呀真没事，我在家除了看孩子又没别的事干。我把车停那边了。

## 13. 白天 汽车 外景

李丽萍跟着小江走到了停在路边的一辆小电动代步车前面，小江接过李丽萍的大包给放在了后座，两人就坐上了车。

**李丽萍**：这是你新买的？

**小江**：买了有一年多了，就是去年我回来的时候买的，那时候我不是刚怀孕嘛，我家那口子说怕我累着。

**李丽萍**：你现在还上班不？

**小江**：回来之后就没上班了，让男的在外面挣钱吧，我现在就在家带带孩子。

**李丽萍**：那也挺好的。

**小江**：姐，一会儿就到村上了，你就回家住呗？

**李丽萍**：别了，你一会儿从镇上给我放下就行，我记得那卖酒的旁边是不是有个宾馆呀？

**小江**：你还是不想回去呀。

**李丽萍**：我这回就是给我家老大过个生日，过完我就回去了。

**小江**：你说你家想想确实有出息啊，我看就是随你，咱上小学的时候就你成绩好。想想小时候你盯他学习盯得多紧啊，那一屋子奖状谁看了不得夸几句呀。

李丽萍听他这么讲，也不知道该怎么回答，就侧过头看着这个她已经近三年没回来过的地方。

**小江**：你是说的前面的那个宾馆不？

**李丽萍**：嗯，对。

李丽萍下了车，走到路边冲着小江摆摆手，小江摇下车窗。

**小江：** 姐，你要有啥事你就给我打电话啊，过几天你没事了我再来看你。

## 14. 黄昏 宾馆房间 内景

李丽萍打开房间的门，屋里淡淡发霉的味道让李丽萍皱起了眉头，索性就把门敞开，把包扔在椅子上，然后瘫倒在床上。

不知道躺了多久，李丽萍终于站起身来，把房间里厚重的窗帘给打开，外面已经是黄昏了，今天的云很多，夕阳让西边的云都变成了橙色，而天空的另一端却因为没有阳光，显得阴沉沉的。

## 15. 夜晚 包子摊 外景

李丽萍点了一屉包子，在包子摊旁边支起的塑料桌椅坐下。

坐在李丽萍旁边的是四个人，两个男人两个女人，似乎是两对夫妻，就算是下酒菜只有包子，两个男人还是喝了不少，说话的声音也越来越大。

男1把酒瓶重重摔在桌子上，女1见自己的男人生气，也发起飙来。

**男1：**（摔酒瓶）咱爸住院之前可是一直住在我家，凭什么咱爸那房子你就得要走啊？

**女1：** 就是啊，给老头子端屎端尿的时候，你们可没出过力。

女2本想缓和一下桌上的气氛，却被男2打断，只能悻悻闭了嘴。

**女2：** 我俩平时都忙，确实没能照顾好……

**女2：**（打断）那他这回住院你掏钱了吗？他年纪一大老有毛病，看病不花钱啊？

**男1：**（拍桌子）咱原来都说好了，你掏生活费，我照顾着咱爸，这回住院不也是我家在看着吗？

**女1：**（应和）掏点钱就想把房子自己占了呀，你们心可真黑。

**女2：**（生气地站起来）就你们那还叫照顾，他一个老头子能花多少钱，就你们给他住的那个破屋连暖气都没有，怎么还有脸跟我在这说要房啊！

几人越说越着急，甚至都要拍桌子起来打人了，连摊子的老板都注意到了这边的动静。李丽萍觉得实在是听不下去，就让老板把自己的包子用塑料袋装了起来，拿着走了。

## 16. 夜晚 镇上街道 外景

李丽萍拿着包子走在街道上，边走边吃着塑料袋里的包子，她就这样漫无目的地走着，路过了许多街边的店铺。这边开店的有很多晚上就住在铺子里，所以还有很多灯都亮着。

这条街上的店铺不少，即便是晚上也还是很嘈杂。李丽萍路过的店铺里，有年轻夫妻伴着婴儿的哭声大声地吵着架，有理发店的小妹正被油腻的男客人摸着腿，有淘气的小男孩把姐姐打得只能向父母告状……

这些声音一种种混在一起，让李丽萍皱起了眉头，甚至恨不得捂上耳朵，但她也只能越来越加快脚步，想快点回到落脚的宾馆里。

## 17. 夜晚 宾馆房间 内景

李丽萍洗了漱躺在了床上，忽然像想起了什么，起身打开了大包。

看到银行卡还躺在自己的小包里的时候，李丽萍才放心地躺回到床上。

刚躺了没一会儿，她又起身把放在包里的换洗的衣服拿了出来，拿宾馆里的衣架板板正正地挂了起来，还用手用力抻了抻衣服上的皱褶。

做完这一切后，李丽萍走到了窗前，把窗帘拉开了一块，靠着窗边静静地看着这个已经熄了灯的小镇。

## 18. 白天 平房院子 外景（梦境）

阳光照在平房的院子里，李丽萍躲在墙壁的阴凉下洗着衣服，忽然门洞传来一声很大的动静，是摔门声，赵平怒气冲冲地走进来，想要冲进屋子里去，李丽萍站起来拦下了他。

**李丽萍：**你能不能小点声，想想在里面睡觉。

**赵平：**他妈的，我怎么样轮不到你来管吧。

**李丽萍：**孩子要是醒了反正你也不会管对吧。

**赵平：**我一个男的要去管孩子，要你这臭娘们有什么用。

两人的声音明明不大，可屋子里还是传来了婴儿的哭声，哭得撕心裂肺。赵平推开李丽萍走进了屋里，李丽萍也想进去，刚一转身，却被拽住了衣角，李丽萍回头一看，原来是小时候的赵想。

**赵想：**妈妈，我想出去玩。

**李丽萍：**出去玩？你作业写完了？

**赵想：**我写完了。

**李丽萍：**你拿过来我看看。

李想从身后掏出了一个作业本，李丽萍翻看起来，表情却越来越不好。

**李丽萍：**为什么都是空的，你告诉我，为什么都是空的？

李想见自己被戳穿，大哭起来。李丽萍看他哭了，更着急了起来。

**李丽萍：**李想，你怎么还学会撒谎了呢？妈妈是在害你吗？你不学习你就永远出不去！你就会变得和他们一样！

赵想：凭什么就我不能出去玩！凭什么！我不要你管我！我不要你管我！

李丽萍：（愣了一下，按住李想的肩膀）你说什么？你再说一遍。

赵想：我不要你管我！

赵想说完，就挣脱李丽萍的手，从大门跑了出去。屋里婴儿的哭声似乎变得更大声了。

## 19. 黄昏 饭店包厢 内景

李丽萍坐在包厢内，桌上放着蛋糕，她不时地看着手机上的时间，服务员敲门进来。

服务员：咱这菜什么时候上啊？

李丽萍：再等一会儿吧。

又过了一会儿，包厢的门才被推开，刚进门的是李丽萍的大儿子赵想，后面跟着赵平领着小儿子赵晨。赵平轻轻推了推赵晨的背，赵晨就向前跑着扑进李丽萍怀里，赵想的反应则平淡许多，只是在李丽萍旁边拉了把椅子坐下。赵平更是没有好脸色，拉出椅子的时候发出的声响很大，坐到了赵想旁边，虽然没说话，但把手机和钥匙一块摔到了桌子上。听到这个动静，赵想悄悄地把椅子往旁边挪一挪，好像想离赵平远一点。

赵晨：妈妈，你终于回来啦！

李丽萍：（摸赵晨的头）嗯，晨晨乖，先坐下。

赵晨抬起头来，在李丽萍身边的椅子坐下。服务员又来敲门了。

服务员：现在能上了不？

李丽萍：上吧。

服务员开始上菜，盘子和桌子的碰撞声稍稍缓解了饭桌上令人窒息的沉默。赵平怒气冲冲地盯着李丽萍，赵想轻轻地垂着头，也就只有赵晨拿了赵平放在桌子上的手机，在玩着手机里自带的小游戏。

李丽萍：想想，你考上大学了，恭喜你呀。今天生日快乐。

赵想刚想张口，却被赵平给打断了。

赵平：这几年一次都不回来，现在想起来关心了。我儿子就算是有出息，跟你也没关系。

赵想：（想要制止赵平）爸……

赵平：干吗呀？我说的有错吗？

李丽萍：赵平，我回来不是想跟你吵架的。想想，晨晨，先吃饭吧。

赵晨：妈妈我想吃蛋糕！

李丽萍：（看了看李想）要不想想你先许个愿吧。

赵想：不用了，让晨晨吃吧。

赵晨听见赵想这么说，立刻自己拿了餐具切了一大块下来开始吃起来，吃得满脸都是。李丽萍也拿起筷子，给赵想夹了几个菜。

**李丽萍：**想想，你上大学的地方离家远，你在外面自己照顾好自己。

**赵想：**（垂着头）嗯，我知道。

**李丽萍：**咱家没人上过大学，也没法嘱咐你别的。

李丽萍伸手从兜里摸出那张银行卡递给赵想，赵想没有伸手接，李丽萍就把卡放到了李想面前的桌子上。

**李丽萍：**这里面是你的学费和一点生活费，你要是用钱就跟妈妈说。

**赵平：**（冷笑）这么能耐啊，看来从外面真挣着钱了是不？

**李丽萍：**你有完没完。

**赵平：**哎呦，现在有钱了说话就是硬气了啊，就你这天天耷拉个脸，谁都受不了你。

**李丽萍：**这不关你的事。

**赵平：**不关我的事？李丽萍，咱俩可没办离婚呢啊，这还真就关我的事了。

李丽萍深呼出一口气，站了起来。

**李丽萍：**赵平，我有事要跟你聊，你跟我出去吧，我们出去说。

说罢李丽萍就走出了门去。赵想也局促地站起身来，赵晨倒还是专注于手机上的游戏，连头都没抬。

## 20. 夜晚 饭馆楼梯口 内景

李丽萍依靠楼梯的扶手上，赵平点了根烟靠在墙上。

**李丽萍：**我回来也想跟你说这个事的，咱们什么时候把手续给办了吧。

**赵平：**你想离婚？我告诉你，不可能，你走的时候我就跟你说了，不可能就让你跟别人跑了。

**李丽萍：**这样耗下去，大家都不好过。

**赵平：**谁不好过了，反正人家都知道我媳妇儿跑了，我是无所谓了。哦，我知道了，是你不好过呀，你那新姘头也不好过吧。

**李丽萍：**我是想好好跟你谈的，你别太过分。

**赵平：**李丽萍，是你自己非要出去搞破鞋去，到底是谁过分呀！走，让别人来评评理，到底是谁过分！

赵平扔了烟头，握住李丽萍的手腕，音量也越来越大，作势要往人多的楼下走。

**李丽萍：**你两年前去我厂子里闹过一次还不够是不是！我当时早就跟你说过了，我要和你离婚！是你一直在死缠烂打！

李丽萍想要挣脱，但是赵平的力气实在太大，她怎么挣扎都没能甩开赵平的手。

**赵平：**我告诉你，你他妈是我花钱娶回来的媳妇，你这辈子就是我们赵家的，你想离婚，门都没有！

说完，赵平甩开李丽萍的手，反作用力让李丽萍重重摔在墙上，赵平却头也不回地朝着刚才的包间走去。

## 21. 夜晚 饭馆包厢 内景

赵平猛地推开门，把李丽萍放在桌子上的银行卡塞进兜里，拽着赵想和赵晨就往外走。

**赵平：** 走，咱们回家。

他们走到门口时正好就撞上刚走回包厢的李丽萍，赵平恶狠狠地把李丽萍推到边上。

**赵平：** 你要是有良心，就尽早老老实实给我回家。

赵想看到李丽萍被推到旁边，担心地回头看向李丽萍。赵平见他回头，在他脑袋上重重地拍了一下，拽着他走下了楼梯。

## 22. 夜晚 饭馆包厢 内景

李丽萍自己一个人呆坐在包厢里，不知道过去了多久，外面都淅淅沥沥地下起了小雨，呼呼的风拍打着包厢的窗子。

忽然有人推门进来，李丽萍抬头一看，竟然是赵想。

赵想的头发已经被雨水稍稍打湿，贴在了额头上。他慢慢走到李丽萍身旁，坐了下来。

**李丽萍：** 想想？

**赵想：** 妈。

**李丽萍：** 外面下着雨呢，别再把你淋感冒。

**赵想：** 妈，对不起。

李丽萍听到这话愣住了，反应了很久才张口说话。

**李丽萍：** 你这孩子，你有啥对不起妈的？

**赵想：** 妈，对不起，我不该叫你回来的。

**李丽萍：** （红了眼眶）没事，想想，妈知道，你是想妈了。是妈妈对不起你。

赵想也忍不住哭了起来，两人相拥而泣，过了许久，赵想才抬起头来。

**赵想：** 妈，你这几年，在城里面过得好吗？

李丽萍一时语塞，犹豫了一下，才开口说道。

**李丽萍：** 你不用担心妈，妈挺好的。

**赵想：** 你恨我吗，妈？

李丽萍没想到赵想会说出这样的话，更是惊讶。

**李丽萍：** 想想，你怎么这么说，妈怎么会恨你的？

**赵想**：你走之后我一直在想，是不是你没有生我的话，你早就能出去了，你早就可以去城里好好过日子了。

**李丽萍**：想想……

**赵想**：我原来就知道，你以后一定会离开的，可是在那回放假回家真听到这个消息时，我还是很难接受。

**李丽萍**：想想，这和你没关系，你不要多想。

**赵想**：妈，我怎么能不多想呀？你知道吗？这些年，我一直都在怨你。甚至这次让你回来，都是想看看你到底在不在乎我。

李丽萍愣愣地看着赵想，没有说话，只是紧紧握着赵想的手。

**赵想**：小时候我就怨你管我管得太严，可当你真走了，我就怨你怎么就这么把我给抛下了？难道在你的心里，我和爸是一样的，都是你想逃离的人吗？

李丽萍听到这里早就已经泣不成声，她把赵想紧紧地拥在怀里。

**李丽萍**：对不起想想，真的是妈妈的错，对不起，对不起……

**赵想**：妈，你为什么不带我一起走呀？

赵想窝在李丽萍的怀里，他个子已经很高了，只能弯着腰配合李丽萍的高度。他的手悄悄捏紧，又轻轻松开。

**赵想**：妈，你不要回来，我希望你过得幸福。

## 23. 夜晚 宾馆房间 内景

李丽萍在洗手台前脱下外衣，对着镜子照着自己的后背。

她的后背上因为被赵平推着撞上了墙角，青了一大片。她小心地碰了两下，脸上表现出明显的痛感。

这时她低下头，打开水龙头接了把凉水扑到自己的脸上，也没有抬头看镜子，就这样一直垂着脑袋，任凭顺着头发留下来的水打湿衣服。

## 24. 白天 镇上街道 外景

雨下得越来越大了，李丽萍来到宾馆的楼下，想在便利店里买一把伞。

明明看到前面买伞的人拿了张十元的支票递给老板，可当李丽萍上前问价的时候，老板却上下打量了她一番，告诉她十五。李丽萍也没和他讲价，从包里拿了钱递给他。

李丽萍拿了伞，走出便利店，在街上漫无目的地走着，连水已经淹过鞋子的地方也没有避开。

现在街道上没有什么人，只有偶尔经过的几辆车，路边的店铺都紧紧关着门窗，本来吵得要命的街道忽然安静了下来，只留下大雨哗哗的声音。

## 25. 白天 宾馆前厅 内景

虽说是宾馆的前厅，实际上只是在前台前面放了一张小沙发而已。李丽萍刚一进门，就看见小江坐在那个小沙发上，衣服都被微微打湿了些。

其实李丽萍的模样更夸张，在外面走了很久，她小腿以下已经完全湿透了，上衣和头发也大半贴在身上。

小江刚刚看到李丽萍就立马站起来。

**小江**：这么大的雨还出去干嘛呀？给你打了那么多电话都没接，可担心死我了。

李丽萍有点恍惚，低头去摸兜里的电话，果然好多小江的未接来电。

## 26. 白天 宾馆房间 内景

外面的大雨还在狠狠拍打着窗户，让人不禁怀疑雨水会不会把窗户冲破，涌进屋子里来。

李丽萍递给小江一条干净的毛巾。

**李丽萍**：你先拿这个擦擦，我先去换身衣服。

小江接过毛巾坐在椅子上，李丽萍转身进入洗手间换衣服，小江就边擦着头发边留意卫生间里的动静，直到李丽萍从卫生间里出来。

**李丽萍**：你怎么想起来找我了？还下着这么大的雨。

**小江**：我听说你们昨天饭吃得挺不愉快的，我这心里就怪担心你。

**李丽萍**：你们都知道呀，是听赵平说的吧。

**小江**：我听我婆婆说的。

**李丽萍**：我最烦村里这一点，有点破事谁都要听谁都要讲。

**小江**：姐，我没别的意思。

**李丽萍**：我知道，我没说你。谢谢你呀小江，还专门来看我一趟。

**小江**：没事姐，看到你，我这心就不慌了。

李丽萍慢慢走到窗边，看着外面的雨和街道。

**李丽萍**：谁知道吃个饭会闹成这样。

小江看着李丽萍的背影，好像有点犹豫。

**小江**：姐，其实我一直没明白，你回来这一趟干吗？你说两个孩子都大了，你就好好在城里过你的日子呗，这回来不是给你自己添麻烦吗？

**李丽萍**：（转过身来，背靠着窗台站着）是呀，怎么想，我都不应该回来的，可是想想给我打电话的时候，我除了回来，没有别的想法。说到底，我也确实对不起孩子。

**小江**：那你这回什么时候走呀，我到时候送送你。

李丽萍：明天吧，明天我就回去了。

小江：行，咱回去好好过咱自己的日子去。

李丽萍：（没有回答，又转过身面对着窗户）好好过日子，都说好好过日子，可想想问我在城里过得怎么样的时候，我连话都说不出来。

李丽萍：我原来一直以为我从这里跑出去，我这日子就能变一个样。但是当我真的这么做了，真的自己一个人去外面过，发现也就那样。

李丽萍：哪里的生活都是差不多，这个破日子，在哪过都一样。

小江：姐，你别这么说嘛，你在城里肯定和这里活得不一样，老张总比赵平人好多了吧。

李丽萍：是啊，城里的生活已经比这里好了，可怎么我还是不满意呢？

小江：是老张他那女儿的事吗？

李丽萍：（愣了一下，随即笑笑）跟那没关系，那是他自己的事，我不是因为这个。

小江：不管是因为啥，人家不是都说，知足常乐嘛，咱们就平时乐呵着点，这日子也就高高兴兴地过去了。

李丽萍：我就是不知道我想过什么样的日子，我也不知道为什么我一直不痛快，是我自己有毛病吗？

小江：姐，我觉得，你平时就别想那么多了，真的。

李丽萍转过身，走到小江对面的床上，坐了下来。

李丽萍：小江，说实话，我一直挺羡慕你的。

小江：哎呦你这话说的，我有什么可羡慕的。

李丽萍：小时候，我就羡慕你能去上初中，我当时就想啊，我要是也能上初中，那就好了。后来结婚了之后你家两口子又出去打工去，回回过年的时候给我带回来的东西都跟村里的不一样。我当时就天天寻思，外面肯定特别不一样，我也得出去瞅瞅。就现在，你能在家除了带孩子别的都不用考虑，你好像一直能过得比我好，你说说，你多让人羡慕呀。

小江：姐，那你当时出来跟我一块打工，你后悔吗？

李丽萍思考了很久才回答。

李丽萍：不后悔，如果当时没跟你出来，我现在估计也拼了命地想出去看看。

小江：这就是我最佩服你的地方，你身上老是有一股冲劲，从小就感觉得出来。你说你当时跟赵平闹得那么厉害，就为了能出来，我说实话，真没几个人能办得到。所以就凭你这冲劲，我真挺佩服你的。

李丽萍抬起眼，又低下头去。

李丽萍：小江，我真的累了，我不知道该往哪冲了，我，也冲不动了。

本来想鼓励李丽萍的小江也不知道该说什么好了，房间里陷入一阵沉默，屋外的雨更大了。

过了许久，李丽萍才开口。

**李丽萍**：谢谢你小江，这么多年真的挺谢谢你的。

**小江**：姐，你别说那见外的话。明天下午你走的时候，我过来接你。

## 27. 白天 汽车站 外景

李丽萍从小江的车上下来，用两只手紧紧地握住雨伞，以防被风给刮跑。

**李丽萍**：你别下车了，这雨太大了。

**小江**：行，姐，你到了给我发个信息。

**李丽萍**：行，你快回去吧。

李丽萍被风吹得快睁不开眼了，转身向站里走去。

## 28. 白天 长途客车上 内景

李丽萍把包放在了座位的下面，头靠着窗户，外面的雨似乎都可以拍打在她的脸上。

渐渐地，李丽萍似是有了睡意，迷迷糊糊地闭上了眼睛。

## 29. 夜晚 车站 外景

因为下雨的缘故，今天的天黑得尤其早，李丽萍出车站的时候天就已经完全黑透了，外面的雨已经到了暴雨的程度，风也越来越大。

李丽萍举着伞来到马路的边上，她越来越拿不住伞，甚至整个人都要被伞给带走了。

终于在过马路的时候，李丽萍手里的伞被大风刮跑了，她本想再用力去拽，却听到一阵汽车鸣笛的声音。

她转过头，正好对上迎面而来的车灯。

## 30. 白天 工厂门口 外景（幻觉）

李丽萍从工厂大门推着车子走出来，像平常一样，奋力地骑着那个难走的上坡路。

她的自行车把上忽然出现了一个气球，两个、三个、四个……气球变得越来越多，最后变成了一大簇。

可是这些气球并没能让她的自行车升起来，反而压得自行车越来越重。

终于，李丽萍没法再蹬上去了，她从自行车上下来，自行车在她离开的一瞬间就消失了。

李丽萍开始徒步往上走，可腿也越来越沉重。

终于，李丽萍只能停在原地，任凭怎么使力气，都没有移动半步。

## 31. 夜晚 马路上 外景

李丽萍被车撞倒在地上，她的腿被撞断了，腿上流出的血很快被雨水冲淡。

周围渐渐有人围了过来。

完。

◎ **指导教师付可歆评语：**

李丽萍的人物形象被塑造为一个努力为了更好的生活而挣扎的母亲，同时也是一个想要摆脱不幸婚姻并追求自己幸福的女性。剧本中的冲突和决裂在赵平和赵想身上得到了集中体现，前者象征着压迫和控制，而后者则是对母爱的渴望和对母亲情感的理解。本该是非常值得深挖的具有深刻意义的三人关系，但也许是因为作者年岁还不足以理解中年人的缘故，并没有得到很好的展开，略微有些遗憾。

不过，剧本通过日常生活场景进行推进，在对话和人物内心独白中展开情节，具有较强的现实主义色彩。此外，通过梦境与现实之间的穿插，剧本呈现了角色内心深层的情感和渴望，增强了故事的层次感和深度。剧本也提供了对当代社会家庭关系、妇女地位和个人追求的深刻反思。

从技术角度来看，剧本中的场景切换和时间流转处理得当，有助于观众对情节的跟踪理解。角色之间的对话自然，配合相应的场景描述，能够在观众心中形成鲜明的视觉印象。情感冲突处理得细腻而真实，尤其是在夫妻关系和亲子关系的描绘上，能够引发共鸣。

总体而言，这个剧本深刻揭示了家庭内部的矛盾和女性在传统与现代价值观念冲突下的困境。它通过真实的日常生活切片，展现了广大平凡人物在现代社会中的生存状态和情感世界，对观众而言有着较高的观赏价值和思考空间。

# 往 更 深 处

程 燃

（23级专硕）

（午后，海边的长椅旁，乙坐着时不时向远处张望，看见甲来，乙起身。）

乙：你终于来了。

甲：那个地方非去不可吗？

乙：机会难得啊，听说近九十年第一次允许观众进去。

甲：其实，我不是很想见你。

（乙沉默。）

甲：你已经见到我了，走吧。

乙：那个地方真的很有意思，屋顶墙壁装饰全部都是用水晶做的。

甲：我上次就说过你不要再来了

乙：到了夜晚，人啊，动物啊，建筑啊都会发光。

甲：你知道你在做什么吗？

乙：白天，你可以看到透明的鲸鱼在天上飞……

（甲沉默，乙沉默。）

乙：就一次，买不了吃亏买不了上当。

乙：专家都说了体验很重要。

乙：门票免费。

乙拉着甲的胳膊，两人往前面走。

乙：我怎么感觉你心情不好？

甲：没有。

乙：你还在心烦吗？

（甲沉默。）

乙：当年，你才上初中，遇到极端暴力事件，不知所措也很正常。

甲：你不懂。

乙：都过去这么久了，何必为难自己呢？

甲：可为什么我还记得那么清楚？厕所的巴掌声和哭喊声还那么清晰。

乙：记得又能怎么样？能改变结局吗？

甲：我还记得他的名字，王潇一，潇是三点水的潇，一是一二的一……

乙：别说了，你都快陷进去了。

甲：为什么不能说。你知道哭声有多恐怖吗？感觉心脏都快喊出来了。拍门声，一下、两下、三下……

（乙沉默。）

甲：我就站在门口，一个人傻傻地站在门口，听着里面的声音越变越小，后来老师和同学把王潇一拖了出来，满脸血痕，奄奄一息。最后王潇一转学了，听别人说进了重症监护室。

甲：那个打人的名字我还记得，叫林云，林是树林的林，云是云朵的云……林云也转学了，就像一切都没有发生过。（暂时沉默）你说是不是从来没有发生过？（笑）

乙：这样的事情太多了，你的包袱也会越来越重。

甲：有些时候我觉得自己太无能了，胆小，懦弱，没办法阻止事情发生，也没有能力保护别人。到最后只剩下遗忘，大家歌照唱舞照跳，再也没有人提起过这两个名字……他们就这样凭空消失了。

乙：你啊，就是心思太重。

甲：是我想多了？

（乙沉默。）

甲：这两个人不重要，对吧？所以是我的原因，让它在我心里生了根发了芽，日夜灌溉，长成参天大树，成为我身体的一部分？

乙：可以选择遗忘。

甲：把坏死的部分砍掉？

乙：那样才能长出新绿。

甲：那树为什么一定要做树？枯萎不好吗？向下生根不好吗？

乙：在别人看来不好。

甲：那我要为了别人选择遗忘？

乙：学会遗忘才不会痛苦。

甲：忘得还不够多吗？到最后大家还记得什么？

乙：（叹气道）先是不能说，不敢说，后来是时间久了，就忘了。

甲：忘了才好，才麻木，才不痛苦，才天下太平。

甲停下脚步向后面转，乙赶紧拉住。

乙：你要走？

甲：对，你这人太没意思了。

乙：我可比天下大多数人有意思（乙拉着甲，继续往前走），是不是你的标准有点问题？

甲：有意思有什么用？和我有什么关系？有些话你还是去和别人说吧。

乙：我这不是来找你了吗？

甲：然后呢？

乙：说话啊。

甲：然后呢？

乙：就走啊。

甲：然后呢？

乙：你怎么那么多然后，好好聊天不行吗？

甲：我实在不明白，你大老远跑过来干吗？

乙：我也不明白，为什么一定要明白？明白多累啊，稀里糊涂的多好，过一天，算一天，就这样平平静静地糊涂着。

甲：我和你不一样。

乙：你和所有人都不一样。

甲：我是怪胎，我是变态。

乙：不要这样说自己，每个人都和别人不一样，和别人不一样就不正常了吗？再说正不正常也没有什么要紧的。怪胎、变态都是贬义词，你可以说自己不正常，这样会好点。

甲：感觉你也不正常，咱俩都不正常。

乙：天底下就没有正常的人，就像我四伯一样。

甲：你四伯不是已经走了吗？

乙：是啊，我妈说是在一个山洞找到他的。那天夜里还下着雨，他自己一个人偷偷跑出去的，我奶奶做着饭等他回来，一直等到了天亮。找到他的时候，身体已经凉了，在洞口还发现了半截绳子，你说他一个人在夜里得多害怕啊？

甲：他儿子知道吗？

乙：知道啊，可又能怎么办？这年代啊，别说儿子了谁都靠不住。他媳妇一家待他不好，一个人在外地，一个人也不认识，天天冷嘲热讽，是谁也受不了吧。我就想不明白，到什么情况下人会选择这条路？

甲：自杀？

乙：别提这两个字。

甲：这样的事挺常见的。

乙：我奶奶受的刺激可不小，哭了三天三夜人都喘不上气了，我妈也变得神神叨叨了。感觉四伯走了，家里就变了，之前还经常去他家的，后来就不去了，走动少了联系就少了。

甲：人到最后是不是都会这样？

乙：应该是吧，现在都快忘了他的样子了，小时候他还给我买过糖，每次都是一块钱的，我妈说他只给我买，别的人都没有。可是他走的那天，我都没去见他。

甲：为什么没去？

乙：最后的见面不应该是这样的，他应该站在阳光里，有一点温暖，嘴角上扬，责问我为什么上课不听讲，大学考得怎么样，问我为什么不结婚不找对象。

甲：这些不是你最反感的吗？

乙：是啊，曾经我特别反感，现在也反感，但假如他再问的话，沉默是不是会好一点？

甲：也许吧。

乙：你说那么冷的夜他怎么会一个人跑出去？还是在洞里，他最后会有多绝望，假如最后还是要走，为什么不能选择痛苦少一点的方式？

甲：这种痛苦是他熟悉的吧。

乙：可是他平时不是这样的。

甲：平时的他是真实的他吗？

乙：那我见到的他是谁？

甲：是你四伯不是他自己。

乙：那谁见过真实的他？

甲：谁都没有见过，他是他儿子的父亲，妻子的丈夫，侄子的四伯，唯独不是他自己。

甲：在雨里奔跑，在洞里独自面对黑暗……也许只有在那一刻，世界才安静下来，内心才是平静的。

甲：他见过最阴暗的自己，也痛恨那样的自己，所以死亡对他来说是一件更加轻松的事。

乙：可是真实的他，我也不会抗拒啊。

甲：也许你不会，但肯定有人会。你会抗拒真实吗？

乙：不会。

甲：也许你没有见过才不会抗拒。最后在病床上躺着的不是真实的他吗？那为什么……

手机铃声响，乙接电话，乙打完电话。

乙：不好意思，工作上的事。

甲：大忙人啊。

乙：周末都不让人休息，破公司。

（甲加快脚步，乙跟上。）

乙：你怎么了？

甲继续走。

乙：又让你不舒服了吗？

（甲继续走。）

乙：你说你怎么才能心情好一点？

甲：我心情挺好的。

乙：那你怎么突然间就这样了？

甲：突然吗？

乙：我感觉有点突然。

甲：我怎么没感觉，你说的那个地方到底在哪啊，都走了这么久了，还没有到吗？

乙：就在前面了，别急，累的话，要不我们先休息一会吧。

乙拉着甲，在路边的板凳上坐下。

乙：我告诉你啊，我们要去的地方叫银河游乐园，每个人一辈子只能去一次，这次我们太幸运了。我想给你买一个宇宙棒棒糖，那个棒棒糖是发光的星体做的，外面还有一圈行星环。行星环发着光，它的颜色是由构成光环的物质微粒大小决定，每个微粒都装着人们没有实现的愿望，破碎的承诺以及善意的谎言。每个棒棒糖颜色都不一样，因人而异，价格很便宜。

甲：六岁的小孩才喜欢棒棒糖吧。

乙：那要不买个月亮吧，它们经常在路上流浪，无家可归，看起来挺可怜的。我听说啊，大家都争着抢着去买最亮最通透的，形状呢最好是 C 型，长度最好是二十五厘米左右。

甲：为什么要买亮的？

乙：因为月亮在刚出生的时候往往最亮最通透，每淋一次雨就会暗淡一点，假如淋的次数多了，就会变黑变暗。

甲：没有淋过雨的月亮多少钱？

乙：不存在没有淋过雨的月亮。

甲：那发亮有什么用？

乙：没用，因为照明用电灯就行了。

甲：感觉有一点复杂。

乙：是啊，类型可多了，有亮的暗的，黑的白的，缺的圆的，大的小的，不同类型的月亮价格相差千倍万倍。

甲：就是亮度不一样？

乙：差不多吧

甲：还是别买了，养不活、照顾不好可怎么办。

乙：也是。

甲：走吧。

（甲乙起身，两人向前方走去，乙从背包里拿出一瓶水递给甲，甲接过。）

甲：天气热起来了。

乙：应该是走路后身体发热了。

甲：不一样吗？

乙：一样，不过幸好不用戴口罩了。

甲：医生说这段时间还是需要戴的。

乙：为什么电视上的医生每次说的都不一样，也不知道哪次是准的。

甲：医生也有领导啊，领导不指挥，医生都不知道路在哪。

乙：（领导腔调，手势）看，路！

甲：（手势）这世上便有了路。

乙：（手势）发挥人的主观能动性。

甲：（手势）人定胜天。

（两人笑了一会儿，一阵沉默。）

乙：记忆会消失吗？

甲：就像从来没有发生过。

乙：记忆会消失的。

甲：假装无事地忙起来。

乙：记忆会消失吧！

甲：苦难从不会停止。

（甲将手里的水瓶扔到了垃圾桶，发出碰撞的声音。）

甲：我不想再走了，太累了。

乙：马上就到了。

甲：你为什么总是这样强人所难呢？

乙：这件事情很重要，没你不行。

甲：可是地球一样地转啊。

乙：门票上面规定了一定得两个人一起去。

甲：你去找其他人吧。

乙：可是我只认识你啊。

甲：你骗我，你之前从来没有说过路会这么远。

乙：我觉得应该不远，很多人都是走去的，他们回来的时候告诉我走着就可以到。

甲：你这个骗子，什么破游乐园，什么破棒棒糖，你能不能清醒一点。

乙：好，你别急，我们都冷静一下。

甲：说要来的人是你，说要走的人也是你，你知不知道自己在干什么？

乙：（小声）我知道。

甲：你知道什么？那为什么我会这么累？

乙：（小声）就是去看一下，然后就回来。前面的路我也不是很清楚，我也没有想过你会这么累。

甲：你不累吗？

乙：（小声）偶尔也会。

甲：那回去吧！

乙：坐会，坐会，感觉脚真的有点酸，你说的很对，这条路太难走了。

乙先坐下，甲站在一旁，两人僵持半天。风吹过，海面水波荡漾，倒映出建筑的影子。

甲：你看前面（用手指了指斜对岸的海洋世界公园）。

乙：海洋世界，上次来过。

甲：你说被关在里面的美人鱼有没有逃出来？

乙：应该没有吧，它们每天还拿工资呢。

甲：我还记得那个红色鱼鳞的美人鱼跟我说它不快乐。

乙：因为被关着？

甲：它说它被父母抛弃了，一个人在世间游荡，等到有一天碰上了有缘人，它会变成黑色，与万物融为一体，那个时候它就自由了。

乙：那你碰上它的时候是什么颜色？

甲：红色。

乙：可是为什么要变成黑色？

甲：因为黑色可以躲起来，可以看到人来人往车水马龙，黑色也可以听到内心的声音，告诉你不要怕。

乙：那自由呢？

甲：当你碰上有缘人的时候，就知道什么是自由了。

乙：不想知道，感觉自由也没什么好的。

甲：那个红色美人鱼应该碰不到有缘人了。

乙：可是它告诉我肯定可以。

甲：对啊，每一个美人鱼都会这样说。它们游啊，游啊，就会慢慢地忘记它们在水里。

乙：然后一直围绕玻璃墙打转。

甲：给观众一个漂亮的爱心。

乙：偶尔露出水面呼吸一下。

甲：用尽力气摇动尾巴。

乙：屏住呼吸向深处游。

甲：赢得阵阵欢呼声。

乙：手机会一直闪。

甲：然后——

乙：一直重复着。

甲：是不是把它们身上的锁链解开就会好了？

乙：不会，因为它们已经习惯了，解开了就不知道怎么游了。

甲：当美人鱼可真好啊。

乙：为什么？

甲：因为这样有意义啊，周而复始，循环往复。

乙：可是你有没有看到它们身上的勒痕，感觉会很疼。

甲：这就是代价吧。

乙：那我还是不要当美人鱼了，做人挺好的。

甲：好吗？

乙：嗯，现在还不清楚，可能过段时间就想明白了。

路旁有一对行人走过。

乙：你快看，他们也要去银河游乐园，我没有骗你对不对。

甲：这两者有什么关系吗？

乙：不是只有我一个人想去那个地方，其他人也想去，你也可以去。

甲：我不想去。

乙：为什么啊？有透明的鲸鱼，发着光的房子……

甲：（打断）你真的很烦，不是所有人都想去那个地方。

乙：我以为你想去。

甲：我现在不想去了。

乙：那怎么办？

甲：回去吧。

乙：可是回去的话，路也很远。

甲：我们打个车吧。

乙：这个地方没有车，也没有便利店，交通不便，商业不发达，只有很少的行人经过，并且没有办法和他们沟通。

甲：他们听不到声音吗？

乙：可以听到，但是只能听到对方的声音。

甲：就是说你我可以交流，但是没有办法和其他人交流。

乙：对。

甲：事情怎么会发展到这个地步，你是不是故意的？

乙：我没有。

甲：你真的让我痛苦，我后悔来见你了。

乙：要不我背你。

甲：不要，别动我。

乙：要不你喝口水？

甲：不要，你真是个麻烦。

乙：先别生气了，消消火。坐下休息一会儿，回去还是继续往前，我们再说。

甲犹豫了一会儿，坐下，甲乙两人坐在海边，微风吹过。

乙：风吹得还挺舒服的。

甲：是啊。

乙：以前一直幻想着有一天能坐在海边吹吹风，什么都不想，就静静地呆着。

甲：你家那边没有大海吗？

乙：对啊，那个地方只有河、平原，连山都没有。你听过那首歌吗？

甲：什么歌？

乙：大海啊，大海，是我生长的地方；海风吹啊，海浪涌，随我漂流四方……

甲：听过。

乙：你说我会不会也像大海一样，漂流四方？

甲：那要看你什么想法？

乙：曾经我以为我喜欢大海，后来看到它了，一个人在海边坐了很久。感受到了浪花在脚底的冰凉，也踩过柔软的沙粒，看着捕鱼的老大爷在海面搏斗，也见过日出和晚霞，我想我以后再也不要一个人来海边了。

甲：为什么？

乙：风很自由，但突然有一天，他想明白了就会化成云随雨落下，把自己揉得粉碎，释放出水分子和少量的气体、矿物质和微生物。水分子滋养大地，气体可供植被呼吸，矿物质和酶结合，帮助代谢，微生物与一些物质发生化学反应，变酸变甜……

甲：不是在说大海吗？

乙：是啊，晚上的海风声可恐怖了，吹得窗户直响，发黑的海水往岸边涌。

甲：大海也有黑暗的一面。

乙：天昏地暗，风起云涌，浪潮翻滚，细雨朦胧，可能会偶尔去一次吧。

甲：你还记得，那次我们一起去海边玩，你把沙子都灌在我的鞋里了。

乙：你都不等我，只顾着一个人跑。

甲：谁叫你一直追我。

乙：那天的海风太大了。

甲：没有等到日落，都怪你一个劲儿地喊冷。

乙：真的很冷。

甲：不过，拍的照片还挺好看的。

乙：对，对，也是那次之后发现自己长得不难看。

甲：应该是我拍照技术好。

乙：审美一绝。

甲：和光线也有关系。

乙：漫天的红色云朵，在海的最深处与天相接。

甲：泛着金光的海面，时不时有帆船游过。

乙：太阳挂在树梢上。

甲：佛像温柔慈悲。

乙：天也很美。

甲：就是有点冷。

乙：你也觉得冷？

甲：对啊，不过为了看一次日落，这点冷算不了什么。

乙：下次还要看更多次日落。

甲：你也太扫兴了。

乙：下次不会了。

（甲乙两人面朝大海坐着。）

甲：那个银河游乐园到底在哪啊？

乙：具体我也不清楚，别人只是告诉了我大致方向。

甲：为什么那么多人要去？真是奇怪。

乙：说不定还真有不一样的地方。

甲：不一样有什么用？

乙：一定要有用吗？

甲：反正不值得，脚都酸了，还不如在家躺着。

乙：我反倒觉得还挺好。

甲：有什么好的？

乙：那样我就可以记下，这个地方我来过。

（甲沉默。）

乙：路有点远，记得带水，记得多休息。

乙：不要着急慢慢来。

乙：虽然会有矛盾，但是肯定会解决的。

甲：你废话还挺多的。你会不会把方向带错了？

乙：不会，刚才不是看到其他人了吗？

甲：最好是这样。

乙：你说，透明的鲸鱼可以看得到吗？

甲：这个很难说……

（甲乙两个人坐着继续交谈，背后有一条透明的鲸鱼游向海的更深处。）


全剧终。

◎ **指导教师付可歆评语：**

这部以对话为主要形式的独幕话剧在形式上能大胆尝试不同类型的戏种，尽管在创作中多次受挫，就结果而言也不尽如人意，但学生敢于尝试的决心值得嘉奖。

剧本流露了两个深层次的故事线。一方面，主角甲似乎承受着儿时目睹暴力事件的心理创伤，这段经历在甲的内心中仍然根深蒂固。对话中乙试图通过提出去一个奇妙的地方（很可能是一个寓言或隐喻）分散甲的注意力，诱导他走出悲伤和困顿。另一方面，乙自己也面临着一位亲人自杀的创伤，乙对此感到困惑和无助。两人都在各自的痛苦中试图找到解脱和意义。

这段对话表明了两位角色在寻找治愈和建立联系的过程中，彼此在内心也找寻着解脱。在他们的交谈中，我们可以感受到不同人对生活的深刻洞察。对话隐含着一种看待世界与自我认知的多维视角，创作者往往藏在角色背后，而真实的自己却难以被人理解或接受。这种对人类心理和社会现象的深刻探讨体现了作者在剧本构建方面的深度和同理心。

对个体经历的关注以及对重大议题的触及使这个故事成为了一个引人思考的剧本，它探讨了创伤如何影响人的一生，以及个体如何通过对话和情感支持来处理自己的情绪。此外，对话末尾提到的透明的鲸鱼和银河游乐园的幻想元素，似乎在引导读者思考现实与幻想之间的界限，以及这些幻想对主角甲和乙所起到的心理调和和逃避现实的作用。整体来看，这是一个充满象征和深沉主题的剧本，值得细细打磨。

# 告 别 群 山

项梦琳

（23 专硕）

## 序幕　告别

干净有秩序的机场候机大厅。夏末，深夜。

舞台被向外延伸的平台分为两层，平台的质感是黑色的岩板，整体上层较高下层较矮。两层舞台由右侧的楼梯连接，下层舞台的墙面中间有一扇小门。在这一幕中，上层的背景是黑白的传送带输送行李的卡通画面，背景音是机场播报声，整体灯光为冷白色。

开场，穿着不同款式黑衣服的歌队成员按台词节奏有序上场，上层三名，下层三名，整齐地变换队形，用僵硬的肢体动作来表现在机场工作的情景。在这个环境中，人就像是一件件等待被安检的行李，有固定的轨道，也有固定的流程，不能脱轨，也不得不被推着往前走。整体灯光为冷白色，背景音乐是有节奏感的机场提示铃。

**歌队：** 女士们，先生们，
　　　　请注意。
　　　　以下为重要广播。
　　　　我们很抱歉地通知您，
　　　　由于天气原因，
　　　　U5073 号航班延迟起飞。
　　　　我们很抱歉地通知您，
　　　　由于天气原因，
　　　　U5073 号航班延迟起飞。

　　　　请出示证件，
　　　　请出示登机牌，
　　　　请放置好您的行李，

> 滑轮向外，
> 滑轮向外。

**美芬**：（从下层上场口匆忙上场，时不时看看手中的登机牌，走向离下场口最近的歌队成员）你好……

一个不到四十岁的中年女人由舞台左侧上场，她穿着一件洗得发白的碎花上衣、深蓝色裤子，低低地盘着一个发髻。脸颊两侧的鬓角落下几缕发丝，被汗液贴在脸和额头上。她一只手抱着一个孩子，另一只手拎着一个又大又鼓的蛇皮口袋，从蛇皮口袋被撑出的七扭八歪的形状来看，这次出门应该是做足了准备。虽然脸上露出一丝着急和疲惫，但难以掩盖她的漂亮，特别是那双黝黑的、坚毅的眼睛。她轻声喘气，可能是因为赶路时的匆忙，也有可能是因为沉重的行李。

**歌队**：（冷冷地，迟钝地）请……出示证件。

**美芬**：（边拿证件边往依婷的方向看）快跟上，别走丢了！（把证件递过）是这个吗？

**歌队**：（木讷地接过证件）请稍等。

**依婷**：（跟在母亲身后跑上场，新奇地左顾右盼，笑着与上场口第一位歌队成员对话）叔叔好！（见对方没有回应，感到奇怪）

一个十来岁的小女孩小跑着跟在美芬后面，身着米黄色 T 恤，白色的短裤和粉色水晶凉鞋。背着一个旧旧的玫红色书包，可以看出洗得很干净，书包里塞了很多东西，和她的单薄身躯显得非常不搭。依婷扎着马尾，跟在母亲身后跑了太久，所以马尾有些松，乱糟糟地垂在脑后。她看起来还像并不在意这些，因为对机场的好奇盖过了赶路的疲惫，她左顾右盼地观察这一切，表情中充满了对新生活的向往。

**美芬**：（对依婷）婷婷，婷婷，别看了，快来妈妈这。

**依婷**：（还在回头看，不一会回过神来）来啦！

**歌队**：请出示登机牌。
> 放置好您的行李。
> 请上楼。

依婷与母亲走上舞台的上层，背景音乐变得更有节奏感，全场灯光仅剩下三盏打在上层三位歌队成员身上的追光，依婷与母亲美芬每经过一位歌队成员都会被歌队成员用机械化的动作完成"安检"，随着"安检"的结束，音乐戛然而止，舞台灯光全熄。

**背景音**：（越来越快，机场提示音的节奏也越来越急促）
> 旅客朋友们，
> 您所搭乘的航班马上就要停止登机，
> 您所搭乘的航班马上就要停止登机，

您所搭乘的航班马上就要停止登机，

停止登机。

（灯光暗，黑暗像是把依婷和美芬两人吞噬。黑暗中是一声沉重的关门声，安静三秒后是飞机坠落声。）

（舞台左侧追光起，母亲美芬穿着一袭白衣出现，手中抱着孩子。）

**美芬：**（轻声哼歌，哄着手中的孩子）告别，你畏惧告别吗？如果，你是一位母亲呢？你惊醒，又在我怀中安睡，呼吸平静不再慌乱。这也许是最后，妈妈最后一次哄你入眠。可你记不住妈妈的姓和名，你还听不懂妈妈哼的歌和曲。但我们必须来到这告别的时刻，幸好你还没学会悲伤。我幻想，我祈祷，在日暮，在星光熠熠和山间小溪。我幻想你可以臂弯强壮，保护姐姐不再被雨雪打湿；幻想到你的叛逆，幻想到你惹她生气，但你也要学着让让女孩。你们是宇宙里两颗拥抱的尘埃，再没有外力可以将你们分开。我祈祷群山不会困住你们，我祈祷迷雾为你们散开，我祈祷野兽可以绕开你们的住所，我祈祷上天可怜两个小生命，拥有好运，在黑夜来临。

（舞台左侧追光暗，右侧追光起，依婷趴在地上，依然是在机场的装扮，书包掉在一边。）

**依婷：**（苏醒）妈妈，我的肩膀好痛……

**依婷：**（坐起）有人吗？有人吗？我不知道这是哪儿，好像上一秒我还在望着飞机的窗外等待着天明，因为妈妈之前和我说，飞机上的日出和山上的不一样，因为在飞机上我可以当全世界第一个看到太阳的人！妈妈攒了那么久的钱，我也不知道会不会再有下一次，所以我一刻也不愿意落下地望着窗外，（不好意思地）可我最后还是睡着了。

（对观众）你知道这是哪里吗？我身上好痛，好像被什么东西压住了。睡觉的时候我好像听见大家在喊些什么，很生气很害怕的样子，我太困太困了，没听清。其实我不太喜欢山外面的那些人，大家都有点儿奇怪，为什么明明有那么多新鲜玩意可以见到。

他们还是不开心，他们也想像我和妈妈一样逃走吗？

（左侧追光起，美芬抱着孩子站在追光中。）

**美芬：**依婷，依婷！

**依婷：**妈妈！

**美芬：**依婷你现在认真听我说，你一直都是懂事能干的孩子，你可以照顾好弟弟的对不对。袋子里还有一些吃的，记住妈妈和王阿婆教过你的，我相信你可以带弟弟走出这里。妈妈真的很舍不得你们，但是，我不能继续陪伴你了，要快乐、勇敢，还有幸福……这是妈妈最希望看到的……

**依婷：**（向前想抓住母亲，扑空了）飞机坠落，妈妈的手紧紧护着弟弟，身体却被重重的椅子压住。我拼尽全力想把椅子掰开，我想把妈妈从椅子下拉出来，可是我的力气不够大，我明明能背一大筐番薯，可为什么我的力气还是不够大……

我把弟弟从她手中抱过，她的身体却被重重的椅子压住，我听见她的呼吸越来越微弱，我知道，我再也没有妈妈了。

（光渐收。）

# 第一幕　乐园

（普通的渔村小院，上层外延的台子上晾着一些带鱼和鳗鱼，下层中间有一扇小门，小门两侧贴着褪色的对联，门外挂着竹帘。舞台左侧是竹条围成的简陋院门，舞台左前方是一棵枣树，树上挂着一个自制的简陋秋千，边上晒着一些梅干菜。右后侧是一个石头和水泥搭筑而成的水槽，边上放着一箩子番薯。整体灯光为暖黄色。）

**美芬：**（正在上层边唱戏边晒带鱼，唱的曲目是《红丝错》）爹爹秉性你知详，一意孤行难商量。圣旨口，铁心肠，岂容你我把话讲。看来是命中已注定，也只好，嫁鸡随鸡走他乡。

**依婷：**（背着一箩筐番薯上场，走到水槽边放下）妈，我回来啦！（往秋千跑，坐在秋千上前后晃悠起来）

**美芬：**（回过神来，往下层看）呀，今天挖了那么多番薯呢！

**依婷：**是呀妈妈，我长大了力气变大了，就多挖一点！

**美芬：**以后少背一些回来没事，你现在正在长身体，可别让重重的箩子把你的小小身板压扁了，那可就长不高了！

**依婷：**（从秋千上跳下来）我才不会长不高的！（拍拍肚子）我每天都要把肚子吃得鼓鼓的，王阿婆说吃饱了就有力气长高了！

**美芬：**那你快去看看厨房里有什么好吃的！

**依婷：**（开心地掀开竹帘跑进小门）又有好吃的！我猜是红糖炊圆！

**王阿婆：**（抱着一个竹篓上场）婷婷，婷婷诶！

这是一个七十来岁的老太太，穿着一身深蓝色的布衣和一双绣花布鞋。她的脚小小的，走路的步子也小小的，因为腰不太好，所以拄着一根拐杖。她长着一张善良又热心的脸，还有一种准备好安享晚年的泰然自若，但从言语之间可听出她依然有着上一辈人的思想。丈夫早年间病倒了，从依婷记事开始她就一直是一个人，也从未改嫁，是依婷治愈了她的孤单。和村口的那些妇人一样，她的热心难免会有一丝"多管闲事"的意味。

**美芬：**（准备从楼梯上下来招待）婷婷在屋里吃东西呢，王阿婆又拿什么东西来了，怎么那么客气。（对屋里）王阿婆来咯，婷婷又开心了，要有好吃的东西了！

**王阿婆：**你忙你的，别下来啦！不是什么稀奇玩意，晒了一点核桃给你们拿过来。

**美芬：**难怪她每天都爱去你家，在你家有好东西吃。

**王阿婆：**她喜欢来玩就多来玩嘛！反正我也是一个人。孩子她爸爸还没回来？

美芬：这次出海说要半个月。

依婷：（手上拿着炊圆边吃边小跑着出来）王阿婆！给你，我妈妈做的红糖炊圆。

王阿婆：（拿了两个核桃放到依婷手上）看看这是什么。

依婷：核桃！好久没吃姜汁调蛋了！

王阿婆：想吃这个还不早点说，那你先把这些核桃吃了，我明天我把姜汁蛋做好了给你送过来！

美芬：那么多核桃就行了，我给她做，王阿婆你别费心了。

王阿婆：这孩子天天来帮我干活，又是给我送番薯，又是给我挖蛤蜊，我这点心意算什么。我常常想啊，这样的小孙女谁家给她娶过去真是有福气咯！

依婷：我才不要嫁人，在家里待着多好，可以天天陪着妈妈，还可以去看阿婆！

王阿婆：傻孩子！怎么可以不嫁人。

依婷：就不要就不要！阿婆我想你教我做姜汁蛋！

王阿婆：好，好！那现在就去我家，我教你做！

依婷：好耶！（往上扔了一个核桃给美芬）给妈妈一个。

美芬：（接住核桃）学完记得帮阿婆擦擦灶台收拾收拾，别给人家添乱了！

依婷：我才不会给阿婆添乱呢！

王阿婆：孩子可懂事了，学得也快，我喜欢教她。

依婷：阿婆，我明天写完作业再给你挖一点蛤蜊，你可以蒸蛋吃！

王阿婆：（对美芬）看，我说这孩子懂事吧！（摸摸依婷的头）好好，让你辛苦啦！

（王阿婆和依婷下，灯光暗，追光起，美芬独白。）

美芬：（走下楼梯）美芬，我家的三姐妹名字里都有"美"字，大家对女孩的期望好像就只是漂亮。只要漂亮就能找到好丈夫，就可以幸福。他们还给我选了一户应该是可以给我幸福的好人家，说再生几个孩子就圆满了，就有福气了。我是不想就这样匆忙结婚的，因为戏里的那些好姻缘，有哪个不是自己找来的……但我想，这样家里就能开心吧。

美芬：我有了一个孩子，她和我想象中一样，天真漂亮，活泼乖巧，和我一样也是个女孩。我希望她可以自己寻到幸福，（思考了一下）是和我不同的幸福。

美芬：实际上我一直都没有真正幸福。他们又说，如果我再生个男孩就会幸福，因为一"儿"一"女"可以拼成一个"好"字。在这个村子里，我也见过几个这样的女人，但我不觉得他们幸福。其实我也不再漂亮了，我还能够幸福吗？好吧，我好像还没把握住幸福，我想像戏里的那些女人一样，至少有自己追求幸福的能力。

舞台灯光变为蓝色，美芬搬出折叠木桌和两把小板凳，再在桌上摆上菜，两个小碗和两双筷子。

依婷：妈妈我回来了，给你吃吃看我做的姜汁蛋，（跑向美芬端着碗往美芬嘴里喂）还不错吧！

美芬：（开心地吃下）比我做的好吃，快洗洗手准备吃饭了。

**依婷**：（去水槽边洗手）饿了饿了！

**美芬**：妈妈今晚想去村口听戏。

**依婷**：（甩甩手坐到座位上）好呀，那我帮你洗碗，你早点去好了。

**美芬**：没事，两个碗一下就洗完了，（给依婷夹菜）你吃饱我就开心了。

（建辉上。）

这是一个四十来岁的男人，黝黑的皮肤，个子不算高，但是可以看出来身材很结实。他是孩子的"最佳玩伴"，他两只手都拎着袋子，一只塑料袋里有些动静，一看就能猜出是他刚捕来的海鲜。另一只手上是个小袋子，是给依婷的礼物。依婷总是很期待建辉回家，因为他总会带一些村子里没有的新鲜玩意，有时候是吃的，有时候是玩的。就算没有礼物，建辉也能在家给依婷做一些新鲜玩意，比如枣树上挂着的那架秋千，这些东西构成了依婷快乐童年的一部分。

但与此同时建辉又是婚姻中的失败者和施暴者，他和美芬的婚姻从一开始可能就是错的。这些矛盾的表现都源于他内心深深的自卑，他希望成为这一段婚姻中的掌控者，但偏偏美芬是一个渴望爱的自由灵魂。建辉越急切地想要美芬臣服于他，美芬就越抗拒这样的婚姻关系，所以他讨厌美芬看戏，他不希望美芬的思想中有这样的觉醒。在愤怒的累积后，建辉靠虚张声势的暴力来强化自己在这个家中不可被撼动的地位。他爱依婷，他爱自己的孩子，因为孩子的爱和崇拜更容易得到，孩子更容易屈服于他的威严。这样矛盾的婚姻和亲情最终成为了激发恶魔果实成熟的养分。

**依婷**：（放下手中的饭碗，跑向建辉）爸爸你回来啦！

**建辉**：（放下手中的袋子蹲下，张开双手）让我来看看长高了没有。

**依婷**：（走回桌子边，拿上姜汁蛋）差点忘了！（跑向岩辉）爸爸我今天做了姜汁蛋！

**建辉**：（单手抱起依婷，亲亲依婷的脸颊，摸摸依婷的背，吃下依婷喂的姜汁蛋）呦！厉害的！（掂了掂依婷）一星期不见感觉又沉了点！

**美芬**：（站起来）怎么提前回来了。

**建辉**：（头也没抬，只顾着看依婷）太酸了太酸了！说最近海上风大危险，停船两天。

**美芬**：吃饭了吗？

**建辉**：没。

**美芬**：（坐下继续吃饭）我们刚好开始吃，你先来吃点吧。

**建辉**：（将依婷放下，把袋子递给依婷）看爸爸也有礼物要给你！

**美芬**：（无奈地看着这一幕，叹了口气起头吃饭。）

**依婷**：（打开袋子，拿出里面的东西）这是什么？

**建辉**：巧克力，城里孩子都吃这种糖。

**依婷**：（已经打开了包装，塞了一块在嘴里）好好吃。（又拆开一块跑到美芬边上，喂给美芬。）妈妈你也吃。

**美芬**：（一边夹菜一边躲开，再把菜往自己嘴里送）妈妈不吃。

**依婷**：（跑向建辉，把巧克力喂到建辉嘴里）爸爸那你吃。

**建辉**：（吃下巧克力，坐到小板凳上）这城里的东西确实好吃。

**依婷**：（往院子外跑）妈妈我拿一块给王阿婆吃，她肯定没吃过。

**建辉**：（拿起依婷的筷子开始夹菜吃）我好不容易从城里带回来的，你怎么老想着往外面送，这孩子。


美芬进屋子里打了一碗米饭端出来放在建辉面前，又端起自己的碗大口吃了起来。

**美芬**：（走向水槽洗碗）我吃好了。

**建辉**：你是不是不想我回来？

（美芬又拿上依婷的碗开始洗起来。）

**建辉**：（重重把碗放下）我在问你话。

**美芬**：（只顾洗碗）戏要开始了。

**建辉**：（拿起碗往美芬身上砸，碗在美芬脚边碎开）又看戏，你他妈是不是外面有男人了。

美芬被突然砸来的碗吓到。依婷看到眼前的一幕愣住，向后退了几步，开始大哭。

**美芬**：（转头看见依婷）依婷……

（依婷跑下）

**建辉**：（一脚踢翻小板凳）操，家里个个都要骑到我头上。

（建辉走向美芬，揪着美芬的衣服往房门内走，舞台灯光变红，暗场。）


# 第二幕　迷雾

（景同第一幕，全场暗光。）

**建辉**（画外音）：一定要入赘吗？好，我知道了。

（光起。）

**建辉**：（一手拎着一提猪肉，一手拿着一袋螃蟹上场，热情开心）家里有人伐？（见无人回应，坐在板凳上，面色凝重）

**美芬**：（唱着戏上场，唱的是《红楼梦·金玉良缘》）今日是从古到今天上人间，是第一件称心满意的事啊。我合不拢笑口喜讯迎，数遍了指头把佳期待，总算是，东园桃树西园柳，今日移向一处栽。

**美芬**：（看见建辉之后既害羞又尴尬）是你来了。

**建辉**：（见场面有些尴尬，热情地迎上去）哦，我拿了点猪肉和蟹过来，蟹是我这几天出海刚捕来的，很肥。

**美芬**：（接过袋子，往水槽放）那么客气！拿那么多过来，你自己家里够不够吃？

**建辉**：哥哥嫂子家送去过了，我弟和同学出去玩，我和我爸妈三个人够吃。

**美芬：**你家今天就三个人，要不来我家吃个便饭好了。

**建辉：**不用了不用了，不给你们添麻烦了。

**美芬：**客气什么，（不好意思）以后就是一家人了。（走向水槽开始处理海鲜）

**建辉：**（愣了一下）是啊，以后就是一家人了。

**美芬：**（受惊）哎呀！这螃蟹没系绳子呢！怎么都往外跑！

**建辉：**（过去帮忙）我……我来！

**美芬：**（看着建辉处理海鲜，回过神来想给自己找事情做）那我去摘点四季豆。

**建辉：**（看着美芬的背影）我今晚还是不在你家吃了吧！（见没人回应叹了口气继续处理海鲜）

**美芬：**（拿着一把四季豆出来，把板凳拿到树下开始摘菜）这四季豆还蛮新鲜的。

**建辉：**我今晚不在你家吃了吧，我出海有一段时间了，之前我爸住院都没怎么陪他。

**美芬：**也是。诶，我前几天听说你爸出院了，现在怎么样了，医生怎么说？

**建辉：**医生说还要换大点的医院看看。

**美芬：**钱不够的话我们家也可以出一点。

**建辉：**没事，我这几天出海有些收成。

**美芬：**有什么困难就和我们家说，以后大家都是一家人，不要见外。

（建辉沉默，低头继续处理海鲜，王阿婆上场。）

**王阿婆：**家里有人吗？（看见两个人都在）诶，两个人都在。

**美芬：**阿婆有什么事吗？

**王阿婆：**今天买菜忘记拿葱了，做饭的时候才想起来。想在你们家地里拔两棵葱，来说一声。

**美芬：**直接拿就好了呀！客气什么。哦！建辉拿了点海鲜过来，阿婆你拿点回去。

**建辉：**（装了一点海鲜在袋子里，拿给王阿婆）那没有其他事我就先了。

**美芬：**诶好！今天麻烦了你一天，真不好意思。

**建辉：**没事。（走出院子）

**王阿婆：**（对美芬）最后还是听你爹妈的了？

**美芬：**建辉人挺好的，就是感觉有点不太爱说话。

**王阿婆：**搭伙过日子，感情都是可以慢慢培养的，他也是个挺好的孩子，（把美芬拉到一旁）除了家里条件差点没什么不好的。

**美芬：**（犹豫）我怕他不喜欢我。

**王阿婆：**喜欢不喜欢的不重要。你家三个女儿，你爹也是想家里有人传宗接代。

**美芬：**我不懂什么传宗接代，我是因为看他人好才答应下来的。

**王阿婆：**不管因为什么，你家这样，你爹妈也开心。你两个姐姐又嫁得好，有两个能干的姐夫，谁都羡慕的。你和建辉结婚，你爹妈这辈子也就没什么要操心的了，就等着抱孙子了！

美芬：其实我也想像姐姐一样找一个自己喜欢的人。

王阿婆：你看看你姐他们，找一个自己喜欢的人嫁也是花了不少心思的，没有谁是容易的。你看你二姐，当时你爹妈不同意她嫁，被关在家里多久。

美芬：可爸妈最后还是同意了呀！

王阿婆：最后是同意了，当初为了不让你姐嫁，你知不知道你妈流了多少眼泪，你爸也每天气得饭都吃不下，这些事你没看到？

美芬：那是他们不知道姐夫是好人，有出息，当时要是姐姐没嫁，他们现在可该后悔了！

王阿婆：那建辉，建辉以后有出息了，不嫁你以后该后悔了。

美芬：那我就不能自己选一个有出息的丈夫！

王阿婆：也不知道哪里学来的要自己选，我们当时嫁人，可是和对方都没见过面！

美芬：（着急地）戏里就是这样演的呀。

王阿婆：不要什么戏不戏的了，那都是写出来演给人看的。非要我把话说明白，他们家三个儿子，大儿子娶媳妇了，小儿子还小，愿意让建辉做招婿也是下了很大决心的！你愿意和建辉结婚，就是为你爹妈尽孝了！

美芬：哎，也不知道建辉愿不愿意。

王阿婆：建辉也是个孝顺的，他爹还躺在床上，家里又有困难，怎么会不愿意。

美芬：也不能这么说人家吧……

王阿婆：（尴尬地）哎，你们年轻人就是这样，我也不好多说。我就是看你们两个刚刚亲亲热热地站在一起般配。

美芬：（害羞）阿婆你又说笑。

王阿婆：行了，我去拔葱做饭了！

（王阿婆走出院子，美芬愣了一会坐回小板凳上掰四季豆。光渐暗。）

# 第三幕　群山

已经是一年多后，美芬站在上层舞台，痴痴地望着远方，她看着比之前疲惫不少，但这个家依然被她收拾得井井有条。舞台左前方还是那棵柿子树，上面已经结了一些小柿子，舞台右后方是石头和水泥搭砌而成的水槽，边上放着一条小板凳。下层舞台中间的门边放着一个竹编的婴儿摇篮。

在建辉对美芬施暴之后，这一年内这样的事情又发生了几次，婚姻的绝望击垮了美芬对感情的最后一点希望。对于现在的她来说，孩子的幸福比任何事情都要重要，她希望孩子能有完整的家庭，因为大家都说如果离婚孩子会村里的人被瞧不起，所以她愿意妥协，愿意继续做这段婚姻中的受害者。

美芬：这就是我丈夫，要给我幸福的人，但这些事又有什么所谓呢？但我的孩子需要爸爸，他们需要爸爸的疼爱。

（依婷背着一篓子番薯上场，走到水槽边的小板凳上坐下，开始处理番薯。）

**美芬**：回来了？饭已经好了，我今晚还想去村口听戏。

**依婷**：妈妈，今晚爸爸还要回来，要不过两天吧。

**依婷**：（见妈妈没回答，接着说）今晚吃什么？

**美芬**：饭菜在屋里，你进去端出来吧。

**依婷**：（往小门走）好。

（美芬从上层舞台下来，也往小门走，两个人把桌椅饭菜摆好坐下，美芬端起饭碗沉默地吃了起来。）

**依婷**：不等爸爸回来吗？

（依婷见美芬没有回答，犹豫地端起碗，时不时向院子外望着，不一会，建辉上场，径直走向饭桌坐下，又起来进屋子里盛饭。那次之后，他再也没有带有意思的东西给依婷。）

**依婷**：（见建辉也一句话没说，小心翼翼）爸爸你回来啦。

**美芬**：（快速吃完碗里的饭，端起碗去水槽边洗了起来）我吃饱了。（美芬快速洗好碗，进里屋拿了一件薄外套穿上，往院子外走）

**建辉**：（生气地）又去哪？

（美芬头也没回地往前走。）

**依婷**：（见气氛不对）爸爸，我的秋千坏了，坐在上面总是摇摇晃晃的，能帮我修修吗？

**建辉**：（追上美芬拉住她的手，不耐烦）明天天亮了再说，你去王阿婆家玩一会。

**依婷**：（哭）我今晚不想去。

**建辉**：（愤怒地）让你去你就去，你们所有人都要反抗我是不是？

**美芬**：（挣扎甩开）你给我放开。

**建辉**：（指着美芬鼻子）天天往外跑，我就问你，你是不是外面有人了！

**美芬**：有没有都和你没关系。当初我本来就不想和你结婚！（跑出院子）

**建辉**：行啊，你终于承认了，一副婊子样，我就是贱，来了你家。

（婴儿哭声。）

**建辉**：（恶狠狠）孩子不带，天天往外野，贱女人。

（依婷走进房间，房间里的婴儿哭声仍没停，依婷哄着弟弟走出门，建辉走出院子。）

婴儿哭声渐弱，建辉拉着美芬两人吵吵闹闹地走进院子，看见抱着孩子的依婷，愣了一下，把美芬拉进屋子，婴儿哭声又起，灯光再次变成红色，追光打在依婷身上。

**依婷**：（悲伤地）爸爸变了，我不知道他为什么变成这样，他再也不给我带新鲜的玩意，再也不会给我做好玩的东西。他力气很大，总是能一把把我抱起来，虽然他现在也会偶尔抱抱我，但每次我想到那么大的力气打在妈妈身上，我就很心疼妈妈，那一定很疼吧。我喜欢和爸爸待在一起，也喜欢和妈妈待在一起，但他们两个都在的时候，家里的气氛就会变得不舒服。

（光起，美芬也从门里走出，边走边重新盘自己的发髻，脸上挂着明显的泪痕。接着她又收拾起桌上的碗筷，在水池边洗了起来。依婷把弟弟放回摇篮，走出，从身后拥抱美芬。）

**美芬：**我一会儿收拾完了去村口听戏。

**依婷：**今天可不可以不去，妈妈。

**美芬：**（将碗拿进屋子）你收拾一下剩下的东西吧。

美芬披上外套走出院子。

**建辉：**（向外摔碗）出去了就别回来。

**建辉：**（建辉点了一根烟，坐在板凳上，看见依婷还站在一边）依婷过来。

（舞台灯光暗，追光打在依婷身上，依婷走到舞台中间。）

**依婷：**爸爸告诉我为什么要把巴掌打在妈妈身上，他又告诉我自己有多爱我。然后他说那是他表达爱的方式，可是爸爸，我好痛。

（美芬从舞台左侧上走向依婷，追光起。）

**美芬：**（哭泣）她还那么小，她只是亲近她的爸爸。是我的错，是我的抗拒，让他对我的女儿做了这样的事，是我让事情变成现在这样。

**美芬：**（蹲下，摸着依婷的脸）妈妈有个小秘密，在衣柜的角落有一个黑色的袋子，等妈妈往里面放了足够的钱，就带你和弟弟坐飞机，你就再也不用害怕爸爸了，好吗？

**依婷：**坐飞机要多少钱？

**美芬：**大概叠在一起要有依婷的小拇指那么厚吧。

（光暗，建辉声音起。）

**建辉：**依婷，依婷！爸爸给你把秋千修好了。

# 尾声　曙光

舞台整体为暖黄色和深绿色的灯光，上层灯光亮。舞台上是五棵高大的树，右侧其中两棵树之间有一个由藤条和干草搭成的床，高出地面半米左右。上层舞台被一些树叶和树枝挡住。

**依婷：**（躺在床上，抱着弟弟入睡，轻轻哼唱）星星落在我的肩，树叶睡在我枕边，鸟儿呼呼早已经入眠。森林的夜晚不神秘，奇怪的声音不畏惧，爱与勇气伴我们每一夜。

**美芬**（画外音）：爱与勇气伴你们，每一夜。

**依婷：**妈妈你看，这是我搭的小床！雨林里太潮湿了，我做了一个和秋千一样的床，这样我们再也不用害怕下雨啦！我还编了小篓子抓小鱼小虾，摘了野果，虽然有的酸酸涩涩，但至少这段时间不会被饿到。妈妈我真的好想你，我怕我没办法带弟弟走出这里。

（四名歌队成员拿着手电筒在上层舞台寻找，他们时不时从上层栏杆向外探出，手电筒的灯光为暖黄色，稀稀疏疏地从树叶子的缝隙里钻出，还夹杂着几声狗吠。）

**歌队：** 依婷，依婷

小依婷

我们有警犬

我们有物资

我们有温暖的睡袋

快让我们找到你

森林里野兽隐藏

一不小心就会掉入他们的恶爪

（下层光亮，依婷正抱着弟弟睡在枝条和干草搭成的床上，被吵闹声惊醒。光渐暗，只留上层歌队的手电筒还在树丫间闪烁，追光打在依婷身上。）

**依婷：** 呼喊声逼近，是爸爸带着他们来了，但我再也不想回去了。他们还在找我们，我到底该怎么办。

（依婷抱着弟弟往台下匆忙逃跑，歌队从上层跑向下层，手中手电筒的灯光变为冷白色，动作由自然转向机械、有序，台词念白变得诡异。）

**歌队：** 依婷，依婷

小依婷

这里有警犬

（来追捕你）

这里有物资

（引诱你的手段）

这里有爸爸温暖的怀抱

（窒息的爱）

快让我们找到你

森林里野兽出没

恶爪已经张开等着你坠落

（歌队下，依婷小跑着在上层舞台出现。）

**依婷：** （松了一口气）终于走远了。（慢慢走下台阶）好饿，好冷，但是不能让弟弟饿到了，冷到了。（躺回自己搭的床上，紧紧抱住弟弟）如果我能再长大一点就好了，明天我一定要走快一点，找到走出深山的路。

（光暗，舞台上只留下暗暗的深蓝色灯光，一位歌队成员打着暖黄色手电筒上场。）

**歌队：** （大喊）找到了！

全剧终。

◎ **指导教师付可歆点评：**

这个剧本以细致自然的场景、对话以及角色的表现，向我们展示了一个家庭中的女性试图以理想挑战现有生活的边界但却没有结果的历程。透过美芬与依婷在生活中的种种表现，展现出两个世代的女性在生活上所面临的种种困难与抉择。戏剧也涉及许多不同的话题，如婚姻、家庭、妇女的地位和理想，作者怀抱着一定的野心试图描绘一个自己所认为的西南乡野女子生活图景，在这一点上学生的勇气值得肯定。

在文本中，美芬是一位被传统思想禁锢的女子，她的心中充满了与家庭期待相异的向往。依婷，则是年轻一辈中，积极进取、勇于拼搏、为自己的家人和自己的前途而努力的年轻一辈。而建辉的人物形象，也折射出了一些社会对男人的期望与内在自卑的矛盾，但很遗憾这些并没有在剧本中很好地得以展现，而优先体现了他的暴力以突出他在家族和权力上的掌控，表现了其矛盾的个性与内心的不稳定。角色的性格虽然突出，但围绕着角色之间的互动，在对人物性格的展示上则缺少动力。

总体来说，该剧本营造出了一种感动人心的氛围，同时，通过人物的内心独白和交互对话，让观看者足以深入了解每一个人物的人生观点、价值观以及情感世界。这部戏剧既有教育性，又能引起观者的思考，同时也审视并了解面临人生困境的人们内心的复杂情绪。

最终，整个剧情的情绪流转与高潮非常动人，不管是美芬的追求自由，依婷的勇敢与积极，抑或建辉的内心斗争，都令观众产生共鸣，并代入进去。该剧很成功，不仅叙述了一段感人的内心史，一定程度上也探究了现存的社会议题。

# 妈妈是一个身份，但不是你

黄安妮

（23 专硕）

## 一、妈妈被我生出来了……

（这里正在同时进行一场脑部手术和一场分娩手术。我和妈妈并排躺在手术台上，歌队甲、乙在给我们操刀。）

**我**：所有的妈妈都认为，

是她们给了我们生命。

但其实是，

我们也把妈妈生出来了。

**歌队甲**：作为一个女人，

她最好是美丽的。

（歌队甲往我的大脑中注射一种名为"美丽"的药物。歌队乙看了一眼妈妈，勉强示意手术继续。）

**歌队甲**：她还应当是：

温柔的、勤劳的、坚强的。

（歌队甲往我的大脑中注射若干种药物。歌队乙对妈妈进行一番操作。）

**我**：（猛地从手术台上惊醒）

她要无条件爱我

（又昏睡过去）

**歌队甲**：（系上服务员的围裙，拿出一张菜单，拍拍我）请问要吃点什么？

**我**：麻辣兔头，

辣椒炒肉，

辣子鸡、虎皮青椒、水煮鱼片，

外加一碗阳春面（停顿）加麻加辣。

（我和妈妈镜像似地吃东西。我觉得什么不好吃，随手一扔，妈妈也在现实中做出呕吐的状态。)

**歌队乙：**（做出抱孩子的姿势）

你孩子出来了啊！

4 斤多，

女孩。

（妈妈看似开心地接过婴儿。我在一旁模仿婴儿的哭声。）

**歌队甲：**（作为妈妈内心的声音）

4 斤多，

那才多大一点，

不比老鼠大多少吧，

我最讨厌老鼠了。

**歌队乙：**我抱来，

给你看一下啊。

**歌队甲：**我不想看，

血淋淋的婴儿真吓人。

**歌队乙：**呐，

你姑娘来了。

（歌队甲和妈妈表情一致，同时捂住脸，手指透了点缝。）

**歌队甲 & 妈妈：**（恐惧地，相互对视一眼）

哎，

还是不看了。

（停顿。此时白乎乎的生物在一旁安静极了，一声不吭。）

**歌队甲：**（闭着眼，拍拍一旁同样闭着眼的妈妈）

喂，

她怎么不哭呢？

**妈妈：**（紧张地）

该不会，

断气了吧？

（歌队甲和妈妈猛地同时睁开眼睛，看向我。）

**我：**妈妈，

从今天起，

你就会给我，

全部、全部的爱了。

但你一定，

也会恨我。

因为，

妈妈，

是一个身份，

但不是你。

（灯光灭。）

## 二、哪个女人 不是在家庭和事业间走钢丝……

（妈妈和两位歌队演员并排站定。）

妈妈：没有一个女人，

　　　能同时处理好，

　　　做自己、

　　　做妻子、

　　　做妈妈，

　　　这三件事。

妈妈：（拿出一条裙子）

　　　我想要穿，

　　　漂亮的裙子。

歌队甲：（争夺裙子）

　　　　穿那么漂亮，

　　　　有什么用？

　　　　你都嫁人啦，

　　　　应该安心在家，

　　　　当个好妻子。

歌队乙：（争夺裙子）

　　　　生完孩子，

　　　　你的身材早走样啦！

　　　　还不如把这钱省下来，

　　　　给孩子花。

妈妈：（拿出一双高跟鞋）

　　　我要到外面去，

　　　看一看。

歌队甲：（争夺高跟鞋）

　　　　女人，

　　　　最重要的是，

找一个 稳定的工作；

赚钱的事，

交给男人就好啦！

**歌队乙：**（争夺高跟鞋）

女人，

孩子就是你的全部。

你要牺牲掉自己的事业，

陪伴孩子成长。

**妈妈：**为什么？

**歌队甲：**因为你是妻子，

**歌队乙：**因为你是妈妈。

（妈妈做出逃跑的姿态，抢过裙子和鞋换上。以下段落模仿《玩偶之家》的桥段，歌队甲、乙同时戴上男士假发套，演员们的口音要刻意地模仿译制腔。）

**歌队甲：**你就这么把你，

最神圣的责任，

扔下不管了？

**妈妈：**你说什么是我，

最神圣的责任？

**歌队乙：**那还用我说？

你最神圣的责任是：

你对丈夫和儿女的

责任。

**妈妈：**我还有别的，

同样神圣的责任；

我说的是，

我对自己的责任。

**歌队甲：**别的不用说，

首先，

你是一个老婆。

**歌队乙：**一个母亲。

**妈妈：**那我去哪里了？

**歌队甲 & 乙：**（异口同声地）

你不重要！

（妈妈和两位歌队演员一同系上主妇标志性的围裙。与此同时，"我"上场。）

**我：**（与她们对视）

妈妈的身份，

是残酷的法西斯，

它要排除一切，

与这个身份

不相匹配的

异己。

（电话声响起）

**妈妈：**（接电话）

喂？

明明妈妈呀？

我是妮妮妈妈。

**歌队甲：**（接电话）

哎！

妮妮妈妈呀？

我强强妈妈！

**歌队乙：**（接电话）

噢！

强强妈妈呀？

我家裙裙！

**我：** 每当我试图厘清，

妈妈和你的关系；

**妈妈：** 你要不是我生的，

我才懒得管你！

**我：** 最后发现，

我只认识妈妈，

不认识你。

（灯光灭。）


### 三、当妈的 还有情绪稳定的吗……

（黑暗中先传来妈妈的声音。）

**妈妈：**（崩溃地）

你为什么总在哭啊？

（灯光起。我的面前放着一个音谱架，我做出指挥的姿势，歌队甲做拉小提琴状，歌队乙做吹萨克斯状，我发出婴儿的哭声。）

妈妈：还在哭！

（我示意小提琴演奏，演员加入我的哭声。）

妈妈：不停地哭！

（我示意钢琴演奏，演员加入我的哭声。）

妈妈：你能不能 安静一会儿？

（妈妈一巴掌打在我屁股上，沉默三秒钟后，我的指挥和两名歌队的哭声和演奏都更加地卖力。）

妈妈：（既崩溃又心疼）

　　　对不起，

　　　是妈妈不好，

　　　妈妈坏，

　　　妈妈不好……

（我和两位歌队演员继续模仿电视里《天线宝宝》的自我介绍。）

我：我是丁丁！

歌队甲：我是迪西！

歌队乙：我是拉拉！

我：我是波！

妈妈：（怨声载道地）

　　　谁让你看电视的，啊？

　　　作业不写完，

　　　不许看电视！

我：我妈，

　　是我见过，

　　最计较的人。

（我拿出眼镜戴上，把报纸摊开，模仿爸爸的样子。妈妈做拖地状，她拖到哪儿，我懒洋洋地抬一抬脚。）

妈妈：什么都是我在做，

　　　你就不能帮我，

　　　做点事吗？

（我把报纸叠起来，像一张试卷。我做回自己，神情沮丧地。）

歌队甲：我省吃俭用是为了什么？

　　　　就是为了让你，

　　　　好好学习，

　　　　以后不要像我一样。

我：她总觉得，

全世界

都对不起她。

歌队乙：你考这种成绩，

怎么对得起我？

你就只把书读好，

其他什么都不用你做，

怎么就——

妈妈＆歌队甲、乙：这么难！

我：如果我，

试图跟她顶嘴：

（停顿）

那你去考嘛，

我看你能考几分。

妈妈：（加大音量）

我有你这么好的条件吗？

歌队甲：（加大音量。）

我妈送我去补习了吗？

歌队乙：（加大音量）

我是不用上班挣钱吗？

妈妈：我明天就去找你老师。

我：你不要去，

你这样很丢脸。

妈妈：丢脸？

（停顿）

你再说一次。

我：我妈年轻的时候，

想当一名演员；

她没当成演员，

真是演艺界一大损失。

妈妈：（平静地）

你现在知道丢脸了，

你考不好的时候，

怎么不知道丢脸？

我：3，2，1——

妈妈：（痛哭地）

你为什么总是，

不听我的话啊？

我生你，

就是为了气我自己的吗？

（歌队甲、乙表情伤心地递纸巾。）

**妈妈**：你知不知道，

我为了你，

什么都放弃了。

**我**：妈妈，

或许很残忍，

我并不是想来这个世界。

你把我生出来，

也不该让我，

为你人生所有的不幸，

买单。

（灯光灭。）

## 四、妈妈 也是别人的女儿……

（聚光灯亮。）

**妈妈**：小时候，

我的妈妈，经常对我们说：

任何事情等你习惯了，

就好。

她习惯了

全家第一个起床，

习惯了

穿黑白灰的套装，

习惯了

嘴里念叨，

今天的菜又贵了一块、五毛，

习惯了

看着他的儿子笑眯眯，

习惯了

和我……

（说不下去了，目光看向一侧。歌队甲躺在病床上，发出哼哼唧唧的声音。妈妈走过去，坐到她的身边。）

**妈妈：**（想要关心，但显得有点生疏）

　　　妈，

　　　你吃点东西吗？

（歌队甲哼哼。）

**妈妈：** 喝点水呢？

（歌队甲哼哼。）

**妈妈：** 那给你，

　　　削个苹果吧。

　　　（做出削苹果的动作。停顿，然后犹豫地）

　　　没事啊，

　　　医生说 发现得早。

（一侧灯光灭，另一侧灯光亮）

**我：** 妈妈习惯了，

　　　她妈妈的身份；

　　　习惯了，

　　　不去提已经落灰的梦想；

　　　习惯了，

　　　用间歇性发疯，

　　　来维持自己内心的秩序；

　　　习惯了，

　　　把所有心思、期待，

　　　都放在我的身上。

**妈妈：** 考场上，

　　　你把台词说慢一点，

　　　要投入，

　　　要有感情。

（一侧灯光灭，另一侧灯光亮。歌队乙代替妈妈坐在病床边。）

**妈妈：** 我坐在她旁边，

　　　时间因此变得

　　　非常难熬。

　　　我并不知道，

　　　要跟她说什么。

　　　从小没和她

　　　生活在一块，
　　　我们错失了
　　　亲密的契机。
　　　（看向一旁的我）
　　　你跟我，
　　　再演练一次。

**我**：（没精打采地）
　　　我们要继续活下去，
　　　万尼亚舅舅。

**妈妈**：她突然翻了个身，
　　　伸出了一只手。

**我**：我们来日还有很长、很长一串单调的昼夜，
　　　我们要耐心地忍受。
　　　行将到来的种种考验。

**妈妈**：她那时已经
　　　不太清醒了，
　　　很多举动
　　　可能是无意识的。
　　　我想，也许——
　　　（再次看向一旁的我）
　　　感情呢?!
　　　我说要有感情的呢?!

**我**：（声音提高了些）
　　　我们要为别人一直工作到我们的老年。

**妈妈**：她可能想牵我的手，
　　　但我没有
　　　把手伸出来。

**我**：等到我们的岁月一旦终了……

**妈妈**：我当时实在是觉得——有点，
　　　羞耻。

**我**：我们要在另一个世界里说：
　　　我们受过一辈子的苦，
　　　我们流过一辈子的泪，
　　　我们一辈子过的都是漫长的辛酸岁月，
　　　那么 上帝自然会可怜我们的。

到了那个时候——

妈妈：妈妈走了之后，

我经常想起那一天。

我 & 妈妈：我的舅舅，

我的亲爱的舅舅啊！

我们就会看见光辉灿烂的。

满是愉快和美丽的生活了，

我们就会幸福了。

妈妈：如果再有一次机会，

我还会不会；

牵她的手呢？

（灯光灭。）

## 五、妈妈 不结婚可不可以……

我：一个女人，

究竟有多少种

生活的样态。

妈妈：读书，

工作，

嫁人。

（拿出一条绳子给自己和我系上。）

歌队甲：你要上个好学校，

找个好工作，

如果都没有，

嫁个好人，

也行。

（拿出一条绳子给自己和妈妈系上。）

歌队乙：女人，

她的事业，

就是她的家庭。

（拿出绳子给自己和歌队甲系上，四个女人因而被紧紧拴在一起。）

我：（试图扯掉绳子，发现无能为力）

你们都没有资格，

规训

我自己的人生！

歌队甲：女人

不都是这么过的。

我：难道你生我出来，

就只是为了让我，

成为别人的妻子，

别人的妈妈吗？

歌队乙：女人，

早晚都会有这么一天。

我：那你。

过得幸福吗？

歌队甲：有你，

就很幸福。

我：你有没有想过，

假如你不结婚，

没有生我，

你有可能会活得更自由，

更像……你。

歌队乙：只是、假如，

我没有这个条件。

我：是你自己放弃了。

因为所有人都在告诉你，

你还有一条

更容易的路。

妈妈：这条路

并不容易。

我：可你

为什么

还是想让我走呢？

妈妈：女人。

不都是这么过的。

我：可你始终在不满，

我能感觉得到。

你把从今往后的梦想，

变成了我，

我成了你

唯一可控的东西。

我的优秀，

是你的勋章；

我的失败，

是打在你脸上

那声响亮的巴掌。

（拿出剪刀，剪断我和妈妈之间的那条绳子。）

妈妈：（几乎要哭出来）

我只是想要你

幸福。

如果以后我们都不在了，

你自己孤孤单单的，

要怎么幸福？

歌队甲：可我的幸福，

从来都不在别人的身上。

（拿出剪刀，剪断她和妈妈之间的绳子。歌队甲正欲离开，突然停住，同时，回避掉妈妈期待的目光，毅然决然把自己和歌队乙之间的绳子剪断，拉着她的手一同下场。）

我：妈妈，

我少女时代的始末，

全都被你深度参与。

我们是单位面积内的共同体，

唇齿相依、宠辱与共。

长大后，

周遭的喧嚣将我淹没，

你只能隔着人群

围观我的人生。

我的心气，

被塑成了空中楼阁；

你那套旧的故事，

我早已不相信；

我也给不了自己一个，

能够说服你的未来。

我们像同时被困在枯井中的人，

你用尽全力将我托举；

在那一刻，

我终于意识到，

你会永远停在原地。

未来的每一天，

我们都只会，

渐行渐远。

（我紧紧拥抱妈妈，决绝地下场。妈妈一人留在舞台上，半晌，灯光灭。）

### 六、妈妈　让我们送自己一个新的人生……

（我和两名歌队演员上场，摆出不同泳姿。）

**妈妈：** 坚持，

再坚持一会，

等你长大就好了。

（歌队甲停止游泳动作，以胜利者的姿态上岸。）

**歌队甲：** 坚持，

再坚持一会，

等你上大学就好了。

（歌队乙停止游泳动作，以胜利者的姿态上岸。）

**歌队乙：** 坚持，

再坚持一会，

等你工作就好了。

**我：** （我显得疲惫不堪，但学着别人朝泳池里的自己大喊）

坚持，

再坚持一会！

（最后，我实在是精疲力尽，终于停下了动作，做出敲门的样子。）

**我：** 妈，

在干嘛呢？

**妈妈：** （跳着舞，故意显出冷漠的样子）

不用管你了，

我有的是事情要做。

**我：** （故作轻松地）

妈，

我衣服扣子掉了，

不会缝。

妈妈：（傲娇状）

    不是

    不需要我了吗？

    现在晓得

    我的重要了吧。

（我把头靠在妈妈肩上。）

妈妈：累了？

我：嗯。

妈妈：（故作轻松地）

    不用那么大压力，

    反正我

    已经对你，没什么要求了。

我：妈妈。

    （停顿）

    我很努力，

    一直很努力，

    我想要一个结果。

妈妈：人不到死亡，

    是没有结果的。

我：以前我总觉得，

    未来我会有，很多的可能。

    可现在，

    我发现自己的人生，

    好像和大多数人的，

    都没什么不同。

妈妈：你想过什么样的人生？

我：不被生活裹挟的，

    不在意他人眼光的，

    允许失败，

    自由自在，

    只为自己而活的，

    人生。

    你呢？

妈妈：（认真的、向往的神情）

    我也想过

　　　你说的

　　　　这种人生。

我：（缓过劲来）

　　　那我

　　　送你一个新的人生，

　　　好不好？

（此时，恢复到第一幕的手术场景。我和歌队甲、乙同时戴上手套。）

我：所有的妈妈都认为，

　　　是她们给了我们生命；

　　　但其实是，

　　　我们也把妈妈生出来了。

歌队甲：作为一个女人，

　　　　她最好是美丽的。

我：不，

　　　你可以不用美丽。

（四位演员缓缓摘下假睫毛、擦去口红……）

歌队甲：她应当是——

　　　　温柔的、勤劳的、坚强的。

我：你还可以

　　　不温柔，

　　　不勤劳，

　　　也不坚强。

歌队甲 & 歌队乙：她要无条件爱她的孩子。

我：你必须要

　　　更爱你自己。

我：（拿出一条裙子）

　　　你可以穿

　　　所有你喜欢的

　　　漂亮的裙子。

（四位演员击鼓传花式地试穿裙子，摆出不同的造型。）

我：（拿出一双高跟鞋）

　　　你也一定要到外面

　　　看一看。

　　　（看着歌队甲、乙下场）

　　　去他爸的稳不稳定！

（解下妈妈的围裙）

地脏了就脏了，

饭烧不好就烧不好，

你不必做完美的妻子，

我也不是你的成绩单。

去做你想做的事情。

（看着妈妈的眼睛，深情地）

我，可以不需要你了。

（我回到游泳的姿势，孤独地。）

妈妈：（来到我的身边，温柔地）

你有你的旅程，

不要跟他们比较。

你只能活一次，

也要

尽兴一点。

（我和妈妈相拥在一起，灯光灭。）


全剧终。


◎ **指导教师付可歆评语：**

这出戏探索了一种母亲和女儿间的张力，表现出两个世代的不可避免的交流壁垒和无望的期待。在文本中，我们看到了一位母亲的牺牲与献身精神，以及她对自己女儿未来的渴望。作者不仅关注了作为一个母亲所承担的压力与责任，而且还涉及一个女孩是怎样去感觉和应对作为生命赋予者的母亲所给予的周遭一切。在母亲和女儿的"刺激-反应"中，人物关系也几经变化，达到了一个非常情理之中意料之内的结局。在这一点上虽然作为观看者并不完全满意，但作为学生的作业仍有一定亮点。

剧本透过重复的场景和对话，将观众带入母女关系的深层次，强化了我们对这种关系复杂性的理解。角色间的互动生动细腻，不断切换花样的对话体现了人物情感的微妙变化。此外，剧本也提出了关于女性角色及其生存状态的问题。从母亲的角度看，她受到传统角色期望的束缚，但同时，女儿的视角又提出了对这一传统的挑战。更深层次的，剧本呈现了女性不仅要成为母亲，还要对自己的生活有所追求的复杂现实。

总体而言，这是一部描绘母女关系的剧本，其中涵盖了多种情感、社会角色以及个人追求的共鸣。是一部力图表现女性诉求，以及不同世代对于生活的理解与抗争的作品。通过细腻的心理描写和情感展现，它向我们传达了深刻的人生议题。